Les banlieues
de l'Islam

Du même auteur

AUX MÊMES ÉDITIONS

**Intellectuels et militants
de l'islam contemporain,** *1990*
*collectif sous la direction de Gilles Kepel
et Yann Richard*

La Revanche de Dieu, *1991*
coll. «L'Épreuve des faits»

AUX ÉDITIONS LA DÉCOUVERTE

Le Prophète et Pharaon, *1984*
Les mouvements islamistes
dans l'Égypte contemporaine

AUX ÉDITIONS DES PRESSES DE LA SMSP

**Les Musulmans
dans la société française,** *1988*
collectif sous la direction de Gilles Kepel
et Rémy Leveau

Gilles Kepel

Les banlieues
de l'Islam

Éditions du Seuil

La première édition de cet ouvrage a paru
dans la collection « l'Épreuve des faits » en 1987

EN COUVERTURE :
Construction d'une mosquée et d'un centre islamique
à Évry (ville nouvelle).
Photo Ph. Toutain

ISBN 2-02-012849-7
(ISBN 2-02-009804-0, 1re publication)

© Éditions du Seuil, 1991

En souvenir de Michel Seurat

Introduction

Dans la France d'aujourd'hui, il y a plus d'un millier de mosquées et lieux de culte musulman. Plus de six cents associations régies par la loi de 1901 et déclarées dans les préfectures font état de leur caractère « islamique ». Et à Paris, cinq fois par jour, le muezzin appelle les croyants à la prière sur les ondes d'une radio locale.

Ce phénomène est tout récent : au début des années soixante-dix, on ne comptait guère dans l'Hexagone qu'une dizaine de mosquées et salles de prière, et aussi peu d'associations cultuelles. Pourtant, une importante population d'origine musulmane résidait déjà dans ce pays. Mais elle exprimait marginalement son appartenance confessionnelle par la pratique religieuse.

La progression géométrique du nombre de salles de culte en quinze ans – pour spectaculaire qu'elle paraisse – n'est qu'une manifestation symptomatique de la naissance de l'islam en France. Les causes profondes de cet événement se trouvent dans les mutations sociales et politiques considérables vécues récemment par les populations concernées ; elles résultent aussi des mouvements de fond qui traversent le monde islamique contemporain dans son ensemble.

C'est à décrire un tel événement en cherchant sa raison et en questionnant ses effets que s'emploie ce livre. Il est le résultat de trois années d'enquête auprès de simples fidèles et d'imams, dans les mosquées et les associations, les réunions locales et les rassemblements nationaux. A travers de multiples entretiens, des documents et des archives, des sermons du vendredi comme des harangues de meeting, c'est la naissance d'une religion vécue par ses principaux protagonistes dont on lira ici l'histoire.

Jusqu'alors, cette histoire n'avait pas été écrite. Cela ne tient pas exclusivement à son caractère récent ou à la difficulté d'accès à des sources (surtout orales) dont beaucoup sont en langue arabe. C'est qu'une série d'interdits et d'hypothèques pèsent sur elle.

Selon certains, il est illégitime ou inopportun d'étudier l'islam en France. Pareille entreprise est suspecte : elle ne saurait aboutir qu'à ériger dans le champ intellectuel la tête de Turc autrefois dressée dans les champs de foire, à offrir une représentation spécieuse de populations immigrées et le prétexte culturel d'une discrimination à leur encontre.

On sait qu'un démagogue d'extrême droite s'attire des suffrages en réclamant à cor et à cri l'expulsion des «immigrés non européens», chargés par lui de tous les maux. C'est la tradition d'une famille politique qui traquait hier la «juiverie» et débusque désormais les «sidaïques», dans une quête errante et obsessionnelle de victimes expiatoires.

La circonspection des uns se fait aphasie, et laisse ainsi place à la clameur du fantasme des autres. Seule, l'analyse sans concession des phénomènes sociaux peut briser ce cercle vicieux.

Dans les années cinquante, la sociologie du communisme se heurtait au même type de dilemme, rencontrait la même exclusive : étudier le « parti de la classe ouvrière » (sans s'en faire le zélateur), c'était encourir les foudres des compagnons de route et des militants, faire le jeu de la bourgeoisie et du fascisme, désespérer Billancourt.

Billancourt, précisément, vit aujourd'hui largement à l'heure de l'islam. Dès le milieu des années soixante-dix, mosquées et salles de prière ont été installées dans les usines Renault, contraignant direction et CGT à intégrer ce fait nouveau à leurs objectifs et à leur langage. Et, faute de savoir interpréter son rôle et la fonction de l'islam dans l'entreprise, presse et pouvoirs publics, qui découvrirent les mosquées d'usine lors des grèves de 1982, attribuèrent alors à la « subversion intégriste » les troubles sociaux, sans voir plus loin que l'apparence des choses.

Tenter l'analyse du fait social qu'est la naissance de l'islam dans la France contemporaine, c'est d'abord s'interroger sur la situation concrète des populations au sein desquelles cet événement s'est produit, puis comprendre pour qui le langage de l'islam s'est imposé comme système de référence. C'est aussi déceler contre quels autres discours et idéologies, quelles formes rivales de mobilisation la prédication a déployé ses effets. C'est enfin observer comment s'établissent les clivages entre les nombreux protagonistes de cette émergence religieuse – manifestant par là que si l'islam se veut religion de l'Unicité divine, les voies qui mènent à ce terme sont multiples et souvent divergentes.

L'hypothèse qui fonde ce travail est qu'une « demande d'islam » prend forme à partir des années soixante-dix, et que cette demande correspond à la prise de conscience par beaucoup d'immigrés d'origine musulmane qu'ils sont engagés dans un inéluctable processus de sédentarisation en France.

Auparavant, ce sentiment n'était pas très répandu : le mythe du retour au pays restait vivace, même chez ceux qui avaient passé le plus clair de leur vie dans l'Hexagone. En termes concrets, une « noria migratoire » faisait circuler dans les deux sens, entre les rivages du Maghreb et ceux de la France, un certain nombre de travailleurs qui repartaient (ou espéraient repartir) après quelques années de pénible labeur et d'économies, remplacés alors par d'autres. Les spécialistes de l'immigration disputent pour déterminer quelle était l'ampleur de ce mouvement de noria par rapport aux immigrés qui ne repartaient plus.

En juillet 1974, une circulaire ministérielle réglemente très sévèrement l'immigration légale des travailleurs – autrefois encouragée pour apporter à une industrie en croissance la main-d'œuvre au meilleur marché : le mouvement de noria s'arrête, pour céder la place à des flux d'immigrations familiale d'une part et clandestine de l'autre. Ce phénomène n'est pas propre à la France : tous les pays d'Europe occidentale frappés par la crise économique consécutive à la hausse du prix du pétrole à partir de 1973 le connaissent. La sédentarisation est, pour partie, un effet pervers des mesures gouvernementales qui restreignent l'immigration ; si elles ont tari les flux réguliers de travailleurs, elles ont en revanche incité – sans le vouloir – beaucoup de ceux qui se trouvaient alors en France à ne pas partir (de peur de ne pouvoir revenir ultérieurement) et à faire venir les familles *.

Toute immigration est, pour celui qui doit la vivre sous l'empire de la nécessité, un processus aléatoire, souvent douloureux. La société dite « d'accueil » est, dans les faits, rarement accueillante aux nouveaux venus. Leur pauvreté, leurs coutumes, leurs difficultés d'expression les désignent à la vindicte d'extrémistes qui, en période de chômage, cherchent à recueillir des suffrages en imputant la cause de ce phénomène à la présence des immigrés sur le marché de l'emploi.

Cela n'est pas propre à la France contemporaine : avant guerre, Polonais, Italiens, Juifs d'Europe centrale ont connu une situation

---

* A l'origine, la circulaire du 5 juillet 1974 restreignant l'immigration légale des travailleurs est complétée par une autre circulaire, du 19 juillet, relative à l'arrêt de l'introduction des familles. Mais cette dernière est annulée par le Conseil d'État, et la reprise de l'immigration familiale est facilitée par une nouvelle circulaire du 21 mai 1975.

qui évoque par certains aspects celle des immigrés d'aujourd'hui. Les mécanismes de la sédentarisation et de l'intégration de ces populations passent d'ordinaire par un moment qui correspond au rejet qu'exprime la société d'accueil, et qui les oriente vers des structures de défense et de protection à l'aspect variable. Les syndicats et le parti communiste ont longtemps joué un tel rôle : « immigrés et prolétaires * », les mineurs de Lorraine venus d'Italie s'agrégeaient d'abord à une France contre une autre, à la « classe ouvrière » contre la « bourgeoisie ». En quelques décennies, leur intégration puis leur assimilation ont été menées à terme, et eux-mêmes comme la génération qui les suit ne sont plus immigrés – ne sont pas toujours restés prolétaires, moins encore communistes.

La sédentarisation des populations immigrées des années soixante-dix et quatre-vingt présente certains traits qui rappellent ce schéma classique et d'autres qui semblent l'en distinguer.

La première des similitudes entre les années trente et nos jours concerne la proportion des étrangers dans la population totale, qui se situe au-dessus de 6 %. Mais ces étrangers ne sont pas les mêmes : aux Européens du Sud et de l'Est se sont largement substituées aujourd'hui des populations d'Afrique du Nord, d'Afrique noire, de Turquie et d'autres pays d'Asie. Sur les 3 680 100 étrangers présents en France selon le recensement de mars 1982 (4 223 928 selon le ministère de l'Intérieur en janvier 1982 **), on comptait approximativement 800 000 Algériens, 450 000 Marocains, 190 000 Tunisiens, 125 000 Turcs. En 1982, 43 % des étrangers sont africains (et, pour les 9/10e d'entre eux, maghrébins) et 48 % européens (contre 61 % en 1975 et 72 % en 1968).

Le recensement, on le sait, ne comporte aucune question d'ordre confessionnel. On considère pourtant d'habitude que les étrangers originaires d'Afrique du Nord, du bassin du fleuve Sénégal, de Turquie et de quelques autres pays sont, dans l'ensemble, « musulmans ». Le nombre de ces étrangers « musulmans », toutes nationalités confondues et en tenant compte des immigrés clandestins, oscillerait entre 1 800 000 et 2 000 000. A cela s'ajoute la commu-

---

* Selon le titre du livre de Gérard Noiriel : *Longwy, immigrés et prolétaires*, Paris, 1980.
** La différence entre ces chiffres tient à ce que le ministère de l'Intérieur comptabilise les titres de séjour en cours de validité qu'il a délivrés, mais ne recense systématiquement ni les départs ni les enfants d'étrangers nés en France qui ne lui sont pas déclarés. Le recensement, quant à lui, a une nature déclarative : une partie de la population étrangère – la plus défavorisée – y échappe, volontairement ou non. Par ailleurs, un certain nombre de jeunes nés en France s'identifient alternativement comme « étrangers » ou « Français » selon des critères subjectifs et variables.

nauté des harkis et de leurs descendants – qui sont de nationalité française –, estimée à 350 000 ou 400 000 personnes, ainsi qu'une quantité inconnue de jeunes nés en France de parents algériens *, d'étrangers « musulmans » naturalisés et de Français « de souche » convertis à l'islam. Le total de ces approximations et de ces ignorances laisse à penser que 2 500 000 à 3 000 000 de « musulmans » au sens large résideraient aujourd'hui en France.

A l'imprécision des chiffres s'ajoute l'imprécision de la définition des « musulmans » en question. Rien n'autorise en effet à considérer comme tel une personne qui n'en aura pas fait expressément déclaration. Et il semble aussi contestable, dans la tradition intellectuelle de la France laïque, de qualifier uniment de « musulmans » les quelque 800 000 ressortissants algériens présents dans l'Hexagone que ce le serait de tenir l'ensemble des Français pour « catholiques ». Eussent-ils été baptisés, ces derniers peuvent à leur guise cesser de croire, interdire à l'Église de les compter parmi ses ouailles et de parler en leur nom. En droit, il en va ainsi, et rien ne contraint un Marocain ou un Turc immigré à quelque appartenance confessionnelle s'il ne le souhaite pas. Mais, dans les faits, la situation devient plus complexe lorsque ce Marocain ou ce Turc souhaite affirmer son appartenance islamique, respecter les prescriptions du dogme et exercer son culte. La progression considérable du nombre de mosquées et de salles de prière durant les quinze dernières années laisse penser que, parmi les « musulmans » au sens large précédemment évoqués, de plus en plus de personnes souhaitent affirmer leur appartenance religieuse dans le cadre de la société française, entendent obtenir les moyens de pratiquer et de respecter telle ou telle prescription. Ce phénomène marque la naissance de l'islam en France. Il ne se confond pas avec la présence sur le territoire de populations auxquelles on assignerait une appartenance confessionnelle sur le seul critère de leur origine nationale, indépendamment de leur volonté d'affirmer leur conviction religieuse.

L'affirmation de cette appartenance ne se produit pas dans le seul cadre privé : en s'exprimant par la création d'associations islamiques, de mosquées et lieux de prière dans les foyers de travailleurs, les usines, les HLM ou les quartiers des villes françaises, elle devient un fait social. Celui-ci se produit dans un contexte précis : la sédentarisation de populations d'origine majo-

---

* Selon le Code de la nationalité, ceux-ci sont français en vertu du « double droit du sol » – étant nés en France de parents qui étaient eux-mêmes nés sur le territoire de l'Algérie alors française.

ritairement étrangère en France. On formera donc l'hypothèse que l'affirmation de l'appartenance à l'islam est, pour un certain nombre de musulmans, un mode de sédentarisation dans la société française.

Ce mode de sédentarisation n'est pas unique ou exclusif. Il peut se combiner, s'opposer, se substituer ou laisser la place à d'autres formes de socialisation qui font peu ou pas intervenir le critère de l'appartenance confessionnelle. Cela a été particulièrement manifeste au début des années quatre-vingt, qui a vu se développer plusieurs mouvements sociaux au sein desquels des personnes d'origine « musulmane » étaient remarquablement actives. Ainsi de la « marche des beurs * », de SOS Racisme, des Jeunes Arabes de Lyon et banlieue (JALB) ou des grèves dans l'industrie automobile. Ces mouvements s'inscrivent aussi dans le processus de sédentarisation de ceux qui y participent.

A des degrés divers, les « beurs » et SOS Racisme ont tenté de mobiliser les jeunes d'origine maghrébine en les faisant participer à un mouvement qui favoriserait leur intégration dans la société française par l'alliance avec d'autres groupes ethniques ou sociaux. S'allier à une France contre une autre, comme le firent jadis les Italiens de Lorraine, c'était désormais devenir « immigré et " pote " », dans une grande communion contre les « beaufs ** », incarnation symbolique du « racisme ».

Ces deux mouvements ont connu de réels succès, comme la « marche pour l'égalité et contre le racisme » qui traversa la France de banlieue en banlieue à l'automne 1983 – apogée des beurs –, et les concerts organisés par SOS Racisme en 1985 et 1986, tandis que se vendaient plus d'un million d'exemplaires d'un badge représentant une petite main étendue en signe de protection qui proclamait : « Touche pas à mon pote. »

Le « pote » en question était, au départ, Toumi Djaïdja, l'un des leaders de la « marche des beurs », blessé quelques mois plus tard par une balle tirée par un policier. Mais le terme a désigné symboliquement tous les jeunes, victimes potentielles du « racisme ». Ce mouvement a correspondu à l'émergence d'une génération de jeunes Maghrébins scolarisés en France mais se sentant margina-

* Le mot « beur » signifie « arabe » en verlan (parlé par les jeunes dans les banlieues de la région parisienne).
** Le « beauf » (beau-frère) est un personnage popularisé par le caricaturiste Cabu, sous les traits d'un quadragénaire à épaisse moustache. C'est le type idéal du Français moyen supposé chauvin, raciste, militariste, alcoolique, violent, borné, etc. Le terme a été réutilisé par les jeunes immigrés des banlieues pour désigner les Français des cités HLM à qui les opposaient des conflits souvent violents, cristallisés d'abord par des vols de voitures, et ayant plusieurs fois tourné à l'homicide.

lisés ou rejetés par la société. Contrairement au mouvement syndical ou communiste d'avant guerre, il s'est essoufflé rapidement et n'a pas pu se transformer dans la durée en une structure capable d'encadrer les « jeunes issus de l'immigration ». Il lui est communément reproché aujourd'hui par de jeunes Maghrébins d'avoir cherché à les utiliser au service de divers groupes de pression politiciens ou communautaires.

Les JALB constituent une autre forme de mobilisation de jeunes Arabes, qui s'inscrit dans le processus de leur sédentarisation en France. Contrairement aux beurs ou à SOS Racisme, ils souhaitent préserver leur spécificité et ne pas se dissoudre dans une mouvance plus vaste. « Jeunes », « arabes » et « lyonnais » ils sont et entendent rester. Ils recherchent des alliances conjoncturelles * et non pas structurelles avec d'autres groupes ou associations, en fonction de leurs objectifs et de leurs besoins propres.

Beurs, « potes » et JALB n'ont pas intégré dans leurs thèmes ou leurs mots d'ordre l'origine musulmane de ceux qu'ils mobilisent : pour beaucoup d'entre eux l'appartenance confessionnelle n'avait aucune signification sociale. Soit elle était du domaine de la piété privée ou familiale, soit même elle représentait une référence négative et rejetée.

Les grèves des OS de l'automobile (dont beaucoup sont originaires du Maghreb, d'Afrique noire et de Turquie) ont donné en 1982 et 1983 un exemple de la force de mobilisation sociale dont étaient capables des ouvriers immigrés – autrefois considérés par le patronat comme une main-d'œuvre docile, dure à la tâche, âpre au gain et donc peu revendicative. Ce type de mouvements nous paraît s'inscrire dans un processus de sédentarisation des intéressés en France, comme pour les jeunes Maghrébins mentionnés ci-dessus. Mais, lors de ces conflits, tant le militantisme syndical que l'affirmation de l'appartenance à l'islam se sont exprimés avec force. Les succès remportés par la CGT aux élections ouvrières après les grèves comme l'accomplissement de la prière collective dans l'enceinte de l'entreprise, sous l'objectif des photographes et des cameramen, ont montré comment pouvaient se combiner la prédication religieuse et la propagande syndicale **.

La visibilité de l'expression sociale de l'islam a alors surpris et dérouté les observateurs. Lors d'un autre conflit d'ampleur nationale dont les protagonistes étaient pour la plupart des immigrés

---

* Divers exemples de la stratégie des JALB sont présentés ci-dessous, p. 348.
** Dans d'autres usines, c'est avec la productivité du travail et l'« esprit maison » que s'est harmonisée la prédication religieuse. Voir ci-dessous, p. 152 *sq.*

du Maghreb – la grande grève des loyers à la SONACOTRA *, entre 1975 et 1978 –, la presse n'avait pas été sensible à l'affirmation de l'islam. La mode n'était pas encore aux ayatollahs, et les communiqués du comité de grève qui s'était fait le porte-parole des résidents parlaient le langage du gauchisme flamboyant. Pourtant, c'est à l'occasion de ce mouvement et dans sa foulée que la plupart des foyers furent équipés en salles de prière, occasionnant le premier « boom » des lieux de culte musulman en France.

On le voit à ces quelques exemples, l'affirmation sociale de l'islam ne saurait être immuablement le propre de toute personne hâtivement désignée comme « musulmane ». Lorsqu'elle se produit en France en 1987, elle intervient dans un contexte complexe : pour en comprendre le sens, partir d'une définition livresque de l'essence de l'islam et en chercher çà et là l'application ne serait d'aucun secours.

C'est à essayer de tracer les contours de la demande d'islam qui s'exprime dans les années quatre-vingt, à en restituer les multiples formes qu'est consacré le début de ce livre. Pour ce faire, nous avons dépouillé et analysé une enquête ** effectuée pendant le mois de ramadan (mai-juin) de 1985 auprès d'une soixantaine de « musulmans » originaires du Maghreb, d'Afrique noire et de Turquie. En restituant largement les propos de ces personnes que l'on entend rarement, en leur donnant autant que possible la parole, nous avons mis en situation la manière dont elles exprimaient (ou non) une demande d'islam et l'état de leurs rapports avec la société française. Il nous est apparu que cette demande présentait d'importantes différences selon que les enquêtés étaient marginalisés, insérés ou intégrés : ils ne recherchaient pas la même chose dans l'islam et ne définissaient pas cette religion de manière identique – certains, du reste, la rejetant complètement.

A cette demande d'islam complexe correspond une offre à la fois abondante et multiforme : associations locales, groupes transnationaux, États étrangers, mais aussi institutions ou groupes de pression français favorisent l'affirmation sociale de l'islam dans l'Hexagone. Ces différentes instances poursuivent des objectifs divers, parfois complémentaires mais souvent concurrentiels : l'un

---

* Société nationale pour la construction de logements pour les travailleurs – principal organisme gestionnaire de foyers pour les travailleurs immigrés. Voir ci-dessous, p. 126 *sq.*
** Cette enquête, placée sous la responsabilité du professeur R. Leveau, a été menée par une équipe du CNRS et de la Fondation nationale des sciences politiques. L'auteur de ce livre en a assuré la coordination. L'usage qui en est fait ci-dessous n'est pas exclusif d'autres interprétations complémentaires, à paraître simultanément dans une livraison spéciale de la *Revue française de science politique*.

des principaux enjeux est l'unification de populations hétérogènes et divisées en une communauté dotée d'une autorité unique.

Pour décrire cette « offre d'islam », il fallait effectuer un retour en arrière afin de raconter l'histoire confuse et largement occultée de la Grande Mosquée de Paris, institution créée par la IIIᵉ République dans les années vingt, à l'époque où l'Empire français, qui avait colonisé de nombreuses terres d'islam, se présentait volontiers sous les traits d'une « puissance musulmane ». La tourmente de la décolonisation ainsi que la politique personnelle des responsables de cette institution l'ont rendue inapte à répondre adéquatement à la demande d'islam qui naissait dans les années soixante-dix, jusqu'à ce que l'État algérien, au terme de tractations discrètes, s'en rende maître à la fin de 1982. Depuis lors, elle est le principal vecteur de l'influence du gouvernement de ce pays sur l'islam en France.

Les carences de cette institution ont favorisé l'efflorescence des quelque six cents associations et du millier de salles de prière qui existent aujourd'hui : un très grand nombre sont autonomes et « collent » à la demande sociale de leurs membres ou de leurs fidèles.

Ce sont les formes de réponse des associations islamiques ou des mosquées à cette demande que nous décrivons d'abord. D'une part, en observant le fonctionnement, les structures d'encadrement, l'idéologie véhiculée par les sermons du vendredi de deux grandes associations qui disposent d'importantes mosquées dans la capitale : l'Association cultuelle islamique de Belleville, détentrice de la mosquée Stalingrad, et l'association Foi et Pratique – une branche française du plus important mouvement islamique à l'échelle mondiale, la *jama'at al tabligh* (« Société pour la propagation de l'islam »).

D'autre part, à travers la politique de l'Église catholique, du patronat, des organismes gestionnaires de foyers de travailleurs et de cités HLM et les mesures incitatives prises par l'État au début du septennat de M. Giscard d'Estaing, se met en place un « islam de paix sociale ». Ceux qui l'encouragent voient alors en lui un facteur de stabilisation qui détourne les fidèles de la déviance, de la délinquance ou de l'adhésion à des syndicats ou à des partis révolutionnaires.

Dans la seconde moitié des années soixante-dix, des facteurs exogènes affectent profondément le développement de l'islam en France. Un flux de pétrodollars en provenance de la péninsule arabique oriente l'allégeance de certaines associations et leur permet d'acquérir des terrains et immeubles transformés en mosquées, les rendant autonomes par rapport aux organismes français qui leur prêtaient des locaux : cela favorise une plus grande visibilité de cette religion. Mais la victoire de la révolution islamique vient infléchir ce mouvement dans le sens d'une multiplication de malentendus réciproques entre la société française et ceux qui affichent leur islam en son sein.

Le « moment iranien » est une période charnière pour l'évolution de l'islam. La conquête du pouvoir à Téhéran par Khomeyni manifeste avec beaucoup de vigueur le dynamisme politique que peut receler le credo révélé au prophète Mahomet ; pour certains, c'est la preuve que la foi conduit au renversement de la domination occidentale sur le monde et au triomphe final de l'islam sur terre. Pour d'autres, c'est l'avènement du fanatisme et de la barbarie, la menace permanente du terrorisme. Transposé à l'expression de l'islam dans la société française, ce dialogue de sourds crée une situation de tension. Côté musulmans, la révolution iranienne engendre un enthousiasme considérable, fait renaître une fierté de l'appartenance religieuse chez nombre de personnes qui, autrefois, en avaient honte parce qu'elles intégraient la représentation dévalorisée de l'islam la plus fréquente en Occident. Ce moment d'enthousiasme se traduit concrètement par un renouveau de la pratique ostensible et de l'observance, la création de beaucoup de mosquées, salles de prière et associations. Simultanément, des groupes islamistes à visée explicitement politique prennent leur essor : leur impact reste limité au milieu estudiantin dans un premier temps, mais leurs proclamations d'hostilité envers un Occident haï ont de l'écho dans la société française. Elles se combinent avec les diatribes du colonel Kadhafi, les anathèmes de l'ayatollah Khomeyni et les menaces des groupes « islamiques » qui prennent des otages au Liban, pour composer une image de l'islam repoussante. Cela favorise une cristallisation des antagonismes, perceptible aussi bien lors des conflits des OS immigrés de l'automobile interprétés comme de la « subversion intégriste » que lors des « campagnes anti-mosquées » qui se développent dès qu'un permis de construire est déposé à cette fin dans une mairie.

Ce foisonnement des tensions est allé de pair avec un développement désordonné des initiatives islamiques d'un bout à l'autre de la France. A partir de 1985, en revanche, deux tentatives rivales de structuration communautaire s'affichent : l'une, sous l'autorité de la Mosquée de Paris, d'obédience algérienne, vise à renforcer l'hégémonie de cette institution, à en faire l'instance représentative des musulmans auprès des autorités françaises. La seconde, initiée par un groupe de convertis, jouit de l'appui d'autres pays musulmans. Dans les deux cas, ce sont les fidèles de nationalité française qui sont mis en avant et qui s'efforcent de faire valoir leurs droits de citoyens afin de négocier une plus grande place pour l'islam dans la société. Ce phénomène, qui s'inscrit dans des débats complexes sur la naturalisation et la réforme du Code de la nationalité, est, au moment où ce livre part à l'impression, en pleine mutation. Son évolution dépendra pour une large part de la façon dont la jeune génération d'origine musulmane née ou éduquée dans ce pays entreprendra (ou non) de faire de l'affirmation d'appartenance communautaire et confessionnelle un thème majeur de ses combats pour prendre place dans la France de demain.

Remerciements

Ce livre n'aurait pu voir le jour si de nombreuses personnes qui pratiquent l'islam en France ne m'avaient consacré un peu de leur temps. Je leur en suis infiniment reconnaissant. Sans cela, il m'aurait été très difficile de me représenter tant leur situation présente que leurs aspirations. Je n'ai identifié que ceux de mes interlocuteurs qui jouent un rôle public et sont connus comme tels : c'est avant tout l'analyse d'un phénomène social dans son ensemble qui fait l'objet des pages qui suivent, et il m'importait davantage de construire une typologie explicative que de décrire tel ou tel individu.

Le dialogue avec le sociologue ou l'enquêteur n'est jamais innocent ni neutre : chacun souhaite communiquer son propre message et exercer sur le texte final quelque influence. Mon travail, parce qu'il a consisté à interpréter, ne peut satisfaire la totalité de mes interlocuteurs, cela d'autant qu'ils avaient chacun une perception de l'islam en France différente de celle des autres. Publier mes analyses, c'est d'abord les proposer à la critique : je ne puis que souhaiter qu'un débat s'engage à partir de données concrètes, pour briser enfin le cercle vicieux de l'apologie et de la polémique, fondées l'une et l'autre sur l'ignorance ou l'occultation des faits.

Si la responsabilité des analyses présentées dans ce livre m'incombe exclusivement, la collecte des données m'a été facilitée par l'aide que m'ont apportée plusieurs institutions et beaucoup de collègues et d'amis. Le Centre national de la recherche scientifique, le ministère de la Recherche et de la Technologie, la Fondation nationale des sciences politiques ont notamment permis d'effectuer l'enquête dont je propose une interprétation dans le premier chapitre. En contribuant à la préparation de cette enquête, j'ai tiré un grand bénéfice de ma participation à l'équipe de recherche dirigée par le professeur Rémy Leveau, aux côtés de Catherine de Wenden, Jacques Barou, A. Moustapha Diop, et des autres collègues qui m'ont beaucoup appris dans tous les domaines. Ma dette envers eux est très grande.

Le Centre d'études et de recherches internationales (CERI) m'a permis d'user de son efficace infrastructure. J'ai beaucoup de gratitude envers ses directeurs successifs, Guy Hermet et J.-L. Domenach, ainsi qu'envers l'équipe administrative, qui ne m'a jamais ménagé son amical dévouement. Geneviève Joly m'a largement aidé à rassembler la documentation, et je lui en suis très reconnaissant. Et ce fut un privilège de remettre mon manuscrit – et mon sort – entre les mains de Catherine Perrot.

Il m'est agréable, enfin, de remercier les amis qui m'ont encouragé ou aidé : Bruno Étienne et ses élèves m'ont piloté en islam marseillais, les étudiants du IIIe cycle de l'Institut d'études politiques de Paris et plusieurs doctorants d'autres institutions m'ont permis, par leurs exigences intellectuelles et les informations qu'ils m'ont communiquées, d'affiner l'analyse.

Last but not least, Michel d'Hermies a lu et critiqué les versions successives du manuscrit : c'est à sa patiente maïeutique que ce texte doit d'être écrit en français.

Note sur la transcription et les sources

Ce livre repose sur une documentation écrite ou des sources orales dont beaucoup sont en langues étrangères – principalement en arabe. Il existe plusieurs systèmes de translitération savante, qui ont en commun d'être indéchiffrables par le lecteur non orientaliste. De plus, les Arabes vivant en France ont généralement transcrit les noms et les termes dont ils ont l'usage en se réglant sur leur prononciation dialectale. Lorsqu'il existe une transcription de ce type, nous l'avons reprise telle quelle. Lorsqu'il nous a fallu, pour préciser le sens d'une traduction, transcrire nous-même un terme arabe, nous avons tenu compte autant que possible des règles de prononciation du français, afin que le lecteur non spécialiste puisse mieux identifier le mot : ainsi, nous n'avons pas identifié les voyelles longues. Les lecteurs arabophones ou orientalistes n'auront aucun mal à restituer le terme originel.

Les traductions du Coran sont empruntées en règle générale à l'édition de M. Hamidullah, qui fait largement autorité parmi les croyants francophones. Lorsque cela est nécessaire pour la compréhension, nous proposons en regard la traduction de R. Blachère.

Sources et références figurent en fin de volume et sont suivies par un glossaire et un index.

CHAPITRE I

La citadelle intérieure

L'affirmation islamique au sein des populations musulmanes en France n'est pas la simple et nécessaire conséquence de la présence de ces populations sur le sol français. Il est remarquable, en effet, que la construction de mosquées et salles de prière ait connu une très forte croissance depuis la seconde moitié des années soixante-dix, alors que leur nombre stagnait auparavant à quelques unités – tandis que le nombre de musulmans, lui, ne croissait pas en proportion, fort loin de là. Et si l'on peut rechercher à ce phénomène une causalité extérieure – le mettre en rapport avec le processus de sédentarisation aléatoire des immigrés après les circulaires 1974 interdisant l'immigration légale –, cela ne permet pourtant pas de rendre compte de l'émergence, depuis lors, d'une revendication d'identité *islamique* ni de la distinguer, dans ses causes et son objet, d'autres formes identitaires comme celles du mouvement « beur » ou de la mouvance des « potes ».

Pourtant, l'élaboration d'une telle « conscience islamique » sur le territoire français est un événement d'importance – culturelle et sociale aussi bien que politique. Et il importe, pour en découvrir les ressorts, de se mettre à l'écoute de ce qu'en disent les intéressés eux-mêmes, les musulmans qui vivent en France.

Mais tenter cette entreprise, c'est buter sur les mêmes pierres d'achoppement qui surgissent entre les populations musulmanes d'un côté et la société française et son État de l'autre : barrières linguistiques et culturelles faites d'incompréhension et de préjugés réciproques, méfiance nourrie de blessures anciennes comme de traumatismes récents. Passé colonial ou guerre d'Algérie, incantations khomeynistes ou terrorisme arabe s'entremettent dans le cours d'un dialogue où il est souvent difficile de faire la part des faits sociaux et celle de l'idéologie.

Cette difficulté à communiquer, à partager un langage qui

permette la moindre déperdition de sens au cours de l'échange, est tournée, d'ordinaire, par un certain nombre de palliatifs qui procurent à ceux qui y ont recours l'illusion de la transparence. Le plus courant de ces expédients consiste à donner la parole à des « représentants » autodésignés des populations en question. Contrairement à celles-ci, ils savent tenir un discours articulé qui utilise les catégories de pensée de l'interlocuteur français, savent déployer sa rhétorique. Mais ces représentants-là, qu'ils soient des intellectuels patentés ou les agents de tel gouvernement ou de telle puissance, ne sont pas, dans la plupart des cas, partie prenante, à la base, du phénomène d'élaboration d'une conscience islamique dans la France d'aujourd'hui, et n'en présentent qu'une vision déformée – sciemment ou non – pour les besoins de leurs propres et étroites causes.

Si l'on veut éviter de recourir à de pareils interprètes, on se trouve confronté à une vaste *opinion*. Or, on sait interroger, sonder l'opinion *publique*, mais le sondage suppose certaines conditions préalables qui, en l'espèce, ne sont pas réunies. La première est l'usage d'une langue commune au sondeur et aux sondés – difficulté que l'on peut amoindrir en employant des enquêteurs arabophones, berbérophones, turcophones ou parlant des langues africaines, mais qui ne résorbera pas l'éloignement culturel entre les interlocuteurs, sauf en contraignant les sondés à plier leur raisonnement et leur expression aux catégories préconçues du sondeur, à démembrer leur vocabulaire en le soumettant à la roue d'une syntaxe étrangère.

Supposons que l'on détermine un échantillon représentatif des populations musulmanes en France. Son ampleur même – il ne serait guère inférieur au millier d'individus – aurait pour conséquence que seules des questions appelant des réponses simples aisément quantifiables pourraient être posées. Ainsi, par exemple, on mesurerait quel est le pourcentage des musulmans en France qui ne mangent que de la viande rituellement égorgée *(halal)* ou accomplissent les cinq prières quotidiennes prescrites par le Coran. Ces informations d'ordre quantitatif ne seraient pas sans intérêt, mais ce serait mettre, comme on dit, la charrue avant les bœufs que de vouloir établir un rapport entre la pratique régulière des prières par telle proportion de musulmans et leurs velléités d'intégration dans la société française avant de comprendre ce que signifie, pour eux, la perpétuation de ce rituel sur les lieux d'habitation ou de travail en France.

Or, c'est la conscience islamique d'une part importante des populations musulmanes en France comme vision d'elles-mêmes et du monde qui reste opaque pour les observateurs français. C'est cet univers de sens, cette syntaxe conceptuelle, que l'on a peine à explorer, à analyser. Et ce qu'il importe de comprendre en premier lieu – sous peine que les données chiffrées, aussi riches fussent-elles, restent rétives à l'interprétation –, c'est le « parler islamique » qui commence à être employé en France, ce sont les catégories de pensée qui s'y mettent en place, s'y articulent. Pour cela, on ne peut faire usage d'un questionnaire par trop « fermé » pour interroger l'« opinion musulmane » – définie très largement comme l'ensemble des individus nés dans cette religion (quelle que soit leur croyance ou leur incroyance) ou s'y étant convertis. Ainsi délimitée, cette « opinion » ne constitue pas un ensemble homogène, et, sauf à lui imposer une cohérence qu'elle n'a guère, il importe de laisser les personnes que l'on interroge construire à leur manière leur raisonnement, réagir librement à des questions nombreuses et variées – à charge pour l'analyste de trier puis d'imbriquer ensemble, comme il le peut, les pièces éparpillées du puzzle de l'identité islamique en France que constituent les réponses.

Entretien avec cinquante-huit musulmans

Entre les déclarations spécieuses des « porte-parole » et la pauvreté d'un sondage d'opinion, il y a place pour un mode d'interrogation qui permette de se représenter dans sa complexité et son ampleur le pôle identitaire islamique qui s'élabore aujourd'hui dans les frontières de l'Hexagone. C'est dans une telle perspective qu'une équipe de chercheurs a effectué une enquête de type « semi-directif » en mai-juin 1985 (pendant le mois de ramadan) auprès de cinquante-huit personnes de confession musulmane vivant en France. Celles-ci ont été choisies de façon à illustrer la diversité, la bigarrure de populations qui se composent de jeunes Algériens nés dans l'immigration et ignorants de la langue arabe, d'ouvriers turcs non francophones, de ménagères marocaines, de marabouts sénégalais, de lettrés comme d'analphabètes, de militants de telle ou telle cause et d'individus repliés sur eux-mêmes, de citoyens français comme de ressortissants étrangers, et ainsi de suite. On a cherché, en sélectionnant les « enquêtés », à ouvrir au maximum l'éventail des opinions et des situations, à multiplier ce que l'on nomme en langage de démographe les « variables stratégiques » plus qu'à construire un échantillon représentatif qui respecte strictement le poids de chaque composante de ces populations. Les entretiens ont été conduits dans la langue choisie par la personne interrogée (arabe, français, turc, soninké ou pular *) – à partir du guide d'enquête présenté en annexe **, dont les questions se regroupaient sous quatre grandes rubriques : l'islam quotidien, l'itinéraire personnel, l'islam et le travail, les musulmans dans la société française.

Dans l'ensemble des questions, ont été mêlées des demandes à caractère général, qui permettaient aux interviewés d'élaborer assez librement le cadre et les catégories de leurs réponses, et des interrogations plus « fermées », qui laissaient une moindre latitude pour répondre. De plus, certaines questions invitaient à développer des thèmes assez abstraits ou des éléments de doctrine musulmane telle que se la représentaient les personnes interrogées, alors que d'autres concernaient davantage l'expérience personnelle, poussaient l'interviewé à « s'impliquer » fortement.

Cette multiplication des formes de questionnement avait pour objectif la formulation d'une représentation d'eux-mêmes et du monde qui soit, autant que possible, propre aux enquêtés, qui leur permette de développer leurs catégories de pensée sans être contraints de passer sous les fourches Caudines des stricts schémas préconçus des enquêteurs.

Aurait-il été pertinent de pousser cette démarche à son terme et d'adopter une forme d'entretiens qui soient totalement « non directifs », c'est-à-dire réduits à une question générale (ou « consigne ») destinée simplement à amorcer le propos ? Cela aurait, incontestablement, permis aux enquêtés de s'exprimer avec une totale liberté, mais il eût probablement été extrêmement difficile d'effectuer un dépouillement comparatif des réponses, dans la mesure où les personnes interrogées formaient un ensemble extrêmement hétérogène, d'une part, et où l'inhibition de nombre d'entre elles, mises en demeure de s'exprimer longuement, aurait sans doute été très grande, d'autre part. A preuve, les questions portant sur l'itinéraire personnel (3.1, 3.2 et 3.3) **, qui s'apparentent le plus à la « consigne » d'un entretien non directif et permettaient à chacun de raconter sa vie si, et comme, il le voulait, n'ont suscité,

---

* Le soninké (ou le sarakolé) et le pular sont les langues parlées majoritairement par les musulmans d'Afrique noire immigrés en France, et qui sont surtout originaires du Sénégal, du Mali et du sud de la Mauritanie.
** Voir ci-dessous, p. 406.

dans la grande majorité des cas, que des réponses fort brèves et stéréotypées.

La batterie de questions posées ici et la manière dont elles sont exploitables représentent, de la sorte, une voie moyenne entre « entretien non directif » et « entretien par questionnaire fermé ». Elle concilie une assez large possibilité d'expression des enquêtés avec le souci des utilisateurs de l'enquête de disposer de données comparables et classifiables. Un bref échantillon de réponses à la question 4.1. : « Quelles conséquences cela a-t-il, à votre avis, d'être musulman dans le travail ? » permet d'apprécier la latitude qu'a chaque interviewed d'interpréter l'interrogation et d'élaborer son propre discours sur le thème suggéré. Ainsi :

> J'sais pas. On peut pas très bien faire le musulman, je trouve, quand on travaille en France. Parce que, lorsque l'heure de la prière arrive, on peut pas le faire [...] (jeune fille turque, 17 ans, CAP de couture, au chômage – en français).

> Je pense que l'islam et le travail peuvent aller ensemble car, si on travaille pas, on ne mange pas, par conséquent il est difficile de faire la prière pendant le travail, mais on peut le rembourser une fois rentré à la maison. C'est permis par l'islam (mère de famille sénégalaise, 24 ans, femme au foyer, sans instruction – en pular).

> En France, être musulman dans le travail, ça pose des problèmes. D'abord, on ne peut pas faire les prières en temps voulu, et, deuxièmement, il est difficile de manger au travail le repas qu'on préfère. Il y a des jours, même, où je ne peux pas manger au travail, car le repas ne paraît pas propre du point de vue religieux (père de famille malien, 55 ans, ouvrier spécialisé et marabout – en pular).

> Dans le travail, il y a plusieurs cas. Dans certaines usines, ça se passe bien. Dans d'autres, les immigrés souffrent de racisme. Certaines proposent à des immigrés diplômés ou qualifiés des postes de manœuvre. Maintenant, que Dieu nous préserve du chômage, car un chômeur maghrébin se voit refuser l'embauche (père de famille algérien, 36 ans, études secondaires, employé du tertiaire – en arabe).

> Le fait d'être musulman a un effet positif sur notre travail. A savoir que, un musulman, quel que soit le pays où il travaille, quelle que soit la nationalité ou la religion de ses patrons, doit mériter son salaire, sinon il est responsable auprès de Dieu. Ainsi le musulman, sachant cette règle, travaille beaucoup et gagne peu [...].
> En outre, il ne peut absolument pas endommager les biens des autres. C'est ça les exigences de l'islam [...] (imam, 35 ans, fonc-

tionnaire de l'État turc envoyé auprès des travailleurs turcs en France – en turc).

On le voit à travers ces cinq exemples, la question a été comprise de manière différente et, à tout le moins, les réponses sélectionnent telle ou telle interprétation : discours productiviste de l'imam turc, problèmes que pose ou non l'accomplissement de la prière sur le lieu de travail comme on en perçoit l'écho chez un OS malien, une jeune chômeuse turque francophone ou une femme au foyer sénégalaise, hantise du chômage pour l'employé algérien, qui efface, dans ce contexte, la référence islamique pour mettre en avant une définition de soi immigrée ou maghrébine.

La confrontation de toutes les réponses à cette question permet de reconstruire la perception du rapport au travail tel qu'il est médié (ou non) par la « conscience islamique » des enquêtés – de dégager des constantes et de repérer des variantes. Nous aurons l'occasion, en l'occurrence, d'en observer les applications pratiques en examinant le phénomène des mosquées et salles de prière implantées dans les usines françaises *.

Le dépouillement de cette enquête a fourni une masse de données très riches, parmi lesquelles nous sélectionnerons, ici, le matériau qui nous semble le plus utile pour analyser l'émergence de l'identité islamique en France. On peut utiliser ces données à d'autres fins, et nous n'en proposons qu'une des lectures possibles **.

« ... ce que tu as à l'intérieur, c'est l'islam... »

Tel qu'il est explicité au long des réponses apportées au cours de l'enquête, l'islam se manifeste, à un premier niveau, sous la forme d'un système d'injonctions et d'interdits qui sert à assumer de manière volontaire, délibérée, une différence. Cette différence serait perçue, sans cela, comme ségrégation ou racisme subis par des immigrés, des Arabes, des Noirs ou des Turcs méprisés, montrés du doigt. L'islam opère, dans ce contexte, une transmutation des valeurs et des statuts, lave la honte et fait surgir à sa place la fierté ***. La contrainte souvent pesante des interdits et des injonc-

---

* Voir chapitre suivant.
** Cette enquête fait l'objet d'une analyse exhaustive à paraître dans un ouvrage collectif.
*** Voir ci-dessous, p. 311.

tions est l'épreuve à laquelle choisissent de se soumettre ceux qui, par là, ont le sentiment d'obéir à une morale, à un code éthique supérieur qui mène au seuil du Paradis, à un système de valeurs dont la véracité est garantie par Dieu :

> [...] Tu vois un Français dehors. Nous, on fait comme ça, on se couvre comme ça [*elle montre son fichu*], on descend dans la rue. Ils rient quand ils nous voient. N'est-ce pas ? [...] Naturellement, ils disent : « Celles-là, elles se couvrent comme des Tziganes *. » Mais, dans l'autre monde, il arrivera un jour où nous rirons d'eux. Tu restes chez toi, tu te sens pas bien, tu sors dehors, tu te sens bizarre. Les Français, comment veux-tu qu'ils sachent que tu te couvres, mais que ce que tu as à l'intérieur, c'est l'islam [...]. Il y en a des milliers, de celles qui découvrent leur tête, leurs fesses. Mais ça, c'est pas notre envie. On a envie de mettre un fichu. Laissons ces Français rire de nous dans ce monde [...]. Mais il faut savoir parler [français] pour leur dire : « Vous riez de nous, mais nous allons rire de vous dans l'autre monde. » On sait tout, mais on ne peut pas répondre. Qu'est-ce que tu veux ! (femme mariée turque, 35 ans, sans instruction, d'origine villageoise, sans profession – en turc ; 2.2. **).

De façon plus sophistiquée, mais non sans ressemblance, un universitaire tunisien à qui l'on demande : « Le fait d'être musulman vous aide-t-il ou non à mieux vivre, en France, dans la société et dans votre famille ? » répond :

> Oui, je crois que oui parce que... la tentation de dépersonnalisation qu'on sent autour de nous ***, où chacun est réduit à être tout simplement un travailleur, un salarié, quelqu'un qui remplit uniquement une tâche matérielle contre argent. Je crois... le fait d'être musulman nous donne une dimension et même une grande dimension de sécurité intérieure qui nous permet d'affronter parfois... d'être mieux armés contre les agressions extérieures (homme marié tunisien, 46 ans, origine urbaine, études universitaires, enseignant en sciences – en français ; 2.4.).

---

* Les Tziganes, en Turquie, ne se « couvrent » pas plus que d'autres, mais ils arborent la vêture particulière qu'on leur connaît aussi en France, qui les signale à l'attention des « braves gens » et suscite leur opprobre. La personne interrogée veut dire ici que les Français la perçoivent comme elle-même percevait, en Turquie, les Tziganes.
** Les chiffres qui figurent après la mention de la langue d'entretien indiquent à quelle question répond la citation de l'enquête (se reporter au guide d'entretien, en annexe).
*** Les propos des enquêtés sont retranscrits tels qu'ils ont été tenus et enregistrés (après traduction éventuelle) ; cela explique de fréquentes ruptures de constructions, qui sont le propre de l'expression orale, et qui n'ont pas été modifiées lors de la réécriture.

L'islam est ici présenté sous l'aspect d'une citadelle intérieure, d'une place forte qui permet de résister à des assauts multiples. Elle impose quelquefois même le respect par sa seule présence :

> Il nous est quand même un peu reproché d'être musulmans par certaines personnes. Mais d'autres approuvent, une bonne partie des personnes, des Français approuvent que des gens appliquent cette religion, et je dirais même que les musulmans qui ne pratiquent pas le ramadan ni la religion, ils sont moins considérés par les Français (père de famille marocain, 40 ans, études primaires, ajusteur – en français ; 2.4.).

Nombre d'enquêtés sentent que pèse sur eux un triple regard : celui des Français, celui de leurs propres enfants, et celui de Dieu.

> J'ai les mêmes problèmes que tous les immigrés, portugais, espagnols, ou autres. Nous avons du mal à vivre dans la société française. Mais dans mon entourage musulman, je suis mieux considéré du fait que je suis pratiquant, ce qui m'aide à mieux vivre ces relations. Et ma famille me respecte et m'obéit, car je suis fidèle aux préceptes religieux (père de famille algérien, 36 ans, études secondaires, employé du tertiaire – en arabe ; 2.4.).

Le regard que les Français portent sur les musulmans est décrit en termes très variés par les enquêtés, et beaucoup s'efforcent de ne pas généraliser ; toutefois, nombreux sont ceux qui se sentent dépréciés, méprisés en tant qu'Arabes, immigrés, étrangers, et qui expriment leur amertume, comme si tout concourait, en France, à leur conférer une identité négative, un statut inférieur :

> Il y a des Français qui aiment les Arabes et des Français qui sont jaloux des Arabes. C'est ça le racisme qu'il y a, parce que le raciste se voit déprécié, et il n'arrive pas, il voit l'Arabe bien habillé, en bonne santé, avec ses enfants et sa voiture, il devient jaloux. C'est ça leur racisme. Ils veulent voir l'Arabe toujours sous leurs pieds (père de famille algérien, 49 ans, analphabète, artisan-coiffeur – en arabe ; 2.5*b*.).

> Les Français ? Alors là, je n'ai pas tellement d'avis. Il me semble qu'ils nous voient dans la position de mendiants [...] (père de famille turc, 52 ans, études primaires, ouvrier du bâtiment, au chômage – en turc ; 2.5*b*.).

> Les Français nous considèrent comme des immigrés, ils nous méprisent. Ils nous considèrent comme leur ennemi (père de famille

algérien, famille au pays, seul en France, 55 ans, analphabète, OS métallurgie – en arabe ; 2.5*b*.).

Rares sont les opinions aussi tranchées que cette dernière affirmation – dont l'auteur tient du reste des propos non moins terribles sur l'attitude des autorités algériennes à son égard lorsqu'il rentre au pays. Même lorsque les positions sont plus nuancées, la référence au mépris, à l'hostilité, à la méfiance, à l'indifférence ou à la peur manifestés par certains Français au moins est fréquente (en revanche, le gouvernement est souvent crédité de « considération » envers les musulmans, parce qu'il laisse des mosquées et des salles de prière s'édifier en grand nombre).

Les Français, en retour, exercent fascination ou répulsion sur les enquêtés. Lorsque ce dernier sentiment domine, ils sont généralement traités d'impies (arabe : *kafir*, turc : *gavur*), et non pas définis comme « gens du Livre * ».

Mais ce qui semble causer le pire souci aux personnes interrogées, quand elles ont une progéniture, c'est l'attrait irrésistible du mode de vie français sur leurs propres enfants, ce dont la conséquence première serait l'effondrement de l'autorité paternelle, prélude à la dissolution complète des valeurs morales et à la perdition. Comme si le mépris témoigné par certains des Français pouvait s'instiller jusqu'à l'intérieur du noyau familial et être repris par les enfants « francisés » contre les parents.

> Pour la vie familiale, [l'islam] c'est bien. Par exemple, sur la question des enfants, l'islam ordonne d'obéir au père et à la mère. Tu ne dois pas te révolter contre les parents. Ça, c'est très bien [...] (père de famille turc, 52 ans, études primaires, ouvrier du bâtiment, au chômage – en turc ; 2.4.).

> [...] Disons que mon fils vient avec un Français. Il me parle en français, il me parle mal. Tu dois lui donner une claque sur la bouche et lui dire : « Tu es devenu français ? Tu es turc, musulman. Obligé, tu dois parler en turc, tu dois être musulman. » Tu dois serrer les enfants de tous les côtés, tu dois les taper et tout. Tu

* Chrétiens et juifs bénéficient, dans la doctrine islamique, du statut de « gens du Livre » *(ahl al kitab)* – qui les différencie des « païens » ; ces derniers ont le choix, lorsque les armées de l'islam conquièrent leurs territoires, entre la mise à mort immédiate ou la conversion, alors que les « gens du Livre » peuvent conserver leur religion (mais non la propager) sous la « protection » *(dhimma)* des musulmans. Astreints à des impôts spéciaux et à diverses limitations de droits par rapport aux musulmans, ils sont considérés comme des croyants qui ont reçu la révélation divine, mais en ont fait mauvais usage. Toutefois, la désignation populaire de tous non-musulmans la plus fréquemment rencontrée dans cette enquête est celle d'« impies », et elle ne s'embarrasse guère des finasseries des jurisconsultes et de la casuistique des théologiens.

dois toujours veiller à l'islam [...] (femme mariée turque, 35 ans, sans instruction, d'origine villageoise, sans profession – en turc ; 2.4.).

Mon frère, c'est le seul problème auquel on ne trouve pas de solution. Notre vie en France, merci à Dieu, mais nos enfants nous les avons perdus. Tous ils parlent la langue française aujourd'hui ; quand ils restent avec nous à la maison, ils restent quatre heures, deux heures, c'est tout. Mais toute la journée ils sont avec les Français à l'école ou avec leurs amis français. C'est ça notre vie, c'est que les enfants nous les avons perdus (père de famille algérien, 49 ans, analphabète, artisan-coiffeur – en arabe ; 2.4.).

De telles angoisses se dissipent, au fil des entretiens, lorsque les enquêtés sont jeunes et éduqués ; et si quelques-uns envisagent de ne donner à leurs enfants aucune éducation musulmane, beaucoup considèrent qu'il est de leur devoir de transmettre une religion dont ils sont les dépositaires, quitte à ce que les enfants prennent, lorsqu'ils seront majeurs, leurs propres responsabilités :

C'est très important, il faut qu'ils aient une connaissance parce que pour nous c'est un devoir de transmettre [...], c'est une des responsabilités que nous portons [...] et puis après une fois transmis ça aux enfants nous n'avons plus de responsabilités envers eux [...]. Une fois qu'ils ont les connaissances, c'est à eux de les pratiquer ou pas parce qu'ils seront jugés sur leur pratique. Parce que à ce moment-là les enfants ne vont pas nous reprocher de ne pas leur avoir transmis ce qui est nécessaire pour eux [...] (père de famille marocain, 40 ans, études primaires, ajusteur – en français ; 2.4.).

[...] Pendant leur jeunesse, c'est-à-dire leur enfance, je ferai tout mon possible au moins pour enseigner les pratiques religieuses, à savoir comment faire les prières et comment se comporter dans la vie en tant que musulman. Mais ça ne veut pas dire que je leur imposerai ça quand ils auront un certain âge, à savoir s'ils atteignent la majorité. A ce moment c'est à eux de décider car je ne leur imposerai pas ma religion (père de famille sénégalais, 34 ans, études supérieures, au chômage – en français ; 2.4.).

A la table des Français

La question portant sur l'éducation musulmane des enfants permet aux enquêtés qui le souhaitent de se livrer à une réflexion sur le devenir de leur progéniture, qui s'inscrit dans le cadre d'un propos plus vaste sur la finalité de l'instruction. Une autre interrogation, quoique d'ampleur limitée, suscite des réactions riches de signification : « Accepteriez-vous que vous ou vos enfants soyez invités à manger chez un non-musulman ? » A la lecture des réponses, ce thème fournit une grille d'interprétation fertile pour sérier les divers modes et niveaux d'élaboration identitaire au sein des populations musulmanes.

En effet, cette question se saisit de l'éventualité d'un événement d'apparence triviale, le partage du repas, et l'inscrit dans une perspective de dogmatique religieuse. Elle interroge le rapport entre une pratique sociale et l'affirmation d'une identité, établie par distinction d'avec d'autres en fonction de l'appartenance confessionnelle. Le domaine très sensible des goûts et des dégoûts se mêle ici à l'exégèse d'injonctions d'origine transcendantale, exégèse à laquelle est contraint très fréquemment tout musulman pieux vivant en France, c'est-à-dire dans une société dont l'État ne se charge pas de faire respecter les interdits de l'islam. Cette responsabilité incombe ainsi à l'individu, et elle est d'autant plus grave qu'il est père de famille. Question à la fois complexe et concrète, dont la difficulté est perçue fort à propos dans la réponse suivante :

> – Vous m'avez posé une question qui dépasse ma taille. En réalité, ce n'est rien d'y aller, mais, en fait, je n'irais pas. Mais il ne faut pas interpréter ça comme du fanatisme. La raison pour laquelle je n'irais pas, c'est qu'ils mangent de la viande « non coupée * ». Nous, nous mangeons de la viande « coupée », qui est propre et saine, bien sûr, saine selon notre religion. Eux non plus, ils ne sont pas sales. Chacun est propre et sain selon sa religion. Mais eux, ils mangent de la viande interdite par notre religion. En outre, il y a, il faut absolument s'asseoir avec eux à table et boire du vin pour les accompagner [...]. Bien sûr vous pouvez dire qu'on n'est pas obligés de boire. Probablement j'irais pour ne pas blesser mon ami [qui invite], mais je ne dois manger que des plats propres et sains, c'est-à-dire conformes à notre religion. Je ne blesserai pas mon ami, mais j'essaierai de ne pas y aller quand même.
> – Et vos enfants ?
> – *En réalité, nous ne nous sommes jamais trouvés dans une situation pareille. Nous n'avons jamais été invités, nos enfants non plus* **. Mais nos enfants jouent avec les petits Français et Arabes.

---

* La viande « coupée » est ici la viande rituellement égorgée *(halal)*.
** Souligné par nous.

Ils sont petits, vous savez ! (père de famille turc, 30 ans, études primaires, maçon – en turc ; 5.2.).

Eux c'est eux, et nous c'est nous : la résistance au mélange se manifeste d'autant plus que les personnes interrogées sont peu ou pas éduquées, non francophones et redoutent que les us et coutumes des Français aient une prégnance irrésistible, notamment sur les enfants, incapables de défendre leur « islamité » telle que la voient les parents.

Pour l'invitation, pour moi comme pour mes enfants, j'aimerais que ça soit de la part d'un musulman. Si c'est un non-musulman, je n'irai pas et mes enfants non plus (père de famille malien, famille au pays, 35 ans, origine rurale, manutentionnaire au chômage – en soninké ; 5.2.).

Pourtant, la présence d'enfants scolarisés en France, même si elle pose nombre de problèmes, dédramatise la question des fréquentations et du partage des repas ; on élabore en effet des tactiques qui permettent de « faire avec » et de concilier les injonctions du Coran avec la vie en France :

Oui, j'accepte [...] mais je préciserai de toute façon qu'ils ne doivent pas manger de porc. Tous les voisins savent qu'on mange pas de porc, à l'école aussi [...]. Pas de vin. D'ailleurs pour la santé il faut pas de vin [...]. Quand il y a du porc ils leur donnent des œufs ou un bifteck à la place... ou des œufs et du fromage ou autre chose (père de famille algérien, 49 ans, origine rurale, illettré, maçon – en français ; 5.2.).

S'il [le Français qui invite] achète de la viande *halal* et la cuit, pas de problème. Mais si la viande n'est pas *halal*, c'est pas bien (père de famille tunisien, famille au pays, 37 ans, alphabétisé en arabe, plongeur – en arabe ; 5.2.).

A partir des quelques exemples précédents, on peut classer sommairement les différentes réponses à l'invitation lancée par un non-musulman, sur une échelle qui va du refus absolu au partage complet, et cela en distinguant quatre catégories de personnes. Tout d'abord, le refus de principe de partager le repas d'un non-musulman (ou de laisser les enfants se rendre à une telle invitation) – illustré par le manutentionnaire malien cité ci-dessus – est mentionné par dix des personnes interrogées : elles forment le groupe A *.

La plupart ont longtemps vécu en France (quatorze ans en moyenne, trois ans et trente-deux ans aux deux extrêmes), l'âge est relativement élevé (37 ans en moyenne, 16 ans et 55 ans aux deux extrêmes), mais le groupe compte une jeune fille franco-algérienne de 16 ans née et scolarisée (difficilement) en France, non arabophone, une jeune fille turque de 17 ans francophone et un jeune coursier malien célibataire (23 ans). Le niveau d'études moyen est inexistant (analphabétisme complet) ou assez rudimentaire (école coranique ou primaire au pays), et culmine dans un CAP de couture, une classe de troisième triplée, des études secondaires au pays. Parmi ces dix personnes, *aucune, à une seule exception près **, n'a d'enfants résidant en France :* ou bien ceux-ci sont restés au pays, ou bien les interviewés interrogés sont célibataires et/ou n'ont pas procréé. Telle semble être la constante déterminante, lorsqu'elle se combine avec l'analphabétisme ou la non-francophonie. Mais la durée du séjour entre peu en ligne de compte – on peut avoir passé trente ans en France, n'avoir jamais partagé de repas avec un non-musulman et ne connaître que quelques mots de français. Enfin, phénomène fort significatif, le groupe compte deux jeunes filles, toutes deux francophones, l'une étant née en France. Loin de constituer des anomalies, des monstres statistiques ou, comme on dit, des exceptions qui confirment la règle, elles sont, au contraire, l'indice d'un phénomène de réislamisation de la seconde génération que nous retrouverons plus loin ***.

Une deuxième catégorie de personnes interrogées (groupe B ****) accepterait éventuellement de prendre un repas chez un non-musulman, mais à la condition d'y consommer de la viande *halal* ou bien de s'abstenir de viande ; elles ont une conception très stricte des tabous alimentaires de l'islam, puisqu'elles s'interdisent de consommer toute viande non égorgée rituellement – et non point seulement la viande de porc et l'alcool. Toutefois, l'injonction islamique relative à la viande est susceptible d'être interprétée de diverses manières ; en effet, il est licite, lorsque l'on ne trouve pas de viande *halal*, de consommer la viande des « gens du Livre » – en l'occurrence, les juifs et les chrétiens. Mais, dans un État laïque comme la France, peut-on considérer que les abattoirs sont « chré-

---

* Voir tableau en annexe, p. 407.
** Il s'agit d'une femme turque analphabète qui n'a passé que cinq ans en France et ne connaît pas le français.
*** Voir ci-dessous, chap. 8.
**** Voir tableau en annexe, p. 408.

tiens » » ? Chaque musulman essaie de résoudre à sa façon ce dilemme, et c'est ainsi que l'on rencontre par exemple une réponse de ce type :

> Je mange, comme Dieu l'a dit, chez les catholiques et les juifs. Mais pas chez les athées. Sauf le porc ou autre (père de famille marocain, 33 ans, bachelier au pays, libraire – en arabe ; 5.2.).

La viande cacher est, du reste, parfois mise sur un pied d'égalité avec la viande *halal*, et le terme « cacher » sert à exprimer « *halal* » en français dans l'entretien suivant :

> Pourquoi pas ? Bien sûr [que j'accepterais une invitation] ! Mais peut-être que si avant d'aller chez lui je préviens que je dois manger cacher et s'il faut j'achète la viande... Y a pas de mal si y a pas d'alcool, si y a pas de choses comme ça (célibataire algérien né en France, 23 ans, bachelier, sans emploi – en français ; 5.2.).

Onze personnes ont déclaré qu'elles accepteraient une invitation chez un non-musulman à condition que la viande y soit *halal*, ou que l'invitant soit juif ou chrétien. Les Turcs sont surreprésentés dans ce groupe (six sur onze), et deux d'entre eux refuseraient de toute façon que leurs enfants – incapables de discerner les nourritures illicites – se rendent à une telle invitation. Dans l'ensemble, ce groupe a séjourné assez longtemps en France (douze ans en moyenne, extrêmes de quatre et vingt-trois ans *, l'un y est né). Si tous les Turcs mentionnés ici – dont le niveau d'instruction (comme la maîtrise du français) est rudimentaire (école primaire) – se réfèrent à la viande égorgée, les cinq autres personnes – toutes maghrébines, dont trois bacheliers, et généralement francophones – raisonnent plus volontiers en termes de viande servie par des croyants ou des incroyants. Il faut noter, ici encore, à côté des « gros bataillons » de Turcs qui vivent entre eux, en marge de la société française, la présence de jeunes Maghrébins éduqués, francophones, « intégrés », qui usent du raisonnement pour décider si la consommation de cette viande (non porcine) est licite ou non. Ce phénomène de « ré-islamisation raisonnante » – que l'on retrouve, appliqué strictement à la viande, chez un grand nombre de Français « de souche » fraîchement convertis à l'islam – n'est pas plus le

---

* A l'exception de l'imam envoyé par le gouvernement turc, qui ne totalise que quelques mois de séjour.

résultat d'une exception statistique que ne l'était la présence de jeunes filles francophones dans le groupe précédent.

Un troisième groupe (C *) a déclaré ne voir aucun inconvénient dans le fait d'accepter une invitation à la table d'un non-musulman (ou à laisser ses enfants y manger), à condition que celui-ci ne serve ni porc ni vin (ou s'abstienne même de consommer du vin à cette table), mais sans se préoccuper de savoir si la viande servie serait *halal* ou non.

Douze individus sont concernés, âgés en moyenne de 35 ans (extrêmes à 25 et 55 ans) ; ils ont passé en moyenne treize ans en France (entre trois et trente ans). Tous sont francophones (à l'exception de deux femmes), et le niveau d'éducation est relativement élevé par rapport aux échantillons précédents (deux étudiants, un élève, un patron d'atelier de confection, un patron coiffeur, un ajusteur, un maçon, un OS, un manutentionnaire, une femme de ménage, une gardienne d'enfants, une femme au foyer).

L'insertion sociale et linguistique de ce groupe semble supérieure à celle des deux précédents, mais on n'y ressent guère de volonté d'intégration. L'un des étudiants dirige un groupe islamiste très actif ; quant au coiffeur, à la question : « A votre avis, si on devient français, est-ce que ça change quelque chose pour un musulman ? », il a la réponse suivante :

> Mon frère, je vois des gens qui ont pris la nationalité française, après ils l'ont regretté, à la fin [...]. Ils ne peuvent pas rester plus de trois mois dans leur pays ; s'ils veulent rester en Algérie, pendant sept ans, après sept ans peut-être, le gouvernement algérien peut lui pardonner et lui accorder la nationalité algérienne. Rien ne change dans la vie d'un Algérien, arabe, arabe, son faciès est arabe, est-ce que la nationalité française pourrait le lui changer ? C'est-à-dire un bout de papier rangé dans sa poche. C'est tout. L'Arabe ne changera jamais. Eux ils ne voient pas la nationalité. [*Suit l'anecdote d'un client martiniquais du coiffeur à qui un patron a refusé l'embauche parce qu'il était noir – bien que citoyen français.*]

Un dernier groupe (D **) de personnes interrogées, enfin, n'émet aucune objection de principe ni condition à accepter, pour soi (ou les enfants), l'invitation d'un non-musulman. L'homogénéité des individus est frappante : sur neuf, sept ont au moins le niveau scolaire de classe terminale, et la plupart ont poursuivi leurs études

* Voir tableau en annexe, p. 409.
** Voir tableau en annexe, p. 410.

après le bac. Sept sont algériens. Tous sont francophones, et sept ont choisi le français comme langue d'entretien. Quatre sont nés en France, et les autres y ont tous passé plus de dix ans. La moyenne d'âge est de 33 ans (20 et 57 ans aux extrêmes). Sept également n'accomplissent à peu près aucune des prescriptions de l'islam : ni prière, ni aumône légale, ni jeûne du ramadan, etc.

Une des personnes interrogées, une jeune femme syndiquée à la FEN, « s'est déclarée athée – a noté l'enquêteur. Au fur et à mesure de l'entretien, elle ne se sentait ni motivée ni impliquée par les questions, en me faisant observer qu'elles étaient orientées et étroites. Le jeûne n'est observé que par sa mère, et la langue parlée au sein de la famille est le français, et non le kabyle * [...]. Elle et ses sœurs se sentent complètement intégrées dans la société française. L'entretien a été dérangé par plusieurs coups de téléphone ».

Ces quatre groupes de réponses permettent d'établir un premier classement des différents niveaux de conscience islamique au sein des populations musulmanes de France. D'autres entretiens n'ont pu être retenus dans cette typologie, car la réponse à la question 5.2.2. (« Accepteriez-vous que vous ou vos enfants soyez invités à manger chez un non-musulman ? ») était difficilement interprétable ou l'enquêteur avait omis de poser celle-ci. La manière d'analyser l'enquête que nous choisissons ici laisse de côté quelques entretiens ; elle nous semble être un atout, pour qui veut s'efforcer d'entendre les musulmans de France parler de l'islam sans la médiation de porte-parole ou de représentants. En effet, le critère utilisé contraint les personnes interrogées à se définir elles-mêmes en termes concrets d'appartenance ou non à l'islam, et à expliciter à leur manière le degré de cette appartenance, à travers ses répercussions dans la vie quotidienne en France.

Les marginaux : premier âge et seconde génération

Ceux qui refusent par principe l'invitation d'un non-musulman (groupe A) sont en général peu éduqués, d'origine rurale, peu ou pas francophones. On a le sentiment que ce refus est dicté tout autant par la peur, l'angoisse de la confrontation avec des Français

* La famille est originaire de Grande Kabylie.

dont les coutumes risquent de contaminer les personnes interrogées (et leurs enfants), que par les Saintes Écritures de l'islam, qui ne sont qu'à peine invoquées. On aurait tort, pourtant, de voir là uniquement un phénomène résiduel.

Les deux jeunes filles scolarisées en France et appartenant à ce groupe manifestent que les attitudes que l'on croirait propres à ce « premier âge » peuvent resurgir là où on ne s'attend plus à les voir apparaître. La première jeune fille, turque, issue d'une famille très religieuse et qui suit scrupuleusement les obligations de l'islam, exprime en termes frappants le déchirement qu'elle subit, lorsqu'on lui demande si, selon elle, il est aussi important de suivre ces prescriptions en France que dans le pays d'origine :

> – Je préfère les suivre dans mon pays qu'en France. Dans mon pays, c'est mieux. On est plus couvert.
> – Couvert ?
> – Couvert de la tête aux pieds, quoi [...]. Tandis qu'en France on ne peut pas s'habiller comme ça. On est un peu gêné. Surtout comme moi, avoir vécu tout le temps en France. Mais une fois qu'on a fait la prière et le ramadan et tout, on préfère bien faire le musulman. Moi, je préférerais retourner dans mon pays, faire entièrement le musulman et tant qu'on est en France, faire comme les Françaises, quand même pas tout comme les Français, mais enfin pas couvrir la tête et tout [...] (jeune fille turque, 17 ans, CAP de couture, au chômage – en français ; 2.10.).

La seconde jeune fille, algérienne née en France, ne fait ni prière ni jeûne de ramadan, mais dit consommer de la viande *halal*, ne pas boire d'alcool, et avoir l'intention de se rendre en pèlerinage à La Mecque plus tard. Elle fréquente « des filles de toutes nationalités » et, bien qu'elle ne le précise pas, a peut-être eu l'occasion de se nourrir à la table de non-musulmans, à la cantine du CES, par exemple, où elle triple sa classe de troisième. Toutefois, elle précise que les enfants (elle n'en a pas elle-même) « ont besoin d'avoir une éducation musulmane. Parce que s'ils n'ont pas une éducation musulmane ils deviendraient différemment, je sais pas ». De même, elle refuserait que ses enfants éventuels soient invités (elle ne répond pas en ce qui la concerne) :

> [...] Je voudrais pas... mes enfants, un de mes enfants mange chez un non-musulman. Je voudrais qu'il mange chez un musulman (jeune fille algérienne, 16 ans, célibataire – en français ; 5.2.2.).

La solution de ce paradoxe est apportée par les réponses de cette même jeune fille à d'autres questions :

> – A votre avis, si on devient français, est-ce que ça change quelque chose pour un musulman ?
> – Non, ça changerait pas du tout si tu es un Français, tu changes ta nationalité, les Français te considèrent toujours comme un Arabe, ils te traiteraient toujours de « sale Arabe » ou autre chose (id. ; 5.5.).

> [...] L'avenir sera vachement dur. Parce qu'il y a trop de chômeurs et qu'il y a beaucoup de musulmans qui ont eu leur bac et un diplôme, qui ne trouvent pas de travail, alors ils sont obligés de partir dans leur pays pour travailler là-bas [...] et je trouve que les Français s'en prennent toujours aux Arabes, et pour une chose, par exemple, si un Français fait ceci, ils disent « c'est les Arabes qui ont fait ça ! » (id. ; 3.3.).

Remarquable est le passage de « musulman » à « Arabe », et vice versa ; les deux termes semblent équivalents dans cette représentation du monde défensive, où les Français font figure hostile.

Le racisme, ici, est surtout une hantise ; en effet, la jeune fille déclare ailleurs :

> Dans mon enfance, j'ai jamais eu de problèmes avec des Français, on s'entendait bien. Je vis ici dans cette ZUP, on n'a pas de problèmes dans la famille (id. ; 3.2.).

Mais c'est cette hantise, accolée à celle du chômage auquel semble destinée immanquablement cette collégienne peu performante, qui peut expliquer à la fois le ratage de l'insertion, la déstabilisation redoutée et l'attirance vers le pôle identitaire islamique.

Les déclarations de cette jeune fille exclusivement francophone, aussi contradictoires qu'elles puissent paraître au premier abord, sont un indice de ce que le passage des jeunes musulmans par le système éducatif français ne conduit pas nécessairement à l'atténuation de la « conscience islamique », mais bien, parfois, à sa résurrection selon des modalités nouvelles.

L'intégration à l'épreuve du racisme

A l'autre extrémité de l'échantillon des personnes interrogées, le groupe (D) qui accepte sans la moindre restriction l'invitation d'un non-musulman semble être le mieux « intégré » à la société française. Une jeune fille de 20 ans, élève de terminale, d'origine algérienne et née en France, tient les propos suivants :

> J'ai jamais rencontré aucune difficulté du fait que je sois algérienne. Si on m'a déjà considérée musulmane, ça, ça m'étonnerait. J'ai jamais eu de réflexions racistes, jamais [...]. Tous les jeunes Maghrébins qui se sont fait tuer, j'en suis consciente, mais peut-être pas entièrement, du fait [...] que ça s'est jamais vu dans mon entourage, pas trop, quoi (en français ; 3.2.).

> [...] La France, c'est quand même là où j'ai toujours vécu, l'Algérie ça a toujours été ce qui m'a rattaché pendant les vacances. Et puis moi, je m'y plais, pour l'instant, je n'ai aucun problème, aucune idée qui me ferait changer de pays, quitter la France pour un autre pays. Non, j'y suis bien (id. ; 5.7.).

Pourtant tous les individus appartenant à ce dernier groupe ne font pas preuve d'un optimisme aussi serein ; la sœur aînée de cette jeune fille, engagée dans la vie active, a une vision plus sombre de l'avenir en général, mais croit être capable de se tirer d'affaire :

> L'avenir n'est pas belle, elle n'est pas belle, mais je crois que je suis une politique à vivre au jour le jour et je m'en fous un peu, je m'en soucie pas. Je fais semblant de ne pas m'en soucier dans la mesure où elle est pas belle si on réfléchit bien (jeune femme d'origine algérienne née en France, 22 ans, célibataire, animatrice – en français ; 3.3.).

Ces deux jeunes filles incarnent les personnages de « nanas beurs » telles qu'on se les représente volontiers ; la référence islamique ne semble guère revêtir pour elles de sens.

Pour une autre femme algérienne, appartenant à ce groupe, l'islam est vécu comme affaire privée :

> [...] Je vis mon islam de façon très particulière et avec moi-même [...] (femme algérienne, 38 ans, études supérieures, documentaliste – en français ; 2.4.).

> J'ai le comportement d'une fille qui a été élevée dans la religion musulmane, et j'essaye de ne pas faire de mal à mon prochain, c'est ça mon islam (id. ; 2.9.).

43

Enfin, à la question : « Faut-il installer des salles de prière sur les lieux de travail ? », elle répond :

> Non, ça je suis contre. Est-ce qu'on installe une chapelle au CNRS * ? Parce que la religion, c'est quelque chose qu'on porte en soi, on peut le pratiquer tout à fait discrètement et tout à fait sérieusement (id. ; 4.7.).

Irréligiosité ou islam vécu individuellement, sans autre consé-quence sociale qu'« essayer de ne pas faire de mal à son prochain », tel pourrait être, globalement, le niveau de « conscience islamique » qui caractérise notre ultime catégorie. Toutefois, une solidarité minimale joue en diverses occasions, notamment lorsque les musul-mans réclament des droits, comme l'ouverture de mosquées et de salles de prière en France, par exemple. Toutes les personnes ci-dessus mentionnées y sont favorables **, y compris celle qui s'est déclarée athée :

> Je suis tout à fait pour. C'est justement par rapport au respect de l'homme [...]. Quoique je suis pas pour la religion, entre parenthèses (jeune femme d'origine algérienne née en France, 22 ans, célibataire, animatrice – en français ; 2.6.).

Entre deux chaises

Les deux groupes intermédiaires B et C, formés des personnes qui accepteraient conditionnellement l'invitation d'un non-musul-man à partager son repas, traduisent l'opinion la plus commune au sein des populations musulmanes ni totalement marginalisées ni profondément intégrées à la société française. Ils se situent dans un « entre-deux » qui oscille entre les situations de stabilisation et d'insertion : l'islam est le recours qui donne un sens et une finalité à l'existence de ceux qui se trouvent pris, en France, dans un processus de sédentarisation aléatoire qu'ils ne maîtrisent pas véritablement. L'éloignement qu'ils ressentent à l'égard de la société d'accueil nous est, du reste, suggéré par un premier indice : la

---

* Les enquêteurs se présentaient au nom du Centre national de la recherche scientifique, qui patronnait la campagne d'enquêtes.
** La documentaliste algérienne n'avait marqué son opposition qu'à l'installation de salles de prière *sur le lieu de travail.*

majorité de ceux qui appartiennent à ces deux groupes paraît bien n'avoir jamais été invitée par des Français (les enfants, lorsqu'ils sont scolarisés, semblent avoir plus d'occasions de prendre repas ou collations chez des camarades de classe). Le raisonnement est construit pour faire face à une éventualité plus qu'à une situation déjà advenue, et intègre de nombreuses représentations fantasmatiques ou des préjugés quant à la nourriture que consomment les Français.

Ainsi, par exemple, l'équation « Français = alcool » est si profondément ancrée dans l'esprit de l'une des enquêtées qu'elle appréhende que les enfants eux-mêmes, s'ils sont invités, ne soient contraints de boire :

> Oui, j'accepte que mes enfants soient invités à manger par un non-musulman [s'il ne sert pas de porc] [...]. Je lui dirais aussi de ne pas donner de boisson alcoolisée à mes enfants (femme mariée sénégalaise, deux enfants, 24 ans, femme au foyer, sans instruction – en pular ; 5.2.).

Interrogées pour qu'elles racontent comment s'est passée leur vie depuis leur arrivée en France, les onze personnes qui appartiennent à notre groupe B (celles qui acceptent une invitation à condition que la viande soit *halal* ou que l'hôte soit croyant) ont sélectionné les événements qui leur semblaient les plus importants. Trois (toutes turques) ont mis l'accent sur l'aspect financier de leur émigration, et ont insisté sur le fait que leur séjour en France se déroulait sous l'empire de l'argent. Une trouve que « ça s'est bien passé » – quoique son mari soit au chômage – et se plaint essentiellement des commérages de ses voisins turcs. Deux ont surtout parlé de leurs ennuis de santé et deux autres n'ont fait état d'aucun problème, mais ont déclaré se sentir « attaqués de toutes parts comme musulmans » ou avoir « peur de tout », surtout pour les enfants. Deux personnes regrettent d'être venues en France, et une, enfin, fait état de ses « erreurs passées » et de sa résurrection morale grâce à l'islam.

Ce dernier discours illustre la fonction de stabilisation du pôle identitaire islamique ; celui qui le tient est en contact avec l'un des groupes islamistes turcs les plus dynamiques en France, ce qui explique pourquoi son propos est construit comme un apologue :

> Quand je suis venu en France, j'étais très jeune, j'avais 16 ans. Je suis venu tout seul [...]. Je pensais que je pourrais me trouver plein

de copines, et c'est comme ça que je suis venu. J'ai travaillé sans papiers pendant huit mois chez un patron d'ici [...]. Enfin, grâce à mon père, on a signé un contrat avec son patron. Bien sûr, pendant tout ce temps, depuis mon arrivée jusqu'à mon mariage, j'ai mené une vie de vagabond, à droite et à gauche. Comme les poissons qui se jettent partout, dans toutes les directions, après les dynamitages. Si vous avez déjà vu ça vous savez que le poisson touché par la dynamite avance en zigzag en se cognant à une pierre par-ci, une autre par-là. On allait vers une fille ici, une autre là-bas, on en draguait une là, une autre ailleurs, et on buvait du vin d'un côté, du raki * de l'autre. Ainsi passait la vie. Je ne pouvais pas gagner de l'argent, et je ne faisais que du mal à mon entourage. Bien sûr, après mon mariage, tout ça a été terminé. [...]. Je me suis rendu compte que ma maturation n'est pas vraiment due à mon mariage, mais au fait que, dans certains endroits, j'avais abondamment entendu parler de l'islam [...]. D'un côté l'islam, de l'autre l'ac-croissement de la famille jouent pour faire mûrir une personne. Maintenant – Dieu merci – [...] ces bêtises et ces folies d'autrefois sont finies [...] (père de famille turc, 30 ans, études primaires, origine rurale, maçon – en turc ; 3.2.).

On trouverait difficilement image plus frappante de la déstabi-lisation menaçant l'immigré musulman en France que la pêche à la dynamite qui illustre le propos tenu ici. Par opposition aux zigzags moraux du musulman laissé à lui-même, l'islam – promu, comme c'est le cas pour ce maçon, par une association implantée en France – indique la direction, remet dans le droit chemin. Tel est, à tout le moins, ce que laisse entendre quelqu'un qui a été touché par la bonne parole.

Un de ses compatriotes semble surtout avoir souffert de désta-bilisation dans le cadre familial, mais n'a guère connu de rétablis-sement :

Je ne suis pas content du tout. Je ne suis pas du tout satisfait de la manière dont s'est passée ma vie [en France depuis quatorze ans] [...]. C'était difficile. Surtout depuis que j'ai amené cette famille. Je regrette de les avoir amenés. En Turquie, il y a de l'amour filial [...]. Ici, l'enfant n'a plus d'amour ni d'affection pour le père, et le père n'a plus d'affection pour l'enfant. Pareil pour la femme. Ta femme, tes filles, ton fils, ils ne font pas attention à leur père, mais aux « autres » [les Français]. Ils prennent le même chemin que les « autres » (père de famille turc, 52 ans, études primaires, maçon, au chômage – en turc ; 3.2.).

* Alcool anisé très prisé en Turquie.

Ce sentiment de perte des repères, d'effondrement des valeurs, est d'autant plus frappant que l'interviewé se rend compte qu'il n'a plus véritablement prise sur son destin : ainsi lorsque le chômage rend illusoire l'espoir d'un retour au pays dans de bonnes conditions financières – comme c'est le cas ici. On s'installe dans un « provisoire durable », on est entraîné dans un processus de sédentarisation aléatoire pendant lequel se produisent des événements aussi déstabilisateurs que l'éclatement du noyau familial – sans que l'on soit à même, pour autant, de s'insérer dans la société française, dont les valeurs sont perçues de façon assez négative. Ainsi, pour la personne précédemment interrogée :

> Le mode de vie d'un Français est différent de celui d'un musulman. Ce n'est pas possible pour un musulman de prendre la nationalité française. Le Français mange de tout. Il ne fait pas de mariage *, il ne se couvre pas, etc. La nationalité française est bonne pour le travail, les papiers, mais pas pour les mœurs (id. ; 5.5.).

> [La *chari'a* ** et la loi française] sont tout à fait opposées. Tu as jamais vu dans l'islam un verset qui dit aller embrasser quelqu'un dans la rue ? Mais pour eux, c'est normal, même dans les cabines téléphoniques – excuse-moi, mais – comme des chiens ! (id. ; 5.6.).

La vivacité de la réaction, ici, doit sans doute beaucoup au contraste entre les mœurs des adolescents citadins de la France contemporaine et celles d'un paysan du Moyen-Orient, ou d'une autre région du monde. Et il est probable qu'un villageois copte d'Égypte s'insurgerait en termes aussi vifs à la vue d'un baiser « lascif » échangé sur un trottoir – quoiqu'il convoquerait, pour cela, une autre Écriture sainte. Néanmoins, nombre de musulmans âgés ayant des enfants pubères en France ont peur qu'un jour ceux-ci soient aspirés dans la spirale des mœurs françaises, synonymes de perdition.

Dans le même groupe de onze personnes figure une jeune mère de famille marocaine de 29 ans, bachelière, parfaitement francophone, assistante sociale ; ses enfants sont scolarisés en France, sont régulièrement invités par « des musulmans et des non-musulmans », « et c'est eux qui disent que nous ne mangeons que de la

---

* En d'autres termes, l'union libre n'est pas réprimée.
** La *chari'a* est la loi tirée du Coran et de la Sunna.
Dans l'usage turc contemporain, la *chari'a* (ou *şeriat*) n'a plus guère de sens, du fait que les lois de la République fondée par Atatürk sont d'inspiration laïque. La personne qui répond ici comprend ce terme comme s'il s'agissait, en fait, du Coran – composé de « sourates » (livres) divisées en versets : ceux-ci, cités isolément, contiennent souvent injonctions ou interdits.

viande *halal* ». Elle-même participe aux fêtes de l'école, aux activités d'animation, et est membre de la chorale de son quartier : rien de commun, semble-t-il, avec le processus de déstabilisation contre lequel se débattent les deux maçons turcs précédemment évoqués. Pourtant, cette dame ne semble guère souhaiter mener plus avant son insertion dans la société française :

> La France, ça ne représente rien pour moi, parce que je suis obligée de vivre ici jusqu'à maintenant (en arabe ; 5.7.).

> Je ne vois pas mon avenir en France. Je vois mon avenir dans mon pays (id. ; 3.3.).

Toutefois, cet avenir reste mentionné de façon abstraite, alors même que la réalité quotidienne, c'est de vivre en France. L'affirmation islamique va permettre de surmonter ce dilemme :

> [...] je veux, moi, la propagation de l'islam en France et je veux que les musulmans soient unis, et spécialement ici en France. Nous vivons sans nationalité, entre musulmans [...]. Le but unique, c'est l'islam (id. ; 2.8.).

Se définissant comme « avant tout musulmane », fréquentant « tous les gens », mais n'invitant, chez elle, « que des musulmans », veillant à ce que son fils aîné apprenne le Coran, cette jeune mère dit appliquer toutes les prescriptions de l'islam – quoique ce soit difficile en France :

> Par exemple, il n'y a pas l'habillement convenable pour un musulman, ce n'est pas possible. Il y a des musulmanes, elles portent la tenue islamique, malgré les problèmes et le racisme, elles essayent d'appliquer l'islam comme elles peuvent [...] (id. ; 2.10.).

Vivant parmi des voisins « européens », elle préférerait toutefois habiter avec

> des musulmans, parce qu'on pourrait passer des veillées ensemble, ou surtout les veillées pendant le mois de ramadan. Ils veillent pour la prière, ils disent le *hadith* * [...]. Ça je le regrette, je ne l'ai pas fait (id. ; 5.1.).

---

* Pendant le mois sacré du jeûne de ramadan, la « veillée » qui correspond aux heures où l'on rompt le jeûne, entre le coucher et le lever du soleil, est l'occasion pour les musulmans de se réunir afin de manger en commun et, lorsque l'on est très pieux, de faire d'incessantes invocations à Dieu (voir ci-dessous, chap. 3) ainsi que des lectures tirées de recueils des dires et des actes du prophète Mahomet – ou *hadith*. Les récits revivifient la foi des croyants, qui doivent s'efforcer d'imiter autant qu'ils le peuvent le comportement de l'Envoyé de Dieu.

Contrairement aux deux Turcs précédemment mentionnés, elle connaît une socialisation assez poussée, et, si la France ne lui apparaît pas sous des traits aussi effarants que dans l'anecdote de la cabine téléphonique, un sentiment d'inquiétude ne se manifeste pas moins, lorsque l'avenir est évoqué :

> Jusqu'ici, maintenant, depuis dix ans en France, je dois dire que je n'ai aucun problème, parce que peut-être, je parle arabe et français, en plus j'ai travaillé pendant six ans dans une association arabe pour femmes [...]. Je dois dire, malgré tout ça [...] beaucoup de choses me manquent, et toujours on a peur de l'avenir [...], on a peur pour nos enfants. Nous avons peur de tout (id., 3.2.).

Cette « peur pour [les] enfants » a déterminé la mère de famille à

> participer à des grèves, par exemple lorsqu'il y a eu l'assassinat du petit Abd Ambi et son enlèvement. On voit la cible du racisme, c'est les enfants. Il y a beaucoup d'assassinats d'enfants, beaucoup, et personne n'en parle [...] (id. ; 4.4.).

Ainsi, en dépit des caractéristiques qui pourraient disposer cette mère de famille bachelière, francophone et salariée à vouloir s'intégrer dans la société française, elle « voit son avenir » dans son pays, « pas en France », et souhaite, avant tout, affirmer son islamité. Elle entend par là, entre autres, se défendre contre des agressions dont l'assassinat d'enfants arabes constitue, à ses yeux, le paradigme. Or, des mouvements comme SOS Racisme, par exemple, ont été créés, en premier lieu, pour répondre à pareille attente, mais dans une perspective d'intégration des immigrés – victimes potentielles du racisme. Dans le cas présent, cette dynamique s'avère, sans doute, trop rapide ; la personne interrogée ne serait pas hostile à l'idée de voter dans la ville où elle habite – « Pourquoi pas ? Je voudrais montrer que les Arabes existent, en France ! [...] » (id. ; 5.4.1.) – et pense que, si les musulmans votaient, ils auraient peut-être « un avenir et des droits » ainsi que « des gens qui les défendent ».

Mais, à la question : « A votre avis, si on devient français, est-ce que ça change quelque chose pour un musulman ? », elle fait la réponse suivante :

> Rien ne changera, selon moi, l'Arabe c'est toujours l'Arabe. Dans le domaine du travail, on a toujours le faciès arabe, je ne crois pas

que ce soit important de prendre la nationalité française [...] et je ne suis pas d'accord du tout, du tout (id. ; 5.5.).

La ruse de l'insertion

Ceux qui accepteraient l'invitation à partager le repas d'un Français à la seule condition que ne figurent ni porc ni vin au menu constituent le groupe C, second groupe intermédiaire des musulmans qui se situent dans cet « entre-deux » qu'est l'insertion dans la société française. Leur conception de l'identité islamique repose sur des interdits moins stricts que pour le groupe précédent. Cela signifie non pas qu'ils se sentiraient « moins musulmans », mais qu'ils ont su développer des tactiques d'adaptation à la société environnante qui tempèrent l'inquiétante étrangeté de celle-ci et la font apparaître sous des traits moins redoutables. La volonté d'affirmation d'une identité islamique n'est plus tant ici un refuge, une citadelle protectrice contre les assauts d'un monde à la fois hostile et perversement séducteur, qu'une voie d'accès à la société française. Voie étroite et sinueuse, sur laquelle on progresse par biais, diagonales et ruses. La première de ces ruses consiste à jouer de l'ambiguïté politique qui préside au statut juridique du religieux dans la France contemporaine.

En effet, si la République ne reconnaît ni ne salarie aucun culte et si l'État est officiellement séparé d'avec l'Église depuis 1905, le religieux, faute de s'immiscer directement dans la structure étatique, pénètre en profondeur la société civile. Le point de départ de ce processus réside dans la famille, où se conjuguent la piété privée dont chaque citoyen est libre et le souci qu'a ce dernier de perpétuer au sein de sa descendance les valeurs éthico-religieuses dont il estime éventuellement être le dépositaire. L'accomplissement ultime de la famille, remarquait Hegel, est sa propre dissolution, c'est-à-dire la production d'individus indépendants, dont l'« association dans une universalité formelle » constitue la société civile.

Or, un tel événement a pour préalable nécessaire l'éducation des enfants, éducation largement prise en charge dans la France contemporaine par cette institution étatique qu'est l'Éducation nationale, mais à laquelle les familles peuvent refuser leur confiance pour envoyer leur progéniture dans des établissements d'enseignement privé, de nature confessionnelle dans bien des cas.

L'éducation des enfants se trouve ainsi constituer le point d'articulation entre famille et société civile ; c'est par elle que les parents anticipent, autant qu'ils le peuvent, ce que deviendra leur enfant et de quelle manière il s'émancipera de celle-là pour s'intégrer à celle-ci. L'éducation est porteuse d'espoirs de promotion sociale, et, à ce titre, a l'indéniable faveur des familles ; mais l'intégration à venir des enfants à la société civile inquiète ceux des parents qui redoutent que la dissolution de la famille ne s'accompagne d'une dissolution morale où péricliteraient les valeurs transmises par le père.

Lorsque ces valeurs sont structurées autour d'une croyance religieuse, l'un des motifs d'inquiétude porte sur la prégnance idéologique de l'État laïc, sur sa capacité supposée à saper, par divers moyens, les fondements des valeurs transmises par la famille. Celle-ci s'efforce, dans ce cas, de les protéger, effort qui peut prendre divers aspects, comme la mobilisation politique par les parents d'élèves catholiques de segments de la société civile pour défendre l'école privée, ou la ruse de l'insertion impulsée par des parents musulmans. Les deux mouvements présentent une forte homologie et ne diffèrent que par la qualité des rapports de forces respectifs avec l'État et son gouvernement.

En parlant de ses enfants, un coiffeur algérien, qui s'inscrit dans le groupe C de notre typologie, tient les propos suivants :

> Toute la journée, ils sont avec les Français à l'école ou avec leurs amis français. C'est ça notre vie, c'est que nos enfants nous les avons perdus ! (père de famille algérien, 49 ans, artisan coiffeur, analphabète – en arabe ; 2.4.).

Cette hantise de « perdre les enfants » – manifestée en de multiples occasions par les parents musulmans en France, et, avec un regain de vitalité, chez les ex-harkis – se retrouve également à la racine d'un mouvement dont on a retrouvé l'écho dans la gigantesque manifestation pour la défense de l'école privée de juin 1984.

Les parents d'élèves catholiques, qui manifestaient alors contre les menaces que, selon eux, faisait peser sur l'école « libre » le projet de loi du ministre socialiste de l'Éducation nationale Alain Savary, redoutaient les conséquences d'une emprise plus grande de l'État sur les établissements où ils avaient choisi de placer leur progéniture. Perdre les enfants, ici, c'était les voir acquérir de « mauvaises idées » sous la houlette d'« enseignants syndiqués » coiffés par un gouvernement « socialo-communiste » et, également, les voir se mêler, par le jeu de la carte scolaire, à des camarades d'extraction sociale plus humble, et donc aux petits immigrés. La hantise des parents qui défilaient dans Paris était double : à la crainte de la dissolution de l'identité morale et de l'ébranlement du système de valeurs familial, s'ajoutait la peur d'un enseignement de qualité insuffisante qui n'assurerait plus la promotion sociale.

La mobilisation en défense de l'école privée a eu, on le sait, des conséquences politiques importantes : démission du ministre de l'Éducation nationale désavoué par le président de la République, et remplacement du gouvernement Mauroy par le gouvernement Fabius. Elle a manifesté d'une manière exemplaire comment pouvait peser, sur l'État laïc français des années quatre-vingt, le religieux qui, quoique du ressort privé de chaque citoyen, s'immisce, par le biais de cet enjeu qu'est l'éducation des enfants, dans la société civile à travers l'accomplissement en elle de la famille, et comment des segments de la société civile font, par suite, pression sur l'État.

S'il semble présentement inconcevable que des parents d'élèves musulmans manifestent pour préserver la conception qu'ils se font de l'éducation de leurs enfants à la manière des parents catholiques et avec le même succès qu'eux, un cheminement semblable conduit pourtant islam et christianisme dans la France d'aujourd'hui à enfreindre les frontières de la piété privée pour, par le canal de l'éducation des enfants et le relais de la famille, investir la société civile et faire pression sur les institutions. Dans le cas des parents musulmans, ce mécanisme se met en place de façon discernable pour ceux qui s'inscrivent dans la problématique de l'insertion et appartiennent, dans notre typologie, au groupe C.

Parmi les douze individus qui le composent, et qui accepteraient une invitation à la table d'un non-musulman à la condition que l'on ne leur y servît ni porc ni vin, on a souvent répondu à la question « Les enfants doivent-ils avoir une éducation musulmane ? » par l'affirmative, mais en s'efforçant d'envisager concrètement les modalités pratiques de celle-ci en France *.

---

* En revanche, les personnes du groupe A (refus de principe d'accepter l'invitation) ont toutes la volonté d'imposer aux enfants une « éducation musulmane », mais ne se posent pas la question des moyens (la plupart n'ont pas d'enfants en France). Par ailleurs, le groupe D, qui accepterait sans condition l'invitation, est, quant à lui, assez peu motivé pour enseigner ou faire enseigner aux enfants l'islam. Enfin, ceux qui souhaitent ne consommer que de la viande *halal* – ou se nourrir chez les « gens du Livre », à l'exclusion des incroyants

C'est mon point de vue personnel que je vais raconter. Ici en France, on est dans un pays multiracial et multireligieux aussi. Je suis musulman, j'aimerais qu'il y ait dans les écoles un cours pour éduquer les enfants musulmans dans la religion islamique (père de famille mauritanien, 37 ans, CAP d'ajusteur – en français ; 2.4.).

Oui, dans la mesure du possible... on n'a pas toujours la possibilité, on n'a que l'école française, on leur parle un peu en arabe à la maison mais c'est pas suffisant ! Actuellement, il y a des écoles qui se créent en arabe, des écoles intégrées, des écoles de l'Amicale des Algériens en Europe. Ça va mieux. Nettement mieux qu'avant. Mais c'est dur pour avoir l'éducation musulmane à 100 %, faute de moyens (père de famille algérien, 49 ans, analphabète, maçon – en français ; 2.4.).

Ces deux réponses explicitent, par le biais du problème de l'éducation musulmane en France, les ambiguïtés de la situation d'insertion et la dynamique qu'elle enclenche, en contraignant les parents à rechercher des solutions à un problème concret.

A contrario, le groupe A, qui ne se pose pas la question de l'insertion mais connaît une situation de marginalisation, a tendance à traiter de l'éducation des enfants en termes incantatoires qui ne prennent pas en considération la réalité française.

Pour les enfants, la question ne se pose même pas. C'est l'éducation musulmane (père de famille sénégalais, enfants au pays, 45 ans, école coranique, éboueur – en soninké ; 2.4.).

Évidemment, les enfants doivent avoir une éducation religieuse (père de famille algérien, enfants au pays, 36 ans, études secondaires, employé du tertiaire – en arabe ; 2.4.).

Mais le processus d'insertion dont on peut observer la mise en place dans le groupe C se caractérise, quant à lui et en premier lieu, par l'identification d'un interlocuteur institutionnel français et la formulation d'un certain nombre de demandes spécifiques à son endroit. L'identification est souvent confuse, et les demandes prennent des formes qui ne les rendent pas toujours recevables, mais un dialogue essaie de s'engager. L'exemple nous en est fourni par les propos suivants, tenus par le patron turc d'un petit atelier de confection du quartier du Sentier, avant qu'il ne répondît aux

---

(groupe B) sont tous en faveur de l'« éducation musulmane » des enfants, mais s'emploient davantage, au long de leurs réponses, à en justifier la nécessité qu'à en discuter la mise en application pratique. Ce sont les « enquêtés » qui ont, dans leurs réponses, exprimé ce que signifiait, pour eux, l'expression « éducation musulmane ».

questions de l'enquête proprement dite. Dans son esprit, en effet, celle-ci représentait un mode de transmission privilégié de ses doléances et désirs aux institutions françaises. « Ces enquêtes que vous faites, dit-il, seront très bénéfiques à la communauté musulmane d'ici », et c'est dans cet esprit de dialogue et de présentation de revendications que sont formulées les déclarations suivantes :

> On aurait bien aimé que le gouvernement français fasse comme le gouvernement belge * et prenne des décisions pour reconnaître la communauté musulmane en lui donnant un statut juridique à part. Par exemple, aujourd'hui, dans les entreprises d'État, il y a beaucoup de nos frères turcs musulmans. Et c'est impossible pour eux d'effectuer la prière de vendredi [...]. D'autre part, en tant que musulman, chacun a le devoir canonique de sacrifier un mouton **. S'il veut en « couper » un, il va en forêt [...], il sera inquiet et gêné, tout le temps en alerte contre les gendarmes ou d'autres personnes qui peuvent le prendre en flagrant délit [...]. En outre, il y a beaucoup de choses très importantes à propos de l'éducation religieuse des enfants. Ça aussi, ça serait très bien pour nous si on pouvait transmettre ce problème au gouvernement français et faire s'ouvrir des cours de religion, soit sous sa tutelle, soit sous celle de la Turquie. Ainsi, au moins du point de vue culturel et religieux, nos enfants ne resteraient pas incomplets [...] (père de famille turc, 31 ans, études primaires, artisan tailleur – en turc).

Telle qu'elle est explicitée ici, la demande d'islam doit avoir pour effet de résoudre des contradictions qui affectent la vie quotidienne d'un certain nombre de musulmans résidant en France. Comme lorsque était évoqué le problème de l'éducation des enfants, c'est par le biais d'une revendication d'ordre privé que les institutions sont interpellées : en voulant accomplir les prescriptions de leur religion, les « frères turcs musulmans » du patron tailleur se mettent en contravention avec la loi française – et, comme les injonctions de Dieu sont immuables, ce sont les lois qui doivent être sinon changées, du moins adaptées à une « minorité », à un groupe communautaire doté d'un statut juridique particulier. En demandant des accommodements légaux afin d'effectuer la prière du vendredi ou d'égorger le mouton de la fête sans encourir l'ire de l'employeur ou le procès-verbal du gendarme, cette personne souhaite que s'instaure une négociation entre le pays d'accueil et

---

* Sur le statut de l'islam en Belgique, cf. A. Bastenier et F. Dassetto, *l'Islam transplanté*, Paris, 1983, *passim*.
** Au moment du grand *baïram*, qui commémore le sacrifice d'Abraham.

les populations musulmanes. L'objectif proclamé en est de favoriser l'insertion de celles-ci, c'est-à-dire de permettre l'épanouissement de leur identité comme communauté disposant, dans le cadre français, de droits spécifiques.

Telle est la logique de l'insertion : refuser que les individus négocient seuls leur entrée dans la société d'accueil – comme c'est le propre du processus d'intégration –, mais viser à définir l'espace juridique d'une minorité conservant usages et lois qui assurent sa cohésion. Le processus d'insertion argue de problèmes qui concernent la vie privée des individus pour interpeller les institutions et mettre le pouvoir en demeure de trouver des solutions légales qui, à leur tour, affectent les équilibres politiques. En ce sens, il ruse, et, par sa capacité à jouer des contradictions et des faiblesses de son interlocuteur étatique, à traiter avec lui, il peut obtenir concessions ou bénéfices substantiels.

Or, la dynamique enclenchée par ce processus est extrêmement difficile à maîtriser : elle suppose en effet que des porte-parole, des élites puissent émerger au sein des populations dont elles ont vocation à régler l'insertion, et que ces élites soient à la fois réellement représentatives et crédibles. En effet, si insertion il y a, celle-ci s'effectue au profit non pas d'un agrégat de populations aux frontières indéfinies, mais d'un groupe constitué en minorité sur une base communautaire, structuré par un réseau d'associations coiffé par des leaders capables de formuler telle ou telle demande en termes juridiques. De plus, l'interlocuteur institutionnel français doit percevoir quel type de bénéfices (paix sociale, meilleure productivité du travail, etc.) il peut escompter en échange d'accommodements légaux.

Les populations musulmanes dans la France contemporaine ne comptent pas, au milieu des années quatre-vingt, de telles élites représentatives et crédibles et ne constituent pas une communauté homogène. Le processus d'insertion est, par là même, condamné à suivre des canaux informels, concurrents et contradictoires. Ils mènent non pas à l'interlocuteur suprême qu'est l'État français, mais à des partenaires dont la capacité juridique est réduite – comme les municipalités – ou le champ de décision restreint – comme la direction d'un foyer de travailleurs, l'encadrement d'une usine ou le gestionnaire d'une cité HLM.

Dans le cadre de notre enquête, l'une des personnes interrogées, appartenant au groupe C, tient un discours très articulé dans lequel se mettent en place des demandes et revendications propres au processus d'insertion : il s'agit d'un étudiant en doctorat tunisien qui prépare sa thèse en Sorbonne et est, par ailleurs, l'un des dirigeants d'une association islamiste fort active en France. Invité à exprimer son opinion sur l'attitude du gouvernement français envers les musulmans, cet étudiant, après avoir critiqué les déclarations du ministre de l'Intérieur Gaston Defferre, qui faisaient état du danger de la propagande « intégriste » dans certaines mosquées *, constate :

> Beaucoup de droits des musulmans, en tant que communauté en France, sont inexistants... C'est-à-dire que les musulmans ne jouissent pas du même milieu culturel et religieux que les autres communautés religieuses. Même si celles-ci sont autochtones, les musulmans constituent aujourd'hui le plus grand nombre d'immigrés. La société reste cependant, traditionnellement, libre et démocratique. Mais elle doit permettre qu'existe, de manière équitable, un milieu culturel et religieux convenable pour toute communauté [...] (père de famille tunisien, 29 ans, étudiant en doctorat – en arabe ; 2.5.).

Revendiquer des droits spécifiques pour les musulmans s'avère difficile au niveau national, mais, à la base, se dégagent un certain nombre d'acquis :

> Nous le constatons, une grande partie des mosquées qui existent actuellement sont des salles situées dans les foyers de travailleurs **, et qui sont données par la direction. Elle donne une salle gratuitement afin que les musulmans puissent faire leur prière [...]. Dans les usines, c'est pareil, parfois on donne des salles. Dans certaines villes, la mairie elle-même aide et donne des salles s'il y en a [...]. Dans les cités universitaires, c'est pareil [...]. Mais j'en connais certaines où le responsable refuse en invoquant le prétexte suivant : si on en donne aux musulmans, il faudrait aussi en donner aux juifs, aux chrétiens [...]. Il y a des personnes qui sont ouvertes aux musulmans, qui n'ont pas de problèmes, et qui aident... Il y en a d'autres qui réagissent différemment [...] (id. ; 2.6.).

Cet étudiant, qui est doté, par ses responsabilités militantes au sein d'une association islamique, d'une vision assez réaliste du

---

* Voir *les Temps Modernes*, « L'immigration maghrébine en France », numéro spécial, mars-avril-mai 1984, n° 452-453-454, « Entretien avec M. Gaston Defferre » : « Peu à peu, les intégristes prennent pied dans les mosquées, en deviennent les responsables ou les dirigeants, font du prosélytisme et de la propagande. C'est dangereux car ils peuvent être des relais quand des attentats sont perpétrés, et ça, c'est intolérable » (p. 1573). Ces déclarations ont été très vivement attaquées par divers groupes de pressions et médias islamiques, et présentées comme « hostiles à l'islam ».
** Sur la répartition des lieux de prière musulmans en France, voir p. 229 *sq*.

rapport des forces entre État français et groupes de pression musulmans, semble adopter une tactique qui consiste à « engranger » systématiquement tout ce qui est accessible – salles de culte dans les foyers, les cités, etc. –, sans pour autant risquer une confrontation qui tournerait à son désavantage. Interrogé pour savoir si, selon lui, « il y a des cas où se posent des problèmes pour respecter à la fois la *chari'a* et la loi française », il répond ainsi :

> [...] Il y a eu le problème du voile pour les femmes musulmanes, mais on peut dire que ça a été résolu. Nous sommes gênés, mais, *à la limite*, nous nous soumettons. Ma femme, par exemple, est allée à la préfecture et elle a donné des photos d'elle voilée. Elles ont été refusées. Nous avons essayé de les convaincre, mais sans succès. Et c'est tout, on a fait des photos sans voile. Même si c'est contraire à l'islam, mais nous avons une règle qui dit : « Les coups annulent les interdits », quand l'individu est confronté à une situation sur laquelle il est sans prise... personnellement, je n'ai pas eu d'autres difficultés. La liberté de croyance est largement garantie (id. ; 5.6.).

Exprimée ici dans les termes d'un intellectuel aspirant à jouer une fonction d'élite au sein des populations musulmanes, la revendication d'insertion pose comme postulat qu'il existe, en France, un espace de liberté pour l'islam. Paradoxalement, cet espace peut être plus vaste que dans un pays musulman :

> Dans la société française, il y a la liberté. Il y a même une liberté plus grande que celle qu'on trouve parfois dans les pays islamiques. La société est laïque, et basée sur le respect de la croyance de l'individu [...]. Par exemple, je me rappelle que l'un des problèmes qui se passent toujours dans nos pays durant le ramadan, c'est que certaines personnes souhaitent jeûner en fonction de l'apparition du croissant de lune, puisqu'il existe un hadith à ce sujet *. Or, la date du jeûne est fixée par les autorités religieuses officielles pour tel jour, et quand des personnes veulent jeûner en se réglant sur le croissant [...] un problème apparaît. Souvent on est conduit au commissariat de police, pour enquête [...]. Grâce à Dieu, ces restrictions n'existent pas en France ! (id. ; 2.4.).

Toutefois, le respect de la croyance de chacun n'en signifie pas moins, pour plusieurs personnes appartenant à ce groupe, que les

---

* Sur les conflits entre musulmans à propos des dates des fêtes, voir ci-dessous, p. 274 *sq*.

autorités françaises elles-mêmes doivent construire les mosquées pour les musulmans :

> Je pense que le gouvernement français devrait s'en occuper, car c'est lui seul qui peut aider les musulmans dans ce domaine. Tout ce que les pouvoirs publics n'ont pas décidé dans le pays, ce n'est pas les autres qui pourront le faire. Même s'ils le veulent, ils ne peuvent pas le faire sans l'accord des pouvoirs publics ! (mère de famille sénégalaise, 24 ans, sans instruction, femme au foyer – en pular ; 2.6.).

> En premier lieu, ceux qui devraient s'occuper de cela, c'est surtout les communes, parce que les communautés immigrées vivent dans les communes. Bien que dans les communes tout le monde ne soit pas musulman, la mairie sait qu'il y a des musulmans. Elle sait ce que c'est que la religion islamique, et de quoi un musulman a besoin. Et comme il existe des églises, les musulmans doivent aussi avoir un endroit pour prier (père de famille mauritanien, 37 ans, CAP d'ajusteur – en français ; 2.6.).

Ces deux personnes n'ont pas le même niveau culturel que l'étudiant précédemment cité, et probablement ne se représentent-elles pas clairement quels sont les enjeux politiques ou légaux que présupposent les souhaits qu'elles expriment. Néanmoins, elles illustrent l'ambiguïté de la revendication d'identité islamique, formulée sur le mode de l'insertion dans la société française.

Les confusions de la demande

Au terme de cette interrogation première sur les raisons et les modes de la demande d'islam telle qu'elle se met en place au sein des populations musulmanes en France, quelques hypothèses prennent corps.

D'abord, la revendication d'identité islamique n'est pas un phénomène qui caractérise la totalité de l'échantillon analysé ici – et cela bien que l'enquête se soit déroulée à l'époque du ramadan, durant laquelle le sentiment d'appartenance religieuse revêt une grande intensité. Pour les personnes rassemblées dans le groupe D, qui manifestent probablement la plus grande intégration accomplie ou souhaitée dans la société française, l'identité islamique soit n'a plus de signification, soit reste extérieure au champ politique et ressortit de la seule sphère privée. Elle ne saurait être, par elle-même, un facteur d'adaptation à la société française, mais constitue – lorsqu'elle est affirmée – une référence culturelle, voire folklorique, qui n'interfère pas avec le processus d'intégration : celui-ci emprunte les voies de la socialisation par l'habitat, le travail, et, de manière plus générale, la fréquentation de personnes de toutes origines, qui, dans certains cas, aboutit à la constitution de couples mixtes.

D'une certaine manière, pourrait-on dire, les personnes de ce groupe n'ont pas besoin de l'islam pour s'intégrer à la société française : elles le font par d'autres canaux. On ne les rencontrera guère dans le réseau des associations islamiques de base qui sont décrites plus loin. Elles peuvent se mobiliser en solidarité avec leurs coreligionnaires en diverses circonstances, et cette solidarité peut éventuellement emprunter le discours et les catégories de l'islam.

A l'autre extrémité de notre échantillon, le groupe des personnes les plus marginalisées (A) exprime un besoin d'islam que l'on pourrait qualifier de « viscéral » : ni intégration ni insertion ne sont, pour elles, imaginables, tant la société française, dans laquelle elles sont immergées, leur semble étrangère, incompréhensible ou hostile. L'islam est, ici, un recours fondamental, une planche de salut à laquelle s'agripper pour ne pas être submergé par le ressac des mœurs et des usages français. Il a vocation à exercer une fonction de stabilisation, à servir de garde-fou contre diverses formes de déviance sociale. Mais il est difficile de mesurer l'impact réel de cette fonction, d'en observer les effets concrets au-delà des proclamations intéressées des uns et des autres.

Par ailleurs, cette stabilisation, quand elle a lieu, conduit non pas nécessairement à l'intégration dans la société d'accueil, mais à l'affirmation d'une personnalité propre, constituée, parfois, en opposition délibérée avec le système de valeurs français dominant tel qu'il est perçu. Cela n'a rien pour surprendre véritablement dans le cas d'immigrés récemment arrivés en France, mais le phénomène est plus nouveau et plus problématique lorsqu'il se manifeste chez des jeunes dits « de la seconde génération », nés et entièrement éduqués dans ce pays. Il s'agit alors d'un processus « cérébral » et non plus « viscéral ».

Enfin, les groupes intermédiaires de notre échantillon (B et C) illustrent le besoin ou le désir d'islam de populations qui sont, par ailleurs, déjà engagées dans un processus de socialisation en France, mais qui n'en maîtrisent pas réellement la dynamique : elles connaissent une situation de sédentarisation aléatoire qui rend nécessaire une affirmation identitaire de type particulier, qui puisse rendre compte, en des termes suffisamment valorisants, de leur état présent. Si l'islam s'impose pour remplir une telle fonction, c'est qu'il bénéficie, aux yeux de ses adeptes installés en France, de plusieurs éléments de réponse à leur attente propre : il est d'abord porteur, dans ses formes contemporaines, d'un indéniable sentiment de fierté qui permet d'inverser symboliquement les rapports de considération réels entre « immigrés » et Français. De plus, il fournit un espace de référence qui, en se voulant transcendantal et non pas lié à quelque contrée d'origine ou d'accueil, permet de retranscrire en termes positifs la double exclusion que constitue la situation migratoire.

Par rapport à la société française, les groupes intermédiaires B et C de notre échantillon s'efforcent d'obtenir des garanties juridiques et statutaires qui leur permettent de négocier une place de communauté minoritaire. Mais une communauté minoritaire doit, pour exister, se doter de structures institutionnelles et voir émerger en son sein des élites qui la représentent et négocient en son nom avec les interlocuteurs étatiques. Au milieu des années quatre-vingt, de telles élites sont en voie de constitution au sein des populations musulmanes en France ; pour se faire accepter par les « masses », elles essaient de faire correspondre à la demande d'islam, dont nous avons repéré ici quelques occurrences, une offre adéquate. La vivacité de la concurrence entre associations islamiques, mosquées, cheikhs et imams a rendu cette offre d'une complexité et d'une richesse extrêmes ; elle l'a, du même coup, fragmentée. Et cette fragmentation est telle qu'elle empêche les autorités françaises d'identifier des interlocuteurs et de reconnaître à l'islam dans l'Hexagone une expression communautaire.

CHAPITRE 2

Une et mille mosquées

La demande d'islam qu'expriment au milieu des années quatre-vingt un certain nombre de musulmans vivant en France est complexe et multiforme. L'offre qui lui correspond est plus complexe encore ; elle a mille origines, françaises comme étrangères, et elle se transforme profondément pendant quinze années d'intense développement (depuis le début de la décennie soixante-dix).

Si l'islam est Un – selon ses fidèles –, ses interprétations sont, en revanche, nombreuses. Ce pluralisme est particulièrement sensible dans un pays comme la France, où les populations de confession musulmane forment un ensemble hétérogène par la langue, la nationalité, l'ethnie et les coutumes. Aux origines différentes se combinent des modes d'acculturation divers à la société française, qui vont de la plus grande extranéité à l'intimité totale.

On ne s'étonnera pas que l'offre d'islam soit, dans un tel contexte, fragmentée. Elle se manifeste à plusieurs niveaux, étatiques, associatifs et individuels, qui sont parfois complémentaires et d'autres fois antagoniques, au sein d'une compétition impitoyable dont le but est l'acquisition d'une position dominante, voire du monopole de l'islam, dans l'Hexagone.

Au niveau étatique, plusieurs partenaires d'importance inégale sont en jeu. L'État français, tout d'abord, détient aujourd'hui un pouvoir d'arbitrage, qui durera tant qu'il n'aura pas tranché en faveur du contrôle d'un autre État sur l'islam en France. Comme tel, en effet, il n'intervient pas directement, retranché derrière la loi de séparation de l'Église et de l'État de 1905, qui stipule que la République ne reconnaît ni ne salarie aucun culte. Il n'en a pourtant pas toujours été ainsi : la Grande Mosquée de Paris est une création de la République – et toute analyse de l'islam en France exige que l'on fasse l'histoire de son fonctionnement depuis les années vingt *.

---

* Voir ci-dessous.

Les autres États qui se montrent soucieux du devenir de l'islam en France sont l'ensemble des pays musulmans qui ont des ressortissants ou des intérêts politiques en France. Trois d'entre eux disposent de moyens considérables : l'Algérie d'une part, le Maroc et l'Arabie Saoudite d'autre part. Forte d'un peu moins d'un million de ressortissants en France et d'une connaissance intime des rouages du système politique français, Alger bénéficie d'une position de grande influence, qui se concrétise notamment par son contrôle sur la Grande Mosquée de Paris à partir de l'automne 1982 *. Les efforts des monarchies chérifienne et wahhabite pour contenir cet hégémonisme passent principalement par le relais du tissu associatif islamique, qui bénéficie de la « manne » dispensée par Riyad **.

Les autres États sont moins actifs, ou disposent de moins de moyens. Avec la révolution islamique en Iran, un moment d'enthousiasme a dynamisé l'expression de l'islam dans l'Hexagone, et a permis notamment aux mouvements islamistes radicaux de se développer : mais l'influence de la République islamique elle-même a été de courte durée ***.

Les agissements d'États, qui relèvent de la manipulation politique, ne sauraient être ce à quoi se réduit l'islam en France : celui-ci est d'abord le fait d'un réseau de plus de six cents associations et mille lieux de culte qui ont vu le jour depuis le début des années soixante-dix. Ce développement extrêmement rapide s'est articulé en plusieurs grandes phases :

- Pendant la décennie soixante-dix, un « islam de paix sociale » se met en place avec la bénédiction des institutions françaises et leurs encouragements. Il prend la forme de salles de prière dans les foyers de travailleurs, les usines puis les HLM. Il est peu visible dans la cité elle-même, et constitue, pour ceux qui croient le manipuler, un « opium du peuple » efficace pour détourner les immigrés de l'agitation gauchiste, dont la grève de la SONACOTRA **** fait craindre l'extension aux nouveaux « damnés de la terre ».

- Mais, en même temps, une mutation structurelle affecte le monde de l'immigration : l'arrêt des flux migratoires et la prise en compte du caractère inéluctable de la sédentarisation aléatoire en France favorisent le développement de structures de socialisation islamique pour les enfants nés ou éduqués dans ce pays.

---

* Voir ci-dessous, chap. 7.
** Voir ci-dessous, chap. 5.
*** Voir ci-dessous, chap. 6.
**** Voir ci-dessous, chap. 3.

- Une deuxième grande phase commence après la flambée des cours du pétrole consécutive à la guerre d'octobre 1973 au Moyen-Orient, qui donne des moyens financiers considérables aux pays du Golfe désireux de propager l'islam. L'ouverture d'un bureau de la Ligue islamique mondiale à Paris, en 1977, en est la forme la plus perceptible, mais ce n'est pas la seule : des sommes considérables, provenant d'« hommes d'affaires musulmans » du Moyen-Orient, vont permettre aux associations islamiques d'acheter des biens immobiliers pour en faire des mosquées et de prendre place dans la cité, d'acquérir une visibilité dans la société française. Mais ce mouvement est contrarié par le développement de représentations hostiles à l'islam en France, à la suite de la multiplication des actions terroristes d'origines iranienne et libanaise visant les citoyens français et leur État. Dans les villes de province en particulier, les maires s'efforcent de définir une ligne de conduite entre les revendications d'associations qui veulent édifier des mosquées et les pétitions des électeurs qui s'y opposent *.

- Une troisième grande phase commence à se développer au milieu des années quatre-vingt : la francisation de l'islam. Anciens harkis, convertis et jeunes d'origine algérienne nés en France jouent un rôle croissant dans l'expression de cette religion. Or, étant citoyens français, ils disposent de moyens pour faire reconnaître leurs droits incommensurablement plus efficaces que des étrangers résidents. Ils peuvent également s'organiser en force électorale, ce qui n'est pas sans susciter quelques convoitises sur l'autre rive de la Méditerranée.

Enfin, outre ses dimensions politique et sociale, l'islam qui se structure aujourd'hui en France constitue un microcosme idéologique des nombreux courants et tendances qui traversent la communauté des croyants : du plus humble piétisme au credo islamique le plus sophistiqué, chacun peut se retrouver dans la variété des sermons et des ouvrages qui sont prononcés ou circulent en toute liberté dans les mosquées et librairies de l'Hexagone.

Sur le terrain islamique vierge qu'était la France, le premier rôle a été joué par une gigantesque organisation piétiste internationale, la *jama'at al tabligh*, plus connue sous le nom de sa principale branche française, l'association Foi et Pratique : l'islam, qui se veut apolitique, dont elle se fait la propagandiste, est porteur de formes de resocialisation très particulières qui ne sont pas sans rappeler les sectes. Ce mouvement a joué un rôle important dans

* Voir ci-dessous, chap. 6.

la réislamisation des immigrés de la première génération, dans les années soixante-dix, et il est, en 1987, le fer de lance de la pénétration de l'islam chez les jeunes Maghrébins.

Telles sont les grandes lignes du paysage de l'islam en France en 1987. C'est à en parcourir et à en explorer les multiples dimensions que sont consacrées les pages qui suivent.

Cause coloniale et « mosquée-réclame »

La première tentative d'implantation de l'islam en France fut stoppée à Poitiers, comme on l'apprend sur les bancs de l'école primaire, par Charles Martel, en 732, cent ans après la mort du Prophète. Ce coup d'arrêt à l'expansion musulmane en Occident, qui vit les cavaliers d'Allah se replier dans la péninsule Ibérique – qu'ils allaient dominer jusqu'à la fin du XVᵉ siècle –, n'empêcha pas l'occupation épisodique de têtes de pont sur le territoire qui est aujourd'hui celui de la France. Ainsi, de la région de La Garde-Freinet, dans le Var, occupée par les Sarrasins au Xᵉ siècle [1], partaient des razzias vers le nord. S'il reste, dit-on, des souvenirs de la présence islamique dans la toponymie locale – le bourg de Ramatuelle « porte un nom dans lequel il serait séduisant, mais aventureux, de retrouver la transcription de l'arabe *rahmatu'llah,* le bienfait de Dieu [2] » –, il n'y a plus trace aujourd'hui, dans la presqu'île de Saint-Tropez, des mosquées qui y furent construites alors. A l'époque des Croisades, dit-on encore, un oratoire musulman aurait été établi en France :

> Dans les Ardennes, à Buzancy, au lieu-dit Mahomet, se voient encore les ruines de la mosquée qu'un croisé, Pierre d'Anglure, comte de Bourlémont, fait prisonnier par les Sarrazins, construisit au début du XIIIᵉ siècle en souvenir de la liberté qui lui avait été rendue [3].

Et l'on connaissait à Marseille, durant le Grand Siècle, une « mosquée des Galères » où se rendaient les « Turcs » pris à la course et employés dans les équipages de Sa Majesté Très Chrétienne, à moins que ne les rachetât une bourgeoisie phocéenne friande de leurs services, pour peupler sa domesticité. Mais si quelques mosquées s'étaient ainsi édifiées en France au gré des circonstances, elles ne connurent guère de pérennité.

C'est le gouvernement de la IIIe République qui devait créer une Grande Mosquée en France, et cela à une époque où ce pays étendait sa domination coloniale sur les terres d'islam : dès sa conception, la Grande Mosquée de Paris est une institution française, destinée à manifester que la France est une « grande puissance musulmane » – avant même de servir de lieu de culte pour les musulmans fort peu nombreux qui résident alors sur le territoire métropolitain. Mais, au fil des décennies, la Grande Mosquée va voir se transformer ses fonctions, au fur et à mesure que les colonies musulmanes françaises deviennent des États indépendants et que, symétriquement, des populations de confession islamique en nombre toujours croissant émigrent vers l'ancienne métropole. Un statut juridique passablement ambigu va rendre l'institution incapable d'assumer les nouvelles responsabilités qui sont les siennes, jusqu'à ce qu'elle soit dévolue aux autorités algériennes, à l'automne 1982.

L'idée de créer à Paris une mosquée semble devoir être attribuée, dès 1849, à la Société orientale algérienne et coloniale. Toutefois, selon un haut fonctionnaire de la Ville de Paris, auteur d'une brochure relatant l'histoire de la Grande Mosquée,

> elle n'entra vraiment dans le domaine des réalisations qu'en 1895. Il était apparu à Harry Alis, le créateur du Comité de l'Afrique française, qu'à l'heure où la France, grâce au développement de son empire nord-africain, devenait une grande puissance musulmane il importait de donner à l'islam un témoignage éclatant de sympathie par la fondation, à Paris même, d'un édifice religieux [4].

Ce projet d'édifice, dont « la pensée anima de bons ouvriers de la cause coloniale française », fut alors concrétisé sous la pression d'un groupe d'influence : Jules Cambon, gouverneur général de l'Algérie, « la personnalité " la plus musulmane " de France », forma un comité. Il obtint de nombreux appuis tant auprès de l'État français que du khédive d'Égypte ou du sultan-calife ottoman d'Istanbul qui exerçait alors, en dépit d'une autorité politique battue en brèche en de nombreuses provinces de son empire, un magistère moral sur l'islam du fait de son titre califal. Mais ce furent les problèmes ottomans qui firent ajourner le projet initial :

> il semblait que le monument dût bientôt surgir du sol parisien, lorsqu'en juin 1896, le monde fut secoué par un douloureux événement : les massacres d'Arménie. L'heure n'était plus favorable à la réalisation de l'œuvre envisagée.

L'art de l'ellipse que cultive ici le haut fonctionnaire dont nous retranscrivons le propos n'empêche pas le lecteur, tout au contraire, de se représenter que l'édification d'une mosquée à Paris s'inscrit d'emblée dans un faisceau d'enjeux internationaux : elle ne peut avoir pour initiative que la volonté de l'autorité française, et elle est fonction de ses options conjoncturelles de politique étrangère.

C'est au lendemain de la Première Guerre mondiale qu'une nouvelle et décisive impulsion est donnée au projet : le président du Conseil Millerand et divers ministres présentent à l'Assemblée nationale une proposition de subvention à une « Société des Habous et Lieux saints de l'Islam », afin de construire un Institut musulman à Paris. Après un vote favorable unanime, la loi ouvrant un crédit de 500 000 francs pour la fondation de l'Institut est promulguée le 19 août 1920.

Cette décision revêt une très grande importance, et ce pour plusieurs raisons, qui tiennent à la période où elle a été prise, à l'argumentation développée par les hommes politiques français qui l'ont soutenue et au choix de la Société des habous pour mener à bien l'opération.

La Société des Habous * et Lieux saints de l'Islam avait été fondée, le 16 février 1917, à Alger. Déclarée au cadi de la *mahakma* hanafite ** de la 1ʳᵉ circonscription et régie par le droit musulman, elle se fixe pour objet d'acquérir et d'entretenir deux immeubles à La Mecque et à Médine, afin d'y accueillir, lors du pèlerinage annuel, les nécessiteux originaires des pays musulmans sous domination française : Maroc, Algérie, Tunisie et Afrique occidentale. A l'époque en effet, pendant la Première Guerre mondiale, la France, alliée à la Grande-Bretagne et en guerre avec l'Empire ottoman, menait au Proche-Orient une politique très active, pour favoriser les soulèvements nationalistes dans les provinces arabes

---

* Les habous (plus communément appelés *waqf* en Orient) sont les biens de mainmorte que des musulmans lèguent « à Dieu », tout en désignant telle ou telle fondation pieuse comme usufruitière. Ils peuvent consister en biens meubles ou immeubles, propriétés bâties ou terrains, et sont gérés par un intendant, qui veille à ce que leurs revenus soient affectés au destinataire. Dans les faits, les biens habous (ou *waqf*) ont longtemps assuré la subsistance des oulémas – des hommes de religion en islam – et le fonctionnement des systèmes caritatifs organisés sous leur supervision. Leur mauvaise gestion a permis, souvent, à des personnes peu scrupuleuses de s'en emparer (d'autant plus aisément qu'ils n'avaient pas de « propriétaires » humains) et, par ailleurs, les États indépendants dans le monde musulman, à la suite des puissances coloniales, ont réformé leur gestion et tenté de s'emparer de leur patrimoine.

** Le *cadi* est le juge qui fonde sa décision sur le droit musulman *(chari'a)*. La *mahakma* (tribunal) appartient, en pays sunnite, à l'une des quatre écoles de jurisprudence islamique autorisées (hanafite, malékite, chaféite ou hanbalite), qui, chacune, font prévaloir telle ou telle interprétation des injonctions contenues dans les Écritures de l'islam : le Coran et le hadith (ou recueil des actes et des dits du prophète Mahomet).

de cet Empire, avant de faire passer celles-ci sous l'influence des deux puissances, en application des accords Sykes-Picot *. Dans cette perspective, Paris souhaita manifester son appui au chérif Hussein, gardien des Lieux saints d'Arabie et opposé à la domination ottomane, en envoyant auprès de lui une mission militaire française et en encourageant des notables musulmans d'Afrique du Nord et d'Afrique occidentale à faire le pèlerinage à La Mecque. Le 21 septembre 1916, la mission, dirigée par le colonel Brémond, et la délégation des pèlerins débarquèrent à Djedda. L'opération avait divers objectifs : manifester que la France, « amie de l'islam », favorisait le pèlerinage chez ses sujets musulmans ; préparer le terrain pour acquérir des hostelleries destinées à protéger ces pèlerins de la rapacité célèbre des organisateurs locaux du pèlerinage ; implanter une structure française dans les villes sacrées d'Arabie [5].

La délégation est dirigée par l'un des principaux acteurs de la politique musulmane de la France, homme de grande influence, Al Haj Abdelkader ben Ghabrit (communément nommé Si Kaddour ben Ghabrit). Né en 1873 en Algérie, à Sidi-bel-Abbès, il est musulman de statut civil français et a exercé les fonctions de ministre plénipotentiaire de France au Maroc, de conseiller du gouvernement chérifien et de chef du protocole du sultan du Maroc. C'est dire s'il est, pour la France, une personne sûre, à qui sont confiés des postes et des fonctions délicats et exposés. De plus, il semble jouir d'un certain prestige en Afrique du Nord, et cela en dépit des attaques dont il est l'objet de la part des milieux nationalistes algériens. Il est, de la sorte, tout indiqué pour présider la Société des Habous, et être le maître d'œuvre de la Grande Mosquée.

Pour les autorités françaises, confier à la Société des Habous, dirigée par un tel personnage, la tâche d'édifier l'« Institut musulman de la mosquée de Paris » recèle un double intérêt : d'une part, faire que des musulmans gèrent l'islam – ce qui permet d'atténuer les accusations éventuelles de manipulation de cette religion par le gouvernement de la République ; d'autre part, affecter les deniers publics à une personne de confiance.

Dès le 26 octobre 1916, avait été fondé en effet un « Comité de l'Institut musulman à Paris » présidé par Édouard Herriot – qui faisait écho au comité autrefois présidé par Jules Cambon. Mais

---

* Les accords entre lord Sykes et Georges-Picot, qui furent tenus secrets jusqu'en 1917, prévoyaient un partage des anciennes provinces de l'Empire ottoman entre la Grande-Bretagne et la France.

les projets de ce comité rencontrèrent de l'opposition. Ils s'inscrivaient pourtant dans la continuité des mesures « philo-islamiques » prises pendant la Première Guerre mondiale par la hiérarchie militaire en faveur des tirailleurs et des zouaves nord-africains, dont le comportement au combat était l'objet d'éloges unanimes *. Tant qu'il ne s'agissait que d'édifier quelques oratoires, « salle de prière à la section musulmane de l'hôpital de Neuilly, mosquée en bois à la poudrerie du Bouchet, mosquée improvisée de la rue Le Pelletier [...] », personne ne trouvait rien à redire. Mais édifier une Grande Mosquée au cœur de Paris suscite l'hostilité du gouvernement général de l'Algérie qui « combat le projet au nom de la neutralité religieuse et de l'efficacité (les oratoires édifiés semblant peu fréquentés) ». Si bien que « le gouvernement se range finalement à l'avis du GG et refuse de verser une subvention qui contreviendrait à la laïcité de l'État [6] ». C'est dans ce contexte que la substitution de la Société des Habous au Comité de l'Institut musulman à Paris (dont Si Kaddour faisait déjà, du reste, partie) prend tout son sens. A la Chambre des députés, Herriot, rapporteur du projet de loi en vue de la création de cet institut, déclare :

> Ainsi que l'indique le projet de loi du gouvernement, une œuvre pareille doit, pour réussir, être confiée à des musulmans et dirigée par eux. Nos meilleures intentions ne sont pas toujours comprises. Mieux vaut laisser aux intéressés le soin de dire les leurs, et de les appliquer. La Société des Habous et Lieux saints de l'Islam, constituée sous l'égide du gouvernement français, représente l'instrument le plus qualifié pour assurer l'exécution du projet qui vous est soumis. [*Suit une liste des dignitaires marocains et tunisiens qui la composent*] [...] Bref, tout ce que notre Afrique du Nord comprend de notables autorisés et dignes d'exprimer la pensée de l'islam français [7].

Mais, si la Société des Habous présentait toutes les garanties politiques possibles aux yeux des autorités françaises, elle n'avait pas la qualité juridique requise pour recevoir les subventions que lui attribuait la loi promulguée le 19 août 1920 ni pour s'acquitter légalement en France de sa nouvelle mission. Il lui fallut se constituer en association de droit français, sous la forme prescrite par la loi de 1901. Ce fut chose faite en date du 24 décembre 1921 : la Société déposa à la préfecture d'Alger l'acte constitutif

* Voir ci-dessous.

et un acte modificatif *. Si Kaddour resta président, et le siège fut maintenu à Alger – ce qui devait fournir, ultérieurement, prétexte à une considérable bataille juridico-politique après l'indépendance de l'Algérie.

Outre la subvention de l'État, le conseil municipal de la Ville de Paris vota une subvention de 1 620 000 francs, destinée à l'achat du terrain où serait édifié l'Institut musulman, dans le Ve arrondissement, terrain qui fut cédé par l'administration générale de l'Assistance publique. Cette subvention était soumise à deux conditions : la modification des statuts de la Société des Habous, mentionnant expressément dans son objet la création et la gestion d'un Institut musulman à Paris, et son engagement à construire celui-ci et ses dépendances. Si la Société des Habous décida, le 25 mars 1926 à Alger, d'inclure dans ses statuts la gestion de l'Institut musulman en chargeant son président de la représenter à Paris, cette mesure fut enregistrée par le seul cadi de la *mahakma* hanafite, sans qu'il y eût ni déclaration à la préfecture d'Alger ni publication officielle. Dans le cadre du droit français, l'association se trouvait de la sorte dans une situation juridique ambiguë, ce qui devait avoir, par la suite, de graves conséquences.

Néanmoins, la Société érigera dans les délais l'Institut musulman, utilisant à bon escient les fonds qui lui avaient été attribués. La subvention du conseil municipal de Paris, approuvée le 15 juillet 1921, avait été votée après un débat de cette assemblée, illustré notamment par ces propos du conseiller Barthélemy Rocaglia :

> [...] Il y a longtemps que la question de l'établissement d'une mosquée à Paris est à l'ordre du jour. Les plus hautes autorités religieuses musulmanes avaient depuis longtemps réclamé cette institution. Le geste de la ville de Paris aura une portée considérable. Ce faisant, la ville de Paris apporte une aide précieuse au gouvernement et notre Assemblée prouve une fois de plus qu'elle n'oublie pas que Paris n'est pas seulement la capitale de la France métropolitaine, mais aussi la capitale de la France d'outre-mer, la capitale de la plus grande France !
> Paris brille d'un éclat incomparable dans toutes nos possessions musulmanes comme dans le monde entier et, dans les plus humbles villages d'Algérie, de Tunisie ou du Maroc, comme en Afrique occidentale ou équatoriale, comme en Syrie, comme en nos possessions de l'Inde, le geste symbolique de la France plaçant une

* La publication sommaire au *Journal officiel* du 23 février 1922 fixe la date de création au 30 décembre 1921.

mosquée musulmane au centre de la Capitale aura un profond retentissement et sera apprécié comme il convient.

C'est par de tels gestes que la France sait attirer l'amour de tous ses sujets indigènes qui n'hésitent pas, le jour venu, à faire le sacrifice de leur vie pour la défense d'une si belle patrie.

Paris en y aidant fait de la bonne besogne *(Très bien !)* [8].

Si le conseiller municipal n'a pas de l'art oratoire la même maîtrise qu'Édouard Herriot, il répercute, sans doute, les diverses préoccupations qui président, dans l'esprit des gouvernants, à la décision d'édifier une mosquée monumentale à Paris : renforcer la cohésion de l'empire colonial, mener une politique musulmane active, et manifester, symboliquement, la reconnaissance de la métropole pour le sacrifice de nombreux musulmans sous l'uniforme français pendant la guerre de 1914-1918.

Lors des discours prononcés pendant la cérémonie d'orientation de la Mosquée, le 1ᵉʳ mars 1922, tant par Si Kaddour que par les représentants de la municipalité parisienne, ces différents aspects sont évoqués de façon explicite.

> Soyez assurés [*s'exclame Si Kaddour*] que le geste libéral du gouvernement français, en décidant de construire au cœur de la capitale un édifice consacré à l'islam, a été, avant même que la première pierre de l'édifice soit posée, compris et ressenti dans la communauté musulmane.
>
> Ce geste hautement symbolique signifie que la France, fidèle à une politique plusieurs fois séculaire, tend à affirmer, d'une plus éclatante manière, la sympathie qu'elle ressent pour des musulmans qui, sujets protégés ou étrangers, sont pour elle également des amis. C'est ainsi que je salue ici, avec les délégués des possessions musulmanes françaises, nos coreligionnaires du Levant, de l'Orient et d'ailleurs, sans borner à des limites géographiques notre horizon sentimental, car l'Islam, groupé ou dispersé, est répandu par tout le monde, depuis les Amériques jusqu'à la Chine, jusqu'aux îles de la Sonde, jusqu'à l'Océanie. A eux tous la France aujourd'hui assigne le rendez-vous de son hospitalité, de son affection [...] [9].

Si le président de la Société des Habous se fait de la sorte le héraut de la politique musulmane de la France, il revient au conseiller municipal du quartier du jardin des Plantes, Paul Fleurot, publiciste de son état, de marquer le témoignage de reconnaissance de Paris aux musulmans. Après avoir rappelé qu'il a bien volontiers sacrifié « certains projets d'édilité locale » sur l'autel d'une œuvre dont il a compris la « haute portée nationale », il précise :

Nombreux sont ceux dont le sang a coulé sur les champs de bataille. Nombreux sont ceux qui ont donné leur vie pour la défense de la civilisation et c'est beaucoup en souvenir de ceux-là que bientôt s'élèvera sur cet emplacement l'institut musulman qui, voisin de notre glorieux Panthéon, sera comme un monument commémoratif élevé à la mémoire des soldats musulmans morts pour la France. *(Applaudissements.)* [...] [10].

La guerre de 14-18 a été une grande dévoreuse de soldats nord-africains, ce qui a conduit l'armée à favoriser, à leur endroit, une « intégration relative ». En effet, même si les Algériens, par exemple, n'ont pas accès aux hauts grades et connaissent des promotions lentes, la hiérarchie militaire est soucieuse de leur ménager

une cuisine qui respecte les interdits, adapte les fêtes et les distractions au calendrier de l'islam. C'est à l'armée que les Algériens deviennent des Français musulmans. On admet le croissant et l'étoile ; une mosquée en bois est construite à la base arrière de Nogent-sur-Marne [11].

Et cela revêt une nécessité d'autant plus grande que, depuis les tranchées adverses, les Allemands brandissent le drapeau de l'islam, forts de leur alliance avec l'Empire ottoman, dont le sultan-calife a appelé les musulmans au *jihad,* à la guerre sainte, aux côtés des Empires centraux – appel resté sans effet véritable.

Deux autres préoccupations se font jour à travers les discours des responsables français : le souci de ne pas paraître privilégier la religion musulmane – tandis que les rapports entre la République et l'Église catholique sont exécrables, moins de deux décennies après la séparation de l'Église et de l'État et les « persécutions » exercées envers les congrégations –, et celui de soutenir les alliés indigènes contre les révoltes nationalistes.

Le discours prononcé par le maréchal Lyautey le 19 octobre 1922, le jour où est donné le premier coup de pioche des travaux, devait ainsi s'ouvrir sur cette exclamation :

Quand s'érigera le minaret que vous allez construire, il ne montera vers le beau ciel de l'Ile-de-France qu'une prière de plus dont les tours catholiques de Notre-Dame ne seront point jalouses.

Pour dissiper toute jalousie, le maréchal, fort de son expérience marocaine, entreprend de présenter la politique musulmane de la France laïque tout en ménageant la susceptibilité chrétienne :

Ce dont il faut bien être pénétré, si l'on veut bien servir la France en pays d'islam, c'est qu'il n'y suffit pas de respecter leur religion, mais aussi les autres, à commencer par celle dans laquelle est né et a grandi notre pays, sans que ce respect exige d'ailleurs la moindre abdication de la liberté de pensée individuelle [12].

Si le maniement de la syntaxe manifeste les qualités de tacticien de ce grand capitaine, c'est qu'une manœuvre délicate est menée par l'autorité politique française sur les frontières de la légalité républicaine. La République, en effet, proclame la loi de 1905, « ne reconnaît ni ne salarie aucun culte ». Pourtant, ce sont les deniers publics (auxquels s'ajouteront une forte contribution du sultan du Maroc et le produit de diverses quêtes en pays d'islam) qui financent la construction d'une mosquée. C'est précisément pour tourner cette difficulté que l'on a affecté à la Société des Habous les subventions destinées à l'« *Institut musulman* de la Mosquée de Paris ». Celle-ci n'est que l'une des composantes – avec le bain maure, le restaurant, la bibliothèque, etc. – de l'Institut, qui, seul, a la personnalité juridique. Il s'agit, en l'espèce, d'une fiction, car, même si les diverses activités prévues dans le cadre de l'Institut constituent le relais de rigueur aux fonctions sociales d'une mosquée en terre d'islam, c'est néanmoins cette dernière qui est l'objet premier de la sollicitude des autorités françaises – et non le hammam ou le magasin d'artisanat nord-africain qui lui sont joints.

Cette fiction sera pourtant maintenue, et même consacrée par la dévolution en 1982 de la seule mosquée aux autorités algériennes, tandis qu'une autre partie gardera pour son profit exclusif les activités rémunératrices *.

Ultime fonction de la Grande Mosquée, mais non la moindre : l'alliance symbolique de la République avec les dignitaires indigènes, partisans de la politique coloniale française, vise à empêcher les mouvements nationalistes de faire usage de mots d'ordre islamiques pour mobiliser les populations contre le colonisateur « infidèle ». Et si tous les pays soumis à la colonisation (Algérie et Afrique occidentale), au protectorat (Maroc et Tunisie), au mandat confié par la SDN (Syrie, Liban) sont concernés par ces dispositions prophylactiques, l'interlocuteur musulman par excellence du gouvernement français dans cette affaire est le sultan du Maroc.

C'est en effet à Moulay Youssef qu'il revient d'inaugurer la

* Voir ci-dessous, chap. 7.

Grande Mosquée le 15 juillet 1926, au cours du premier voyage officiel qu'eût accompli en France un souverain alaouite.

> En Sa Majesté Moulay Youssef [*écrit un haut fonctionnaire de la Ville de Paris dans la brochure commémorative du voyage officiel*] la France se proposait de saluer le souverain qui, aux heures de la douloureuse guerre du Rif – certain que la force française ne se déployait que pour assurer le succès de sa cause ébranlée par les dissidents, pour lui rendre sa puissance et sa suzeraineté, pour étendre le rayonnement de l'islam rajeuni –, n'avait pas cessé de donner des témoignages d'attachement à notre pays, de confiance en nos efforts et en notre prestige. Elle se disposait, par la chaleur de son accueil, à exprimer sa gratitude à l'ami, fidèle dans les mauvais jours, généreux de cœur, dont l'attitude – toute de loyauté en quinze années de règne – permit en 1914 au Résident Général, le Maréchal Lyautey, de diriger vers la métropole les troupes qui se couvrirent de gloire depuis la bataille de la Marne jusqu'à l'armistice, et de maintenir dans le devoir, malgré les tentatives d'agitateurs et d'ambitieux, le Maroc pacifié [13].

Moulay Youssef est reçu dans un grand déploiement de pompe : accueilli à la gare de Lyon par le président Gaston Doumergue et le gouvernement au complet le 12 juillet 1926, fastueusement traité à l'Hôtel de Ville le lendemain, le sultan, après avoir pris part aux cérémonies de la fête nationale, consacre « l'après-midi du 15 juillet [...] à la solennité depuis si longtemps attendue par les peuples de l'islam : l'inauguration à Paris de l'Institut musulman et de la Mosquée [14] ».

1926 est, pour le Maroc, la fin d'une époque de turbulences très graves. En effet, ce n'est que le 27 mai de cette année, soit moins de deux mois avant le voyage officiel du sultan, que Abd al Krim a mis fin à l'insurrection du Rif, en se livrant à l'armée française. La révolte du Rif, qui avait débuté dans le cadre du protectorat espagnol sur le Nord du Maroc et contre celui-ci, dès 1921, avait permis l'instauration d'une « République » musulmane indépendante. En avril 1925, Abd al Krim attaque avec succès les positions militaires françaises, à tel point que l'on redoute, à Fez, qu'il ne vienne lui-même présider aux cérémonies de l'Aïd al Kébir dans cette ville à la place du sultan. Les pertes françaises sont si graves que Paris relève Lyautey de son commandement sur le front rifain en juillet et doit envoyer cent mille hommes en renfort, sous la direction de Pétain, pour inverser le rapport des forces. Fort coûteuse en vies humaines, controversée avec vigueur au sein des partis de gauche, l'expédition française a l'allure d'une véritable guerre. L'insurrection avait été interprétée par Lyautey, dans une dépêche de décembre 1924, comme une menace grave (« rien ne serait pire, pour notre régime, que l'installation près de Fez d'un État musulman indépendant, modernisé et soutenu par les tribus les plus aguerries [15]...), et la guerre du Rif est tenue comme l'une des premières et plus importantes révoltes nationalistes contre la domination coloniale en Afrique du Nord. Elle fut la plus haute et redoutable expression de cet « islam de dissidence », auquel la France opposait l'« islam rajeuni » prêché par ses alliés locaux. Abd al Krim n'était pas un simple marabout prônant le *jihad* comme le Maghreb en comptait tant, mais un homme d'État sachant faire de l'islam l'idéologie de son nationalisme et de sa révolte.

Face à cela, c'est l'« islam rajeuni » que la Grande Mosquée de Paris, sous la supervision de Si Kaddour ben Ghabrit, doit s'employer à promouvoir en toutes directions, pour le plus grand bénéfice de la France.

Si le rôle symbolique de la Mosquée dans les relations de la République avec le Maroc est manifeste, elle a également illustré la politique française vis-à-vis d'autres interlocuteurs. Le 12 août 1926, c'est le bey de Tunis, Sidi Mohammed al Habib Pacha, qui inaugure la salle des conférences de l'Institut musulman – dans un moindre faste, toutefois, que lors de la visite de Moulay Youssef. Le 12 janvier 1927, une autre cérémonie marque le don d'un tapis pour la salle de prière, offert par Reza Shah Pahlavi. D'autres pays d'islam, l'Égypte du roi Fouad ou même la Turquie laïque d'Atatürk contribuent, par des subventions ou l'envoi d'oulémas, au fonctionnement de l'institution, qui, constituant un champ d'interaction entre la France et les États du monde musulman, est l'un des instruments de la politique étrangère de la IIIᵉ République. Selon Si Hamza Boubakeur (qui dirigea l'Institut de 1957 à 1982), la Mosquée, alors, était « placée sous la dépendance du ministère des Affaires étrangères qui exerçait une autorité de tutelle et faisait de Si Kaddour un *missi dominici* [*sic*] dans les pays musulmans, aussi bien en Arabie qu'en Iran * ».

Néanmoins, à sa fonction diplomatique, la Mosquée se devait d'en ajouter une autre, qui constituait, en principe, sa mission spirituelle fondamentale : être, pour les musulmans résidant en France, le lieu par excellence où célébrer leur culte.

---

* Entretien avec Si Hamza, 21 novembre 1985. Sur la personnalité de Si Hamza, voir ci-dessous, p. 77 *sq.*

Cette dimension propre à l'institution n'avait certes pas été passée sous silence lors des nombreux discours prononcés à l'occasion de l'inauguration. Ainsi le conseiller municipal du quartier du jardin des Plantes, Paul Fleurot, s'adressa en ces termes à Moulay Youssef :

> J'ai tenu à vous saluer respectueusement au nom de la vaillante population de ce quartier, qui, dans notre grand Paris, deviendra désormais, pour nos frères musulmans, le quartier de l'Islam. *(Applaudissements prolongés)* [16].

Mais la Mosquée n'exerça guère d'attrait effectif sur les « frères musulmans » de la République, et le Ve arrondissement ne devint « le quartier de l'Islam » que pour ceux d'entre eux qui étaient déjà acquis à la cause de la France.

En effet, entre l'époque où les premiers projets de mosquée étaient caressés par les divers comités et sociétés créés sous l'impulsion des autorités et le moment où la Mosquée de Paris entra effectivement en service, les populations musulmanes résidant sur le territoire métropolitain avaient subi de considérables transformations tant quantitatives que qualitatives.

> La présence algérienne en France [*écrit l'historien R. Gallissot*] approche de la quinzaine de mille à la veille de la Première Guerre mondiale, demeure de l'ordre de la centaine de mille et plus dans l'entre-deux-guerres [17] *.

La guerre et les activités économiques qu'elle a induites, puis les nécessités de la reconstruction font appel à une main-d'œuvre étrangère où les musulmans sont nombreux. Quelques-uns sont logés dans des « foyers ouvriers nord-africains », à Paris et à Marseille. Dans cette ville, l'un d'eux, créé en 1920, est équipé d'« une petite baraque (10 m × 8,50 m) servant de salle de prière [19] ».

Or, parmi les musulmans, se propagent divers mouvements nationalistes et indépendantistes, dont le dirigeant le plus fameux est sans conteste Messali Hadj, secrétaire général de l'Étoile nord-africaine, prototype des mouvements de libération algériens. Pour Messali et tous ceux qui sont réceptifs à ses idées, la Mosquée de Paris n'est qu'une « mosquée-réclame » au service du colonialisme, contre l'inauguration de laquelle l'Étoile organise son premier

---

* L'imprécision de ces chiffres a de multiples causes, dont l'une des principales est le mouvement de rotation permanent qui caractérise l'immigration algérienne et nord-africaine de l'époque [18].

meeting, le 14 juillet 1926, à Paris. Sur le tract qui appelle à la réunion, on peut lire :

> On va inaugurer la mosquée-réclame. Les pantins, le sultan Moulay Youssef, etc., les uns et les autres ont encore les mains rouges du sang de nos frères musulmans [20].

Participant, en septembre 1935, au Congrès islamo-européen, Messali s'assure qu'y soit débattue

> la question de la Mosquée de Paris et du café y attenant [...], attendu que l'accès de ces établissements est défendu aux travailleurs indigènes, par suite de leur médiocre tenue vestimentaire [21].

Sans doute est-il difficile d'exprimer en termes plus saisissants (même s'ils sont tenus par un leader politique) l'hiatus entre la fonction officielle de la Mosquée selon les autorités françaises et la fonction sociale et religieuse qu'elle a peine à assumer auprès des « travailleurs indigènes », trop mal vêtus pour avoir le droit d'en franchir le porche.

Lorsque Si Kaddour meurt, en 1954, tandis que commence la guerre d'Algérie et que la France se prépare à quitter le Maroc et la Tunisie, la Mosquée de Paris est prise dans la tourmente de la décolonisation de façon brutale. Création de la puissance coloniale, instrument de sa politique étrangère, cette institution va partiellement échapper au contrôle de l'État pour passer sous celui de son nouveau « recteur », Si Hamza Boubakeur, tout en constituant une pomme de discorde permanente entre Paris d'une part et Alger, Rabat comme Tunis d'autre part, sur fond d'imbroglio juridique insoluble. Aux ambiguïtés qui avaient présidé à sa construction se surajoutent des complications procédurières et politiciennes qui achèvent d'en pervertir les fonctions.

Le nœud gordien

Le décès de Si Kaddour ben Ghabrit, survenu le 23 juin 1954, met soudainement face à leurs responsabilités tant la société des Habous que les autorités françaises. En mourant tandis que se déclenche la guerre d'Algérie, ce grand notable pose à la France qu'il a fidèlement servie le seul problème d'envergure qu'il ne puisse aider à résoudre. La Société des Habous et la Mosquée de Paris sont à tel point identifiées à sa personne que rien n'a été véritablement prévu pour assurer la succession d'un homme âgé pourtant de 81 ans. De plus, les ambiguïtés du statut juridique de la Société n'ont jamais été levées : le droit était dit par Si Kaddour. Si Ahmed ben Ghabrit, son neveu, assure alors l'intérim, tandis que les événements d'Afrique du Nord rendent malaisée la réunion des membres de la Société.

A partir de cette période, les faits sont très difficiles à établir. Deux versions s'opposent, celle du futur recteur, Si Hamza Boubakeur, et celle de ses nombreux ennemis, qui s'affrontent en une sorte de vaudeville juridique qui ruine le crédit de la Mosquée de Paris.

Al Sidi Cheikh Abou Bakr Hamza, communément appelé Si Hamza Boubakeur, est le rejeton d'une lignée aristocratique de marabouts et de guides de confréries, les Ouled Sidi Cheikh. Né en Algérie, à Géryville, en 1912, élève des Pères blancs puis du lycée d'Oran, il fait, aux facultés de droit d'Alger et de Paris, des études juridiques qui lui seront par la suite fort précieuses. Dans la capitale, il noue des relations, notamment avec celui qui interviendra en sa faveur en 1957 pour qu'il dirige la Mosquée de Paris : Guy Mollet.

> Je [le] connaissais depuis 1935, parce que le gouvernement du Front populaire m'avait demandé, en raison de ma formation littéraire et juridique [...]. On pensait à moi pour traduire en arabe les lois votées en faveur de la classe ouvrière, les congés payés, les loisirs, les caisses de compensation [...], et ils m'ont fait venir ici pour traduire toute cette littérature socialo-juridique, en vue d'une éventuelle application en Algérie, mais il fallait déjà préparer le texte arabe *.

En 1937, il se marie et, « titulaire d'une agrégation d'arabe », enseigne au lycée de Philippeville. Il semble qu'il ait été victime de la persécution appliquée par Vichy en 1942, qui révoque les enseignants soupçonnés d'appartenir à la franc-maçonnerie. Ultérieurement, il est embauché à Radio-Algérie et s'occupe des émissions musulmanes, dans le cadre du Centre d'informations et d'études dirigé par le colonel Courtès, jusqu'en 1948.

---

* Entretien avec Si Hamza, 21 novembre 1985. Les déclarations que nous a faites l'intéressé sont retranscrites telles quelles. En 1935, le Front populaire n'est pas encore parvenu au pouvoir.

En 1954, à la mort de Si Kaddour,

> la mosquée ne trouvait pas de responsable. Nous étions en pleine guerre d'Algérie, le Maroc était en effervescence, la Tunisie l'était également [...]. Mais qui pouvait, sans risquer sa vie, poser sa candidature... et Dieu sait si la Mosquée de Paris a toujours été tentante, mais la peur a aussi ses lois ! Ça s'appelle « prudence »... Prudence ou pas prudence, c'est que personne ne voulait de la Mosquée de Paris. On a prospecté partout, on s'est heurté à une fin de non-recevoir. Moi j'étais dans l'enseignement. J'étais chargé de cours à la Faculté de Droit et, en même temps, professeur agrégé au Lycée Bugeaud [...]. Ma présence d'ailleurs n'a pas plu à tout le monde, il a fallu faire un effort extraordinaire pour m'imposer [...]. A ma première leçon, le recteur m'avait appelé, me disant : « Vous savez, la Faculté de Droit d'Alger, en majorité, a comme clientèle les fils de colons. Je n'ai pas besoin de vous dire qu'un indigène qui enseigne le droit dans une faculté ne sera pas facilement toléré » [...].

A en croire Si Hamza, il réussit néanmoins à s'assurer dès son premier cours un tel succès que les femmes de ses collègues elles-mêmes suivent assidûment son enseignement ; et, même s'il fait état de l'hostilité que lui aurait témoignée son aîné Bousquet — fameux spécialiste de droit musulman —, la hiérarchie universitaire considère avec faveur ce notable quadragénaire qui se fait en 1953 chevalier de la Légion d'honneur. Mais il redoute toutefois d'être la victime du terrorisme des deux bords qui vise les « modérés » dont il s'estime un représentant.

En 1956, Guy Mollet, président du Conseil, est accueilli à Alger par une émeute organisée par les pieds-noirs : la « journée des tomates ».

> Et j'ai bien senti [*précise Si Hamza*] que, à cause des bêtises des colons, des étudiants exaltés, irréfléchis, j'ai pensé que c'était *fini*, l'Algérie française [...]. [Guy Mollet] a pensé à moi, il m'a demandé d'aller le voir au palais d'Été, je suis allé le voir, et il m'a proposé le poste [de recteur de la Mosquée de Paris]. Je lui ai dit : « ça, voyez » – déjà, moi, je faisais partie de la Société des Habous, parce que, entre-temps, depuis 1921, presque toutes les grosses personnalités nord-africaines faisaient partie de la Société *. J'étais un membre obscur, et quand il m'a parlé de la vacance de la Mosquée de Paris, j'ai dit : « Mais la Société des Habous ? Je ne peux pas être désigné, il faut que je sois agréé, que je sois élu président de la Société des Habous » [...].

---

* Cette affirmation est contredite par les adversaires de Si Hamza (voir ci-dessous).

Alors quand je suis venu ici, nous avons créé, repris les statuts de la Société des Habous, et nous en avons fait une association absolument orthodoxe, c'est-à-dire conforme à toutes les dispositions de la loi du 1er juillet 1901 [...]. Nous les avons repris, les anciens statuts [...] mais, c'est bien simple, à l'article VIII, qui donnait au gouvernement français la haute main sur la vocation, la mission de la Société, nous l'avons supprimé, et j'ai obtenu – naturellement d'une façon tout à fait régulière – [...] que la Mosquée de Paris soit alignée sur les autres cultes, c'est-à-dire qu'elle soit placée sous la tutelle du ministère de l'Intérieur, et pas des Affaires étrangères... Les Affaires étrangères ne m'ont jamais pardonné, jusqu'à maintenant, ce transfert.

Telle est la version de Si Hamza – qui témoigne d'un réel talent de concision. Mais ce talent s'exerce sur les points les plus obscurs de la passation des pouvoirs, qui constituent précisément les éléments litigieux.

Le 17 mai 1957, Guy Mollet, sur proposition de Robert Lacoste, ministre résident en Algérie, nomme, en effet, Si Hamza « directeur de l'Institut musulman de la Mosquée de Paris [22] ». Le 15 décembre 1957 et le 25 janvier 1958, les membres * de la Société des Habous ratifient la nomination de Si Hamza, l'adoption de nouveaux statuts, et octroient au nouveau président les pleins pouvoirs. Le 25 mars 1962, à l'indépendance de l'Algérie, celui-ci décide le transfert du siège de l'association à Paris **. Entre-temps, il a pris une part active à la vie politique des dernières années de l'Algérie française : délégué des Ouled Sidi Cheikh, des Chaambas et des Touareg à la commission économique et sociale de l'Organisation commune des régions sahariennes de 1947 à 1952, il sera ultérieurement membre du Conseil consultatif constitutionnel en juillet-août 1958, député du département des Oasis et vice-président de la commission des Affaires étrangères de novembre 1958 à juillet 1962, commissaire du gouvernement français en Arabie Saoudite en 1957 et sénateur de la Communauté de 1959 à 1961. Cette carrière typique de grand notable francophile, qui n'est pas sans évoquer, avec moins d'ampleur, celle de Si Kaddour, lui vaudra nombre d'accusations de ses adversaires.

L'offensive contre le nouveau recteur s'effectue sur plusieurs fronts : tout d'abord, Si Ahmed ben Ghabrit, neveu de Si Kaddour, attaque devant le tribunal administratif de Paris l'acte de nomi-

---

* La qualité de « membres » des personnes présentes à ces réunions est contestée par les adversaires de Si Hamza (voir ci-dessous).
** Déclaration à la préfecture de police en date du 8 mai 1962.

nation de Si Hamza par Guy Mollet tandis que, en décembre 1958, M. Tchanderli, « vice-président de la Société des Habous », revendique la direction de l'Institut musulman *. Le 22 septembre 1962, l'« Exécutif provisoire » de la République algérienne naissante « destitue » Si Hamza, et « nomme » à sa place le *bachaga* Abd al Kader Boutaleb directeur de la Mosquée de Paris – manifestant de la sorte une revendication des autorités algériennes sur l'établissement (qui aboutira vingt ans plus tard). Le *bachaga* Boutaleb, désigné le 13 septembre à Alger comme président de la Société des Habous reconstituée sous l'égide du FLN, est un notable proche du nouveau pouvoir algérien ; président du Cercle du Grand-Maghreb, ancien délégué à l'Assemblée algérienne, arrêté en 1957 et condamné par les tribunaux français « en raison de ses relations avec le FLN », il appartient à la famille de l'émir Abd al Kader. Le 3 octobre, il déclare au *Monde* qu'il se propose d'aller à Paris incessamment « pour récupérer la Mosquée afin de la rendre à sa véritable destination : être le lieu de dévotion et de rencontre des musulmans du monde entier ».

Le 12 février 1963, le tribunal administratif de Paris annule la décision de Guy Mollet nommant Si Hamza recteur de l'Institut musulman, annulation confirmée le 8 novembre par le Conseil d'État, devant lequel le ministre de l'Intérieur avait fait appel.

Pourtant, à la satisfaction d'Alger, qui avait reconstitué une Société des Habous faite de personnes de confiance et qui pensait ainsi s'approprier la Mosquée de Paris, succéda rapidement la consternation. Juriste consommé, Si Hamza avait préparé une riposte. En effet, il argua que la décision du Conseil d'État était sans objet, puisque la Société des Habous elle-même, dans sa réunion du 25 janvier 1958, l'avait désigné comme son président, et donc comme recteur de l'Institut musulman de la Mosquée de Paris.

L'Algérie engage alors, en liaison avec les gouvernements tunisien et marocain, une action en restitution de la Mosquée à la Société des Habous présidée par le *bachaga* Boutaleb. A l'étonnement des trois États, le tribunal de grande instance de la Seine rejette la requête par jugement du 31 mai 1967, confortant ainsi Si Hamza dans sa position. Décision que la partie adverse n'accepte pas, mais qu'elle n'essaie plus de contester devant les tribunaux, préférant s'engager dans des tractations politiques avec le gouver-

---

* Selon *France-Pays arabes*, n° 40, janvier-février 1974, p. 24. Dossier intitulé : « Les étranges imprécations de Hamza Boubakeur » – et inspiré, de façon transparente, par les autorités algériennes. Tchanderli meurt en 1960.

nement français tout en diffusant sa version des faits dans les organes de presse qui lui sont favorables. Ainsi, selon *France-Pays arabes*, la réunion du 25 janvier 1958 de la Société des habous serait une supercherie :

> Bien que [Si Hamza] n'ait jamais appartenu à la Société des Habous, il prétend avoir présidé une « réunion » qualifiée d'Assemblée générale, dans un lieu non précisé, avec des personnes pour la plupart inconnues de la Société des Habous. Plusieurs des « membres » de cette « Assemblée » ont fait connaître qu'ils n'avaient jamais participé à ce groupement de personnes. Les autres n'ont pu être identifiés par leur adresse ou leur titre. Détail curieux : la prétendue Assemblée générale comprenait le frère, le fils et le garde du corps de Boubakeur, au demeurant seuls identifiables [...] [23].

Mais les pressions diplomatiques n'aboutissent pas davantage, bien qu'elles soient relayées par le ministère des Affaires étrangères, soucieux de trouver une solution à un problème qui constitue, dans les relations entre la France et les pays du Maghreb, une pomme de discorde permanente, et cela d'autant plus que Si Hamza mène sa propre politique, qui ne s'identifie pas à celle du gouvernement français : la Société des Habous, dont les statuts ont été « créés, repris » par Si Hamza en 1958 puis 1962 *, s'est émancipée de la tutelle gouvernementale, et son président dispose des pleins pouvoirs.

Pour résoudre le problème, les juristes du Quai d'Orsay auraient imaginé le montage juridique suivant : établir que la Société des Habous originelle avait cessé d'exister, et mettre alors en œuvre la procédure dire de « biens vacants et sans maître », qui aurait permis à l'État français de prendre possession de la Mosquée. C'était sous-estimer le talent juridique de Si Hamza et le réseau de ses relations et de ses amitiés. Le 21 mars 1967, le ministère de l'Économie et des Finances, qui n'a cessé de faire subventionner la Société des Habous de Si Hamza,

> a estimé, par lettre [...], qu'il ne lui apparaissait pas possible d'affirmer que cette société avait disparu en 1954 sans laisser de représentant ; que, dès lors, l'une des conditions requises pour la mise en œuvre de la procédure des « biens vacants et sans maître » ne se trouvait pas remplie, et que son département ne pouvait

---

* Sur les autres modifications de statuts, voir ci-dessous.

envisager d'appréhender, à ce titre, les immeubles de la Mosquée et de l'Institut musulman de Paris [24].

En 1967, Si Hamza semble avoir déjoué les manœuvres de ses ennemis au Maghreb comme en France. Il n'est pas sans appuis dans les États musulmans du Moyen-Orient, qui ne sont pas mécontents de pouvoir exercer quelque influence sur la Mosquée de Paris, à l'abri des appétits des pays du Maghreb dont les ressortissants forment pourtant la très large majorité des populations musulmanes en France. Ainsi le grand mufti est un Égyptien, Cheikh Abd al Hamid Ameur, diplômé de l'université islamique cairote Al Azhar, et l'article 8 des statuts de la Société des Habous prévoit que, en cas de dissolution de celle-ci, la totalité de son patrimoine sera dévolue – si la Ville de Paris décline l'offre – « à l'Université islamique d'Al Azhar ».

A l'époque, toutefois, le contrôle politique de l'islam en France ne revêt pas le caractère primordial qui sera le sien à partir de la décennie suivante. L'heure est encore, dans le monde arabe, à l'exaltation du nationalisme et de l'anti-impérialisme, exprimée dans un vocabulaire souvent marxisant.

Les activités de l'Institut musulman sont réparties en six sections : administrative, diplomatique, religieuse, judiciaire, sociale et culturelle [25]. Celles-ci sont financées par les subventions du ministère de l'Intérieur et, assez probablement, par des taxes diverses perçues à l'occasion de l'organisation du pèlerinage vers La Mecque et de la délivrance d'un label « *halal* » sur les viandes *. Mais les faits sont, en ce domaine, difficiles à établir précisément, de même qu'il n'est pas aisé de mesurer l'influence effective de la Mosquée.

S'il est acquis qu'elle souffre du boycott des pays du Maghreb qui font pression, par leurs représentations consulaires, pour dissuader leurs ressortissants d'accomplir leurs dévotions chez Si Hamza, ses soutiens sont peu apparents. Sa clientèle de prédilection semble être constituée par les « Français musulmans », et Si Hamza lui-même a acquis la nationalité française en mars 1963. De fait, les membres de la Société des Habous, qu'il nomme ses « imams délégués » dans les départements français, sont, pour la plupart, issus des rangs des Algériens musulmans ayant opté en 1962 pour la nationalité française et rapatriés en métropole – dans des conditions souvent très pénibles **. Mais, même dans ce milieu

---

* Voir ci-dessous.
** Voir ci-dessous, chap. 7.

déchiré par les rivalités de personnes, il ne fait pas l'unanimité. Il aura, un temps, plus de succès auprès des musulmans d'Afrique noire.

Le 19 octobre 1973, le chroniqueur religieux du *Monde,* qui se rend à la Mosquée pour voir si la guerre israélo-arabe « du Kippour » (ou « du Ramadan ») attire un afflux de fidèles pour la prière du vendredi, estime leur nombre à « quelque douze à treize cents, c'est-à-dire guère plus que d'habitude [26] ». Il remarque à l'occasion le souci qu'a le mufti de ne pas « politiser les offices », alors que, à l'entrée de la Mosquée, des « étudiants musulmans de Paris distribuent [...] des tracts où le politique et le religieux sont étroitement mêlés [27] », et qui appellent, citations du Coran à l'appui, à combattre l'impérialisme américain et le sionisme, et à « accourir en aide par tous les moyens au peuple héroïque palestinien et aux autres peuples arabes ».

De fait, le début des années soixante-dix est la période où commence à se développer le tissu des associations et lieux de culte islamique en France * – et le quotidien de la rue des Italiens est bien inspiré de remarquer que la Mosquée de Paris, en s'efforçant de ne pas s'impliquer dans le conflit du Moyen-Orient, suscite, par là même, la création d'autres associations et instances qui s'efforcent de mobiliser l'islam au service de la cause palestinienne, antisioniste et anti-impérialiste (tout en faisant du contrôle de la Mosquée un enjeu) ; mais ce conflit n'est que l'un des révélateurs de l'existence d'organisations islamiques concurrentes. En effet, la situation des travailleurs nord-africains en France et les campagnes racistes ou antiracistes dont ils sont l'objet ou le prétexte vont, de même, porter la Mosquée et ses rivaux sur le devant de la scène.

Sur un autre registre, *El Moudjahid* maintient la pression contre Si Hamza : le 29 mai 1972, le quotidien officieux d'Alger s'insurge contre le fait que la Mosquée

demeure une espèce de curiosité folklorique, d'abord et avant tout par la volonté des personnes douteuses qui en usurpent la direction. En dépit de maintes discussions avec les autorités françaises compétentes, et, croyons-nous savoir, d'une démarche maghrébine commune, cette lamentable situation demeure, et les fidèles musulmans émigrés dans la région parisienne ont été contraints d'organiser des lieux de prière afin de pouvoir remplir leurs devoirs religieux

* Voir ci-dessous, chap. 7.

sans se compromettre avec les curieux dévots qui sévissent à la Mosquée de Paris *.

Par-delà la mise en accusation habituelle de Si Hamza [28], un coup de semonce est lancé aux « autorités françaises compétentes », aimablement averties que « les fidèles ont été contraints de s'organiser » en dehors de la Mosquée. Bien que la tournure de cette dernière phrase ne précise pas qui a exercé ladite contrainte et laisse supposer que les fidèles en ont trouvé en eux-mêmes la ressource, le message signifie en clair qu'Alger, si la Mosquée ne lui revient pas, est disposée à soutenir ou à susciter les initiatives islamiques concurrentes qui pointent alors **.

Le mois d'octobre 1973 voit la direction de la Mosquée s'efforcer de ne pas s'impliquer dans les passions que déchaîne le conflit du Moyen-Orient. Mais ce n'est qu'une brève pause, qu'un dérivatif à la tourmente dans laquelle est prise l'institution en 1973 et 1974, et qui a pour point de départ la tension raciale entre Français et Algériens, nourrie par plusieurs assassinats, et à laquelle Alger réagira en « suspendant l'émigration vers la France ».

Le 9 juin 1973, le mouvement d'extrême droite Ordre nouveau engage en effet une campagne « contre l'immigration sauvage », qui culmine le 21 dans un meeting au palais de la Mutualité –, à l'occasion duquel se déroulent des incidents qui donneront prétexte au ministre de l'Intérieur, Raymond Marcellin, pour obtenir la dissolution de ce mouvement et celle de la Ligue communiste, organisation trotskyste affiliée à la IVe Internationale, qui avait pris la tête d'une manifestation contre la tenue de la réunion publique d'Ordre nouveau.

La dissolution du mouvement d'extrême droite n'est pas suivie d'un apaisement de la tension : plusieurs attentats contre les cafés fréquentés par des consommateurs arabes sont signalés, ainsi que des assassinats de ressortissants des pays d'Afrique du Nord. Le 19 juillet, un jeune homme, résident dans une cité universitaire de Marseille, est poignardé par son voisin, un ouvrier algérien. Le 25 août, un conducteur d'autobus marseillais, Émile Gerlache, est assassiné pendant son travail par un Algérien : le lendemain, se crée un Comité de défense des Marseillais – avec l'appui du Front national, alors groupuscule d'extrême droite –, tandis qu'ont lieu des « ratonnades » dans diverses villes du Midi et que certains titres de presse – *le Méridional-la France* et *Minute* – publient

* Voir ci-dessous.
** Voir ci-dessous.

des articles qui leur vaudront des poursuites pénales pour injures raciales. Selon l'Amicale des Algériens en Europe – organisation directement contrôlée par le pouvoir algérien –, « onze travailleurs immigrés » ont été assassinés entre le 29 août et le 15 septembre * ; le 20, *El Moudjahid* annonce que le conseil de la révolution et le Conseil des ministres d'Alger ont décidé

> la suspension immédiate de l'émigration algérienne en France en attendant que les conditions de sécurité et de dignité soient garanties par les autorités françaises aux ressortissants algériens.

Entre-temps, les organisations syndicales et les partis de gauche français multiplient les déclarations antiracistes et mettent en cause la passivité des pouvoirs publics [29].

Si Hamza, dans un premier temps, signe, en compagnie de nombreuses personnalités, un appel de la Ligue internationale contre le racisme et l'antisémitisme (LICRA), qui exprime la « vive inquiétude » des signataires « devant toutes les manifestations de racisme qui se sont déroulées dans le pays ». Mais, déjà, la Mosquée de Paris avait été considérée comme un enjeu dans la mobilisation antiraciste, et cela hors du contrôle de son recteur. En effet, le 14 septembre, s'est déroulée devant l'établissement une manifestation qui regroupe un millier de travailleurs immigrés **, à l'appel du Mouvement des travailleurs arabes *** – et dans le cadre d'une « journée de protestation contre le racisme » qui se traduit par de nombreux débrayages d'ouvriers nord-africains.

Même si le mufti, Cheikh Abd al Hamid Ameur, fait acte de présence à la manifestation, Si Hamza n'a pas été consulté par les organisateurs. Cela lui fournit l'occasion de publier, dans *le Monde* du 22 septembre 1973, un article en pleine page, intitulé « Autour d'une manifestation anti-raciste », qui s'emploie à préciser quelle est l'attitude de la Mosquée de Paris face aux événements en cours. Après avoir rappelé qu'il n'avait pas été

---

* En publiant la liste des victimes établie par l'Amicale, *le Monde* du 21 septembre 1973 remarque qu'« il serait prématuré de mettre sur le compte de l'antagonisme racial toutes les agressions dont sont victimes les travailleurs nord-africains ».
** Selon *le Monde* des 16-17 septembre 1973.
*** Créé à Marseille à la fin de 1970 dans la foulée du militantisme gauchiste postérieur à mai 1968, le MTA, qui connaît un réel succès de mobilisation à l'automne 1973, est très critique à l'égard de la timidité manifestée, selon lui, par les syndicats « réformistes » à l'encontre du racisme, et il est également hostile aux amicales, « manipulées » par des États d'Afrique du Nord dont il combat les options politiques comme les méthodes de gouvernement.

consulté préalablement par les organisateurs de la manifestation du 14, qui « s'est voulue et a réussi à être une dénonciation du racisme », il s'efforce de prendre quelque hauteur à l'égard du phénomène, afin de l'analyser en profondeur. Dans un premier temps, Si Hamza souligne que « dès son arrivée en France, l'immigré nord-africain se sent [...] dans un milieu hostile » et que cette hostilité crée une « intolérable ambiance », dont l'une des conséquences est que « peu à peu le psychisme du Nord-Africain se détériore », qu'il « se " situe " insensiblement dans un statut de persécuté et de paria injustement méprisé et honni ». Enfin, « qu'un délit soit commis par l'un de ses compatriotes, il s'affole en pensant aux vexations, aux invectives, aux menaces, qu'il risque d'entendre ou de subir, car il sait directement ou par ouï-dire que certains journaux, vivant et prospérant de la haine raciste, donnent au délit des proportions alarmantes et transforment malhonnêtement la responsabilité individuelle en une responsabilité collective ».

Le recteur déplore ce « verbalisme injurieux », mais ne croit pas qu'il puisse se transformer en « action agressive » : « Il serait faux ou injuste d'attribuer aux Français une attitude raciste à l'égard des Nord-Africains ou de toute autre ethnie » ; simplement, le Français « s'insurge devant les abus, les excès et tout ce qui " dérange " ses habitudes », et il tient « pour intolérable que les travailleurs arabes fassent chez lui ce qu'ils ne feraient pas chez eux ». En conclusion, Si Hamza plaide pour la compréhension mutuelle entre les Français et « ceux qui bénéficient de leur hospitalité. L'amabilité, l'oubli du couteau, le respect de la femme, la politesse des manières, la correction du langage dissiperont la déplorable hostilité d'aujourd'hui [...] ». Les travailleurs arabes « doivent donner, par l'exemple de leur vie, toute la mesure des hautes vertus de l'islam, et refuser de se laisser manœuvrer par tous ceux qui cherchent à les utiliser pour faire triompher leur extrémisme politique révolutionnaire ou leur immoralité outrancière ».

Le ton comme l'orientation de cette prise de position ont valu à Si Hamza d'être la cible d'une campagne d'hostilités très virulente ; en effet, il lui était reproché de nier l'existence du racisme des Français et de n'évoquer que rapidement les meurtres dont étaient l'objet les Arabes, pour leur prêcher l'« oubli du couteau » – allusion aux deux Français poignardés à Marseille par des Algériens. Le souci d'impartialité de Si Hamza semblait s'exercer au détriment de ces derniers – et, de plus, sa prise de position s'inscrivait en faux contre la décision prise, la veille du 22 septembre, par le gouvernement d'Alger de « suspendre l'émigration » vers la France.

Pourtant, ce n'est qu'en janvier 1974 qu'est donné le coup d'envoi public de la campagne dirigée contre Si Hamza, après trois mois qui ont été surtout occupés par les conséquences de la guerre d'octobre 1973 au Moyen-Orient, et qui ont quelque peu relativisé le problème de la Mosquée.

Le 3 janvier, un tract intitulé « Halte à la profanation ! » est distribué aux fidèles à la porte de la Mosquée. Signé par l'Association islamique de la mosquée de Belleville *, les associations cultuelles islamiques de Nanterre, Argenteuil, Clichy et Montfermeil, l'Association des travailleurs maghrébins et l'Association des étudiants musulmans nord-africains, ce tract se réfère explicitement à l'article publié dans *le Monde* par Si Hamza :

> Aux victimes des agressions racistes, le recteur de la Mosquée de Paris enjoint d'« oublier » le couteau. Les sermons de M. Hamza ont des allures de menace. Qui représente-t-il ? Qui défend-il ?
> Les associations musulmanes et groupements cultuels en France dénient le droit au recteur d'intervenir au nom des musulmans et de prêcher au nom d'un Islam qu'il a perverti. L'Islam, c'est la main tendue dans le malheur. L'Islam, c'est la tolérance et la justice. M. Hamza Boubakeur ne répond à aucun de ces principes [30].

Parallèlement, la revue de l'Amicale, *l'Algérien en Europe*, vitupère Si Hamza, qualifié de « bonimenteur de la Mosquée » (il en obtiendra réparation devant les tribunaux [31]), tandis que quelques associations cultuelles islamiques se solidarisent avec lui [32] et qu'il déclare au *Monde* que « cet accès subit d'islamisme délirant chez les Amicales nord-africaines a quelque chose de touchant, quand on songe aux milliers d'imams assassinés, incarcérés ou révoqués chez eux, en raison de leurs sentiments pro-français [33] ».

L'Algérie n'est pas, alors, le seul pays du Maghreb dont la presse accable Si Hamza ** : « Sauvons la Mosquée de Paris de Hamza Lacoste », titre le quotidien de Tunis *Al Sabah*, faisant allusion à sa nomination en 1957 sur proposition de M. Robert Lacoste, ministre résident en Algérie. Mais il revient au *Moud-*

---

* L'Association démentira avoir été signataire du tract (voir ci-dessous, p. 98).
** La Tunisie et le Maroc sont également vivement opposés à Si Hamza en 1974 (voir déclaration commune des ambassades des trois pays en France, reproduite dans *le Monde* du 4 mars 1974). Ultérieurement, Si Hamza saura diviser ses adversaires (voir ci-dessous).

jahid, l'organe gouvernemental algérien, de jouer, dans ce concert, le rôle de résonateur : sous le titre « L'incarnation de la trahison », on peut y lire que Si Hamza « s'est constamment situé contre les Algériens, les Maghrébins, contre les Musulmans, dans le camp des colonialistes de tout poil, des renégats et des traîtres », et il est accusé de « poursuivre de sa haine nos frères émigrés », pour le plus grand profit des « sionistes » et des « racistes » avec lesquels il entretient de « cordiales relations ».

« Qualifier de " très vive " la polémique autour de la Mosquée de Paris serait un euphémisme », note *le Monde* [34] — tandis que divers titres de la presse parisienne prennent parti pour l'un ou l'autre camp. *L'Aurore* [35] tresse à Si Hamza une couronne d'éloges :

Le 12 février une cinquantaine d'énergumènes envahissaient la Mosquée de Paris *, réclamant la déchéance du recteur [...]. Coup de force, piraterie. Bien que grippé, Si Hamza Boubakeur se lève. Impassible, imperturbable, il apparaît dans sa djellaba blanche, trapu, solide, visage affable mais ferme.
– Nous ne sommes pas ici à l'ambassade d'Arabie Saoudite, dit-il aux trublions, mais dans un lieu saint. Si vous êtes vraiment musulmans, retirez-vous et ne profanez pas ce temple !
Il les reconduit, médusés, vers la sortie. Une fois encore, il a gagné.

Le quotidien de Robert Lazurick, dans un entretien en forme d'hagiographie, fait du recteur un martyr de l'anticommunisme, seul capable, selon ses propres termes, d'empêcher la Mosquée de passer aux mains de

bureaucrates du FLN totalement serviles. Ils ne prêchent même pas, ils se contentent de lire les textes imprimés, marxisants, envoyés par le ministère [...]. Les Algériens partent de l'idée que je suis le principal obstacle à leur mainmise sur la mosquée, peut-être le seul. Si Hamza Boubakeur est éliminé, se disent-ils, le gouvernement français cédera de lui-même...

Ce sera, de fait, l'argument que l'ancien député des Oasis fera constamment jouer auprès des autorités françaises – non sans

* Une autre occupation des lieux s'était produite dès le vendredi 1ᵉʳ février ; des membres de l'Amicale des Algériens en Europe avaient refusé de sortir « à la fin de la première prière, qui a lieu de 13 h 30 à 14 h 15 [...]. Des tracts ont été distribués à la sortie des fidèles. Vers 15 h 30, à la sortie de la deuxième prière, les manifestants ont accepté de quitter les lieux [36] ».

succès –, jusqu'à ce qu'il accepte de se « réconcilier », en 1980-1982, avec Alger.

Outre l'appui de *l'Aurore*, les encouragements discrets des gouvernements de pays musulmans non maghrébins et le réseau de solidarités à l'intérieur de l'appareil politique français qui lui permettra de résister à l'offensive, Si Hamza ne peut guère aligner que « seize imams » sous la houlette du mufti Abd al Hamid Ameur pour affirmer leur solidarité avec lui. Indépendamment des pressions exercées par les consulats et les amicales pour dissuader les ressortissants des pays d'Afrique du Nord de témoigner en faveur du recteur, le soutien dont dispose ce dernier au sein de l'islam en France semble parcimonieux. Et il est facile à ses adversaires d'exciper d'une déclaration lue dans dix-sept salles de prière de la région marseillaise, selon laquelle « les fidèles s'insurgent contre l'esprit mercantile du recteur de la Mosquée de Paris qui a transformé un lieu de culte en une officine commerciale », et constatent que « la Mosquée de Paris subventionnée par le gouvernement français est toujours le dernier bastion de l'Algérie française » [37].

Cette attaque – dont l'origine est fort probablement à chercher du côté du gouvernement algérien (car l'immigration nord-africaine à Marseille provient, dans sa quasi-totalité, de ce pays et est « quadrillée » très efficacement par l'Amicale) – s'achève en un constat amer et désillusionné : le gouvernement français est traité de fourrier des nostalgiques de l'Algérie française, ce qui prouve sans doute qu'à la mi-mars 1974 les adversaires de Si Hamza ont le sentiment d'avoir échoué à convaincre les autorités françaises. Pour l'essentiel, la déclaration accuse le recteur de prévarication. Ces allégations, aussi largement répandues que difficiles à établir juridiquement face à l'expert de la procédure qu'est Si Hamza, sont reprises en ces termes prudents par *Jeune Afrique* :

> [...] Le recteur est accusé de tirer des bénéfices personnels de l'exploitation du hammam et du restaurant de la Mosquée, des taxes sur les permis d'abattage rituel des bêtes de boucherie, des voyages charters organisés pour le pèlerinage à La Mecque. Bien entendu, M. Hamza Boubakeur proteste énergiquement [...] [38].

Les adversaires de ce dernier échouent dans leur tentative de lui faire quitter la Mosquée de Paris, à la tête de laquelle il restera encore huit années. Mais la campagne de 1974, par sa virulence et la précision de ses accusations, a pour premier effet de discréditer durablement l'établissement.

Entre 1974 et le tout début des années quatre-vingt, les campagnes contre la Mosquée s'atténuent : Si Hamza évite de prendre des initiatives semblables à son article publié dans *le Monde* du 22 septembre 1973, dont le ton et la forme lui attirèrent une large animosité dans les rangs nord-africains. Au contraire, il s'emploie à diviser ses adversaires et à briser le front uni des pays du Maghreb.

Le 6 avril 1977, la Société des Habous et Lieux saints de l'islam, présidée par Si Hamza, lors de son « Assemblée générale statutaire ordinaire », vote une modification de l'article 8 de ses statuts, qui stipule à qui doit être dévolue la Mosquée de Paris en cas d'empêchement, de cessation d'activité, etc. Alors que la Ville de Paris se trouvait précédemment dévolutaire – ou, en cas de refus de celle-ci, l'université islamique cairote Al Azhar –, c'est désormais le « gouvernement marocain » qui est désigné à cet effet par les nouveaux statuts, la Ville de Paris pouvant se substituer à lui en cas de refus ou d'empêchement.

Mais cette alliance marocaine ne dure guère ; après avoir divisé ses adversaires en ménageant Rabat, Si Hamza effectue une volte-face, trois ans plus tard, au profit d'Alger. Le 26 juin 1980, une nouvelle modification du même article 8 précise que la dévolution s'effectuera au bénéfice de

> l'Algérie, en la personne de son ambassadeur accrédité à Paris. A défaut, c'est-à-dire en cas de refus signifié par celui-ci, ce transfert de propriété sera dévolu à la ville de Paris en la personne de son maire en exercice et en cas de refus de celui-ci, au Maroc, en la personne de son Ambassadeur accrédité à Paris [le Maroc est ainsi rétrogradé de la première à la troisième place].

Tel est le dernier acte du vaudeville juridique au terme duquel Si Hamza quitte la scène à l'automne 1982 – mais non, nous le verrons, les coulisses. Et cette pièce ne dédaigne pas non plus, à sa manière, les ressorts de l'absurde : la cascade de dévolutions de la Mosquée est en effet bâtie sur du sable, car la Société des Habous présidée par Si Hamza n'a aucun droit de propriété reconnu sur la Mosquée par acte authentique. Le ministre de l'Intérieur ne peut que le constater, en réponse à une question orale du député Pierre Bas :

> [...] l'association dite « Société des Habous et Lieux saints de l'islam » constituée ou reconstituée à Alger en 1958 et dont le siège

a été transféré à Paris [...] en date du 10 avril 1962 *affirme* * à l'article III de ses statuts, déposés à la préfecture de police, qu'elle est « propriétaire légale et gestionnaire administrative exclusive de toutes les œuvres créées par elle, notamment l'Institut musulman de la Mosquée de Paris [39] ».

Le changement d'attitude dans les relations de Si Hamza avec le gouvernement d'Alger, qui est datable du premier semestre 1980 – comme l'indique la réunion de la Société des Habous du 21 juin –, est corroboré par une lettre au *Monde* du recteur de l'Institut musulman. En réaction à une remarque publiée le 30 juin dans ce quotidien, selon laquelle « personne n'ignore que la représentativité [de Si Hamza] est discutée dans certains milieux religieux et politiques », celui-ci écrit que la polémique qui l'a opposé en 1973 au président de l'Amicale des Algériens, « c'est de l'histoire [...] et l'histoire est un déroulement de faits et d'événements particuliers qui n'ont ni fixité indéterminée ni valeur absolue ». Cette philosophie de l'histoire est convoquée par l'intéressé pour expliquer que « tout cela, c'est du passé, et [que ses] rapports avec le gouvernement actuel de [son] pays ** ont complètement changé », en préalable à cette déclaration insolite :

[...] je continuerai à souffrir pour eux [les Algériens] et éventuellement par eux, dans toute la mesure de mes possibilités, et malgré les menaces de mort dont je suis l'objet [...].

Plusieurs ordres de raisons militent en faveur du revirement de Si Hamza. A Alger tout d'abord, la mort en 1979 de Houari Boumediene et son remplacement à la présidence de la République par M. Chadli ben Djedid ont introduit plus de souplesse et de pragmatisme dans le traitement des problèmes en général et de celui de la Mosquée de Paris en particulier. Attaques frontales et campagnes de dénigrement menées tambour battant ont eu pour seule conséquence de renforcer la position du recteur, en le parant aux yeux des autorités françaises de vertus qu'elles ne lui auraient peut-être pas, sans cela, reconnues si longtemps. De la sorte, il aurait été jugé préférable par Alger de trouver un accommodement avec Si Hamza, et ce, d'autant plus que ce dernier, né en 1912, voyait ses forces décliner et qu'il souhaitait pouvoir retourner en Algérie à sa convenance. De plus, en 1980, ses appuis auprès des

---

* Souligné par nous.
** Bien que Si Hamza soit français, c'est de l'Algérie qu'il est ici question.

autorités françaises semblent de moins en moins assurés : au cours d'un dîner offert le 28 juin à la Mosquée, auquel participent plusieurs parlementaires, Si Hamza se livre à une violente diatribe *ad hominem* contre M. Jacques Dominati – alors secrétaire d'État auprès du Premier ministre, chargé des rapatriés –, dénonçant « sa politique tortueuse, ses initiatives maladroites, ses desseins obscurs, son immixtion dans le culte [40] », et il vitupère ceux qui auraient voulu l'« humilier » en l'empêchant de rencontrer le pape Jean-Paul II lors de la visite du pontife à Paris, cette année-là.

Enfin, Si Hamza, qui avait, dans son fameux article de septembre 1973, publié dans *le Monde,* minimisé le racisme anti-algérien en France, en fait soudainement, au tournant de la décennie, son cheval de bataille : le dimanche 24 février 1980, réunissant quelque cinq cents « représentants des musulmans en France » à la Mosquée, afin de préparer un congrès « pour désigner un président de la communauté musulmane de France » (initiative qui ne connaît pas le succès), il dénonce particulièrement le « racisme » [41] dont sont victimes, tout spécialement, les harkis et leurs familles * qui forment, du reste, le plus clair de ses partisans. Dans une conjoncture où l'islam commence à être beaucoup plus visible et pratiqué en France, et où la victoire de la « révolution islamique » en Iran donne à la foi de nombre de musulmans un regain de vitalité, Si Hamza semble soucieux de se démarquer des autorités françaises et d'afficher son islamité.

A la fin de janvier 1981, il assiste, en compagnie de vingt-six ambassadeurs de pays arabes et musulmans, à la pose de la première pierre de la mosquée de Mantes-la-Jolie **, manifestant ainsi de façon éclatante qu'il est, de nouveau, *persona grata* dans ce milieu. Mais il ne convainc pourtant pas tout le monde : en février, il participe à Neuilly à l'érection de la statue de Ferdinand d'Orléans, conquérant de l'Algérie, ce qui lui vaut d'être l'objet d'une charge virulente en première page de *l'Humanité.* Le quotidien communiste, sous la plume d'André Wurmser, publie un « discours du recteur », pastiche qui s'ouvre en ces termes :

> Monseigneur le prétendant au trône de France ***, madame et messieurs les ministres de la République, mes chers anciens collègues de l'Algérie française et de l'OAS, ma présence à moi, Si Hamza

---

* Sur les harkis, voir ci-dessous, p. 318 *sq.*
** Sur la mosquée de Mantes, voir ci-dessous, p. 287 *sq.*
*** Le comte de Paris, descendant de Ferdinand d'Orléans, était présent à la cérémonie, ainsi du reste que M. Dominati, précédemment incriminé par Si Hamza.

[...], à cette cérémonie réinaugurale de la statue de Ferdinand d'Orléans, conquérant de mon pays, ne surprendra que les naïfs. La place de ce monument au vainqueur de Médéa et de Massora n'était plus sur une place de ce malheureux Alger dont se sont emparés les Algériens : elle était à Neuilly, peut-être la cité la plus représentative du régime qu'ensemble nous servons [...] *

pour conclure ainsi :

Que [cette cérémonie s'achève] aux cris que pousse avec vous le recteur de la Mosquée de Paris : « Vive le duc d'Orléans ! A bas Abd el Kader ! Vive le roi ! Vive la République giscardienne ! Vive le colonialisme [42] ! »

Les raisons pour lesquelles l'éditorialiste de *l'Humanité* accable de la sorte Si Hamza Boubakeur, en termes particulièrement violents (qui ne sont pas sans rappeler les philippiques du quotidien officieux d'Alger, *El Moudjahid*, en 1972 et 1974 **), n'apparaissent pas clairement. Si le recteur incarne, aux yeux du « parti de la classe ouvrière », des options politiques opposées, on comprend mal pourquoi cette charge a lieu à une date aussi tardive que 1982, alors que la réconciliation de Si Hamza avec les autorités algériennes est si bien engagée qu'elle aboutira quelques mois plus tard à la passation des pouvoirs à Cheikh Abbas à la Mosquée de Paris. Et le PCF entretient des relations fort cordiales avec les dirigeants algériens.

Toujours est-il que l'année 1982 voit Si Hamza subir un certain nombre de revers, dont des ennuis judiciaires extrêmement sérieux.

Peut-être faut-il chercher dans ces difficultés et la crise de crédibilité qu'il connaît alors les raisons qui précipitent son départ à la retraite. On peut remarquer par exemple un changement de ton dans les articles du *Monde* *** qui mentionnent le recteur, par rapport aux années soixante-dix. Avec la réserve qui caractérise son style, le quotidien de la rue des Italiens laisse percer quelques points d'ironie, notamment lors d'une affaire qui oppose Si Hamza à l'un de ses anciens employés. Outre ses développements proprement judiciaires, celle-ci a entraîné le recteur sur la pente de la

* L'allusion vise le gouvernement dirigé par M. Raymond Barre (M. Giscard d'Estaing étant président de la République), et Neuilly constitue le symbole par excellence de l'habitat résidentiel.
** Voir ci-dessus, p. 83 et 88.
*** Ce quotidien a suivi de près les affaires de la Mosquée de Paris, et a publié à diverses reprises des lettres et points de vue de Si Hamza en leur accordant une très grande place. Voir ci-dessus, p. 85 *sq.*. 87 et 91 notamment.

casuistique islamique. Il a en effet produit une *fatwa* * qui préten-
dait exclure son adversaire à la communauté des croyants, lui
interdisant d'être « enterré dans un cimetière musulman » et ordon-
nant de ne jamais « dire des prières sur sa tombe, et cela sur toute
l'étendue de la terre d'Islam » [43].

Une sentence d'une telle gravité n'est prononcée qu'en des cas
tout à fait exceptionnels, et, sous peine de se retourner contre son
auteur et d'entamer son crédit [44], doit émaner d'une autorité islamique qui fasse l'objet d'un consensus indiscutable. Tel n'était pas
– ou à tout le moins n'était plus – le cas de Si Hamza en 1982,
et en dépit d'une nouvelle lettre au *Monde* [45], dans laquelle il
développe une argumentation de casuiste à l'appui de cette *fatwa*,
celle-ci n'a pas emporté apparemment une large conviction.

Tel est le dernier acte marquant de Si Hamza en tant que
recteur. Pendant l'été 1982, il invoque sa fatigue pour annoncer à
un journaliste du *Monde* qu'il a décidé de se retirer.

> Je suis fatigué [...]. J'ai donné un rayonnement très grand à la
> Mosquée, et il serait maintenant égoïste de ma part de ne pas
> passer la main [46].

En septembre 1982, c'est la fin d'une époque pour la Mosquée
de Paris : le départ de Si Hamza, dont les appuis politiques ont
quasi disparu avec l'élection de M. Mitterrand à la présidence de
la République en mai 1981, est l'aboutissement de vingt années
d'efforts du gouvernement algérien pour exercer sa tutelle sur
l'établissement. Mais, au cours de la décennie soixante-dix, quelque
six cents lieux de culte islamique ont été créés en France, indépendamment de la Mosquée de Paris qui a « raté » l'islamisation
des populations musulmanes de l'Hexagone.

Les succès de la mosquée Stalingrad

Dans les années cinquante et soixante, la lumière de la foi ne
brille qu'en veilleuse pour la plupart des musulmans qui résident
en France. Tout au plus se maintient-elle dans la persistance de
croyances qui sont les vestiges de la piété villageoise. Le faible
éclat de la Mosquée de Paris dirigée par Si Hamza n'est pas la

---

* La *fatwa* est un avis juridique autorisé émis par une autorité religieuse (le *mufti*) qui
se fonde sur les textes sacrés de l'islam et la jurisprudence codifiée par les théologiens.

cause unique. Les courants idéologiques en vogue dans le monde musulman d'alors comme la spécificité de la situation française contribuent en grande partie à cette quasi-extinction. Ces deux décennies sont dominées au Moyen-Orient arabe par la grande figure de Nasser et par des débats politiques dans lesquels le vocabulaire islamique est réduit à une fonction instrumentale, sans constituer l'enjeu principal des joutes et des affrontements, au Caire pas plus qu'à Damas ou à Beyrouth.

Cependant, les pays d'Afrique du Nord acquièrent l'indépendance politique dans l'enthousiasme du nationalisme, et l'identité islamique – qui a quelquefois été brandie par les indépendantistes pour souder les populations indigènes dans leur lutte contre le colonisateur – passe au second plan : socialisme, non-alignement, déclarations antisionistes en soutien à la cause palestinienne sont la référence obligée des discours politiques arabes renaissants et le leitmotiv de la mobilisation populaire. On pense que l'unité de la théorie prévaut sur les contradictions du monde réel et que ce sont les mêmes catégories de pensée qui ont cours, indifféremment, au café des Deux Magots à Paris, au café Riche au Caire, rue Hamra à Beyrouth ou au bar du Saint-Georges, à Alger. Les intelligentsias croient parler la même langue des deux côtés de la Méditerranée, et les clivages entre droite et gauche, « réaction » et « progressisme » semblent transposables d'une société à l'autre, tandis que la religion ne paraît plus, dans la myopie de l'enthousiasme, qu'une survivance appelée à disparaître avec l'intensification de la lutte des classes ou le développement de l'économie de marché – c'est selon.

Les musulmans qui résident en France, quant à eux, ne sont guère plus réceptifs à l'appel doctrinal de l'islam que ceux qui sont restés au pays. Outre l'ambiance nationaliste dans laquelle baignent les ressortissants du Maghreb, et tout particulièrement les Algériens durant la guerre d'Indépendance, les conditions mêmes de résidence de ces populations ne semblent guère propices à l'efflorescence religieuse – par contraste aux deux décennies qui suivront. En effet, les musulmans originaires d'Afrique du Nord et sédentarisés en métropole sont relativement peu nombreux par rapport à ceux qui viennent y passer quelques années pour travailler dans une usine, une mine ou sur un chantier avant de s'en retourner chez eux. Cette situation transitoire ne favorise pas le processus de création locale d'associations islamiques et de mosquées. Ultérieurement, beaucoup de musulmans intériorisent leur sédentarisation inéluctable en France, avec son corollaire, l'éducation des enfants à l'école laïque de la République française, et son antidote, la réislamisation de la famille musulmane.

Au cours des années cinquante et soixante, les associations proprement islamiques qui voient le jour en France sont en nombre très restreint. Au milieu des années cinquante, le professeur Muhammad Hamidullah, savant pakistanais et autorité islamique reconnue, vivant à Paris où il est chercheur au CNRS, fonde le Centre culturel islamique, qui s'adresse surtout aux intellectuels, et s'emploie à organiser des conférences et faire publier des ouvrages sur l'islam, ainsi qu'à promouvoir le dialogue islamo-chrétien. Son audience reste, quantitativement, limitée, jusqu'à ce que, en 1963, se crée, à l'instigation du professeur Hamidullah encore, l'Association des étudiants islamiques de France (AEIF) ; c'est une « association étrangère » qui a, comme telle, reçu une autorisation préalable du ministère de l'Intérieur. Ses adhérents, peu nombreux, sont, comme leur maître spirituel, plus proches de la tradition proprement scripturaire de l'islam que du mysticisme islamique – soit savant, comme chez certains Français convertis à l'islam dans la mouvance de René Guénon *, soit « populaire », comme chez nombre d'immigrés d'extraction modeste qui sont liés à une confrérie ou mêlent à leur islam les pratiques magiques et les amulettes des marabouts et des guérisseurs.

L'AEIF, en s'adressant à des étudiants, touche alors une élite très restreinte : elle maintiendra, contre vents et marées gauchistes, un pôle d'intellectuels islamiques en puissance qui, dans les décennies suivantes, pourront, de retour dans leur pays, fournir aux groupes islamistes militants des cadres maîtrisant une double culture.

La première association musulmane qui se crée en France et développe de façon significative son travail social et sa prédication dans tous les milieux est l'Association culturelle islamique. Critique envers l'immobilisme missionnaire de la Mosquée de Paris, elle va savoir, en un peu moins de deux décennies, s'imposer comme un pôle majeur de l'islam parisien. Elle disposera, dans les années quatre-vingt, d'une mosquée très vaste, située dans d'anciens entrepôts, d'où elle développera une prédication qui rencontre un large succès.

Ses débuts sont pourtant fort modestes – si on les compare à ceux de la Mosquée de Paris en 1926. Déclarée à la préfecture de

---

* Philosophe français né en 1886 et mort au Caire en 1951, Guénon a accompli un considérable travail de méditation sur l'ésotérisme religieux, et notamment sur la mystique musulmane.

police, à Paris, le 2 juin 1969, elle est présidée par un Français d'origine algérienne, fonctionnaire au ministère de l'Intérieur, ce qui lui permet de bénéficier du statut d'association française et ainsi la dispense d'autorisation préalable. Sa création a été préparée par plusieurs événements. Tout d'abord, la présence en France, dès le milieu des années soixante, de Pakistanais membres de la *jama'at al tabligh* *, qui se font remarquer, à la Mosquée de Paris, lors des prières par le zèle extrême de leur foi et qui se livrent à un prosélytisme religieux ardent selon des modes inconnus en France jusqu'alors. Par ailleurs, pendant l'été 1968, l'imam qui avait été affecté à la Mosquée par la République arabe unie, un diplômé égyptien de l'université Al Azhar, Mahmoud Medjahed, s'en va. Avec les tablighis ** pakistanais et plusieurs Algériens, dont le propriétaire d'un garni, 15 rue de Belleville ***, il fonde l'Association cultuelle islamique, dans un quartier insalubre où logent beaucoup de travailleurs immigrés, parmi lesquels des musulmans d'Afrique du Nord ou d'Afrique noire.

C'est dans ce garni que l'Association établit sa mosquée, la première qui va concurrencer, sur le sol français, la Mosquée de Paris. En dépit d'une scission qui voit les tablighis créer, en 1972, leur propre structure à Clichy, l'Association cultuelle islamique rencontre rapidement un vif succès, qui ne se démentira jamais tout au long de son histoire. Elle répond à une fonction sociale et culturelle immédiate, dans un environnement particulièrement ingrat, celui des prolétaires musulmans immigrés du début des années soixante-dix, à qui elle rappelle qu'ils ne sont pas un pur facteur de production sous-rémunéré, mais des hommes – c'est-à-dire, dans un tel contexte, des croyants.

Un journaliste de la presse catholique a visité la mosquée de Belleville et l'a décrite en ces termes :

> [...] Vous empruntez un long couloir qui n'en finit pas de serpenter entre des murs lézardés [...] sept heures du soir : cette petite Médina n'a pas encore repris la vitalité qui renaît avec le retour des chantiers. Un panneau lumineux, écrit en arabe et en français, retient l'attention : « Mosquée. » La surprise est de taille, car le bâtiment ne correspond pas à l'image qu'on se fait d'un tel lieu. Point de minaret ou d'arabesques, mais une sorte de hangar amélioré qui abrite la dévotion quotidienne de plusieurs centaines de croyants

* Voir, ci-dessous, le chapitre 4, entièrement consacré à cette organisation.
** Appellation familière des membres de la *jama'at al tabligh*.
*** L'association sera communément appelée, pour cette raison, « Association islamique de Belleville » (voir ci-dessus, p. 87).

[...]. Au rez-de-chaussée de cette maison presque délabrée qui
compte deux niveaux, une moquette orange prolongée par deux
tapis d'Orient usés enlève un peu de tristesse. Au fond, un grand
lavabo (où plusieurs robinets mal fermés suintent) permettra à
chacun de faire ses ablutions avant la prière [...]. Un escalier en
bois conduit au premier étage, à la salle de culte proprement dite.
Là encore une grande moquette recouvre le sol, hérissé de piliers
de bois. Un escabeau habillé d'un tapis fait office de chaire. Assis
dessus, le muezzin lance au micro l'appel à la prière [...], les
pratiquants seront bientôt plus de quatre cents dans ce lieu exigu
[...] [47].

Par opposition à la Mosquée de Paris, somptueuse création de
la République française sise dans un quartier où ne vivent guère
de musulmans, la mosquée de Belleville a l'aspect d'un ensemble
bricolé par les croyants de la base, qui prennent en main, avec les
pauvres moyens dont ils disposent, leur destin et leur foi, fabriquent
un lieu qui leur soit propre et les soude en une communauté
solidaire.

Si la masse des croyants présents est constituée de travailleurs
anonymes, les dirigeants de l'Association deviennent rapidement
l'objet de sollicitations de divers groupes d'influence et puissances
en France comme à l'étranger, que les succès de la prédication
islamique à Belleville ne laissent point indifférents.

Outre les liens qu'ont, dès avant la création de l'Association, ses
principaux leaders avec la *jama'at al tabligh,* qui inspire leur
activisme et les formes de leur prédication *, divers gouvernements
s'efforcent d'être présents ou d'intervenir dans les affaires de la
nouvelle mosquée. Si c'est le gouvernement égyptien qui rémunère
l'imam, il semble toutefois que, d'emblée, l'Algérie s'intéresse de
fort près à l'affaire. Le trésorier de l'Association a, autrefois, été
membre actif du FLN en métropole, et, en 1974, les tracts qui
dénoncent Si Hamza – et qu'inspire Alger – sont signés, entre autres,
de l'Association islamique de Belleville. Toutefois, l'imam Medjahed, de retour d'un voyage à La Mecque qu'il effectuait alors,
déclare que le nom de l'Association a été utilisé à son insu **.

En Arabie Saoudite également, un homme d'influence suit avec
intérêt les activités de l'Association : le cheikh Abou Bakr Djaber
al Djazaïri. Ce personnage, d'origine algérienne (il est né en 1921

---

* Voir chap. 4. Comme les tablighis, les prédicateurs de la mosquée de Belleville font
des tournées dans les cafés où ils abordent les musulmans « égarés » qui boivent de l'alcool,
et s'efforcent de les ramener dans la voie de l'islam.
** Voir ci-dessus, p. 87.

près de Biskra), est célèbre dans le monde musulman pour ses nombreux ouvrages de doctrine islamique, mis au goût du jour et rédigés dans un langage simple. Exilé en Arabie dès 1952 pour échapper aux « nombreuses tracasseries de l'administration coloniale de l'époque [48] », il joue un rôle essentiel, aux côtés des Frères musulmans chassés d'Égypte par la persécution nassérienne *, dans la création de l'université islamique de Médine – pépinière de cadres des mouvements islamistes de sensibilité wahhabite à travers le monde **. Il effectue régulièrement des séjours en France, et a ses quartiers auprès de l'Association.

En 1976, l'îlot vétuste où se trouve la mosquée de Belleville est condamné. Ce problème touche régulièrement les « mosquées spontanées », dont un grand nombre se crée pendant la décennie soixante-dix dans les quartiers insalubres, seuls accessibles, par la modicité des loyers, aux travailleurs immigrés. En l'occurrence, la démolition de l'îlot de Belleville semble revêtir un caractère de nécessité : un vendredi, après la prière en congrégation, le plancher de la salle du premier étage de la mosquée s'effondre sous les pieds des croyants, dont l'un est blessé dans sa chute.

En quête d'un nouvel oratoire, l'Association rencontre de nombreuses difficultés. Une pétition de copropriétaires la dissuade de s'installer dans un immeuble dont elle a acheté les locaux du rez-de-chaussée et du sous-sol : non seulement l'affluence des fidèles mettrait en péril, plaide-t-on, la sécurité du bâtiment, mais elle contraindrait à définir des règles de cohabitation qui effraient la population française. Le problème s'est posé presque chaque fois qu'une mosquée a été consacrée *** au cours des deux décennies écoulées.

Pour retrouver un lieu de culte, l'Association accepte l'offre des prêtres de l'église voisine Notre-Dame-de-la-Croix de Ménilmontant, qui leur donnent gratuitement l'usage de leur crypte. Cette initiative s'inscrit, alors, dans le cadre d'une politique générale de l'épiscopat français envers l'islam, qui tend à mettre des locaux paroissiaux à la disposition des communautés musulmanes souhaitant établir un oratoire. Cette politique n'est pas toujours bien reçue par les catholiques eux-mêmes, et elle sera, du reste, pro-

---

* En octobre 1954, des coups de feu sont tirés sur Nasser – qui prononce un discours en public à Alexandrie – par un membre de l'association des Frères musulmans. Celle-ci est immédiatement démantelée par la police, et ses principaux dirigeants sont pendus, tandis que nombre de sympathisants et de militants sont envoyés en camps de concentration, ou s'exilent ; ils sont fort bien accueillis en Arabie Saoudite [49].

** Sur le wahhabisme, voir ci-dessous, chap. 5.

*** Voir ci-dessous, p. 294 *sq.*

fondément infléchie quelques années plus tard *. Mais, à Ménilmontant, les réticences ne viennent pas seulement des « deux ou
trois réactions hostiles ou inquiètes », de « telle caricature adressée
au curé » que déplore le quotidien catholique *la Croix* [50] ; elles
sont le fait de certains musulmans qui comprennent mal d'être
relégués dans la crypte « sous les pieds des chrétiens », « là où on
met les morts » [51] et en font grief à l'Association. Celle-ci, dans
une brochure qu'elle éditera ultérieurement, prétend que, de 1976
à janvier 1981, elle a disposé du « hall » de l'église [52] – et non de
la crypte, comme ce fut le cas.

Enfin, signale ladite brochure,

> Allah le Tout-Puissant a finalement exaucé les prières de nos
> participants lorsque l'Association s'est trouvée en mesure d'acquérir
> un immeuble situé [...] rue de Tanger, dans le XIXe arrondissement
> [...]. Idéalement situé d'un point de vue géographique, le nouveau
> centre se trouve au cœur de la région parisienne, dans des secteurs
> à forte population musulmane, et il a été acheté pour la somme de
> 6 150 000 francs [...]. Cette acquisition n'aurait pas été possible
> sans la générosité des musulmans résidant en France et à l'étran-
> ger [53].

Autant que l'on puisse le savoir, les prières d'Abou Bakr Djaber
al Djazaïri, prédicateur bien introduit, ont joué leur rôle pour que
tombe alors sur l'Association une manne en provenance de la
péninsule arabique. La « mosquée Stalingrad » (du nom de la
station de métro la plus proche – son nom « officiel » étant « mosquée *al da'wa* » – « mosquée de la Prédication ») s'est établie sur
d'anciens entrepôts de tissus, dont la vaste superficie lui permet
d'accueillir trois à quatre mille personnes lors de la prière du
vendredi – soit un nombre équivalent à celui de la Mosquée de
Paris sous tutelle algérienne – et de jouer un rôle concurrent.
L'Association, dont le conseil d'administration s'est très largement
renouvelé depuis la fondation, s'efforce de résister aux pressions
diverses qu'exerce Alger sur ses dirigeants, notamment sur son
directeur (de nationalité algérienne), pour l'inscrire dans l'obédience de la Mosquée de Paris. Elle se différencie aussi de la
mosquée Omar qu'anime rue Jean-Pierre-Timbaud, à Belleville, la
jama'at al tabligh **, et constitue l'une des trois grandes « mos-

---

* Voir ci-dessous, p. 123.
** Voir ci-dessous, chap. 4.

quées-cathédrales » de la capitale française, un pôle d'activités islamiques nombreuses.

Elle accueille, outre des cours d'arabe et de Coran pour enfants et adultes, les causeries régulières du professeur Hamidullah, organisées par l'Association des étudiants islamiques en France, dont les locaux propres sont trop exigus pour recevoir la petite foule d'étudiants et de Français convertis qui s'assemblent pour entendre la parole du maître. Elle est, surtout, un lieu d'échanges et d'interactions entre nombre d'associations islamiques locales qui viennent chercher des conseils pour développer leurs activités, confronter leurs expériences, et cela en terrain « neutre », c'est-à-dire en un lieu où l'islam est interprété de façon moins univoque et contraignante que dans les autres grandes mosquées parisiennes, soumises à la stricte autorité d'un État dans un cas et au dogmatisme sectaire dans l'autre.

En dépit de sa remarquable croissance et de la masse de fidèles qu'elle a su attirer, l'Association cultuelle islamique joue de malchance avec les locaux qu'elle consacre en mosquées. Elle a, pourtant, des projets ambitieux, et projetait de construire, à la place de l'entrepôt qu'elle occupe, une gigantesque mosquée dans le style que l'on nomme, en Égypte, « à la pakistanaise * », et qui caractérise les lieux de culte érigés, ces dernières années, grâce aux pétrodollars de la péninsule arabique, dans un luxe de béton, d'aluminium et de néons verts. Mais ses projets viennent trop tard : l'effondrement des prix du pétrole a sensiblement tari les libéralités saoudiennes depuis 1985 **. De plus, les locaux de la mosquée Stalingrad ont été frappés d'expulsion, situés qu'ils sont, encore une fois, dans un quartier vétuste dont l'expropriation et la démolition sont votées par le conseil de Paris le 8 juillet 1985.

Les débats de cette assemblée, à cette occasion, gagnent à être comparés avec ceux de 1926 lorsqu'elle avait sacrifié « certains projets d'édilité locale » à l'érection de la Mosquée de Paris. L'existence d'une mosquée est passée sous silence dans l'intervention du rapporteur du projet de rénovation de l'îlot. Les locaux qu'elle occupe sont simplement considérés comme d'« anciens entrepôts » – et il est prévu d'opérer, sur la surface que libérera leur démolition, l'extension d'un groupe scolaire mitoyen. Un conseiller de Paris, M. Hubert, appartenant au groupe socialiste (minoritaire dans cette assemblée), interpelle à ce sujet le rapporteur :

* L'architecte responsable du projet est, du reste, pakistanais.
** Voir ci-dessous, chap. 5.

> [...] Vous passez pudiquement, sinon dans le projet de délibération
> du moins dans votre intervention, sur le fait que, à l'intérieur du
> secteur [examiné] [...], il existe une mosquée, qui fonctionne dans
> des conditions qui ne sont pas celles des mosquées habituelles,
> puisqu'elle fonctionne dans un entrepôt. Mais elle accueille une
> grande partie de la communauté nord-africaine du quartier. Or,
> apparemment, dans vos propositions, il n'y a rien qui puisse ressem-
> bler à une proposition de relogement de cette mosquée. Je m'en
> étonne, parce que c'est quand même un problème que le traitement
> des religions « minoritaires » à Paris [...].
> M. Cherioux (adjoint président) : Je passe la parole à M. Rocher
> [rapporteur] en constatant que, grâce à Dieu, le groupe socialiste
> est loin d'être laïque et je me réjouis d'ailleurs de cet intérêt pour
> les religions !
> M. Hubert : C'est, au contraire, un exemple de laïcité.
> M. Rocher : [...] Quant à la mosquée, je ne sais pas ce que l'on va
> faire dans le détail. Mais je suis sûr que la solution sera trouvée
> [...] [54].

Pour résister à la décision d'expropriation qui la frappe, l'Association cultuelle islamique s'est efforcée de mobiliser appuis et
soutiens. En décembre 1985, ses responsables ont participé au
grand rassemblement organisé à Lyon par la Mosquée de Paris *
– apportant ainsi leur caution à la principale démonstration de
force faite par les autorités algériennes pour manifester leur influence
sur l'islam en France. En contrepartie, le directeur du bureau de
l'Association a pu faire voter la foule assemblée ce jour-là afin
qu'elle approuve l'envoi d'une lettre à M. Chirac, maire de la
capitale, pour qu'il annule la mesure d'expropriation. Dans l'enthousiasme général, le vice-recteur de la Mosquée de Paris,
M. Guessoum, a déclaré que le problème de l'expropriation de la
mosquée Stalingrad était celui de « tous les musulmans sur la
terre [55] », le soustrayant de la sorte au cadre municipal ou français
pour le placer sur un autre plan, celui du statut de la mosquée,
« maison de Dieu » en islam.

Si l'on se situe dans la perspective du droit et de la jurisprudence
musulmans, tout espace consacré en mosquée est inaliénable et
indestructible, *a fortiori* non susceptible d'expropriation. L'articulation du droit français et du droit musulman ne va pas, en
l'espèce, sans poser de délicats problèmes, et l'on perçoit ici
comment les autorités françaises libèrent un espace dans lequel
s'exercent des pressions politiques d'origine étrangère ou d'essence

* Voir ci-dessous, chap. 7, p. 331 *sq.*

maximaliste qui transforment un « problème d'édilité locale » non résolu en un abcès de fixation.

Hasard du calendrier, les débats du lundi 8 juillet 1985 au conseil de Paris sont ouverts par une déclaration du maire, Jacques Chirac, sur la détention des otages français au Liban – enlevés quelques semaines auparavant par l'Organisation du Jihad islamique. En hommage, « l'Assemblée, debout, observe une minute de silence [56] ». Même si les édiles n'ont établi aucun lien entre les deux sujets, il n'en reste pas moins que la situation au Moyen-Orient dans les années quatre-vingt, et tout particulièrement le terrorisme antioccidental perpétré par des groupes qui se réclament de l'islam, ne peut que rendre plus délicates les décisions des autorités françaises concernant l'islam en France.

Pourtant, l'islam prêché à la mosquée Stalingrad, contrairement à celui qui a cours dans quelques autres lieux, ne semble ni l'organe d'un État arabe, ni le porte-parole de mots d'ordre islamistes, ni la doctrine d'une secte qui réislamise ses adeptes en leur faisant couper toutes attaches avec le monde réel ; il est l'expression par excellence, si l'on peut dire, des inquiétudes, des aspirations, des angoisses et de la recherche d'identité qui traversent les populations musulmanes en France.

Cela est perceptible, tout d'abord, dans les sermons de l'imam, d'où les thèmes politiques ou prêtant à interprétation politique semblent soigneusement exclus, mais également dans les questions posées par les fidèles à l'issue du prône et dans la façon de leur répondre –, comme de garder le contrôle du débat, dont ne peuvent guère s'emparer les divers perturbateurs et provocateurs qui s'y sont essayés. Les imams affectés à la mosquée Stalingrad maîtrisent, avec un grand brio, la langue arabe classique, enseignée à l'université islamique Al Azhar du Caire ou en un autre établissement traditionnel de formation religieuse, et qui confère à celui qui la parle un prestige extraordinaire – surtout quand il fait face à des travailleurs qui possèdent médiocrement ce niveau de langue et s'expriment en vernaculaire ou en français. Les étudiants formés dans les universités arabisées des pays d'Afrique du Nord, quant à eux, prennent d'ordinaire la parole en arabe dit « moderne », celui que parlent les présentateurs des informations à la radio ou qu'écrivent les journaux, mais qui, s'il vise à une correction grammaticale dont la performance n'est pas toujours parfaite, manque de ce sacré qui nimbe l'élocution d'un cheikh formé à Al Azhar, dont les fidèles reconnaissent, dans le choix des métaphores et la tournure des phrases, la touche coranique inimitable.

Sur la place de Paris, c'est à la mosquée Stalingrad que l'amateur de sermons du vendredi ira écouter l'imam le plus éloquent dans la grande langue classique.

L'un des premiers objectifs des prédicateurs du vendredi dans les grandes mosquées de Paris et de France, en ce dernier quart du XXᵉ siècle, toutes tendances politiques confondues, est d'élaguer l'islam des poussées hétérodoxes véhiculées, selon les théologiens, par les formes de piété qui ont la faveur des milieux sociaux et culturels les plus populaires. Bien souvent, en effet, l'éducation islamique des Maghrébins immigrés en France jusqu'aux années soixante-dix s'est faite, au village ou dans les banlieues pauvres des grandes villes d'Afrique du Nord, auprès de confréries ou de marabouts, coupables, aux yeux de la génération de prédicateurs formés dans l'esprit « orthodoxe » en vigueur en Arabie Saoudite comme dans la mouvance des Frères musulmans, d'une complaisance trop grande envers des pratiques qui rappelleraient le paganisme, comme les visites de cimetières ou les pèlerinages aux tombeaux de saints, par exemple. En termes de doctrine, il est reproché à ceux qui s'adonnent à de tels rites d'invoquer l'intercession d'un personnage mort ou vivant, de telle figure de saint, afin de voir exaucer vœu ou prière, ce qui détournerait le croyant du dogme fondamental de l'islam, l'unicité d'Allah, de Dieu, auquel il est interdit d'associer toute autre déité. Or, ces formes de piété, qui ont toujours existé – en islam comme dans les autres religions –, répondent d'une façon simple et accessible aux inquiétudes et aux interrogations de bien des petites gens, qu'effraie l'infinie beauté du dogme religieux qui prône l'adoration d'un dieu désincarné.

Tout l'art des prédicateurs « orthodoxes » n'est pas de trop pour lutter, en France, contre cette « hétérodoxie » supposée. Il n'est pas si rare qu'un jeune Maghrébin, fût-il né et éduqué en France, serre dans son portefeuille un talisman de tissu dans lequel sont cousus quelques versets du Coran et une boucle de cheveux – amulette que sa mère fit confectionner à sa naissance par un exorciste, afin de le protéger, sa vie durant, des sortilèges et des charmes.

Ces exorcistes-là sont assez présents en France aujourd'hui, sous les diverses formes du « marabout à carte de visite * », généralement originaire d'Afrique noire, qui propose des remèdes aux maux de l'amour et de la société en saupoudrant ses annonces de

---

* Ainsi nommés car ils distribuent des cartes de visite dans les lieux de passage.

références superficielles à l'islam, ou sous l'aspect des magiciens appartenant à la confrérie tidjane * que l'on rencontre fréquemment assis sur les trottoirs de Marseille ou de Lyon, et qui, grâce à de petits opuscules – variantes arabes du *Grand Albert* –, prescrivent au chaland philtres, formules et exercices.

Ces « frères du diable » – comme on les appelle à la mosquée principale de Marseille [57] – font l'objet de dénonciations régulières et vigoureuses, lors des sermons du vendredi, dans toutes les mosquées où l'on s'efforce de promouvoir une vision « orthodoxe » de l'islam.

Fors l'islam, point d'équilibre

Le sermon dont nous donnons ici un aperçu, et qui fut prononcé en chaire le premier vendredi de décembre 1986 à la mosquée Stalingrad, n'a pas proprement pour cible les « errements des sorciers » qui parent leur boniment de citations coraniques, mais il s'emploie, en montrant que l'islam est avant tout une religion de l'harmonie et de l'équilibre, à mettre en garde les croyants tant contre les aberrations des formes de piété excessives que contre les impasses éthiques du matérialisme. Il constitue comme un type idéal du prêche en une langue soutenue, mais sans afféterie, qu'adresse, dans la France contemporaine, un clerc à un auditoire de musulmans majoritairement maghrébins, travaillant souvent sans qualification ni véritable culture écrite. Il s'efforce de mettre à leur portée, par l'exemple et la répétition, quelques principes fondamentaux de la religion islamique, tout en rendant manifeste et explicite leur validité suprême dans le contexte socio-culturel qui est celui des ouvriers musulmans immigrés en France.

Le prône s'ouvre sur la lecture de trois versets du Coran :

> Et très certainement Nous avons écrit, dans le Psautier **, après le Rappel :
> « Oui, ils hériteront la terre, Mes esclaves, gens de bien. »
> Voilà bien là une communication, vraiment, aux gens qui adorent !
> Et Nous ne t'avons *** envoyé que comme une miséricorde pour les mondes [58].

---

* Voir ci-dessous, p. 130 n.
** Le Coran reprend ici le psaume XXXVIII, 29 : « Les purs hériteront de la terre. »
*** « t' » : le Prophète.

Ces versets énoncent le thème de la partition intellectuelle que va interpréter, avec un art consommé de la variation, le prédicateur. Les premières minutes sont consacrées à l'exégèse littérale des notions les plus importantes de la citation coranique liminaire : après avoir brièvement expliqué ce que représentent, pour l'islam, après le judaïsme et le christianisme, les psaumes, le cheikh glose longuement le terme « hériteront », puis la locution « Mes esclaves *, gens de bien ».

L'« héritage », dans l'emploi de la notion que fait ici le Livre sacré, ne doit pas être compris comme la simple transmission successorale d'une chose d'un légateur à son héritier :

> Ce que veut dire ici « héritage » [...] c'est la capacité à dominer la terre, à condition d'être de « Mes esclaves, gens de bien ». Et qui sont ceux-ci ? « Ce sont les croyants qui œuvrent pour le bien *(al mu'minun al 'amilun).* »

Ces deux composantes, la foi d'une part et les œuvres d'autre part, sont absolument indissociables, insiste le cheikh, et, de même que « la foi véritable n'est pas rétribuée si elle ne s'accompagne pas de l'œuvre pour le bien » qui est le critère temporel en lequel elle se traduit tout au long de l'histoire des hommes, de même, « celui qui œuvre pour le bien et découvre quelles sont les ressources naturelles cachées de la terre, sans pourtant être croyant », n'est pas de ceux qui ont reçu la terre en héritage. La foi ne saurait dispenser du travail ni de l'effort, et inversement. Certains de ceux qui œuvrent pour le bien prennent, en effet, les choses matérielles pour une fin en soi, oublient les choses spirituelles et ne voient pas que, si Dieu a ordonné d'œuvrer pour le bien sur cette terre, c'est dans la perspective de l'au-delà : « tu sèmes ici-bas et tu récoltes dans l'autre monde ». Et, ceux-là,

> Dieu les a fait apparaître quand les croyants ont faibli et ont cessé d'œuvrer pour le bien. Car, pour recevoir la terre en héritage, la foi ne suffit pas. Lorsque les gens, tout croyants qu'ils fussent, ont délaissé les œuvres, les matérialistes ont pu s'emparer de l'héritage de la terre. Voilà ce que montre l'histoire.

---

* Nous utilisons ici la traduction du Coran du professeur Hamidullah, qui fait autorité auprès de nombre de musulmans francophones. Le terme rendu ici par « esclaves » est traduit « serviteurs » par Régis Blachère, dans sa propre traduction du Livre sacré de l'islam.

Ainsi les croyants qui se replient sur la foi font-ils le lit des matérialistes, qui exercent alors « omnipotence et oppression ».

Tel est le premier moment de cette homélie. Si, *a priori*, elle ne semble guère surprenante à une oreille chrétienne dans l'insistance qu'elle met à enjoindre de pratiquer ensemble la foi et les œuvres, elle manifeste pourtant, d'emblée, une perception de l'islam qui la distingue de nombre d'autres, exprimées dans des mosquées d'autres tendances, en France comme ailleurs dans le monde musulman. La notion même d'« œuvre pour le bien » *('amal salih)* vient ici fort à propos dans le contexte des travailleurs musulmans immigrés ou sédentarisés en France. En effet, par le biais de cette « œuvre pour le bien », le travail se trouve – à condition qu'il soit accompagné par la foi – extrêmement valorisé. Et si la charge contre les « matérialistes » n'a rien qui doive étonner dans un lieu consacré à Dieu, la critique vigoureuse de ceux qui dévalorisent le travail au nom de la foi nous situe, quant à elle, au cœur d'une polémique, dont les termes sont ici feutrés, avec les tendances les plus piétistes ou les plus idéologiques qui sont en compétition pour dominer l'expression de l'islam en France.

Pour les adeptes du groupe Foi et Pratique, par exemple – qui contrôle la mosquée Omar, rue Jean-Pierre-Timbaud * –, le travail accompli à l'usine, en France, n'a pas valeur de salut ; pour eux, l'« œuvre pour le bien » se confond exclusivement avec le mimétique de la pratique du Prophète de l'islam, qu'ils s'emploient à suivre scrupuleusement, en copiant, autant qu'ils le peuvent, sa manière de se vêtir, de se nourrir, de dormir, de voyager, etc. Contre cet excès de piétisme, le prédicateur de la mosquée Stalingrad exhorte les croyants à travailler, afin d'éviter que les seuls « matérialistes » ne maîtrisent techniques et instruments du pouvoir et de la domination.

Deuxième moment de l'homélie, dès lors qu'ont été précisés le sens et la portée des notions d'« héritage » et de « Mes esclaves, gens de bien » : le prédicateur risque une nouvelle glose à partir de la référence à la mission du prophète Mahomet contenue dans les versets du Coran qu'il a cités en exergue : « Et Nous ne t'avons envoyé que comme une miséricorde pour les mondes. »

Par ses actes comme par ses dires, le Prophète, est-il précisé, a mis en œuvre, a appliqué de façon exemplaire tout ce que le Coran comptait d'injonctions. Il faut viser à son imitation, car, « ceux qui

---

* Comparer avec le sermon de Cheikh Hammami, dirigeant de Foi et Pratique (voir ci-dessous, p. 197 *sq*).

s'éloignent du Coran et ceux qui récusent la *sunna**, Dieu leur inflige les pires tortures en châtiment » ; et l'imiter, c'est avoir la foi tout en œuvrant pour le bien. Mais que signifie le Coran en mentionnant que le Prophète est « miséricorde pour les mondes » ? Cela veut dire que ce n'est pas à un peuple particulier, mais à l'humanité entière qu'est destinée cette miséricorde.

> Pourquoi ? Parce que c'est en tout temps et tout lieu que s'impose l'application de la *chari'a*. Et il ne se peut qu'il y ait telle *chari'a* particulière pour telle époque ou tel endroit. Car la *chari'a* rassemble tout ce dont l'homme a besoin dans sa vie, dans ses relations sociales *(mu'amalat)*, comme tout ce qui concerne sa félicité ici-bas ou dans l'au-delà. Elle n'omet ni le côté spirituel, ni le côté matériel : bien plutôt, elle équilibre l'un et l'autre. Car l'homme est esprit et corps, et tu ne peux prendre soin de ton esprit et délaisser ton corps – à moins de périr. Mais si tu délaisses ton esprit pour ne prendre soin que de ton corps, tu t'exclus de la foi sincère en Dieu.

L'islam, selon l'interprétation du prédicateur, est fondamentalement harmonie et équilibre de vie, et, s'il est bien compris, il constitue un système d'existence complet qui se suffit à lui-même. De même que, dans la première partie de l'homélie, le bon musulman équilibrait sa foi avec sa capacité à œuvrer pour le bien, c'est, ensuite, l'équilibre entre esprit et corps, entre spirituel et matériel, qui est cité en exemple. Et cet équilibre a un nom, c'est la *chari'a*, la Loi telle qu'elle surgit des Écritures sacrées et de leur mise en application par le Prophète. Sont partielles, en revanche, toutes les autres législations qui « concernent soit l'entretien du corps, soit celui de l'esprit », mais point l'équilibre entre l'un et l'autre. En ce sens, la *chari'a* est une bénédiction, si l'on peut dire, pour le musulman. Et s'il est un domaine où elle permet l'épanouissement de l'homme, c'est celui de la sexualité :

> Nous recelons en nous des désirs sexuels lascifs : or, l'islam nous permet de les policer. Il n'est pas possible, en effet, d'ignorer la concupiscence ni de battre en brèche le désir : il te faut obéir à l'ordre de Dieu qui a rendu licite le *nikah* ** et permis le mariage, avec quatre femmes libres ***, pour autant que ta foi le rende possible. Dieu a dit :

---

* La *sunna* est la codification de la pratique du prophète Mahomet (ou Muhammad), c'est-à-dire de sa mise en pratique des injonctions contenues dans le Coran.
** Voir ci-dessous.
*** Les femmes esclaves, concubines légales, sont en sus.

« /Oui, ils sont gagnants les Croyants [...]
qui réservent leur sexe sauf
pour leurs épouses ou pour les esclaves que leurs mains possèdent *
[...]/
alors que ceux qui cherchent outre, ce sont eux les transgresseurs [59]. »

Le *nikah* – que Bouhdiba définit comme le « coït transcendé » ou la « forme légale du lien sexuel [60] » – s'oppose, en termes juridiques, à la fornication *(zina)*, péché capital. Mais l'islam, contrairement au christianisme, fait de la recherche de l'assouvissement du plaisir sexuel dans le cadre licite du mariage (ou du concubinage légal) non seulement le moyen de la procréation, mais également une fin qui permet l'apaisement de l'esprit. C'est ce dernier sens que le prédicateur illustre par l'exemple du *nikah*, exemple qui n'est sans doute pas fortuitement choisi devant une assemblée de travailleurs immigrés dont bon nombre souffrent, ou ont souffert, en France, de ce que Tahar ben Jelloun a nommé « la plus haute des solitudes [61] ». L'islam prêché à la mosquée Stalingrad ne saurait être affaire d'abstinence – version sublimée de comportements de frustration gros de possibilités de déviance sociale ou d'engagements sectaires outranciers –, mais recherche d'une sorte de paix sociale idéalisée, qui passe par l'intériorisation de la *chari'a*.

Jouir pleinement, en musulmans, des bienfaits dont Dieu a comblé l'homme, c'est faire usage du corps pour servir l'esprit, et réciproquement, dans une perspective terrestre comme transcendantale : cet équilibre doit impérativement être respecté.

> Ces bienfaits, Dieu nous les a donnés dans l'intérêt du corps, mais, en même temps, Il a dit de n'en faire usage que pour plaire à Dieu. Il t'a donné la santé et la force [...] mais si tu en uses pour opprimer d'autres [personnes], tu ne prends pas soin de cet équilibre entre ce que demande le corps et ce que demande l'esprit.

Conclusion du sermon : l'éminente supériorité de l'islam.

> Il y a dans cette religion des bienfaits incalculables, à cause desquels te jalousent les impies *(kafir)* [...]. Et ce Français, Garaudy, qui s'est converti à l'islam, a dit : « Je n'ai trouvé aucune religion qui équilibre les demandes de l'esprit et celles de la matière, si ce n'est

---

* La traduction Hamidullah utilise ici une tournure de phrase calquée sur l'arabe qui rend difficile à comprendre l'expression « réservent leur sexe sauf ». Blachère, plus loin du texte, est néanmoins ici plus clair : « Bienheureux sont les Croyants [...] qui n'ont de rapports qu'avec leurs épouses ou leurs concubines. »

l'islam. » Il a passé cinquante ans à chercher ! Les chrétiens lui ont dit : « Veille à ton esprit et délaisse ton corps. » Et les juifs lui ont dit : « Prends en main ton corps, et délaisse ton esprit. » Il était hésitant, et il a trouvé dans l'islam le salut de cette torture, de ce déchirement entre les demandes de l'esprit et celles du corps.

Car, faute de foi islamique, l'angoisse est échue aux hommes en partage :

> Voilà ce qui s'est passé, ces derniers temps : on a ouvert des dispensaires psychiatriques, afin de soigner l'esprit. Et le Coran, mon frère, où est-il ? Si tu l'avais pris en considération, tu te soignerais de toi-même en faisant ce que t'a ordonné Dieu, et tu n'aurais pas besoin de psychiatres [...]. Et Dieu, qu'Il soit loué, a dit le Vrai : « Ne les as-tu pas vus, ceux qui échangent pour de la mécréance le bienfait de Dieu, et font en sorte que leur peuple s'installe dans la demeure de perdition, dans la Géhenne où ils tomberont ? Et quel mauvais gîte [62] ! »

Fors l'islam, point de salut : le psychiatre attend ceux qui ne savent pas que la clé de l'équilibre pour ce monde et de la félicité dans l'autre se trouve dans la combinaison entre foi en Dieu et œuvre pour le bien. Rien de fortuit, là encore, dans le choix de cet exemple par le prédicateur de la mosquée Stalingrad, par qui les « problèmes psychologiques de l'immigré maghrébin » – pour paraphraser le sociologue Carmel Camilleri [63] – ne peuvent être méconnus :

> Parce que [le Maghrébin rural immigré] a quitté un groupe fortement structuré, non seulement il lui est plus difficile de s'en détacher, mais il demeure tourmenté. Dans un univers où tout est nommé avec précision, comment désigner cette femme qu'il a laissée et qui n'est plus épouse sans être pour autant célibataire ou veuve ? Ces enfants qui n'ont plus de père sans être des orphelins ni des bâtards ? [...] On touche ainsi [...] au plus important facteur de déstabilisation [...] : l'indétermination, la perte de l'univocité des repères fondamentaux, qui atteignent ici l'espace-temps originel.

L'aliénation (au sens médical de ce terme) en milieu migrant a, de fait, très vite été l'objet de recherches universitaires, comme si elle constituait le premier agent d'identification de cette population aux yeux des observateurs appartenant à la société d'accueil.

Il est intéressant de constater [*note le chercheur Michel Oriol*] que les premiers travaux sur les immigrés italiens en Suisse concernent les aspects médicaux ou psychiatriques de l'immigration ; [généralement], les études relatives à la santé mentale sont de loin les plus nombreuses. Pour la plupart, elles font état de la surmorbidité parmi cette population ainsi que de l'apparition de tableaux cliniques spécifiques dont on cherche à établir l'étiologie [64].

C'est dire que l'insistance du prêcheur de la mosquée à faire de l'islam un « équilibre » multiforme s'inscrit dans une perspective de stabilisation volontariste de ses ouailles, répond ainsi à des demandes du type de celles que nous nous sommes efforcés de recenser et de sérier par l'enquête effectuée au mois de ramadan (mai-juin) 1985 auprès de musulmans résidant en France. L'obéissance à la *chari'a* parle ici le langage de l'univocité à retrouver.

La référence à la conversion de Roger (Raja') Garaudy qui scelle ici le prône fonctionne comme un leitmotiv des discours islamiques contemporains à portée apologétique, dans l'univers musulman en contact avec la France à tout le moins. L'ancien dirigeant et philosophe communiste, responsable au PCF du dialogue avec les chrétiens puis candidat indépendant à la présidence de la République et auteur, notamment, du best-seller *Appel aux vivants* [65], ainsi que de nombreux ouvrages, est présenté rétrospectivement, depuis sa conversion, comme un, sinon le, penseur français majeur de ce siècle *, et il est pour les prédicateurs la preuve vivante que l'islam exerce irrésistiblement son attrait sur les grands esprits de l'Occident – si tant est qu'ils veulent s'éloigner du matérialisme.

En ce sens, la conversion de Garaudy et les arguments prêtés à celui-ci constituent la clef de voûte du prône où est tant vanté l'équilibre des forces et des poussées que réalise l'islam. Plus curieuse est la description de l'itinéraire prêté au philosophe : le prédicateur ne fait nulle mention de son long passage par le bureau politique du parti communiste français – soit qu'il l'ignore, soit qu'il s'interdise scrupuleusement toute allusion à la politique. En revanche, il lui prête un moment d'intérêt pour le judaïsme que Garaudy – pourtant tenté, avant l'islam, par des formes diverses d'expression de sa religiosité – ne semble jamais avoir manifesté. Sans doute faut-il voir, ici, et la réinscription de l'histoire particulière de Garaudy dans l'Histoire sacralisée qui veut que chris-

---

* Voir ci-dessous, p. 340, l'intervention de R. Garaudy au congrès islamique de Lyon en décembre 1985, et les commentaires qu'elle a suscités.

tianisme comme judaïsme soient des moments préalables et préparatoires à l'avènement de l'islam, et un effet de symétrie par lequel les chrétiens s'attacheraient exagérément à l'esprit tandis que les juifs idolâtreraient le corps et la matière – cette dernière affirmation ne résultant guère d'une connaissance approfondie de la tradition mosaïque mais plutôt d'un fonds polémique.

Après la fin du prône et les invocations d'usage faites à Dieu sur un mode psalmodié par la congrégation des croyants, douze questions ont été posées, ce premier vendredi de décembre 1986, par des fidèles. Elles se partagent en deux domaines que distingue la doctrine musulmane, celui des *'ibadat,* des règles du culte qui codifient le rapport du croyant à Dieu, et celui des *mu'amalat,* des règles de l'interaction entre individus à l'intérieur de la société, des rapports sociaux conformes aux injonctions divines.

Six questions relèvent du premier domaine ; les fidèles qui les posent demandent, par exemple, s'il est licite de réciter la formule laudative de Dieu *(tasbih)* * à voix haute et en groupe après la prière. Comment il faut faire les ablutions rituelles lorsque l'on a la main bandée. Ce qu'il convient de faire si l'on arrive à la mosquée lorsque la prière a déjà commencé et que l'on a quelques génuflexions de retard sur les autres croyants, etc. Cette recherche de la norme islamique, qui, dans son mouvement fondamental, ne se différencie point des questions posées dans toutes les mosquées du monde par les simples croyants à ceux qu'ils estiment plus versés qu'eux-mêmes dans la connaissance *('ilm)* des traditions, du droit canon et de la théologie, s'inscrit, néanmoins, dans le contexte particulier des musulmans maghrébins immigrés en France – demandeurs de savoir à un prédicateur égyptien formé à Al Azhar, donc prestigieux.

A un premier niveau, on y peut voir une quête de sens et d'univocité de la part de personnes qui ne sont plus à même de se repérer seules dans la société où elles vivent et pour lesquelles les normes et les valeurs, simplement démarquées, de la piété rurale ou maraboutique apprise dans les villages ou les banlieues du Maghreb s'avèrent incapables de fournir les réponses aux questions et aux remises en cause permanentes de soi auxquelles contraint la société française – avec une vigueur qui est impitoyable aux plus démunis. C'est ce sens et cette univocité perdus que la congrégation des fidèles demande au prédicateur de l'aider à retrouver – dans la lignée, du reste, d'un sermon qui fait de

---

* Sur son contenu, voir ci-dessous, p. 185.

l'islam la pierre angulaire de l'équilibre immanent comme transcendantal.

Mais l'islam, pas plus que tout autre credo, n'est univocité absolue, en cela même qu'il s'incarne en des croyants faits de chair, de besoins et de passions, et irréductibles à un pur dogme transhistorique. Il y a, en lui, des divergences d'interprétation nombreuses, qui elles-mêmes recouvrent des conflits d'hégémonie ou de pouvoir. Ainsi, la première question mentionnée ci-dessus (« est-il licite de réciter le *tasbih* à haute voix et en groupe après la prière ? ») fait référence, de façon implicite, à la pratique en honneur dans la mosquée rivale, celle de la rue Jean-Pierre-Timbaud *. Or, le prédicateur, dans sa réponse, convoque diverses autorités scripturaires pour indiquer qu'il est préférable de prononcer cette formule à voix basse et pour soi – prenant ses distances à l'égard de modes de piété qu'il situe, en étant compris à demi-mot par nombre de fidèles, hors de l'orthodoxie.

Si ce qui relève du seul rite ou du seul culte nous renvoie déjà à divers types de pratiques sociales de l'islamisation, les questions qui sont du domaine des *mu'amalat* – des relations sociales au prisme de la norme islamique – nous font pénétrer sans détour au cœur des tentatives individuelles pour résorber la contradiction entre l'apparente anomie de la vie quotidienne en France et l'univocité demandée à la doctrine de l'islam. Par exemple : « qu'hérite une femme dont le mari est mort et qui a des enfants ? », « qu'en est-il de l'intérêt que verse la banque ? », « doit-on faire confiance aux boucheries sur la porte desquelles est écrit : *boucherie islamique* ? », « peut-on manger la viande qui est servie à l'hôpital ou au travail ? », « les femmes ne doivent-elles pas travailler ? » (en effet, si elles ne travaillent pas, les médecins, par exemple, seront tous des hommes ; et une femme qui consulte aura nécessairement affaire à un praticien masculin...).

Les réponses du cheikh sont plus nuancées que celles qu'auraient été amenés à faire d'autres prédicateurs en semblables circonstances : si la part d'héritage de la veuve mère est définie par une simple citation des textes sacrés et si l'intérêt bancaire ** est

---

* Voir ci-dessous, p. 185.
** L'intérêt bancaire est, en immigration, une question cruciale. En effet, ceux des travailleurs immigrés qui s'efforcent d'économiser, de « mettre de côté » ce qu'ils gagnent afin de le réinvestir un jour au pays (fût-ce utopique), ont tout naturellement tendance à faire fructifier leur pécule en le plaçant, de la façon la plus simple, sur un compte épargne, qui rapporte un intérêt. C'est cet intérêt qui est ici qualifié d'usure – activité explicitement et sévèrement condamnée dans le Coran à de nombreuses reprises. Toutefois, l'histoire des sociétés musulmanes abonde en « ruses » *(hiyal)* qui permettent de faire fructifier l'argent

qualifié, sans autre examen, d'usure illicite *(riba')* au regard de l'islam, les problèmes de viande et le travail de la femme s'attirent des commentaires plus argumentés.

La consommation de viande en France par les musulmans représente pour certains d'entre eux – nous l'avons noté en dépouillant l'enquête référencée au chapitre précédent – un véritable « casse-tête » *. Ceux qui souhaitent consommer la viande *halal* (rituellement égorgée) ont, en principe, la possibilité de le faire en s'approvisionnant dans l'une des très nombreuses boucheries « islamiques » qui se sont ouvertes dans l'Hexagone depuis le début des années quatre-vingt. Pourtant, ces boucheries ont, dans l'ensemble, une réputation exécrable : faute d'une autorité religieuse centrale – à la manière du grand rabbinat pour les israélites – qui puisse contrôler le label « *halal* » – correspondant, *mutatis mutandis,* à la *cacherout* –, toutes les irrégularités possibles sont commises, tant du point de vue de la qualité même de la viande vendue que de l'apposition fantaisiste du label. Pour les prédicateurs les plus rigoristes – ou les plus rigoureux –, il ne faut point acheter la viande *halal* dans les boucheries islamiques, toutes tenues en suspicion.

Pour ce prédicateur, les circonstances malaisées de l'immigration font qu'il est licite de consommer cette viande, même si l'on ne peut être assuré de sa qualité : c'est le boucher qui porte le poids du péché. De même, on peut manger la viande servie à la cantine (sauf le porc) car, dans les circonstances vécues en France, il faut bien se nourrir tout de même. La considération d'opportunité (nommée, dans la pratique jurisprudentielle de l'islam, *maslaha*) prime, ici, sur l'application littérale du texte : il n'en faudrait pas davantage pour que ce prédicateur soit taxé, par ses rivaux, de laxisme et d'accommodements avec l'Occident, voire avec le lobby des bouchers dits « *halal* ».

La question portant sur le travail de la femme appelait la réponse la plus sophistiquée. Elle a été formulée par un homme jeune et quêtait en fait, tant par sa tournure interro-négative que par l'objection qu'elle soulevait en évoquant la visite chez le médecin homme, une approbation. Or, le cheikh use de sa casuistique pour rappeler que la meilleure des fonctions possibles, pour la femme musulmane, est de s'occuper de son mari et de ses enfants, et que

---

placé en tournant la prohibition de l'usure. Les nombreuses « banques islamiques » qui ont vu le jour au cours des deux décennies écoulées en fournissent mille exemples.
  * Ampleur et enjeux du contrôle de la viande halal font l'objet d'un plus long développement ; voir ci-dessous, p. 356.

si son époux craint tant qu'elle consulte seule le médecin, voire le gynécologue, rien ne l'empêche de l'accompagner.

Grâce au sermon de la mosquée Stalingrad ainsi que par le jeu de questions-réponses qui lui fait suite, on peut, semble-t-il, se figurer l'état d'esprit « moyen », l'opinion commune de ceux des musulmans qui, en France, fréquentent les « maisons de Dieu ». L'histoire de l'Association culturelle islamique est avant tout l'histoire du succès réel d'une association qui réunit autour d'elle des croyants nombreux et leur fait retrouver l'univocité perdue. Elle les aide à combattre les séductions de la société française. Elle est l'expression d'un islam « moyen », qui pousse à la stabilisation de ses ouailles sans les couper outre mesure de la France dans laquelle ils vivent. Dans d'autres groupes cultuels, l'embrigadement sectaire ou idéologico-politique est infiniment plus prégnant.

Si l'histoire de l'association qui gère aujourd'hui la mosquée Stalingrad forme un tout et se déroule continûment sur plus de trois lustres, la plupart des autres associations islamiques de France s'inscrivent dans un processus historique plus fragmenté, dont on peut essayer d'établir les divers moments d'infléchissement en distinguant plusieurs vagues, plusieurs périodes successives au long du développement et des succès de la prédication de l'islam en ce pays.

Sur les fonts baptismaux

Au début des années soixante-dix, les velléités d'affirmation sociale d'une identité islamique, qui commencent à poindre au sein de quelques groupes de familles et de travailleurs musulmans en France, se trouvent confrontées d'emblée à une foule de difficultés. Sous quelle forme juridique et dans quel cadre de référence inscrire les nouvelles congrégations de croyants ? Comment acquérir ou louer des locaux où pratiquer le culte et les activités annexes ? Comment trouver une personnalité suffisamment versée en islam pour exercer sur les communautés en gestation un magistère spirituel ?

Les premiers regroupements à vocation cultuelle ne se sont guère souciés de formalités juridiques et n'ont pas cherché à se constituer en associations régies par la loi de 1901 – ce qui rend d'autant plus malaisés leur identification et leur recensement. C'est que, à cette époque, les étrangers, s'ils disposent comme les nationaux du droit d'association, sont soumis à une disposition restrictive (prise en 1939 pour prohiber la création de ligues et partis directement contrôlés par l'Allemagne nazie ou l'Italie fasciste) qui conditionne la création d'une association à l'autorisation préalable du ministère de l'Intérieur. Cette nécessité de traiter avec les services de police et, parfois, de leur offrir quelque contrepartie pour pouvoir créer une association a, fort probablement, un effet dissuasif. Pour vivre heureux, les musulmans étrangers choisissent de vivre cachés, avec d'autant plus de soin que, dans les années qui suivent les événements de mai 68, M. Raymond Marcellin s'emploie à décapiter sans fin, depuis la place Beauvau, l'hydre de la « subversion étrangère ». Beaucoup de ces groupes cultuels musulmans demeurent informels sans accéder au statut juridique d'associations, mais ils n'en ressentent pas moins le besoin de se situer dans un cadre de référence et de contacts qui leur permette de sortir de l'isolement.

C'est la Mosquée de Paris qui, en théorie, aurait pu jouer ce rôle d'accueil et de soutien, mais, nous l'avons noté, la personnalité du recteur, Si Hamza Boubakeur, est vivement contestée par les dirigeants des États du Maghreb, relayés par leurs consulats et les amicales. En tout état de cause, la plupart des « imams délégués » que Si Hamza a nommés pour le représenter dans une vingtaine de départements sont des « Français-musulmans * » rapatriés, harkis et autres, qu'opposent alors, dix ans après la guerre d'Algérie, de très vifs antagonismes à leurs ex-compatriotes immigrés en France pour y trouver du travail.

A Villeurbanne, par exemple – note une enquête effectuée en 1977 et portant sur les années antérieures –, il existe un imam français musulman qui n'est pas reconnu par les Algériens [66] ; à Rouen, en 1972, l'église locale laisse sans suite une demande de locaux présentée par un groupe de harkis, principalement par inquiétude devant les réactions que la satisfaction de cette demande aurait suscitées chez les « Algériens de nationalité » ; à Marseille, il existe un « imam agréé par la Mosquée de Paris, mais il n'est pas reconnu par toutes les nationalités », etc. [67].

De cet islam qui s'organise alors à la base, on sait peu de chose. Un exemple en est toutefois donné par le chroniqueur religieux du *Monde* qui note, en octobre 1973, au terme d'une enquête chez les travailleurs immigrés nord-africains des usines Pennaroya, aux confins du Nord et du Pas-de-Calais, l'existence d'un lieu de culte :

* Voir ci-dessous, chap. 7, p. 322 *sq.*

Les anciens de la région se sont cotisés pour aménager une mosquée dans une maison de Noyelle-Godault (Pas-de-Calais), commune limitrophe. Elle leur aurait coûté 70 000 F, y compris une salle d'ablutions toute neuve qui doit être mise en service. Un chef religieux venu d'Alger dirige les prières depuis deux ans, mais il ne parle pas le français et son rayonnement paraît limité. Les fidèles se cotisent pour lui verser 400 F par mois. Deux ou trois fois par semaine, il donne des cours d'arabe et de Coran aux enfants.

En termes quantitatifs, le même auteur estime que, « outre celle de Paris, il y a des mosquées dans les villes suivantes : Marseille, Draguignan (depuis 1973), Montpellier (depuis 1972), Lyon, Châtellerault, Saint-Florent (Lozère), Dignac (près d'Angoulême), Le Mans (depuis 1971), Metz, etc. [68] ».

Amicales et consulats ne semblent pas prêter d'emblée une très grande attention à ce mouvement naissant, sauf lorsqu'il s'agit de mobiliser la religion islamique au service d'une cause politique précise, comme le fait l'Amicale des Algériens en Europe lorsque est déclenchée la grande offensive contre la Mosquée de Paris pendant les premiers mois de 1974 *. Sans quoi, l'Amicale se contente d'accompagner le mouvement, en mettant à la disposition des fidèles des locaux pour le culte. Ainsi par exemple, à Clermont-Ferrand, avant 1977, on note que la prière se pratique en « des pièces dans des locaux loués par l'Amicale des Algériens [69] ». A Saint-Étienne, c'est à l'Amicale qu'est prêtée une ancienne chapelle pour en faire une mosquée, dès 1971. Mais les Petites Sœurs de l'Assomption, propriétaires des lieux, prennent soin qu'un contrat soit « rédigé devant notaire, précisant qu'il s'agissait d'un lieu de culte, ouvert à tous les musulmans pour la prière, quelle que soit leur nationalité [70] ».

L'interlocuteur par excellence des groupes de musulmans qui cherchent des locaux où célébrer leur culte est, dans un premier temps, l'Église catholique – à laquelle les protestants emboîteront le pas, mais avec des moyens plus réduits. En effet, il n'est pas besoin d'être constitué juridiquement en association pour traiter avec les autorités religieuses, alors que tel est d'ordinaire le cas lorsqu'il faut mener des négociations avec l'État ou les municipalités.

A Nice, par exemple, le Centre catholique universitaire prête, de juillet à octobre 1976, un local où une trentaine de musulmans célèbrent le culte. A Dijon, c'est une salle paroissiale attenante à

* Voir ci-dessus, p. 87.

l'église Saint-Pierre qui est affectée au culte islamique (mais elle s'avère vite exiguë). A Bordeaux, les catholiques prêtent des salles, et on forme le projet, en décembre 1976, de consacrer en mosquées quatre églises désaffectées. A Montpellier, une mosquée est établie dans un local donné par l'évêché en janvier 1976, et elle accueille quatre-vingts personnes chaque vendredi. A Nantes, en 1974, « un groupe de Tunisiens » dispose d'un lieu de prière à l'entrée de l'église Saint-Michel. Au Mans, en juillet 1975, l'évêché vend à l'association musulmane Foi et Pratique (constituée dans cette ville en 1972 *) un ensemble de locaux et un grand terrain, où officie un imam appartenant à la *jama'at al tabligh*. A Annecy, l'Église ouvre occasionnellement un lieu de culte aux musulmans. A Asnières, c'est une chapelle désaffectée qui est louée à une association islamique qui la transforme en mosquée [71].

L'Église met à la disposition de groupes informels de musulmans des salles de prière, mais traite aussi avec les associations islamiques qui se constituent peu à peu et passe des contrats de vente ou de location (gracieuse comme onéreuse) pour transformer des chapelles inutilisées en mosquées.

A Lille, l'évêque, Mgr Adrien Gand, décide, en mai 1972, les religieuses dominicaines des Saints-Anges à mettre gratuitement à la disposition de la « communauté musulmane » une grande chapelle, afin de la transformer en mosquée. Dès 1967, le cardinal Liénart avait donné un accord de principe – mais l'affaire, pour diverses raisons **, ne trouvera son aboutissement que le 20 juin 1980, date de l'inauguration effective de la mosquée par le consul d'Algérie. En 1972, lorsque l'évêque de Lille rend publique la décision qu'il a prise, il précise, au cours d'une conférence de presse, la signification du geste de l'Église :

> [...] Et nous, Chrétiens de France, qui devrions mieux accueillir les membres de la communauté musulmane nombreux et divers dans le Nord, n'avons-nous pas aussi à nous mettre à l'école du monde musulman présent dans la région ? A recevoir de lui cette part de vérité religieuse et humaine dont il est le détenteur ? [...] C'est un peu aussi comme un geste de défi au racisme qui sévit ici à l'égard du monde arabe présent dans la région [72].

Deux des thèmes principaux qui structurent l'attitude de l'Église catholique envers les musulmans sont ici mêlés : le « dialogue

---

* Voir chap. 4.
** Voir ci-dessous, p. 295 *sq.*

islamo-chrétien » et l'antiracisme – qui s'inscrit dans le cadre de la « pastorale des migrants ». La conjugaison de ces deux éléments de la mission de l'Église, distincts au départ, rend compte de l'œuvre que celle-ci entreprend en France, ainsi que des difficultés et des contradictions auxquelles elle se heurte.

Le dialogue islamo-chrétien ne se situe pas, au départ, dans le cadre spécifique exclusif de populations musulmanes immigrées dans un pays à population majoritairement chrétienne. Il trouve son fondement dans une réflexion qui se place au niveau de l'Église universelle, et dont les premières formulations apparaissent dans la « constitution dogmatique sur l'Église » résultant du concile Vatican II.

> Le propos du salut embrasse ceux qui reconnaissent le Créateur, et en premier lieu les musulmans qui, déclarant avoir la foi d'Abraham, adorent avec nous le Dieu unique miséricordieux qui jugera les hommes au dernier jour.

Les musulmans sont sauvés ; de plus, ils partagent avec les chrétiens certaines valeurs religieuses, morales et spirituelles. Par exemple :

> Ils cherchent à se soumettre de toute leur âme aux décrets de Dieu, même s'ils sont cachés [...]. Bien qu'ils ne reconnaissent pas Jésus comme Dieu, ils le vénèrent comme prophète [...].

C'est pourquoi l'Église exhorte

> ses fils pour que, avec prudence et charité, par le dialogue et la collaboration avec ceux qui suivent d'autres religions, et tout en témoignant de la foi et de la vie chrétienne, ils reconnaissent, préservent et fassent progresser les valeurs spirituelles, morales et socioculturelles qui se trouvent en eux.

Le texte conciliaire, a-t-on pu écrire, « exprime le souci chrétien de voir tout homme aller vers Dieu et grandir en humanité, qu'il participe ou non en la foi en Jésus-Christ [73] ».

Ce sont ces exhortations du concile que l'Église de France met en pratique lorsque, en proposant des locaux aux musulmans pour qu'ils en fassent des mosquées, elle entend faciliter leur progression dans la voie de Dieu. Ainsi, le curé de la cathédrale de Laval déclare à la presse :

C'est au contact de la prière et de la foi des musulmans que des hommes comme Charles de Foucault ont retrouvé la foi de leur baptême... Malheureusement, à vivre parmi nous, beaucoup de musulmans risquent de devenir athées. N'est-il pas souhaitable qu'ils trouvent des conditions de vie et un lieu de culte qui leur permette de garder leur foi dans le Dieu d'Abraham qui est aussi le nôtre ? Il vaut mieux qu'une chapelle désaffectée serve à la prière plutôt que d'être abandonnée comme il y en a tant en France, ou d'être transformée en entrepôt ou en marché comme à Senlis, ou en salle de concerts [74]...

Mais il entre également, outre le dialogue islamo-chrétien, une autre composante dans l'attitude de l'Église de France envers les musulmans immigrés : il s'agit de la « pastorale des migrants ». En effet, avant que les populations musulmanes prennent l'ampleur qu'elles connaissent désormais, les flux migratoires dirigés vers la France étaient composés en majorité de travailleurs et de familles en provenance de pays d'Europe centrale ou méridionale à très forte tradition catholique, comme la Pologne, l'Italie, l'Espagne ou le Portugal. L'Église a joué un rôle d'encadrement important pour ces populations, et elle s'est efforcée, avec des bonheurs divers, de favoriser leur intégration dans la société française, tout en voulant éviter qu'elles ne perdent leur foi au contact de la laïcité de la République.

Or, progressivement, et par son action auprès des migrants, l'Église s'est trouvée engagée à leurs côtés dans les actions et les combats menés par eux pour le respect de la dignité de la personne humaine – notamment dans les domaines du logement, des conditions de travail, de l'affirmation identitaire et culturelle, etc. Et cet engagement s'est étendu aux migrants dans leur totalité, y compris ceux d'entre eux qui n'étaient point chrétiens, c'est-à-dire, pour l'essentiel, aux musulmans.

Dans les actions et les combats en question, la lutte contre le racisme et la xénophobie a joué, au début des années soixante-dix, un rôle de première importance. C'est en ce sens que le geste de l'évêque de Lille, en mai 1972, se veut un « défi au racisme » : face aux campagnes de presse xénophobes qui imputent aux Algériens tous les maux sociaux possibles, qui veulent les présenter sous les traits de délinquants actuels ou potentiels, l'Église, en offrant une chapelle qui deviendra une mosquée, marque sa solidarité avec les victimes. Elle fait œuvre de charité, mais elle manifeste également que les musulmans présents en France sont ou doivent être, avant tout, selon elle, des croyants en le Dieu abrahamique – et non point des « égarés » qui pourraient s'engager sur la voie de la déviance sociale ou de l'athéisme.

En novembre 1973, l'évêché de Pontoise vend à une association religieuse musulmane l'église désaffectée Sainte-Geneviève d'Argenteuil. A cette occasion, l'évêque, Mgr Rousset, déclare :

> Nous qui sentons tant la nécessité de lieux de ressourcement spirituel, de partage religieux et de prière, pouvions-nous tourner le dos à une demande que nous adressaient des hommes croyant comme nous au Dieu unique et désireux de mieux vivre leur foi ?

Pourtant, il ne se dissimule pas l'impact ambigu de cette mesure auprès d'un certain nombre de catholiques :

> Sans doute, pour certains, ces décisions demeureront-elles difficiles à admettre. Qui ne comprendrait l'attachement des paroissiens à l'église qui fut celle des grands moments de leur existence [75] ?

De fait, les réactions en milieu chrétien sont souvent ambivalentes. Si, dans les premières années, alors que la population musulmane est profondément démunie et peu organisée, la dimension charitable de l'attitude de l'Église semble s'imposer à l'esprit de la plupart de ses ouailles, les réactions négatives iront croissant, tout d'abord avec l'enrichissement considérable des États musulmans producteurs de pétrole (ce qui fait penser à certains qu'il devient inutile de prêter aux musulmans des locaux que leurs « frères » du golfe Arabique peuvent désormais payer rubis sur l'ongle) et, ensuite, avec le triomphe de la révolution islamique en Iran et la crainte que suscite celle-ci dans l'opinion occidentale. De plus, le symbole des églises transformées en mosquées évoque, pour certains de ceux qui ont connu l'Algérie ou l'Orient, une expansion irrésistible de l'islam, qui bâtirait son empire sur les décombres du christianisme.

Dans un éditorial qui s'essaie à faire le point sur ces problèmes, le quotidien catholique *la Croix* note en décembre 1985 :

> Ton minaret triomphant défie mon clocher anémique. Ton islam conquérant bouscule une foi qui vacille. Si la mosquée « fait mal », c'est qu'elle reflète avec une acuité douloureuse le déclin des valeurs et de la pratique chrétiennes [...]. Heurtés de voir un local ou pire une chapelle cédée aux musulmans – symbole ô combien spectaculaire –, certains avouent leur désarroi, voire dénoncent la « complaisance de tel évêque » [76].

Sur ce terrain, la presse de droite et d'extrême droite s'emploie à retourner, comme on dit, le couteau dans la plaie. L'écrivain Jean Raspail prophétise, dans *le Figaro Magazine* :

> l'ombre descend sur le vieux pays chrétien [...]. Il y aura de très nombreuses mosquées, assorties d'écoles coraniques, face à nos églises désertées [...]. Le Grand Conseil des muftis, soufis, cadis, imams et autres recteurs d'institut islamique aura plus de poids que la Conférence épiscopale. Deux millions de personnes dans la rue pour exiger l'école libre... musulmane [77] *.

L'hebdomadaire *Minute* note que,

> dans telle église de Clermont-Ferrand, l'inscription *Allah akbar* a remplacé la rosace des vitraux. Le laxisme et la naïve tolérance ne pèseront bientôt plus lourd [78].

L'Église, pourtant, n'a pas toujours fait preuve de la « naïveté » dont elle est ici accusée. Lorsqu'elles prêtaient des locaux, les autorités religieuses se sont efforcées de vérifier la représentativité de leurs interlocuteurs au sein de la population musulmane – comme à Toulouse, en février 1973, où l'archevêché n'a pas accédé à la demande d'un local que lui faisait une « association culturelle et cultuelle islamique » locale, car elle ne lui semblait pas « être représentative » [79].

> Ni angélisme ni leçon de morale [*note* la Croix]. Gardons-nous de couvrir d'opprobre ces vilains-Français-qui-ne-veulent-pas-de-mosquée. Gardons-nous de nier le danger intégriste, les déchirements de la communauté musulmane, l'ambiguïté d'un délicat dialogue entre un islam aux ambitions temporelles et un christianisme qui sait que son royaume n'est pas de ce monde [80].

Au milieu des années quatre-vingt, l'Église de France, qui a considérablement aidé, quinze ans auparavant, les musulmans de l'Hexagone à ouvrir leurs premiers lieux de culte, redouble de prudence devant un phénomène qu'elle cerne avec moins de clarté. Ainsi, le secrétariat national de la Pastorale des migrants précise, dans un document daté des premier et deuxième trimestres de 1983, que :

---

* Voir ci-dessus, p. 51-52.

Lorsqu'un ancien lieu de culte chrétien est cédé à des Musulmans, certains interlocuteurs, marqués par l'intégrisme, peuvent avoir le sentiment de la faiblesse des Chrétiens dont les Églises se vident. Ils sont parfois tentés de penser qu'une telle cession est un constat évident de supériorité de l'Islam sur le Christianisme. Ces réactions méritent attention. De nombreux Musulmans risquent alors de s'enfermer dans des attitudes affectant la qualité de leur relation à Dieu et aux autres hommes [...].

Certains Chrétiens [*poursuit le document*] peuvent manifester vivement leur opposition à la cession d'une Église ou d'une Chapelle désaffectée pour en faire un lieu de culte. Très fréquemment, leurs motivations sont mêlées... [...] Mais il reste qu'il ne semble pas souhaitable, dans l'état actuel des choses, de céder d'anciens lieux de culte chrétien pour en faire des lieux de culte musulman. Sauf cas exceptionnels, le risque d'interprétations abusives d'un tel geste est trop grand [81].

Si ces lignes se ressentent de la transformation qualitative qu'ont connue pratique et perception de l'islam en France après la révolution iranienne, elles ne viennent plus dans un contexte où l'Église était le principal interlocuteur français des musulmans. Dès le milieu des années soixante-dix, ce sont en effet l'État et diverses institutions locales ou nationales qui, sans présager des influences étrangères, prennent son relais.

CHAPITRE 3

Islam et paix sociale

A partir du milieu des années soixante-dix, les pouvoirs publics ainsi que certains organismes français prennent des mesures qui favorisent l'expression de l'islam sur le territoire de la République. Des dispositions administratives nouvelles, au niveau de l'État comme des municipalités, accompagnent la création de lieux de culte islamique dans trois structures : les foyers de travailleurs, les usines et les cités HLM.

Ces lieux où se manifeste une affirmation de l'islam semblent périphériques par rapport à la scène politique dans son acception stricte. Pourtant, au fur et à mesure que s'y développent salles de prière et associations cultuelles, l'islam s'immisce, par le biais du social, dans la politique.

Cette immixtion présente une double forme. Tout d'abord, les instances de convivialité à référence islamique désamorcent ou apaisent certains conflits sociaux potentiels, sur le court terme. Mais par ailleurs, en jouant un rôle de régulateurs sociaux, les associations ou les personnalités qui dirigent ces instances demandent en contrepartie la reconnaissance des autorités françaises, reconnaissance qui souhaite s'inscrire dans le long terme et le politique.

Les clivages qui opposent les diverses associations islamiques ainsi que la méfiance de l'opinion française, faisant suite à la révolution iranienne et à ses proclamations et agissements anti-occidentaux, élèvent d'insurmontables obstacles à l'affirmation de l'islam au cœur de la cité. Mais il se développe dans ses marges et ses banlieues – tant au sens spatial, puisque la plupart des salles de prière des foyers, des usines et des HLM sont situées dans les périphéries urbaines, qu'au sens symbolique, car ces salles sont d'habitude soustraites aux regards des Français. Elles occupent des locaux discrets, et leurs pratiquants sont en masse des étrangers qui ne disposent pas de la citoyenneté française et sont politiquement marginalisés.

Les premières revendications pour l'ouverture de salles de prière se produisent dans les foyers de travailleurs. Mais le phénomène, jusqu'au milieu des années soixante-dix, reste très limité. Entre cette date et la fin de la décennie, il s'étend massivement, jusqu'à ce que la quasi-totalité des foyers logeant des musulmans soient équipés d'un lieu de culte. C'est le premier bond quantitatif, situé dans un contexte socio-économique particulier : la crise économique en Occident, consécutive à la hausse des cours du pétrole de 1973, frappe durement la main-d'œuvre banale – largement constituée d'immigrés musulmans – dont les revenus baissent tandis que l'inflation engendre une hausse des redevances dans les foyers. Contre cette hausse, à partir de 1975, un mouvement de « grève des loyers » très puissant se développe, d'abord à la SONACOTRA – principal organisme logeur –, puis dans les autres foyers de France. Le conflit, qui dure jusqu'en 1980, est réglé par la combinaison de la répression et de concessions qui satisfont certaines demandes des résidents. Parmi celles-ci, l'ouverture de salles de prière s'avère une mesure à la fois peu coûteuse pour les organismes gestionnaires et d'une grande signification symbolique pour beaucoup de résidents. En créant un lieu de convivialité où ces derniers ne s'estiment plus réduits à un facteur de production recomposant sa force de travail, mais se sentent des croyants qui se rassemblent pour s'adresser à Dieu, les organismes gestionnaires procurent une forme de compensation spirituelle qui fait régner dans les foyers une meilleure ambiance – tout en générant, par ailleurs, d'autres types de problèmes.

Pour comprendre comment s'est développé le mouvement d'islamisation dans les foyers, il convient d'abord de se représenter le fonctionnement du « système des foyers » dans les années soixante-dix, de repérer l'émergence des premières salles de prière en son sein, puis d'observer comment s'est déclenché le grand conflit de 1975-1980 qui a servi d'accélérateur au mouvement d'ouverture des lieux de culte musulman.

Le système des foyers

En août 1956, en pleine guerre d'Algérie, fut créée, sous la forme juridique d'une société d'économie mixte, la SONACO-TRAL (Société nationale de construction de logements pour les travailleurs algériens), dont l'objet était de financer, construire et aménager des locaux d'habitation pour les « Français musulmans originaires d'Algérie venus travailler en France » et pour leur famille. Selon la sociologue Mireille Ginesy-Galano, l'un des objectifs de cette société aurait été de « mieux contrôler et encadrer les travailleurs algériens en France, afin d'empêcher le prélèvement des cotisations du FLN auprès d'eux [1] (hypothèse qui reçut un début de confirmation lorsqu'on vit la SONACOTRA chargée de " résorber " le grand bidonville de Nanterre considéré comme un point d'ancrage de la fédération de France du FLN – Front de libération national [algérien]) ». Après l'indépendance de l'Algérie, en 1962, un décret du Conseil d'État daté de 1963 étend sa compétence au logement des travailleurs français et étrangers en général *. Si la Société a édifié, par l'intermédiaire de diverses filiales, des HLM et des cités de transit, elle est surtout connue comme constructrice et gestionnaire de « foyers-hôtels » pour travailleurs – principalement étrangers et, en fait, majoritairement algériens ou maghrébins – vivant en France en célibataires ; beaucoup d'entre eux ont laissé au pays femme et enfants, à l'entretien desquels ils subviennent en leur expédiant des mandats.

Au 31 décembre 1975, quand se développe le mouvement de grève des loyers, la SONACOTRA et ses filiales gèrent 275 foyers – soit 73 660 lits, répartis dans la France entière [2]. Selon une enquête réalisée en 1973, les résidents sont étrangers à 83 % ; parmi ces derniers, on compte 68,3 % d'Algériens (alors qu'ils ne forment que 37,2 % des travailleurs immigrés isolés en France, selon l'INSEE, au 31 décembre 1972), 9,7 % de Marocains (13 % de l'ensemble des travailleurs immigrés isolés), 9,7 % de Tunisiens (4 %), tandis qu'Espagnols, Italiens, Portugais et Yougoslaves figurent en très petit nombre dans les foyers, et en proportion infiniment inférieure à celle que représente leur groupe national respectif dans la pondération de l'ensemble des travailleurs immigrés isolés à l'époque.

L'habitat en foyers-hôtels est une situation assez particulière, tant sur le plan juridique que sur celui de la satisfaction des besoins élémentaires de l'être humain. En effet, les personnes logées dans les foyers ne sont pas des « locataires » ayant passé avec leur logeur un contrat, mais des « résidents » qui doivent accepter un règlement intérieur dont les principales stipulations donnent au directeur du

---

* Le sigle en devient ainsi SONACOTRA – pour « TRAvailleurs » et non plus « TRavailleurs ALgériens ».

foyer, lorsque la grève débute, des droits jugés exorbitants par les intéressés : il peut entrer dans les chambres à tout moment, expulser des résidents, interdire des réunions à caractère politique et tout hébergement d'une personne extérieure. Enfin, le droit de visite – surtout féminine – est expressément soumis à son autorisation. Ces règles d'hébergement inspirent au Groupe d'information et de soutien des travailleurs immigrés (GISTI) l'appréciation suivante, formulée dans le langage de l'époque :

> Le Foyer dans ces conditions n'est pas un habitat avec tout ce que ce terme implique dans la vie de l'homme. *Son rôle est de contribuer simplement à la reproduction de la force de travail des ouvriers qui y sont casés* [3].

Les conditions de vie dans les foyers seront longuement dénoncées, photographiées et rapports d'experts à l'appui, tout au long de la grève : dans les « machines à dormir [4] » de la SONACOTRA, chaque résident dispose d'une chambre dont la superficie varie entre 4,5 mètres carrés au pis et 12 mètres carrés au mieux. A l'exiguïté du local s'ajoute la faible isolation phonique – lorsque les résidents sont des ouvriers qui font les 3×8, le va-et-vient et le bruit ne cessent jamais. La situation est pire quand les bâtiments sont construits sur des emplacements dont aucun promoteur n'a voulu – comme le foyer d'Argenteuil, situé, certes, en bord de Seine, mais sous un viaduc d'autoroute et entre une voie ferrée et une sablière dont augets et trémies grincent nuit et jour.

La SONACOTRA est le plus important des organismes gestionnaires de foyers de travailleurs, mais ce n'est pas le seul. Plusieurs associations privées, créées généralement à l'initiative des entreprises qui emploient les migrants célibataires, gèrent également un nombre important de lits. L'une d'entre elles, l'ADEF (Association pour le développement des foyers du bâtiment et des métaux), a mis en place très tôt une « politique religieuse » assez souple dont on ne trouve pas l'équivalent à la SONACOTRA.

Créée en 1955 par le patronat du bâtiment qui avait besoin d'une nombreuse main-d'œuvre immigrée, cette société voit en 1963 les industries métallurgiques rejoindre son conseil d'administration, lorsque le recours aux migrants y devient systématique. D'emblée, cet organisme d'émanation strictement patronale, qui gère une cinquantaine de foyers (entre 15 000 et 20 000 lits) en « dur » ainsi que des cités modulaires sur le site des grands chantiers, accorde beaucoup d'attention aux activités d'animation culturelle de ses logements – en contrepartie de prestations assez pauvres sur le plan du confort : le dortoir constitue longtemps en effet la règle, et la chambre, l'exception.

Dans le cadre de cette « animation », les dimanches sont prétexte à la célébration de toutes les fêtes chrétiennes possibles dans la salle sociale des foyers : ce sont des ouvriers immigrés catholiques italiens ou portugais qui constituent, pendant les années cinquante et soixante, la masse des résidents.

Vers 1970, arrivent dans les foyers de l'ADEF les premiers flux massifs de ruraux du Sud maghrébin ou de l'Anatolie centrale, que les « sergents recruteurs » du bâtiment ou de la métallurgie font venir par villages entiers. Précipités dans un univers qui leur est d'autant plus opaque qu'ils ignorent pour la plupart le français, ces ouvriers musulmans ont des comportements qui tranchent avec ceux de leurs camarades d'Europe méridionale. Les animateurs remarquent vite qu'ils refusent la nourriture préparée par le restaurant du foyer et que beaucoup prient un peu partout, sur un morceau de carton, dans les chambrées et les couloirs. De plus, selon un responsable des foyers, « chaque village venait avec son *marabout* » – c'est-à-dire avec quelqu'un qui exerçait un magistère religieux sur ses compagnons.

C'est de ces « marabouts » que semble être venue la première demande d'ouverture de salles de prière, à laquelle les instances de l'ADEF ont répondu favorablement : la politique religieuse ne leur était pas étrangère et, dans chaque foyer, un espace était déjà réservé aux activités sociales. Au départ, les salles accordées sont petites et prennent la place de locaux autrefois affectés aux jeux de cartes ou à la télévision.

Elles se font plus vastes au fur et à mesure qu'elles reprennent l'espace des salles de réfectoire tombées en désuétude puisque les résidents musulmans refusent en grand nombre la nourriture non *halal* de la cantine. De plus, dans certains foyers comme à Gonesse ou Goussainville, Turcs et Maghrébins refusent de prier ensemble, et chacun dispose (dès 1973) d'un lieu de culte distinct.

Ce n'est toutefois pas dans le cadre de l'ADEF qu'a vu le jour la première salle de prière en foyer. Selon l'ethnologue Jacques Barou [5], le premier conflit dans le monde ouvrier musulman en France où émergent des revendications à caractère islamique se produit dès 1967 dans le foyer de travailleurs africains de la rue de Charonne, à Paris. Les résidents, d'ethnie soninké et de nationalité sénégalaise, malienne ou mauritanienne, appartiennent à la confrérie tidjane *. A cette date, ils s'insurgent contre la nourriture qui leur est servie, car, même si elle ne comporte ni porc ni alccol, ils se rendent compte que les poulets qu'ils mangent ont été « tués à l'électricité », au lieu d'être égorgés et vidés de leur sang selon le rite islamique. Le gestionnaire du foyer résout le conflit en fermant la cantine et en autorisant des cuisinières africaines à venir préparer elles-mêmes les repas ; parallèlement, est créée la première salle de prière dans un foyer en France. Graduellement les fonctions du foyer se transforment : un peu moins « lieu pour dormir » déshumanisé, « dodo » du « métro-boulot-dodo », davantage pôle de vie où se recrée l'ambiance de l'Afrique musulmane, « village *bis* », comme l'appellent les résidents. L'islam – un des éléments déterminants de la convivialité retrouvée – s'affirme à l'occasion d'un conflit déclenché par un problème de viande abattue non rituellement. On a vu quelle importance avait cette question pour les fractions des populations musulmanes en France qui vivent un difficile processus de stabilisation **.

Une autre hypothèse permet de comprendre pourquoi c'est dans un foyer logeant des Africains – et non des Maghrébins – que se produit ce qui semble être la première revendication identitaire islamique dans ce cadre. En immigration, les contacts entre musulmans du sud et du nord du Sahara ne sont pas toujours harmonieux. L'opinion est assez largement répandue, parmi les populations arabes, que, comme la révélation coranique a été effectuée dans leur langue, elle leur est tout particulièrement transparente. Cela garantirait par là même l'excellence de leur foi, par contraste avec celle de peuples qui, tout musulmans qu'ils soient, ne sont pas familiers avec les phonèmes du Livre sacré. Ce sentiment latent – qui est aussi vieux que l'expansion de l'islam dans les populations non arabophones et a nourri dès les premiers siècles un antagonisme très vif entre Persans

---

* La confrérie tidjane (ou *tijaniyya*) est l'un des plus importants ordres mystiques musulmans en Afrique du Nord et de l'Ouest. Elle fut fondée en 1789 par Ahmed al Tijani, né vers 1737 dans la ville marocaine d'Aïn Madi, et elle vise à garantir à ses adeptes leur salut dans l'au-delà, tout en nouant entre eux un certain nombre de relations et de réseaux sociaux de solidarité. Les tidjanes se distinguent des autres musulmans en général et d'autres groupes mystiques, ou « soufis », en particulier, en ce qu'ils accomplissent un certain nombre de rites qui leur sont propres : notamment la récitation de litanies et de prières spécifiques. Si la branche algérienne de la confrérie a été l'un des plus fermes soutiens de la colonisation française dans ce pays (ce qu'elle a, par la suite, payé fort cher), en Afrique de l'Ouest elle a constitué l'un des instruments les plus vigoureux de l'islamisation des populations animistes, et elle est particulièrement bien implantée chez les Soninkés – qui forment les gros bataillons de l'immigration musulmane africaine en France. Elle comporte également une branche tunisienne, qui dispose d'une importante imprimerie où sont produits de nombreux opuscules de mysticisme et de magie qu'utilisent les marabouts et les « sorciers » dénoncés par les prédicateurs orthodoxes (voir ci-dessus, p. 104) ⁶.
** Voir ci-dessus, chap. 1.

et Arabes * – est mal reçu, d'ordinaire, par les musulmans non arabes, Africains noirs, Turcs ou Français convertis.

Il n'est pas rare, dans ces milieux, d'entendre les Arabes se faire brocarder pour leur impiété, péché encore aggravé par la proximité linguistique avec le Coran dont ils se targuent. Ainsi, un proverbe soninké dit : « La foi musulmane est comme un brandon dont les Arabes tiennent le côté froid et les Africains le bout ardent. » De même, lors des enquêtes menées pendant le ramadan de l'année 1985 **, un imam envoyé en France par le gouvernement d'Ankara a eu avec un enquêteur l'échange suivant :

> – Les Arabes disent souvent que les Turcs ne connaissent pas tellement l'islam parce qu'ils ne comprennent pas l'arabe, la langue du Coran. Qu'en pensez-vous ?
> – Vous pouvez leur répondre : « Nous croyons sans comprendre ce qu'il dit, le Coran, tandis que vous, vous ne croyez pas, bien que vous le compreniez. 90 % des Arabes mènent ici une vie opposée à l'islam, tandis que 90 % des Turcs mènent une existence qui lui est conforme. »

Ainsi, parmi les nombreuses raisons de l'affirmation islamique, la surenchère piétiste exprimée face aux Arabes majoritaires dans l'immigration en France par les populations musulmanes non arabophones et minoritaires est une variable à prendre en compte. La foi de nombreux Africains musulmans se caractérise d'abord par un attachement aux réseaux confrériques, qui structurent leur immigration en France de façon infiniment plus prégnante que pour les Maghrébins ***.

Des maos aux mosquées

En 1975, à la veille du grand mouvement de grève des loyers, il existe déjà quelques lieux de culte musulman dans le « système des foyers ». A la SONACOTRA même, le premier conflit local

---

* Cet antagonisme, qui a fait très tôt l'objet d'une abondante littérature dans le monde islamique, est notamment illustré, du côté arabe, par le texte de Jahiz, *le Livre des avares* ¹. Il est désigné, traditionnellement, du nom de *chu'ubiyya*, et dénoncé par les jurisconsultes musulmans avec vigueur, signe de la permanence du phénomène.
** Voir chap. 1.
*** Outre la *tijaniyya*, la confrérie africaine la plus solidement implantée en France est le *mouridisme*.

qui s'achève par l'ouverture d'une salle de prière débute le 1er septembre 1973 au foyer de Bobigny. Déclenchée par une augmentation des loyers, la grève dure quarante-cinq jours. « Les résidents ne reprennent les paiements qu'après avoir obtenu certains aménagements : pose de rideaux, ouverture d'une salle de prière [8]. » Cette revendication est satisfaite sans trop de difficultés, semble-t-il, à une époque où l'encadrement de la Société compte de nombreux anciens fonctionnaires civils et militaires précédemment en poste dans les colonies et qui n'ont pas oublié comment l'Administration française en usait avec l'islam confrérique pour s'assurer la neutralité bienveillante des populations *.

Mais l'ouverture d'une salle de prière à Bobigny et dans quelques autres foyers, dont celui de Nanterre, est un phénomène encore exceptionnel. C'est seulement lorsque éclate la grande grève des loyers des résidents de foyers SONACOTRA que cette société développe une « politique de mosquées ».

Celle-ci assure le premier bond quantitatif véritable des lieux de culte musulman sur le territoire français. Il convient de la resituer dans son contexte socio-économique et culturel, celui du plus important mouvement de révolte d'immigrés musulmans en France.

> Le 31 janvier 1975 [*note M. Ginesy-Galano*], un foyer SONACOTRA de Saint-Denis, situé avenue Romain-Rolland, refuse de payer la nouvelle augmentation de loyer réclamée à dater du 1er février [10].

Si divers foyers, gérés par la SONACOTRA ou d'autres organismes, s'étaient déjà mis en grève des loyers pour protester contre les hausses avant cette date, ces initiatives étaient restées isolées et elles avaient été réduites par l'usage combiné de mesures répressives (expulsions, saisies sur salaire) et de la négociation. *A contrario,* la grève née à Romain-Rolland va faire tache d'huile et toucher, en avril 1976, 63 foyers et quelque 15 000 résidents [11].

La cristallisation de la révolte est due, au départ, à un problème d'argent : la crise économique qui démarre après 1973 a en effet une conséquence immédiate sur les travailleurs immigrés employés dans l'industrie, qui ne peuvent plus effectuer d'heures supplémentaires et dont le revenu baisse. Par ailleurs, la spirale inflationniste affecte les équilibres financiers individuels, entre les postes de

---

* Le directeur de foyer idéal est décrit en ces termes par un responsable de la SONACOTRA : « Si vous voulez, le profil type du directeur de foyer, c'est quelqu'un qui a eu des responsabilités de commandement sur des étrangers, qui a des connaissances comptables, des connaissances en matière d'entretien. Or, à l'armée, on apprend à tout faire... le profil type, c'est l'adjudant-chef qui va passer officier » (août 1972) [9].

dépenses courantes, qui s'accroissent, et les sommes épargnées ou envoyées à la famille, qui stagnent ou décroissent. Cette modification des équilibres est l'un des éléments qui transforment la situation des immigrés au milieu des années soixante-dix.

Dans ce contexte, l'augmentation des loyers dans les foyers met, pour ainsi dire, le feu aux poudres. Ces hausses reflètent l'inflation générale qui s'abat alors sur le monde, mais elles sont aussi la résultante spécifique, semble-t-il, de la gestion médiocre de la SONACOTRA, qui aurait cherché à compenser des rentrées financières insuffisantes dues à la sous-occupation de certains foyers. Pour les résidents, le rapport entre le prix à payer et la faible qualité des prestations devient insupportable.

La grève tourne à la remise en cause générale des conditions de vie et se voit rapidement relayée par des acteurs politiques qui s'implantent en force sur le terrain, les militants estudiantins français et immigrés des groupes d'extrême gauche, maoïstes surtout, pour lesquels les foyers sont terre de mission par excellence. Sans doute leur appréhension du phénomène est-elle bien reflétée en ces termes du professeur Ph. Moreau-Défarges, qui décrivent le « mythe de l'immigré » :

> Appartenant aux damnés de la terre, venu du monde pauvre, l'immigré est un prophète de la révolution, qui doit contraindre le prolétariat embourgeoisé des sociétés industrielles à redécouvrir le caractère radical, inexorable des luttes ouvrières que l'ère de la consommation, de l'automobile et du réfrigérateur a transformées en combats corporatifs pour le maintien du pouvoir d'achat [12].

Grâce à la mobilisation des groupes d'extrême gauche, les tentatives de la CGT pour favoriser un accord avec la SONACOTRA dans les foyers des Hauts-de-Seine sont rejetées, en décembre 1975,

> par le Comité de coordination régional composé alors de trente-sept foyers en grève : les délégués qui l'avaient signé furent désavoués comme non représentatifs et la négociation fut dénoncée à la fois comme une tactique de la SONACOTRA pour résoudre les problèmes au cas par cas et comme une trahison de la part de la CGT, du parti communiste et de l'Amicale des Algériens en Europe [13].

Le conflit échappe au contrôle tant des « organisations ouvrières » françaises que de l'État algérien, représenté par l'Amicale. La présence politique et l'influence de l'extrême gauche – et particulièrement du Mouvement des travailleurs arabes (MTA) et des groupes maoïstes français tant « spontex » qu'« ossifiés », pour reprendre la terminologie d'alors – sont très visibles dans les instances superstructurelles de la grève, comme le Comité de coordination, et aux premiers rangs des porte-parole : elles focalisent l'attention de la presse * et la hantise des gouvernements tant au nord qu'au sud de la Méditerranée. Pourtant, un autre mouvement, plus profond et plus discret, se dessine à la base, dans les foyers, bien en deçà des proclamations idéologiques : l'affirmation de l'identité islamique.

Le langage gauchisant et marxisant utilisé par le comité de coordination [*note Jacques Barou*] a contribué à occulter l'aspect islamique de ce conflit qui, pour n'avoir jamais été souligné par les médias qui n'y auraient de toute façon pas vu, à l'époque, un thème à succès (conjoncture internationale oblige), n'en était pas moins très présent ** [...]. Entre 1974 et 1979 où les conflits sont presque ininterrompus, cette revendication de lieu de culte est tellement systématique qu'elle finit par être devancée par les gestionnaires concernés qui budgètent dans tous les foyers des travaux pour répondre à cette exigence. Il faut aussi tenir compte du fait que, pour les gestionnaires, c'est une des revendications les plus faciles à satisfaire et que sa satisfaction paraît ramener un semblant d'ordre [16] ***.

* La grève des loyers à la SONACOTRA a été l'objet d'une importante couverture de presse, d'intérêt inégal. Récit par Jean-Louis Hurst, dans les colonnes de *Libération*, du 10 au 12 mai 1980, sous le titre : « Les 2001 nuits des SONACOTRA [14]. »

** *Le Quotidien du peuple* (maoïste), porte-parole du Comité de coordination, explique que les scènes de violence, qui se déroulent dans les foyers occupés au début de 1978 et donnent au gouvernement l'occasion de faire diligenter enquête policière et campagne de presse hostile aux grévistes, sont dues aux « gérants racistes » qui « développent et encouragent dangereusement les débits de boissons alcoolisées (qui constituent 80 % des stocks du bar) et les jeux de cartes avec mise d'argent, sources de bagarres fréquentes ». *Ipso facto*, ce journal justifie la prohibition de l'alcool et des jeux de hasard décrétée par divers comités de grève sans intégrer la variable islamique dans cette décision [15]. Pour les maoïstes qui s'efforcent d'être comme des « poissons dans l'eau » en milieu immigré, la référence musulmane est instrumentale et doit faciliter leur insertion. Ainsi, ils n'hésitent pas à distribuer à Belleville des tracts intitulés : « Avec les travailleurs immigrés Maghrébins, fêtons l'Aïd al Kébir » (la fête du mouton) ce qui suscite des réactions horrifiées chez leurs rivaux trotskistes, qui ont la fibre plus · laïque ».

*** Au cours des enquêtes qu'il a alors menées dans les foyers, Jacques Barou a remarqué que, « pendant cette période de conflit où le pouvoir était quelquefois vacant, on a vu se constituer dans certains foyers de très éphémères mini-républiques islamiques. Un ordre moral était quelquefois institué qui interdisait la vente et la consommation d'alcool [17], les jeux d'argent et la visite des prostituées. Cet ordre islamique, qui rencontrait en ce sens les préoccupations d'ascèse des immigrés ayant laissé leur famille au pays, allait quelquefois jusqu'à des manifestations d'intolérance envers les non-pratiquants et envers les non-musulmans, dont certains ont subi des pressions morales et même physiques pour qu'ils quittent le foyer. Les exemples ont toutefois été rares et de faible durée [...] [18] ».

Aussi bien à la SONACOTRA que dans les autres organismes gestionnaires de foyers de travailleurs originaires de pays musulmans, l'équipement en salles de prière a été mené de façon quasi exhaustive : en 1986, 80 % des foyers SONACOTRA, 38 des 39 foyers AFTAM (Association pour l'accueil et la formation des travailleurs migrants), 5 des 6 foyers ASSOTRAF (Association des travailleurs africains), 18 des 19 foyers SOUNDIATRA (Association pour la solidarité, la dignité et l'unité dans l'accueil aux travailleurs africains) en région parisienne en étaient pourvus *.

A l'ADEF, le conflit a eu une moindre ampleur qu'à la SONACOTRA, quoiqu'il se soit fait sentir quand même. Les salles de prière y jouent déjà, avant 1975, un rôle modérateur : gérées par les pratiquants eux-mêmes qui désignent un responsable en leur sein, elles rythment la paix sociale par les appels du muezzin montant du sous-sol cinq fois par jour. Cependant, au milieu des années soixante-dix, la population musulmane résidant dans ces foyers connaît une mutation qualitative.

Les ruraux arrivés en 1970 sont repartis, ou ont fait venir leur famille et se sont logés en ville. A la place de cette population « docile », viennent s'installer au foyer des jeunes originaires des villes du Maghreb, éduqués et francophones, qui s'insurgent rapidement contre les conditions d'hébergement et d'encadrement que procure l'ADEF. Au même moment, est déclenchée la grève à la SONACOTRA, et le mouvement revendicatif fait tâche d'huile dans tous les foyers de France.

Pour limiter l'extension du conflit, l'ADEF ne procède à aucune augmentation de loyer, dans un contexte pourtant inflationniste ** et, ses comptes se trouvant par là même déséquilibrés, licencie, en 1978-1979, ses nombreux animateurs et assistantes sociales. Il revient alors aux « comités de résidents » élus dans chaque foyer de prendre en charge la vie sociale. Dans l'ensemble, les résultats sont peu probants : seules les salles de prière résistent au marasme de l'« animation culturelle autogérée », pour en devenir l'unique pôle, et des locaux de plus en plus vastes sont destinés au culte musulman.

L'équipement des foyers de l'ADEF en lieux de culte s'est fait très tôt, sans bruit, et n'a jamais été l'objet de conflits qu'il ne fût possible de désamorcer rapidement : il témoigne de l'attitude très

---

* Dès 1976, 27 foyers de l'ADEF de la région parisienne, 7 de la SOUNDIATRA et 10 de la SONACOTRA sont équipés en salles de prière [19].
** L'inflation en France, de 7,3 % en 1973, passe en 1974 à 13,7 %, 11,8 % en 1975, et se maintient autour de 10 % chaque année jusqu'à la fin de la décennie.

pragmatique d'un organisme patronal à l'égard de la pratique de l'islam, qui contraste avec les délais de réaction et d'adaptation plus lents de sociétés semi-publiques comme la SONACOTRA.

En 1987, la quasi-totalité des foyers de travailleurs qui hébergent des musulmans est pourvue de salles de prière, que les résidents appellent souvent « mosquées ». A l'intérieur du système relativement contraint qui caractérise ce type d'habitat, elles constituent l'espace autonome par excellence, entretenu par les pratiquants eux-mêmes. Le soin apporté à leur décoration, leur propreté méticuleuse, les tapis de couleur qui couvrent le sol et montent parfois sur les murs forment un contraste saisissant avec la tristesse qui émane des parties communes et surtout des sous-sols.

« Acquis que les résidents n'accepteraient pas de voir remis en question [20] », les salles de prière ont constitué, au long des quelques années de leur existence, un des lieux parmi lesquels s'est opéré le processus d'affirmation islamique, dans ses aspects multiformes et parfois contradictoires. En effet, gérées au départ par les pratiquants résidents, ce qui faisait d'elles les vecteurs d'un islam de pur piétisme sans grand souffle, reflet d'une foi souvent ·fruste acquise dans les lointains villages du Maghreb, les salles de prière et les mosquées de la SONACOTRA et des organismes comparables ont attiré parfois des « opérateurs islamiques » à la recherche d'une implantation. Le phénomène n'est pas sans faire songer, dès l'abord, à l'investissement des foyers par les gauchistes (français et immigrés) dix ans plus tôt : dans un cas comme dans l'autre, de petits groupes de militants idéologiquement très structurés s'adonnent au prosélytisme, ou à la « conscientisation », si l'on préfère, au sein des masses.

Ainsi, à l'ADEF, au début des années quatre-vingt, les responsables de l'organisme remarquent que plus les salles sont grandes, plus elles attirent des personnes extérieures au foyer, qui s'y rendent pour accomplir leurs dévotions avec un zèle voyant. Tracts et brochures prêtant à l'islam les traits de la révolution iranienne * et critiquant en termes violents la France et sa politique sont déposés dans les salles de prière, suscitant la perplexité de l'encadrement pour lequel, jusqu'alors, les lieux de culte étaient l'un des principaux piliers de la stabilité des foyers. Par ailleurs, les adeptes de l'association Foi et Pratique arrivent pendant les week-ends, par groupes d'une dizaine, pour s'installer dans les salles de prière et y faire, outre leur prédication **, la cuisine, leurs ablu-

---

* Voir ci-dessous, p. 252.
** Voir ci-dessous, p. 204 *sq.*

tions, même y dormir, provoquant par là des perturbations dans le fonctionnement de ces locaux. Dès lors, l'ADEF s'emploie à éviter que les lieux de culte ne soient pris dans une logique qui échappe totalement à l'organisme et même aux comités de résidents, vivement incités à ne plus admettre de pratiquants extérieurs au foyer. Parallèlement, à partir de 1985, l'organisme gestionnaire considère que les besoins en salles de prière sont comblés et cesse d'en accroître la superficie.

Toutefois, l'attrait qu'exercent les lieux de culte des foyers sur des « opérateurs islamiques » extérieurs ne peut être dissipé par de pures mesures administratives. Il correspond, en effet, à un besoin réel.

Lorsque les salles de prière sont inaugurées – parfois dans des locaux spécialement aménagés, parfois dans la salle qui était autrefois utilisée comme bar –, elles manquent en général de tout, du moins au début : pas de Coran, pas d'ouvrages ayant trait à la religion, peu de prédicateurs capables de diriger la prière, *a fortiori* de faire le sermon le vendredi ou d'animer les « causeries » à thème religieux en soirée ou le week-end. Parce qu'il existait un vide et une demande de la part des résidents pratiquants, tandis que se mettait en place une offre de la part de groupes de militants ou de croyants zélés à la recherche d'une implantation, un certain nombre de ces lieux de culte ont été investis par des associations islamiques de diverses tendances.

Outre l'association Foi et Pratique mentionnée ci-dessus, deux types de groupes de « prestataires de services islamiques » se sont manifestés. D'une part, les amicales et réseaux liés aux États des pays d'origine des résidents et, d'autre part, les groupes islamiques oppositionnels. Dans le département du Rhône, par exemple, 21 salles de prière de foyer sont animées par l'ACIL (Association cultuelle islamique de Lyon), dirigée par un ressortissant tunisien occupant par ailleurs des responsabilités dans un organisme gestionnaire, et jouissant de l'appui du bureau parisien de la Ligue islamique mondiale *. Parallèlement, l'Amicale des Algériens en Europe est présente dans 13 autres salles de prière du département.

Groupes piétistes et associations proches de tel ou tel État du monde musulman ont vite perçu l'intérêt qu'il y avait pour eux à être présents dans les lieux de culte en foyer – pour que n'y domine pas trop l'influence des militants islamistes. Mais ceux-ci ont su s'implanter dans un certain nombre de ces « mosquées ». Ainsi,

---

* Voir ci-dessous, p. 221.

l'AMAM (Association des musulmans des Alpes-Maritimes) – membre de l'UOIF (Union des organisations islamiques en France) qui fédère au niveau national les groupes locaux de sensibilité islamiste * – intervient dans la quasi-totalité des foyers SONA-COTRA du département niçois. En banlieue parisienne, le GIF (Groupement islamique en France) **, de même tendance, est anciennement implanté, en foyer, dans les mosquées *al nasr* (« la Victoire ») et *al haqq* (« le Vrai »), où le guide spirituel du groupement, le cheikh libanais Fayçal Maulaoui, a prononcé, tant qu'il résidait en France, sermons, leçons et homélies [21].

Ainsi les foyers dont l'un des objectifs de départ, à la fin des années cinquante, était de soustraire les travailleurs algériens à l'influence d'organisations clandestines comme le FLN, très actives dans les bidonvilles, ont vu leur fonction s'inverser partiellement : les salles de prière échappent largement au contrôle de l'organisme gestionnaire, qui ne peut savoir ce qui s'y passe ou s'y dit effectivement.

Mais, pour un directeur de foyer, tant que l'ordre règne, peu importent les moyens. Les résidents qui prennent en charge les lieux de culte font fonction d'interlocuteurs – au même titre que les « chefs de village » dans les foyers où logent des Africains – et peuvent s'avérer d'utiles médiateurs lors de tensions aussi diverses que les non-paiements de loyers ou l'expulsion des clandestins ***. De fait, depuis que les foyers sont équipés de « mosquées », aucun conflit d'envergure comparable à la grande grève des années soixante-dix ne s'y est plus produit – bien que ce ne soit pas la seule cause. Pour ceux qui résident dans l'espace souvent déprimant d'un foyer, dans l'ambiance des années quatre-vingt où le chômage frappe les travailleurs maghrébins sans qualification dont beaucoup vivotent (en fin de droits) grâce aux mécanismes de solidarité des corésidents, il est en tout cas essentiel de disposer d'un lieu où confier à Dieu son désarroi et trouver dans la prière l'ultime ressource pour ne pas sombrer dans le désespoir ou la déviance sociale.

Cette fonction de stabilisation minimale qu'exercent un certain nombre d'instances de l'islam en France joue aujourd'hui, sans

---

* Voir ci-dessous, p. 267 *sq.*
** Voir ci-dessous, p. 258 *sq.*
*** Au gré de la crise économique et des difficultés de logement, des résidents accueillent des locataires « clandestins » qui sont souvent en situation irrégulière – et avec qui ils partagent le loyer. Cette situation a pour conséquence le surpeuplement préoccupant de certains foyers et cause des désordres qui se soldent, lorsque la solution ne peut se régler à l'amiable, par l'intervention de la police.

doute, un rôle : l'appréciation de son prix politique éventuel ne saurait revenir, en tout état de cause, à un directeur de foyer de travailleurs immigrés.

Islam et credo du libéralisme

Le milieu des années soixante-dix coïncide avec l'élection de M. Valéry Giscard d'Estaing à la présidence de la République. Le nouveau président crée un secrétariat d'État aux Travailleurs immigrés, à la tête duquel s'illustrera, jusqu'au début de 1977, M. Paul Dijoud. C'est alors que le gouvernement prend conscience du fait musulman en France. Dans la « nouvelle politique de l'immigration », que veut mener très activement le secrétaire d'État, il y a place pour la prise en compte de l'islam en tant que phénomène culturel propre à une grande partie des « immigrés ». Il importe de préserver, voire d'encourager, ce phénomène, dans la perspective du « libre choix » que l'État propose alors aux populations concernées : retourner au pays d'origine pour s'y réinsérer, ou s'intégrer au mieux à la société française.

Dans la masse de décrets et de circulaires qu'élaborent les services de M. Dijoud, la place accordée à l'islam, tout en restant modeste, témoigne d'un esprit nouveau et d'une volonté de ne plus penser aux musulmans résidant en France à travers le seul prisme de la Mosquée de Paris dirigée par Si Hamza Boubakeur – même si ce dernier jouit toujours d'une reconnaissance officielle et de marques publiques d'estime et de respect.

La politique du secrétariat d'État [22] s'organise autour de quatre « lignes de force », au service desquelles est mobilisé un « dispositif administratif » complété d'un « effort financier ».

La première de ces « lignes de force » consiste en la maîtrise des mouvements de population imposée par l'évolution économique. Ses deux volets sont la stabilisation du nombre de travailleurs immigrés (« la population active étrangère est figée au niveau qu'elle a atteint au moment de la suspension de l'immigration, le 3 juillet 1974 ») et l'appréciation de l'« aptitude à l'insertion économique et sociale » des « familles de travailleurs en situation régulière, familles qui, dans le cadre de la procédure d'immigration familiale mise en place par le décret du 29 avril 1976, ont la faculté de s'installer en France ».

Pour mettre en œuvre cette politique, la « concertation avec les pays d'émigration » n'est pas la condition la moins importante. Elle a pour axiome que « si la participation de l'immigré à la vie économique et sociale française doit être totale, ses droits politiques s'exercent dans son pays d'origine dont il reste le citoyen tant qu'il n'a pas changé de nationalité. Seul, ce changement, qui exprime une volonté précise, peut provoquer le changement de citoyenneté ».

En d'autres termes, les États des pays de départ sont mis devant leurs responsabilités. Les « immigrés » sont leurs ressortissants, et ils doivent coopérer avec la France, en s'employant à réguler pour leur part les flux migratoires, afin d'assurer la transition d'un phénomène quantitatif en phénomène qualitatif. Là où, dans le passé, on comptabilisait aux passages de frontières des hommes comme des têtes de bétail, purs facteurs de production déplacés à la surface du globe en fonction de la division internationale du travail, on considérera désormais des êtres humains qui ne sont plus enchaînés par un déterminisme qui les dépasse, mais dotés de liberté. Les instruments de cette liberté sont, par exemple, la formation professionnelle, la scolarisation, la culture, la prise en compte des aspirations individuelles concrètes, etc.

Telle est, en effet, la troisième ligne de force de la politique de M. Dijoud : « la liberté pour tout immigré de choisir son destin ». C'est dans le cadre de cette liberté que doit s'épanouir l'« identité culturelle » de l'immigré (dont l'islam constitue l'une des composantes). Deux options fondamentales sont ouvertes dans une telle perspective d'ensemble : droit de rester ou droit au retour. Dans l'un ou l'autre cas de figure, « le droit à l'identité culturelle permet à l'immigré de demeurer, en dépit de l'éloignement géographique, proche de son pays ». En d'autres termes, l'effort réel de l'État en faveur de la « connaissance des cultures des pays d'immigration » a une double finalité : réduire la distance mentale et intellectuelle que l'immigré a pu prendre en France par rapport à son pays d'origine (et cela dans le but d'aider la « réinsertion » lors du retour), et faciliter l'épanouissement individuel dans ce que l'on ne nomme pas encore la « France pluriculturelle » (cette fois dans la perspective de l'intégration qui comporte à terme le « droit à l'assimilation »).

Dernière ligne de force, « les conditions d'une véritable égalité avec les Français » donnent à l'immigré les moyens de « choisir son destin », tant par l'octroi, dans la vie quotidienne, « des mêmes possibilités et des mêmes chances » que celles accordées aux Français, que par des mesures spécifiques, « actions de caractère inégalitaire, compensant sa situation d'infériorité et l'amenant au niveau des Français ».

A l'appui de cette politique, fonctionne un dispositif administratif rénové soutenu par un effort financier important : la contribution patronale de 0,2 % à la construction de logements pour les immigrés (610 millions de francs en 1975) permet de mener une politique de l'habitat, et – plus important dans le domaine « culturel » où s'insère l'islam – le Fonds d'action sociale pour les travailleurs immigrés (FAS) reçoit de fortes dotations (413,5 millions de francs en 1977).

Telle est la philosophie générale de la politique de M. Dijoud ainsi qu'il la rend publique dans une brochure qui en constitue la défense et illustration – mais qui paraît seulement au début de l'année 1977, alors qu'il est remplacé au secrétariat d'État par M. Lionel Stoléru, qui infléchira sensiblement l'action de son prédécesseur dans le sens d'une gestion plus « ferme » des flux migratoires, tandis que s'accroissent les contraintes économiques pesant sur la France.

C'est dans le cadre des mesures favorisant l'« identité culturelle » que sont mis en place, à l'époque de M. Dijoud, un certain nombre de dispositifs visant à « faciliter la pratique de la religion musulmane ». Le secrétariat d'État, en examinant les « problèmes sérieux » qui se posent à l'immigration maghrébine, évoque le « profond déracinement » dont souffrent les ressortissants d'Afrique du Nord en France :

> La majorité d'entre eux arrivent de la campagne et se trouvent brutalement plongés dans un monde différent en tout du leur. Ils vivent dans un isolement social et culturel, encore plus grand pour ceux nombreux qui viennent seuls et laissent leur famille dans leur pays d'origine. Cette solitude s'explique également par le relâchement ou la rupture des liens spirituels, qui, dans les pays islamiques, jouent un rôle essentiel dans l'équilibre tant collectif qu'individuel. Il est certain que la pratique religieuse, la possibilité d'avoir accès à un lieu de culte permettraient aux Maghrébins de recréer en France l'un des moments importants de leur vie quotidienne [23].

Ainsi, parmi les actions prioritaires de promotion culturelle que veut encourager l'État, figure (sans être parmi les premières) le souci suivant :

> *La religion islamique,* deuxième religion pratiquée en France par le nombre de ses fidèles, disposera de moyens pour son exercice :

141

recherche d'une conciliation entre le respect des prescriptions islamiques et les contraintes d'ordre professionnel ; construction de lieux de culte dans les quartiers où se concentre la population musulmane [24].

Ces actions sont publiquement annoncées par le secrétaire d'État à l'occasion de sa participation, le dimanche 14 mars 1976, à l'Agora de la ville nouvelle d'Évry * (Essonne), à la fête musulmane du Mouloud – qui commémore l'anniversaire de Mahomet. Elles s'articulent autour de quatre points principaux : accès à la radio-télévision par le biais d'une émission religieuse islamique le dimanche matin ; mise en place, dans les prisons et les hôpitaux, de réseaux de « visiteurs » musulmans, correspondant à ce que sont les aumôniers des autres religions ; encouragement aux collectivités locales pour qu'elles créent un cimetière musulman par département français, à l'instar de ceux qui existent à Bobigny et à Thiais, en banlieue parisienne ; et, enfin, mesures incitatives visant à ce que le patronat facilite l'expression de l'islam sur le lieu de travail :

> A la demande de M. Dijoud, le CNPF doit adresser des circulaires à ses adhérents afin de les inciter, dans la mesure du possible, à respecter les trois principales fêtes Aïd al Kébir, Aïd al Séghir ** et Mouloud. D'autre part, les entreprises seront invitées à mettre en place des lieux où puisse s'exercer la prière et des aménagements d'horaires correspondant au rythme de ces prières. Pendant le jeûne du Ramadan, les entreprises devraient, comme certaines le font déjà, aménager des conditions de travail compatibles avec l'état physique des travailleurs musulmans. L'attention des chefs d'entreprise sera, enfin, attirée sur la nécessité pour les cantines de permettre le respect des règles coraniques d'alimentation [25] ***.

Enfin, le 29 décembre 1976, une « circulaire relative à l'action culturelle en faveur des immigrés » est envoyée aux préfets par le secrétariat d'État [26]. Elle contient des instructions qui doivent

---

* Un important projet de centre islamique y est en gestation, sous l'égide de ressortissants marocains et de la Ligue islamique mondiale (saoudienne). Voir ci-dessous, p. 219-220.
** L'Aïd al Kébir (« grande fête » – ou « fête du sacrifice ») commémore le sacrifice d'Abraham et se signale communément par le mouton que doit égorger tout chef de famille musulman qui le peut. L'Aïd al Séghir (« petite fête » – ou « fête de rupture du jeûne ») marque la fin du mois de jeûne rituel de ramadan.
*** Rapportant ces mesures « incitatives » mais « non contraignantes », *le Monde* note : « deux des " revendications " de la communauté islamique n'ont pas été évoquées par M. Dijoud. Il s'agit du problème de la prière du vendredi, qui a lieu à 14 heures et occasionne des retards dans la prise de travail, et des problèmes soulevés lors du pèlerinage à La Mecque. Un millier de musulmans de France va chaque année à La Mecque, mais nombre d'entre eux ont, au retour, des difficultés avec leur employeur ou avec la Sécurité sociale ».

permettre à ceux-là d'« élaborer de manière précise le programme départemental d'action culturelle en faveur des immigrés ». Cette « politique ambitieuse » comporte divers titres (« encadrement des jeunes immigrés », « formation d'animateurs », etc.), dont l'un s'intitule « lieux de culte » (musulman), et fait l'objet de deux « fiches » distinctes.

La première, « Aide à l'implantation des lieux de culte » (L-1), précise dans ses *Objectifs* que, « la vie culturelle étant traditionnellement indissociable, pour les musulmans, du respect des prescriptions religieuses, il convient de mettre à la disposition des fidèles des lieux réservés au culte dans les quartiers à forte densité de population musulmane, *en particulier dans les foyers de travailleurs* * ». Les moyens envisagés (« affectation d'imams et de professeurs de langue arabe ou turque », « dotation de livres religieux », « location ou aménagement de locaux destinés au culte musulman ») seront étudiés par l'Office national pour la promotion culturelle des immigrés *« en liaison avec les gouvernements des pays d'où sont originaires les immigrés de confession musulmane* * ».

Les demandes doivent préciser :

- les statuts de l'association ayant l'initiative du projet;
- la présence sur place de personnalités exerçant la fonction d'imams ainsi que de professeurs de langue arabe ou turque;
- la population concernée par le projet;
- les conditions de location du local prévu pour le culte, ou exceptionnellement, s'il s'agit d'un projet de construction, les pièces justificatives attestant l'octroi, par les autorités locales, d'un terrain où sera édifié le lieu de culte.

Le financement devra être assuré, au vu du budget présenté, par la collectivité locale et la communauté intéressée, et pourra être complété par une subvention **.

Tels sont les principaux axes de la politique de M. Dijoud à l'égard de l'islam en France – politique s'insérant à l'intérieur d'un vaste dispositif, la « nouvelle politique de l'immigration », dont l'un des aspects les plus originaux est la « promotion culturelle ».

Cette politique appelle un certain nombre de remarques, tant

---

* Souligné par nous.
** La fiche « Aide aux mosquées et salles de prière déjà existantes » (L-2) vise à faciliter la dotation de celles-ci en livres religieux et à y affecter des imams (toujours « en liaison avec les gouvernements des pays d'où sont originaires les immigrés de confession musulmane »).

sur ses moyens que sur sa finalité. Elle est sinon « inégalitaire * » à proprement parler, à tout le moins « compensatoire » : elle n'encourage pas la pratique des religions chrétienne, juive ou bouddhiste dans les foyers et les lieux de travail, mais uniquement celle de l'islam – même si aucune action de grande envergure n'est envisagée en ce sens. On se situe ici aux frontières floues de la laïcité de l'État, qui fait par ailleurs respecter comme jours chômés des fêtes qui appartiennent, pour la plupart, au calendrier chrétien – qu'il s'agisse de Noël, de Pâques ou du 15 Août. Néanmoins il n'est pas prévu d'actions incitatives pour que les ouvriers portugais, par exemple, disposent d'une chapelle dans les usines où ils travaillent.

En 1976 comme cinquante ans plus tôt, lors de l'inauguration de la Mosquée de Paris, la douce violence que se fait l'État laïque en faveur de l'islam est le moyen d'une politique. En 1926, la France coloniale édifie une mosquée splendide au cœur de sa capitale pour s'attirer l'« amour de ses sujets musulmans », qui n'en seront que plus fiers de « mourir pour une si belle patrie » – une « mosquée-réclame » aux yeux de Messali Hadj et des nationalistes algériens d'alors. En 1976, la France n'a plus d'empire musulman, si ce n'est les quelque 5 % de musulmans qui résident sur son territoire, population socialement fragile. Dans cette perspective, l'épanouissement éventuel des travailleurs immigrés musulmans par l'affirmation de leur « identité culturelle » et, notamment, par la pratique de leur culte, est l'un des moyens de parer à des risques sociaux qu'illustre la grève des loyers à la SONACOTRA.

Pour l'État, le prix politique de l'islam semble alors insignifiant – d'autant que c'est aux gouvernements des pays d'où sont originaires les immigrés musulmans qu'il est fait appel pour envoyer littérature pieuse, subsides au culte et imams qui sont autant de fonctionnaires. Mais, en l'espace de quelques années, les divers gouvernements concernés feront l'expérience de la difficulté de contrôler effectivement l'expression du religieux dans un État de droit comme la France. De plus – comme nous le verrons plus loin –, tous se trouveront pris de court par la révolution iranienne.

Enfin, si l'islam semble aux autorités de l'époque sans coût politique autre que marginal, il a pour le patronat un coût économique : les adhérents du CNPF réagissent sans enthousiasme quand il leur est suggéré de faire des fêtes musulmanes des jours chômés, et beaucoup arguent du coût que représentent déjà pour

* Voir ci-dessus, p. 141.

eux les baisses de productivité pendant le mois de ramadan. Pourtant, un certain nombre d'entreprises vont faciliter l'expression de l'islam sur le lieu de travail, et, notamment, l'une des plus célèbres d'entre elles, symbole à plus d'un titre de l'industrie française : la Régie nationale des usines Renault.

Mosquées d'entreprise et imams-ouvriers

Un après-midi du mois de ramadan (octobre) 1976, une pétition circule dans le département 74 de l'île Seguin, aux usines Renault de Billancourt. Elle réclame l'ouverture d'une salle de prière et recueille, en quelques heures, « plus de huit cents signatures [27] ». Le contexte social dans ce département dont les ouvriers sont majoritairement OS et musulmans, et qui englobe des ateliers de mécanique, de sellerie, de peinture, est calme. L'initiative est partie de la base, d'un groupe de travailleurs africains dont certains sont des adeptes de l'association Foi et Pratique * :

> Dans les années soixante-quinze [*déclare l'un d'eux, un ouvrier d'ethnie toucouleur*], quand la demande des pratiquants est devenue massive, nous avons fait signer une pétition pour l'ouverture d'une mosquée à l'usine et nous avons obtenu gain de cause [28].

Par ailleurs, quelques mois avant le ramadan de 1976, un grand marabout africain de la confrérie tidjane **, qui compte des membres parmi les musulmans du département 74, avait fait une tournée en France et avait déclarée licite l'ouverture d'une salle de prière dans l'usine, tranchant ainsi un débat qui agitait les plus pieux des ouvriers croyants. Pour accomplir la prière, en islam, il faut se trouver en état de propreté rituelle, avoir accompli les ablutions qui font passer l'orant de l'impureté à la pureté. Si tant est que l'on puisse avoir accès à un point d'eau avant les proster-

---

* Voir ci-dessous, chap. 4.
** Voir ci-dessus, p. 130 *n.*
Les « grands marabouts » des confréries musulmanes africaines (à ne pas confondre avec les « marabouts à carte de visite » – voir ci-dessus, p. 104) exercent un ascendant considérable sur les adeptes de celles-ci. Lors des « tournées » qu'ils effectuent en France, ils sont accueillis en grande pompe : cortèges de Mercedes pour les attendre à l'aéroport d'Orly et les véhiculer, offrandes nombreuses et somptuaires ; ils accordent, en contrepartie, un certain nombre d'audiences pendant lesquelles ils dispensent conseils et consignes de vie, qui doivent être scrupuleusement respectés.

nations vers La Mecque, est-on pur dans une usine, dans un local maculé de graisses, où ne cesse pas le vacarme des machines ? N'est-il pas préférable de regrouper les prières quotidiennes dont les horaires tombent pendant le temps de travail * et de les accomplir lorsque l'on rentre chez soi ? Ce débat agite les travailleurs musulmans vivant en France avec une acuité apparemment plus grande que dans les pays de départ, où les revendications pour l'ouverture de salles de prière dans l'entreprise et l'aménagement d'horaires de pause appropriés ne semblent pas avoir attiré l'attention des observateurs [29].

Lors de l'enquête effectuée pendant le mois de ramadan (mai-juin) 1985 auprès de cinquante-huit musulmans – et qui a été exposée dans la première partie de ce livre –, plusieurs questions concernaient l'islam et le travail. Ainsi : « Quelles conséquences cela a-t-il, à votre avis, d'être musulman dans le travail ? » ; « Quand vous travaillez, pouvez-vous respecter les obligations religieuses ? Lesquelles et pourquoi ? » ; et : « Faut-il installer des salles de prière sur les lieux de travail ? » Les réponses ont été très diverses.

Pour certaines personnes interrogées, l'islam est d'abord une éthique de vie dans le cadre de laquelle s'insère le travail bien et honnêtement accompli, avant même d'être prières et prosternations ; c'est affaire d'esprit plus qu'affaire de lettre. C'est à un tel niveau que le maçon turc qui s'exprime ici situe les conséquences de l'islam sur son travail :

> [...] Dieu dit de ne pas pécher. Nous, on travaille dans le bâtiment. Il y a des chantiers différents l'un à côté de l'autre. Des fois, le chef nous dit d'aller prendre une planche sur le chantier d'à côté. Ce genre de choses, ça arrive souvent. Pas seulement en France [...]. Moi, bien entendu, je ne ferais pas ça, même si c'est mon chef ou mon patron qui me le demande. Et aussi, la paresse ou la ruse dans le travail, c'est pas une attitude qui convient, dans l'islam. Il y a des types qui travaillent lentement pour qu'on le mette au chômage et qu'ils reçoivent de l'argent sans effort. Ce genre de choses, c'est absolument interdit dans l'islam. Celui qui se dit musulman ne peut pas faire ça. Moi, personnellement, je ne le fais jamais, mais Untel qui se dit musulman, il le fait quand même. Pourtant, s'il est musulman absolu, il ne le fera pas. Celui qui se dit musulman et le fait n'est pas un bon musulman, parce qu'il n'a

---

* L'islam connaît cinq prières quotidiennes (aube, midi, après-midi, couchant, soir), dont l'horaire varie en fonction du lever du soleil. Le calcul de cet horaire est, du reste, l'objet de conflits entre certains musulmans (voir ci-dessous, p. 274 *sq*).

146

respecté les règles de l'islam que partiellement (père de famille turc, 30 ans, études primaires, ouvrier du bâtiment – en turc ; 4.2.).

Même appréciation chez une ménagère sénégalaise :

> Je pense que l'islam et le travail peuvent aller ensemble, car si on ne travaille pas on ne mange pas et, par conséquent, il est difficile de faire la prière. Ça se peut qu'on n'arrive pas à faire les prières pendant le travail, mais on peut les rembourser une fois rentré à la maison. C'est permis par l'islam (mère de famille sénégalaise, 24 ans, sans instruction scolaire – en pular ; 4.1.).

Cet islam d'accommodement avec les circonstances de l'existence, voire d'adhésion à une éthique du travail absolue (qui dévalorise au passage les « combines » d'un patron voleur de planches...), ne fait pas l'unanimité. Selon une autre personne interrogée, par exemple :

> En France, être musulman dans le travail, ça pose des problèmes. D'abord, on ne peut pas faire les prières en temps voulu, et deuxièmement, il est difficile de manger au travail le repas qu'on préfère. Il y a même des jours où je ne peux pas manger au travail, parce que le repas ne me paraît pas propre du point de vue religieux (père de famille nombreuse malien, 55 ans, éducation coranique, OS dans l'automobile – en pular ; 4.1.).

Certains s'efforcent de trouver une solution qui soit aussi agréable à Dieu que possible, tout en tenant compte de la nécessité de travailler pour faire vivre sa famille :

> Quand je travaille, en réalité, en vérité, Dieu ne m'oblige pas à pratiquer ma religion formellement, parce que tant que je suis sous les ordres du patron, il passe en premier. C'est-à-dire que si je veux pratiquer la religion, il faut que ça se pratique avec [son] accord [...], ou alors je peux obliger mon patron à m'accorder le temps des prières, mais à mon compte [...]. Pour être honnête avec Dieu, il faut prendre ça à sa charge [...] parce qu'en attendant le patron paie [...] (père de famille marocain, 40 ans, instruction primaire, ouvrier professionnel dans l'aéronautique – en français ; 4.2).

La volonté de rechercher un accord avec le patron pour disposer d'un lieu de culte et de pauses afin d'accomplir les prières à l'heure canonique caractérise beaucoup de réponses à la question : « Faut-il installer des salles de prière sur les lieux de travail ? » D'autres répondent au contraire de façon strictement négative. Dans les deux cas, les propos tenus sont très argumentés.

Favorables à cette demande, deux Tunisiens éduqués qui s'expriment ci-dessous la justifient, dans l'intérêt du patron pour l'un... et du syndicat pour l'autre :

> Je crois que ça faciliterait les choses pour les musulmans, et ça les mettrait à l'aise d'avoir des salles de prière. Ça existe dans beaucoup d'usines. Et j'imagine que les usines n'ont pas du tout été gênées d'installer ces salles. Au contraire, ils ont trouvé que les musulmans étaient plus à l'aise, et qu'ils travaillaient sans problème (père de famille tunisien, 29 ans, étudiant de IIIe cycle [et militant islamiste] – en arabe ; 4.7.).

> Je connais des camarades chez Renault qui ont mené un combat très fort, parce qu'au début les gens ne les comprenaient pas, ils les narguaient, ils les trouvaient ridicules de demander un petit coin de prière, mais après, tous leurs camarades, même des syndicalistes français ont compris qu'en faisant la prière ça n'avait rien de ridicule [...], qu'on pouvait accomplir en même temps ses obligations religieuses sans que cela puisse intervenir, interférer (homme marié tunisien, 46 ans, enseignant en sciences – en français ; 4.7.).

Sans recourir à une telle dialectique, cet OS expose avec vigueur son opinion :

> Il doit y avoir [des salles de prière sur le lieu de travail]. Pour appliquer l'islam, il doit y en avoir. Comme à Simca et Citroën, on fait la prière là où on travaille. L'usine les a aidés pour faire ça. Il y a cinq à dix minutes pour faire la prière [...]. Le patron, s'il le veut, peut les enlever du salaire [...] (père de famille nombreuse algérien, famille au pays, 55 ans, sans instruction, OS dans la métallurgie – en arabe ; 4.7.).

Avec des certitudes aussi affirmées, d'autres musulmans considèrent, au contraire, qu'il ne faut pas de lieu de culte là où l'on travaille :

> Il ne faut pas de mosquée dans les usines. Car les conditions d'hygiène pour faire la prière ne sont pas respectées. Un tidjane, par exemple, doit prendre une demi-heure, cinq fois par jour, et sa prière ne sera peut-être pas acceptée. Je me rappelle qu'en 62-63, les mines du Sénégal s'arrêtaient totalement pour les prières, et les patrons français ont dû faire appel au marabout pour expliquer que c'était interdit de voler le temps de travail dû au patron et que, les

conditions d'hygiène n'étant pas favorables, les prières n'étaient pas recevables (père de famille sénégalais, naturalisé, 38 ans, études secondaires, employé de bureau – en français ; 4.7.).

Personnellement, je suis contre. Ce n'est pas là une demande juste. D'ailleurs, chez nous, il n'existe pas de salles de prière sur les lieux de travail. Si on installe des salles pour les musulmans, il faudrait aussi en installer pour les catholiques et les protestants, pour les juifs, les hindous, les bouddhistes et que sais-je encore, il n'y aurait que des temples ! (célibataire tunisien, 28 ans, études secondaires, employé – en arabe ; 4.7.).

Moi, je comprends qu'on demande ça pour l'endroit où on habite, mais pas pour l'endroit où on travaille. Pour moi, il faut rassembler toutes les prières et les faire à la maison. Il ne faut pas trop demander : même le miel, quand on en abuse, devient fade. Celui qui veut s'acquitter de ses dévotions n'a pas à poser de conditions, tout doit se faire dans la discrétion (veuve tunisienne, 40 ans, sans instruction, femme de ménage – en arabe ; 4.7.).

On le voit, revendiquer la création de salles de prière sur les lieux de travail ne fait pas l'unanimité, n'est pas perçu spontanément et universellement par tout musulman, même pratiquant, comme l'une des exigences fondamentales de l'islam. Cette demande se développe en une conjoncture particulière, et elle suppose que soient arrivés à maturation les idées comme le prosélytisme de groupes islamiques spécifiques, qu'aient été rendus et acceptés des arbitrages entre les opinions de tels musulmans et de tels autres. Dans le cadre des usines Renault de Billancourt à l'automne 1976, la pétition qui circule pour demander l'ouverture d'un lieu de culte s'inscrit dans le contexte du milieu des années soixante-dix, lorsque le processus de sédentarisation aléatoire des immigrés musulmans en France prend son essor (avec ses caractéristiques spécifiques et significatives pour les OS concernés : mise en place de la robotisation et baisse des effectifs du département 74 à l'île Seguin, qui passent en quelques années de 4 000 à 2 600 personnes). Au même moment, se font sentir les effets de la prédication du groupe Foi et Pratique, et un grand marabout tidjane en tournée à Paris donne un avis favorable. Enfin, la pétition suit de quelques mois les déclarations du secrétaire d'État aux Travailleurs immigrés, M. Paul Dijoud, invitant les entreprises à mettre en place des lieux où puisse se dérouler la prière des travailleurs musulmans. Les responsables de la Régie nationale donnent une suite favorable à la demande, ainsi qu'à une autre, formulée en 1977 dans le département 39. Dans les deux cas, les salles de prière vont devenir de véritables petites « mosquées d'atelier », fréquentées non seulement aux heures de prière quotidienne, mais surtout lors de la prière en congrégation du vendredi à midi, pendant laquelle un « imam-ouvrier » prononce un sermon, devant une foule de fidèles qui rend vite exigus les locaux initialement alloués par la Régie *. Le sermon, qui peut durer une petite demi-heure, s'achève pour permettre la prise du travail par l'équipe de l'après-midi – tandis que les fidèles ayant travaillé le matin ont loisir de se rendre, quant à eux, à la mosquée d'une association islamique proche, dans la cité HLM où beaucoup résident ** : tout est fait pour que le temps de l'islam et le temps industriel soient ici en harmonie. Des djellabas immaculées, blanchies chaque semaine grâce à une cagnotte communautaire, sont revêtues avant les dévotions par les croyants, qui les quittent après la prière pour passer leur bleu de travail et rejoindre leur poste : ainsi sont levés les scrupules de ceux qui ne voudraient point se rendre à la mosquée porteurs des pollutions de l'extérieur ou des souillures de l'usine.

Au département 74, l'imam est un OS qui, après avoir travaillé à la chaîne pendant quinze ans, a été muté par la direction (avec l'appui de la CGT ***) sur un poste fixe, afin qu'il gère son temps plus souplement et puisse exercer au mieux ses fonctions de prédicateur. Toutefois, les servitudes du métier d'OS ne sont pas pour faciliter véritablement créativité et réflexion, qui permettent à un imam professionnel de composer une homélie originale et de qualité. Les imams-ouvriers de Renault semblent se contenter de lire un sermon tout prêt, procuré à l'avance par quelque association islamique ou figurant dans un recueil. Si l'un d'eux affirme préparer son prêche seul, en compilant les textes sacrés, il semble, à l'écouter, développer des thèmes piétistes très classiques et prôner, avant tout, « la patience et le courage pour surmonter les difficultés en attendant un monde meilleur ».

Les manifestations de l'islam chez Renault-Billancourt, telles qu'elles sont succinctement évoquées ici, sont loin de toucher la totalité, voire la majorité, des OS musulmans **** de l'entreprise. Mais l'ouverture, la fréquentation et le contrôle des mosquées et salles de prière ont constitué un important enjeu, dont l'analyse

---

* La salle de prière du département 39 peut accueillir 150 personnes.
** Voir ci-dessous, p. 164 *sq.*
*** Voir ci-dessous, p. 153.
**** « L'imam n'a pas d'espoirs excessifs sur le développement de la pratique chez ses coreligionnaires. Selon lui, à peine la moitié des musulmans de l'usine observent un certain degré de pratique [30]. »

précise, menée par une équipe du CNRS *, permet de découvrir la complexité.

Le fait islamique dans l'entreprise ne pouvait laisser indifférentes les forces en présence sur place, direction de la Régie comme encadrement, agents de maîtrise ou appareils syndicaux. Les mosquées n'ont pu se faire qu'avec l'aval – sinon la bénédiction – de la hiérarchie, après avoir suscité quelque désarroi dans les rangs de la petite maîtrise : elles se sont transformées et développées ensuite, avec l'appui du syndicat CGT majoritaire et qui entendait le rester.

Pour la Régie, la revendication d'identité islamique, exprimée sous la forme de demandes d'ouverture de salles de prière, s'inscrit dans un contexte général de désarroi des immigrés. Selon l'un des responsables de l'usine de Billancourt, « l'islam est un repli dans des périodes troubles concernant l'immigration, un repli sur des valeurs propres [31] ». Même si ces « périodes troubles » ne sont pas spécifiées, elles réfèrent certainement à la conjoncture dans laquelle vivent beaucoup d'immigrés depuis l'arrêt des flux migratoires légaux et de l'augmentation du chômage frappant notamment la main-d'œuvre non qualifiée – comme les OS – depuis le milieu des années soixante-dix **. Dans une telle perspective, la Régie a choisi d'offrir des compensations sur le plan spirituel. Selon le même responsable :

> on était partis sur l'idée de donner aux musulmans la possibilité de faire la prière dans l'atelier. C'était quelque chose de gratuit, de pas très coûteux [...]. On n'a jamais eu de problèmes avec les leaders religieux, ni avec les pratiquants. Ce sont des gens très responsables.

La mise en place d'une structure islamique à l'intérieur de l'usine présente pour la direction plusieurs avantages, dans la perspective à court terme du maintien de la paix sociale et de la productivité, en attendant que les OS cèdent la place aux robots. Cela renforce l'adhésion des travailleurs musulmans à l'esprit de l'entreprise, à laquelle ils se montrent reconnaissants de leur permettre de pratiquer leur culte, et cela crée un nouveau type d'interlocuteurs, de médiateurs entre direction et ouvriers, ce qui relativise le monopole de la représentation syndicale.

---

* Animée par Catherine de Wenden, Jacques Barou, A. Moustapha Diop et Toma Subhi.
** Le taux de chômage en France passe de 2,8 % de la population active en 1974 à 4,1 % en 1975, pour dépasser 5 % en 1978 et continuer régulièrement sa croissance (9,7 % en 1984).

Selon Jacques Barou,

> l'arrivée de l'islam dans l'île Seguin est contemporaine de la mise sur pied de toute une activité de réflexion visant à encourager les travailleurs à adhérer davantage aux objectifs de la Régie Renault[32].

Les revendications d'ouverture de salles de prière auraient donc été satisfaites parce qu'elles étaient perçues comme une manière de favoriser l'« esprit maison », le consensus social entre ouvriers et direction. Et, globalement, il ne semble pas que cet espoir de l'encadrement ait été trop déçu *.

Il semble que les syndicats n'aient pas tardé à appréhender la concurrence que risquait de leur faire le développement d'une structure religieuse autonome et qu'ils se soient employés à réinvestir le discours islamique. Avant 1976, la CGT n'avait pas repris à son compte la revendication d'ouverture d'une salle de prière au département 74 mais, dès lors que plusieurs centaines d'ouvriers signent une pétition en ce sens, elle ne peut plus l'ignorer :

> [...] Une pétition est passée [*remarque un responsable de ce syndicat*] : 650 à 700 signatures. Le mécanisme de la CGT a été différent. On avait deux militants CGT croyants. Mais on craignait que les milieux intégristes musulmans ** n'utilisent la salle de prière comme instrument de propagande. A partir du moment où ça se présente différemment, cela peut être favorable aux revendications des travailleurs[34].

Par ailleurs la CGT s'est livrée à ce que certains de ses rivaux n'hésitent pas à appeler de la « surenchère islamique ». En effet, elle redoutait que la direction ne fût le principal bénéficiaire de l'émergence d'un islam consensuel. A cette fin, elle a systématiquement mis en avant des syndiqués croyants, organisé un « collectif mosquée », composé d'imams sympathisants encadrés par des leaders pratiquants pour « sauvegarder la mosquée de toute dévia-

---

* La tolérance du fait islamique dans l'usine par la maîtrise est beaucoup plus contrastée : les « petits chefs » – dont beaucoup étaient à peine remis de la focalisation sur eux de la violence verbale et physique des groupes maoïstes durant les années postérieures à 1968 – ont dû apprendre à composer, pour l'organisation du travail à la base, avec les baisses de productivité liées au jeûne du ramadan, avec les pauses pour la prière et les appels du muezzin, avec tout un système de vie et de sens sur lequel ils se sentent sans prise réelle, et qui remet en cause une partie de leurs attributions[33].

** Cette déclaration a été recueillie en 1985, et elle relate avec le vocabulaire d'alors l'interprétation de faits survenus quelque dix ans plus tôt : en 1976, la notion d'« intégrisme musulman » n'avait pas encore cours en France. Sans doute faut-il voir ici une mise en cause rétroactive de ce que certains appelaient à cette époque l'« utilisation réactionnaire de l'islam ».

tion [35] », et a pris en charge, voire suscité, les revendications ayant trait à la pratique cultuelle.

Chaque protagoniste présente une version inverse des résultats de cette politique. La direction considère que les tentatives de manipulation du religieux par la CGT ont échoué, tandis que les syndicalistes concernés ont une tout autre vision des choses.

> Jamais [*signale un responsable de l'entreprise*] on n'a eu l'acceptation par des musulmans que la CGT prenne les choses en main... L'imam posait des problèmes car il travaillait en chaîne. Souvent la CGT est intervenue. Nous avons eu des démarches parallèles [de la CGT] pour qu'il ne soit pas en chaîne. Les musulmans auraient voulu que ce ne soit pas à l'initiative de la CGT. Les responsables religieux de la salle de prière n'ont jamais admis que la CGT fourre son nez dans leur prière. Ils voulaient traiter directement avec l'encadrement et non avec la CGT [36].

Un cégétiste, quant à lui, s'emploie à inscrire le soutien du syndicat aux revendications islamiques dans le cadre de la lutte pour la « dignité » :

> [...] Un gars faisait la prière et a manqué de se faire écraser. Ça aurait été un attentat à la dignité humaine. La salle de prière constituait alors une revendication légitime, réunissait des conditions d'hygiène et de sécurité et était faite au nom de la dignité humaine. Il a fallu discuter et expliquer [...], ça nous a obligés à sortir de certains schémas sans pour autant confessionnaliser la CGT. L'imam du 74 est syndiqué à la CGT [...]. Dans la CGT il y a de tout : on fait avec. Il y a des délégués CGT marocains qui sont royalistes mais les militants acharnés sont plus à la CSL *.

Même si direction comme syndicat s'emploient à démontrer que l'émergence de revendications islamiques dans l'entreprise ne leur pose aucun problème, et que l'une comme l'autre ont su intégrer celles-ci, la réalité des choses paraît infiniment plus complexe et ménage un espace d'autonomie pour l'islam – qui, dès lors qu'il semble échapper au contrôle des appareils, suscite réactions de peur et mises en cause politiques, comme ce fut le cas au début de l'année 1983, à la suite des conflits advenus chez Talbot et Citroën notamment.

* Confédération des syndicats libres – ancienne CFT (Confédération française du travail) –, syndicat très présent chez Citroën et Talbot (voir ci-dessous).

La grève, l'islam et la CGT

La situation chez ces deux constructeurs automobiles présente, à première vue, des similitudes avec celle qui prévaut à la Régie. Le passage à la robotisation, condition inéluctable pour réduire les coûts de production et survivre dans la compétition internationale, a pour corollaire la « compression des effectifs », c'est-à-dire le licenciement d'une main-d'œuvre banale dont les gros bataillons sont composés d'immigrés, en grande partie originaires de pays musulmans. Toutefois, dans ces deux entreprises, et jusqu'en 1982, le terrain syndical est occupé par la CSL – « syndicat libre » aux méthodes musclées qui encadre strictement les travailleurs et s'emploie à éviter l'apparition de tout mouvement revendicatif, en dissuadant les ouvriers de rejoindre la CGT ou de lui apporter leurs suffrages lors des élections professionnelles.

C'est dans ce contexte différent de celui de Renault que sont ouvertes, en 1978, des salles de prière chez Citroën, à Aulnay-sous-Bois, et chez Talbot, à Poissy, en banlieue parisienne.

> Dans ce dernier établissement [*note Jacques Barou*] la direction poussera très loin le souci d'encadrement du champ religieux en recrutant au Maroc des imams dont la fonction à l'usine sera essentiellement de servir de courroie de transmission au syndicat maison, la CSL, auprès des OS immigrés. Ces imams, jouissant dans l'usine de postes de travail privilégiés, se verront pratiquement obligés – pendant longtemps – de jouer le jeu de la direction en incitant les ouvriers à la modération et même en dénonçant ceux d'entre eux qui s'engageraient dans des activités syndicales hors CSL [37].

En 1982, de graves conflits éclatent dans ces deux entreprises. D'une part, la toute-puissance des « syndicats maisons » est considérée avec défaveur par le gouvernement d'union de la gauche de M. Pierre Mauroy. D'autre part, la révolution iranienne a considérablement dynamisé l'expression de l'islam à travers le monde. Ces deux facteurs pèsent dans le déclenchement et la gestion de grèves qui se soldent par l'émergence de la CGT chez Talbot comme chez Citroën.

Dans son offensive contre la CSL *, la CGT emprunte le langage de l'islam. En témoignent ces deux extraits de tracts en arabe signés par la centrale et distribués chez Talbot-Poissy les 19 avril et 5 mai 1982 :

> Les propriétaires de l'organisation CSL veulent exterminer tout musulman pur et notamment celui qui revendique les droits et les intérêts des musulmans [...] ; ils sont le premier microbe qui fait la guerre aux musulmans et à l'islam.

> En fait, qu'est-ce que la CSL ? Il s'agit d'une bande fasciste sioniste qui s'oppose contre tous ceux qui proclament la vérité. Cette bande accuse la CGT d'être contre les musulmans [...] alors que plusieurs de ses responsables mangent publiquement pendant le ramadan [39].

La publication de ces extraits de tracts par la presse a suscité une polémique dans laquelle la CGT était accusée de faire feu de tout bois pour parvenir à ses fins, de flatter l'« intégrisme musulman », voire de flirter avec un antisionisme aux frontières floues. Mais leur confection et leur diffusion dans le contexte de l'entreprise revêtent une signification plus complexe. Elles montrent d'abord qu'il est devenu important, pour s'adresser à des OS musulmans, de mobiliser à son profit le langage de l'islam et de discréditer l'usage qu'en font les adversaires. Elles manifestent aussi que ce langage est très difficile à contrôler et que les militants qui l'emploient ne prêtent pas toujours attention à des glissements sémantiques qui s'avèrent, une fois traduits en français et livrés en pâture à l'opinion, dommageables pour l'image de la centrale. Enfin, et plus généralement, on peut se demander, en l'occurrence, qui manipule qui : le langage de l'islam est-il un simple et indifférent véhicule des mots d'ordre et des objectifs du syndicat, ou le syndicat est-il la courroie de transmission d'une idéologie sur laquelle il est sans prise véritable, et dont l'origine se verra assignée, en janvier 1983, aux « intégristes chi'ites », par divers ministres en

---

* Chez Talbot-Poissy, « la politique sociale va très loin. Il y a un méchoui CSL annuel. A la cantine CSL, les plats contenant du porc sont signalés par une étiquette [...]. Et dans les ateliers, il y a les mosquées, trop célèbres mosquées [?] qui existent en fait dans presque toutes les usines de montage [...]. Celle du B3 [atelier de ferrage où se produit le premier débrayage le 2 juin 1982] est une simple baraque de chantier en bois blanc, posée dans un coin de l'atelier, où l'on peut venir, pendant les pauses, faire les cinq prières rituelles de la journée [38] ».

contact avec des syndicalistes soudainement inquiets de se voir entraînés trop loin * ?

Toujours est-il que, en 1982, la CGT accompagne les revendications concernant les salles de prière au cours d'un autre conflit où elle remporte une victoire, la grève des OS à l'usine Citroën d'Aulnay-sous-Bois. Entre le 26 avril et le 1er juin, cet établissement (suivi d'autres usines du groupe) est paralysé par une grève spectaculaire qui s'achève avec l'acceptation par les parties en conflit du rapport d'un médiateur nommé par le gouvernement (il reprendra l'essentiel des revendications des OS, notamment le droit à la dignité et la fin des brimades [40]). Ultérieurement, le 22 juin, la CGT remporte pour la première fois depuis 1970 les élections professionnelles. Au cours de cette grève, très « médiatisée », téléspectateurs et lecteurs de journaux illustrés découvrent non sans surprise des images de musulmans en prière, vêtus de leur bleu de travail marqué du sigle « Citroën », prosternés en direction de La Mecque sur le parking d'Aulnay ou écoutant un imam-ouvrier enturbanné à l'intérieur de l'établissement.

La CGT, lors de son congrès de 1982, a inscrit « le droit et les moyens d'exercer le culte de leur choix » parmi les revendications des travailleurs immigrés figurant dans son programme d'action. Cette revendication n'apparaissait pas lors des congrès précédents et disparaît au congrès de 1985 ; elle ne figure jamais non plus dans les résolutions adoptées par les congrès de Force ouvrière ni dans celles de la CFDT [41]. Le manifeste des OS de Citroën-Aulnay mentionne, parmi les souhaits qu'il exprime :

> Nous voulons qu'on nous reconnaisse le droit de pensée et de religion différentes, par l'attribution d'une salle pour prier, et par des mesures adaptées aux périodes du Ramadan [42].

Du reste, lorsque le médiateur nommé par le gouvernement, le professeur J.-J. Dupeyroux, remet son rapport, il recommande à son tour que les ouvriers (musulmans) disposent de lieux de prière [43].

Dans le récit des événements d'Aulnay publié par une journaliste de *l'Humanité* aux Éditions sociales – récit que l'on peut considérer comme la « lecture » du conflit par le PCF et la CGT –, la dimension islamique est très strictement circonscrite à l'une des formes que prend la revendication par les grévistes de leur *dignité*. Le texte

---

* L'analyse des déclarations ministérielles de janvier-février 1983 sur la « subversion intégriste » est présentée ci-dessous, p. 253 *sq.*

ne comporte pas d'analyse du phénomène, tandis que sont multi-
pliées les descriptions du racisme et des brimades antimusulmanes
prêtés à la direction comme à la CSL. Ainsi, lors des négociations
au siège central de Citroën entre direction et syndicats,.

> la provocation est allée jusqu'à fournir comme seule nourriture [...]
> aux délégations syndicales composées de nombreux travailleurs de
> confession islamique... du porc et du vin ! La direction n'avait pas
> prévu que ces vivres seraient refusés par tous les syndicalistes,
> français et immigrés !

Autre démonstration :

> Dans un atelier, deux hommes d'un certain âge déjà, un Turc et
> un Marocain, ont interrompu leur travail pour faire leur prière :
> c'était la période du Ramadan, et ces deux hommes sont des
> marabouts. La direction a fait braquer sur eux une lance à incendie
> alors qu'ils étaient agenouillés. « Rien ne doit te distraire ni t'inter-
> rompre pendant la prière », m'a expliqué mon ami Ghazi *. Les
> deux hommes n'ont pas bronché sous la violence du jet, et ils ont
> continué de prier, à genoux dans l'eau. Tout l'atelier a aussitôt
> cessé le travail en signe de protestation [44].

Selon la journaliste de *l'Humanité,*

> ce qui est apparu au cours du conflit Citroën, c'est que le patronat
> ne se contentait pas de porter atteinte à leur dignité d'ouvriers et
> d'immigrés, mais qu'il mettait également en cause leur dignité de
> musulmans. Et le « Hadj ** », sur lequel la direction a fait braquer
> le jet d'une lance à incendie le jour où il était en prière, était celui
> qui interrompait les orateurs pendant la grève, quand venait l'heure
> de la prière. A la veille des élections il était présent au méchoui
> organisé par la CGT. Il a surgi comme d'habitude sur la scène à
> l'heure dite et la foule a récité le Coran avec lui. Il s'est emparé
> une seconde fois du micro, avant que chacun ne reprenne le chemin
> de son domicile. Il a commencé par dire *« Allah akbar »* (Allah est
> grand). Puis il a poursuivi : « Ce que nous venons de vivre, Dieu
> nous a permis de le vivre [...]. N'acceptez pas de rester toute votre
> vie AAZ [la plus basse catégorie de l'échelle professionnelle chez
> Citroën] ! Votez CGT ! C'est la clef pour obtenir la dignité, pour
> avoir la qualification [45]. »

* Il est possible qu'il s'agisse ici d'Akka Ghazi, qui fut la grande figure de la grève et
incarna la percée de la CGT à Aulnay parmi les travailleurs immigrés. Il devait ultérieurement être élu député représentant les Marocains en France au parlement de Rabat.
** Musulman qui a accompli le pèlerinage de La Mecque.

Ce récit sur le vif du conflit victorieux de 1982 fait du langage de l'islam un pur vecteur du sens que la CGT veut donner à la grève. C'est là l'illustration extrême de la façon dont la CGT conçoit la place et la fonction de l'islam dans l'entreprise en 1982, tandis que les résolutions de son congrès inscrivent à leur programme d'action l'ouverture de salles de prière. Sans doute la centrale a-t-elle tiré profit de sa réceptivité aux revendications des musulmans pieux, et sans doute aussi la sincérité du « Hadj » dont les propos sont ici retranscrits est-elle complète. Mais on ne saurait réduire véritablement l'expression de l'islam dans l'entreprise à l'image qu'en donne une journaliste de *l'Humanité* en 1982 *.

Autant que l'on puisse se le représenter par les exemples de Renault, Talbot et Citroën, l'affirmation de l'islam est le résultat de l'interaction de plusieurs forces qui s'exercent simultanément et, chacune s'efforçant d'occulter l'autre, brouillent la compréhension globale du phénomène.

A un premier niveau, une demande émane d'une partie de la base musulmane – et d'une partie seulement. En effet, tous les travailleurs originaires de pays majoritairement musulmans ne sont pas pieux, et, parmi ceux qui le sont, tous ne souhaitent pas que mosquée ou salle de prière soient installées sur le lieu de travail. Cette revendication s'inscrit dans la lignée de la prédication de groupes qui se livrent à un actif prosélytisme – comme l'association Foi et Pratique. A la base, ce type de prédication joue un rôle de catalyseur pour provoquer l'apparition de demandes de salles de prière sur les lieux de travail. Des travailleurs dont les perspectives d'avenir sont incertaines, pour lesquels l'expression revendicative sur le plan politique est malaisée, sont sensibles à des revendications et des mots d'ordre qui les poussent à remettre leur destin entre les mains de Dieu.

Ce n'est qu'à un deuxième niveau qu'apparaît la signification sociale des salles de prière sur le lieu de travail. Pour la direction de l'entreprise, l'existence même d'une telle structure est un « stimulant spirituel » qui doit favoriser l'adhésion à l'esprit maison. Mais on ne saurait réduire l'existence de salles de prière ou de mosquées dans les usines à cette unique dimension.

A un troisième niveau, en effet, la demande d'ouverture de lieux de culte musulman est réinsérée dans un programme de revendi-

---

* Année où, en Iran, le parti communiste Toudeh accorde son entier soutien au gouvernement de la République islamique, applaudissant à la répression contre les Moujahidines « gauchistes » – avant que le parti lui-même ne se voie à son tour éliminé, et son secrétaire général, Kianouri, arrêté le 5 février 1983 [46].

cations syndicales pour la « dignité », tout particulièrement par la CGT, avec, pour point culminant dans le temps, l'année 1982. Le syndicat a pris conscience que le développement d'une instance autonome de mosquées et de leaders religieux pouvait menacer son emprise sur certains travailleurs, et il s'emploie à se faire le porte-parole des revendications pour les horaires et salles de prière, en s'efforçant de faire du langage de l'islam un vecteur (parmi d'autres) du discours cégétiste. Il ne saurait s'agir, là encore, de prendre les désirs de la CGT pour les réalités de l'islam, mais de noter que le fait islamique dans l'entreprise a paru, au début des années quatre-vingt, un enjeu suffisamment important pour qu'il fasse l'objet d'un réinvestissement par une force politico-syndicale comme la CGT.

Sans doute la situation particulière des musulmans dans l'entreprise explique-t-elle que les salles de prière et les mosquées soient devenues un objet de sollicitude de la part de la direction et de surenchère à la CGT. Sur leur lieu de travail, les musulmans – dont la plupart sont ressortissants de pays étrangers – disposent des mêmes droits que leurs collègues français. Ils peuvent non seulement voter et être éligibles lors des diverses élections professionnelles, mais encore constituer des groupes de pression pour négocier telle ou telle revendication, au même titre que n'importe quels autres travailleurs qui décident de s'organiser. Il en va autrement dans l'espace politique français proprement dit : n'étant pas citoyens, et donc pas électeurs, la plupart des musulmans n'ont guère de moyens d'influence directe sur la vie de la cité. Ni édiles ni politiciens ne ressentent d'urgence à favoriser la création de mosquées, sauf en un domaine particulier où se pose de façon cruciale le problème de la paix sociale et de la stabilisation de populations immigrées : l'habitat HLM.

Salles de prière à loyer modéré

Les grands ensembles de HLM représentent, après les foyers de travailleurs et les usines, le troisième type de structure dans laquelle des acteurs institutionnels français ont favorisé l'implantation de salles de prière ou de mosquées.

Les HLM ont pour caractéristique commune, par-delà l'hétérogénéité de leurs statuts *, de constituer un univers qui est tout à la fois intégré à la cité mais clos sur lui-même, géré par un conseil d'administration qui dispose comme il l'entend de l'affectation à tel ou tel usage des locaux collectifs destinés aux résidents. C'est dans ce contexte que, à partir du milieu des années soixante-dix semble-t-il, ont été agréées les demandes de certains locataires musulmans qui souhaitaient disposer d'une salle de prière.

Le phénomène est mal connu et difficilement quantifiable. D'une part, les diverses listes et recensions de lieux de culte musulman en France identifient très rarement comme tels ceux d'entre eux qui sont situés en HLM. D'autre part, l'extrême diversité des organismes gestionnaires rend difficile à comprendre la politique mise en œuvre en ce domaine, et plaide plutôt pour l'analyse de quelques situations au « coup par coup ». Enfin, les salles de prière et les mosquées des HLM n'attirent guère l'attention – situées d'ordinaire en des locaux banalisés, salles de rez-de-chaussée prévues pour accueillir des équipements sociaux, appartements inoccupés, voire, quelquefois, caves. Elles ne se signalent aux passants qu'à l'occasion des grandes fêtes musulmanes, quand elles attirent des fidèles si nombreux qu'ils doivent prier dans les couloirs ou les allées adjacents. Et elles n'ont pas fait l'objet, sauf exception, d'enjeux conflictuels qui suscitent l'intérêt des médias, comme ce fut le cas des mosquées d'usine que la presse découvrit en 1982 à l'occasion des grèves, alors qu'elles existaient bien auparavant.

Pourtant, les lieux de culte des HLM constituent une instance de socialisation qui mérite l'intérêt, dans la mesure où, soustraits généralement aux débats politiciens, ils ont pu dans une ambiance relativement dépassionnée jouer un rôle original. Contrairement à leurs équivalents en foyer ou en usine, ils ne s'adressent pas exclusivement à des pratiquants mâles, mais à des familles, particulièrement à des enfants et à des jeunes. Loin de fonctionner comme une « compensation spirituelle » pour des travailleurs contraints au célibat ou assujettis à la chaîne, ils peuvent être une première forme de réponse apportée par des parents pieux à cette question lancinante : comment « transmettre » ce que nous sommes à nos enfants ?

> Il faut transmettre, c'est une des responsabilités que nous portons.
> Il faut que nous la transmettions à nos enfants et puis après une
> fois transmis ça aux enfants nous n'avons plus de responsabilités

---

* Les HLM sont gérées par des « offices » ou des « sociétés » dans lesquels collectivités locales ou investisseurs privés détiennent de façon très variable les pouvoirs de décision.

envers eux [...]. Une fois qu'ils ont les connaissances, c'est à eux de les pratiquer ou pas, parce qu'ils seront jugés sur leur pratique. Parce que à ce moment-là les enfants ne vont pas nous reprocher de ne pas leur avoir transmis ce qui est nécessaire pour eux (père de famille marocain, 40 ans, éducation primaire, ouvrier professionnel dans l'aéronautique – en français ; 2.4.).

Il faut que [les enfants] apprennent la religion. C'est très important. Si on ne leur donne pas notre religion, ils oublieront la religion de plus en plus. Il faut tout apprendre. C'est un devoir de père et de mère. C'est eux qui sont responsables, s'ils n'apprennent pas la religion aux enfants. Sinon ça sera eux qui vont être jugés par Allah (jeune homme turc, 19 ans, élève de LEP – en français ; 2.4.).

Parallèlement à la volonté de certains parents d'inculquer à leur progéniture les valeurs religieuses, la situation des enfants de familles immigrées en général, et musulmanes en l'occurrence, dans les cités HLM, présente un certain nombre de caractéristiques qui font ressentir à nombre de chefs de famille l'urgence d'instances de stabilisation.

Le logement social a, en France, une histoire ancienne dont les premiers temps forts remontent à la Seconde République, dans un contexte où les conditions de vie effroyables des classes populaires urbaines suscitent la commisération d'auteurs et de philanthropes qui en peignent des tableaux saisissants, ainsi que l'inquiétude des couches dirigeantes pour lesquelles les classes laborieuses représentent, selon l'ouvrage célèbre de Louis Chevalier, des « classes dangereuses [47] ». Diverses mesures sont prises pour impulser une politique de transformation de l'habitat populaire. Elles visent autant à l'amélioration propre de celui-ci en termes de strict confort qu'à la résorption de « zones » où risquent d'éclater des révoltes puissantes qui perturberaient éventuellement l'ordre établi.

C'est dans cette perspective générale que s'inscrit le logement social en France, popularisé, depuis les lendemains de la Seconde Guerre mondiale, par les programmes de construction d'habitations à loyer modéré – universellement connues par leur sigle « HLM » –, qui prennent la suite, en l'amplifiant considérablement, de politiques précédentes d'édification de cités ouvrières de types divers, d'HBM (habitations à bon marché), etc. [48].

Pourtant, le délabrement considérable du parc immobilier français en 1945 * – qui ne frappe pas seulement l'habitat prolétarien – va rendre pendant plusieurs décennies le logement en HLM attractif à des populations plus aisées que les classes modestes pour lesquelles il était initialement conçu. Ce n'est qu'au début des années soixante-dix que les classes moyennes, qui bénéficient du boom économique de la Ve République et disposent d'une offre importante de logements neufs sur le marché libre, quittent les HLM et ainsi laissent la place à ceux que l'habitat social avait en principe vocation de loger : les ouvriers et, parmi eux, cette composante importante de la classe ouvrière française contemporaine, les immigrés.

C'est à l'occasion du recensement général de la population de 1975 que l'on constate pour la première fois, en termes quantitatifs, les transformations advenues dans le peuplement des HLM.

> Le nombre des familles étrangères dans les HLM s'est significativement accru entre le recensement de 1968 et celui de 1975, et depuis. En même temps, la part des ouvriers, en particulier non qualifiés, a augmenté. Ces deux faits sont directement liés. Le logement social doit en majeure partie sa prolétarisation à l'arrivée d'immigrés [50].

Or, ce dernier phénomène a eu pour corollaire une dévalorisation considérable de l'image des HLM, dans lesquels « la population étrangère est un symptôme et une preuve de dégradation [51] ». Ce dernier constat renvoie à une opinion largement répandue – à tort ou à raison. Il traduit aussi à sa manière un certain nombre de données statistiques qui dessinent les problèmes des familles immigrées dans les grands ensembles.

L'arrivée de celles-ci dans les HLM est le résultat de processus complexes et, pour partie, de la résorption des cités de transit et des bidonvilles dont le gouvernement dirigé par M. Chaban-Delmas entreprend l'éradication à partir de 1971. Tandis que les hommes seuls sont relogés dans les foyers de travailleurs, les familles, elles, « sont beaucoup plus souvent logées en HLM que les adultes de sexe masculin, célibataires ou dont la famille est restée au pays [52] ». Ultérieurement, l'augmentation de l'immigration familiale va également diriger vers le secteur HLM les femmes et les enfants qui rejoignent le père installé en France.

---

* « En 1945, la moyenne d'âge des immeubles dépasse cent ans. Plus de 100 000 logements disparaissent chaque année par délabrement ; la guerre a causé la destruction de 300 000 immeubles. A peine 12 % des habitations disposent de l'eau courante [49]. »

Les immigrés [*note la sociologue Véronique de Rudder*] ont [...]
transformé la structure démographique [des HLM]. Leur population
compte moins d'actifs que les nationaux, essentiellement du fait du
nombre des enfants, et secondairement d'un plus grand sous-emploi
féminin, malgré un taux d'activité masculin comparable. Les moins
de 20 ans sont ainsi très fortement sur-représentés, tandis que les
personnes âgées sont très peu nombreuses [53].

Les problèmes des jeunes appartenant aux familles immigrées,
et notamment maghrébines, dans les grands ensembles « proléta-
risés » des banlieues, au cours des années soixante-dix et quatre-
vingt, ont suscité tant de commentaires et de prises de position
dans la presse et l'opinion à l'occasion des « étés chauds », tant de
mobilisations aussi à l'époque où le mouvement « beur » a connu
son apogée, qu'il n'est pas utile de rappeler ici comment se déroule
la « galère » qui les caractérise.

Remarquons simplement que, au vu des statistiques du recensement de 1975, c'est vers les banlieues les plus lointaines que la
population immigrée, et particulièrement algérienne, se trouve
d'ordinaire logée en Ile-de-France :

Les étrangers sont le plus fréquemment logés en HLM dans les
communes où la pression immobilière est la moins forte, c'est-à-
dire dans les communes ouvrières.

Or, cette population comporte de très nombreux enfants et
jeunes, et ceux-ci « se trouvent relégués dans les zones les moins
équipées, ce qui ne doit probablement pas faciliter la réduction
des handicaps scolaires ni l'insertion sociale d'enfants et d'adolescents déjà confrontés au problème du biculturalisme [54] ».

C'est dans ce contexte démographique et social – très brièvement
évoqué ici – qu'il faut inscrire le phénomène d'ouverture de salles
de prière dans les cités HLM.

On peut distinguer deux grandes catégories de lieux de culte et
d'instances de socialisation centrées sur la pratique de l'islam.
D'une part, celles qui ont été créées à l'initiative d'adultes (soit
âgés soit jeunes parents) et, d'autre part, celles dont les animateurs
ou la plupart des membres sont des jeunes ou des adolescents
célibataires *.

Les salles de prière et associations islamiques animées dans les
HLM par des pères jeunes représentent une manière d'assumer le

---

* Cette seconde catégorie est examinée dans un chapitre ultérieur (voir p. 372 *sq*).

processus de sédentarisation dans la société française au travers des enfants. L'image du père maghrébin analphabète des années soixante-dix, perdu, « largué » dans l'Hexagone, dépendant de ses fils pour remplir les formulaires administratifs, incapable d'exercer son autorité dans son foyer et humilié dans sa vie quotidienne *, n'est plus, ici, qu'un mauvais souvenir que l'on a presque oublié.

L'une de ces associations de « jeunes pères musulmans » s'est constituée dans la proche banlieue parisienne, dans une cité HLM non loin des usines Renault, qui fournissent un emploi à beaucoup des résidents. Elle se situe, d'une façon originale, à la croisée du travail et de l'habitat familial. Fondée au premier trimestre de 1981 – avant que le gouvernement de M. Mauroy dispense les associations étrangères de déclaration préalable –, elle a disposé peu après sa création d'un local au rez-de-chaussée d'une barre de HLM, précédemment affecté à un poste de police et situé dans un ensemble d'équipements collectifs qui comprend crèche, halte-garderie, salles d'alphabétisation, foyer socioculturel, etc. Elle a également entrepris dès l'année de sa fondation de recruter un imam, professeur d'école coranique, non francophone, arrivé expressément du Maroc.

L'association combine deux types d'activités : l'entretien de la mosquée, ouverte lors des cinq prières quotidiennes et pour la prière en congrégation du vendredi à midi, et l'organisation de cours pour les enfants, consacrés à l'apprentissage de la langue arabe classique et à l'éducation à l'islam qui en constitue la finalité.

Telle que nous l'a narrée son président – résident de la cité, ouvrier chez Renault et « jeune père de famille » tunisien –, l'histoire de l'association révèle une dimension relativement méconnue de certaines formes de socialisation par l'islam qui se mettent en place en France – même si la forme subjective du récit et son aspect tout à fait normal d'apologétique doivent être pris en considération.

Arrivé en France dans la deuxième moitié des années soixante, celui qui devait présider vingt ans plus tard aux destinées de cette association islamique se dépeint comme un jeune homme quittant sa Tunisie natale, où il a appris la soudure des métaux, afin de tenter sa chance dans une France en pleine expansion où les opportunités de toutes sortes ne manquent pas pour qui a quelque désir de l'aventure. Les prescriptions de l'islam représentent à l'époque le cadet de ses soucis, et le goût du vin ne lui est pas

---

* L'association Foi et Pratique a exercé un attrait non négligeable sur les hommes de cette génération-là (voir chap. suivant).

plus inconnu qu'à beaucoup de ses camarades. Le travail ne manque pas, et un emploi chasse l'autre sans que se manifeste le spectre du chômage dans un proche horizon. Puis, lorsque Renault embauche, après les événements de mai-juin 1968, la chance se présente d'obtenir une situation stable, même si le travail est pénible et souvent abrutissant.

Dans la première moitié des années soixante-dix, un mariage préparé par la famille sanctionne la stabilisation acquise, et le jeune ménage s'installe en France, où naissent les enfants.

C'est en 1977-1978, au cours d'une soirée chez un compatriote et tandis que la discussion roule sur le passé et l'avenir, que s'impose soudain comme une évidence que le cap des trente ans a été dépassé : arrivé à cet âge, pourquoi ne pas commencer à prier ? La décision est prise, et si chacun s'emploie bientôt à prier chez soi, voire fréquente à l'usine le lieu de culte qui vient de s'y ouvrir, on découvre vite que, dans la cité HLM, d'autres musulmans d'âge et de condition semblables, Tunisiens comme Marocains, Algériens comme Comoriens ou Africains du sud du Sahara, se sont, eux aussi, mis à pratiquer l'islam.

Petit à petit, les nouveaux pratiquants se regroupent et ont l'idée de chercher un endroit où faire la prière dans le grand ensemble d'habitations. C'est à la suite d'un contact avec un responsable municipal (la mairie – de tendance modérée – a un poids important dans l'office HLM) que germe le projet de créer une association régie par la loi de 1901, dont l'objet serait de gérer une salle de prière et de favoriser la pratique de l'islam. Les démarches, avant que le gouvernement socialiste simplifie la procédure, apparaissent compliquées à des gens dont la plupart n'ont ni la nationalité française ni le certificat d'études primaires, mais sont soucieux que tout se déroule dans la plus scrupuleuse légalité. Finalement, un avocat est rémunéré pour mener à bien les opérations, et un arrêté du ministère de l'Intérieur autorise la création de l'association au début de 1981.

Pour les membres fondateurs, c'est un grand événement, une satisfaction profonde, un véritable bonheur : chacun sent que, pour la première fois, des immigrés prennent eux-mêmes leurs affaires en main.

Un local de rez-de-chaussée de la barre HLM est dévolu à l'association pour en faire une salle de prière. Mais toutes sortes de problèmes se présentent, générateurs de tensions au sein du petit groupe des fondateurs.

Même si le loyer, partiellement subventionné par la commune, est assez modique, il faut le payer régulièrement. Il faut aussi s'équiper en tapis, en livres de piété, en fournitures, en pupitres, en matériel de sonorisation. Pour trouver l'argent nécessaire, plusieurs options contradictoires opposent les membres de l'association.

Tous savent, en effet, qu'ambassades, fondations et bureaux de représentation divers des pays musulmans enrichis par la rente pétrolière disposent de fonds importants qui sont affectés à la propagation de l'islam en France *. Dans le même temps, chacun est averti que les bénéficiaires de ces subventions, ou de certaines d'entre elles, se voient demander quelques contreparties, et l'on est soucieux de ne pas mettre le doigt dans l'engrenage de la manipulation par tel ou tel État, d'autant que l'association regroupe plusieurs nationalités – dont les gouvernements sont agités, en divers domaines, d'ambitions rivales. Mais on n'est pas sans avoir appris par ouï-dire que, bien souvent, les bailleurs de fonds intéressés sont incapables, faute de personnel qualifié, de s'assurer que l'utilisation de leurs deniers correspond à leur souhait, et les bénéficiaires en disposent en fait comme ils l'entendent. Certains membres de l'association veulent tenter leur chance en cherchant des subventions de ce type. D'autres considèrent que, si leur objet est véritablement de faire quelque chose pour eux-mêmes et leurs enfants, c'est à eux et à personne d'autre de prendre totalement en charge l'association, et d'abord sur le plan financier.

Dans un premier temps, des lettres sont envoyées aux ambassades et bureaux qui financent la propagation de l'islam. Mais les résultats ne s'avèrent guère encourageants : les bailleurs de fonds potentiels, en 1982-1983, ont été tant échaudés par les « escroqueries à la mosquée ** » dont ils ont été victimes les années antérieures qu'ils n'accordent guère d'attention à une demande émanant de musulmans de la base qui ne peuvent faire jouer de recommandations influentes. Des Saoudiens, les envoyés de l'association ne recueillent que bonnes paroles et quelques corans en piètre état. La Libye, soucieuse d'implantation, leur fait meilleur accueil et les dirige sur la mosquée de Mantes-la-Jolie ***, principal vecteur de son influence dans le champ islamique en France. Là, dûment sermonnés par des kadhafistes ardents, ils comprennent vite à qui ils ont affaire et s'en vont sans demander leur reste.

A la suite de ces échecs, les membres de l'association favorables à l'autofinancement imposent leur point de vue. Le budget est

* Voir ci-dessous, chap. 5.
** Voir ci-dessous, chap. 5, p. 218.
*** Voir ci-dessous, p. 287 *sq.*

alimenté par la subvention municipale, les cotisations régulières d'une quarantaine de membres qui versent chacun 20 francs par mois, et la quête après la prière du vendredi qui rapporte chaque semaine quelque 150 francs. Si ces sommes modestes couvrent les frais de location et de fonctionnement de la salle de prière, elles ne peuvent subvenir à l'entretien de l'imam.

Ce dernier, logé dans un réduit aménagé à l'intérieur du local associatif, tire le plus clair de son revenu des contributions versées par les parents qui envoient leurs enfants au cours d'arabe et de Coran – tandis que l'association règle les cotisations et contributions sociales. Mais l'imam, comme la plupart de ses collègues pris en charge par une association islamique de base sans accès à un financement extérieur, a une rémunération extrêmement faible, de l'ordre de quatre fois moins qu'un travailleur manuel *. Pour pallier la difficulté, les responsables s'efforcent de le faire salarier par la municipalité, en qualité non d'imam, mais d'« animateur » – plaidant que tel est le prix pour s'occuper d'enfants, sans cela livrés à eux-mêmes et qui pourraient commettre des déprédations au coût bien plus élevé.

Outre la direction de la prière cinq fois le jour et la confection du sermon lors de la prière hebdomadaire où se pressent une centaine de fidèles, pour la plupart ouvriers de l'équipe du matin des usines Renault **, l'imam a pour tâche de dispenser une éducation coranique aux enfants le soir après l'école et pendant les jours où celle-ci est fermée. Il est aidé d'étudiants maghrébins bilingues. La classe, adjacente à la salle de prière, accueille une vingtaine d'élèves à la fois ***. L'enseignement s'y donne dans une atmosphère sacralisée et l'on n'y apprend pas l'arabe comme quelque langue profane ****, mais d'abord parce que c'est la langue du Coran, la langue de l'islam. Les petites filles, qui arrivent tête nue du dehors, doivent passer un fichu sur leurs cheveux avant de s'asseoir à leur pupitre. Il n'est pas obligatoire en pays d'islam que les fillettes impubères se couvrent la tête – quoique l'habitude en soit répandue ; mais ici sans doute cet usage marque-t-il sym-

---

* Cette disparité de revenus explique que bien des imams « de base », une fois arrivés en France et munis d'une carte de séjour, s'empressent de quitter l'association islamique qui les a fait venir pour chercher un emploi dans une entreprise française [55].
** L'heure de la prière est décalée pour tenir compte des horaires de sortie de l'usine. Les pratiquants qui appartiennent à l'équipe de l'après-midi peuvent, eux, faire leurs dévotions dans l'une des mosquées de l'usine (voir ci-dessus, p. 150) avant de commencer le travail.
*** Plus d'une centaine d'enfants suivent les cours de l'association. La cité en compterait quelque trois mille en tout.
**** Une autre structure, dans la même cité HLM, dispense aussi des cours d'arabe aux enfants et aux adultes, mais elle le fait dans un cadre non religieux.

boliquement que, pour les animateurs de l'association, apprendre l'arabe, c'est aussi apprendre à être musulman.

D'autres cours sont organisés pour répondre à une urgence sociale : les enfants qui éprouvent des difficultés à l'école française ne sont pas rares, et leurs parents ne peuvent guère les aider. Des étudiants maghrébins assurent des séances de rattrapage : une grande importance est accordée à la réussite scolaire dans le système français. Prix et cadeaux sont distribués aux bons élèves de l'école municipale, comme pour stimuler la croissance d'une élite en herbe.

On insiste volontiers sur la stabilisation que procurerait l'association aux enfants qui lui sont confiés. Par opposition, des diablotins livrés à eux-mêmes, ayant transformé en autos tamponneuses les caddies d'un supermarché tout proche, dévalaient, pendant que l'auteur de ces lignes assistait au cours d'arabe, les allées de la cité HLM, sous les imprécations de ménagères aux bras lestés de couffins.

On ne saurait, sans doute, confondre l'analyse de l'implantation sociale réelle d'une telle association avec la présentation qu'en fait son principal promoteur. Toutefois, ce récit suggère comment, pour des individus qui peuvent constituer l'embryon d'élites musulmanes en France, les voies de l'intégration passent par la pratique et l'affirmation de l'islam.

Pères musulmans de Marseille

Les tours et les barres qui se dressent sur les collines du nord de Marseille abritent en leur sein associations islamiques, mosquées ou salles de prière. Dans l'une de ces cités HLM, un groupe de jeunes pères musulmans a créé une association à la fin de l'année 1981.

Au début du processus, on trouve la mise en cause des actions impulsées par le centre social de la cité, organisme géré « d'en haut » et dont les animateurs proposent un certain nombre d'activités (bibliothèque, exercice de divers sports, prise en charge des enfants, etc.) aux résidents : une population française majoritaire qui cohabite avec des étrangers appartenant à diverses nationalités. Les jeunes pères musulmans qui nous occupent considèrent que leurs besoins spécifiques ne sont pas satisfaits, et souhaitent que le centre social leur remette une salle où organiser eux-mêmes fêtes religieuses musulmanes, cours d'arabe, activités pour les jeunes, etc. Sur ces entrefaites, la simplification des procédures de création d'association par les étrangers * permet au groupe, informel jusqu'alors, d'acquérir un statut légal. Ni le nom de l'association ni l'exposé de son objet ne mentionnent d'appartenance confessionnelle, mais une simple dimension « culturelle » et une référence « maghrébine ».

L'une des premières manifestations d'existence de l'association a été de demander un local à la société gestionnaire de la cité HLM. La demande est satisfaite au bout de deux mois, sous la forme d'un appartement F4 vide au rez-de-chaussée, en état médiocre, mais pour un franc symbolique de loyer, à quoi s'ajoutent les charges. Les jeunes pères musulmans qui travaillent dans le bâtiment, week-end après week-end, réhabilitent le local. Trois mois plus tard, il est ouvert : sa première destination est de servir de lieu de culte.

Jusqu'en 1986, ne s'y déroulent que les cinq prières quotidiennes, dirigées par un travailleur tunisien au chômage, donc assez disponible, et qui, contrairement à beaucoup d'Algériens de la cité, sait lire l'arabe. Cela lui permet de lire à haute voix à ses camarades un ouvrage de piété très diffusé, *le Jardin des pieux croyants (Ryad al salihin)* **, qui expose les règles de conduite du bon musulman telles qu'elles ont été mises en œuvre de façon exemplaire par le Prophète de l'islam.

Dans les premiers temps, la salle n'est fréquentée que par une vingtaine de personnes. Puis, le nombre de fidèles, jeunes surtout, croissant, l'association décide de donner plus d'ampleur aux activités islamiques. En 1986, pour la première fois, la prière en congrégation, à l'occasion de la fête de rupture du jeûne qui clôt le mois de ramadan, se déroule dans le local. Le sermon, rédigé par l'imam de la Grande Mosquée de Marseille ***, est lu par le travailleur tunisien lettré qui guide d'ordinaire la prière.

Jusqu'alors, le vendredi ou lors des fêtes, les fidèles de la cité, plutôt que de se rendre à la Grande Mosquée, rue du Bon-Pasteur, où l'affluence est telle qu'il faut arriver longtemps à l'avance pour trouver une place ****, préféraient aller dans les mosquées d'autres cités HLM, disposant de vastes locaux et quelquefois d'un imam

---

* Voir ci-dessus, p. 164.
** Voir ci-dessous, chap. 4, p. 202.
*** Sur ce personnage, voir ci-dessous, p. 345.
**** Il arrive, notamment lors de la prière des grandes fêtes musulmanes, que les fidèles prient en rangs serrés dans la rue.

permanent. Mais le nombre croissant de fidèles, l'augmentation de la « demande sociale d'islam » dans la cité elle-même militent pour que l'association réponde par une offre accrue. Au modeste F4 se substitue, quand le bail signé avec la société HLM vient à échéance, un appartement plus spacieux au loyer de 800 francs par mois (automne 1986). La dizaine de livres de piété de l'ancien local est remplacée par une bibliothèque islamique fournie, tandis que l'on équipe une salle de cours où les enfants apprendront le Coran et l'arabe et où seront organisées des séances de soutien et de rattrapage pour ceux qui connaissent des difficultés à l'école primaire et au CES.

Ici, nous n'avons pas affaire, contrairement à l'exemple précédent, à une association dont l'objet central, affirmé comme tel, est la pratique de l'islam – qui ne figure pas dans son intitulé. Cette pratique s'inscrit, de façon importante mais point exclusive, dans un faisceau de dispositifs de stabilisation sociale, d'activités proposées à la population maghrébine par une structure qui aspire à s'en faire la représentante. Qu'il s'agisse de l'organisation des séances de rattrapage scolaire, de projets pour constituer un fichier d'offres d'emploi ou de stages de formation, d'un cours de couture pour les femmes, de sorties pendant les vacances pour les enfants ou de voyages vers les marchés peu coûteux des villes frontalières italiennes de Vintimille et San Remo, comme de la pratique de l'islam, c'est l'association elle-même qui entend définir et gérer les activités, et non s'en remettre aux initiatives imaginées par les pouvoirs publics ou les collectivités locales pour favoriser l'insertion des populations immigrées.

Cette prise en main du destin des intéressés par certains d'entre eux manifeste, de façon encore embryonnaire, l'émergence d'une élite, qui peut jouer un rôle d'intermédiaire avec les institutions françaises et, en faisant bénéficier les Maghrébins de ses contacts, contribuer au processus d'intégration dans la société française.

Une telle fonction semble avoir été reconnue à l'association par le Fonds d'action sociale (FAS), qui, à partir de 1985, lui apporte une importante subvention, puis, l'année suivante, prend en charge le salaire de son responsable.

Mais ce qui distingue cette association de nombreuses structures comparables dans d'autres cités HLM, qui, avec l'aide financière du FAS, cherchent à favoriser l'intégration des Maghrébins par le canal de diverses actions collectives, c'est la place de l'islam, souvent absent ailleurs, surtout là où responsables ou animateurs participent à la mouvance « beur » sous ses différentes formes.

Pour comprendre quel rôle joue ici l'islam, il faut prendre en considération tant les pratiques de socialisation quotidiennes de l'association que la façon dont ses membres voient leur vie. C'est ce qu'a explicité, dans une conversation avec nous, un membre de l'association, né en Algérie mais vivant en France depuis sa petite enfance (ayant la seule nationalité algérienne).

Après avoir constaté que « de plus en plus de jeunes viennent prier » dans le lieu de culte désormais exigu, il explique ce regain de pratique de l'islam parce que « les jeunes ont vu que toutes les portes se fermaient devant eux, qu'ils n'avaient pas d'alternative, et [qu']ils viennent se régénérer dans les sources ». Toutefois, à l'entendre, il semble que toutes ces portes qui se ferment devant les jeunes se réduisent en dernier ressort à deux : celle de l'Algérie et celle de la France. Mais de ces deux portes closes, l'une, celle de la France peut s'ouvrir, et l'islam est une clé qui en fait jouer la serrure, tandis que l'autre, celle de l'Algérie, s'avère désormais plus que fermée, condamnée.

> Mon pays, c'est la France, je suis musulman en France. Beaucoup des jeunes, l'Algérie elle nous gonfle : ils y vont, ils morflent, ils reviennent, ils veulent plus en entendre parler, c'est une calamité ce pays, c'est un État hypocrite ! Notre pays, c'est ici, on peut vivre ici avec l'islam, comme ont vécu les protestants [...]. Nous, on veut que l'islam soit durable, ici [...]. L'islam il est ici, il est pas là-bas *.

Et si notre interlocuteur affirme qu'il avait « cru à l'Algérie jusqu'à il y a une dizaine d'années », il n'en a pas moins une position ambiguë à l'égard de la naturalisation : « Changer les papiers ? J'ai peur de subir une humiliation ! »

La force de ces propos tient d'abord à leur capacité d'exprimer en quelques traits brefs et acérés une expérience individuelle, quotidienne, et d'inscrire celle-ci dans un grand jeu à trois partenaires : l'Algérie, la France et l'islam.

Les paroles qui qualifient ici l'État algérien d'aujourd'hui – et qui sont d'autant plus terribles qu'elles émanent de quelqu'un qui

---

* Notre interlocuteur s'exprime avec un fort accent marseillais des faubourgs. Contrairement à la génération âgée des travailleurs maghrébins dont le français a fréquemment des intonations arabes, les jeunes, qui vivent avec des camarades français de milieux populaires aux forts accents régionaux, s'expriment généralement de la même manière. L'accent des « gônes » du Lyonnais, des « ch'timi » du Nord ou le verlan des banlieues d'Ile-de-France donnent le sentiment à qui l'entend que les jeunes Maghrébins qui s'expriment ainsi ont un profond enracinement local, qui joue probablement un rôle dans la dialectique de l'intégration.

en est formellement ressortissant – sont l'opinion personnelle de celui qui les a prononcées ; on aurait toutefois tort de les considérer comme strictement atypiques. Elles fondent leur jugement négatif sur une expérience de « retour au pays » que beaucoup de jeunes Algériens de France ont effectuée et dont les récits témoignent souvent du désenchantement [56], à la mesure de l'espoir préalable en général. Ce désenchantement engendre ici une rupture nette avec l'identité nationale algérienne – en tant qu'elle signifie allégeance à un « État hypocrite » – et, corollairement, une focalisation sur la France, perçue comme un lieu où l'on se trouve, comme un « ici ». Toutefois, cette focalisation, cet enracinement local, ne s'exprime pas par la démarche qui consisterait à obtenir une carte d'identité française, mais passe par l'affirmation de l'appartenance à l'islam.

L'« humiliation » redoutée, en cas de démarche pour devenir français, semble complexe, sans qu'il soit possible de déterminer si la demande elle-même serait humiliante, ou si l'humiliation réside seulement dans l'éventualité d'un refus de l'administration. Mais, dans l'un ou l'autre cas, l'affirmation d'identité islamique sur le sol français (« Je suis un musulman en France ») permet de justifier la présence « ici ». C'est en faisant de l'islam chose « durable » dans l'Hexagone qu'est vécue l'intégration, en s'efforçant de transcender, au nom d'un référent supérieur, tant le rejet de l'allégeance à l'« État hypocrite » algérien que l'éventualité d'une humiliation causée par la demande de naturalisation française.

Et « vivre ici avec l'islam » ne constitue pas une pure profession de foi intellectuelle : cela signifie, très concrètement, participer à l'instance de socialisation qu'est l'association de la cité HLM, dont l'une des principales activités est de favoriser l'expression de l'islam par sa pratique, de pair avec le rattrapage scolaire, les ateliers de couture ou les voyages en autocar pour les familles maghrébines.

Ici, l'islam en France est une force de socialisation et, dans le même mouvement, d'intégration. Mais un certain nombre de questions demeurent en suspens. D'abord, la comparaison entre musulmans et protestants en France (« on peut vivre ici avec l'islam, comme ont vécu les protestants ») confronte deux situations que beaucoup de traits différencient : les protestants n'ont jamais constitué une population immigrée, et leur existence paisible au XXᵉ siècle ne saurait faire oublier quatre siècles d'une histoire fort conflictuelle à ses débuts. Les guerres de Religion, l'édit de Nantes et sa révocation, les dragonnades et l'exil de beaucoup ne sont pas le fruit d'un quelconque accident de la conjoncture. La monarchie française, sous la forme que souhaita lui donner Richelieu, réduisit les « places de sûreté » des Réformés parce qu'elle voyait en elles une menace multiforme, qui pouvait servir de relais, à La Rochelle notamment, à une ingérence anglaise.

Ce type d'hypothèque n'est pas sans peser dans la vision de l'islam qu'ont certaines forces politiques françaises aujourd'hui, qui redoutent, à tort ou à raison, que le développement de l'islam en France ne serve de vecteur à l'influence politique de divers États musulmans, porteurs de telle ou telle idéologie hostile à l'Occident en général et à la France en particulier.

Dans les deux associations de « jeunes pères musulmans » de cités HLM que nous avons mentionnées, l'affirmation de l'identité islamique est vécue ou présentée par les intéressés comme un des éléments fondamentaux du processus d'intégration de soi et, plus encore, des enfants, en France. Il est trop tôt pour mesurer la traduction sociale effective de cette représentation. Il est malaisé de prédire ses effets à moyen ou à long terme. Mais la mise en place d'instances de ce type est un phénomène nouveau : il s'inscrit dans le cadre de la sédentarisation aléatoire des populations musulmanes en France et de leurs efforts pour s'émanciper des aléas et prendre en main avenir et destin.

Avant les « jeunes pères musulmans », d'autres groupes de musulmans en accord avec offices ou sociétés gestionnaires avaient ouvert des salles de prière ou des petites mosquées dans quelques HLM. Mais cette initiative semblait un « truc de vieux », sans grande prise sur les jeunes générations. Ainsi dans une autre cité de la périphérie marseillaise, vers 1978, les résidents maghrébins (environ un tiers des habitants) demandent un lieu de culte. L'office HLM met à la disposition d'une association qui se crée un appartement vide, que la communauté aménage en mosquée * – réservant à côté de la salle de prière principale une petite pièce pour les femmes, séparée par un claustra. Les jeunes ne s'y rendent guère. Elle s'inscrit dans une opération de réhabilitation de la cité HLM.

A la demande de la communauté des fidèles, un documentaire vidéo a été tourné afin de montrer un exemple d'insertion harmonieuse de l'islam dans un grand ensemble [57]. La caméra filme l'une des prières quotidiennes, à laquelle prennent part une dizaine de

---

* Les gitans, qui composent une autre partie des résidents de la cité, ont alors demandé un local pour ériger un lieu de culte baptiste (les dénominations évangéliques protestantes se sont livrées à un prosélytisme important dans ce milieu).

personnes, avant de montrer les salles d'ablution, la cuisine, l'armoire « pour les livres de Coran ». Les fidèles racontent les travaux d'aménagement du local, et précisent le sens de ce lieu de culte :

> Chez nous, en Algérie, nous avons des mosquées de partout, nous parlons l'arabe de partout, c'est un avantage pour le Coran [...]. La mosquée, ça encourage beaucoup des Arabes de revenir à la religion.

Même s'il est fait à un autre moment référence aux besoins d'éducation islamique des enfants, il semble que la salle de prière ait ici surtout pour objet de « remettre dans la voie de Dieu » des hommes âgés qui appréhendent le terme de leur existence et le Jugement dernier, après avoir vécu en France plusieurs dizaines d'années pendant lesquelles leur foi fut nonchalante.

Ce phénomène de retour à l'islam des musulmans âgés nous a été explicité par un étudiant algérien interrogé durant l'enquête du mois de ramadan (mai-juin) 1985 * :

> Dans les années soixante [...] les gens [les musulmans immigrés] travaillaient et leur souci principal était de faire rentrer de l'argent, et puis la majorité a goûté au vin, aux plaisirs de la vie, de Paris, et puis vers les années soixante-dix-quatre-vingt, maintenant, il y a un retour, c'est extraordinaire, des mosquées, des gens qui ont entre-temps grandi, ils sont venus à l'âge de 19 ans ou de 20 ans et maintenant, ils se retrouvent à l'âge de 55 ans en pré-retraite ou en retraite. Donc déjà, ils pensent au retour et le retour pour eux c'est symbolisé par la tombe, la mort et le retour au pays. Mais avant de rentrer dans cette tombe, on va essayer de se purifier un tout petit peu, on va essayer de se faire pardonner. Le retour, c'est un phénomène un peu détaché, il rejoint un ensemble : la révolution iranienne, les Frères musulmans, etc., toute cette résurgence. C'est un des éléments qui fait que l'émigré qui a vécu quarante ans ou cinquante ans dans des bouges – j'en ai connu qui ont passé un certain temps dans les bars, et puis d'un seul coup, ils se retrouvent dans des mosquées en train de prier nuit et jour [...] (homme marié algérien, 28 ans, étudiant en IIIe cycle – en français ; 2.4.).

Dans les lieux de culte des cités HLM sont à l'œuvre des processus qui savent épouser une demande socioculturelle particulière, émergeant à un moment précis. Remarquable semble être l'autonomie jalouse dont témoignent certaines de ces associations

---

* Voir ci-dessus, chap. 1.

à l'égard des directives de gestion du « social » par les institutions spécialisées françaises et envers les opérateurs politiques qui luttent pour dominer le champ de l'islam en France * – États musulmans ou organisations transnationales.

L'une des associations marseillaises s'est constituée en dissidence par rapport aux initiatives du centre social de la cité HLM, qu'elle estimait « inadaptées » aux demandes des familles maghrébines. Quant à l'association de banlieue parisienne, après avoir été échaudée par ses contacts avec des bureaux et des officines qui financent la propagation de l'islam en France, elle a veillé à éviter toute ingérence extérieure dans sa gestion de l'islam.

Néanmoins, ces initiatives de « musulmans de base » ne peuvent se développer que si elles bénéficient du soutien matériel des organismes français avec qui elles sont en contact. Ceux-ci mettent à leur disposition à titre gracieux ou selon des modalités avantageuses des locaux et leur procurent des subventions. Telle est la condition primordiale de leur autonomie à l'égard des groupes de pression et d'influence qui interviennent dans le champ de l'islam en France. La stabilisation par l'islam pourra peut-être aider, dans un second moment, l'intégration, notamment des enfants, dans la société française.

De tels processus sont, en cette deuxième moitié des années quatre-vingt, à leurs débuts. On ne saurait prédire dans quelle direction ils évolueront, car cela est pour partie tributaire de la manière dont l'islam y sera prêché aux adultes et enseigné aux enfants. On ne peut, pour l'heure, évaluer dans quelle mesure le souci d'intégration de leurs ouailles à la société française déterminera imams et étudiants maghrébins qui les secondent à faire prévaloir et à justifier, au nom du principe d'« opportunité » *(maslaha)*, les accommodements de doctrine qui feraient de l'islam une religion privée fonctionnant comme les autres dans le cadre de la laïcité de la République. Ils peuvent, au contraire, mettre en avant articles de foi et commandements qui s'efforcent de constituer les fidèles en communauté religieuse homogène, en minorité implantée sur le territoire français. C'est dans cette seconde option que s'inscrivent tant le prosélytisme particulier de l'association Foi et Pratique que les interventions de quelques États ou organisations dans le champ islamique en France.

* Voir ci-dessous, chap. 5, 6 et 7.

CHAPITRE 4

Foi et Pratique

Au milieu des années quatre-vingt, Paris a son quartier islamique orthodoxe. Rue Jean-Pierre-Timbaud, en contrebas du boulevard de Belleville, le promeneur découvrira librairies coraniques, boucheries *halal* qui ferment boutique aux heures de la prière quotidienne, épiceries-bazars aux employés dûment coiffés de la calotte blanche, et même une boulangerie dont le mitron barbichu explique au chaland, surpris par le prix élevé de gâteaux qui ne paient pas de mine, qu'ils sont « faits maison avec des produits 100 % islamiques ». Plus loin, une ancienne fabrique a été dotée d'un portique à colonnes pour se faire mosquée.

Autrefois, ce quartier était un bastion communiste, et la puissance du Parti s'inscrivait dans les murs et sur le sol de façon ostentatoire, par l'implantation de grands organismes comme la polyclinique des métallurgistes CGT – un temps la vitrine de l'obstétrique d'inspiration soviétique. En 1986, la polyclinique est à vendre, et sous les fenêtres de Travail et Culture, une association prestataire de services culturels pour les comités d'entreprise, le muezzin appelle cinq fois le jour les croyants à la prière.

Si Barbès et la Goutte-d'Or comptent quelques mosquées et librairies musulmanes, l'islam n'y est pourtant que l'un des éléments d'un puzzle. Y entrent aussi des cafés arabes où l'on s'imbibe de bière en bouteille en discutant le cours du dinar algérien au marché noir, des épiceries orientales tenues par des Juifs ou des Arméniens, Tati le tentaculaire, dont la lingerie fait rêver les femmes du Caire à Marrakech, le bonneteau qu'on joue sur des caisses de carton vides entre deux rondes de police, et les maisons d'abattage que fréquentent les travailleurs immigrés.

A cette réalité contrastée de Barbès où les phares de l'islam sont continûment battus par les houles du péché, le zèle qui se déploie rue Jean-Pierre-Timbaud oppose une citadelle des vertus

177

musulmanes, une orthodoxie triomphante dans un monde livré aux errements et à l'anomie.

Cette forme d'islam là a pour porte-étendard des militants barbus vêtus d'une longue djellaba de teinte claire, le front volontiers ceint d'un turban blanc, la main parfois appuyée sur une canne. Ni mystiques exaltés ni révolutionnaires islamistes, ce sont les adeptes de l'association musulmane Foi et Pratique, principale branche française d'un mouvement piétiste né en Inde à la fin des années vingt, et qui, soixante ans plus tard, a étendu ses ramifications dans plus de quatre-vingt-dix pays dans le monde [1] : la *jama'at al tabligh* (« Société pour la propagation de l'islam »).

Ce mouvement joue un rôle déterminant dans le processus de réaffirmation d'une identité islamique qui affecte les populations musulmanes en France. Par les modes et le niveau de sa prédication, il répond adéquatement à la demande confusément formulée par les couches les moins éduquées de ces populations et qui sont aussi les plus nombreuses : il se fait le propagateur d'un islam simple à comprendre et à pratiquer, mais qui exige du croyant un important investissement personnel. Pour ceux qui souffrent de la plus grande déperdition d'identité, entre les cadences de l'usine et les saisons des Aurès, les mains de leurs femmes rougies au henné et le blue-jean qu'enfile leur fille collégienne, pour ceux à qui la France apparaît sans morale et sa langue sans lois, le mouvement tablighi offre un cadre de vie et de pensée, une direction spirituelle, qui rend à l'existence un sens tout entier orienté vers le salut.

C'est l'imitation du prophète Mahomet qui constitue la pierre de touche à laquelle l'adepte essaie sa foi, par une pratique de vie codifiée en un rituel qui vient corseter les moindres faits et gestes. Aucun acte, pour le tablighi convaincu, n'est gratuit ni aléatoire : en chaque circonstance il lui faut dire une invocation à Dieu, afin que tous les agissements de la vie, fussent-ils les plus ténus, les plus anodins, se lestent de signification, trouvent leur place au sein d'un système sémantique dont les lois sont celles de l'islam.

Si l'existence légale de Foi et Pratique – la principale section du mouvement en France –, comme association régie par la loi de 1901, date d'avril 1972, les premiers missionnaires de la *jama'at al tabligh* se sont manifestés dans l'Hexagone dès la fin des années soixante. Dans l'intervalle de quelque quarante années qui sépare la création en Inde du mouvement piétiste de l'arrivée en France de ses prédicants, celui-ci a pu élaborer un corps de doctrine et des techniques d'apostolat particulièrement efficaces.

De Delhi à Belleville

Le mouvement a été fondé en 1927 dans l'Inde alors britannique, à Mewat, une province des environs de Delhi, par un lettré musulman, Mawlana Muhammad Ilyas. Les circonstances de sa création et ses objectifs de départ aident à comprendre les succès d'un mouvement qui, lors d'un rassemblement à Raiwand, près de Lahore, au Pakistan, en 1984, aurait attiré près d'un million de participants originaires de quatre-vingt-dix pays [2] et qui compte aujourd'hui parmi les tout premiers groupements islamiques à l'échelle planétaire – alors qu'il reste quasi inconnu des Occidentaux. La *jama'at al tabligh* s'est développée dans un milieu de musulmans superficiellement islamisés, les Mewatis, dont les pratiques et les croyances étaient imbibées de syncrétisme, dans l'Inde coloniale dont les dirigeants n'étaient pas inspirés par le Coran, mais par les directives de Buckingham Palace. Soixante ans plus tard, malgré les décolonisations et l'indépendance des pays d'islam, la situation culturelle de la masse des musulmans pauvres et peu éduqués, immergés dans une modernité très prégnante dont les canons ont été décrétés à leur insu, n'est pas sans présenter une similitude structurelle avec celle des Mewatis du temps d'Ilyas. Et le genre de prédication que celui-ci élabora à leur intention a pris fonction de paradigme pour l'un des types les plus populaires de l'apostolat musulman de la fin du XXᵉ siècle.

Mawlana Muhammad Ilyas [3] naquit en 1885 et passa son enfance dans les villes indiennes de Kandhela et Nizamuddin, dans un environnement familial profondément imprégné de l'ambiance religieuse de ces deux pôles de culture musulmane. Son père, Muhammad Ismail, qui avait pris femme dans une lignée prestigieuse de mystiques soufis, était un homme dont la piété profonde réglait une existence faite de simplicité :

> Il aimait réciter le Coran, et l'un de ses désirs ardents était de faire paître les moutons tout en récitant des versets [4].

Un jour qu'il cherchait des coreligionnaires avec qui accomplir la prière, il rencontra des journaliers mewatis sans travail et leur offrit un salaire s'ils demeuraient à ses côtés. Jour après jour, il leur apprit la prière et le Coran, tout en les rémunérant ; dès qu'ils s'accoutumèrent à prier, il cessa de les payer, et ils devinrent les premiers élèves d'une école religieuse *(medresa)*, qu'il fonda.

L'intérêt que prenait son père à enseigner à d'humbles journaliers les bases de l'islam sera transmis à Ilyas, qui le systématisera en créant son mouvement piétiste, au service duquel il mettra une solide formation en sciences religieuses. Mais, par opposition aux oulémas qui s'adonnent à l'exégèse érudite des textes sacrés et de leurs commentaires, et évoluent au sein d'un univers clérical fermé sur lui-même, Ilyas se fixe pour objectif de prêcher ceux auxquels le corps des oulémas n'accorde pas d'attention : la masse des musulmans incultes, livrés à eux-mêmes dans un pays où les entourent des hindous majoritaires et que gouvernent des Britanniques « impies ».

C'est sous l'égide de son frère aîné, Yahia, qu'Ilyas accomplit un cursus d'études religieuses, à Gungoh d'abord, pendant dix ans, puis dans l'école prestigieuse de Deoband [5] où il étudie les grands recueils de hadiths, les dits du Prophète et les récits de son existence. Bien qu'il se tienne à l'écart de la politique – attitude dans laquelle il persistera sa vie durant –, il fait vœu de *jihad,* de saint combat, contre les Anglais, à l'encontre desquels son exécration ne faiblira jamais. En 1918, après avoir enseigné quelque temps et pris part au pèlerinage de La Mecque, il quitte Deoband et s'en revient dans sa région natale, à Nizamuddin, où il exerce un magistère spirituel dans la mosquée et la *medresa* où sa famille était traditionnellement influente.

En 1926, lors de son deuxième pèlerinage, il acquiert la conviction que l'enseignement qu'il dispense à ses quelques disciples dans le cadre de l'école religieuse ne correspond pas à sa sublime ambition : il décide alors qu'il faut aller porter la bonne parole aux masses et partir sur les routes pour s'adonner à l'apostolat.

Les premières routes parcourues sont celles de la région de Mewat, dont les habitants, nominalement musulmans, mènent une existence aussi distante que faire se peut des commandements de la doctrine islamique. Baignant dans une ambiance culturellement mélangée qui leur fait adopter les mœurs des hindous et célébrer leurs fêtes, ils sont terre de mission par excellence pour Ilyas. Aux yeux de notabilités musulmanes comme Abul Hassan Ali Nadwi * ou Zakir Hussain – le président de l'Inde de 1967 à 1969 –, les

---

* Abul Hassan Ali Nadwi est l'un des plus célèbres représentants de l'école des oulémas de Lucknow, une grande figure de l'islam du XXe siècle, en contact avec les confréries mystiques comme avec les Frères musulmans.

Mewatis des années vingt étaient une réincarnation des Bédouins d'Arabie de l'époque de la *jahiliyya*, – « ignorance » ou barbarie à laquelle auraient mis fin la prédication de Mahomet et l'ère de l'islam. Ilyas prêcha les Mewatis comme le Prophète, les Bédouins.

Les mêmes principes assurèrent la réussite de son mouvement : simplicité du message, intensité de l'engagement personnel, cohésion du groupe.

Le message coranique, on le sait, doit une part importante de son succès à sa simplicité : face au foisonnement de divinités du polythéisme bédouin, au byzantinisme qui, de concile en concile, complique le legs des Évangiles, ou à la sophistication du credo zoroastrien, la confession de foi musulmane ne fait que proclamer au VIIe siècle l'unicité de Dieu et identifier Son prophète : « Il n'y a de dieu que Dieu et Mahomet est l'envoyé de Dieu. »

Dans un esprit semblable, Ilyas fonde son mouvement sur six principes élémentaires, mis en œuvre par un mouvement dont les modes d'action sont précisément établis :

> Le Mawlana [Ilyas] [*note le traducteur des* Six Principes, *un Indien de l'île de la Réunion, dans son introduction à l'édition en langue française*] élabora un programme de six chapitres pour accomplir cette mission divine. L'importance de ce programme consiste à aviser [*sic*], plus particulièrement à redonner de la vitalité à la foi *(iman)*. Il avait l'opinion que presque chaque musulman a dans son for intérieur un peu de foi. Mais celle-ci se trouve subjuguée par d'autres facteurs. Si nous réussissons à rallumer cette foi latente dans le cœur en lui offrant les occasions, la lumière de l'islam jaillira automatiquement. Le devoir principal était en conséquence de rappeler à chaque musulman son trésor caché et l'aider à réaliser son importance [6] *.

Les six principes du *tabligh* (auxquels s'ajoute un septième à caractère négatif, qui recommande aux adeptes de s'abstenir de tout propos ou de toute action à caractère futile, mondain) sont les suivants : la confession de foi, la prière, l'acquisition de la connaissance de Dieu et sa remémoration, le respect de chaque musulman, la sincérité de l'intention, la dévolution de son temps pour la prédication. Si confession de foi et prière constituent les principes fondamentaux de l'islam, les deux premiers « piliers de la religion », les quatre suivants sont tenus par les adeptes de la *jama'at al tabligh* pour des « moyens auxiliaires », qui servent à

---

* Le texte français est cité tel quel. Il comporte de nombreuses incorrections grammaticales que nous avons conservées.

« mettre en pratique » les deux premiers et ainsi « apportent plus rapidement un changement total dans la vie d'un musulman en l'aidant à accomplir fidèlement ses devoirs religieux » [7].

L'énumération de ces principes dans leur traduction française peut paraître abstraite ; ils forgèrent néanmoins, dans l'application pratique qu'en fit sur le terrain le mouvement d'Ilyas, la clef de son rapide succès.

Les six principes du *tabligh*

Le premier principe, la confession de foi musulmane *(kalima tayyiba)*, atteste qu'« il n'y a de dieu que Dieu et [que] Mahomet est l'envoyé de Dieu ». Lorsqu'ils prêchent leurs coreligionnaires, les tablighis mettent en valeur la dimension contraignante de cette « déclaration solennelle de [leur] foi, promesse solennelle d'accomplir toutes les obligations de la religion divine [8] ». La première démarche du musulman qui se réislamise selon le credo du mouvement piétiste doit être de prononcer la confession de foi en arabe et selon les règles phonétiques rigoureuses qu'a codifiées le Coran. Pour les humbles journaliers de Mewat comme pour les OS sénégalais ou kabyles des usines Renault, auxquels les sonorités de l'arabe ne sont pas familières, l'épreuve n'est pas mince et constitue un critère minimal où se jugent leur détermination et leur ardeur. L'orthophonie est ici le vecteur de l'orthodoxie : c'est Dieu et lui seul, expose Ilyas, qu'il faut prier et craindre, il faut suivre Ses commandements et eux seuls, assujettir à Sa volonté unique « toutes nos activités internes et externes [9] », et mener sa vie exactement comme le Prophète l'a enseigné. D'emblée, il faut le noter, c'est vers l'inflexion de la vie quotidienne des musulmans que la *jama'at al tabligh* focalise sa prédication : l'adepte doit soumettre chacun de ses actes, fussent-ils les plus anodins, à la sanction divine, telle qu'elle s'est manifestée à travers la vie de Mahomet, qui fournit le modèle à copier. Et l'imitation du Prophète, selon Ilyas et ses disciples, si elle vise à en saisir l'esprit, en reproduit d'abord la lettre en un processus qui pousse fort loin la mimétique, d'autant plus que les musulmans touchés par ce prêche sont de milieux simples. L'aspect extérieur du bon croyant doit tendre à reproduire celui de Mahomet et de ses compagnons : Ilyas, à qui l'on présentait dans les années trente un jeune Mewati qui avait donné toute satisfaction en s'adonnant aux études religieuses, manifesta pourtant, à la vue de ce dernier, un vif mécontentement : l'élève arborait un visage glabre et rien dans sa vêture n'indiquait sa confession [10]. De même, les tablighis convaincus que l'on peut rencontrer rue Jean-Pierre-Timbaud ou en tout autre lieu s'efforcent, autant que possible, de porter la barbe rognée et les habits que le Prophète affectionnait : la djellaba de teinte claire, blanche de préférence, et le turban de même couleur, dont l'extrémité pend sur le cou d'une longueur de quelques empans.

Ce style de vie, qui se règle sur l'imitation de Mahomet, s'épanouit dans le deuxième des six principes du *tabligh :* la prière *(salat).* Celle-ci est perçue par les adeptes comme la manifestation pratique de la foi, et sa condition *sine qua non :* « Il ne nous est pas autorisé de la différer, même que nous soyons sur le champ de bataille ou sur notre lit de mort », professe Ilyas [11] – contre l'exégèse de la plupart des théologiens musulmans qui considèrent que, par exemple, la participation à une guerre de *jihad* dispense de l'accomplissement de la prière rituelle pendant le combat, s'il en va du triomphe des armes de l'islam. C'est que l'obéissance à la lettre des injonctions du Coran et de la *sunna* revêt, pour le mouvement, un caractère primordial, et les considérations d'opportunité passent au second plan : telles sont les conditions du succès de la prédication d'Ilyas, et telle est sa singularité.

Si les adeptes mettent à effectuer la prière et les ablutions qui la précèdent rituellement la même minutie scrupuleuse qu'à réaliser correctement les phonèmes arabes de la confession de foi, c'est que cette dernière a, pour eux, fonction de purification sociale : « chacun des cinq *salats* [prières] expie les péchés commis depuis le *salat* qui précède », précise un dit du Prophète cité par Ilyas [12] ; « le *salat* enlève tous les maux du monde », m'a affirmé un tablighi maghrébin immigré en France [13]. Si la norme islamique se satisfait en principe de cinq prières quotidiennes accomplies individuellement et d'une prière collective le vendredi à midi, la *jama'at al tabligh,* quant à elle, souligne la nécessité absolue d'effectuer collectivement toute prière :

> nous devons accomplir régulièrement [la prière] avec dévotion et toujours en « Djammat » *(jama'at)* [réunion des fidèles]. Le Saint Prophète (S *) dit : « un *salat* accompli en Djammat *(jama'at)* est vingt-sept fois meilleur qu'un *salat* accompli individuellement ».

---

* Le (S) est l'abréviation de la formule eulogique arabe de rigueur après toute mention du Prophète.

Et, à titre d'avertissement pour ceux qui n'obtempéreraient pas à ce commandement, Ilyas rappelle sans aménité que le Prophète,

> qui fut le plus aimable et le plus miséricordieux envers l'humanité, eut l'intention une fois de mettre le feu dans les maisons de ceux qui ont récité le *salat* chez eux sans aucune excuse [14].

Il faut voir ici la puissante volonté intégratrice du mouvement qui n'exerce jamais mieux son emprise sur ses ouailles qu'en les maintenant regroupées, au sein d'une *jama'at*, d'une communauté, qui, ici, n'est autre, bien évidemment, que la *jama'at al tabligh*. A l'appui de cette conception un peu particulière des injonctions de l'islam, les tablighis convoquent versets coraniques et dits du Prophète ; si, comme la plupart des groupes visant à assembler des musulmans à telle ou telle fin, ils affectionnent particulièrement le verset : « Attachez-vous à la corde de Dieu et ne vous séparez point [15] ! » et répètent à l'envi le hadith : « Le musulman ne peut être un bon musulman s'il est seul », ils ont une prédilection pour cet autre dit : « Le loup ne mangera que le mouton qui est·isolé » *(innama ya'kul al dhi'b man al ghanam al qasiya)* [16]. Dans cette parabole, le loup représente la société pécheresse qui dévore le musulman seul et sans défense ; le recours réside dans le troupeau du *tabligh* qui paît sous la houlette de ses bons pasteurs, les disciples d'Ilyas.

Le troisième des six principes, la connaissance de Dieu et sa remémoration, nous donne accès au contenu du programme de formation intellectuelle que suivent les adeptes au fur et à mesure qu'ils gravissent la hiérarchie spirituelle du mouvement. La remémoration *(dhikr)* est une technique fort répandue dans les ordres et confréries soufis, ou mystiques, de l'islam : elle consiste en la répétition du nom de Dieu (Allah), d'une formule incantatoire, de versets coraniques, etc., parfois accompagnée de danses ou de mouvements rythmés du corps qui peuvent mener à l'extase, c'est-à-dire à l'union mystique avec Dieu. Mais tel n'est pas l'objet final de la *jama'at al tabligh :* le *dhikr* est un rite de mise en condition de l'adepte qui manifeste d'abord son insertion dans le groupe. Pour Ilyas, le *dhikr*

> est la plus grande chose de notre vie et constitue une excellente méthode bien éprouvée pour purifier notre âme. Il débarrasse toute maladie de notre cœur, y produit l'amour d'Allah et crée la conscience de Sa grandeur [...] [17].

Et gare à qui ne le pratique pas :

> Toute négligence à l'égard du Zikr *(dhikr)* causera de plus en plus
> une dégénérescence. Ceux qui ferment leur cœur et leur langue à
> Allah seront dépourvus de toutes les vertus divines et leurs cœurs
> s'endurciront et ils deviendront des proches associés des démons [18].

Pour les adeptes, le programme du *dhikr* est contraignant : il
leur faut réciter cent fois par jour trois prières en arabe, pour
lesquelles un moment spécial est dévolu chaque matin et chaque
soir. Ces prières sont la « troisième *kalima* » – ou « troisième partie
de la confession de foi » :

> Louanges soient à Allah et il n'y a pas de Dieu autre que Lui et
> Allah est le Plus Grand, et il n'y a pas de puissance ni de vertu
> autre qu'Allah, le Haut, le Grand ;

le *durud* :

> Oh ! Allah bénis Mohammed [Mahomet] et sa postérité pour qu'elle
> fleurisse comme Tu as Béni Abraham et sa postérité pour qu'elle
> fleurisse également, Tu es vraiment Digne de Louanges et Majes-
> tueux ;

et l'*istighfar* :

> J'implore le pardon d'Allah à l'exception de Qui il n'y a pas de
> Dieu, le Vivant, l'Éternel, vers Lui je me tourne contrit [19].

Par cette pratique extrêmement répétitive du *dhikr,* qui est de
rigueur pour tous les adeptes, le *tabligh* vise, ici encore, à l'islamisation de la vie quotidienne des croyants : c'est sous l'incessante
surveillance divine que sont placés tous les actes de l'existence.

Le *dhikr* est, de la sorte, le premier degré de la connaissance
de Dieu, et si bien des adeptes, qui restent illettrés, ne sont pas à
même d'aller au-delà, le mouvement a vocation d'enseigner l'arabe
à ceux qui l'ignorent afin qu'ils puissent lire le Coran. En France,
l'alphabétisation en arabe de beaucoup de Maghrébins ou Africains
est l'œuvre du mouvement : tel ouvrier mauritanien des usines
Renault, arrivé dans la banlieue parisienne il y a deux décennies
avec le seul bagage linguistique du parler soninké, se débrouille
en français appris sur le tas, mais est surtout fier de l'arabe

coranique qu'il sait désormais déchiffrer et tracer, depuis qu'il a été touché par la prédication du *tabligh*.

Le mouvement dispose également d'un corpus de textes de la plume du neveu d'Ilyas, Mawlana Muhammad Zakariya, qui est l'idéologue du groupe dirigeant, et qui assure la liaison avec les oulémas, corps dont il fait lui-même partie, en tant qu'enseignant à l'école de Saharanpur, en Inde. Regroupés sous le titre générique ourdou de *tablighi nisab* (« Les enseignements de l'islam ») [20], ils semblent avoir plus d'écho dans le sous-continent indien que parmi les adeptes de France, en dépit de traductions arabe et française – cette dernière due essentiellement au disciple réunionnais traducteur des *Six Principes* d'Ilyas.

Le mouvement, comme l'indique l'intitulé de sa principale branche française, a pour objet la « Pratique », et c'est ce qui le distingue très nettement des oulémas, qui vivent entre eux et ne se soucient guère de l'islamisation de la vie quotidienne des masses :

> Tous les musulmans, riches ou pauvres, lettrés et illettrés, hommes et femmes, vieux et jeunes, nous sommes tous liés par cette obligation de cultiver la connaissance religieuse. Nous devons profiter de toutes les occasions pour apprendre la religion et l'enseigner aux autres. Toutefois, il y a lieu de se souvenir que la lecture seule des livres n'y suffit pas. Nous avons à mettre en pratique ce que nous avons appris [21].

Cette mise en pratique s'exprime par excellence dans le quatrième principe, *ikram il muslim* :

> Cela signifie littéralement le respect de tout musulman et en tant qu'une partie de programme [du *tabligh*] cela implique l'observation complète du Code islamique pour savoir se conduire dans la société [...], tout musulman possède en son cœur la lumière de l'*iman* [la foi] aussi faible qu'elle puisse être. Nous ne voulons pas plus que le rallumage de cette lumière et le fait que chaque musulman réalise ou redécouvre son trésor caché [22].

Si un musulman se sent diminué, humilié et offensé, la cause n'en réside pas ailleurs, selon Ilyas, que dans la mise en veilleuse de sa foi ; et le « rallumage » qu'en effectue le *tabligh* lui rend sa suprême dignité :

> Il est un fait incontestable qu'aussi longtemps que les musulmans étaient fidèles à leur religion, ils furent honorés et respectés partout.

On touche probablement ici au point nodal d'articulation entre la pensée, ou l'idéologie, du mouvement d'Ilyas et la perception de leur situation qu'ont beaucoup de travailleurs immigrés musulmans en France. Par-delà les manifestations tangibles de la précarité de leur statut et de l'infériorité de leur condition – leur précise le message d'Ilyas –, ils peuvent redécouvrir qu'ils sont en réalité, en tant que musulmans, les meilleurs des hommes car les plus proches de Dieu. « Un musulman est toujours imbu des qualités divines », note Ilyas qui, dans l'exposé du quatrième principe, décrit les mille caractéristiques radieuses de celui qui se conforme totalement « aux commandements de Dieu ». Seule la mise en pratique des principes du *tabligh* par la participation à son mouvement doit permettre, selon ce credo, aux musulmans d'être de nouveau « honorés et respectés partout ».

Le cinquième principe, *ikhlas-i-niyyat,* ou sincérité de l'intention, permet de jauger la qualité de la dévotion du musulman envers Dieu :

> Si nous faisons un acte en vue d'exécuter Son ordre et de rechercher seulement Son plaisir, Il l'acceptera et accordera la récompense ; mais si le but réel de cet acte est quelque peu d'un gain mondain, Il le rejettera, même si c'est une prière [23].

Ce principe, en dépit de son apparence anodine, est en fait la machine de guerre qu'Ilyas et ses épigones ont construite contre les oulémas et l'*establishment* des clercs religieux musulmans en général. Ceux-ci se sont refusés à prendre au sérieux la prédication du *tabligh,* qu'ils méprisent et considèrent comme un exercice destiné aux illettrés. Il s'agit ici de saper le prestige qu'acquièrent ceux qui, à l'issue d'une formation islamique élitiste, manipulent avec brio la rhétorique musulmane et font étalage, dans leurs sermons, leurs leçons ou leurs causeries, de l'étendue de leur savoir. Du vivant d'Ilyas, de proches compagnons de route du maître ont pâti de l'application de ce principe ; ainsi Abul Hassan Ali Nadwi, célèbre théologien issu de l'école réputée de Lucknow et qui fit un bout de chemin avec Ilyas, endura-t-il des reproches – dont il fit lui-même le récit. Quelque temps avant la mort d'Ilyas, alors que celui-ci était déjà malade et alité, le théologien fut choisi pour s'adresser, un vendredi, à la congrégation des disciples.

> Il introduisit son propos par des remarques préliminaires et tenta d'élargir le sujet. Après quelque temps, Ilyas lui fit dire qu'il devait

faire passer son message aux fidèles tout de go sans se lancer plus avant dans les digressions. Puis il fut ramené en civière dans sa chambre, et l'orateur se hâta de traiter le sujet et d'achever son discours [24].

Le sixième principe, *tafrigh-i-waqt,* qui signifie « ménager son temps », se traduit en acte dans la pratique des tablighis qui parcourent le monde en groupe pour porter partout la bonne parole :

> Pour cette mission qui est un devoir commun pour tous les musulmans, quelques volontaires doivent proposer de quitter leurs maisons et leurs êtres chers pour se rendre dans des endroits éloignés, marchant dans le chemin d'Allah, supportant d'un cœur joyeux toutes les épreuves qui peuvent s'abattre sur eux [...]. Leur unique occupation sera l'acquisition et le partage de la connaissance islamique, appelant l'attention des gens sur les pratiques islamiques, diffusant le message d'Allah [...]. En conséquence, le groupe constitue une école mobile, un couvent itinérant et un phare de vérité et de bon exemple, tout cela à la fois [25].

Cette dimension itinérante de la *jama'at al tabligh* est ce qui a d'ordinaire retenu l'attention des observateurs, qui se sont, souvent, efforcés de la décrire sans en connaître la finalité. Elle constitue, de fait, un phénomène spectaculaire et original, et c'est le génie d'Ilyas que d'en avoir fait la pierre angulaire de son mouvement, le secret de la dissémination de celui-ci aux quatre coins du monde.

A la rencontre des croyants

Comme bien des grandes idées, celle-ci s'avéra une réaction contingente à des circonstances extérieures fâcheuses : lors de son quatrième et dernier pèlerinage à La Mecque, en 1938, Ilyas, dont le mouvement avait déjà acquis quelque renom, tenta d'exercer sa prédication en ce centre par excellence du monde musulman que constitue le Hedjaz. Reçus en audience par le roi d'Arabie Ibn Saoud et par les hauts dignitaires islamiques du royaume, les dirigeants du *tabligh* exposèrent leurs objectifs et leur credo. Traités avec courtoisie et écoutés avec attention, ils n'en furent pas moins éconduits, bien qu'Ilyas pensât que l'Arabie était dans un état moral si déplorable qu'« elle avait besoin de l'œuvre de prédication plus encore que l'Inde [26] ».

Cet échec eut une forte influence sur l'orientation future d'Ilyas, et ce de deux façons. Tout d'abord, il faudrait voir là, selon son biographe Muhammad Anwarul Haq, la raison principale de la distinction qu'il s'employa toujours à instaurer entre religion et politique, et qui serait due

> partiellement à la déception qu'il ressentit quand les autorités politiques d'Arabie Saoudite ne lui permirent pas d'œuvrer à La Mecque et à Médine. Le gouvernement saoudien semblait soupçonneux à l'égard de tout type d'activité religieuse, car il craignait qu'elle devînt politique et agitât les esprits contre le puritanisme au pouvoir [27].

Mais d'une autre façon, et surtout nous semble-t-il, le mouvement d'Ilyas, dès lors qu'il ne put imposer sa légitimité par-devers le monde musulman du haut de son centre mecquois, investit toute son énergie dans une reconquête de l'*Umma,* de la communauté des croyants, par la périphérie et par le bas : le *tabligh* devint, et est resté, un mouvement au double sens de ce terme ; d'une part, il est itinérant, se répand par un processus de métastase sur la surface de la terre, et, d'autre part, il mobilise socialement les musulmans qui sont touchés par sa prédication. L'échec du *tabligh* en Arabie empêchait sa prédication d'atteindre les masses de pèlerins voyageant de tout le monde musulman vers les Lieux saints. Le mouvement fut donc contraint à recréer lui-même, mais en sens inverse, le grand flux des voyages et à aller trouver les musulmans partout où ils étaient.

L'expansion du mouvement eut, du vivant d'Ilyas, l'Inde pour cadre. Après sa mort, en 1944, son fils Muhammad Yusuf, qui lui succéda, décida de porter la prédication au-delà des limites du sous-continent, et également d'autoriser les adeptes à faire du prosélytisme auprès des non-musulmans. On ne peut guère, en l'état actuel des études sur la *jama'at al tabligh,* établir une chronologie très précise de l'extension, ni suivre avec un grand détail les voies qu'elle emprunta : pour notre objet, il suffit d'indiquer que si, jusqu'au tout début des années cinquante, le mouvement s'implante surtout sur les routes du pèlerinage, il se développe, pendant cette décennie, au Moyen-Orient et en Afrique orientale (par le canal des réseaux de commerçants indiens) puis, dans les années soixante, en Afrique occidentale, en Asie du Sud-Est et en Occident [28]. En 1965, Muhammad Yusuf meurt, et c'est In'am-ul-Hassan, le petit-neveu d'Ilyas, qui devient l'*amir*, le dirigeant du mouvement.

Si l'on connaît encore mal les grands axes spatio-temporels selon lesquels le mouvement s'est développé, on en a observé en diverses occasions le mécanisme [29], qui correspond aux injonctions du sixième principe et qui est, par ailleurs, décrit dans plusieurs textes rédigés par les dirigeants. Ce mécanisme est nommé par les initiés la « sortie » (arabe : *khuruj*), elle-même divisée en « petite sortie » et « grande sortie ». La logique de base en est que les adeptes, en groupe restreint, « sortent » pour un week-end ou quelques mois, abandonnant leurs intérêts matériels et leur famille afin de se consacrer à la prédication et à l'approfondissement de leur piété, selon la perception qu'en a le mouvement à travers ses six principes. Ainsi, les « sorties » ont un double effet : renforcer la cohésion et la détermination des adeptes tout en attirant de nouveaux sympathisants – que ceux « qui sortent » ont pour fonction de ramener avec eux *. Si la « petite sortie » s'effectue dans un périmètre restreint – par exemple, à partir de la mosquée Omar rue Jean-Pierre-Timbaud vers la salle de prière d'un foyer pour travailleurs immigrés de banlieue –, les sorties plus grandes mènent les adeptes vers les différentes régions de l'Hexagone où demeurent des populations musulmanes, vers les pays d'Europe voisins – et surtout vers Dewsbury, dans le Yorkshire, au Royaume-Uni, où se trouve un « *islamic college* » qui est le centre européen du mouvement – ou bien vers l'Inde et le Pakistan – dans lesquels les adeptes fréquentent les écoles de formation de la *jama'at al tabligh* au niveau supérieur. Inversement, la France est l'aboutissement de nombreuses « sorties » de tablighis venus de l'étranger, notamment d'Inde et du Pakistan, qui exercent sur les branches françaises un magistère au moins moral, assorti si le besoin s'en ressent d'une fonction de contrôle ou d'arbitrage.

La greffe prend en France

C'est dans le cadre d'une telle « sortie » que la France a été touchée par la prédication du *tabligh*, pour la première fois, en

---

* Le mécanisme de la « sortie » en France est décrit ci-dessous, p. 202.

1962. Un groupe de missionnaires est arrivé du sous-continent à l'appel d'un étudiant ressortissant de l'Union indienne, connu dans les milieux tablighis de France sous le nom de Sana'ullah et auquel ces mêmes milieux prêtent une brillante réussite universitaire dans cette discipline prestigieuse entre toutes dans le monde musulman d'aujourd'hui, la chirurgie du cerveau [30]. En dépit d'auspices si fastes, cette première mission resta sans effet, ou, pour parler comme les tablighis, sans « *nusra* », expression qui désigne l'accueil favorable que firent les habitants de Médine au Prophète et à ses compagnons lorsque, fuyant La Mecque, ils trouvèrent refuge dans cette cité. Les missionnaires repartis bredouilles, Sana'ullah mit six années à repréparer le terrain jusqu'à ce que, finalement, une deuxième mission arrivât en 1968 : cette fois, la greffe prit et une branche tablighi commença à porter des fruits dans l'Hexagone. L'implantation en France se doubla de l'envoi rapide de quelques nouveaux adeptes dans le sous-continent pour y recevoir une formation idoine ; outre des musulmans « de souche » immigrés en France, des Français convertis à l'islam (par le biais du *tabligh*) firent la « grande sortie » et devinrent par la suite d'efficaces intermédiaires avec la société française.

Les tablighis sont partie prenante à la création de l'Association cultuelle islamique *, en 1969, et ils participent aux activités de la « mosquée de Belleville » jusqu'à ce que, à la suite d'un différend, ils partent s'installer à Clichy, en 1970-1971. En 1972, le groupe acquiert un local plus vaste dans la même localité de banlieue, rue Madame-de-Sanzillon. Il en fait le siège social d'une association constituée selon la loi de 1901 et déclarée en avril à la préfecture des Hauts-de-Seine sous le nom « Association musulmane Foi et Pratique ». En accédant à un statut légal, ce groupe informel jusqu'alors va occuper une place de choix dans le paysage islamique français, qui est, au tout début des années soixante-dix, pauvre en associations et lieux de culte. Cette antériorité lui assurera, dix ans plus tard, de solides positions, un réseau de relations efficient et une excellente connaissance du terrain musulman dans l'Hexagone.

A l'époque, ce terrain est encore largement en friche, et l'araire de la Mosquée de Paris dirigée par Si Hamza Boubakeur ne l'a qu'égratigné partiellement et superficiellement ; la Ligue islamique mondiale n'a pas encore implanté son bureau à Paris, l'Algérie ne considère pas la mainmise sur les instances musulmanes en France

---

* Voir ci-dessus, p. 97.

comme un enjeu central pour le contrôle de ses ressortissants, et, parmi les groupes islamistes, seule l'AEIF connaît quelque succès, limité au milieu étudiant. Ainsi, Foi et Pratique pourra creuser en toute quiétude son sillon.

Peu après Clichy, le mouvement fonde à Paris en 1973, boulevard de Belleville au coin de la rue Jean-Pierre-Timbaud, la mosquée Abou Bakr, dans un petit immeuble vétuste dont les salles de prière superposées peuvent accueillir près de cinq cents fidèles. Puis d'autres mosquées se créent, en banlieue – à Créteil, Goussainville, Mantes *, Corbeil-Essonne, Creil – et dans les villes de province dont le tissu industriel attire une concentration de main-d'œuvre banale immigrée : Le Mans, Lyon, Marseille, Roubaix, Sochaux, Montbéliard, Mulhouse, Rouen notamment. A Paris, le mouvement fonde deux autres mosquées d'importance, la mosquée Ali, rue du Faubourg-Saint-Denis, dans le Sentier, et, surtout, en 1979, la mosquée Omar, rue Jean-Pierre-Timbaud. Par sa taille (elle peut accueillir plus de mille cinq cents personnes), par son rayonnement (la constitution autour d'elle d'un véritable quartier islamique orthodoxe), c'est la « mosquée-cathédrale » de Foi et Pratique. C'est là que le président de l'association, M. Mohammed Hammami, un ancien maçon tunisien d'une cinquantaine d'années, prêche en chaire le vendredi, et c'est le point de départ et d'aboutissement de la plupart des « sorties » qu'effectuent les adeptes.

Un vendredi rue Jean-Pierre-Timbaud

Le vendredi, la rue Jean-Pierre-Timbaud est un pôle d'attraction pour de nombreux musulmans de Paris et de la banlieue. Venir à la prière permet aussi de faire ses emplettes dans les commerces « islamiques » de la rue, dont la plupart sont regroupés sur le passage entre la bouche du métro Couronnes et la mosquée (voir le plan ci-contre). C'est l'occasion pour les libraires, restaurateurs et surtout bouchers de fructueuses affaires, et, depuis l'inauguration de la mosquée Omar, les commerçants français « indigènes » dont la boutique est située sur le trajet des fidèles se voient incessamment sollicités de céder leur bail. Bien qu'une certaine résistance se fasse sentir, la progression de l'islamisation des boutiques est

* Il ne s'agit pas de la mosquée située rue Denis-Papin, pour laquelle on se reportera au chap. 6, p. 287 *sq.*, mais d'un oratoire de dimension modeste.

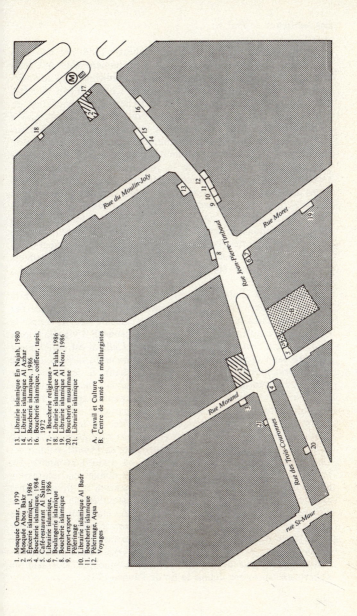

1. Mosquée Omar, 1979
2. Mosquée Abou Bakr
3. Épicerie islamique, 1986
4. Boucherie islamique, 1984
5. Café-restaurant Al Salam
6. Librairie islamique, 1986
7. Boulangerie islamique
8. Boucherie islamique
9. Import-export
10. Librairie islamique Al Badr
11. Boucherie islamique
12. Pèlerinage, Aqsa Voyages

13. Librairie islamique En Najah, 1980
14. Librairie islamique Al Azhar
15. Boucherie islamique, 1986
16. Boucherie islamique, coiffeur, tapis, 1972
17. « Boucherie religieuse »
18. Librairie islamique Al Falah, 1986
19. Librairie islamique Al Nour, 1986
20. Boucherie musulmane
21. Librairie islamique

A. Travail et Culture
B. Centre de santé des métallurgistes

impressionnante : durant le premier semestre 1986, pas moins de six d'entre elles ont été ouvertes. Si le phénomène n'est pas aussi spectaculaire que la transformation en Chinatown de rues commerçantes entières du quartier de l'avenue de Choisy, il suit toutefois une logique économique parallèle. A Belleville, la rénovation du quartier (qui n'a pas touché la rue précise qui nous occupe) a entraîné le départ de la population ouvrière, qui fournissait ses réserves électorales au parti communiste et ses consommateurs de prédilection à des commerces dont la plupart sont restés vétustes. Certains cafés « français » de la rue Jean-Pierre-Timbaud sont encore semblables aux caboulots enfumés d'avant guerre, insensibles aux modes qui transforment leurs pareils, à un rythme décennal, en « pubs » londoniens puis les parent de « réédition 1930 » après les avoir couverts de plastique ; ils sont incapables aussi, par manque de disponibilités financières, d'investir pour se moderniser. Triperies, boucheries chevalines, qui s'adressent à des consommateurs au pouvoir d'achat peu élevé, sont les premiers commerces à avoir été rachetés et transformés en boucheries islamiques.

Si le flux des chalands musulmans connaît son temps fort à la fin de la matinée, avant la grande prière collective complétée par le prône de l'imam (et dont l'horaire est décalé pour favoriser la venue des travailleurs qui font la pause déjeuner), il y a néanmoins un va-et-vient tout au long de la journée. Celle-ci est entièrement occupée par l'accomplissement du programme du *tabligh,* tel que les six principes en ont été décrits plus haut. Si les séances de *dhikr,* d'incantations, ont lieu le matin, suivies de lectures tirées des divers ouvrages de référence du mouvement, l'appel à la prière de midi marque l'axe de la journée. La mosquée est alors pleine à craquer d'une foule ethniquement mêlée, où les Maghrébins dominent, mais qui compte de gros bataillons d'Africains de l'Ouest et des nationalités musulmanes minoritaires en France, comme les Comoriens, Mauriciens, Réunionnais ou Indo-Pakistanais. En revanche, l'observation même superficielle donne une impression d'homogénéité sociale : la vêture très modeste et divers signes extérieurs manifestent que les croyants rassemblés ici sont probablement des ouvriers, et certainement pas des étudiants ni de riches Levantins installés dans les beaux quartiers. Frappante aussi est la moyenne d'âge, que l'on situerait approximativement autour de quarante ans, et où les jeunes de la « deuxième génération » n'apparaissent pas de façon significative, quoique leur nombre s'accroisse, au moins depuis la fin de l'année 1985.

13 heures, ce vendredi de février 1986 : après l'appel à la prière, et avant le prône de l'imam, un orateur se dresse. C'est un ancien pop-singer tunisien dont les cassettes alimentent encore le fonds des marchands de musique arabe, de Belleville à Gabès, et dont la voix chaude, les yeux de velours et les goûts tapageurs ont dû briser, à l'époque de sa gloire, bien des cœurs de minettes à Sidi-Bou-Saïd. Aujourd'hui, il a retrouvé l'islam, grâce à la médiation du *tabligh*, et c'est au service de Dieu seul qu'il met son talent, en application du cinquième principe.

« Sommes-nous vraiment des croyants ? » demande-t-il, en une question toute rhétorique, à la congrégation des fidèles. Non point, car,

> au lieu de nous soumettre à Dieu et à Son prophète, nous nous soumettons à nos envies, à nos désirs *(« chahwat »)*. Et le vrai croyant est celui qui combat sans merci ses envies, pour se régler sur le modèle indiqué par Mahomet. Mais comment mesurer la véracité de sa foi ?

Le seul critère que Dieu nous a donné, c'est « la sortie » *(al khuruj fi sabil illah)* : « Sortir prêcher la parole de Dieu est un examen de notre foi », cela permet de la cultiver, de combattre ses envies et d'aller au paradis à coup sûr.

> Nous demandons à tous les frères ici présents de rester avec nous après la prière pour écouter la parole de Dieu et, pourquoi pas, s'inscrire pour faire la sortie et aller prêcher.

De petits groupes se formeront et, les jours fastes, remonteront nombreux la rue Jean-Pierre-Timbaud pour s'engouffrer dans la bouche du métro Couronnes à destination de la salle de prière d'un foyer d'immigrés en banlieue. Mais, pour l'heure, chacun retient son souffle. Mohammed Hammami, président de l'association Foi et Pratique et sermonnaire habituel du vendredi à la mosquée Omar, s'empare du micro.

Le personnage, de petite taille, vêtu du costume tablighi classique agrémenté de temps à autre d'une keffieh à carreaux rouges, frappe de prime abord par son extrême nervosité. Sautillements, gesticulations multiples, débit haletant qui fait alterner hurlements et murmures soulignent la dimension déstructurée d'un prône dont la syntaxe et le niveau de langue font très largement appel au dialecte tunisien le plus vernaculaire. Pour qui a eu l'oreille éduquée par l'éloquence du cheikh égyptien 'Abd al Hamid Kichk, capable de traiter dans ses sermons les thèmes moraux ou politiques les plus triviaux par les figures flamboyantes d'une rhétorique classique apprise sous les colonnes d'Al Azhar, le contraste est frappant. Point d'effet de style rue Jean-Pierre-Timbaud, et cela n'est pas dû uniquement au cinquième principe du *tabligh*, qui prohibe l'étalage du savoir ; c'est aussi que tout induit à penser que l'auditoire, peu ou pas arabisé, y resterait largement insensible. Au niveau de réception du public, l'orateur adapte la qualité de son adresse. La répétition est le procédé stylistique dont use à satiété notre sermonnaire : le fidèle qui n'aura pas bien compris ou identifié la première fois le verset du Coran ou le dit du Prophète cité pendant le prône dispose de deux ou trois autres occasions successives pour l'appréhender, puis de plusieurs gloses littérales, exprimées en un dialecte au vocabulaire réduit à quelques dizaines de mots. Enfin, M. Hammami joint le geste à la voix, et ses mimiques, ses froncements de sourcils, ses hochements de tête, son index pointé et les interjections dont il fait fréquemment usage sont l'auxiliaire précieux de sa parénèse. Pourtant, l'imam semble se laisser gagner par l'excitation même qu'il sécrète, et, tandis que le discours touche à sa fin, le débit se fait de plus en plus rapide, les mots sont avalés et le rythme l'emporte sur la signification de phrases qui ne sont plus que des membres de proposition écartelés et juxtaposés, jusqu'à ce que le climax soit atteint : le rythme retombe alors et, pour quelques minutes, se succèdent des invocations à Dieu, qui demandent protection et miséricorde pour les croyants [31].

Le prône qui est succinctement évoqué ici a été prononcé à partir de 14 heures, le vendredi 21 février 1986, à la mosquée Omar, rue Jean-Pierre-Timbaud ; les salles de prière de tous les étages étaient combles, et plus de mille cinq cents personnes se trouvaient donc rassemblées là. Le thème traité concerne la futilité des affaires de ce monde en regard du Jugement dernier. Rien là de très original, bien plutôt un poncif de la prédication. Toutefois, l'intérêt de ce prône réside dans le contexte où il s'inscrit, dans l'adresse à des musulmans d'extraction modeste qui ont émigré vers un pays non islamique afin d'améliorer leur niveau de vie, sous l'empire de la nécessité la plus urgente, mais qui subissent, dans le pays d'accueil, mille déconvenues. L'art du prédicateur consiste à expliquer celles-ci par l'attachement trop grand aux échéances d'ici-bas, puis à proposer une thérapie radicale : la mise en pratique des principes de la *jama'at al tabligh*.

Le sermon à la mosquée Omar

Dieu, déclare M. Hammami à ses ouailles, garde de ce bas monde le croyant fidèle et lui offre l'au-delà ; à celui qu'Il déteste, Il donne argent, pouvoir, commerce, afin de le tracasser,

tandis que celui que Dieu aime, Il ne lui donne rien, rien sinon la piété, la crainte de Dieu, le *dhikr* nuit et jour, la prière, et la psalmodie nocturne du Coran, pendant que les gens dorment.

Seul le *dhikr,* la remémoration constante de Dieu, apaise le cœur :

Et rien d'autre, rien du tout, tu dis qu'une femme ça te rend serein, et c'est tout du tracas, tu dis que les gosses ça te comble, pas du tout, c'est que des tracas, alors c'est l'argent, c'est le commerce ? Des tracas ! Être au pouvoir, être ministre, être président ? Des tracas, encore des tracas ! [...] Il n'y a ici-bas que des égarés *(khasirun),* sauf ceux qui croient, font le Bien, ordonnent le Vrai et patientent ! Les autres, c'est tous des égarés : tel puissant, un égaré, tel marchand, un égaré, tel riche, un égaré, tel ingénieur, tel directeur, un égaré, il n'y a que des égarés sauf ceux qui croient, etc. [...] C'est tous des égarés, des égarés, même qu'ils ont des autos et des immeubles, et des femmes et des gosses et des cinémas et des vidéos à la maison, et du vin et des femmes... eh oui, tout ça, ça sera autant de tourments quand ils rencontreront Dieu, il sera furieux contre eux et ils iront tout droit dans le feu de l'enfer, sans pitié ! Et voilà, c'est toutes ces choses qui font fauter *(ghallata)* le musulman d'aujourd'hui ! [...].
Tendez donc l'oreille, ouvrez les yeux : si vous êtes sensés, débarrassez-vous de ce bas monde... mais sinon... voilà ce qui arrive : pour le salaire de ce bas monde, vous laissez tomber la prière ! Il y a des gens qui viennent et qui me disent « Mon frère, on me laisse pas faire la prière pendant le boulot *(khidma) !* – On te laisse pas la faire, la prière, au boulot ? Et alors ? Le boulot c'est Dieu pour toi ? Qui c'est qui pourvoit à ta subsistance ? Hein ? Quand t'es ici, avec nous, tu dis : " c'est Dieu ", mais au " chef * " t'y dis : " Chef ! je laisse tomber la prière pour pas que tu te mettes

* En français.

en colère ! " Eh bien, attends-la, la colère du Seigneur des Cieux et de la Terre ! »

Le travail en ce bas monde n'apporte rien de tangible, explique M. Hammami, et les réussites qui semblent les plus éclatantes et les plus enviables cachent la pire misère morale :

> Maintenant, y a des gens qui vont sur la lune ! et après ? le plus de suicides, dans le monde entier, c'est l'Amérique ! Chaque année, y en a plus de quatre-vingt mille qui se suicident ! Le voilà le pays qu'on trouve grand et qu'on veut imiter ! Eh ben, pour Dieu, c'est un pays méprisable... Et pourquoi qu'y en a plus de quatre-vingt mille par an qui vont se pendre ? C'est parce qu'ils ont pas trouvé de répit *(raha)* en ce bas monde, parce qu'ils sont loin de Dieu, et c'est pour ça qu'ils se suicident ! [...].

Pourtant, les gens que l'on estime, dans la vie sociale, ne sont pas ceux qu'il faudrait :

> Maintenant, aujourd'hui, les musulmans, qui c'est qu'ils voient comme des gens raisonnables ? Je parle pas des infidèles *(kafir)* ni des hypocrites, juste des musulmans ! Eh ben, c'est l'avocat, le ministre méprisable *(wazir haqir)*, le directeur, c'est ceux-là qu'on croit raisonnables. Et celui qui sait le Coran par cœur, qui passe ses nuits à prier, qui fait la « sortie » *(al khuruj fi sabil illah)*, qui appelle les gens à Dieu, celui qui fait du *dhikr* jour et nuit, eh ben, celui-là, c'est un derviche ! un derviche ! Bientôt, on apprendra, on le verra, le derviche, qui entre avant tout le monde au paradis ! Et on le verra, l'homme « raisonnable » qui entre avant tout le monde dans le feu de l'enfer ! [...].

Distendre ses liens avec ce bas monde et se préparer à la vie future implique une prise de conscience immédiate : combien de musulmans superficiels, prévient M. Hammami, ont dit qu'ils prieraient et donneraient de l'argent pour la *zakat* (l'aumône légale) après ramadan, puis après *moharram*, puis après tel et tel mois hégiriens ! La mort les surprend et l'argent qu'ils ont amassé à la banque au lieu de le donner à la *zakat* * vient à leur débit au jour du Jugement dernier. En aucun cas il ne faut remettre à plus tard la réaffirmation de son islamité pleine et entière, en assumant toutes les conséquences de celle-ci telles que les voit le sermonnaire :

---

* Pour la collecte de laquelle un tronc est disposé près de la sortie de la mosquée.

Hein, toi qui dis qu'on t'a pas donné du temps pour venir le vendredi, qui psalmodies pas le Coran parce que tu t'occupes de ton commerce, toi qui viens pas à la mosquée, qui fais pas craindre Dieu à tes filles ni à tes fils, qui leur dis pas de faire la prière, toi qu'as ta femme qui sort nue [non voilée], toi qu'as ta fille qui sort nue, est-ce que t'as pensé à comment tu vas te trouver, devant Dieu ? Quelqu'un m'a dit : « Il faut que la femme travaille, pour qu'on s'entraide face à l'adversité de ce bas monde ! » Je lui ai dit : « [...] tu fais travailler ta femme dehors ? Et t'es musulman, t'es pas chrétien ni juif ? Celui qui fait travailler sa femme ou sa fille, c'est soit un chrétien soit un juif, ça peut pas être un musulman, pas du tout ! Les chrétiens et les juifs, c'est eux qui sont venus chez les musulmans pour en faire travailler les femmes ! Quand doit travailler la femme ? Si elle s'ennuie, qu'elle file la laine, qu'elle couse à la maison, oui, [...] mais sortir se mêler aux hommes, leur dire bonjour à l'usine, au bureau, aïe, aïe ! Tout ça, c'est du tracas et encore du tracas ! [...] Elle part travailler ! Et avec qui, elle travaille, hein, avec des anges, avec qui ? ».

Le remède à cette vie de dissolution morale dépeinte par M. Hammami sous les couleurs les plus noires est simple : il suffit de se régler sur le modèle d'existence qu'a instauré le Prophète, de se conformer strictement au programme du *tabligh*. Le détachement progressif des liens avec ce bas monde, par le moyen de la prière, du *dhikr,* du *'ilm* (la connaissance de Dieu), du *khuruj* (la « sortie »), permettra au croyant véritable de trouver enfin la sérénité à laquelle aspire l'âme, et dont la famille, un travail, une position sociale ou le bien-être matériel ne sont que de pâles simulacres.

L'analyse sommaire de ce type de prêche met en relief deux thèmes complémentaires : le rejet du monde et de ses tentations et l'aspiration à l'au-delà. Mais, ici, le rejet du monde se traduit par une mise en cause radicale des idéaux et des valeurs de la société occidentale où se trouvent immergés les travailleurs immigrés auxquels s'adresse M. Hammami. Et l'aspiration à l'au-delà passe par la réaffirmation de catégories morales qui appartiennent à un domaine de référence très traditionnel. Cette réaffirmation-là n'est, du reste, que le premier pas vers la réislamisation totale de la vie quotidienne, objectif du mouvement tablighi.

Les travailleurs musulmans immigrés en France y sont venus, tout d'abord, pour gagner de l'argent. Leur migration les réduit, dans un premier temps, à une dimension d'*homo economicus* qui dicte nombre de leurs comportements et attitudes : primat absolu donné au travail, accumulation monétaire, etc. S'ils supportent cette existence lourde de contraintes, c'est parce que, au bout du tunnel, brille la lueur de la réussite sociale, du bien-être, pour soi-même et pour les enfants. Cette réussite est incarnée par un certain nombre de métiers, ou plutôt de situations, censés mettre l'individu qui les occupe à l'abri du besoin : commerçant, médecin, ingénieur, directeur, ministre... dont M. Hammami récite la liste en une litanie sempiternellement agrémentée de qualificatifs péjoratifs (ainsi, « ministre » – *wazir* en arabe – est immanquablement flanqué de *haqir*, « méprisable », sans que l'on puisse rendre en français l'effet d'assonance) et qu'il voue à la géhenne. Il pourrait sembler malhabile qu'un tel prédicateur affrontât aussi brutalement les aspirations élémentaires de ses ouailles. Mais l'explication, sans doute, réside dans le fait que l'auditoire ne croit plus qu'à moitié à ses rêves d'ascension sociale, et que, pour une large part, il est composé de chômeurs. Un actif algérien sur trois est, en France, sans travail (recensement 1982) et il n'est guère aisé, lorsqu'on a un emploi d'exécution, de passer à la mosquée, le vendredi, de longues heures qui débordent la pause du repas de midi. Ce phénomène n'est pas, du reste, propre à la seule mosquée Omar, et les salles de prière de l'Hexagone sont un des lieux de socialisation par excellence où se retrouvent les chômeurs musulmans.

Ces chômeurs sont la cible de prédilection de la prédication du *tablîgh* : s'ils subissent de la pire façon les effets du renversement de toutes les valeurs auxquelles ils ont successivement cru – et sont ainsi faits de la cire molle de l'anomie dans laquelle le mouvement piétiste pourra marquer profondément le sceau de ses « principes » –, ils ont également la disponibilité complète de leur temps, que les tablîghis leur apprendront à meubler en *dhikr* et surtout en *khuruj*, en « sorties » de propagation de la foi.

Toutefois, il y a beaucoup de travailleurs parmi la congrégation assemblée rue Jean-Pierre-Timbaud, et c'est à eux que s'adresse M. Hammami en racontant l'anecdote de l'homme qui « laisse tomber la prière pendant le boulot » pour que le « chef » ne se fâche pas (et qui, ainsi, encourt la colère divine). Mais, il faut le remarquer, notre orateur n'indique aucune échappatoire pour se tirer d'un tel embarras ; il se contente d'insister sur la valeur très relative du travail, comme de toute activité en ce bas monde qui n'a pas pour objectif unique de servir Dieu *.

Ainsi, c'est à un réquisitoire contre les valeurs matérielles de la

---

* Comparer, *a contrario*, avec le prône à la mosquée Stalingrad. Voir ci-dessus, p. 105 *sq.*

société occidentale (où la France ne figure que sous les traits du « chef » et sous l'aspect d'un duplicata de l'original américain, lui-même réduit à un taux de suicides) que se livre M. Hammami en un premier moment. Une fois démontrée la culpabilité de ceux qui s'attachent à ce monde, il y a place pour un vigoureux plaidoyer en faveur de la reconstruction de l'identité islamique des fidèles.

Dans le contexte où se situe son auditoire, l'imam commence par raffermir les bases de la morale traditionnelle d'avant l'émigration : c'est le sens de l'anecdote sur l'homme qui laisse sa femme sortir « nue » et travailler hors de la maison. Il ne peut se dire musulman, à en croire ce sermon, et n'est qu'un juif, un chrétien ou une de leurs créatures. Le propos est d'importance, car, au sein des populations musulmanes en France, la sensibilité au statut des femmes est très grande : bien souvent, il en va de l'honneur du chef de famille si l'une des femmes de la maisonnée est vue dans la rue vêtue comme une Européenne. Mais la pression des femmes et, surtout, des jeunes filles pour enfiler un blue-jean ou passer une robe légère comme les camarades de collège ou d'atelier s'exerce de façon lancinante sur l'époux et le père, d'autant plus mal armés pour y résister par d'autres moyens que la coercition qu'ils sont peu francisés, illettrés et dépendants des enfants pour remplir les « papiers » de la Sécurité sociale ou des Assedic. A ceux à qui le monde semble à l'envers, et qui ne savent plus raison tenir à leurs enfants, M. Hammami martèle des injonctions fondamentales qui remettront l'univers sur ses pieds : si tu laisses les femmes de ta famille sortir « nues », tu n'es plus un musulman, tu n'es qu'un chrétien ou un juif. On notera, dans cette reconstruction éthique, l'affirmation de la supériorité absolue du musulman sur le reste de l'humanité, sur les infidèles *(kafir)*, et aussi celle des vrais croyants sur ceux qui ne sont musulmans que de nom, les « hypocrites » *(munafiqun)*. Le « chef », pour le bon plaisir duquel on ne fait pas la prière, se voit ici remis à sa place, celle d'un être inférieur au regard de Dieu, d'un impie ; et dès lors que l'on se perçoit non plus comme un travailleur immigré soumis au contre-maître, mais comme un musulman véritable, on se trouve dans la situation décrite par le fondateur du mouvement piétiste, Muhammad Ilyas :

> Il est un fait incontestable qu'aussi longtemps que les musulmans étaient fidèles à leur religion, ils furent honorés et respectés partout (quatrième principe du *tabligh*).

Vade-mecum

Après la fin du prône, les rangs des fidèles s'éclaircissent, mais un groupe compact demeure sur les lieux. M. Hammami ou l'un de ses lieutenants leur fait la lecture, toujours tirée de l'ouvrage de référence de la *jama'at al tabligh,* un recueil de hadiths intitulé *Ryad al salihin (le Jardin des pieux croyants).* Ce recueil, rassemblé par l'imam Nawawi (mort en l'an 671 de l'hégire), regroupe les hadiths par thèmes. Par exemple, le *Livre du vêtement* contient ce que le Prophète a fait ou dit à ce sujet, le *Livre du sommeil* indique comment il faut dormir à l'imitation du Prophète, etc.

Le tablighi convaincu se doit de suivre à la lettre, autant qu'il le peut, les injonctions que rassemble *le Jardin des pieux croyants :* c'est, au sens propre, son manuel, il s'y réfère afin de savoir comment se comporter ou quelle invocation prononcer en toute occasion. Ainsi, pour comprendre pourquoi les tablighis se vêtent comme ils le font, il faut et il suffit d'ouvrir *le Jardin des pieux croyants* à la page du *Livre du vêtement (kitab al libas)* [32]. Le premier chapitre, intitulé « L'habit blanc est recommandé, le rouge, le vert, le jaune et le noir sont permis, ainsi que le coton, le lin, le crin, la laine et le reste, sauf la soie », expose les deux versets coraniques [33] – « Ô enfants d'Adam ! Oui, Nous avons fait descendre sur vous le vêtement pour cacher vos nudités », et : « Et Il vous a assigné des cottes qui vous protègent de la chaleur, ainsi que des cottes qui vous protègent de votre propre rigueur. Ainsi vous parfait-Il Son Bienfait ». Puis des dits attestés du Prophète (« Habillez-vous de blanc, c'est ce qu'il y a de plus pur et de mieux, et enveloppez vos morts dans un linceul blanc ») et des témoignages de ses compagnons qui le virent vêtu des couleurs et des tissus mentionnés ci-dessus. Un autre chapitre traite des longueurs idoines de la chemise, de la robe, et du bout du turban que l'on laisse prendre dans le dos, de l'interdit de tirer orgueil de son habit, etc.

En bref, *le Jardin des pieux croyants* fournit au tablighi la réponse à toutes ses questions pratiques quotidiennes et lui permet de se régler au plus près sur l'imitation du Prophète. Il constitue son code de conduite : il fixe l'usage qui fut celui de Mahomet, abonde en injonctions (ainsi, il indique quelle invocation réciter lorsqu'on part en voyage, entre dans une maison, rote à table, etc.) et, surtout, en interdits dont le spectre couvre le champ des possibles de l'activité humaine, depuis les conduites religieuses déviantes (interdiction de rendre un culte aux tombeaux, par exemple) jusqu'à la socialisation des fonctions corporelles les plus triviales (défense de déféquer sur un lieu de passage ou d'uriner dans l'eau stagnante). Cette norme contraignante sera le guide le plus sûr vers le Jugement dernier, et le rempart le plus efficace contre l'anomie de la société, française en l'occurrence. Deux qualités ont fait élire ce recueil par la *jama'at al tabligh :* son mode de classement thématique, qui en permet l'utilisation comme manuel, et son volume réduit (chaque hadith n'est précédé que du nom du premier témoin qui l'a transmis *), qui en fait un vademecum idéal lors des « sorties ».

Tandis qu'un orateur glose tel ou tel chapitre du *Jardin des pieux croyants,* ceux qui sont volontaires pour faire une « sortie » se regroupent. Le vendredi est un jour particulièrement faste, car il permet à ceux qui travaillent d'effectuer leur « sortie » durant le week-end – mais celle-ci peut être de longueur variable et durer quelques heures comme plusieurs mois, en fonction de la disponibilité physique et intellectuelle de chacun.

Les volontaires sont rassemblés selon la durée de la « sortie » qu'ils désirent accomplir, et répartis en groupes de cinq personnes au moins. Chacun apporte son argent, une couverture, quelques ustensiles de cuisine, et l'on prend également un exemplaire du *Jardin des pieux croyants.* Le groupe, qui se nomme *jama'at* (manifestant par là qu'il reconstitue, au niveau microcosmique, une communauté de croyants), se donne un chef *(amir)* – choisi pour ses qualités reconnues de piété, c'est un tablighi déjà chevronné –, ainsi qu'un guide *(dalil)* qui, connaissant le terrain, est chargé d'établir la route à suivre. Avant le départ, un « ancien »

---

* Contrairement au Coran, dont le texte fut établi à l'époque du calife Othman et qui est intangible et indubitable pour les musulmans, les hadiths, qui apparurent à des époques variées, eurent de multiples sources. Leur fonction fut de légitimer tel ou tel agissement – qui n'était point réglé par le texte coranique – en arguant du fait que le Prophète avait été vu agissant de la sorte ou, mieux encore, avait dit qu'il fallait faire ainsi. Cette pratique suscita d'innombrables abus, et les jurisconsultes musulmans s'employèrent à recenser les hadiths « authentiques » et à éliminer les hadiths « douteux », en examinant la « chaîne de transmetteurs », c'est-à-dire le nom et la qualité de ceux qui avaient rapporté le propos ou l'acte de Mahomet considéré. Ainsi, les recueils de hadiths comportent, avant chacun d'eux, une « chaîne » de noms d'autorités qui en garantit la véracité : cela rend ces recueils particulièrement volumineux et difficiles à manier, sinon par les oulémas spécialisés. L'ouvrage de Nawawi, composé au VIIᵉ siècle de l'hégire, alors que le problème de l'authenticité avait été théoriquement réglé, mentionne le seul nom du premier « transmetteur » et, ainsi, constitue un texte à la portée de quiconque connaît l'arabe ; en ce sens, c'est une entreprise littéraire qui est déjà moderne, si l'on peut dire.

harangue ceux qui vont sortir et leur rappelle la finalité de leur acte, qui s'inscrit dans le sixième principe du *tabligh* : temps comme argent seront dépensés, pendant la « sortie », « dans la voie de Dieu ». Il faut s'astreindre à vivre scrupuleusement à l'imitation du Prophète, accomplir méticuleusement les prescriptions rituelles, ne pas parler argent ni aborder d'autre sujet futile ou mondain (cf. le septième principe). Puis on désigne une mosquée ou une salle de prière qui servira de foyer, autour duquel rayonneront les tournées *(jawla)* de prédication, en direction des escaliers de HLM, des cafés, des trottoirs et des appartements où les musulmans mènent une vie d'« égarés ».

L'oratoire où le groupe passe une ou deux nuits n'est jamais sélectionné au hasard : les musulmans qui le gèrent ont, d'ordinaire, demandé aux responsables de Foi et Pratique de leur envoyer des missionnaires. Lorsqu'il s'agit, comme c'est très souvent le cas, d'une salle de prière située dans un foyer de travailleurs immigrés, l'accord préalable du directeur est requis * : l'association a en effet les meilleurs rapports avec l'autorité (ce qui lui est parfois reproché, nous le verrons plus loin).

Les tablighis prétendent avoir été invités dans toutes les salles de prière de France, et s'il faut probablement nuancer l'affirmation, on aurait tort de la révoquer totalement. Au début des années quatre-vingt, à tout le moins, des témoins attestaient que le flux des « sorties » était incessant rue Jean-Pierre-Timbaud (les raisons de son tarissement récent seront avancées plus loin). Pour une association de base, qui manque de tout et cherche livres, prédicants, exemples à suivre, le recours à Foi et Pratique comme prestataire de services religieux s'est avéré, au moment de la première floraison des initiatives musulmanes dans ce pays, quasi indispensable.

Après avoir parcouru le trajet de la mosquée Omar jusqu'à la salle de prière et prononcé, en partant, en montant dans le métro, dans le train de banlieue, en arrivant à destination, les invocations idoines, le groupe qui accomplit la « sortie » prend langue avec ceux qui l'ont appelé puis s'installe dans les lieux. On tient conseil *(chura)* pour se répartir le travail : un des membres est chargé du *ta'lim*, de la transmission de la connaissance de Dieu à l'assistance (en glosant *le Jardin des pieux croyants*). Un ou deux autres membres, des tâches pratiques (nettoyer la mosquée, faire la

---

* Parfois, pourtant, les directeurs de foyer font partir les groupes de tablighis trop nombreux à leur gré et qui, en dormant et mangeant dans la salle de prière, contreviennent aux règlements.

cuisine...). Chacun a pour fonction, à tour de rôle, de lire des hadiths après les cinq prières quotidiennes. D'autres vont faire des tournées dans les environs de la mosquée, chez les commerçants, dans les chambres du foyer, etc., pour appeler les musulmans à venir tant que le groupe est présent.

Au retour des tournées, l'un des membres prononce une harangue *(bayan)* : il rappelle quels sont les objectifs de l'islam, que l'homme n'a été créé et ne vit sur terre que pour s'en retourner sur la voie d'Allah. L'objectif premier du musulman, explique l'orateur, est d'abord de pratiquer sa religion, et ceux qui sont « sortis » proposent à la congrégation assemblée avec eux de faire ensemble un « stage pratique » de *sunna,* de s'exercer à passer de conserve un ou deux jours dans l'imitation totale du Prophète.

Avant la prière du soir, on lit des récits des pieux compagnons du Prophète, tirés d'un recueil de la plume de Mawlana Muhammad Zakariya, *Hikayat al sahaba (Histoire des Compagnons),* puis, après la prière canoniquement accomplie, on dîne ensemble en rappelant et en appliquant les hadiths qui codifient les manières de table de Mahomet. Si l'on n'est pas trop fatigué, on veille en invoquant le nom de Dieu *(qiyam al laila)* ; sans quoi on se couche, comme l'envoyé d'Allah le faisait, la tête tournée vers La Mecque et la joue appuyée sur la paume droite.

Levés une heure avant la prière de l'aube, les membres du groupe tiennent à nouveau conseil et établissent pour la journée un plan d'action semblable à celui du jour écoulé ; on s'efforcera de repérer les musulmans les plus sincères et de les ramener avec soi vers la mosquée Omar, afin d'en faire des missionnaires du *tabligh.*

Force et faiblesse du *tabligh*

Tôt implantée sur le terrain musulman en France, dotée d'une idéologie très structurée et de techniques de prédication et de prosélytisme aux vertus éprouvées, la *jama'at al tabligh* a su trouver les accents que les populations musulmanes de France avaient besoin d'entendre dans la conjoncture particulière du tournant de la huitième décennie de ce siècle, marquée par plusieurs phénomènes dramatiques : le passage d'une situation d'immigration vécue comme « un provisoire qui dure » à une sédentarisation inéluctable mais aléatoire sur le sol français, l'arrivée des femmes et des enfants confrontés aux institutions et aux normes du pays d'accueil, les tensions sur le marché de l'emploi qui frappent durement les travailleurs immigrés non qualifiés. La crise identitaire qui se développe dans ce contexte est renforcée par l'ébranlement général des valeurs dans les pays de départ, qui traversent une période difficile marquée par la désaffection des sociétés civiles à l'égard des États issus de l'indépendance. Dans ce contexte, l'identification des immigrés installés en France aux idéaux ayant officiellement cours dans le pays qu'ils ont quitté est d'autant plus malaisée qu'idéologues et dirigeants nationaux incarnent souvent la servilité et la corruption à leurs yeux d'expatriés. Par ailleurs, la société française est perçue à travers des représentations qui combinent l'opacité de son fonctionnement et la fascination/répulsion qu'exercent ses modes de consommation. Or, dans un contexte de transformation de l'appareil productif où la perspective du chômage est une menace quotidienne pour les travailleurs immigrés, généralement peu qualifiés, les attraits de la consommation se muent en frustrations permanentes, qui sont autant de facteurs de déstabilisation. Cela rend nécessaire la construction d'un nouveau cadre de référence qui permette de redonner un sens à l'existence dans un univers frappé d'anomie.

Que l'islam ait pu jouer ce rôle est imputable à plusieurs causes : l'échec d'autres modèles identitaires évoqué ci-dessus en fournit, pour sa part, une explication en creux. Mais le relief, quant à lui, suppose un fonds de culture islamique, fonds auparavant inexploité et qui trouvera dans les tablighis ses premiers bâtisseurs. Ceux-ci se sont employés à en stabiliser le sol et à jeter des bases qui fussent solides : si ce gros œuvre semble avoir été accompli, l'entreprise paraît manquer pourtant des capacités propres à le mener plus avant.

Dans son idéologie comme dans sa pratique, en effet, le *tabligh*, à Mewat ou à Belleville, cible d'emblée des milieux qui souffrent d'une profonde désorientation, d'une crise éthique, de la perte des repères ; les « paumés » y trouvent un cadre contraignant qui leur permet de se soustraire à des comportements asociaux, comme la toxicomanie ou la petite délinquance. Il faut aussi voir là les causes du succès du mouvement auprès de jeunes Français marginalisés, qui ont rencontré l'islam par son intermédiaire alors qu'ils vivaient la dérive des illusions perdues post-soixante-huitardes et passaient de sectes en gourous dans la fumée des joints. Dans cette perspective, l'insistance du *tabligh* sur la dimension congrégationnelle de son activité est primordiale : le nouvel adepte est pris en main, rééduqué au rythme des séances de *dhikr* et, surtout, des « sorties » qui, plusieurs jours durant, lui réapprennent la vie en commun, le sens de la responsabilité, du partage, etc.

Toutefois, et dès lors que l'on a été transformé en « machine à prier » – selon l'expression d'un ex-tablighi –, le mouvement offre peu d'autres perspectives : il abhorre, en effet, toute activité politique – selon l'injonction expresse du fondateur Muhammad Ilyas – et fuit la réflexion et l'étude, laissées en partage aux oulémas.

En se refusant à transformer la demande de stabilisation sociale de ses adeptes en mobilisation politique effective contre des gouvernements qui n'appliquent pas la loi de Dieu, le mouvement piétiste encourt, partout où il exerce sa prédication, les critiques de groupes islamistes radicaux qui lui reprochent de faire le jeu des pouvoirs en place. Dans le sous-continent, en Inde et au Pakistan, les disciples de Maududi * décochent contre la *jama'at al tabligh* des traits d'autant plus acérés que le succès populaire de celle-ci est incommensurablement supérieur au leur. Dans une communication au congrès sur « Histoire, art et culture islamiques en Asie du Sud », tenu en mars 1986 à Islamabad, au Pakistan, Mumtaz Ahmad, membre distingué de l'*establishment* islamiste international, fait les commentaires suivants sur l'activité politique des disciples d'Ilyas :

> Même dans les controverses sur le rôle socio-politique de l'Islam au Pakistan, la *jama'at al tabligh* a manifesté une attitude d'indifférence, une sorte de « que m'importe ? » permanent. Cela a bien sûr aidé la *jama'at* d'une manière au moins : tandis que les autres partis islamiques étaient l'objet de violentes attaques des forces laïques et étaient pénalisés par les pouvoirs en place pour leurs activités, on ne mettait guère d'obstruction à ses agissements à elle [...]. Ainsi, dans les années 60 au Pakistan, le régime d'Ayyub Khan envoya aux hauts fonctionnaires des circulaires secrètes leur enjoignant de ne point participer aux activités de la *jama'at-i-islami* sous peine de perdre leur emploi, et fit surveiller ceux qui lisaient le commentaire coranique rédigé par Maududi. Par contraste, la *jama'at al tabligh* fut encouragée en haut lieu. La Banque nationale du Pakistan reçut l'ordre de mettre à la disposition des branches étrangères du mouvement les devises qu'il lui fallait [...]. Un ancien

---

* Maududi est le fondateur de la *jama'at-i-islami*, un groupe proche des Frères musulmans, qui a vigoureusement lutté contre le « laïcisme » d'Ali Bhutto, a applaudi à son exécution et fourni au général Zia-ul-Haq les conseillers de sa politique d'islamisation systématique.

responsable du gouvernement d'Ayyub Khan a attesté que c'était au niveau des cabinets ministériels que se prenaient les décisions de parrainer la *jama'at al tabligh* – et cela sur instructions directes du président – afin de « neutraliser l'influence de la *jama'at-i-islami* et des autres groupes d'oulémas actifs politiquement ».

L'auteur indique également que, en Inde, le « gouvernement laïque de Mme Gandhi » ne met aucune restriction aux visas de sortie et allocation de devises des sectateurs d'Ilyas, alors que les activistes de la branche indienne de la *jama'at-i-islami* voient les embûches surgir sous leurs pas.

> En ne prenant pas parti durant les conflits entre forces anti-islamiques et forces islamiques, la *jama'at al tabligh* priva ces dernières de l'appui potentiel qu'auraient pu leur apporter ses gros bataillons, et, ainsi, aida les ennemis de l'islam [34].

Cette attitude est partagée par les groupes islamistes actifs en Afrique du Nord et leurs branches en France. Ainsi, un militant islamiste tunisien n'a pas hésité à nous dire que les travailleurs immigrés qui rentrent dans leur pays avec des marchandises en fraude pouvaient, certes, voir les yeux du douanier se fermer s'ils militaient dans le parti Néo-Destour au pouvoir, mais étaient assurés de son entière mansuétude s'ils justifiaient de leur appartenance à la *jama'at al tabligh*. Une fois faite la part de la polémique, on ne peut guère mettre en doute l'excellence des rapports entre les autorités (au sud comme au nord de la Méditerranée) et les dirigeants du mouvement tablighi – ce dont, du reste, personne ne fait mystère dans les milieux concernés. Et la raison ne doit pas en être cherchée ailleurs que dans ce fait que souligne Mumtaz Ahmad : tant que l'on passe ses journées à prier, faire du *dhikr* et accomplir des « sorties », on ne participe pas à des activités politiques jugées subversives, on ne milite pas dans les divers mouvements islamistes.

Pourtant, ce constat ne vaut que sur le court terme, même si le flux constant des recrutements d'adeptes nouveaux par les groupes tablighis tend à le masquer : en effet, le mouvement est un « sas », voire une « passoire » : une fois « réislamisés » par le *tabligh*, ceux qui ont vocation à devenir autre chose qu'une « machine à prier » prennent leurs distances et cherchent quelque activité qui soit intellectuellement ou politiquement plus roborative. Les divers concurrents de Foi et Pratique dans le champ musulman français en sont parfaitement avertis, et, dans la congrégation rassemblée le vendredi à la mosquée Omar par exemple, mouchards et rabatteurs prennent discrètement mais sûrement place. Néanmoins – et nous essaierons de le montrer ci-après –, en France, contrairement aux pays d'origine, c'est moins la rivalité de groupes islamistes encore relativement peu influents hors du milieu estudiantin qui menace la *jama'at al tabligh* que la politique très efficace de contrôle religieux de ses ressortissants menée par les autorités algériennes par l'intermédiaire de la Mosquée de Paris. Les moyens considérables dont dispose cette politique en font – nous le verrons – le principal « opérateur » islamique en France au milieu des années quatre-vingt.

Outre les rivalités qu'il suscite et les limites inhérentes à son idéologie, le mouvement tablighi souffre, en France, de divisions internes qui ont entamé le déclin de son influence. C'est en effet user d'euphémisme que de noter que la personnalité de M. Mohammed Hammami ne fait pas l'unanimité. S'il n'est guère possible de déterminer, en 1986, si quelque redressement surgira, des signes tangibles apparaissent toutefois, qui manifestent qu'une autre association a entamé contre M. Hammami la bataille pour le leadership et la légitimité tablighi en France.

Déclarée dès mars 1978 à la préfecture de police, l'association « *Tabligh et daoua ila 'llah* » (« Propagation de la foi et appel à Dieu » – dénomination arabe complète de la *jama'at al tabligh*) est animée par un jeune Libanais héritier d'une dynastie financière beyrouthine et doté aux États-Unis d'un cursus universitaire extrêmement prestigieux. Cette association a organisé en juillet 1985, à Lille, un vaste rassemblement islamique qui a regroupé plus de cinq mille personnes, et où figuraient des responsables pakistanais de la *jama'at al tabligh*. Depuis lors, et tandis que M. Hammami ne se montre plus guère qu'en le château de Villemain où il réside et à la mosquée Omar, son rival est régulièrement invité par les tablighis de province et a réussi – semble-t-il – à attirer dans son association des membres fondateurs de Foi et Pratique. Enfin, l'association a acquis en mars 1986 à Saint-Denis, municipalité communiste, en banlieue ouvrière, un pavillon destiné à devenir sa mosquée-cathédrale. Ainsi, en milieu d'année 1986, tout semble prêt pour une confrontation entre les tenants du titre tablighi en France et des challengers qui ne sont pas sans moyens. Si l'on déplore, rue Jean-Pierre-Timbaud, cette *fitna*, cette sédition intra-islamique, chacun semble penser *in petto* que la régénération du mouvement dans l'Hexagone est la condition indispensable à la poursuite de son expansion passée.

CHAPITRE 5

La manne pétrolière

Le milieu des années soixante-dix est une période charnière pour la sédentarisation des populations musulmanes immigrées en France. C'est également, pour la propagation de l'islam proprement dit, un moment de mutation.

L'augmentation vertigineuse des prix des hydrocarbures après la guerre d'octobre 1973 au Moyen-Orient a pour première conséquence l'enrichissement des pays producteurs de pétrole. Cela donne des moyens d'action considérables aux États, aux organismes, voire aux individus ayant accès à la rente pétrolière. Et lorsque les pays considérés sont faiblement peuplés, ils peuvent utiliser à discrétion leur richesse nouvelle. Or, plusieurs États soucieux de propagation de l'islam connaissent cette enviable situation : la Libye du colonel Kadhafi, le Koweit et les Émirats arabes unis, mais surtout le royaume d'Arabie Saoudite.

La monarchie wahhabite * est le grand vainqueur de la guerre israélo-arabe de 1973 : bien qu'elle ait été absente du champ de bataille militaire proprement dit, elle a su faire usage, dans le cadre de l'OPEP, de l'« arme du pétrole » – dont l'objectif de départ était de faire pression sur Israël par pays occidentaux importateurs d'hydrocarbures interposés. Mais l'augmentation du prix du brut a eu des effets seconds. Elle a mis en évidence la

---

* Le wahhabisme tire son nom d'Ibn Abd al Wahhab, réformateur islamique né en 1703 en Arabie. Selon lui, la régénérescence des musulmans passe par la suppression de toutes les superstitions – cause principale du déclin et de la décadence des Arabes. S'inscrivant dans la tradition néo-hanbalite d'Ibn Taïmiyya (voir ci-dessous, p. 284), il fustige les croyances dans les idoles et les santons, ce qui suscite des réactions populaires violentes à son encontre.

Réfugié auprès des émirs de la famille Al Saoud, dont le pouvoir s'étendait alors sur quelques bourgades de l'oued Hanifa, il devint leur directeur spirituel à partir de 1740. En un demi-siècle, ceux-ci firent la conquête de la plus grande partie de la péninsule arabique (prise de La Mecque en 1804, de Médine en 1806) et répandirent la doctrine d'Ibn Abd al Wahhab. La dynastie saoudienne, dont les membres détiennent aujourd'hui encore le pouvoir à Riyad, a ainsi vu sa puissance temporelle aller de pair avec l'essor d'une prédication religieuse, et elle reste soucieuse qu'il en soit toujours ainsi.

dépendance et la fragilité des économies des pays importateurs – particulièrement en Europe occidentale –, contraints pour la première fois par les États du tiers monde de prendre des mesures drastiques d'économie d'énergie. La « punition » infligée aux Pays-Bas, temporairement privés d'essence à cause des options jugées trop « philo-sionistes » de leur gouvernement, a constitué l'exemple le plus frappant de la nouvelle donne des rapports de pouvoir dans l'espace international. Si l'opinion publique, dans les pays arabes et musulmans, a été sensible à cette estocade portée aux anciennes puissances coloniales orgueilleuses et dominatrices, il lui est aussi apparu clairement comment, à l'intérieur du « camp arabe », s'établissaient les lignes de force.

Les projets politiques du nationalisme arabe socialisant, tels que les avaient proclamés à la face du monde les réalisations de Nasser et l'emphase de son verbe, s'effondrent dans le cauchemar de la défaite face à Israël, lors de la guerre des Six Jours de juin 1967. Dès lors, le monde arabe vit un traumatisme politique, une crise des valeurs profonde : la guerre d'octobre 1973 lui sert de médication symptomatique. Les armées d'Égypte et de Syrie ont, en effet, l'initiative et bousculent les lignes israéliennes sur le Golan et le canal de Suez, mais la contre-offensive de l'armée hébraïque est victorieuse. Il faut les pressions politiques de Henry Kissinger – soucieux de sauvegarder un Sadate que choieront les États-Unis – pour que les tanks israéliens arrêtent leur progression à cent un kilomètres du Caire sans pousser plus avant. Ce ne sont pas tant les prouesses des armées égyptienne et syrienne qui emportent la conviction de l'opinion arabe, et, d'une certaine manière, lavent l'humiliation de 1967, que la détermination des pays arabes producteurs de pétrole à utiliser l'arme énergétique. Ces derniers triomphent en faisant plier l'Occident, du moins l'Europe de l'Ouest, à défaut d'Israël ou de son allié américain – dont les pétroliers texans ne voient dans les décisions de l'OPEP que matière à se réjouir.

Le cartel des producteurs est dominé par un pays dont les capacités d'extraction comme les réserves d'or noir semblent inépuisables : l'Arabie Saoudite, qui se fait de l'islam et de sa propagation une idée précise et vigoureuse. Elle met au service de cette idée les moyens financiers que lui donne la richesse de son sous-sol, dans un contexte idéologique où les pays socialisants comme l'Égypte et la Syrie perdent leur force d'attraction.

Le milieu des années soixante-dix est un temps fort pour la résurgence des doctrines islamiques dans le monde arabe. Beaucoup de musulmans pensent alors que, si Dieu a donné la puissance à la monarchie wahhabite, c'est parce qu'elle a toujours observé avec rigueur les injonctions de l'islam. Cet état d'esprit favorable à Riyad facilite la propagation de l'islam dans son acception wahhabisante en dehors des frontières du royaume saoudien – mouvement amplifié par les moyens financiers mis à son service.

C'est dans un tel contexte que la Ligue islamique mondiale ouvre un bureau à Paris en 1977. Cette organisation internationale – non gouvernementale mais d'obédience saoudienne – a pour objet de promouvoir l'islam, notamment en accordant des subventions aux associations islamiques qui créent ou entretiennent des mosquées. Ce bureau constitue le principal vecteur officiel de l'influence saoudienne sur l'islam en France, mais les sommes qui transitent par son intermédiaire restent modestes par rapport aux flux financiers qui circulent, à titre privé, entre hommes d'affaires ou membres de la famille royale de la péninsule et les associations islamiques en France qui ont su établir un contact direct avec eux.

La Ligue islamique mondiale fut créée à La Mecque en 1962, dans le contexte de la « guerre froide arabe [1] » qui opposait les pays « progressistes » du Moyen-Orient, alliés à l'Union soviétique – comme l'Égypte nassérienne et la Syrie baassiste –, aux États « conservateurs » proches des États-Unis, comme l'Arabie Saoudite.

En 1962, le royaume se trouve, face à ses rivaux « progressistes », en position délicate. Le roi Saoud gère les affaires de son pays avec un laxisme qui lui vaut d'être la cible des charges et des philippiques d'un Nasser à son apogée – auxquelles nombre de Saoudiens se montrent sensibles. Dans ce climat détérioré, le prince héritier Fayçal – qui montera sur le trône en 1964 – s'affaire pour donner à l'islam wahhabisant un organisme relais qui puisse faire pièce à l'usage nassérien de cette religion. En effet, le raïs, qui a domestiqué l'université islamique cairote Al Azhar, a créé une « mission d'Al Azhar » internationale qui, sous couleur de prêcher l'islam hors des frontières de l'Égypte, est un vecteur de propagande nassérienne du fond de l'Afrique noire jusqu'aux rivages de l'Indonésie. La création de la Ligue islamique mondiale s'inscrit au cœur de la rivalité égypto-saoudienne pour le contrôle de la propagation de l'islam à l'échelle de la planète. Elle se produit lors du pèlerinage *. Le 18 mai de cette année, a lieu à La Mecque une conférence qui groupe des délégués de trente et un pays

---

* Le *hajj* – pèlerinage aux Lieux saints de l'islam, La Mecque et Médine – se déroule, chaque année, à une époque précise qui correspond à un mois spécifique du calendrier (lunaire) hégirien.

musulmans et émet nombre de recommandations, rappelant, entre autres, que « l'islam ne connaît pas la lutte des classes », « rejette le communisme et le socialisme » [2], etc.

La fondation de la Ligue est le produit des résolutions de la conférence. Cet organisme a pour fonction principale de

> réaliser l'unité et le renforcement du monde musulman, en luttant contre les courants qui détournent les croyants de leur foi, en améliorant la qualité de l'enseignement religieux, en multipliant les publications dans les langues modernes les plus répandues, tout en diffusant davantage l'arabe parmi les musulmans [3].

« Unité » et « renforcement » s'effectuent sous la houlette saoudienne – nationalité statutaire du président et du secrétaire général de l'organisation, et source principale du budget. Toutefois, les réalisations de la Ligue demeurent limitées tant que le nassérisme exerce son attrait au Moyen-Orient, jusqu'à la défaite de juin 1967. Après cette date, l'organisme joue un rôle plus important, multiplie ses domaines d'intervention et d'activité. Il fonde en 1975 le Conseil mondial suprême des mosquées, dont la branche européenne siège à Bruxelles.

Pour les dirigeants de la Ligue, l'adversaire n'est plus, à cette date, un nassérisme moribond ou un nationalisme arabe exsangue. Il s'agit, en faisant usage d'un ardent vocabulaire de prosélytisme islamique, de resserrer les rangs des musulmans face à un ennemi multiforme, comme l'énoncent les statuts du Conseil des mosquées :

> 1. Créer une opinion publique islamique en toute matière et sur toutes les questions islamiques, à la lumière du Livre [le Coran] et de la Sunna.
> 2. Combattre l'agression intellectuelle et morale *(al ghazu al fikri wa al suluki *)* qui corrompt la vie des musulmans [...].

Pour ce faire, il faut développer partout où se trouvent des musulmans des réseaux de mosquées dotées d'imams et de prédicateurs, rendre au culte un édifice comme Sainte-Sophie que la Turquie laïque a transformée en musée **, et

---

* Cette expression désigne la guerre de conquête et de dévastation à laquelle se livrerait l'« Occident » contre les valeurs islamiques ou, plus généralement, contre le patrimoine culturel du monde musulman ou arabe. C'est aujourd'hui une rengaine des discours politiques à tonalité antioccidentale.
** La cathédrale byzantine d'Aghia Sophia, à Constantinople, transformée en mosquée après la chute de la ville aux mains des Ottomans en 1453, est devenue un musée après la proclamation de la République par Atatürk, en 1922. Voir ci-dessous, p. 278n.

agir pour la création de mosquées partout où les musulmans en ont besoin, particulièrement dans les régions où vivent [des] minorités [islamiques] ou dont les habitants se convertissent à l'islam [4] (art. 7).

L'islam propriétaire

Dans cette perspective, la Ligue islamique mondiale ouvre un bureau à Paris en 1977. Celui-ci a une tâche multiple : recension des lieux de culte musulman et mosquées existant en France, centralisation des demandes d'aide financière formulées par les associations islamiques, versement des subventions, diffusion de Corans et d'ouvrages religieux, traductions, formation et affectation d'imams, etc. [5]. Ces activités complexes demandent des ressources financières importantes, mais aussi des talents que le bureau a eu peine à mobiliser.

De sa création à la fin de 1985, il est dirigé par un universitaire syrien, M. Abd al Halim Khaldoun Kinani, affecté à l'Unesco, à Paris, pendant vingt-cinq années - entre 1951 et 1976. Cette longue fréquentation de la société française et d'un forum onusien n'était pas de trop pour implanter dans un pays d'Europe occidentale un organisme à la tradition culturelle aussi étrangère à la France que la Ligue islamique. Cela n'a pourtant pas suffi. Celle-ci n'a constitué qu'un relais parmi d'autres de l'influence saoudienne, sans parvenir à répercuter dans le champ islamique de l'Hexagone la puissance financière de ses bailleurs de fonds.

La tâche primordiale du bureau de Paris a été de recenser, année après année, salles de prière et mosquées de l'Hexagone *. Les six listes successives qu'il a publiées comptent respectivement 72 mosquées et lieux de prière en 1978, 140 en 1979, 224 en 1980, 300 en 1982, 410 en 1983 et 456 en juin 1985 [7]. Ces chiffres reflètent le mouvement d'ouverture de lieux de culte musulman en France, mais ce reflet est imparfait ; ainsi, le nombre de lieux de culte en 1985 ne représente qu'une moitié de celui que d'autres sources ont permis d'établir **.

---

* Une tentative préalable avait été faite à l'époque de M. Dijoud par le CIEMM (Centre d'information et d'études sur les migrations méditerranéennes). Celui-ci dénombre, dans 65 départements, 31 « mosquées » existantes et 22 projets, à quoi s'ajoutent 52 « salles de prière » et 10 projets [6]. Sur la distinction entre « mosquées » et « salles de prière », voir ci-dessous.
** Voir ci-dessous, p. 229 *sq.* Le bureau de Paris de la Ligue n'a pu identifier, jusqu'en 1985, que les lieux de culte qui s'étaient signalés à lui, à l'exclusion des autres.

Ce recensement n'a pas, pour la Ligue, fonction seulement statistique. Il doit permettre à son bureau parisien de « connaître les mosquées qui doivent être aidées en priorité » et qui, à cette fin, remplissent un « questionnaire particulier pour les demandes d'aide financière », établi par le Conseil mondial suprême des mosquées. Quatre critères permettent de définir l'ordre de priorité des demandes retenues et subventionnées : le nombre de musulmans concernés par la mosquée en question, le coût du projet présenté et la participation financière des musulmans de la région, les activités – outre la prière – prévues (enseignement de l'arabe et du Coran aux enfants, prédication, etc.), ainsi que la « propriété » *(milkiyya)* du local.

> Il doit être clairement stipulé [*précise le directeur du bureau*] [...] que la mosquée devant être construite ou le bâtiment concerné est la propriété de l'association islamique engagée dans l'opération, et que, en cas de dissolution de l'association, cette mosquée ou ce bâtiment deviendra la propriété de la mosquée la plus proche se trouvant dans la même région [8].

La notion de « propriété » du lieu de culte mentionnée ici est d'une extrême importance. Elle établit une différenciation juridique entre la « mosquée » – dont les locaux appartiennent à une association islamique – et la « salle de prière » – dont les pratiquants n'ont que la jouissance et point la propriété. (Cette distinction ne s'est toutefois pas imposée dans l'usage courant, et les lieux de culte des foyers, usines ou HLM sont couramment appelés « mosquées » par ceux qui les fréquentent *.) Par ailleurs et surtout, la Ligue, en favorisant aux associations islamiques l'« accès à la propriété des mosquées », met en œuvre une politique différente de celle des institutions et organismes français qui recherchent l'« islam de paix sociale ** ».

Chez Renault ou à la SONACOTRA, la « mosquée » reste propriété de l'entreprise ou de la société gestionnaire : si cela peut paraître à certains une forme de dépendance des fidèles envers un Occident impie qui s'interpose entre les croyants et Dieu, l'entreprise ou l'organisme concerné s'interpose aussi et d'abord entre les pratiquants et la société française. En d'autres termes, il abrite,

---

* Une autre distinction fait des « mosquées » *(massajid)* les lieux de culte où un imam prononce le sermon du vendredi, et des « salles de prière » *(moussalliyat)* ceux où se déroulent simplement les cinq prières quotidiennes. Mais ces définitions ne font pas l'unanimité.
** Voir chap. 3.

protège les salles de prière, les soustrait à l'espace public. C'est cette discrétion même qui a permis un premier développement de l'islam en France, dans la décennie soixante-dix. En revanche, les associations islamiques propriétaires de mosquées s'inscrivent dans l'espace de la cité et doivent gérer sans médiation leurs relations avec l'environnement politique. Quand l'association a réussi à être parrainée par un riche donateur pétrolier, elle dispose de moyens financiers qui lui permettent d'acquérir dans des quartiers résidentiels des locaux qu'elle projette de mettre à bas pour y édifier mosquée et minaret. Cette situation a causé des tensions dans les villes de province et a contraint les municipalités à intervenir – d'ordinaire en se montrant sensibles aux arguments « anti-mosquées » d'électeurs pétitionnaires *. Elle s'est produite à partir du moment où des flux financiers d'origine étrangère ont permis de faire passer les lieux de culte islamique en France d'un statut locatif à celui de la propriété des sols et des murs.

Le bureau de Paris de la Ligue islamique a eu l'initiative de préciser que la « propriété » des mosquées constituait l'enjeu d'une deuxième phase de l'islamisation en France, mais il n'a pas lui-même participé de façon déterminante à la distribution des subsides saoudiens nécessaires à la réalisation de telles opérations immobilières. Le directeur du bureau écrit en juin 1985 :

> Le total des aides financières distribuées au cours des six dernières années par le bureau de Paris de la Ligue islamique mondiale et provenant des sommes accordées par l'Arabie Saoudite au Conseil mondial suprême des mosquées se monte à plus de six millions de francs français. Le bureau a distribué cette somme contre des reçus officiels aux mosquées qu'il connaissait et dont il pouvait affirmer qu'elles méritaient cette aide [9].

Même si ce montant paraît important, il reste modique eu égard aux prix pratiqués sur le marché immobilier français, fût-ce dans les périphéries urbaines les moins onéreuses. Il ne saurait inclure les dizaines de transactions coûteuses qu'ont effectuées des associations islamiques pour acquérir des locaux grâce à des fonds en provenance du royaume wahhabite. Celles-ci ont emprunté des canaux parallèles, officiels ou officieux, sur lesquels on dispose d'une information parcimonieuse, comme il est de règle en matière financière.

Le directeur du bureau de la Ligue lui-même, M. Kinani, nous

* Voir ci-dessous, p. 294 *sq.*

a indiqué, au cours d'un entretien, que l'Arabie Saoudite envoyait directement des fonds, sans passer par la Ligue, pour subventionner des associations islamiques souhaitant édifier des mosquées :

> Quelquefois les sommes envoyées par l'ambassade dépassent et de beaucoup ce que nous recevons nous-mêmes [...]. Je vais vous donner un exemple : il y a des Français musulmans qui veulent monter une mosquée à Lyon *. D'après eux cette mosquée coûte trente-quatre millions. Si un jour ils obtiennent cette somme, ça sera ou bien du roi, ou bien des émirs ou des bienfaiteurs, mais ça n'entre pas chez nous [...] [10].

Un autre exemple d'accès direct au financement d'origine saoudienne nous est donné par le responsable et fondateur de la mosquée *al fath* (« la Conquête »), rue Polonceau, dans le quartier de la Goutte-d'Or, à Paris. Malien de l'ethnie sarakolé, arrivé en France en 1963, il ouvre quelques années plus tard à Barbès une échoppe de tailleur, dans laquelle il réserve un espace pour la prière. Habité de la foi ardente ** que partagent beaucoup d'Africains musulmans immigrés, il loue un petit local dans un immeuble vétuste et en fait une mosquée qui attire tant de fidèles qu'il leur faut prier à l'extérieur, été comme hiver. Au milieu des années soixante-dix, il se propose d'acheter au propriétaire de l'immeuble

> le premier étage, le rez-de-chaussée et une très grande cave. Il collecte les fonds auprès de ses fidèles, les invite à travailler bénévolement à la construction, emprunte. Il se rend à La Mecque et à Médine, plans et photos à l'appui [...]. Il trouve là-bas un riche commerçant qui lui donne des fonds : soixante-dix-sept millions d'anciens francs, juste de quoi payer cash... « Si j'avais voulu, j'aurais pu demander n'importe quoi. J'ai préféré m'en tenir à ce que j'avais déjà. D'autres sont revenus avec de l'argent et des projets plein les poches, qui n'ont jamais abouti. Il y a même eu de véritables « escroqueries à la mosquée ». Maintenant [1983], les Saoudiens se méfient et il est difficile de trouver de l'argent [12] ***.

* Voir ci-dessous, p. 308 *sq.*
** Il décrit ainsi son arrivée à Paris : « C'était le 21 juin, un samedi. Je cherchais un hôtel du côté de Barbès. Je me suis trouvé coincé dans la rue à l'heure de la prière. Impossible de ne pas dérouler mon tapis à même le trottoir, sur le pont du chemin de fer, au-dessus de la gare du Nord [11]. »
*** Si la mosquée *al fath* ne peut rivaliser, en 1987, par son rayonnement ou son ampleur, avec les trois « cathédrales » islamiques de la capitale que sont la Mosquée de Paris, la mosquée Stalingrad et celle de l'association Foi et Pratique, rue Jean-Pierre-Timbaud, elle est toutefois très fréquentée, et son fondateur est un personnage écouté dans les milieux musulmans piétistes.

L'indélicatesse de certains bénéficiaires a joué son rôle dans cette évolution des mentalités, mais deux autres facteurs y ont également concouru : la baisse sensible du prix des hydrocarbures, dans la première moitié des années quatre-vingt, et aussi, dès avant cette date, les interrogations de certains responsables politiques de la péninsule arabique sur la destination réelle des fonds alloués. Ont réussi en effet à en bénéficier divers groupes islamistes pour lesquels le régime de Riyad représente une forme d'autant plus abominable et hypocrite du despotisme et du dispositif de domination occidentale sur le monde qu'il use du langage de l'islam. L'assaut donné par un groupe islamiste révolutionnaire à la Grande Mosquée de La Mecque en 1979, à l'aube du XVe siècle de l'hégire, a incité la dynastie saoudienne à plus de prudence.

En France, plusieurs mosquées et associations islamiques ont ainsi obtenu d'importants financements saoudiens, sans que, pour autant, les représentants de ce pays maîtrisent le devenir des projets subventionnés. A Saint-Étienne, tel aurait notamment été le cas selon H. Terrel [13] *.

Dans ces cas comme dans d'autres, l'une des principales difficultés que rencontrent les Saoudiens est leur présence quasi inexistante sur le terrain. Les ressortissants de ce pays qui résident en France ne semblent pas fortement motivés pour assurer le suivi des projets. Le problème s'est posé dans les Yvelines. La mosquée de Mantes **, qui a coûté 6 millions de francs, aurait été financée, selon une source non contrôlée, par la Libye à hauteur d'un tiers, par l'Arabie Saoudite et le Koweit pour 2,5 millions et par « la population musulmane en France » pour le reliquat. Or, c'est un groupement de sensibilité kadhafiste, l'Union des associations islamiques en France ***, qui a rapidement exercé son leadership sur ce lieu de culte, sans que les bailleurs de fonds des pays du Golfe disposent d'un droit de regard sur l'usage de leur contribution.

Il en va un peu autrement dans la ville nouvelle d'Évry (Essonne), où l'Association cultuelle des musulmans d'Ile-de-France, dirigée par des ressortissants marocains dont l'activité semble appréciée par les autorités de leur pays, édifie une mosquée dont le gros œuvre est achevé au premier trimestre de 1987, et qui doit constituer un pôle d'attraction important pour les fidèles de la

* Dans cette ville, une mosquée est établie dans les locaux très vastes d'une usine désaffectée ; on les voit dans le film documentaire *l'Ennemi intime*, consacré à la prédication et aux tribulations d'un imam établi à Aix-en-Provence. Celui-ci exerce, sous l'objectif de la caméra, ses talents d'exégète coranique et de sermonnaire dans la mosquée en question [14].
** Sur la mosquée de Mantes-la-Jolie, voir ci-dessous, p. 287 *sq.*
*** Voir ci-dessous, p. 291.

région parisienne *. Le financement est assuré, ici, par la Ligue islamique mondiale, mais hors du contrôle de son bureau parisien. C'est le secrétaire général de l'organisation, Abdallah Umar Nacif **, qui a directement fait subventionner les bénéficiaires [16]. La Ligue n'a pas la maîtrise complète de ce projet, mais il ne semble pas devoir être investi par des groupes ou des personnalités hostiles aux intérêts saoudiens.

Le capital le plus précieux

Les difficultés rencontrées par le bureau parisien de la Ligue pour être « en phase » avec les mosquées et associations islamiques en France l'ont poussé à s'intéresser très tôt à la constitution d'un réseau de prédicateurs et d'imams, afin de disposer dans l'Hexagone d'utiles relais humains. Après des débuts prometteurs, cette tentative a tourné court.

Elle s'est déroulée simultanément à deux niveaux, européen et français. L'Europe est l'une des « régions » de l'organigramme de la Ligue islamique mondiale, et le Conseil suprême des mosquées a installé à Bruxelles son conseil régional européen, constitué les 22-24 juin 1980. Lors de sa réunion de 1982, celui-ci a décidé d'établir dans la capitale belge un « Institut islamique pour la formation des prédicateurs et imams en Europe ». En 1985, l'impact de cette structure restait limité, faute, semble-t-il, de filières de recrutement capables de drainer de jeunes diplômés répondant à la fois à des critères d'excellence universitaire et habités par une vocation d'imam et de prédicateur qui assure, selon les croyants, un sort enviable dans l'au-delà, mais ne procure qu'une rémunération et des possibilités de carrière incertaines en ce bas monde. Les problèmes qualitatifs de recrutement de l'institut islamique de Bruxelles sont du même ordre que ceux de la principale filière de formation de l'islam wahhabisant, l'université islamique de Médine.

---

* « La Mosquée de Paris voit avec un certain déplaisir cette future concurrente », note *le Monde* [15]. (La Mosquée de Paris est sous contrôle algérien depuis 1982 ; voir ci-dessous, chap. 7.)

** En fonction depuis octobre 1983, M. Nacif est un universitaire qui a obtenu un doctorat de géologie en Grande-Bretagne en 1971. Né en 1939, il est représentatif de la jeune génération de « décideurs » saoudiens. Il a été précédé à ce poste par des personnalités plus traditionnelles – M. Ali Harakan (1976-1983), M. Salih al Qazzaz (1972-1976), et le grand mufti d'Arabie Saoudite, M. Surur al Sabban (1962-1972).

Bien qu'elle distribue des bourses alléchantes, ses responsables se désolent de ce que les seuls candidats musulmans venant de France soient, en règle générale, des immigrés titulaires d'un CAP ou du brevet des collèges, à l'exclusion de tout baccalauréat. « Qu'est-ce que des bacheliers iraient faire là-bas ? » nous a dit à ce sujet un jeune converti. Et de citer l'exemple (fort connu dans les milieux musulmans parisiens) d'un jeune diplômé parti passer de longues années dans une université islamique pour en revenir avec une habilitation à prononcer des *fatwa* *, mais contraint pour gagner sa vie de vendre des légumes puis des livres – avant de s'en repartir participer aux côtés des résistants afghans au *jihad* contre l'armée soviétique.

La coordination et les stages de « formation permanente » organisés par le bureau de Paris pour les imams en activité se sont également avérés difficiles à mener à bien. Dès 1979, pourtant, une première rencontre est organisée à Lyon, suivie de cinq autres réunions annuelles ; la dernière a lieu en 1985 et rassemble soixante-trois imams **. Dans les premiers temps, ces réunions se font en collaboration avec la Mosquée de Paris, qui est encore sous la houlette de Si Hamza Boubakeur.

Le choix de Lyon s'explique par une conjoncture locale favorable à la Ligue, qui espère en faire le point fort de son implantation en France, dans une première phase, avant de se risquer sur un terrain islamique parisien fort investi. En effet, dans la cité rhodanienne, avait été créée dès 1976 l'Association cultuelle islamique de Lyon (ACIL). Elle était dirigée par un ressortissant tunisien occupant un poste de responsabilité dans le principal organisme gestionnaire de foyers de travailleurs immigrés de l'agglomération. Cet emploi « stratégique » lui permit de faciliter la création de salles de prière dans la plupart des foyers de la région et de faire apparaître l'ACIL comme l'opérateur islamique local majeur. L'Association prit contact à ce titre avec le bureau parisien de la Ligue, qui la considéra comme sérieuse et représentative. Elle présentait également l'avantage de ne pas être liée à un État musulman trop actif, et la Ligue pensait trouver par elle son ancrage dans l'Hexagone. Cette entente entre les deux partenaires assura à l'Association une excellente santé financière. Dans ce contexte furent mises sur pied les sessions lyonnaises de formation d'imams, et le responsable de l'ACIL prépara un projet de centre cultuel islamique prévoyant

---

* Une *fatwa* est un avis juridique autorisé fondé sur le corpus juridique de l'islam.
** Selon M. Kinani (entretien cité), qui nous a également indiqué avoir organisé des réunions semblables à Maubeuge en 1983, 1984 et 1986.

la construction d'une grande mosquée à Lyon – projet transmis en 1979 aux plus hautes autorités de la République, mais resté sans suite véritable *.

La lune de miel entre la Ligue et l'ACIL dure jusqu'en 1985, et l'Association assoit son influence locale. Ainsi, la radio libre « pluri-culturelle » lyonnaise, Radio-Trait-d'Union, retransmet tous les vendredis le sermon que prononce le responsable de l'ACIL dans la mosquée d'un foyer de travailleurs. Mais cette année-là, pourtant, l'Association est agitée de graves dissensions internes, pour des motifs peu clairs. Des membres qui s'estiment exclus illégalement par le président portent l'affaire devant la justice, qui leur donne raison. Cet épisode judiciaire précipite le déclin de l'ACIL : la Ligue cesse tout contact avec elle, et les sessions de formation d'imams disparaissent du même coup. A la fin de cette année, les dirigeants de la Mosquée de Paris tiennent à Lyon un gigantesque « rassemblement islamique » qui, en manifestant la force des groupements musulmans liés à l'Algérie dans la vallée du Rhône, sonne le glas des espoirs d'implantation locale de la Ligue **.

Celle-ci n'est pas parvenue à donner vie, comme elle en formulait l'espoir en 1985, à un « Conseil des Mosquées de France [...] qui entretiendrait des relations étroites avec le Conseil continental des Mosquées en Europe et, par son intermédiaire, avec le Conseil mondial suprême des mosquées [17] ». Interrogé par nous sur ce projet, le directeur du bureau de Paris dit :

> Notre façon de voir les choses, c'est de créer une organisation régionale au centre de la France [...] c'est-à-dire Lyon, Dijon, Villefranche, Annemasse... Nous espérons aussi avoir une Union des mosquées à Marseille, à Maubeuge, ça fait le Sud, le Nord, le Centre, à Strasbourg, à Toulouse, et quand nous aurons des organisations régionales en France, nous pourrons les coordonner avec la Mosquée de Paris. Mais nous ne voulons pas forcer notre modèle...

Invité à préciser les rapports possibles entre ce dernier établissement, passé sous le contrôle du gouvernement algérien depuis 1982, et la Ligue, organisme d'obédience saoudienne, notre inter-

---

* Une autre association dirigée par des notables français musulmans disposant de connexions politiques, l'ACLIF (Association culturelle lyonnaise islamo-française), a repris le projet dès 1980. Les difficultés que celui-ci a rencontrées sont détaillées ci-dessous, p. 308.
** Voir ci-dessous, p. 331 *sq.*

locuteur nous rétorque que, si la Mosquée de Paris connaît la situation qui est la sienne, « c'est [que] le gouvernement français [...] a accepté de négocier avec l'Algérie, et pour nous c'est un choix politique, nous ne le contestons pas, ce n'est pas notre affaire [18] ».

La stratégie d'implantation saoudienne a rencontré en France l'omniprésence des institutions officielles ou officieuses que l'État algérien a dépêchées * afin de structurer une population musulmane immigrée dans laquelle ses ressortissants pèsent du poids le plus grand. Pour éviter de s'y heurter de front, la Ligue a tenté de mettre sur pied des instances locales qui « contournent » la Mosquée de Paris et dont la coordination ultérieure aurait pu lui assurer une certaine assise, et, partant, une capacité d'expression et d'influence. L'échec de l'ACIL à Lyon et l'hégémonie d'Alger ont rendu caducs ces desseins et contraint les instances de propagation de l'islam d'obédience saoudienne à rechercher d'autres relais et d'autres alliances.

Si le gouvernement français a accepté de négocier avec l'Algérie, comme le constate avec philosophie le directeur du bureau de Paris de la Ligue, c'est qu'il s'est produit dans le monde musulman, au tournant de la décennie, un événement considérable dont les répercussions en France ont été importantes : la révolution islamique en Iran. Les craintes de déstabilisation que ce phénomène a fait naître sur les deux rives de la Méditerranée ont favorisé une alliance conjoncturelle entre les deux gouvernements, soucieux de conjurer l'« intégrisme », réel comme imaginaire, dont on redoutait tant l'émergence dans la population musulmane en France.

* Voir ci-dessous, chap. 7.

CHAPITRE 6

Le moment iranien

La victoire de la révolution en Iran constitue le second moment d'affirmation triomphante de l'islam sur la scène internationale au cours de la décennie soixante-dix. En 1973, le pétrole a conféré aux princes saoudiens une puissance financière employée pour partie à la propagation de cette religion. En 1979, la fondation de la République islamique manifeste l'inscription de l'islam au cœur du politique.

Rétrospectivement, le régime khomeyniste suscite dans l'opinion occidentale un sentiment de répulsion, alimenté par des clichés comme la justice expéditive de l'ayatollah Khalkhali, le sacrifice de centaines de milliers de jeunes lancés sur les champs de mines irakiens, ou les marchandages internationaux avec le « Grand Satan » américain dans lesquels s'échangent otages contre missiles. Toutefois, cette représentation négative ne saurait occulter la sympathie que valut, dans de larges secteurs de l'intelligentsia européenne, le renversement du chah à ceux qui l'avaient accompli ; elle ne saurait surtout faire oublier le moment d'enthousiasme que déclencha la révolution parmi les masses humaines pauvres et humiliées du monde musulman. Cet enthousiasme a largement dépassé la révolution elle-même, et il est rapidement devenu autonome par rapport aux détails de ses réalisations effectives. Il se ramène, dans son expression la plus fruste, à un immense espoir : un peuple croyant armé de sa seule foi peut renverser un despote allié à l'Occident et doté d'une armée formidable. Ce que cette vision des choses doit à l'apologétique importe aussi peu que ce que l'image de l'Iran contemporain pour l'Occident doit à la polémique. L'une et l'autre sont des faits d'opinion qui vont se trouver transposés, avec toute une gamme de nuances, dans la France des années quatre-vingt, pour constituer prismes et miroirs auxquels se mire ou s'épie l'expression de l'islam dans l'Hexagone.

L'impact de la révolution iranienne à l'étranger est un phénomène complexe : il a subi des mutations considérables depuis ce mois de février 1979 qui vit le retour de Khomeyni à Téhéran puis l'insurrection victorieuse contre le régime des Pahlavi. Pendant quelques mois d'« état de grâce », la jeune République islamique contraste, par le bouillonnement d'idées et d'initiatives qui s'y produit, voire par une atmosphère de liberté, avec le règne d'un chah identifié à la toute-puissance de sa police politique, la célèbre SAVAK. Les premières épreuves apparaissent avec l'occupation de l'ambassade des États-Unis, le 4 novembre, par des « étudiants dans la ligne de l'imam ». Cette affaire inaugure une longue série de prises d'otages à l'encontre de ressortissants occidentaux au Moyen-Orient par divers groupes de pression se proclamant « islamiques ». Dans l'opinion occidentale, c'est le début d'un sentiment d'hostilité qui ira s'amplifiant (même si certains « anti-impérialistes » se réjouissent sous cape des malheurs des États-Unis).

Dans le monde musulman, en revanche, pour des millions de « déshérités » et surtout de jeunes alphabétisés qui arrivent sur un marché du travail qui n'a pas grand-chose à leur offrir, l'humiliation infligée à la superpuissance américaine « arrogante » est un signe : la domination occidentale sur l'univers n'est pas irréversible, le combat « au nom de Dieu » peut déboucher sur de tangibles et terrestres succès.

En septembre 1980, l'Irak déclenche une offensive frontalière qui se transforme en tuerie. En juin 1981, le président de la République Bani Sadr est destitué et la guerre civile s'ensuit, provoquant de sanglants combats entre le mouvement oppositionnel des Moujahidines du peuple et les dirigeants du Parti de la République islamique. Dans le monde occidental et en France en particulier, où ont trouvé refuge M. Bani Sadr et l'état-major des Moujahidines, l'« exportation de la Révolution » se radicalise jusqu'à basculer dans la violence ou le terrorisme : action de commando contre Chahpour Bakhtiar, dernier chef de gouvernement du chah, assassinat à Paris du général Oveissi, ancien patron de la SAVAK, le 7 février 1984, bastonnades entre factions iraniennes rivales à la Cité universitaire. Dans ce contexte, des groupes étudiants prokhomeynistes s'essaient à agiter contre « la France » la population musulmane en s'infiltrant dans un certain nombre de mosquées et d'associations islamiques. Si terrorisme, violences et agitation antifrançaise marquent aussitôt le pas à cause de la conjonction d'actions policières et d'une réprobation spontanée ou raisonnée exprimée par diverses personnalités musulmanes vivant dans l'Hexagone, les dommages causés à la représentation de l'islam en France sont considérables.

Pour une opinion publique dans laquelle bien peu de sympathie allait aux Maghrébins en particulier et aux musulmans en général, les événements des années 1982-1983 sont l'occasion d'un raidissement face à l'islam, entaché désormais d'un soupçon indélébile – soupçon qui rencontre le mouvement d'affirmation islamique exacerbé par la victoire de la révolution en Iran. Mais cette résonance ne signifie pas pour autant une adhésion aux méthodes ou aux objectifs particuliers du régime khomeyniste : elle traduit, pour l'essentiel, l'enthousiasme né en 1979 et qui s'est par la suite développé de façon relativement autonome, même si s'exprime un réflexe de solidarité face aux « agressions de l'Occident » *.

Le moment iranien est, en France, celui d'une cristallisation des antagonismes entre la société d'accueil d'une part, qui s'effraie de l'émergence possible sur la scène politique d'un islam rongé par le cancer de l'« intégrisme », et des groupes ou associations islamiques d'autre part, qui, soucieux d'une visibilité très grande de l'islam au cœur de la cité, présument de leur force effective en brûlant les étapes.

La progression géométrique

L'enthousiasme islamique de beaucoup de musulmans résidant en France, à partir de 1978-1979, se traduit par une forte progression du nombre de lieux de culte (tout particulièrement hors des foyers et des usines), ainsi que d'associations régies par la loi de 1901 dont l'intitulé ou l'objet mentionne les termes « islamique », « musulman », « islam », « coranique », etc.

La forte croissance dont ces chiffres (approximatifs) font état témoigne de l'inscription dans l'Hexagone d'un ensemble de mosquées et de salles de prière dont la propriété ou l'initiative ne reviennent plus à un organisme français, usine ou foyer, mais à un réseau associatif musulman en pleine expansion. Cette intensifi-

---

* Par exemple, un jeune beur réislamisé, imam d'une mosquée située au sous-sol d'une HLM de banlieue, nous décrit ainsi sa vision des torts de la France dans le conflit Irak-Iran : « Nous, les musulmans, on est pour le cessez-le-feu. Mais la France... c'est comme si tu vois deux types qui se bagarrent : tu fais semblant de les séparer, mais y en a un, hop, tu lui refiles un couteau. C'est ça la politique de la France, en vérité elle aide l'Irak pour combattre l'islam. »

cation ne semble pourtant pas la simple transposition mécanique des événements d'Iran. Ceux-ci jouent un rôle d'accélérateur conjoncturel, mais ils supposent déjà une mutation structurelle profonde de la situation des populations musulmanes en France, le constat d'une sédentarisation aussi inéluctable qu'aléatoire sur le sol français. De plus, le moment iranien, en relayant un mouvement d'appropriation des lieux de culte par des associations islamiques, s'inscrit dans une certaine continuité par rapport à la volonté des instances saoudiennes de propagation de l'islam : favoriser l'accès à la propriété des mosquées et salles de prière, et faire circuler des flux financiers qui le permettent.

Les financements en provenance de la péninsule arabique ne tarissent pas, mais, à partir de 1979, ils font l'objet d'une compétition accrue entre des bénéficiaires potentiels – les associations islamiques nouvellement créées – de plus en plus nombreux, dans un contexte où les « émirs du pétrole » s'efforcent de contrôler avec plus de rigueur la destination de leurs subsides. L'attaque lancée par un groupe islamiste révolutionnaire contre la Grande Mosquée de La Mecque, en octobre 1979, à l'aube du XVe siècle de l'hégire, a accru la vigilance des princes saoudiens.

Tout projet de grande envergure se doit, certes, de bénéficier d'un apport conséquent de pétrodollars, mais la création de centaines d'associations et de lieux de culte dans l'enthousiasme du moment iranien est également l'occasion de constituer un circuit monétaire « islamique » informel, alimenté par les contributions de musulmans peu fortunés. Cette traduction financière de la revivification de la foi prend les formes diverses de dons aux quêtes de la prière du vendredi, achats de bons de souscription pour construire telle mosquée – on trouve des carnets à souche sur le comptoir de toute bonne librairie islamique de l'Hexagone –, cotisations versées à une association piétiste, etc. Si ces mouvements financiers sont la condition première de l'autonomie des instances de l'islam en France à l'égard de bailleurs de fonds étrangers, il reste évidemment impossible d'en apprécier l'ampleur réelle, quoique quelques témoignages en laissent deviner les contours. Ainsi, lors de l'enquête effectuée pendant le mois de ramadan (mai-juin) 1985 *, l'une des personnes interrogées déclare, au sujet des travailleurs musulmans âgés qui pensent à leur retour éventuel au pays, à leur mort, et redécouvrent leur foi :

* Voir ci-dessus, chap. 1.

GRAPHIQUE 1

Évolution du nombre de lieux de culte musulman en France

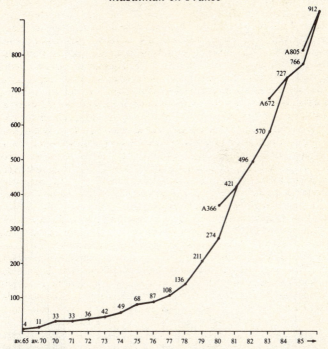

Sources : CIEMM, *l'Islam en France* ; BOLIM, *Liste des mosquées et lieux de prière* ; ainsi que diverses listes établies par l'Administration, les organismes logeurs, etc. ; plus des données recueillies localement *.

* Les chiffres sont approximatifs, dans la mesure où, d'une part, il n'a pas été possible de vérifier que tous les lieux de culte identifiés étaient toujours en service en 1985, et, d'autre part, il est probable que certains autres existent mais n'ont pas été répertoriés. Toutefois, J.-F. Legrain, en utilisant des sources pour partie identiques et pour partie différentes, est arrivé à des résultats assez proches (comparer in *Esprit*, octobre 1986).   Il nous semble que l'ampleur du mouvement correspond à la réalité (ce que nous avons pu vérifier sur place dans divers cas), même si la marge d'erreur est, probablement, de l'ordre de quelques dizaines d'unités.

La courbe a été construite de façon différente par rapport au graphique de J.-F. Legrain (sus-mentionné). Les sources utilisées datent en effet la création de certains lieux de culte (environ les deux tiers), mais la datation des aut s n'est imputable qu'avec leur apparition dans les listes du BOLIM sur lesquelles ils figurent. Nous avons choisi de leur attribuer fictivement la date de parution du bulletin du BOLIM comme date de création (précédée d'un A sur le graphique).

Cette manière de faire présente, croyons-nous, l'avantage de restituer le mouvement général de la courbe.

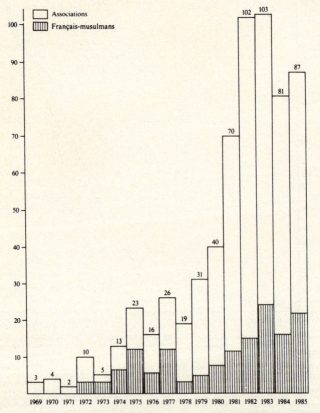

GRAPHIQUE 2*a*

*Évolution du nombre de créations d'associations islamiques
en France entre 1969 et 1985 (par année)*

☐ Associations
▥ Français-musulmans

Sources : Journal officiel de la République française (« Associations – loi du 1ᵉʳ juillet 1901 ») ; registres
du greffe des tribunaux d'instance pour la Moselle, le Bas-Rhin et le Haut-Rhin *.

* Outre la marge d'erreur imputable au dépouillement manuel de la masse considérable des associations
répertoriées au *Journal officiel* pendant seize années ainsi qu'à l'imprécision des données dans les trois
départements concordataires, l'approximation des chiffres de ce graphique est due au critère de sélection
retenu. Celui-ci a permis de répertorier les associations dont le titre ou l'objet fait apparaître une qualité

Évolution du nombre de créations d'associations islamiques en France entre 1969 et 1985 (liste cumulée)

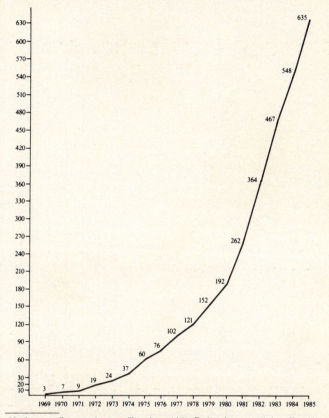

« islamique », quelles que soient par ailleurs les activités effectives de ces associations. Il est donc probable qu'un certain nombre d'entre elles n'existent que sur le papier.

Par ailleurs, une certaine quantité de groupes islamiques ne se sont pas déclarés comme « associations » islamiques ; soit ils n'ont pas d'existence légale dans ce cadre, soit ils ne font pas apparaître d'identité religieuse, mais une simple qualité « culturelle », afin de bénéficier, notamment, d'une subvention du Fonds d'action sociale. Ils ne figurent pas sur ce graphique.

Enfin, nous avons distingué les associations de Français-musulmans dont l'intitulé ou l'objet permettait l'identification sans équivoque.

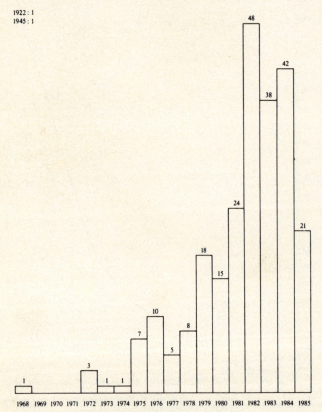

GRAPHIQUE 3*a*

*Associations et centres recensés
par la Fédération nationale des musulmans de France
et dont la date de création est connue (par année)*

1922 : 1
1945 : 1

Source : Fichier de la FNMF, mis à jour en novembre 1986 (et aimablement communiqué par son président) *.

* 317 associations et centres sont destinataires du courrier de la FNMF. Ils sont connus de ses responsables pour être en activité, et pour œuvrer d'une façon ou d'une autre pour l'islam. 163 sont des

Associations et centres recensés
par la Fédération nationale des musulmans de France
et dont la date de création est connue (liste cumulée)

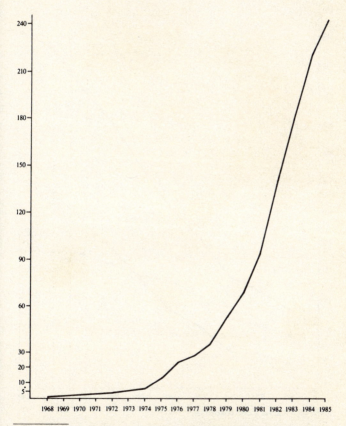

associations islamiques déclarées au *Journal officiel*, et 81 figurent dans les listes de mosquées et lieux de culte dont nous disposons. Ils ont pu ainsi être datés. Les 73 destinataires restants sont soit des associations dont l'intitulé ne mentionne pas de qualité « islamique », soit des groupes qui n'ont pas cherché à acquérir de statut d'association. Nous n'avons pas pu identifier leur date de création.

GRAPHIQUE 4

Répartition des lieux de culte « en foyer » et « hors foyer »

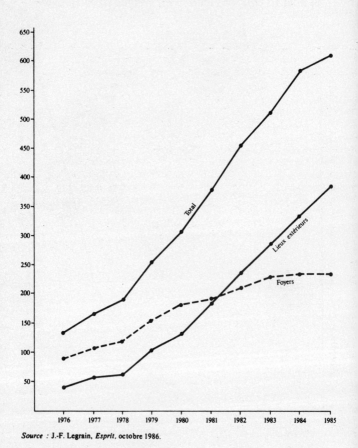

Source : J.-F. Legrain, *Esprit*, octobre 1986.

Nombre de lieux de culte musulman et d'associations islamiques
(dont Français-musulmans) par département

départements	lieux de culte 1985	assoc. depuis 1969	dont Français-musulmans
Ain (01)	12	8	—
Aisne (02)	3	5	1
Allier (03)	2	2	—
Alpes (Hte-Prov.) (04)	0	2	—
Alpes (Hautes-) (05)	1	0	—
Alpes-Maritimes (06)	15	17	14
Ardèche (07)	3	3	2
Ardennes (08)	3	2	—
Ariège (09)	9	3	—
Aube (10)	9	3	1
Aude (11)	4	8	—
Aveyron (12)	2	1	—
Bouches-du-Rhône (13)	62	28	6
Calvados (14)	2	1	—
Cantal (15)	1	0	—
Charente (16)	1	1	—
Charente-Maritime (17)	1	0	1
Cher (18)	2	3	—
Corrèze (19)	0	0	—
Corse (20)	5	0	—
Côte-d'Or (21)	5	8	—
Côtes-du-Nord (22)	0	0	—
Creuse (23)	0	0	—
Dordogne (24)	0	0	—
Doubs (25)	15	5	—
Drôme (26)	4	11	—
Eure (27)	4	2	2
Eure-et-Loir (28)	7	2	2
Finistère (29)	3	0	—
Gard (30)	6	19	3
Garonne (Haute-) (31)	15	10	7
Gers (32)	0	0	—
Gironde (33)	6	8	4
Hérault (34)	6	12	6
Ille-et-Vilaine (35)	2	1	—
Indre (36)	1	1	—
Indre-et-Loire (37)	2	1	—
Isère (38)	16	11	3
Jura (39)	3	1	1
Landes (40)	1	1	—
Loir-et-Cher (41)	7	2	—
Loire (42)	10	7	2
Loire (Haute-) (43)	0	2	—
Loire-Atlantique (44)	4	4	—
Loiret (45)	9	7	1
Lot (46)	0	1	—
Lot-et-Garonne (47)	5	5	2
Lozère (48)	1	0	—
Maine-et-Loire (49)	2	5	—
Manche (50)	1	0	—
Marne (51)	11	11	2
Marne (Haute-) (52)	1	2	—
Mayenne (53)	1	1	—
Meurthe-et-Mos. (54)	11	7	8
Meuse (55)	4	0	—
Morbihan (56)	4	2	—
Moselle (57)	34	0	—
Nièvre (58)	3	0	—
Nord (59)	65	38	13
Oise (60)	4	4	—
Orne (61)	3	2	1
Pas-de-Calais (62)	17	5	1
Puy-de-Dôme (63)	8	3	1
Pyrénées-Atlant. (64)	1	2	—
Pyrénées (Htes-) (65)	1	1	—
Pyrénées-Orient. (66)	2	2	—
Rhin (Bas-) (67)	14	6	3
Rhin (Haut-) (68)	21	6	—
Rhône (69)	49	36	9
Saône (Haute-) (70)	4	9	—
Saône-et-Loire (71)	4	8	1
Sarthe (72)	4	2	2
Savoie (73)	0	4	—
Savoie (Haute-) (74)	18	15	1
Seine-Maritime (76)	27	9	—
Sèvres (Deux-) (79)	2	2	4
Somme (80)	9	6	—
Tarn (81)	3	3	2
Tarn-et-Garonne (82)	1	0	—
Var (83)	5	6	5
Vaucluse (84)	11	19	9
Vendée (85)	1	0	—
Vienne (86)	4	5	1
Vienne (Haute-) (87)	2	1	—
Vosges (88)	4	7	3
Yonne (89)	7	5	—
Belfort (T. de) (90)	5	4	—
Essonne (91)	18	7	1
Hauts-de-Seine (92)	30	9	—
Paris (Ville de) (75)	49	69	7
Seine-et-Marne (77)	13	4	—
Seine-St-Denis (93)	85	26	4
Val-de-Marne (94)	29	6	1
Val-d'Oise (95)	31	12	—
Yvelines (78)	33	10	1
Guadeloupe (971)	?	1	—
Guyane (973)	?	1	—
Martinique (972)	?	3	—
Réunion (974)	?	16	3

CARTE 1

Répartition des lieux de culte musulman par département (métropole)

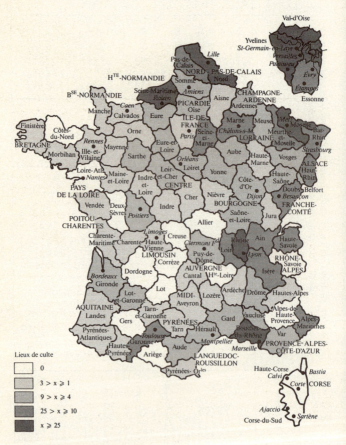

Lieux de culte

- 0
- 3 > x ⩾ 1
- 9 > x ⩾ 4
- 25 > x ⩾ 10
- x ⩾ 25

Sources : CIEMM, *l'Islam en France* (cf. graphique 1).

Répartition des associations islamiques
par département (métropole et DOM)

Martinique : 3
Guadeloupe : 1
Guyane : 1
Réunion : 16

Associations

0

3 > x ≥ 1

9 > x ≥ 4

25 > x ≥ 10

x ≥ 25

Sources : Journal officiel (cf. graphique 2).

CARTE 3

Répartition des associations et centres répertoriés par la FNMF (départements, métropole)

Associations Leclerq

- 0
- 3 > x ⩾ 1
- 9 > x ⩾ 4
- 20 > x ⩾ 10
- x ⩾ 20

Source : Fichier de la FNMF (cf. graphique 3).

CARTE 4

Répartition des Algériens résidant en France en 1982 (par département)

Algériens

- x < 1000
- 1000 < x < 5000
- 5000 < x < 10 000
- 10 000 < x < 50 000
- 50 000 < x

Source : RGP 1982.

CARTE 5

Répartition des Marocains résidant en France en 1982 (par département)

Marocains

	x < 1000
	1000 < x < 5000
	5000 < x < 10 000
	10 000 < x < 50 000

Source : RGP 1982.

CARTE 6

Répartition des Tunisiens résidant en France en 1982 (par département)

Tunisiens

- x < 1000
- 1000 < x < 5 000
- 5000 < x < 10 000
- 10000 < x < 50 000

Source : RGP 1982.

CARTE 7

Répartition des Turcs résidant en France en 1982 (par département)

Turcs

☐	x < 1000
▨	1000 < x < 5000
▩	5000 < x < 10000
▉	10000 < x

Source : RGP 1982.

Les graphiques 1, 2, 3, fondés sur trois types de sources tout à fait différents, traduisent un mouvement semblable : quasi-stagnation à un niveau très faible avant 1970, lente progression jusqu'en 1974-1975, progression plus importante de 1975 à 1979, progression géométrique après cette date – et très léger infléchissement en 1984-1985.

On retrouve là, croyons-nous, les différents moments que nous avons tenté de rendre manifestes au long des chapitres précédents : avant le milieu de la décennie soixante-dix, seuls quelques organismes comme l'ADEF ont une politique d'ouverture de salles de prière, et les initiatives autonomes sont quasi inexistantes. Dans la seconde moitié de la décennie, l'équipement systématique des foyers en lieux de culte – consécutif à la grève à la SONACOTRA –, la prise de conscience de la sédentarisation en France ainsi que les premières largesses des détenteurs de pétrodollars se combinent pour accélérer le mouvement. C'est la première moitié des années quatre-vingt qui voit une évolution considérable de la tendance dont les prodromes se sont manifestés entre 1975 et 1980 : aux causes structurelles qui demeurent – c'est-à-dire au processus de sédentarisation aléatoire surtout –, s'ajoute l'effet d'accélérateur conjoncturel de l'« enthousiasme iranien ».

En ce qui concerne les graphiques 2*a* et 2*b* la suppression de l'autorisation préalable pour les associations étrangères, en octobre 1981, a probablement joué un rôle, mais, dès avant cette date, de nombreuses associations islamiques se déclaraient comme « françaises ».

Le graphique 4 doit être interprété avec précaution ; en effet, si l'on substitue au critère de différenciation – lieu de culte en foyer / lieu de culte hors foyer – la distinction entre « propriété du lieu de culte » et « non-propriété du lieu de culte » *, on arrivera peut-être à des résultats plus nuancés. Dans l'état des sources utilisées, nous ne pouvons construire de graphique reprenant cette distinction, car les données sont trop peu précises ; nous avons pu identifier quatre cent vingt lieux de culte dont la localisation indique à peu près certainement qu'ils sont propriétés d'un organisme français non islamique, mais il est très malaisé de supputer la « propriété » des autres.

Les cartes 1 et 2, qui figurent la répartition géographique des lieux de culte musulman d'une part et des associations islamiques d'autre part, manifestent tout d'abord que le territoire métropolitain dans sa très grande majorité est touché par le phénomène. Seuls quelques départements ruraux, dans le Centre et l'Ouest, apparaissent dépourvus – quoiqu'il soit possible qu'y existent des lieux de culte que les différentes sources utilisées n'ont pas répertoriés.

Toutefois, c'est sur un croissant dont la pointe inférieure est dans le Languedoc-Roussillon, la pointe supérieure en Haute-Normandie, et qui passe par les régions Provence-Côte d'Azur, Rhône-Alpes, Franche-Comté, Alsace, Lorraine, Champagne-Ardennes, Nord-Pas-de-Calais et Ile-de-France, que l'on remarque les plus fortes densités de lieux de culte comme d'associations. Les cinq départements les plus fortement dotés sont Paris, la Seine-Saint-Denis, le Rhône, le Nord et les Bouches-du-Rhône. On ne peut comparer ces cartes à celle de la répartition de la population musulmane en France, puisque le recensement ne comporte pas de question d'ordre confessionnel. En revanche, on peut la mettre en regard des cartes dessinées sur la base de la distribution des Algériens, Marocains, Tunisiens et Turcs en France – d'après le RGP (Recensement général de la population) de 1982.

---

* Voir ci-dessus, p. 216.

Le retour, c'est un phénomène un peu détaché, il rejoint un ensemble : la révolution iranienne, les Frères musulmans, etc., toute cette résurgence. C'est un des éléments qui fait que l'émigré qui a vécu quarante ou cinquante ans dans des bouges [...], il se retrouve dans les mosquées en train de prier nuit et jour. Et puis ce ne sont pas les plus fervents musulmans, parce qu'ils ignorent complètement la religion. Mais ce sont les plus fervents qui aident les mosquées parce qu'ils se disent : « En fonction de ce qu'on donne Dieu nous récompense », c'est-à-dire ils mettent un billet de 500 francs à gauche. C'est une espèce de balance et à chaque fois qu'on leur demande quelque chose, ils n'hésitent pas à donner. Et c'est ces gens qui donnent le plus, qui font fonctionner les mosquées, ce n'est pas les gros millionnaires ou les gros commerçants, ici, d'après ce que j'ai vu (homme marié algérien, 28 ans, étudiant en IIIe cycle – en français).

Au cours de cette même enquête, à la question : « Avez-vous déjà donné de l'argent pour une mosquée, et où ? », la réponse est très largement affirmative chez la plupart des personnes interrogées qui mettent en avant leur qualité de musulmans. Si quelques rares enquêtés refusent de répondre *, nombreux sont ceux pour qui ces dons représentent un motif de joie et de fierté. Si les Turcs et les Maghrébins interrogés donnent volontiers, au pays comme en France, le groupe des Africains semble plus enclin à réserver ses deniers pour les mosquées du pays natal **. Ainsi :

Bien sûr que nous avons donné. Comment faire autrement ? Sinon, le *hodja* [imam] pourrait-il vivre ici ? Partout où les mosquées demandent de l'argent aux croyants, nous le donnons [...]. Nous leur donnons non seulement ici, mais à ceux qui viennent de partout [...]. Moi par exemple je coupe mon budget d'un côté pour pouvoir leur donner de l'argent (mère de famille turque, 37 ans, sans profession, éducation religieuse – en turc ; 2.7.).

– Oui, beaucoup [d'argent].
– Ici ou en Turquie ?
– Ici. Je suis là depuis douze ans. Nous avons déjà aidé financièrement et spirituellement tous les amis qui sont venus demander de

---

* Ainsi : « Celui qui donne quelque chose, il le donne à Dieu, il n'a pas à en parler. Celui qui donne 1 franc, s'il en parle, c'est comme s'il n'avait rien donné » (père de famille algérien, 49 ans, artisan coiffeur, analphabète – en arabe).
** L'échantillon de l'enquête n'étant pas représentatif en termes quantitatifs, on ne saurait tirer de ces indications contrastées des conclusions définitives.

l'argent pour faire construire une mosquée. Des gens qui viennent de tous les coins de la France, voire même de l'Allemagne * (père de famille turc, 36 ans, OS, éducation religieuse – en turc ; 2.7.).

[...] Lorsque j'ai des moyens [...] naturellement j'en donne, ce que je peux. Chaque fois que je vais dans une mosquée – je vais à la mosquée *al fath* [« la Conquête »], à Stalingrad, à la Grande Mosquée du Ve arrondissement, n'importe où il y a une mosquée, j'en donne et je fais la prière (mère de famille marocaine, 50 ans, sans emploi, alphabétisée en arabe – en arabe ; 2.7.).

Le moment d'enthousiasme et de revivification islamique que reflètent la croissance du nombre d'associations et de lieux de culte et les mouvements financiers dont certains indices laissent deviner l'ampleur a pour première conséquence de rendre plus visible l'expression de l'islam dans l'Hexagone. Pour les Français, il s'agit d'un phénomène nouveau et surprenant. Or, c'est une inclination naturelle de la pensée que d'appréhender l'inconnu en le ramenant aux catégories du connu le plus accessible. En l'occurrence, le « connu » de l'islam se répartit entre divers domaines. Il est fait d'abord d'un fonds de souvenirs, d'expériences, de rencontres et de récits constitués au long d'une histoire partagée, dont les temps forts ont été la période coloniale – et ce, tout particulièrement en Algérie. Les grandes phraséologies de la colonisation et des indépendances ont mis l'accent sur les antagonismes entre « colons » et « indigènes », mais la réalité des affrontements au niveau politique ne saurait occulter les interactions sociales et culturelles au niveau individuel, les myriades de représentations de l'autre et de sa culture que se sont faits Européens et Arabes pendant plus d'un siècle de coexistence.

Ce gigantesque stock d'images est bien plus nuancé que les caricatures hostiles que politiciens ou démagogues des deux camps ont diffusées comme autant de tracts. Ces représentations entassées sans ordre dans les greniers de la mémoire ont été exhumées de l'oubli lorsque l'opinion a commencé à se poser des questions sur l'émergence de l'islam en France au tournant de la décennie. Si certains n'ont trouvé que pastels lénifiants, d'autres ont opté pour les chromos les plus agressifs. Le succès de ces derniers est dû, pour partie, à la demande de clichés, mais aussi aux manifestations de quelques groupes islamistes révolutionnaires ou radicaux.

---

* La population turque immigrée en Europe est surtout concentrée en RFA et à Berlin-Ouest.

Les années de gestation

Bien avant les événements d'Iran, en 1963, avait vu le jour à Paris l'Association des étudiants islamiques en France (AEIF). Créée sous l'égide du professeur Muhammad Hamidullah, elle servait de lieu de rencontre à ceux des étudiants arabes séjournant en France qui, chose assez rare dans les années soixante, gardaient leurs distances avec les idéologies socialisantes (ou libérales) en vogue chez les intellectuels formés dans les universités occidentales. Ils s'attachaient au contraire, dans la lignée du mouvement des Frères musulmans *, à faire des catégories de pensée du Coran les instruments suffisants et nécessaires pour comprendre et transformer le monde. Pendant deux décennies, l'AEIF reste un groupe de liaison sans grand impact sur la masse des étudiants arabes en France et encore moins sur celle des travailleurs immigrés. Elle change plusieurs fois de siège, occupe des locaux modestes dans une arrière-cour, où une petite salle sert aux réunions et conférences, prononcées surtout par Muhammad Hamidullah. Au début des années quatre-vingt, la foule des auditeurs devient telle que maître et disciples se transportent dans les vastes espaces de la mosquée Stalingrad. Entre-temps, l'Association a fondé dans les villes universitaires des branches régionales plus actives que la section parisienne, à Toulouse et surtout à Strasbourg, point de passage avec l'Allemagne où est réfugié le dirigeant des Frères musulmans syriens, 'Issam al 'Attar **.

Dès 1972, l'AEIF publie une petite revue en français, *le Musulman*. Elle vise un lectorat d'intellectuels et rassemble des articles exaltant l'islam et dénonçant les « complots de ses ennemis », tant

---

* L'Association des Frères musulmans, fondée en 1928 à Ismaïliyya par Hassan al Banna, est la matrice des mouvements islamistes contemporains, particulièrement inspirés par l'œuvre de son idéologue Sayyid Qutb (ou « Kutb »), que Nasser fit pendre en 1966 [1].
** M. Al 'Attar a acquis en 1975-1976 une certaine autonomie intellectuelle et financière par rapport au courant dominant des Frères musulmans, constitué de la vieille garde égyptienne et de ses relais saoudiens. Il publie à Aix-la-Chapelle une revue de langue arabe, *Al ra'id* (« Le guide »), au ton plus modéré politiquement et au contenu plus sophistiqué que le mensuel *Al da'wa* (« La prédication »), organe des Frères égyptiens. C'est l'influence d'"Issam al 'Attar et du réseau international qu'il s'efforce de mettre sur pied (appelé *tala'a*) qui s'exerce principalement sur l'AEIF.

dans le domaine des idées que dans celui des faits les plus terre à terre. Par exemple, ces « Nouvelles alarmantes » :

> Alger : Dimanche 1er avril 1973 et à l'occasion de l'anniversaire du Prophète [Mouloud], une clique renégate de l'Université d'Alger a violé la mosquée des Étudiants * en y brûlant une dizaine de copies du Coran : parole de Dieu et livre sacré des musulmans. C'est à l'instar de l'OAS qui a brûlé la Bibliothèque nationale et des sionistes qui ont incendié Al Aqsa ** que les « cocos » ont toujours agi et agiront toujours [2].

Les attaques contre l'islam vues par *le Musulman* ne se réduisent pas à des « coups de main » de ce type : ce sont plutôt de grands « complots intellectuels » que cette revue estudiantine évente sans relâche dans sa rubrique régulière intitulée : « Cibles de nos ennemis. » Ainsi, les lecteurs apprennent pourquoi et comment la transcription du berbère en caractères latins représente « une entreprise criminelle pour enterrer l'arabe et dresser les musulmans les uns contre les autres afin de pouvoir mieux les exploiter [3] ». Plus encore, en s'inspirant de Maududi ***, un autre article dénonce l'« entreprise diabolique machinée par les ennemis de l'islam dans le but de l'exclure de la vie des hommes », qui consiste à réduire cette religion à « un ensemble de recettes morales, d'acrobaties rituelles et de chants liturgiques psalmodiés au chevet des malades et dans les cimetières » [5].

Au contraire, la manière de « comprendre l'islam » prônée par l'AEIF l'inscrit au cœur même du politique, dont les règles doivent être soumises sans ambages aux injonctions du Coran, et divers articles réclament l'application immédiate de la loi islamique dans son intégralité ****.

---

* La mosquée des Étudiants a été ouverte à l'université d'Alger en 1969, et elle constitue un point de regroupement de militants islamistes hostiles aux communistes (dont l'influence est grande sur le campus, notamment grâce à la présence de quelques professeurs de renom comme Georges Labica). Les fidèles se recrutent d'abord dans les rangs des étudiants algériens francophones des facultés « non idéologisées » (médecine, sciences exactes...), et, pendant les trois premières années, le sermon du vendredi y est prononcé en français.

** Al Aqsa : la mosquée du Rocher, à Jérusalem.

*** Voir ci-dessus, p. 207n. [4].

**** Ainsi, l'écrivain islamiste tunisien Salaheddine Kechrid note, à propos de l'ablation de la main droite du voleur : « On crie à la barbarie de l'islam et on n'admet pas qu'on puisse couper de sang-froid la main à un homme. Cependant ce n'est là après tout qu'une opération chirurgicale comme une autre et l'on coupe bien plus que cela à un malade pour lui sauver la vie [...]. D'ailleurs vous pouvez être certains qu'il suffit de deux ou trois exemples dans quelques grandes villes pour dissuader à jamais toutes les crapules. » Et d'opposer la criminalité qui règne dans tous les pays « dits " civilisés " » et l'Arabie Saoudite où « nul n'ose plus toucher du doigt le bien des autres » [6].

Un auteur algérien de langue française – aisément accessible à des étudiants nord-africains dont beaucoup sont encore, au milieu des années soixante-dix, peu ou pas arabophones – prend dans la revue une grande place : Malek Bennabi *. Pour la génération d'activistes qui se forme intellectuellement dans la mouvance de l'AEIF, il constitue un « maître à penser » qui a « consacré toute sa vie au service de la renaissance islamique », l'« homme d'une *mission* ». Aux yeux de son disciple Rachid ben Aïssa **, il est celui pour qui l'enjeu islamique central consiste à « restituer à la religion ses fonctions sociales » – c'est-à-dire à en faire le principe organisateur fondamental de la société – et non à la réduire à « une affaire de construction de mosquées et de développement des pratiques cultuelles ». S'inspirer de la pensée de Bennabi, c'est permettre d'« éviter une schizophrénie sociale dans laquelle nous vivons et qui nous condamne à adhérer à la métaphysique du point de vue du credo religieux et à l'Évangile de Marx et de ses émules dans notre vie temporelle [7] ».

La thérapie par excellence de cette « schizophrénie sociale » sera la révolution iranienne, aboutissement d'un processus qui, en 1974, témoigne déjà – selon le même Ben Aïssa – que « le Monde musulman, de Lahore à Rabat en passant par Suez, sans oublier le pétrole, suit la bonne voie : la voie d'une nouvelle civilisation islamique ».

En mars 1981, deux ans après l'instauration de la République islamique, *le Musulman* publie un numéro spécial intitulé : « Pour un dialogue islamique avec l'élite occidentalisée [8] », qui constitue un manifeste vibrant et argumenté en faveur de cette « nouvelle civilisation » dont la révolution iranienne constitue l'exemple le plus achevé :

> Désormais c'est vers l'Iran que se tournent les regards des gouvernants-jouets avec crainte, ceux du peuple islamique avec espoir. L'exemple magnifique du soulèvement de nos frères en Iran, leur conscience supérieure d'appartenir à la *Umma* qui a pour vocation de défendre l'humanité opprimée au-delà de toutes les différences

---

* Né en 1905 dans l'Est algérien, Bennabi, qui acquiert en France une formation d'ingénieur, « refuse, selon *le Musulman*, à la fin de ses études de s'employer dans l'administration coloniale et préfère travailler aux côtés de ses frères illettrés ». Membre du FLN, réfugié au Caire pendant la guerre d'Algérie, « il se consacre à la réflexion sur les problèmes de la société musulmane » d'une manière qui lui vaut une mention flatteuse dans le livre de Sayyid Qutb, *Signes de piste*, manifeste des mouvements islamistes contemporains. Il occupe divers postes de responsabilité dans son pays après 1962, et exerce un magistère spirituel sur nombre d'étudiants qu'il contribue à réislamiser. Il meurt le 31 octobre 1973.
** Voir ci-dessous, p. 336 *sq.*

fondent l'avenir de la renaissance islamique. Ceux qui ne veulent ou n'osent pas regarder cet événement en face et qui participent au tir orchestré par l'Amérique contre Khomeyni et la révolution islamique font preuve de médiocrité en camouflant leur désarroi derrière des tirades incontrôlées. Ceux parmi nos progressistes qui fêtent dans leurs journaux cette révolution pour mendier quelque audience peuvent entrer de plain-pied dans l'histoire en train de se faire au nom de l'islam et au bénéfice de l'humanité entière. Il leur suffira de réviser leur croyance et de revenir de Marx et de Freud à Dieu et à son Prophète au côté du peuple et sans arrière-pensée démagogique.

Cette tirade, qui s'adresse à l'intelligentsia occidentalisée et plutôt socialisante, traduit le mouvement d'enthousiasme qui pousse à s'engager aux côtés de l'Iran des intellectuels ou des étudiants soucieux de critique sociale, éthique ou politique, mais qui mesurent combien les catégories de pensée empruntées à « Marx et Freud » restent étrangères au « peuple » dont ils se veulent les porte-parole.

Pourtant, l'usage de discours révolutionnaires à vocabulaire islamique où se mêlent, en 1982-1983, haine pour la France et haine pour les « gouvernants-jouets » des pays d'origine n'apportera qu'un ancrage populaire illusoire ou momentané aux groupes islamistes estudiantins qui s'essaient au prosélytisme parmi les « masses » musulmanes immigrées. Jusqu'à la fin 1983, ces groupes peuvent se croire « comme des poissons dans l'eau » tant que monte le flot d'une sympathie diffuse pour l'Iran chez les musulmans au sens large. Mais, dès lors que l'expression de cette sympathie se heurte à l'hostilité de la société d'accueil et risque d'exaspérer les difficultés et les conflits avec institutions ou organismes français, il semble que les populations en question fassent largement le choix de se détourner des sirènes khomeynistes. Celles-ci peuvent bien prôner le triomphe du Vrai et le règne de Dieu sur terre : la plupart des musulmans en France sont avertis que, à l'heure où les perspectives économiques de leurs pays d'origine sont particulièrement sombres, l'avenir, et surtout celui des enfants, passe par la sédentarisation dans l'Hexagone. Il y aurait trop à perdre à le mettre en péril pour soutenir des groupes extrémistes dont certains, au début de 1984, basculent dans le terrorisme *.

---

* Voir ci-dessous, p. 257.

L'activisme khomeyniste

Les événements qui portent à son acmé l'expression politique du « moment iranien » se cristallisent en 1982-1983. La première année voit se constituer une mouvance islamiste au sens large, dans l'unité d'objectifs de laquelle les divergences entre groupes passent au second plan. Lors de la seconde année, en revanche, les factions directement liées à l'ambassade d'Iran et au centre islamique qui en dépend s'engagent dans une dérive de « subversion » et de violence qui trouvera son aboutissement dans les filets de la DST, tandis que les associations islamistes arabes ou turques font montre d'une plus grande prudence et se limitent à un actif travail de propagande accompagné de la mise en place de structures d'encadrement du réseau des sympathisants et de diverses activités sociales.

Parmi les groupes d'étudiants iraniens ou chi'ites libanais et irakiens favorables à Khomeyni qui s'activent à Paris dès avant le début de l'année 1982, on peut distinguer très grossièrement deux tendances, qui reflètent un débat interne à l'Iran révolutionnaire. La première, qui domine la scène, considère que pour exporter la révolution il n'est pas opportun de mettre en lumière sa spécificité *chi'ite* *, mais que le modèle iranien est *islamique* au sens le plus large, et peut donc s'appliquer à l'*Umma*, au monde musulman tout entier – dont la très grande majorité est sunnite. L'œuvre des propagandistes à l'étranger est, dans cette perspective, d'illustrer la « ligne de l'imam » et de l'appliquer dans le cadre de l'*unicité* du monde musulman.

La seconde tendance, elle, est préoccupée de prosélytisme strictement *chi'ite*. Or, les populations musulmanes en France sont sunnites dans leur quasi-totalité, ce qui limite l'impact de cette propagande **.

---

* Historiquement, les chi'ites trouvent leur origine dans la faction des partisans du dernier des quatre califes « bien guidés » de l'âge d'or de l'islam, 'Ali. A sa mort, en 661, ils s'opposèrent à la dynastie que fondait le nouveau calife Mu'awiya, à qui ils reprochaient de trahir les idéaux de l'islam. Les fils de 'Ali, Hassan et Hussein, furent les principaux instigateurs de révoltes contre le pouvoir que le fils de Mu'awiya, Yazid, noya dans le sang en massacrant la famille de Hussein à Karbala, en 680.

** Cette deuxième tendance est représentée par l'Association de la bibliothèque Ahl el Beit, créée à Paris en juin 1983. L'expression *Ahl el Beit* (« Les gens de la maison ») désigne

En 1982 et 1983, alors que la tendance « politique » l'emporte sur la tendance « pan-chi'ite », les étudiants iraniens prokhomeynistes se livrent à plusieurs types d'activités. Elles ont leur épicentre au Centre culturel iranien de la rue Jean-Bart (dans le VIᵉ arrondissement), transformé après la révolution en « Centre islamique » *(kanoun eslami)*. Entrepôt d'ouvrages, de brochures, de tracts et de cassettes en persan, arabe et français qui exaltent le régime khomeyniste et vilipendent ses ennemis, le Centre organise, chaque jeudi soir, dans ses locaux transformés en mosquée, la prière collective de *do'a-yé komeyl* *. Il semble que s'y tiennent également les réunions des commandos qui ont pour mission de « neutraliser » les opposants iraniens. Des « patrouilles » sont envoyées vers les couloirs du métro parisien. Y rivalisent alors les bombages *« marg bar Khomeyni »* (« Mort à Khomeyni ») des opposants et *« dorud bar Khomeyni »* (« Vive Khomeyni ») des fidèles du Centre islamique. Lorsque les équipes de « bombeurs » rivaux se rencontrent, *nunchakus* et barreaux de chaise sortent de sous les blousons, et des bagarres sanglantes éclatent devant les Parisiens effarés. Ce type d'incidents se répètent le vendredi après le déjeuner dans le hall du restaurant de la Cité universitaire, boulevard Jourdan. Tandis que les diverses tendances de l'opposition – des marxistes-léninistes de l'organisation Fedayan aux islamo-marxisants Moujahidines – font assaut de langue de bois d'un stand à l'autre, des « étudiants » accourus de la rue Jean-Bart, alignés sur les pelouses, accomplissent la prière et scandent divers slogans dont des « Mort à la France » remarqués, avant de laisser le dernier mot aux barres de fer.

Outre ces actions qui s'inscrivent dans le prolongement de la guerre civile iranienne, les « étudiants dans la ligne de l'imam » présents en France et leurs compagnons de route essaiment en province. Dans les milieux estudiantins arabes, ils organisent conférences et meetings, à l'occasion des fêtes sunnites comme chi'ites, pour convaincre leurs auditoires de ne pas se solidariser avec l'Irak

---

la famille du Prophète, c'est-à-dire la lignée des imams, descendants de 'Ali, que révèrent comme tels les chi'ites seuls. L'Association diffuse une petite revue et édite des traductions en langue française d'auteurs chi'ites islamistes – comme *l'Aspect moral de la force en islam*, de Mohammed Hussein Fadlallah, leader du Hizbollah libanais, ou *Notre économie*, de l'Irakien Baker al Sadr, fondateur du parti Da'wa. Elle attire surtout des étudiants chi'ites du Liban et d'Irak ⁹.

˙ Mise en cause par la police en juin 1987, lors du démantèlement d'un réseau terroriste (voir ci-dessous, la conclusion), l'Association Ahl el Beit est dissoute alors par le Conseil des ministres.

* La *do'a-yé komeyl* est une prière spécifique au chi'isme qui a lieu le jeudi soir, après le coucher du soleil. Elle ne semble jamais avoir attiré plus d'une soixantaine de personnes au Centre islamique ¹⁰.

arabe en guerre contre l'Iran, mais de défendre la révolution islamique contre le régime laïque de Bagdad *. Parmi les plus éloquents de ces « témoins » pour l'Iran figurent quelques Maghrébins qui ont fait leur éducation politico-religieuse à l'AEIF, mais prennent leurs distances avec les « magouilles des ikhouanistes ** », c'est-à-dire avec les prudences de la mouvance des Frères musulmans traditionnels envers le régime khomeyniste – reflet des inquiétudes de leurs bailleurs de fonds saoudiens face aux succès militaires de Téhéran.

Cette agitation n'a pas de grandes conséquences réelles, mais elle contribue à mettre en place un climat où proclamations révolutionnaires et sermons enflammés coupent leurs auteurs des réalités quotidiennes de la population musulmane en France. Si des étudiants s'enthousiasment, les tentatives d'agit-prop khomeyniste auprès des travailleurs s'avèrent contre-productives. Faute d'avoir la patience, la modestie et les moyens humains de s'implanter à la base dans les salles de prière des foyers ou des usines, les habitués de la rue Jean-Bart – dont la manière n'est pas sans rappeler celle des ultra-gauchistes français dix ans plus tôt – effraient ou alarment plus qu'ils ne convainquent.

Dans la plupart des lieux de culte et mosquées où ils interviennent, ils se limitent à diffuser tracts et brochures, ainsi que la revue de Téhéran en langue française, *le Message de l'Islam*. La violence de la polémique antifrançaise y est telle que les responsables des salles de prière, pour dégager leur responsabilité, escamotent souvent la littérature de ces propagandistes trop zélés et la remettent aux gestionnaires français qui, à leur tour, la transmettent aux autorités. C'est ainsi que se constitue, semaine après semaine, le « dossier de l'intégrisme musulman » en France, dont ont connaissance, dès la fin de 1982, les responsables politiques au plus haut niveau. Cette même année, ont éclaté les grèves des OS chez Talbot et Citroën au cours desquelles, nous l'avons vu, s'est affirmé l'islam dans un contexte social conflictuel.

Les militants islamistes ont essayé de profiter de l'aubaine pour pénétrer les usines, mais on ne peut pas dire qu'ils y aient rencontré un grand écho. La victoire de la révolution à Téhéran a, sans doute, suscité des courants de sympathie plus ou moins active dans les rangs des OS d'Aulnay, Poissy ou Billancourt, comme chez

---

* Le régime irakien, baassiste, se réclame de la laïcité.
** « Ikhouanistes » (arabe : *ikhwan muslimun*, « Frères musulmans ») est une désignation péjorative de ce mouvement, surtout usitée chez les groupes islamistes plus radicaux, notamment pro-Iraniens.

beaucoup de musulmans ; et la CGT a abondé en ce sens en s'adonnant à la surenchère islamique – tant que le parti communiste iranien, le Toudeh, allié au régime khomeyniste, faisait de même *. Mais une chose est de se réjouir des humiliations infligées au « Grand Satan » américain et de se féliciter *in petto* des diatribes contre le « Petit Satan » français, une autre est de risquer de perdre son emploi et d'être expulsé du territoire en laissant une famille dans le dénuement pour avoir prêté la main à des groupes islamistes. Autant que l'on puisse interpréter les événements de 1982 avec cinq années de recul, il semble que les grèves dans l'automobile et l'activisme des fidèles de la rue Jean-Bart aient constitué deux phénomènes contigus, mais entre lesquels n'existait pas de relation de cause à effet. Dans le feu de l'action, il n'était pas aisé aux analystes et aux énarques des cabinets ministériels, mal préparés pour décrypter le langage politique de l'islam, de faire le partage.

Cela s'est avéré plus difficile encore lorsque certains syndicalistes apprentis sorciers, effrayés par le développement dans les usines de l'affirmation islamique qu'ils n'arrivaient plus à contrôler après l'avoir favorisée, ont confié leur désarroi en haut lieu. Leurs scrupules tardifs, combinés avec les rapports des services de police sur les activités et la propagande des militants pro-Iraniens, ont motivé les déclarations vigoureuses du chef du gouvernement d'alors et des ministres de l'Intérieur et du Travail à propos de l'intégrisme. M. Mauroy déclarait au quotidien *Nord-Éclair* le 27 janvier 1983, dans le contexte de grèves d'OS immigrés chez Renault :

> Les principales difficultés [...] sont posées par des travailleurs immigrés dont je ne méconnais pas les problèmes mais qui, il faut bien le constater, sont agités par des groupes religieux et politiques qui se déterminent en fonction de critères ayant peu à voir avec les réalités sociales.

La veille, le ministre de l'Intérieur, Gaston Defferre, interrogé sur les mêmes conflits sociaux, indiquait : « Il s'agit d'intégristes, de chi'ites. » Mais c'est au ministre du Travail, Jean Auroux, qu'il appartient d'affiner l'analyse :

> Il y a, à l'évidence, une donnée religieuse et intégriste dans les conflits que nous avons rencontrés, ce qui leur donne une tournure

---

* A partir du début février 1983, une répression impitoyable fait disparaître ce parti de la scène politique iranienne.

qui n'est pas exclusivement syndicale. Cela étant dit, nous sommes en État laïc et nous entendons bien que les choses restent ainsi. Chacun est libre de sa conscience, mais je m'opposerai à l'institutionnalisation d'une religion, quelle qu'elle soit, à l'intérieur du lieu de travail, je suis contre la religion dans l'entreprise * comme je suis contre la politique dans l'entreprise. [*Et de préciser :*] Lorsque des ouvriers prêtent serment sur le Coran il y a des données qui sont extra-syndicales [11].

Ces déclarations ont suscité les protestations de plusieurs organisations de travailleurs immigrés, d'amicales et associations de soutien **. Edmond Maire qualifie, à la sortie d'un entretien avec le président de la République, « d'explications secondaires et subalternes » les propos des ministres sur les causes des grèves de l'automobile. *Libération* les inscrit dans le contexte de la campagne électorale pour les élections municipales de 1983 et prévoit que « le racisme va déferler sur la France ». De leur côté, CGT et patronat – qui connaissent mieux la réalité des choses *** – paient de circonlocutions les journalistes [13].

Par-delà les fausses naïvetés des uns, la vraie ignorance des autres et l'entrelacs des manipulations de sens, l'« affaire » des déclarations ministérielles sur l'intégrisme du début 1983 met d'abord en lumière – quels que soient les calculs électoralistes – une carence dans l'analyse de l'islam contemporain au niveau de la haute administration. Si le renseignement policier sur l'activisme khomeyniste concocté rue Jean-Bart n'est guère réfutable (quoi qu'en disent certains qui tirent de leur cécité argument), celui-ci ne saurait être la raison ultime des conflits dans l'industrie automobile, ni même de la réaffirmation de l'identité islamique parmi les populations musulmanes en France. Le moment d'enthousiasme consécutif à la révolution iranienne fait sentir ses effets chez les musulmans en France comme partout dans le monde. Il ne se confond pas avec les proclamations de quelques centaines d'étudiants, ni avec les complots que certains d'entre eux trament dans les mois qui suivent le coup de semonce du gouvernement français.

Au cours de l'année 1983, les clivages se creusent entre les groupes d'étudiants islamistes iraniens, de plus en plus marginalisés,

---

* Comparer avec les mesures incitatives prises en 1976 par M. Dijoud ; voir ci-dessus, p. 139 *sq.*
** Ainsi, la Fédération des associations de solidarité avec les travailleurs immigrés (FASTI) se déclare « indignée des déclarations xénophobes susceptibles de monter les Français contre les immigrés [12] ».
*** Voir ci-dessus, le chapitre « Mosquées d'entreprise et imams-ouvriers ».

violents, et polarisés contre les opposants au régime, et les associations islamistes arabes ou turques qui, bien qu'elles soutiennent toujours la révolution, n'en font plus le thème mobilisateur par excellence de leur action.

Au mois d'avril, le représentant à Paris du ministère iranien de l'Orientation islamique adresse aux mosquées et salles de prière une lettre circulaire sur papier à en-tête de l'ambassade d'Iran. Les destinataires sont invités à communiquer à l'expéditeur toute information sur leurs activités, afin que celui-ci puisse « imprimer un livret » les répertoriant, « document qu'[il pense] utile et qui pourrait [les] aider tous ». En contrepartie, précise la lettre,

> nous disposons, grâce à Dieu, de certains moyens, en particulier de livres [...] et magazines islamiques en langues arabe et française mais également en turc, ourdou, anglais... ou de facilités pour réaliser différents travaux de tirages... Nous serions très heureux de mettre ces moyens à votre disposition, afin de vous aider à répandre en France le Message de l'Islam, ce qui est notre but à tous [...].

La lettre, qui s'achève sur une proposition de rencontre du destinataire à l'ambassade, est si largement diffusée qu'elle passe entre toutes les mains, et notamment celles des autorités françaises.

Si les offres d'échange de services qu'elle contient ne sont pas, en soi, plus compromettantes que celles qui émanent d'autres ambassades de pays musulmans, la personnalité de l'expéditeur et les arrière-pensées qui lui sont prêtées * en précisent le sens. L'effet de propagande recherché se retourne largement, ici, en son contraire. En diffusant une circulaire de ce type-là à plus de quatre cents adresses « islamiques » en France, dont beaucoup ont des liens avec telles associations musulmanes constituées ou tels États dont le gouvernement redoute les agissements pro-Iraniens, les khomeynistes ne font qu'alerter leurs ennemis. De plus, le fait même qu'ils aient recours à des méthodes d'infiltration aussi grossières témoigne très probablement de la médiocrité de leur implantation effective dans le tissu associatif musulman à cette époque **.

---

* Le signataire de la lettre fait partie des trois diplomates « priés de quitter » le territoire français le 24 décembre 1983 (voir ci-dessous).
** Un rapport attribué à la DST et dont *Libération* publie des extraits le 30 décembre 1983 considère que le « réseau subversif » dirigé de l'ambassade couvre « sinon la totalité de notre pays, du moins toutes les régions où vivent des communautés musulmanes suffisamment importantes ». Si la mise en place du réseau semble tout à fait réelle, ce dernier n'a pas fait la preuve de sa capacité à s'implanter en profondeur dans les populations musulmanes.

AU NOM DE DIEU TOUT PUISSANT

MINISTÈRE DE L'ORIENTATION ISLAMIQUE
RÉPUBLIQUE ISLAMIQUE D'IRAN

Salle de prière-Foyer
1, rue ▄▄▄▄▄▄

Ambassade de la République Islamique d'Iran
4, Avenue d'Iéna
75016 PARIS
Téléphone : 723.61.22

Paris, le ▄ ▄ ▄▄▄ ▄83

Référence
A Rappeler:

Chers Frères,

As Salamo Aleykom Va Rahmatollah,

Afin d'aider chaque musulman à trouver plus facilement un lieu
de prière proche de son domicile, ou lors de ses déplacements en France, nous
souhaiterions imprimer un livret contenant l'adresse ainsi que les principales activités des mosquées et salles de prière en France, qui serait distribué gratuitement
ou contre une participation très modique, dans la voie de Dieu. Dans cette tâche,
nous souhaiterions faire appel à vous. Nous avons eu connaissance de votre adresse
par des frères , mais ne connaissons pas les activités proposées aux fidèles, si
elles existent, ni les jours d'ouverture de la mosquée ou salle de prière (toute
la semaine ou uniquement le vendredi). De la même manière nous ne savons pas s'il
existe dans votre ville ou dans votre département d'autres lieux de cultes.

Nous vous serions très reconnaissants de nous communiquer ces informations. Dieu, qu'Il soit loué, nous a permis de commencer ce travail, mais nous
dépendons de votre aide pour le mener à bien et pour pouvoir mettre à la disposition
de la communauté islamique en France un document que nous pensons utile et qui
pourrait nous aider tous.

Nous comptons sur votre aide et votre coopération. Les musulmans
ne sont-ils pas "comme les doigts d'une seule main"?

Par ailleurs, nous disposons, grâce à Dieu, de certains moyens, en
particulier de livres, revues et magazines islamiques en langues Arabe et Française
mais également en Turc, Ordou, Anglais...ou de facilités pour réaliser différents
travaux de tirages...Nous serions très heureux de mettre ces moyens à votre disposition, afin de vous aider à répandre en France le Message de l'Islam, ce qui est
notre but à tous.

Nous tenant à votre disposition, si vous le désirez, et dans l'atten-
de votre réponse, nous vous prions de croire, chers Frères, en nos sincères et
fraternelles salutations

Wa Sallam

Mr. K▄▄▄▄▄
h avssme d'icio. Tante paris

Au début de décembre, les couloirs du métro parisien se couvrent d'affiches signées d'une « Association des étudiants islamiques de Paris * » qui appellent à un meeting au palais de la Mutualité. Le 23 décembre, le centre islamique de la rue Jean-Bart est fermé par la police et trois diplomates de l'ambassade d'Iran, dont le représentant du ministère de l'Orientation islamique, « chargé des contacts avec les Arabes et les Musulmans du Maghreb [14] », sont déclarés *personae non gratae*. Une semaine plus tard, cinq « étudiants » qui supervisent les activités de la rue Jean-Bart sont expulsés.

Ces mesures policières décapitent le réseau de prosélytisme iranien khomeyniste. Mais le cinquième anniversaire de la révolution, en février 1984, marqué par deux meurtres dont les auteurs n'ont pas été retrouvés, laisse supposer que des filières de terrorisme professionnel ont été mises en place par ailleurs. Le 7, le général Oveissi, ancien chef de la SAVAK, est abattu sur un trottoir parisien. Le lendemain, l'ambassadeur des Émirats arabes unis, M. Khalifa, diplomate fort actif et tenu en haute estime par ses interlocuteurs français, est assassiné à son tour. Dans ce contexte, une « Association des étudiants musulmans iraniens en France » – non déclarée, là encore – appelle à un nouveau meeting le 11 à la Mutualité. Il est interdit par le préfet de police, et plus de cent cinquante personnes qui tentent de s'y rendre quand même sont interpellées sans ménagement. C'est le chant du cygne de l'activisme politique iranien en France. Après cette date, les « étudiants dans la ligne de l'imam » ne se livrent plus à des activités publiques et ne font plus guère parler d'eux.

Les vertus de l'exhortation

Les groupes islamistes arabes et turcs ont communié dans l'exaltation de la révolution, mais ils se sont gardés de dériver vers la violence. Ils ont été beaucoup plus soucieux que leurs camarades iraniens d'implantation en profondeur et de travail social patient dans les populations musulmanes en France. Dans la première moitié des années quatre-vingt, l'objectif à court terme de leur

* Cette association, qui n'est pas déclarée à la préfecture et qui a son siège rue Jean-Bart, a été souvent confondue avec l'AEIF (voir ci-dessus), dont elle diffère.

prosélytisme n'est pas de soulever les masses musulmanes de l'Hexagone contre le « Petit Satan » français – naïf aventurisme qu'ils laissent aux « étudiants » de la rue Jean-Bart, coupés de l'univers des travailleurs immigrés –, mais de constituer et renforcer des réseaux de sympathisants destinés à mener le *jihad* contre les « gouvernants-jouets », les princes « impies » qui exercent le pouvoir dans leurs pays d'origine. Pour parvenir dans les meilleures conditions à cet objectif, il leur importe de mettre à profit la liberté que procure en France l'État de droit tant que l'ordre public n'est pas menacé.

Dès 1984, les groupes islamistes arabes et turcs multiplient les messages de toute nature destinés à manifester leur respect scrupuleux de la légalité, protestent de leur attachement aux valeurs démocratiques françaises, et certains d'entre eux se prêtent avec la plus grande courtoisie à satisfaire la curiosité des observateurs français, qu'il s'agisse de journalistes ou de l'auteur de ces lignes. Si leur attitude est due, pour partie, à une vision instrumentale du « sanctuaire » français, elle s'explique aussi par une certaine évolution des mentalités, notamment chez les militants tunisiens qui se situent dans la lignée du Mouvement de la tendance islamique (MTI) *.

L'association la plus représentative de ce courant islamiste « réaliste » semble être le Groupement islamique en France (GIF), qui, même si ses militants ne sont pas plus d'une centaine, joue un rôle actif dans le tissu associatif musulman de l'Hexagone et les diverses tentatives de regroupement ou de structuration communautaire de la première moitié des années quatre-vingt. Groupe estudiantin qui fait un réel effort pour s'adresser aux travailleurs, il bénéficie de l'apport intellectuel des Frères musulmans du Moyen-Orient, en la personne de son « guide » *(murchid dini),* le cheikh libanais Fayçal Maulaoui **, qui prononce sermons et conférences dans les deux mosquées contrôlées par le Groupement. Fondé en 1979 [16] à Valenciennes par un étudiant tunisien, le GIF transfère son siège

---

* Le MTI, créé en Tunisie le 31 mai 1981, est le principal mouvement islamiste tunisien, bien implanté, comme ses organisations sœurs du Moyen-Orient, dans le monde estudiantin, notamment dans les facultés scientifiques. Alternativement pourchassé et toléré par le régime de Tunis, il ne recourt pas explicitement à la violence pour atteindre ses objectifs. D'autres groupes islamistes plus radicaux et qui interprètent le *jihad* en termes de lutte armée se sont développés en dehors de son obédience, comme le Parti de la libération islamique [15].

** Cheikh Fayçal exerce dans son pays les fonctions de juge pour les affaires de statut personnel des sunnites de Beyrouth *(qadi beyrout al char'i).* Il se situe dans la mouvance du Mouvement pour l'unité islamique, que de durs combats ont opposé à Tripoli aux forces syriennes et qui est proche des Frères musulmans.

à Paris fin novembre 1981, au moment où un certain nombre d'étudiants membres de l'AEIF quittent celle-ci à la suite de divergences doctrinales. En rejoignant le GIF, leur objectif est d'élargir la prédication de l'islam au monde ouvrier, à peu près totalement dominé par le prosélytisme des adeptes de Foi et Pratique.

Ces étudiants sont issus du système scolaire arabisé des États indépendants du Maghreb et inscrits (bien qu'ils soient moins bons francophones qu'arabophones) dans les universités françaises, généralement moins sélectives que celles du pays d'origine. Ils se définissent, par contraste avec les immigrés âgés et analphabètes, comme des « musulmans cultivés » dont la mission *(da'wa)* est d'islamiser les masses. Cette islamisation « cultivée » prend la forme du credo islamiste, tel qu'il a été explicité par un Hassan al Banna ou un Sayyid Qutb en Égypte, un Maududi au Pakistan : convaincre les musulmans que leur religion ne se réduit pas à une piété privée ou festive, à une gymnastique rituelle ou une confession de foi, mais qu'elle forme un « système total et complet » *(nizam kamil wa chamil)* qui a réponse à tout, particulièrement dans le domaine de l'organisation de la société. Leur objectif ultime est d'abattre le pouvoir impie et d'instaurer à sa place l'« État islamique », dont les lois trouvent leur source exclusive dans la *chari'a* *.

La rééducation islamique des masses musulmanes que le GIF et les groupes islamiques similaires veulent mener à bien mêle théorie et pratique : sermons et conférences d'une part ; d'autre part, structures sociales qui donnent un avant-goût de ce que sera la « vie islamique propre » lorsque l'on appliquera la *chari'a*.

L'analyse d'une « leçon » prononcée par Cheikh Fayçal Maulaoui au début de 1984 dans l'une des deux mosquées de foyer SONA-COTRA que contrôle le GIF permet de se représenter le message que ce groupe souhaite faire passer aux travailleurs musulmans. Il gagne à être comparé aux sermons du vendredi de la mosquée Omar rue Jean-Pierre-Timbaud ou de la mosquée Stalingrad, comme à être mis en regard avec la pratique sociale du GIF.

La leçon ** porte sur un thème classique communément tenu pour le « blason » de l'islam : « La commanderie du Bien et le pourchas du Mal. » Cheikh Fayçal le traite d'une façon qui précise comment il convient de se représenter le monde où l'on vit, quand

---

* Voir ci-dessus, p. 247 *sq.*, quelques aspects doctrinaux illustrés par l'AEIF, que le GIF partage également.
** L'enregistrement nous en a été remis, avec divers autres, par un des dirigeants du GIF[17].

on est un musulman en France, et comment il faut conduire son *jihad* pour mettre à bas le pouvoir impie et édifier l'État islamique. En explicitant son objectif politique ultime et les étapes graduelles à parcourir avant d'y parvenir, le « guide » du GIF propose une voie moyenne. Elle se situe entre les formes de piétisme apolitique qui ont cours rue Jean-Pierre-Timbaud ou à la mosquée Stalingrad et l'aventurisme des groupes estudiantins iraniens qui pensaient pouvoir abattre, en France ou ailleurs, le « pouvoir impie » par la seule vertu de leur activisme, sans considérer les rapports de forces réels.

S'exprimant en arabe de prédication (quoique avec moins de panache que son collègue de la mosquée Stalingrad), entrecoupé de quelques passages en dialecte libanais, Cheikh Fayçal présente son propos comme un ensemble de « considérations sur un sujet qui concerne [leur] activité actuelle : appeler les gens à Dieu et œuvrer pour la réinstauration du gouvernement islamique ». Pour cela, il importe avant tout d'identifier Bien et Mal et de pourchasser le Mal. Mais les musulmans n'ont pas su s'entendre sur un critère unique qui le permette, et, de la sorte, « la communauté des croyants vit aujourd'hui dans les dissensions ».

Ainsi, le premier problème des musulmans, de manière générale, selon notre prédicateur, est leur tendance à mettre tous les maux sur le même plan, à ignorer qu'il en est de petits et futiles qui ne méritent que pourchas bénin tandis que d'autres sont considérables et justifient qu'on mobilise contre eux les plus grands moyens.

Ils perdent leur énergie à se disputer pour d'obscures questions de rite et à se taxer mutuellement d'hérésie *(bid'a)*, alors que seuls les oulémas, qui savent interpréter le Coran et le corpus jurisprudentiel de l'islam, ont qualité pour établir si tel agissement est hérétique et quelle en est la gravité.

Certains musulmans, remarque Cheikh Fayçal, tiennent tout ce qui est nouveau pour hérétique et Mal : ainsi, par exemple, des « habits européens ». Et ils disent : « Une cravate ? hérésie ! perdition ! en enfer, illico ! » Pourtant, « ces vêtements conviennent mieux au froid que la djellaba, faite pour la chaleur et le désert [...] et le Prophète lui-même porta un habit byzantin dont on lui avait fait cadeau [...] Imagine-t-on, enfin, les soldats faire la guerre en djellaba ? » demande le cheikh à ses auditeurs, que cette idée fait rire.

Inutile de nommer ces musulmans obsédés par le port de la djellaba, le refus de l'innovation et l'imitation littérale de la vie du Prophète : chaque fidèle peut identifier, croyons-nous, les adeptes de la *jama'at al tabligh* qui, drapés dans leurs voiles blancs, hantent la rue Jean-Pierre-Timbaud et ses alentours.

Cheikh Fayçal multiplie les exemples de ceux qui, dans leur « pourchas du Mal », se trompent de cible, et tout particulièrement les adolescents qui, lisant quelques lignes d'arabe, en tirent argument pour se poser en défenseurs authentiques de l'islam contre des prédicateurs chenus *. Toutes ces chicaneries inutiles ont un seul effet ; les musulmans oublient qu'ils doivent concentrer leurs efforts sur « le pourchas du Mal suprême », tel que le définit Sayyid Qutb : *l'exercice du pouvoir en opposition avec ce qu'a enjoint Dieu (al hukm bi ghayr ma anzala Allah)*. Pourchasser ce Mal, c'est renverser le pouvoir impie *(al hukm al jahili)* et instaurer le gouvernement islamique ; les instruments de ce combat sont le *jihad* et l'exhortation par le prône *(khutba)*.

Unifier les populations musulmanes en une communauté tendue vers l'édification de l'État islamique, telle est l'ambition de notre prédicateur et de l'obédience dans laquelle il se situe. Mais, là encore, il faut savoir sérier les problèmes si l'on veut toucher au but avec succès.

Certains, en effet, compromettent tout l'effort de *jihad* par l'usage inconsidéré de la violence lorsque le rapport des forces est par trop défavorable. Or, l'islam établit une gradation dans les moyens par lesquels s'exerce le pourchas du Mal, comme le stipule un hadith célèbre :

> Si vous voyez un Mal, que votre main le supprime ; si vous ne le pouvez, que ce soit votre langue ; et si vous ne le pouvez, que ce soit votre cœur.

Mais il y a des musulmans sincères qui, sous l'empire de leur fougue, ne retiennent que la première partie de ce propos du Prophète et veulent réduire tout Mal « par la main » – c'est-à-dire par l'usage de la force. Et Cheikh Fayçal de raconter, en dialecte libanais très populaire, l'anecdote suivante pour illustrer cette fougue irraisonnable :

> T'es dans un quartier musulman, y'a une mosquée, c'est propre [moralement], et v'la un type qui s'amène pour ouvrir un ciné ou

---

* Thème fréquent dans les sermons et leçons islamistes de ce type. Comparer avec le cheikh Kichk, par exemple [18].

un bar. Alors les gens du quartier lui tombent dessus : « De quoi ? Tu viens pour ouvrir un bar, un ciné ? Le quartier est propre, il y a rien [de blâmable] et le Mal va y entrer ? etc., faut qu'on l'empêche de force, y a pas de question ! » Alors on fait sauter le bar, on y balance de la dynamite [...]. Et pourquoi ? Parce que « *si vous voyez un Mal, que votre main le supprime* ».

Cet exemple, rappelons-le, est donné dans le cadre d'une leçon prononcée en France en 1984, c'est-à-dire à une époque où les violences perpétrées par les « étudiants dans la ligne de l'imam » dans les couloirs du métro parisien, ou à la Cité universitaire notamment, sont dans beaucoup de mémoires, ainsi du reste que la répression subséquente qui les a quasi anéantis.

Pour que ses intentions soient claires, Cheikh Fayçal signifie à ses auditeurs que seul a qualité pour pourchasser le Mal par la force « le détenteur de l'autorité dans le ressort de celle-ci » *(sahib al sultan fi sultanihi)*. Par exemple, le gouvernant dans son pays, le père dans sa famille ou le patron dans son usine :

T'es le patron d'une usine, t'as cent employés. Tu vois un Mal parmi eux : tu peux le supprimer par la main ou de la manière que tu veux, parce que le patron de l'usine c'est toi. Bon maintenant moi je vois un Mal dans ton usine – et je voudrais le supprimer par la force ? Ça serait complètement fou.

L'exemple, là encore, n'est pas sans résonance venant après les grèves des OS de l'automobile et la mise en cause des « intégristes musulmans » par divers ministres.

Les circonstances actuelles ne sont pas, pour les militants islamistes, propices au « pourchas du Mal par la main ». En effet, ceux-ci vivent un « temps de faiblesse » *(waqt du'f)* *, ils sont peu et les pécheurs foison. C'est pourquoi, « dans 99,99 % des cas », le moyen du pourchas du Mal sera la « langue », l'exhortation, tâche centrale de l'activisme islamiste au sein des populations musulmanes en France dans la période qui suit la répression contre les fidèles de la rue Jean-Bart.

---

* Dans la mouvance islamiste contemporaine, on distingue la « phase de faiblesse » – pendant laquelle le combat à visage découvert contre le pouvoir impie est inopportun – et la « phase de force » – qui, comme son nom l'indique, est celle où il faut lancer ce combat. Cette dichotomie s'inspire de l'exemple du Prophète qui, lorsqu'il était faible, dut quitter La Mecque idolâtre où ses compagnons et lui étaient menacés pour se réfugier à Médine, et qui, lorsqu'il fut en situation de force, revint à La Mecque dont il fit la conquête [19].

Autoportrait d'un groupe islamiste

Pour réaliser les objectifs qu'assigne Cheikh Fayçal, le GIF a besoin de moyens financiers, qu'il souhaite affecter principalement à l'édification d'une gigantesque mosquée (*masjid al salam* « mosquée de la Paix ») flanquée d'un « Centre pour la propagation de l'islam à Paris ». En 1985, il entre en pourparlers avec le propriétaire d'un lieu situé dans les quartiers est de la capitale et dont la surface au sol dépasse 7 500 mètres carrés. Pour en faire l'acquisition et y ériger sa mosquée, il lui faut recueillir une somme de 15 millions de francs – alors qu'il ne dispose en propre que de quelque 500 000 francs. Il se tourne donc tout naturellement vers les bailleurs de fonds potentiels des monarchies pétrolières de la péninsule arabique, et imprime une brochure illustrée de douze pages, en arabe, sur papier glacé. Après une brève description de la situation des musulmans en France et du besoin urgent qu'ils ont du Centre pour la propagation de l'islam *, le texte précise dans le détail quelles sont les activités du Groupement.

Celles-ci sont décrites sous le jour le plus favorable : telle est la loi du genre lorsque l'on demande une subvention. Néanmoins, ce document donne une idée assez précise de la façon dont un groupe islamiste comme le GIF agit – ou, à tout le moins – se dépeint. Il n'existe pas, à notre connaissance, de texte comparable en langue française **.

D'abord, le GIF expose son travail d'implantation dans les salles de prière des foyers de travailleurs, où il envoie certains de ses membres prononcer le sermon du vendredi (ou des « leçons » comme celle de Cheikh Fayçal), animer les fêtes islamiques, organiser des

---

* A cet effet, la brochure minimise le rôle des autres mosquées et associations islamiques de France. La Mosquée de Paris fait l'objet de deux lignes assassines (« construite en 1926 par le gouvernement français et la municipalité de Paris, en reconnaissance aux musulmans morts pour la France pendant la Première Guerre mondiale, elle offre mille places de prière »), la mosquée Stalingrad a droit à trois lignes plus élogieuses, et le reste est réduit à quelque trois cents salles de prière de petite taille. L'absence de toute allusion à Foi et Pratique est remarquable... et significative [20].

** La brochure recense seize champs d'activité du GIF : 1 : mosquées ; 2 : conférences et discussions ; 3 : congrès annuel ; 4 : camps d'été ; 5 : foire du livre islamique ; 6 : voyages ; 7 : organisation du pèlerinage ; 8 : impression d'un calendrier islamique ; 9 : actions de solidarité ; 10 : radio arabe à Paris ; 11 : visite des hôpitaux ; 12 : visite des prisons ; 13 : activités islamiques féminines ; 14 : contrôle des abattoirs ; 15 : manifestations ; 16 : activités estudiantines.

« projections de films vidéoculturels », etc. Le GIF est en concurrence avec de nombreux autres groupes qui s'emploient aussi à « éduquer » les masses musulmanes à leur manière, et, dans beaucoup de salles de prière, le terrain est déjà occupé par telle association ou section d'amicale qui veille jalousement à empêcher l'intrusion de rivaux. Mais le GIF sait compenser la faiblesse relative de ses effectifs et de ses moyens financiers par les qualités humaines et intellectuelles largement reconnues à ses militants ainsi que par la diversité et l'originalité des activités et services qu'il propose aux musulmans. En effet, outre l'affrètement d'autocars pour le pèlerinage à La Mecque *, pratiqué par la plupart des groupes islamiques toutes tendances confondues, le GIF offre des « produits culturels » spécifiques comme des activités de socialisation. Des conférences de « savants musulmans » de passage en France alternent avec la « Foire du livre islamique », tenue chaque printemps à Paris. Chaque été est organisé

> [un] camp d'une semaine auquel participent travailleurs, étudiants, femmes et enfants. Tous y vivent une existence islamique, et conférences comme activités collectives diverses favorisent réveil et résurrection de l'esprit islamique. Après la prière de l'aube et la lecture des versets du Coran, on fait du sport [*une photo de la brochure montre à ce propos une cinquantaine de personnes, en djellaba ou en pantalon, occupées à lever les bras dans le cadre d'exercices d'assouplissement*] avant le petit déjeuner. Les aspects culturels ont leur lot dans le programme quotidien – concours, soirées où se façonne l'esprit, veillées nocturnes pendant lesquelles on récite des prières et on monte la garde, etc. De tout cela sort une génération islamique conscientisée, qui comprend bien l'islam dont elle ne néglige aucun des aspects [22].

* L'organisation du Pèlerinage vers La Mecque est une entreprise complexe et onéreuse. Air France et la compagnie Saudia Air Lines se partagent un trafic aérien estimé, en 1986, à 7 000 musulmans résidant en France, plus 20 000 transitaires venus d'Afrique noire et d'Afrique du Nord. Le billet d'avion coûte, cette année-là, à peu près 7 000 francs, auquel s'ajoutent « deux chèques libellés en rials saoudiens. Un de 524 R.S. [1 100 francs], qui est directement perçu par l'État saoudien, et un de 343 R.S. [700 francs] pour couvrir les frais de transport du pèlerin sur place ». Une somme minimale de 7 000 francs est nécessaire pour subvenir à ses besoins sur place – beaucoup plus dès lors qu'on souhaite disposer d'un peu de confort. Selon un voyagiste spécialisé : « L'infrastructure hôtelière n'est pas suffisante pour héberger cette foule qui envahit La Mecque et Médine [...]. On loue parfois des quartiers entiers aux *hadjj*, mais le mètre carré vaut de l'or, et les matelas sont posés les uns à côté des autres. On peut négocier plus de tranquillité mais ça se paie... Pendant deux à quatre semaines ils vivent entassés à sept ou huit par chambre [21]. »
Concurremment au voyage par avion, de très nombreux groupes ou associations islamiques organisent des voyages par autocar, beaucoup plus accessibles (le billet coûte, en 1986, entre 3 000 francs et 3 500 francs en moyenne). Plus long et plus fatigant, ce mode de transport donne l'occasion à ceux qui le prennent en charge de faire quelque bénéfice et également de prêcher les passagers.

Cette forme de « scoutisme islamique » s'inscrit dans la tradition des Frères musulmans et des groupes contemporains qui leur ont succédé. En Égypte, par exemple, de tels « camps » sont fréquemment organisés pendant les vacances par les associations islamistes universitaires [23].

Les activités sociales du GIF comportent aussi visites aux musulmans hospitalisés ou emprisonnés, organisation de voyages dans les diverses villes françaises où vivent des musulmans « afin de renforcer les liens de fraternité islamique », « organisation de manifestations de protestation contre l'oppression que subissent les musulmans en Palestine occupée, contre l'occupation communiste de l'Afghanistan, et en solidarité avec les musulmans du Liban après l'invasion israélienne ». Les combattants afghans ont reçu, quant à eux, une cargaison de vêtements et de médicaments pour une valeur de 200 000 francs – que le GIF leur a fait parvenir par avion [24].

Outre les cotisations et collectes, le Groupement tire quelque revenu de l'apposition d'un tampon « *halal* » sur des poulets et des lapins rituellement égorgés en France sous son contrôle et exportés vers les Émirats arabes unis, ainsi que de l'impression d'un calendrier islamique *. Mais tout cela n'assure pas des moyens considérables : jusqu'à l'extrême fin de 1986, malgré la belle brochure, les bailleurs de fonds de la péninsule arabique ne se sont pas montrés très généreux. Pourtant, le GIF, en concluant son texte, n'hésite pas à écrire que l'aide financière doit permettre qu'un jour « en chaque maison de France l'islam vive et voie la lumière » **.

Le Groupement islamique en France, par le contenu de sa prédication et les moyens qu'il met en œuvre afin de s'implanter dans les populations musulmanes de l'Hexagone, est assez représentatif des groupes islamistes de la seconde vague, c'est-à-dire postérieurs à l'activisme pro-Iranien de 1982-1984. Si son objectif proclamé reste toujours le renversement des « gouvernants impies » et l'instauration d'un « État islamique » qui mette en application la *chari'a*, le choix des moyens le fait classer dans la frange « modérée » ou « réaliste » de cette obédience. Plus encore, il sait mener un certain travail d'implantation en se coulant dans le moule des services sociaux que rendent à leurs membres les associations islamiques de base – tout en leur apportant un « plus » idéologique

---

* Vendu 22 francs en 1986 (voir ci-dessous).
** Cette situation a changé le 29 décembre 1986. La Banque islamique de développement à Riyad a en effet annoncé qu'elle affectait une somme de 17,46 millions de francs pour développer des projets islamiques en France : 10 millions pour le GIF et le reste pour achever la première phase des travaux de la mosquée d'Évry (voir ci-dessus, p. 219-220) [25].

spécifique. Comme Foi et Pratique, par exemple, le GIF fait voyager et rassemble, en organisant ses camps d'été, militants et sympathisants. Mais, contrairement aux adeptes de la rue Jean-Pierre-Timbaud pour qui tournées de prédication, petites et grandes « sorties » sont l'occasion d'une rupture complète avec la société française, d'une coupure éthique qui se règle sur un mimétisme avec le Prophète sans impliquer une remise en cause à long terme du pouvoir impie et un désir d'instaurer l'État islamique, les militants du GIF, eux, définissent les moyens en fonction de la fin. Ainsi, le Prophète ne faisait pas de gymnastique après la prière de l'aube : on ne saurait donc en faire pendant les tournées ou les « sorties » de la *jama'at al tabligh*.

En revanche, le GIF veut former des militants à la trempe d'acier, dotés d'une *mens (islamica) sana in corpore sano*, et les exercices sportifs sont un moyen d'y parvenir. Dans ce cadre, si le port de la djellaba peut constituer un handicap pour pourchasser « le plus grand des Maux », vive la cravate ou la tenue de jogging ! Si les services préfectoraux refusent d'accepter les photographies de militantes voilées lorsqu'elles font établir leur carte de séjour, mieux vaut donner des photos tête nue que déclencher un conflit hasardeux qui, en se soldant éventuellement par l'expulsion, ne ferait que diminuer le nombre de militants. Il y a là, si l'on peut risquer la comparaison, comme un léninisme de l'islam.

Pourtant, ce militantisme connaît des limites en ce qui concerne les « masses ». Il n'est pas du tout certain que la prédication des « musulmans cultivés » – c'est-à-dire des étudiants qui militent dans ce groupement – « passe » facilement auprès des travailleurs des foyers ou des HLM. La connotation politique de l'islam, dont le GIF se fait le propagandiste, est aisément identifiable, et elle ne suscite l'adhésion totale que de ceux qui souhaitent effectivement un bouleversement de l'ordre social aboutissant à l'instauration de l'« État islamique ». Or, parmi les populations visées, on ne peut pas dire que tel soit l'état d'esprit dominant. Pour ceux qui souffrent d'une situation de déstabilisation, de perte des repères, d'anomie, c'est la prédication de la rue Jean-Pierre-Timbaud ou celle de la mosquée Stalingrad qui fournissent les réponses islamiques les plus immédiatement apaisantes : elles ne proposent pas une transformation révolutionnaire du monde à plus ou moins long terme, mais – dans le cas des tablighis au moins – une resocialisation *hic et nunc* par l'imitation littérale de l'exemple du Prophète.

Sans doute la prédication du GIF reste-t-elle encore trop intellectuelle ou idéologique pour se faire entendre dans sa plénitude par les travailleurs musulmans soucieux de faire vivre leur famille en France en bénéficiant de meilleures conditions de vie et de revenu que dans les États d'origine – situation qui n'est pas précisément riche en ferments révolutionnaires. Mais elle est mieux adaptée à certaines demandes de réislamisation qui commencent à voir le jour parmi des jeunes musulmans nés ou éduqués en France, que leur niveau culturel comme leur avenir souvent incertain rendent plus sensibles à une doctrine structurée *.

Le GIF n'est pas le seul groupe islamiste de l'Hexagone, dans un contexte où l'absence d'institution musulmane centrale largement reconnue favorise la multiplication des petites entreprises locales. A l'intérieur de la mouvance islamiste elle-même, plusieurs grandes tendances cohabitent, regroupées dans diverses « Unions » à l'échelle de la France où les affinités idéologiques se croisent avec les appartenances nationales. Au début de 1984, l'Union des organisations islamiques en France (UOIF) regroupait trente et une associations locales maghrébines et turques situées dans la lignée des Frères musulmans « modérés » ou du Parti du salut national ** en Turquie. Les Turcs ayant ensuite constitué leur propre regroupement autonome, l'UOIF ne compterait plus en 1986, à en juger par le « calendrier islamique » qu'elle a édité cette année-là, que treize associations maghrébines réparties dans la plupart des régions où se trouvent des musulmans. Le GIF, parce qu'il fonctionne dans la capitale, en est le maître d'œuvre tout indiqué ; mais d'autres associations membres ont réussi à effectuer un travail d'implantation plus profond, et jouent une importante fonction de socialisation.

Le Juste et le Faux

Ainsi dans la région niçoise, où la population tunisienne est fortement représentée ***, l'Association des musulmans des Alpes-Maritimes (AMAM), fondée en février 1979 et animée surtout par des étudiants tunisiens, a monopolisé à peu près l'expression de l'islam sur la Côte d'Azur. L'AMAM a bénéficié, dès mai 1984,

---

* Voir ci-dessous, p. 367, sur cette nouvelle génération réislamisée.
** Voir ci-dessous, p. 276n.
*** Le recensement de 1982 dénombre dans les Alpes-Maritimes 14 800 Tunisiens, 11 360 Algériens, 6 560 Marocains et 220 Turcs. C'est le seul département où le nombre de Tunisiens dépasse celui des Algériens.

de la sollicitude de « commerçants musulmans », ce qui lui permet de louer (pour 25 000 francs mensuels) de très vastes locaux neufs : peu d'associations comparables disposent d'infrastructures d'une telle qualité [26]. Outre une mosquée située dans une salle de belles dimensions, son siège abrite une bibliothèque islamique fournie, une « cassettothèque » dont les rayons sont chargés par les enregistrements des quatre cent vingt-six sermons de Cheikh Kichk *, un appareillage vidéo pour projeter des « films islamiques », ainsi que des salles de classe bien équipées où les enfants sont conduits grâce à un système de ramassage scolaire par minibus aux couleurs de l'AMAM.

Si l'AMAM affiche, à l'entrée de ses locaux, un programme d'activités aussi fourni que celui qui figure dans la brochure du GIF, ses principaux succès nous semblent porter sur deux domaines : la structuration d'un réseau de mosquées à l'échelle du département et l'enseignement aux enfants.

Les Alpes-Maritimes comptent environ dix-sept lieux de culte musulman, situés pour la plupart dans les foyers SONACOTRA et dans quelques cités HLM, ainsi qu'à la cité universitaire. Les prédicateurs de l'AMAM prêchent dans cinq d'entre eux – les cinq « mosquées » du département. Selon l'un des imams, si le vendredi la plupart de l'assistance, assez maigre, est composée de chômeurs ou d'étudiants, le samedi, en revanche, des travailleurs en nombre plus conséquent viennent écouter des « leçons » islamiques et participer à des discussions animées par les membres de l'Association. A titre d'exemple, l'un des responsables nous a indiqué, en janvier 1986, le thème du dernier sermon qu'il avait prononcé, à l'occasion d'une « semaine pour l'Afghanistan » :

> Les Afghans, en dépit de l'invasion communiste et de la guerre, sont restés proches de leur religion ; plus même, elle s'est renforcée. Eh bien, vous, en France, vous vivez en paix et n'avez pas de problèmes matériels, qu'attendez-vous pour faire de même ?

Cette réislamisation raisonnante et comparative, qui fait un détour par le *jihad* contre les Soviétiques pour inciter à une autre forme de *jihad* contre les séductions pernicieuses de la société de consommation, trouve son prolongement dans la prise en main des

---

* Les sermons du vendredi du cheikh islamiste cairote Abd al Hamid Kichk, « star de la prédication », étaient enregistrés et immédiatement diffusés à travers tout le monde musulman arabe jusqu'à ce que Sadate fasse emprisonner ce prédicateur, en septembre 1981. Il existe quatre cent vingt-six sermons enregistrés – qu'un négociant du quartier Barbès, à Paris, reproduit et diffuse dans la France entière [27].

enfants. L'opération est, ici, beaucoup plus sophistiquée que celle qu'a mise en œuvre l'association musulmane de la banlieue parisienne précédemment décrite *. L'AMAM, en effet, n'a pas son siège dans une cité HLM dont ses membres seraient résidents, mais dans une zone commerciale relativement huppée où les classes moyennes niçoises vont faire leur « shopping », et où, en 1985, cent vingt-cinq enfants étaient amenés aux cours par minibus. Il n'y a donc pas là une structure d'intégration à la base sur le lieu d'habitation, mais un projet d'une autre nature. Le secrétaire général de l'AMAM l'explique dans une interview qu'il donne au journal des élèves de l'école islamique :

> - Que comptez-vous faire pour l'école dans les années à venir ?
> - On a commencé par cette école qui donne des cours le mercredi et samedi après-midi, un cours pour apprendre l'arabe et un autre pour connaître la religion islamique. On compte aussi avoir une école libre d'ici deux à quatre ans, c'est-à-dire qu'il y aura des certificats reconnus par l'État et on estime faire des programmes qui seront acceptés par la Tunisie, l'Algérie, le Maroc et d'autres pays arabes. Dans cette école il n'y aura pas seulement l'arabe, mais toutes les matières comme dans une école française, les mathématiques, les sciences naturelles, etc. [28].

En attendant que cet objectif soit atteint, l'AMAM a mis en place des structures efficaces d'encadrement des enfants. L'école, qui a commencé à fonctionner en septembre 1984 et accueille des élèves âgés de 6 à 17 ans, s'est d'abord efforcée d'offrir aux parents des garanties de sérieux et de respectabilité, d'autant que les consulats des pays du Maghreb voyaient avec défaveur une association islamiste connue ouvrir une école faisant concurrence à leurs propres cours d'arabe. Pour mettre les parents en confiance, l'AMAM donne à chaque élève un « carnet de correspondance » bilingue impressionnant, bardé de notes de contrôles et d'examens d'arabe et de religion, de moyennes annuelles, d'observations des professeurs, du tuteur de l'élève, du directeur de l'école, etc.

Par ailleurs, les élèves ont rédigé un petit journal ronéoté en arabe et en français, *Al Haqq* (« Le vrai » ; c'est également le nom de l'école). Son contenu mêle des textes piétistes traditionnels, des sourates du Coran ou des hadiths du Prophète calligraphiés par les enfants les plus avancés, des extraits de contes arabes et des articles ou des rubriques plus spécifiquement destinés à de jeunes

---

* Voir ci-dessus, p. 164.

LE JUSTE

Jamel est un gentil garçon il écoute ses parents et fait bien son travail car c'est un bon musulman

La différence entre un bon et un non - croyant, dans le monde actuel de la jeunesse

APRÈS l'école

Jamel entre chez lui après une brillante journée

Il fait les prières qu'il n'a pas pu faire avant

Il fait ses devoirs

Le soir à table le jeune homme raconte sa journée à l'école

Le lendemain matin

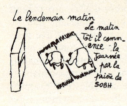

Le matin tôt il commence la journée par la prière de SOBH

l'écolier se prépare pour l'école

ET LE FAUX

musulmans vivant en milieu français. Jeux et concours alternent des tests sur le football (exemple : « Le Brésilien Garrincha était un : A) Gardien de but ; B) Arrière gauche ; C) Ailier droit ? ») avec un concours islamique (dont « le prix gagnant est une belle montre à quartz ») qui pose, après des questions banales comme : « Combien d'années Muhammad notre Prophète resta-t-il prophète ? » la « question subsidiaire suivante » : « Définir ce qu'est un *kafir* [impie] * ? » La réponse est la suivante :

> Trois sortes de Kafirs existent : 1) Celui qui est chrétien, juif, athée, bouddhiste ; 2) Celui qui fait partie d'une organisation autre que l'islam ; 3) Celui qui n'accepte pas Muhammad notre Prophète comme messager de Dieu [29].

La tonalité polémique de cette réponse – si elle n'est pas pour étonner dans l'usage courant ** – mais qui ne laisse pas de surprendre dans un journal fait pour (et par ?) des enfants, est prolongée par une bande dessinée édifiante intitulée : « Le Juste... et le Faux : la différence entre un bon et un non-croyant dans le monde actuel de la jeunesse. » La première page montre « le Juste » :

> Jamel est un gentil garçon, il écoute ses parents et fait bien son travail car c'est un bon musulman / Après l'école / Jamel rentre chez lui après une brillante journée / Il fait les prières qu'il n'a pas pu faire avant *** / Il fait ses devoirs [*l'illustration le montre à sa table de travail, sous une calligraphie du nom d'Allah*] / Le soir à table, le jeune homme raconte sa journée à l'école / Le lendemain matin : le matin tôt il commence la journée par la prière de Sobh **** / L'écolier se prépare pour l'école / [*et tend la main en disant – en arabe cette fois :*] « al salam aleikum » [« le salut soit sur vous »] [*tandis qu'il part*].

La page opposée présente « le Faux » :

---

* Dans la doctrine islamique, les chrétiens, juifs et autres « gens du Livre » – qui ont reçu la Révélation – ne sont pas à proprement parler des « impies » (*kafir*, cf. le français « cafre »), mais des croyants qui n'ont pas encore connu l'islam. Le terme est toutefois ambigu, et les variations de son usage, dans les discours destinés au « dialogue islamo-chrétien » ou dans tels sermons ou opuscules internes, sont riches de sens.

** Voir ci-dessus le sermon de M. Hammami qui a une notion extensive du « *kafir* » (p. 197).

*** Il rattrape – ou « rachète » – les prières de midi et de l'après-midi que les circonstances de sa scolarité ne lui ont pas permis d'accomplir à l'heure prescrite (voir ci-dessus, p. 147).

**** La prière du matin – qui avait lieu, en avril 1985 à Nice, selon l'horaire inclus dans la livraison de *Al Haqq*, entre 5 h 25 et 6 h 12 selon les jours.

Luc paraît un garçon sérieux, en réalité ce n'est qu'un enfant désagréable et un enquiquineur / Luc se débarasse[sic] vite de son sac et le jette dans sa chambre désordonnée, pour aller jouer / [*Sa mère :*] « Luc, tes devoirs. » [*Luc :*] « J'en ai pas ! » [*La mère :*] « Toujours pareil ! » / Le jeune garnement s'amuse au foot / Pas de chance il tombe / [*Luc :*] « Qu'est-ce que j'ai mal au bras ! » / Un peu plus tard chez lui : [*Luc :*] « Maman, j'ai mal ! » [*Voix de la mère :*] « Si tu serai resté faire tes devoirs sa ne serai pas arrivé » [*sic*].

Le dessin – dont le graphisme malhabile trahit une main assez jeune – apporte quelques compléments au contraste entre les deux textes. Chez Jamel le bon musulman, tout indique que l'ordre règne. Les tapis de prière en diagonale des vignettes de la bande dessinée, les crayons et règles alignés devant le cahier de l'enfant qui fait ses devoirs, la présence du père – barbu et coiffé de la calotte (deux signes de piété) – le soir à table et aux côtés de l'enfant qui fait la prière du matin. Pour se rendre à l'école, Jamel enfile un veston droit qu'il porte boutonné.

Luc le non-croyant est débraillé. Aucun repère dans son espace, sinon les filets du but du terrain de football – vers lesquels il shoote en vain, ce qui fait qu'il tombe et a mal au bras. Pas de père ici, mais une mère débordée et résignée quand son fils part jouer, puis physiquement absente à la fin de l'histoire. Elle ne vient pas en effet consoler l'enfant qui souffre : seule, figure sur le dessin la bulle qui porte ses paroles. Enfin, Luc ne fait qu'errer, courir dans toutes les directions (jusqu'à sa chute) ; Jamel marche posément sur un trottoir aussi rectiligne que la « Voie Droite » de l'islam, ou bien il est assis ou prosterné en prière. Contrairement aux personnages de western, c'est ici « le Juste » qui est brun et « le Faux » blondinet.

Cette inversion d'un schéma occidental traditionnel est claire dès les premières lignes qui présentent Luc le « non-croyant » (c'est-à-dire le non-musulman) : « Luc *paraît* un garçon sérieux, *en réalité* ce n'est qu'un enfant désagréable et un enquiquineur * ». Plus que le « méchant », il incarne « le faux », le faux-juste : il ne faut pas se fier à son prénom typiquement français ou à sa blondeur pour le parer de vertus qu'il ne saurait avoir, puisqu'il n'est pas musulman. Il ne représente pas un modèle à imiter, bien plutôt un contre-exemple, un repoussoir.

Par-delà l'effet polémique qui frappe d'emblée à la lecture de

---

* Souligné par nous.

cette brève bande dessinée, on a ici comme un exorcisme de l'échec scolaire et de la déviance sociale qui hantent nombre de familles maghrébines en France : le musulman pratiquant trouvera inéluctablement la voie de la réussite, tandis que le « non-croyant », tout blond et français qu'il soit, ne rencontrera, au terme de son errance, que l'échec et la douleur.

On voit ici à l'œuvre une velléité d'investir sur le long terme, de forger une « génération islamique conscientisée » – comme l'écrivait le GIF – dans la perspective d'une confrontation triomphale avec la société française « non croyante » dont les enfants doivent être surpassés sur le terrain de l'excellence scolaire par les jeunes musulmans pieux. Ce processus de socialisation des enfants par l'islam n'est pas sans rappeler celui dont nous avons décrit la mise en place dans le cadre d'une cité HLM de la banlieue parisienne *. Mais la principale différence vient de ce que, dans ce dernier cas, la *fonction sociale* de l'enseignement de l'islam aux enfants est primordiale et vise à les intégrer dans les meilleures conditions à la société française – selon les dirigeants de l'association en tout cas. A l'AMAM, en revanche, la socialisation, fût-elle réussie, reste un instrument au service d'une idéologie de confrontation éthique et politique qui passe par la constitution d'élites islamistes en herbe, bons élèves parce que bons musulmans.

La guerre du temps

En 1986, l'AMAM, le GIF et la petite douzaine d'autres groupes islamistes maghrébins qui composent l'Union des organisations islamiques en France ont diffusé un calendrier islamique tiré à vingt mille exemplaires – et que nous avons pu voir affiché dans un grand nombre de lieux de culte visités cette année-là. Il ne faudrait pas en déduire que chaque acheteur de cette éphéméride est un zélateur de Sayyid Qûtb ou un disciple de Maududi ; c'est un signe que les militants des diverses branches de l'UOIF ont été en contact avec beaucoup de responsables de salles de prière et que leur calendrier y est apprécié.

Dans le contexte français, rien n'est moins anodin qu'un calen-

---

* Voir ci-dessus, p. 164.

drier islamique. Celui de l'UOIF et celui de la Mosquée de Paris (contrôlée par l'État algérien) ne diffèrent pas seulement en effet par le graphisme ou la maquette, mais aussi et surtout par le calcul du temps.

Un calendrier islamique s'emploie à faire concorder les exigences du temps divin et celles du temps légal de l'État où résident des musulmans. Il lui faut tout d'abord juxtaposer l'an hégirien * (aux mois lunaires) et l'an grégorien (aux mois solaires) : leur rapport n'est pas fixe et, chaque année, les mois hégiriens « avancent » d'une quinzaine de jours par rapport au calendrier solaire de l'année précédente. Or, c'est l'année hégirienne qui décide de la date des fêtes musulmanes : rupture du jeûne de ramadan (ou « petit *baïram* ») le 1er du mois de *chaoual,* fête du sacrifice (ou « grand *baïram* ») le 10 du mois de *dhou al hijja,* saison du pèlerinage à La Mecque, anniversaire de la naissance du Prophète, etc. C'est dire que ces événements n'adviennent pas à une date immuable par rapport au rythme des saisons, et que le jeûne diurne du mois de ramadan sera plus ou moins difficile à supporter selon qu'il a lieu au cœur de l'hiver aux courtes journées ou dans la chaleur d'un été où les jours sont interminables et la soif ardente.

De plus, il n'est pas possible, en théorie, de prévoir avec exactitude quand débute le jeûne : en effet, c'est l'apparition ou non dans le ciel du croissant lunaire du nouveau mois hégirien qui détermine si le ramadan commence tel jour ou le lendemain. Or, il arrive que le croissant se donne à voir un soir donné en un point de la terre et non en un autre : les musulmans doivent-ils manifester l'Unicité de la communauté des croyants en commençant à jeûner tous ensemble, de Djakarta à Marrakech, ou doivent-ils se régler sur les longitudes sous lesquelles vit chacun ? Le problème prend une véritable acuité quand on sait que, si c'est un péché de se nourrir le jour du jeûne, c'en est un autre aussi grave de jeûner le jour du petit *baïram,* qui clôt le ramadan. En France en 1986, selon que l'on était musulman turc, proche de la Mosquée de Paris sous obédience algérienne, ou de sensibilité islamiste, on a commencé et fini le ramadan à trois jours d'intervalle – à la consternation de beaucoup d'humbles croyants qui ne pouvaient comprendre les raisons de cette sédition *(fitna)* dans leurs rangs.

Outre le comput des fêtes musulmanes, le calendrier islamique a pour objet d'établir l'horaire quotidien des cinq prières ; là encore,

---

* Ainsi nommé car sa chronologie commence avec l'hégire – c'est-à-dire la fuite du Prophète de La Mecque vers Médine en 622 apr. J.-C.

les divergences sont de règle. Ainsi, le 1er janvier 1986 *(20 rabi' al thani),* la Mosquée de Paris fixait la prière de l'aube à 6 h 54, l'UOIF à 7 h 11, et la confrérie tidjane à 5 h 59 [30].

L'UOIF justifie son œuvre en invoquant des arguments scientifiques [31] : elle a fait appel à « un groupe de frères étudiants en astronomie et en mathématiques » dont les calculs, fondés sur les horaires officiels français établis par l'Observatoire de Paris, ont permis « pour la première fois en France de déterminer l'heure des prières de l'après-midi et du soir ». De plus, l'UOIF invoque l'autorité de deux personnalités musulmanes – dont « Son Excellence le Juge Fayçal Maulaoui » –, sous la direction desquelles ont été établis les horaires.

La Mosquée de Paris, quant à elle, ne s'embarrasse pas de justifications car ses dirigeants considèrent qu'ils incarnent la légitimité musulmane en France par excellence. Son calendrier suppute à l'avance quelles seront les dates des fêtes musulmanes selon l'année solaire. Ainsi, en 1986, elle fixe d'autorité dès janvier que le jeûne du ramadan commencera le 9 mai et sera rompu le 8 juin, se réglant en cela sur les décisions d'Alger.

Par-delà les arguments invoqués de part et d'autre, la maîtrise du temps islamique représente en réalité un enjeu de pouvoir : celui qui détermine l'heure de la prière ou de la date de la fête fait figure de détenteur de l'autorité légitime *. Dans le monde musulman contemporain, les États considèrent que ce type de décision est du ressort des institutions islamiques qu'ils contrôlent, et ils sont très soucieux d'éviter toute contestation de leur comput. Plus encore, la fixation autoritaire par l'État des dates du début et de la fin du jeûne est un acte symbolique important qui manifeste son contrôle sur la société civile et qui rationalise l'ordre économique et social. On ne s'étonnera donc pas que les militants islamistes révoquent la date choisie par les gouvernements qu'ils combattent et calculent eux-mêmes le temps de l'islam : c'est notamment ce qui se passe en Tunisie où, nous a déclaré l'un de ces militants, on est conduit au commissariat si l'on décide de commencer le jeûne un autre jour que celui qu'ont fixé les autorités. Dans ce domaine aussi, la liberté qui règne en France semble appréciée par certains.

La coexistence de plusieurs dates et horaires pour les fêtes et prières est un signe des conflits de pouvoir entre les différents

---

* Dans les faits, c'est la radio libre Radio-Orient, soutenue par l'Arabie Saoudite, qui a mis tout le monde d'accord en diffusant, en temps réel, l'appel aux cinq prières. Voir Luc Barbulesco, « Les radios arabes à Paris », *Esprit,* juin 1985.

associations et regroupements qui s'efforcent d'exercer un leadership sur l'islam en France : elle marque aussi que la Mosquée de Paris, même si elle occupe une position dominante, doit tenir compte, malgré qu'elle en ait, de l'existence de groupes qui ne reconnaissent aucunement son autorité *.

Hégire SARL

L'une des causes de l'existence de nombreux groupes islamiques concurrents en France tient à l'hétérogénéité ethnique, linguistique ou nationale des musulmans qui y résident.

La population d'origine maghrébine constitue le bloc démographique le plus important, mais Africains musulmans et surtout Turcs forment des ensembles non négligeables. Ces derniers, dont le nombre oscille probablement entre 170 000 et 200 000 ** dans la seconde moitié des années quatre-vingt, présentent des caractéristiques propres qui différencient l'expression de leur islamité de celle de leurs coreligionnaires arabes.

Chez eux, l'affirmation identitaire islamique s'est développée plus tard, avec un décalage d'un lustre qui correspond à la différence des dates d'arrivée des familles et de la prise de conscience d'une sédentarisation durable en France. Le processus se met en place pour les Maghrébins vers le milieu des années soixante-dix, alors qu'il faut attendre l'extrême fin de la décennie pour qu'il s'enclenche chez les Turcs. Pour eux, les mutations démographiques structurelles qui favorisent l'éclosion de l'islam ne précèdent pas le « moment iranien », mais elles lui sont simultanées, voire postérieures. Cette particularité est l'une des causes de la bonne implantation des mouvements islamistes turcs. L'autre est imputable à la force des réseaux qu'ont su établir, en Turquie même et dans le cadre d'un système politique pluraliste, les partis de sensibilité islamiste comme le parti du salut national de M. Erbakan : ses sections « immigrées » en RFA et en France disposent d'importantes infrastructures humaines et matérielles.

---

* Voir ci-dessous, chap. 7.
** Les chiffres officiels du Recensement et du ministère de l'Intérieur sous-estiment vraisemblablement cette population qui a compté des immigrés « clandestins » ou « sans-papiers » en grand nombre.

Le Parti du salut national *(milli salamet partisi)* * représente sur l'échiquier politique turc l'élément le plus proche du mouvement des Frères musulmans dans le monde arabe. Son projet de société, le *milli görüş* (« vision nationale » ou « tendance nationale »), met l'accent sur la sauvegarde des valeurs morales – qui se seraient effondrées depuis l'avènement de la République laïque fondée par Atatürk. Il soutient que, si sous-développement matériel il y a dans la Turquie d'aujourd'hui, cela provient du sous-développement spirituel qu'aurait entraîné l'abandon des références à l'islam. Ce parti bien représenté dans la population turque en RFA, où il publie un hebdomadaire destiné spécifiquement à l'immigration, *Hicret* (cf. arabe : *hijra*, « émigration » et « hégire »).

En France, ses partisans créent en mai 1979 à Paris l'association Tendance nationale – Union islamique en France *(milli görüş – fransa islam birliği)* qui, six mois plus tard, s'appelle plus simplement Union islamique en France (UIF) [33]. Au milieu des années quatre-vingt, l'UIF compte une bonne douzaine de sections dans la plupart des régions françaises où vivent des Turcs. Après avoir participé à l'Union des organisations islamiques en France (UOIF) ** elle l'a quittée. Elle-même a connu une scission, sanctionnée en 1984 par la création de la Fédération des associations islamiques en France (FAIF – *fransa islam cemiyetleri federasyon*) dont le « logo », qui représente la mosquée Sainte-Sophie *(Ayasofia)* d'Istanbul, est encadré par les mots d'ordre traditionnels des Frères musulmans :

* Successeur du *milli nizam partisi* (« parti de l'ordre national ») interdit en 1971 par la cour constitutionnelle pour ses activités antilaïques, le Parti du salut national a lui-même été suspendu, puis dissous à la suite du coup d'État militaire du 12 septembre 1980. A l'occasion des élections législatives turques de novembre 1983, certains de ses cadres ont fondé le *refah partisi* (« parti de la prospérité »), qui a obtenu un très faible score par rapport aux succès électoraux des années soixante-dix (11,8 % des voix en 1973). Cela est dû en partie au fait que l'actuel chef du gouvernement turc, M. Turgut Ozal, était autrefois candidat du PSN en 1977 et que beaucoup des électeurs de ce parti ont porté leurs suffrages sur la formation du Premier ministre, le « parti de la mère patrie ». Le leader du PSN, M. Necmettin Erbakan, ingénieur mécanicien formé en RFA et tribun doté d'une grande éloquence, se situe dans la mouvance islamiste, mais a su donner au *milli görüş* des caractéristiques proprement turques. Ainsi, l'âge d'or de l'islam, que les militants islamistes arabes situent à l'époque du Prophète et des quatre premiers califes, est volontiers assimilé par M. Erbakan à l'Empire ottoman. Son grand homme est le calife Mehmet II Fatih, qui conquit Constantinople en 1453, et qui fit de la cathédrale Sainte-Sophie la mosquée Ayasofia. L'un des leitmotive du *milli görüş* est, du reste, la réouverture de celle-ci au culte (elle a été transformée en musée par Atatürk). « Les croyances religieuses [...], note S. Vaner, ont été canalisées depuis 1973 par le PSN implanté solidement, en un temps record, dans tous les départements et qui se réclamait de la moyenne et de la petite bourgeoisie anatolienne menacées par le grand capital. La très grande majorité de ses voix provient des zones défavorisées de l'Est de l'Anatolie [32] » – d'où sont originaires, du reste, la plupart des immigrés.
** Voir ci-dessus, p. 267. Les sections de l'UIF figurent sur une liste des membres de l'UOIF que celle-ci a diffusée en 1984, mais sont absentes de l'éphéméride éditée en 1986.

Allah est notre but ; le Prophète est notre leader ; le Coran est notre constitution ; le *jihad* est notre voie ; la mort dans la voie de Dieu est notre suprême aspiration [34] *.

Ces rivalités n'ont pas entravé le développement de l'UIF, qui compterait, en 1987, plus de mille cinq cents membres toutes sections confondues. Son siège parisien est situé à la principale « mosquée turque » de la capitale, dans une arrière-cour du quartier du Sentier, haut lieu de la confection « au noir » qui emploie un grand nombre de Turcs. Cet emplacement « stratégique » n'est pas propre à l'UIF : passages couverts et rues du quartier portent les traces des débats politiques, syndicaux, nationaux ou linguistiques intenses qui traversent la population turque de Paris. Affiches et slogans se chevauchent et se recouvrent sur les murs pour ou contre l'indépendance du Kurdistan, le coup d'État militaire du 12 septembre 1980, le régime d'Ankara, le fascisme ou le communisme – voire incitent les tailleurs à se syndiquer pour défendre leurs droits. Au premier trimestre de 1980, manifestations et grèves de la faim pour la « régularisation des sans-papiers » turcs mobilisent jusqu'à deux mille cinq cents « clandestins » qui défilent le 3 mars avec l'appui de la CFDT.

Ce milieu socialement fragile est gonflé à partir de l'été 1981 par un afflux de réfugiés politiques appartenant à toutes les tendances du gauchisme turc en déroute, pourchassé par les militaires portés au pouvoir par le coup d'État de septembre 1980. Ces militants, qui ont été souvent impliqués dans les scènes de violence et les affrontements armés entre les diverses factions extrémistes de droite et de gauche qui ravagent la Turquie au tournant de la décennie, ne semblent pas très favorablement acceptés par leurs compatriotes courbés nuit et jour sur des machines à coudre dans des ateliers qui semblent sortis d'un roman de Dickens. Ces prolétaires des temps modernes ne semblent guère sensibles à un discours politique révolutionnaire laïc dont les enjeux les dépassent et dont les conséquences violentes les détournent. Les façades des rues du Sentier sont le domaine des slogans et des affiches de ces partis ou factions ; mais à l'intérieur des ateliers, ce sont des photographies des grandes mosquées d'Istanbul et des versets calligraphiés du Coran punaisés sur les murs pisseux qui mettent un peu de joie et d'espoir, ouvrant sur l'au-delà les fenêtres closes.

La prédication de l'UIF a su se situer dans le prolongement de

---

* La FAIF se présente ainsi comme une association qui semble plus soucieuse de panislamisme que l'UIF, très marquée par l'ancrage proprement turc du *milli görüş*.

réseaux d'entraide sociale et de services économiques utiles aux travailleurs turcs pour améliorer leur vie quotidienne. La mosquée de l'association, comme la plupart des mosquées turques en France, comporte, annexée à la salle de prière, un petit commerce où sont vendus des cassettes enregistrées de leçons islamiques *(vaaz),* des sermons des prédicateurs islamistes en vogue en Turquie, la dernière livraison de l'hebdomadaire *Hicret* et des brochures ou revues arabes analogues. Mais on trouve aussi toutes sortes de produits alimentaires à la saveur typiquement turque et au label éventuellement *halal.* Cette forme d'*ethnic-business* islamique dont on ne voit pas vraiment l'équivalent dans les mosquées maghrébines ressemble à celui qui s'est développé dans le réseau des associations musulmanes turques de RFA. En 1986, l'UIF a fondé la société Hégire SARL, qui a acheté une fromagerie en Normandie où sont fabriqués du fromage blanc *(beyaz peynir)* et de la feta dont « le ferment est garanti d'origine végétale * » – produits qui sont écoulés par le réseau des épiceries attenantes aux mosquées, et que l'on voit aussi dans beaucoup de « boucheries islamiques ».

Outre ces activités économiques, l'UIF a organisé des services sociaux et veille à l'orientation « islamique » des enfants turcs résidant en France. Si une association comme l'AMAM a posé dans les Alpes-Maritimes les jalons d'une « école libre islamique », l'UIF s'est efforcée d'intervenir à l'intérieur même du système scolaire français. Lors des rentrées de 1980 et 1981, elle a fait parvenir à des directeurs d'école une lettre circulaire demandant la suppression de la mixité, où l'on peut lire notamment :

> Le respect des prescriptions de notre religion nous conduit à vous demander, à la suite de nombreuses interventions de nos coreligionnaires, l'autorisation pour nos enfants âgés de plus de neuf ans de ne pas participer aux activités éducatives à caractère mixte, notamment piscine, sport, sorties collectives, etc. Vous en comprendrez aisément les raisons par vous-mêmes. Et nous sommes, par avance, assurés de votre accord sur cette demande de dispense [...] en vue du respect de ces prescriptions légitimes [35].

Cette demande est restée sans suite – selon *le Monde* –, mais elle a attiré l'attention sur l'UIF, à propos de laquelle, à l'époque, tant « la Mosquée de Paris » que « les représentations diplomatique

---

* En d'autres termes, ces fromages sont « *halal* par l'absurde », si l'on peut dire, puisqu'il n'entre pas dans leur composition de ferment d'origine animale, qui aurait pu provenir soit d'un porc, soit d'une bête abattue de façon non rituelle.

et consulaire turques en France disent n'avoir aucune information »
au journaliste qui les questionne.

La représentation turque en France s'est trouvée – comme en
RFA mais avec une moindre ampleur – prise de vitesse par
l'implantation ancienne de l'UIF et des autres groupes islamistes
turcs, qui occupent une position de force dans le champ religieux.
Leur vision de l'islam n'a que peu de rapport avec celle qu'agrée
Ankara aujourd'hui *. Ainsi, la demande de religion qui s'est faite
intense chez les Turcs en France au tournant des années quatre-
vingt quand familles et enfants sont apparus en nombre a rencontré
l'offre de groupes comme l'UIF, capables de fournir les imams
(ou *hodjas*) et divers services sociaux qui puissent constituer les
vecteurs de la prédication islamiste.

Avec quelque retard, des attachés aux affaires « sociales » (religieuses, en fait) ont été affectés aux principaux consulats turcs en
Europe occidentale. Issus généralement de la présidence des Affaires
religieuses *(diyanet işleri başkanliği)* **, ils ont pour fonction de
répondre à la demande d'aide formulée par les citoyens turcs dans
le domaine religieux – en diffusant la vision de l'islam qui est celle
d'Ankara. De la sorte, en France, en 1986, une vingtaine
d'imams *** (qui ont le titre de « fonctionnaires sociaux ») ont été
affectés par le consulat de manière permanente à des associations
locales turques, mais la demande excède très largement cette offre,
ce qui laisse une large latitude d'action aux groupes islamistes
ainsi qu'à diverses confréries, comme les *süleymanci* **** assez
mal vues à Ankara et qui prospèrent en Europe de l'Ouest.

L'idéologie islamiste que véhicule l'UIF est repérée assez aisément par les musulmans turcs de base, et nombre d'entre eux
témoignent de la méfiance à l'endroit de ceux que l'on nomme,

* Ainsi le manuel de « culture religieuse et connaissance de la morale » destiné aux
enfants du cycle primaire, et édité par l'imprimerie de l'Éducation nationale turque en
1983 (en application des instructions officielles en ce domaine), limite l'affirmation identitaire
islamique à une piété privée qui ne se montre pas d'un rigorisme extrême. Les familles
photographiées dans ce manuel comprennent des femmes sans voile, bras nus, assises jambes
croisées avec les genoux visibles, cigarette à la main (p. 66). Les portraits d'Atatürk,
fondateur de la République et promoteur de la laïcité de l'État, y sont omniprésents [36].
** Organisme officiel qui dépend du Premier ministre de Turquie.
*** À quoi s'ajoute un contingent spécial dépêché à l'occasion des fêtes musulmanes et
du Ramadan.
**** Les *süleymanci* – qui préfèrent qu'on les appelle « adeptes de Süleyman Hilmi
Tunalihan » *(ob.* 1959) – constituent à la fois une confrérie mystique et un groupe politico-
religieux. Fort actifs en Turquie à partir de la seconde moitié des années cinquante, ils ont
bâti une grande part de leur influence en édifiant des pensionnats gratuits pour les jeunes
ruraux qui poursuivent des études en ville, ainsi qu'un important réseau d'écoles coraniques
privées et une maison d'édition. Leur hostilité au contrôle de l'État sur la religion leur a
valu des ennuis. Outre la RFA et Berlin, ils sont implantés dans l'Est de la France et à
Paris.

dans les chancelleries turques, les « *hodjas* pirates ». Et l'on ne saurait réduire l'islam turc en France à sa frange politisée islamiste. Les réponses faites par des Turcs à l'enquête présentée dans le premier chapitre de ce livre l'ont amplement montré. Il n'en reste pas moins que divers facteurs démographiques et politiques propres à la situation turque – que ce soient la coïncidence entre le mouvement de la sédentarisation et le « moment iranien », la force du réseau du *milli görüş* de M. Erbakan, ou les difficultés qu'éprouve un État explicitement laïc à manier discours et institutions religieuses – concourent pour expliquer la bonne implantation relative d'un groupe, l'UIF, par ailleurs fort attentif à développer les à-côtés sociaux de sa prédication.

Les prudences du *jihad*

Les mouvements islamistes algériens et marocains ont éprouvé plus de difficultés que leurs amis tunisiens * et turcs à étendre durablement leur influence à visage découvert, car le contrôle exercé par Alger et Rabat sur leurs ressortissants en France est incommensurablement plus rigoureux que celui de Tunis ou d'Ankara. Du côté des Algériens, les militants islamistes ont été soit entraînés dans les péripéties de M. Ben Bella **, soit réutilisés par

* Les Tunisiens sont surreprésentés dans les instances dirigeantes des groupes islamistes fédérés dans l'UOIF.

** Ancien président de la République algérienne, emprisonné par son successeur Boumedienne puis libéré après l'accès au pouvoir à Alger de M. Chadli ben Djedid, Ahmed ben Bella s'est réfugié dans un premier temps en France. Il a créé le Mouvement pour la démocratie en Algérie, qui s'efforce de regrouper les opposants au régime dans un large front où se côtoient des militants de gauche et d'anciens trotskistes proches de M. Michel Raptis – ses conseillers en 1962 –, certains berbéristes et des partisans de la laïcité comme des islamistes convaincus. Cette dernière tendance a occupé un temps le devant de la scène, pour des raisons qui tiennent à la fois au besoin qu'a tout mouvement politique dans le monde musulman contemporain de faire usage du langage de l'islam pour s'adresser aux « masses », au fait que l'épouse du président, Zohra, en est le porte-parole, et enfin à de précieuses amitiés saoudiennes et libyennes. Le MDA a publié à Paris trente livraisons d'un mensuel luxueux en deux éditions, française et arabe, *El Badil* (« L'alternative »), au contenu hétérogène, mais riche d'informations exclusives et de première main sur la situation intérieure de l'Algérie – ce qui lui a assuré un lectorat fidèle. Soupçonné de couvrir des « activités subversives », M. Ben Bella a dû quitter le territoire français pour s'installer en Suisse. Même si l'influence du MDA reste limitée parmi les Algériens en France au sens large et apparaît marginale au niveau des associations islamiques et des lieux de culte, ce mouvement est dans la ligne de mire des autorités algériennes. Leurs pressions ne semblent pas étrangères à l'arrestation de militants du MDA à l'automne 1986, et à l'interdiction d'*El Badil* par arrêté du 22 décembre suivant, ainsi que de *l'Alternative démocratique* (qui avait pris son relais), le 20 mars 1977.

la Mosquée de Paris – et, dans l'un et l'autre cas, ils n'ont développé aucun travail d'implantation proprement sociale.

Du côté des Marocains, il en est allé à l'inverse : des réseaux sociaux se sont constitués, mais une importante « autocensure » contient la prédication islamiste dans des limites jugées acceptables par Rabat *. C'est dans le département des Yvelines que ce dernier phénomène est le mieux observable, au niveau des multiples associations musulmanes et mosquées créées dans les petites villes en bordure de Seine comme Mantes ou Poissy, où sont situées des industries grosses consommatrices de main-d'œuvre qui ont fait largement appel aux travailleurs marocains – surreprésentés par rapport aux autres immigrés **.

Plusieurs de ces associations ont su combiner implantation dans la population musulmane, réseau de services sociaux et visibilité dans la cité avec une orientation islamiste qui – après avoir connu l'enthousiasme iranien puis une inclination libyenne affichée – aurait sensiblement dépolitisé son contenu à partir de l'accord d'Oujda passé entre le colonel Kadhafi et le roi Hassan II, en 1984, accord « qui a rendu plus discret le prosélytisme libyen envers les radicaux marocains [38] *** ».

Constituée en janvier 1982 dans une petite ville proche de Mantes, l'association cultuelle islamique Tariq ben Ziyad – elle porte le nom du conquérant musulman de l'Espagne qui ouvrit l'Europe à la prédication des successeurs de Mahomet **** – a acquis à la fin de cette année-là un château en bordure de Seine, dans un parc de plusieurs hectares. Les responsables de l'association – qui compte surtout des étudiants et des ouvriers – nous ont dit que la somme nécessaire à l'achat de la propriété a été réunie grâce à « des quêtes dans les pays musulmans », formule convenue qui présente l'avantage de ne pas identifier les donateurs dans un contexte où l'aide est souvent « liée ».

Les grandes salles du rez-de-chaussée du château ont été trans-

---

* « Si quelques mouvements islamiques trouvent une base arrière sur le territoire français ou en Belgique, leur prosélytisme est accueilli avec méfiance par les travailleurs marocains qui savent trop ce que coûte le militantisme dans des mouvements politiques ou syndicaux en révolte ouverte contre le roi », note H. Terrel [37].

** En 1983, dans le district urbain de Mantes, 36,2 % de la population immigrée est marocaine (Algériens : 17,8 % ; Tunisiens : 2 % ; Portugais : 21,1 %). Le département dans son ensemble compte 20 000 Marocains pour 17 920 Algériens au recensement de 1982 (alors qu'en Seine-Saint-Denis, par exemple, on dénombre 78 480 Algériens pour 17 860 Marocains, et, au niveau national, 795 920 Algériens, 431 120 Marocains et 189 400 Tunisiens).

*** Voir ci-dessous, p. 292n.

**** Le rocher de Gibraltar doit son appellation à l'arabe *« jabal tariq »* [*ben Ziyad*] (« mont Tariq »).

formées en mosquée ; l'étage accueille une école coranique que
fréquentent, en 1986, cent soixante-dix enfants, ainsi que des
bureaux et une bibliothèque islamique bien fournie. Les réimpres-
sions contemporaines des œuvres complètes des penseurs néo-
hanbalites comme Ibn Taïmiyya et Ibn Kathir *, offertes par le
royaume d'Arabie Saoudite dont elles portent le cachet, y occupent
la place d'honneur.

Les activités de l'association combinent celles de divers groupes
décrits jusqu'alors. La prière en congrégation du vendredi – où
nous avons entendu un sermon d'une veine hanbalisante caractéristique stigmatiser en termes d'une belle vigueur et d'une sûre
rhétorique le culte des saints et des marabouts – a lieu à 14 h 30,
pour permettre à une soixantaine d'ouvriers de l'équipe du matin,
qui sort de l'usine automobile toute proche de Renault-Flins, de
venir y assister. (Les croyants zélés de l'équipe de l'après-midi

---

* Ibn Taïmiyya (1263-1328) et son disciple Ibn Kathir (1300-1373) sont les penseurs les
plus vigoureux du néo-hanbalisme médiéval. Fustigeant sans relâche les superstitions
populaires et un mysticisme dont ils incriminaient le charlatanisme, ainsi que la tiédeur
religieuse des princes et leur propension à s'entourer de conseillers chrétiens, juifs ou
« hérétiques », ils sont les inspirateurs doctrinaux des mouvements réformistes et wahhabites,
comme de beaucoup de groupes islamistes contemporains [39]. Le hanbalisme est l'une des
quatre grandes écoles d'interprétation de la jurisprudence islamique, ou *madhhab*, qui se
sont imposées dans le sunnisme. Elles ont pour fondateurs les « quatre imams » Abu Hanifa
(*ob.* 767), Malik (*ob.* 795), Al Chafi'i (*ob.* 820) et Ahmed ibn Hanbal (*ob.* 855), et en
tirent leurs noms. Elles diffèrent à la fois par leur philosophie générale, par les solutions
opposées qu'elles proposent parfois pour résoudre tel ou tel point de droit – notamment en
termes de statut personnel – et sont réparties dans des régions différentes du monde
musulman. Au cours de l'histoire, elles ont coexisté, bien que l'une ou l'autre eût eu, tour
à tour, la faveur des puissants.
L'école hanafite, qui est la plus ancienne, se caractérise par une grande sévérité dans la
sélection des hadiths – des dits et faits du Prophète – et, plutôt que de fonder une décision
juridique sur un hadith jugé douteux, compte beaucoup sur le jugement d'appréciation
personnelle, ou *istihsan* du cadi (ou juge) qui doit se prononcer. École officielle de l'Empire
ottoman, elle est encore aujourd'hui prépondérante en islam turc.
L'école malékite, qui règne sur l'Afrique du Nord, privilégie la Tradition prophétique
de Médine par rapport à celle de La Mecque, et laisse une grande place aux considérations
d'opportunité *(maslaha)* pour défendre les valeurs fondamentales de l'islam en l'absence
de textes attestés.
L'école chafi'ite, quant à elle, définit de la façon la plus systématique le processus
d'élaboration du *fiqh*, et hiérarchise précisément Coran, *sunna*, *ijma'* et *qiyas*. Si un
problème de droit se présente, et qu'il a été expressément réglé dans le Coran, il faut
s'aligner sur ce qu'enjoint le Livre ; si ce n'est pas le cas, observer ce qu'en dit la *sunna* ;
si elle reste muette, découvrir quel est le consensus des docteurs musulmans *(ijma')* à ce
sujet ; et, si celui-ci fait défaut, user du raisonnement analogique *(qiyas)*, c'est-à-dire
découvrir la situation décrite par les textes qui soit la plus proche du problème réel, et
raisonner par comparaison.
Face à cette école se développe le hanbalisme, qui entend lutter contre toute forme
d'innovation blâmable (ou hérésie ; arabe : *bid'a)*, notamment celles qui, par le biais du
qiyas, se glissaient dans la pratique juridique, et ce sur les incitations des pouvoirs établis.
École très rigoureuse et intransigeante sur les principes de l'islam, aussi fermée qu'il est
possible à l'interprétation humaine, elle a eu comme postérité les divers courants du
réformisme musulman, le wahhabisme illustré en Arabie par la famille d'Ibn Saoud
aujourd'hui au pouvoir – et elle connaît une faveur remarquable auprès des militants
islamistes contemporains.

prient dans une mosquée aménagée à l'intérieur de l'usine où un imam prononce l'homélie avant la reprise du travail.) Pendant le week-end, des leçons pour adultes, consistant en gloses de différents textes classiques de doctrine islamique, attirent, selon les responsables, une douzaine de personnes.

De leur côté, les enfants entre 5 et 14 ans sont pris en charge les mercredi et samedi après-midi ainsi que le dimanche matin. Répartis en cinq niveaux, en classes mixtes mais où garçons et filles doivent s'asseoir sur des bancs séparés, ils apprennent langue et grammaire arabes, Coran et hadiths, ainsi que les règles du comportement en famille et en société que leurs enseignants tiennent pour la norme islamique. Les enfants, en général, ne sont pas arabophones et la plupart ne s'expriment qu'en français et parfois en berbère. Nombreux sont ceux qui « retiennent sans même comprendre l'arabe » – c'est-à-dire apprennent par cœur des fragments du texte sacré du Coran sans être pour autant capables d'en préciser le sens *.

Le magnifique parc dont dispose l'association lui permet d'y organiser pendant les vacances d'été des « camps islamiques » ; celui de 1985 a accueilli une soixantaine d'adolescents âgés de 10 à 16 ans, venus de toute la France. Chaque association musulmane a le droit d'y envoyer deux participants – ce qui maximise la diffusion de l'islam tel qu'il est prêché sous ces tentes auprès de la jeunesse islamique en France – les coûts étant couverts par la Ligue islamique mondiale. Le déroulement des journées ressemble à celles des camps du GIF évoquées plus haut : lever pour la prière de l'aube (elle a lieu très tôt en été), leçon islamique, lecture du Coran et nettoyage des tentes avant le petit déjeuner pris à 9 heures. Puis sport et jeux de ballon jusqu'au repas, à 11 heures, suivi de la prière de midi. Sieste jusqu'à la prière de l'après-midi, puis conférences d'étudiants ou de « savants musulmans » venus tout exprès de Paris et projection de films vidéo à caractère islamique. Prière au couchant, repas, saynètes et tableaux vivants en arabe puis prière du soir suivie de quelques jeux précèdent l'extinction des feux vers 23 heures. Deux voyages ont rompu le rythme du camp de l'été 1985 : l'un dans la capitale, afin de visiter la Mosquée de Paris, le siège de la Ligue islamique mondiale et la tour Eiffel, et l'autre à Mantes-la-Jolie, pour voir la mosquée de cette ville.

Le processus de socialisation que met en œuvre l'association

---

* Cette pratique est courante en Afrique du Nord, notamment en milieu berbérophone – ainsi que dans l'islam noir.

Tariq ben Ziyad ressemble par certains aspects à ceux que nous avons observés dans l'association islamique d'une HLM de banlieue parisienne *, mais leurs dirigeants respectifs nous ont présenté la finalité de leur action en termes fort différents. Pour les « jeunes pères musulmans » de cité HLM, l'objectif est de favoriser l'intégration à la société française d'enfants inéluctablement appelés à y demeurer. Pour les militants islamistes qui animent l'association Tariq ben Ziyad, il ne saurait y avoir de sédentarisation en France. Selon eux, les ouvriers de la région savent qu'ils vont retourner au Maroc avec leur famille et qu'il faut y préparer les enfants. A l'appui de cette thèse sont invoqués divers arguments : les usines débauchent la main-d'œuvre marocaine non qualifiée et la remplacent par des robots ; il n'y a plus de raison de rester en France, si ce n'est pour assouvir des appétits de consommation. « Ceux qui ne veulent pas partir, c'est pour accumuler des biens matériels : deux télés couleurs, deux vidéos, etc., ils veulent vivre comme des ministres ou comme des ambassadeurs », nous a-t-on expliqué.

Mais, quels que soient les arguments invoqués, l'enjeu final semble autre : les militants islamistes se représentent leur propre séjour en France et celui des masses qu'ils souhaitent « conscientiser » comme une période de transition.

C'est dans les pays de départ que doit se dérouler selon eux le *jihad* qui permettra d'instaurer l'État islamique, basé sur la *chari'a*, qu'ils appellent de leurs vœux. Demeurer en France définitivement, ce serait s'engager dans un processus de compromis à l'issue incertaine avec la société française et ses séductions consommatrices, en prenant le risque d'édulcorer et de dépolitiser le message de l'islam pour le rendre acceptable dans le pays d'accueil.

Dans cette perspective, l'encadrement des enfants, la prédication, l'organisation de camps et la prestation de divers services sociaux sont pensés comme des instruments, des relais pour former des militants islamistes. Si tel semble l'objectif recherché, il n'est pas sûr qu'il puisse s'atteindre comme le souhaitent ses promoteurs. Les processus sociaux mis en œuvre ont leur logique propre, et, en fournissant des structures d'encadrement qui aident à stabiliser les individus, ils favorisent une sédentarisation au terme de laquelle le retour et le *jihad* risquent de devenir des litanies que l'on invoque sans guère y croire au plus profond de soi.

---

* Voir ci-dessus, « Salles de prière à loyer modéré », p. 164.

La mosquée de Mantes

A Mantes-la-Jolie, la mosquée a été le symbole d'une bataille gagnée par les musulmans du lieu, appuyés par la municipalité, pour se doter d'un lieu de culte, et ce en dépit des campagnes hostiles organisées par des comités « de défense de l'environnement » locaux. Elle a constitué l'une des pièces maîtresses du dispositif d'intégration à la cité d'une population fragile et marginalisée dont l'évolution suscitait l'inquiétude de tous.

Par ailleurs, la mosquée de Mantes a été le premier lieu de culte musulman de cette ampleur expressément édifié comme tel dans l'espace public français des années quatre-vingt, le premier aussi qui ait réussi à drainer des subventions importantes des pays producteurs de pétrole, parmi lesquels la Libye du colonel Kadhafi. Et, pendant deux années, les relations entretenues par les dirigeants d'une association domiciliée à la mosquée et ce dernier État étaient connues tant dans le tissu associatif musulman en France que par les observateurs spécialisés [40].

La présence d'importantes populations musulmanes dans le Mantois est ancienne. La ZUP du Val Fourré, ensemble de quelque huit mille logements édifiés à partir du début des années soixante, en est le symbole. « Prototype de la grande cité-dortoir où il ne fait pas bon vivre et d'où l'on espère partir le plus vite possible [41] », celle-ci accueille une mosaïque de familles récemment transplantées, originaires de toutes les régions du monde comme de France. Le Val Fourré compte 30 à 35 % d'étrangers, la proportion s'élève à plus de 45 % si l'on y ajoute les Français non métropolitains, anciens harkis ou antillais. Les Français métropolitains, quant à eux, sont, pour plus de la moitié *, venus dans les années soixante de la province ou des logements ouvriers de Paris, transformés par la rénovation urbaine en habitat pour les classes aisées.

Chez ces derniers, se manifesterait un sentiment latent de dévalorisation sociale : médiocres infrastructures dont était dotée la

---

* Indication fournie oralement par M. Paul Picard, maire (socialiste) de Mantes, lors d'un entretien le 16 février 1985.

ZUP à l'origine, éloignement du lieu de travail, voisinage d'immigrés tenus pour des « misérables » *.

A l'exaspération des uns répond la fureur des autres : les jeunes Maghrébins du Val Fourré focalisent en effet l'attention des responsables administratifs, et nombre d'entre eux expriment leur « ras-le-bol » par la déviance sociale et la délinquance, face à une vie quotidienne et des perspectives d'avenir sinistres. En 1979, à Mantes, note *le Monde,*

> la police a élucidé six cent cinquante affaires criminelles ou délictuelles. Dans deux cent quarante-six cas, des étrangers étaient impliqués, en grande majorité des Maghrébins [42].

« Dans cinq ans, ici ce sera Harlem », déclare en 1980 un jeune Maghrébin de la ZUP à un journaliste de ce quotidien, qui note aussi que « des jeunes parlent de façon provocante d'Action directe et du terrorisme italien avec sympathie ». « On repartira, dit l'un, quand tout ici sera bien " cramé ". »

Or, dans la seconde moitié des années quatre-vingt, le Val Fourré n'est pas devenu Harlem – même s'il ne s'est pas transformé en quartier résidentiel. Il semble que la politique sociale très active de la municipalité en place depuis 1977 – et dont le premier magistrat a longtemps été résident de la zone – n'ait pas été sans effet. Même si elle ne pouvait intervenir pour trouver du travail à une jeunesse désœuvrée, l'équipe municipale a été soucieuse de multiplier les instances de stabilisation et d'encourager la vie associative – avec des résultats divers. Et pour les musulmans, le principal vecteur de socialisation s'est avéré l'association islamique locale. Celle-ci,

> qui réunit plusieurs ethnies, a eu rapidement une force de revendication importante, alors que toutes les autres associations d'immigrés de la ZUP sont restées peu efficaces [...] [43].

L'amélioration du climat au Val Fourré ne lui est pas imputable exclusivement, mais elle a joué son rôle dans cette évolution.

Dès 1976, cette association, l'Union islamique des Yvelines, réclame à la municipalité un lieu de culte musulman. Rassemblant des musulmans de diverses origines – anciens harkis, Algériens, Tunisiens et autres –, elle est néanmoins « animée par des Marocains

---

* Situation dont la sanction électorale aurait été le score du Front national de Jean-Marie Le Pen, qui a recueilli 19 % des voix au Val Fourré lors des élections européennes de 1984.

adhérents ou sympathisants de l'Amicale [44] * ». Elle présente donc des garanties de « modération » politique et elle obtient, grâce au maire de l'époque, lui-même « modéré », un local : c'est un « appartement de trois pièces, au rez-de-chaussée d'une tour de vingt étages située dans la ZUP [46] », une « salle de prière à loyer modéré » telle que nous en avons déjà rencontré et décrit. Pourtant, ce lieu de culte va rapidement sortir de l'univers clos de l'office HLM et changer de dimension et de nature pour se transformer en une mosquée flambant neuve édifiée dans l'espace citadin.

En 1979, l'Union islamique se met en quête d'un local plus spacieux dont elle se porterait propriétaire : la salle de prière a connu un succès considérable et s'est vite avérée exiguë. D'abord, l'association cherche un espace déjà bâti et trouve un pavillon dans un quartier mitoyen du Val Fourré. De vives protestations s'élèvent immédiatement dans le voisinage : les habitants, dont la plupart possèdent une petite maison avec jardin, semblent considérer cette « intrusion » des musulmans de la ZUP et d'un niveau social inférieur au leur comme une dévalorisation de leur environnement. Le maire, qui est favorable au projet de mosquée, s'efforce alors de trouver en accord avec l'association un terrain au Val Fourré même, sur lequel édifier un lieu de culte « bien repéré » qui apparaisse aux Français non musulmans comme une structure « calme » et aux musulmans comme un « symbole d'intégration » à la cité [47].

Le terrain retenu en fin de compte, un espace gazonné, se trouve dans l'un des rares quartiers du Val Fourré à compter très peu d'immigrés – mais nombre de « pieds-noirs ». Une « Association écologique du Val Fourré » se crée alors pour sauvegarder la pelouse sur laquelle doit s'élever la mosquée, et le ton de la polémique atteint rapidement des sommets : menaces contre le maire, « condamné à mort » par un « groupe Justice » non identifié, placardage d'affiches hostiles. L'une d'elles représente

Sur fond de tours et de barres, un minaret et une coupole. Devant, sur une place jonchée de détritus, vaquent des femmes voilées, des hommes enturbannés et un âne. Un portrait de P. Picard (le maire),

---

* L'Amicale des travailleurs et commerçants marocains, proche du pouvoir chérifien, a créé un grand nombre de branches locales dans toutes les régions de France où résident des ressortissants de ce pays. Elle est beaucoup plus présente que son homologue algérienne dans la vie quotidienne de ses membres ; elle prend fréquemment en charge les activités cultuelles islamiques et rappelle volontiers que le roi Hassan II est le « Commandeur des Croyants », donc le détenteur de la légitimité islamique par excellence. L'Association des Marocains en France, elle, est proche de l'opposition [45].

coiffé d'une chéchia, orne l'étal d'un mini-souk. Au premier rang un balayeur bien de chez nous, polo marin, moustache et béret basque [48].

En dépit de ce climat pesant, la construction de la mosquée est menée à bien avec célérité *, grâce aux 6 millions de francs venus de la péninsule arabique, de Libye et de « musulmans de France » **. A la fin janvier 1981, une cérémonie de pose de la première pierre rassemble dignitaires musulmans – emmenés par Si Hamza Boubakeur *** – et vingt-six ambassadeurs de pays arabes et musulmans. En septembre, la mosquée entre en fonction. Par suite, deux niveaux d'activités vont, semble-t-il, s'entrecroiser : l'un, public et ostentatoire, de «structure d'intégration» paisible à destination des musulmans de l'agglomération et de leurs enfants ; l'autre, de prédication islamique à sensibilité, un temps, libyenne.

La manière dont la mosquée s'acquitte de ses fonctions cultuelles et sociales suscite de nombreux éloges, et chacun de comparer la tension qui régnait à l'époque des projets de construction et la sérénité du climat par la suite : « Dès son ouverture, la mosquée a connu un grand succès [50]. »

Aux boutefeux, Mantes inflige un démenti cinglant. Depuis 1981, date de l'ouverture [...], pas le moindre graffiti [...]. Imaginez un bâtiment délicat, ocre, sable et crème, flanqué d'un minaret anguleux de style marocain. Sur le seuil, près de la lourde porte de bois verni, une plaque verte précise : « Visite les mardi, mercredi, jeudi, de 9 h 00 à 12 h 00 et de 15 h 00 à 19 h 00. Tenue correcte et courtoisie exigées » [51].

A cette image idyllique fait écho la satisfaction du maire, qui constate que la mosquée ne constitue plus, en 1985, un enjeu électoral et que la dernière bataille municipale a eu pour terrain d'affrontement principal le problème d'édilité classique qu'est le ramassage des ordures ménagères [52].

---

* « La construction elle-même a duré un an, note M. Bekouchi, auteur d'un livre sur la ZUP, et s'est effectuée dans un climat d'enthousiasme de la part des membres de l'association islamique et des musulmans de la région en général. Trois Portugais payés ont assuré la direction de la main-d'œuvre pratiquement entièrement bénévole. » Une cinquantaine de volontaires « soit en chômage soit salariés en dehors de leurs heures de travail se sont relayés pour permettre une construction rapide. Pour les finitions, huit spécialistes venus du Maroc sont intervenus pour garantir les normes propres aux mosquées [...] » [49].
** Voir ci-dessus, p. 219.
*** Voir ci-dessus, p. 92.

En 1984-1985, quatre cent quatre-vingts enfants *, âgés de 4 à 17 ans, suivent les cours dispensés à la mosquée, répartis en treize classes non mixtes, le samedi après-midi et le dimanche toute la journée. Le programme est semblable à celui des autres instances éducatives de ce type : apprentissage du Coran, de l'arabe, des ablutions et des prières, etc. Il est complété par des activités sportives, comme le football ou le karaté, et diverses visites et sorties [53].

A cette image de la mosquée de Mantes comme une structure d'intégration des enfants et de leurs parents par l'islam s'en surimpose toutefois une autre entre 1982 et 1984. Pour M. Bekouchi, si « le premier bilan que l'on peut établir sur le fonctionnement et l'impact de la nouvelle mosquée de la région mantaise est très positif », l'origine moyen-orientale du financement rend l'avenir « incertain et flou ». Inquiétude prolongée par cette remarque euphémique :

> Sans [...] autonomie financière, la provenance et la durée des sources risquent de devenir aléatoires et d'entraîner un manque de liberté de choix dans les méthodes et le travail socio-éducatif proposé,

et un constat désabusé (1984) :

> On est loin de l'enthousiasme général au moment de la construction de la mosquée, qui était vraiment « l'affaire de tous ». De plus en plus, les écarts se creusent entre les décideurs (trois à quatre responsables de l'association) et les musulmans de base [54].

Début mai 1982 est déclarée à la sous-préfecture de Mantes l'Union des associations islamiques en France (UAIF), dont l'objet premier est d'« encourager la collaboration et la coordination des différentes associations et organisations islamiques en France » ; elle a son siège social à la mosquée. Si elle ne doit être confondue ni avec l'UOIF (Union des organisations islamiques en France) ni avec les diverses autres unions, fédérations et conventions à l'intitulé similaire, elle a pourtant le même objectif : rassembler et, si possible, exercer influence voire leadership sur les centaines d'associations musulmanes qui se sont créées dans l'Hexagone. En 1982, en plein moment d'enthousiasme iranien, il semblait aisé à

---

* La population de confession musulmane de Mantes peut être estimée à quelque 10 000 personnes en 1983 – sur 45 000 habitants – (5 194 Marocains, 2 360 Algériens, 504 Turcs, 291 Tunisiens – auxquels s'ajoute une proportion importante des 1 852 Africains et un nombre indéterminé de Français musulmans, ex-harkis et leurs familles).

tout opérateur politique de s'implanter dans le tissu associatif musulman, et il eût été surprenant que la Libye du colonel Kadhafi, encore riche alors de sa rente pétrolière et nourrissant un contentieux permanent avec la France, ne s'y fût pas employée *. Le choix des Yvelines, où résidait une population musulmane au sein de laquelle prenaient corps des formes de lutte sociale durant les grandes grèves automobiles, pouvait sembler fort judicieux, et la mosquée de Mantes, institution « pilote » et respectée, fournir le point d'ancrage idéal – d'autant plus que des fonds libyens importants avaient contribué à son édification.

> Peu de temps après [l'inauguration de la mosquée] [*note H. Terrel*], quelques éléments [...] d'origine marocaine, membres de l'association gestionnaire du local, prennent le pouvoir [...] 55.

Il s'agit des « trois à quatre décideurs » dont est déploré le dirigisme. Selon H. Terrel, ils nourrissent de la sympathie pour la *jamahiriyya* **.

Entre 1982 et 1984, l'UAIF déploie un actif prosélytisme, rassemble autour d'elle une douzaine d'associations locales plus ou moins consistantes, et est identifiée tant par le bouche à oreille dans le tissu associatif musulman de l'Hexagone 56 que par les autorités françaises qui semblent s'être intéressées à elle de très près.

Autant que l'on puisse le constater, l'une des conséquences de l'accord d'Oujda *** passé entre le Maroc et la Libye, le 13 août 1984, aurait été la cessation du soutien de Tripoli aux groupes islamistes marocains hostiles à la monarchie chérifienne. Depuis lors, en tout cas, l'UAIF est entrée en hibernation.

> La Libye [*note H. Terrel*] a opéré un net recul sur le terrain. Par ailleurs elle semble avoir abandonné, pour le moment, sa stratégie de prosélytisme religieux et d'encadrement politique en Europe 58.

---

* Le Comité de l'action islamique, fondé à Tripoli en 1972, a pour vocation de « prêcher l'islam aux peuples de toute la terre ». Une publication en arabe, français et anglais, *le Courrier du Jihad*, expose les objectifs de la prédication tels que les conçoit Mouammar al Kadhafi.

** *Jamahiriyya* (approximativement : « massocratie ») est un néologisme forgé sur le terme arabe *jamahir* (« masses ») par le colonel Kadhafi pour désigner l'État dont il est le chef.

*** A Oujda, le roi Hassan II et le colonel Kadhafi ont signé un « traité instituant une Union des États » entre leurs deux pays – traité qui a été dénoncé par le souverain chérifien le 29 août 1986, après la réaction hostile de Tripoli à la visite de M. Pérès à Ifrane, au Maroc. Accueilli avec stupéfaction par beaucoup d'observateurs, ce traité n'a guère été contraignant pour les deux parties 57.

Depuis lors, la prédication islamiste dans les associations cultuelles marocaines des Yvelines pourfend le culte des saints et des marabouts, mais elle prend bien soin de ne pas contester la légitimité islamique d'un monarque qui porte le titre de commandeur des croyants.

L'affaire de la mosquée de Mantes est riche d'enseignements par sa complexité et la multiplicité des enjeux suscités sur les scènes locale et internationale.

D'abord, elle s'insère dans un processus de politique municipale. Le maire doit arbitrer entre les désagréments que peut lui valoir, à court terme, son appui à la mosquée refusée par des groupes d'électeurs dont le vote hostile risque de lui coûter sa réélection et les bénéfices escomptés, sur le moyen ou le long terme, d'une fonction « stabilisatrice » éventuelle du lieu de culte : aider à intégrer la population maghrébine, diminuer déviance sociale ou délinquance – préoccupantes au Val Fourré. Dans ce second cas de figure, c'est au contraire un vote favorable qui devrait sanctionner la paix sociale retrouvée.

En plus des convictions personnelles du maire, diverses raisons expliquent que, contrairement à la plupart de ses collègues d'autres villes, il ait arbitré en faveur de la mosquée. Il était l'élu du Val Fourré, et ce quartier, le « cancer du district », posait de tels problèmes que toute initiative qui pouvait détendre la situation était bienvenue. Dans un contexte où les clubs de jeunes et autres instances socio-culturelles animés d'« en haut » par la municipalité ou les autorités semblaient voués inéluctablement au saccage, et où la vie associative « laïque » restait embryonnaire, le dynamisme de l'Union islamique des Yvelines représentait le seul pôle de stabilisation crédible dans la ZUP. Le projet de mosquée est si richement doté en pétrodollars qu'il ne coûte rien aux finances municipales. De plus, il prend corps en 1979, à une époque où la révolution iranienne est perçue assez favorablement par l'intelligentsia française de gauche ; elle n'a pas encore les connotations négatives qui seront les siennes à partir des années suivantes, contaminant la représentation de l'islam en général dans l'opinion française.

Après 1979, lorsqu'un maire aura à prendre position au sujet de l'édification d'une mosquée, les éléments favorables réunis à Mantes feront défaut – au moins partiellement : moindre ampleur de la présence des musulmans (près d'un Mantais sur quatre), moindre acuité de la délinquance (ou mise en place de structures de stabilisation sociales qui ne soient pas spécifiquement islamiques) et, surtout, inquiétude de l'électorat comme des responsables face à une religion perçue, à tort ou à raison, comme dangereuse ou conquérante, manipulée par des États ou des groupes hostiles à l'Occident en général et à la France en particulier.

Dans ce dernier domaine, l'expérience de la mosquée de Mantes est ambiguë : le cadre qu'elle a fourni, pendant quelque temps, à un activisme dont le souci principal n'était pas l'intégration des jeunes musulmans à la société française pose – même si cet épisode semble révolu – le problème de la transparence des associations gestionnaires de mosquées ou domiciliées là et celui de la finalité des prédications qui s'y déroulent.

Entre électeurs et minarets

L'expérience mantaise a constitué un cas d'espèce. A l'exception du centre islamique en construction à Évry dans l'Essonne, le lot commun des demandes d'édification de mosquées dans les villes françaises au long des années quatre-vingt est de se voir refusées, retardées ou classées sans suite. Dans la plupart des cas où une association islamique est devenue propriétaire d'un lieu de culte, grâce à des subsides de pays pétroliers assortis du produit d'une collecte plus ou moins abondante auprès des fidèles, le local qu'elle a acquis consiste en un bâtiment qu'aucun signe extérieur n'identifie véritablement. Pavillon, ancien entrepôt, usine désaffectée, tel est le visage des « mosquées » de France, où se réunissent les musulmans comme s'assemblaient, dans les vastes espaces couverts des basiliques de l'Antiquité, les chrétiens de Rome avant que l'Église ne s'impose sur la scène politique de l'*Imperium*.

C'est dans le cadre municipal que se produisent les débats et que s'opposent les antagonismes et les groupes d'intérêt dès lors que naît un projet de mosquée. Plusieurs protagonistes s'affrontent d'ordinaire.

L'association islamique locale et ses bailleurs de fonds forment un premier groupe d'acteurs, souvent hétérogène : il arrive en effet, comme ce fut le cas à Lyon ou à Roubaix, que plusieurs associations soient en compétition pour contrôler le projet de mosquée et que, par ailleurs, financeurs et exécutants n'aient pas la même idée sur la destination de la mosquée et les formes qu'y doit prendre la prédication.

Les politiciens locaux forment un deuxième groupe d'acteurs : la majorité municipale, qui peut accorder le permis de construire, exercer son droit de préemption sur le terrain convoité par l'association islamique, accorder telle ou telle subvention « socio-culturelle », est confrontée à l'opposition qui peut transformer l'implantation d'une mosquée dans la ville en enjeu électoral local.

Troisième protagoniste : l'électorat, au sein duquel s'enflamment les passions contradictoires, éventuellement attisées par les politiciens, mais dont le foyer se trouve d'ordinaire dans le voisinage du futur lieu de culte musulman, sous la forme d'un « comité de défense » de l'environnement, du quartier, etc.

Les déclamations des uns et des autres trouvent des échos variés : la presse nationale et les grands partis politiques s'indignent d'habitude des excès de zèle, de rhétorique ou d'activisme des protagonistes locaux, et s'efforcent de les modérer tout en évitant soigneusement de prendre position sur le fond des problèmes. Les journaux régionaux, les feuilles électorales, les tracts ainsi que les permanents locaux des partis dramatisent généralement l'affaire et changent sa dimension pour l'inscrire dans la perspective à court terme des prochaines élections municipales ou cantonales.

C'est dans un tel cadre que s'inscrivent les diverses « affaires » de mosquées dans les villes de province, relatées par la presse pendant la première moitié des années quatre-vingt.

En mai-juin 1980, dans la conurbation Lille-Roubaix, une affaire complexe oppose des musulmans les uns aux autres, avant de prendre une dimension franco-française, puis internationale. Depuis 1972, l'évêque de Lille avait décidé de mettre à la disposition de la « communauté musulmane » du Nord une grande chapelle destinée à devenir une mosquée *. Or, pour ce prélat, il semble que « communauté musulmane » ait signifié « autorités algériennes ». Celles-ci en effet, ont pris en charge le projet et l'ont mené à bien : le vendredi 20 juin 1980, la mosquée est inaugurée par le consul d'Algérie « et l'imam Longhraieb, spécialement dépêché par le ministre des Affaires religieuses d'Alger pour l'ouverture de ce lieu de culte [59] ».

Or, le mois précédent, à Roubaix, une « association culturelle islamique », composée en grande partie d'anciens harkis qui sont alors au plus mal avec le gouvernement d'Alger, fait l'acquisition d'une grande maison bourgeoise au centre ville, en vente pour 750 000 francs, que la municipalité avait jusqu'alors refusé d'ache-

---

* Voir ci-dessus, p. 118.

ter. L'association souhaite la transformer en mosquée. A peine la promesse de vente est-elle signée que la mairie (socialiste) fait état de son droit de préemption. Les membres de l'association répliquent et occupent la maison le 17 mai. Ils déploient sur sa façade une grande banderole où l'on peut lire : « Nous sommes musulmans. Nous voulons acheter cet immeuble pour en faire une mosquée. La mairie de Roubaix s'y oppose. »

Dès lors, le problème sort du cadre municipal et la presse parisienne dépêche sur place des envoyés spéciaux et des photographes. Sommé de s'expliquer, l'adjoint au maire chargé des relations avec les communautés étrangères déclare à *l'Express* :

> Je comprends que les musulmans aient besoin d'une mosquée. Mais ils en ont une à Lille. Si vraiment ils en veulent une à Roubaix, nous pouvons étudier le problème. Mais pourquoi au centre de la ville ? Il vaudrait mieux la placer dans un endroit plus retiré, qui ne soit pas un lieu de passage : ce serait plus intime [60].

Par ailleurs, selon l'hebdomadaire,

> A la mairie, on laisse aussi entendre que l'Arabie séoudite aurait financé en partie l'achat de la mosquée [...].

Des accusations de manipulation par l'extrême droite – traditionnellement influente dans le milieu harki * – prennent pour cible le conseiller de l'association, M. Patrick Masse. Il se dit « catholique pratiquant intégriste », mais déçu par Jean-Marie Le Pen qui « a pactisé avec Giscard en 1974 », et déclare :

> Depuis 1963 ** j'essaie d'aider les harkis. Aujourd'hui, puisqu'ils ont décidé de s'unir aux autres musulmans, j'aide tous les musulmans [61].

On se trouve confronté ici à une situation paradoxale : les socialistes s'opposent à une mosquée à laquelle l'extrême droite est plus que favorable. De plus, et quels que soient les circuits financiers qui ont permis à l'association islamique de « payer cash [62] », il apparaît des oppositions nettes dans la population musulmane entre ceux qui admettent la tutelle de l'État algérien

---

* Sur les harkis, voir ci-dessous, p. 322 *sq.*
** Les harkis sont arrivés en métropole à partir de l'indépendance algérienne, en 1962.

et ceux qui n'entendent pas s'y soumettre. Les municipalités socialistes des grandes villes du Nord semblent, comme l'évêque de Lille, opter pour Alger. Ce choix sera reconduit au niveau national lorsque, après les élections présidentielles et législatives de 1981, le maire de Lille, M. Pierre Mauroy, deviendra chef du gouvernement *.

Quelques mois plus tard, c'est à Rennes que se pose le problème de la création d'une mosquée. Dans la capitale bretonne, là encore, des prises de position paradoxales voient le jour chez les élus.

Le 28 avril 1980, le conseil municipal (d'union de la gauche) décide, à l'unanimité, d'accorder une subvention de 750 000 francs à un « lieu d'expression culturelle musulman ». Il doit être édifié dans la ZUP sud de la ville, où résident la majeure partie des musulmans rennais. Leurs « représentants » ont accompli une démarche en ce sens à la mairie [63]. Afin de bénéficier de l'argent public sans contrevenir à la loi de 1905 portant séparation de l'État et de l'Église **, le projet évite d'utiliser le terme « mosquée » et multiplie les dénominations « socio-culturelles » ; le centre « comprendrait une salle de rencontre et d'exposition, une salle d'enseignement coranique (alphabétisation et étude du Coran), une salle de réunion [...] ».

Les oppositions sont de deux ordres : elles émanent d'abord du voisinage, puis sont répercutées et transformées par les politiciens locaux. Une « association des résidents du quartier » – créée pour la circonstance – attaque le projet qui attirerait, selon elle, « un surcroît de population » dans un quartier déjà « sursaturé » et s'inquiète de ce que la réalisation d'une telle opération ait pour conséquence « une baisse de la valeur des appartements ».

A l'automne, la fédération d'Ille-et-Vilaine de l'Action ouvrière et professionnelle (organisation sœur du Rassemblement pour la République qui a vocation à intervenir dans le monde du travail) publie un communiqué accusant la municipalité de « vouloir construire une mosquée » :

> A l'époque de la hausse immodérée du prix du pétrole, ne serait-il pas plus juste de demander aux émirs et ayatollahs d'investir dans la construction de mosquées, plutôt que dans l'achat de luxueuses villas à Cannes ou d'appartements avenue Foch à Paris [64] ?

---

* Voir ci-dessous, chap. 7.
** Il est prévu que la subvention municipale couvre la moitié du coût de la construction – le solde étant à la charge de l'État.

Même si l'auteur de ces propos semble ignorer que la Ligue islamique mondiale et divers États musulmans s'emploient activement à suivre ces conseils, la polémique locale se situe sur un autre terrain : elle mobilise les « organisations antiracistes » tant contre l'association des résidents que contre la déclaration de l'AOP.

En janvier 1981, le secrétaire fédéral du parti communiste français – dont le groupe siège dans la majorité municipale – entre à son tour dans la bataille en déclarant à la presse :

> [...] l'examen attentif du projet montre qu'il s'agit en fait de la construction d'une mosquée et d'une école coranique.

« Au nom de la séparation de l'Église et de l'État », le PCF s'oppose à ce que « l'argent du contribuable serve à privilégier une religion » [65]. A cette prise de position, répondent diverses organisations d'accueil et de formation des migrants, ainsi que l'universitaire communiste « dissident » Antoine Spire, qui reproche au PCF de « refuser aux musulmans la possibilité d'exprimer leur culture ». Finalement, la construction du Centre culturel islamique débute à l'automne 1982, et celui-ci fonctionne depuis la fin de 1983.

Ici, le cas de figure diffère de celui de Roubaix. Aucune dissension n'apparaît dans la population musulmane – les dirigeants de l'association sont ressortissants de plusieurs pays du Maghreb et du Moyen-Orient – et le financement de l'opération n'est pas assuré par des États musulmans. La mobilisation de résidents du voisinage constitués en un comité de défense dont les thèmes rappellent ceux des « écologistes » mantais déclenche dans l'électorat de base le processus d'opposition. Puis deux partis que tout ou presque sépare d'ordinaire s'insurgent contre le projet de mosquée sur fonds publics. Mais ils invoquent des justifications différentes : si le PCF s'inquiète de la constitution d'un « ghetto culturel », l'AOP, elle, fait intervenir une variable internationale : argent du pétrole et « ayatollahs ».

Les « ayatollahs » sont mentionnés dans l'affaire du plasticage du lieu de culte musulman de Romans-sur-Isère (Drôme), au cours de la nuit du 2 au 3 mai 1982. Le maire, M. Georges Fillioud, ministre de la Communication dans le gouvernement d'union de la gauche de M. Pierre Mauroy, avait fait financer, en septembre 1981, l'édification d'un « lieu de culte et de réunion » destiné aux musulmans. Le local, d'une superficie de 134 mètres carrés et d'un coût total de 300 000 francs, était installé dans le quartier de la Monnaie, une ZUP de tours et de barres de six mille habitants dont 65 % d'immigrés, parmi lesquels 46 % de Maghrébins et 11 % de Turcs et de Yougoslaves [66] – situation qui n'est pas sans rappeler celle du Val Fourré.

Le projet avait, selon M. Fillioud, déclenché « une campagne souterraine, non signée, d'inspiration raciste, dont les thèmes s'étaient retrouvés dans des documents électoraux des candidats de droite » aux élections cantonales du 21 mars 1982 [67]. A l'issue du scrutin, M. Fillioud subit un « échec spectaculaire » *(le Monde)*, et ses adversaires scandent le slogan : « Fillioud à la mosquée. » Dans le journal électoral d'un candidat RPR, *Atout Drôme*, on avait pu lire :

> Garantir la liberté et la sécurité des citoyens par un poste de police est dans l'immédiat plus important que de garantir la liberté du culte par une mosquée,

ainsi que :

> les ayatollahs ne sont pas seulement à Valence. Il y en a aussi à Romans. Est-ce la raison pour laquelle la mosquée sera construite [68] ?

Cette dernière argumentation témoigne d'une évolution du vocabulaire politique français. A partir de 1980-1981, le terme *« ayatollah »* – inconnu avant la révolution iranienne – a été utilisé au sens propre pour désigner les dignitaires du clergé chi'ite et ensuite, au sens figuré, pour accabler un adversaire politique quelconque dont on incrimine le dogmatisme borné et la brutalité *. Les « ayatollahs de Valence » mentionnés ici sont les dirigeants du parti socialiste qui, réunis dans cette ville pour le premier congrès consécutif à la victoire de M. Mitterrand aux élections présidentielles de mai 1981, auraient tenu, dans l'euphorie du succès, des propos jugés excessifs par leurs adversaires.

La feuille électorale romanaise joue sur le sens figuré et le sens

---

* Usage qui n'est pas propre à la droite. Ainsi le patron du groupe *Express*, M. Jimmy Goldsmith, a été affublé en Une du *Nouvel Observateur* du sobriquet l'« ayatollah des libéraux » – lorsqu'il reprit en main, à l'automne 1986, son hebdomadaire, et embaucha des journalistes considérés comme des partisans de la doctrine libérale.

propre de ce terme, à l'aide d'un syllogisme simple : les socialistes sont des ayatollahs (au sens figuré) ; or, M. Fillioud est un socialiste (= un ayatollah) ; donc il fait construire une mosquée. Fût-ce dans la perspective instrumentale d'une échéance électorale, la mosquée – et l'islam – est vue à travers le prisme de la révolution iranienne, elle-même réduite à la figure négative de « l'ayatollah ».

L'affaire de Romans ne s'est pas limitée à une joute rhétorique : un peu plus d'un mois après les élections, un attentat « très bien exécuté » détruit la mosquée de nuit, peu de temps avant son inauguration. Dépêché sur place, un journaliste du *Monde* s'entend dire par un pompiste :

> Les Romanais sont contents que la mosquée ait explosé [...]. Fillioud a fait ça [la mosquée] tout seul, sans en parler au conseil municipal. Pourtant, il avait été averti : « La Mecque, on n'en veut pas à Romans » [69].

Deux mille personnes, au moins, ne sont pas « contentes » : le 4 mai, elles manifestent en ville pour protester contre l'attentat, que condamnent les partis politiques locaux en s'en rejetant la responsabilité les uns sur les autres. Trois jours plus tard, dans la capitale, une centaine de manifestants, à l'appel des partis de gauche, des syndicats et de nombreuses organisations antiracistes, défilent devant la Mosquée de Paris avec le même objectif [70].

Le plasticage de la mosquée de Romans représente un cas extrême ; il est rarement mentionné explicitement – côté français, parce qu'il ne présente pas une image très séduisante de la France des années quatre-vingt, et côté musulman, car il rappelle avec acuité les problèmes qui peuvent se poser autour d'un lieu de culte. Il reste pourtant présent dans toutes les mémoires, particulièrement dans le sud de la France *. Pour les municipalités, il constitue une incitation à la plus extrême prudence.

En juin 1984, à Sevran, municipalité communiste de la Seine-Saint-Denis **, un conseiller municipal RPR diffuse une édition spéciale de son journal *Sevran Libre* (sous-titré : « Libérons Sevran des socialo-communistes »). Sous la manchette : « Encore top secret : une mosquée à Sevran », le projet d'édification d'un lieu de culte

---

* Voir ci-dessous, l'affaire de la mosquée de Lyon.
** L'électorat du PCF y connaît une forte érosion. Aux élections européennes de juin 1984, la liste communiste recueille 18,2 % des voix, et celle du Front national de Jean-Marie Le Pen, 18 %. La ville « compte 22 % d'habitants étrangers, pour moitié de confession musulmane [71] ».

musulman dans cette banlieue est présenté comme un complot ourdi « dans le secret absolu » par le maire communiste, mais éventé à temps par « les élus de l'opposition ».

L'opération semble, au premier abord, être une transaction privée. L'association cultuelle islamique locale se propose de racheter, pour une somme de 650 000 francs (dont l'origine n'est pas spécifiée au cours de la polémique), une usine désaffectée d'une superficie de 1 000 mètres carrés afin d'en faire une mosquée.

A partir de là, *Sevran Libre* construit un raisonnement dont la finalité est d'embarrasser le maire :

> Notre *barbu* * de maire ne voit plus que par le Coran et avant de donner le droit de vote aux étrangers il veut les réunir autour de cet insensé projet de mosquée, qui risque de troubler la paix publique dans ce quartier du canal de l'Ourcq avant de s'étendre à toute la ville, voire à toute la région.

Deuxième temps de l'argumentation :

> Il s'est bien garder [*sic*] – ce grand démocrate – de parler de cette affaire aux habitants de *ce quartier pavillonnaire bien tranquille* * lui qui se targue sans cesse de tenir des réunions de quartier.

Ultime accusation :

> [...] l'Association qui gérerait ce bel édifice vivrait en partie des subventions... de la mairie.

Sur quoi *Sevran Libre* fait circuler une pétition « pour que Sevran reste une belle ville française », et afin d'obtenir un référendum, car « le peuple souverain doit décider si, OUI ou NON, il est opportun d'édifier une mosquée sur le sol de sa ville ! ».

Une fois n'est pas coutume, ce ne sont pas les « ayatollahs » qui constituent la raison ultime du refus de la mosquée : c'est le « trouble de la paix publique ». A Sevran, aucun « comité de défense de l'environnement » n'a eu le temps de se constituer dans le « quartier pavillonnaire » : le discours politicien l'a pris de court. Ici, c'est la barbe portée par le maire communiste qui fonctionne dans un double système de sens (comme, à Romans, les « ayatollahs »). Le collier, porté par beaucoup de députés de la majorité

---

* Souligné par nous.

SEVRAN LIBRE

Le journal de l'opposition

LIBERONS SEVRAN des socialo-communistes

EDITION SPÉCIALE   EDITION SPÉCIALE   EDITION SPÉCIAL

ENCORE TOP SECRET :
UNE MOSQUÉE A SEVRAN !

Les élus de l'opposition sont en mesure de vous le révéler :

SEVRAN VA AVOIR SA MOSQUEE !

En effet, un nommé Saadaoui, Président de l'Association Cultuelle de Sevran, est en passe d'acquérir pour 650 000 francs, mille mètres carrés (ancienne usine de produits pharmaceutiques) au 42, boulevard Stalingrad, afin d'y célébrer le culte musulman.

AVEC LA BENEDICTION DU CAMARADE VERGNAUD !

Notre barbu de maire ne voit plus que par le Coran et avant de donner le droit de vote aux étrangers il veut les réunir autour de cet insensé projet de mosquée, qui risque de troubler la paix publique dans ce quartier du canal de l'Ourcq avant de s'étendre à toute la ville, voire à toute la région.

ET NOTRE MAIRE VOULAIT GARDER CE PROJET SECRET !

Il s'est bien garder — ce grand démocrate — de parler de cette affaire aux habitants de ce quartier pavillonnaire bien tranquille, lui qui se targue sans cesse de tenir des réunions de quartier !

ALORS, CAMARADE, ON OCCULTE ?

Il est vrai qu'un mauvais coup se mijote mieux dans le secret absolu ! Mais c'est trop tard !

Aujourd'hui ça ne prend plus, et les habitants ont appris l'attristante nouvelle.

Stupéfaits ! Atterrés ! Navrés !

Ils n'en reviennent pas ! Et ils ont décidé d'expédier une lettre-pétition au camarade VERGNAUD — Monsieur 11 % depuis les Européennes — pour protester.

LES ENTENDRA-T-IL ?

Les élus de l'opposition, eux, sont décidés à défendre tous les Sevranais qui par leurs impôts versés vont financer ce projet, car l'Association qui gérerait ce bel édifice vivrait en partie des subventions... de la mairie !

SEVRANAIS... A VOS POCHES !

... ou alors luttez avec l'opposition que mène Pierre FLEURY à Sevran pour

OBTENIR UN REFERENDUM !

Le peuple souverain doit décider si, OUI ou NON, il est opportun d'édifier une mosquée sur le sol de sa ville !

Ne laissons pas la dictature communiste — dont plus personne en France ne veut — imposer ses projets !

Ne laissons pas notre ville se transformer dans l'anarchie !

Notre ville est française et nous, fiers de l'être.

**VEILLONS TOUS ENSEMBLE
POUR QUE SEVRAN
RESTE UNE BELLE VILLE FRANÇAISE**

Les élus de l'opposition
SEVRAN LIBRE

UNION DE L'OPPOSITION

de gauche en 1981, donne au terme « barbu », dans le vocabulaire politique familier, un sens qui désigne, par métonymie, l'élu de base socialiste ou communiste, avec des connotations péjoratives de dogmatisme partisan. Mais ce terme signifie aussi, par figure et dans un autre registre sémantique, un musulman pieux ou fanatique, tel que la télévision en a fait pénétrer l'image dans les foyers après la révolution iranienne. Écrire « notre barbu de maire ne voit plus que par le Coran », c'est faire, comme on dit, d'une pierre deux coups.

Le maire de Sevran réplique en précisant, « dans un communiqué destiné aux habitants du quartier [...] qui lui demandaient des éclaircissements », que « la commune ne subventionne aucune association d'obédience confessionnelle »[72] ; mais il prend la mesure des inquiétudes de nombre d'électeurs, dans un contexte d'érosion des suffrages de gauche. Réunissant, le 5 juillet 1984, responsables de l'association cultuelle islamique et représentants du voisinage de l'usine désaffectée, il constate que le quartier « ne dispose pas de places de parking suffisantes pour accueillir les éventuels candidats à la prière », et obtient que l'association retire son projet[73] *.

Le problème du stationnement des véhicules est la raison invoquée, en septembre 1985, par M. Rossinot, président du parti radical et maire de Nancy, pour exercer son droit de préemption en achetant un terrain sur lequel devait être construite une mosquée.

En Lorraine, région qui compterait au milieu des années quatre-vingt « 100 000 à 125 000 musulmans, dont 20 000 pour le seul district de Nancy[75] », les projets de mosquée sont anciens. Le 24 janvier 1975, un quotidien régional, *l'Est républicain* fait état de la construction prévue de « la " seconde mosquée de France ". Ambassadeurs et dignitaires islamiques défilent à Nancy, en vain[76] ».

Dix ans plus tard, le 5 juillet 1985, un compromis de vente est signé entre le propriétaire d'anciens entrepôts, dans le quartier Blandan, et l'Association des musulmans de Lorraine (AML) **. La transaction porte sur une somme de 800 000 francs. La mos-

---

* « Cinq mois plus tard, note *la Croix*, la ville voisine de Montfermeil se tire d'affaire plus élégamment. Le maire d'opposition, [...] confronté à l'acquisition imminente d'un pavillon [...] par une association islamique, lance une " consultation " : " Pour ou contre la création d'un lieu de prière musulman ; pour ou contre l'achat de la propriété par la ville. " Sur les 300 réponses reçues, 2 approuvent l'espace cultuel[74]. »
** L'Association des musulmans de Lorraine est le nouveau nom que prend, le 17 juin 1985, l'Association des musulmans en France, fondée en décembre 1981. Elle est membre de l'Union des organisations islamiques en France (UOIF) dont elle partage le siège social, à Vandœuvre-lez-Nancy, jusqu'à ce que celui-ci soit transféré, le 19 juillet 1985, à Amiens. (Ces mutations ont précisément lieu au moment où le projet de mosquée voit le jour.)

quée, dont le coût est évalué par l'AML à 8 millions de francs, est financée, selon une plaquette adressée par l'Association aux notables lorrains, par des bailleurs de fonds saoudiens, koweïtiens et des Émirats arabes unis, ainsi que par des collectes et des dons. Un architecte messin est le maître d'œuvre ; il prévoit de surmonter le bâtiment d'un minaret de 25 mètres, hauteur maximale autorisée par le plan d'occupation des sols.

Ce minaret fait bientôt la Une du *Républicain lorrain,* tandis que son concurrent, *l'Est républicain,* titre : « Une mosquée à Nancy pour les 100 000 musulmans de Lorraine [77]. » Il n'en faut pas davantage pour qu'un vent de panique souffle sur le quartier Blandan.

Le premier adjoint au maire et conseiller général du quartier déclare au *Quotidien de Paris :*

> Le jour de la publication du premier article, ça a été un tollé général. Mon téléphone a sonné toute la journée. Les gens du quartier, dont beaucoup ne nous sont pas favorables politiquement, m'appelaient pour manifester leur opposition à ce projet [78].

Selon le curé de la paroisse, cité par *la Croix :*

> Chez les petites gens, j'ai perçu un vrai désarroi, quasi viscéral. La pratique recule, certes. Mais un fonds culturel chrétien persiste, réfractaire à l'irruption du minaret, vécue comme une agression. Vous savez, on peut évoquer le saint œcuménisme, mais si l'islam authentique est tolérant, seule sa version fanatisée marque les esprits [79].

Telle qu'elle est retraduite par les journalistes, la réaction de rejet se manifeste, dans le voisinage, à deux niveaux. L'afflux de véhicules et de personnes étrangères au quartier (où la population musulmane est quasi inexistante) poserait, tout d'abord, d'insolubles problèmes de circulation et de stationnement à une zone d'ores et déjà engorgée :

> Sur un [cahier] Clairefontaine, au stylo bleu, le patron du bar-tabac [...] et le boucher du coin [...] ont profité de l'« histoire de la mosquée » pour réclamer au maire, par pétition, un parking [*note* Libération]. Tout le quartier, ou presque, signe. « Moi je dis niet. Ici c'est calme. Y a déjà pas de place pour se garer. Alors imaginez le bus pour le Ramadan » [...] [80].

Mais, à un second niveau, la mise en cause d'un islam hostile se fait explicite : « Si ça continue, y aura bientôt l'Ayatollah Khomeyni à la mairie », « Ils nous virent d'Afrique du Nord et maintenant, voilà qu'ils viennent nous emmerder. Trop, c'est trop », etc. [81].

Les prises de position de l'évêque, Mgr Bernard, qui a « affirmé le droit pour tous les hommes d'exprimer leur prière et de se réunir pour prier [82] », lui valent un abondant courrier critique et des réactions d'exaspération envers l'Église :

> Les cathos feraient mieux de s'occuper des chrétiens du Liban. Au lieu de ça, les curés ont du musulman plein la bouche. Moi, je ne pratique plus [83].

Dans un contexte aussi tendu, le maire publie, le 14 juillet, un communiqué sans équivoque :

> Nancy n'a aucune vocation à être le centre de gravité de la présence musulmane en Lorraine. Des lieux de prière existent, nombreux en Lorraine, y compris dans l'agglomération de Nancy. Ils correspondent, en outre, parfaitement à la diversité des courants religieux *. Le projet dont il est fait état est gigantesque et vise à être le lieu essentiel du culte islamique en Lorraine. Une mosquée de cette importance doit être située dans un environnement spécifique. Ce projet apparaît inopportun, particulièrement mal situé dans un quartier où les besoins de parking sont déjà aigus, sur un axe lourd de circulation et dans un environnement architectural incompatible. Dans ces conditions, la ville de Nancy prendra ses responsabilités en faisant tout pour que ce projet n'aboutisse pas.

En septembre, la mairie exerce son droit de préemption et rachète le terrain. « J'ai voulu couper court, commente le premier magistrat, M. Rossinot, afin de prévenir tout dérapage [84]. »

L'échec du projet semble imputable à tout un faisceau de facteurs. Le choix du lieu d'implantation, dans un quartier qui ne compte pas de population musulmane, n'est pas sans offrir de ressemblance avec le projet de mosquée « dans un quartier pavil-

---

* Dans les quatre départements lorrains, nos calculs et ceux de J.-F. Legrain permettent d'estimer le nombre de lieux de culte musulman, salles de prière et mosquées en 1985, à 53 (J.-F. L. : 55), ainsi répartis – Meuse : 4, Vosges : 4, Meurthe-et-Moselle : 11 (J.-F. L. : 12), Moselle : 34 (J.-F. L. : 35). Le recensement de 1982 dénombre dans la région 44 940 Algériens, 15 680 Marocains, 3 300 Tunisiens et 12 660 Turcs, établis pour plus de la moitié en Moselle (chef-lieu : Metz) et, pour moins du tiers, en Meurthe-et-Moselle (chef-lieu : Nancy). La forte présence turque se traduit par une proportion importante de lieux de culte spécifiques.

lonnaire bien tranquille » à Sevran – autre échec. Les raisons invoquées par l'Association des musulmans de Lorraine (« Nous avons cherché un terrain à mi-chemin entre les deux ports d'attache de la communauté, la cité du Haut-du-Lièvre et la ZUP de Vandœuvre-lez-Nancy [85] ») n'ont guère convaincu. Le plaidoyer du président de l'Association sur le rôle d'intégration de la mosquée non plus :

> La mosquée offre aux jeunes un repère dans une société où ils sont un peu paumés. C'est un facteur d'intégration, d'enracinement [86].

L'enracinement de l'AML elle-même dans la population musulmane nancéienne n'a pas, apparemment, été vérifié par les journalistes, qui semblent avoir considéré qu'elle représentait, comme elle en faisait état, « les musulmans de Lorraine » – sans se montrer curieux de son rôle effectif au sein du tissu islamique de la région ou de son appartenance à l'UOIF.

L'arbitrage du maire est intervenu prestement, avant que des forces politiques locales ne manipulent l'affaire – comme à Sevran ou à Romans –, et dans un contexte où les réactions et pétitions des riverains lui permettaient, en réclamant la construction d'un parking sur le terrain litigieux, d'exercer son droit de préemption pour satisfaire à un double titre l'électorat local.

> Moralité de l'histoire [selon *le Quotidien de Paris*] : les commerçants du quartier auront leur parking. Cela fait dix ans qu'ils le demandaient, cela fait dix ans que la mairie y pensait. Ils peuvent remercier l'Association des musulmans [87].

Si la palme de la complexité revient au projet d'édification d'une mosquée à Lyon, c'est que les enjeux qu'elle représente, à la fois financiers et politiques, sont énormes. Le département du Rhône compte une importante population musulmane étrangère *, à laquelle s'ajoutent des musulmans français, anciens harkis pour la plupart, ainsi que des jeunes Maghrébins qui ont rendu célèbres dans la France entière le nom des grands ensembles HLM de l'agglomération rhodanienne, au rythme des « étés chauds » et des

---

* Le recensement de 1982 dénombre dans le Rhône 57 900 Algériens, 5 880 Marocains, 18 280 Tunisiens et 5 580 Turcs. Pour les huit départements de la région Rhône-Alpes, les chiffres sont respectivement : 137 940 ; 36 620 ; 33 460 ; 24 320. C'est la deuxième région pour l'importance de la population étrangère maghrébine et turque résidente, après l'Ile-de-France (respectivement : 293 980 ; 121 960 ; 73 820 ; 18 500), et avant la région Provence-Alpes-Côte d'Azur (respectivement : 96 680 ; 34 080 ; 41 700 ; 2 080).

« rodéos » qui s'y sont déroulés au tournant de la décennie *. Le tissu associatif islamique du département est serré : trente-neuf associations répondant à ce critère de définition y ont été déclarées à la préfecture entre 1969 et 1985, dont treize sont identifiables comme des associations spécifiques de Français-musulmans. Si le recensement ne permet pas de dénombrer ces derniers, leur dynamisme se manifeste par la quantité de leurs associations et la qualité des élites qui s'en sont faites les porte-parole : elles ont su tisser de précieuses relations avec les élus locaux, soucieux de ménager ces musulmans qui votent et ont su s'organiser. Nous avons pu recenser quarante-neuf lieux de culte musulman dans le département (cinquante-deux, selon J.-F. Legrain), où sont représentées la plupart des tendances qui se partagent ou se disputent l'islam en France.

Ces raisons et quelques autres ont incité la Ligue islamique mondiale, nous l'avons vu **, à essayer de faire de Lyon le point d'ancrage de son influence en France. Elles ont également motivé le choix par Alger de cette ville pour tenir le « 2ᵉ rassemblement islamique de France », le 14 décembre 1985, « sous la haute autorité spirituelle de Cheikh Abbas, recteur de l'Institut musulman de la Mosquée de Paris *** » – au succès de foule duquel ont grandement contribué les associations de Français-musulmans de la région Rhône-Alpes.

L'édification d'une mosquée-cathédrale dans la cité du primat des Gaules est d'une extrême importance, car le groupe ou l'association qui la contrôlera aura une considérable influence sur les formes de l'expression islamique dans la région.

C'est à l'Association cultuelle islamique de Lyon (ACIL) ****, en liaison avec le bureau de Paris de la Ligue islamique mondiale, que revient la paternité de l'idée de créer à Lyon un Centre culturel islamique. A la fin des années soixante-dix, des contacts exploratoires sont pris à cet effet entre les dirigeants de l'ACIL et les plus hautes autorités françaises. M. Jacques Dominati, secrétaire d'État aux Rapatriés, aurait, à cette occasion, déployé des talents de médiateur *****. Le projet suscite de l'intérêt en haut lieu,

---

* L'idée de la « marche des beurs » pour l'égalité et contre le racisme a pris naissance aux Minguettes, dans la banlieue lyonnaise. Les JALB (Jeunes Arabes de Lyon et banlieue) constituent, au milieu des années quatre-vingt, un mouvement dynamique et gros de potentialités. Enfin, c'est à Givors et à Chasse, sur les contreforts du Lyonnais, que se sont manifestés les premiers signes de « résurrection religieuse des loubards beurs ⁸⁸ ».
** Voir ci-dessus, p. 221.
*** Voir ci-dessous, p. 331 *sq.*
**** Voir ci-dessus, p. 221 *sq.* L'ACIL a été créée en novembre 1976.
***** Si Hamza Boubakeur, alors recteur de la Mosquée de Paris, devait incriminer

mais l'ACIL en perd le contrôle, dans des circonstances peu claires, au profit d'une association créée *ad hoc,* l'ACLIF (Association culturelle lyonnaise islamo-française). Déclarée à la préfecture du Rhône en avril 1980, elle a pour objet la

> construction et gestion d'un centre culturel polyvalent pour la communauté musulmane de l'agglomération lyonnaise, afin de permettre aux musulmans de mieux connaître l'islam et la communauté islamique.

Son siège social, à Villeurbanne (ville mitoyenne de Lyon et dont le maire est M. Charles Hernu, alors futur ministre de la Défense du gouvernement socialiste), est celui de l'Union départementale des anciens combattants français de confession islamique du département du Rhône, créée en mai 1977, et dont l'objet ne fait pas apparaître un souci religieux affirmé ; il consistait à

> suivre la liquidation des problèmes nés des différentes guerres et opérations de police en Afrique française du Nord ; venir en aide aux familles des anciens combattants français musulmans morts au champ d'honneur ou des suites de la guerre.

Les dirigeants de l'ACLIF, dans les rangs desquels figurent notamment un professeur de médecine, deux capitaines de l'armée française * et un homme influent, M. Kamal Kabtane, chargé de mission à la Communauté urbaine de Lyon, disposent de précieux appuis auprès des notables qui ont eux-mêmes leurs entrées à Paris. Néanmoins, les Français-musulmans en 1980 sont isolés des immigrés maghrébins en général, et en particulier des Algériens, aux yeux desquels ils incarnent la « trahison » du temps de la guerre d'indépendance.

Il faut attendre le départ de Si Hamza Boubakeur de la Mosquée de Paris, en septembre 1982, et son remplacement par Cheikh Abbas, mis en place par les autorités algériennes, pour que la

---

l'action de M. Dominati, lui reprochant « ses desseins obscurs » et « son immixtion dans le culte », lors d'une réception à la Mosquée, le 28 juin 1980 [89]. Les développements de l'affaire lyonnaise ne semblent pas étrangers à cette polémique.
* « Rosette bleue et ruban au revers, le capitaine Rabah Khelif affiche, sur fond de portrait dédicacé de Charles Hernu, une sérénité sans faille, note *la Croix* en décembre 1985. " Qui mieux que moi peut défendre le projet ? lance le président de l'ACLIF, par ailleurs directeur du centre culturel de Villeurbanne. Qui ? Un oncle tué à Verdun, un père engagé dès 1907, une jeunesse d'enfant de troupe et Diên Biên Phu en guise de 21ᵉ anniversaire [...]. Nous avons choisi la France dans les larmes et dans le sang. Nous méritons [...] un lieu de culte digne de notre sacrifice [...] " [90] ».

situation des anciens harkis se transforme. En effet, Alger engage la Mosquée de Paris dans une politique de pardon aux harkis (sur les modalités de laquelle on reviendra au chapitre suivant). Les groupes de pression que représentent ces derniers et l'État algérien se conjuguent. Sur la place de Lyon, cette alliance permet à l'ACLIF de se présenter comme la représentante par excellence de l'islam et des musulmans rhodaniens. La connection ACLIF-Mosquée de Paris se fait au détriment de l'ACIL – qui connaît par ailleurs une grave crise interne *. Mais le financement d'un projet estimé à quelque 28 millions de francs ne peut venir d'ailleurs que de la péninsule arabique **.

Les luttes d'influence entre musulmans à propos de la mosquée n'ont pas éveillé une grande curiosité chez les journalistes qui ont consacré des « papiers » à ce sujet. En revanche, les problèmes de voisinage et de mitoyenneté ont fait l'objet d'une importante couverture de presse.

La mairie de Lyon, favorable au projet de l'ACLIF, propose un terrain dans le VIIIᵉ arrondissement, boulevard Pinel ; un permis de construire est déposé et accepté, dans un premier temps, par les autorités. Comme de coutume, une association de défense mobilise les riverains ; aux arguments et moyens habituels (distribution d'un tract où l'on peut lire : « d'autres terrains auraient pu être désignés, dans les quartiers habités par les musulmans. Pourquoi risquer le geste fatal de fanatiques [91] ? » ; manifestation qui rassemble cent cinquante personnes en juillet 1984), s'ajoute une action en justice. Le 9 juillet 1984, le tribunal administratif annule le permis de construire, aux motifs que la hauteur totale prévue pour le minaret (30,5 mètres) excède le maximum autorisé par le plan d'occupation des sols, que le projet prévoit un nombre insuffisant de places de stationnement, et enfin qu'il empiète sur une parcelle boisée. Une nouvelle demande de permis de construire, dûment modifiée, est aussitôt attaquée.

Les arguments plaidés par la présidente de l'Association de défense des habitants, qui se confie à *la Croix,* se réfèrent à la représentation de l'islam en Occident après quelques années de révolution iranienne et de terrorisme au Moyen-Orient :

> Il y a dix ans, nous n'aurions pas adopté la même attitude. Mais là nous avons peur. Regardez le plasticage de la mosquée de

---

* Voir ci-dessus, p. 222.
** Début 1987, on n'avait guère dépassé le stade des promesses. Voir les remarques de M. Kinani, ancien directeur du bureau de Paris de la Ligue, à ce sujet – citées ci-dessus, p. 218 –, qui faisaient état d'un coût de 34 millions de francs.

Romans. Voyez ce qui se passe en Iran, à Beyrouth [...]. M. Khelif nous promet que les intégristes ne passeront pas. Qu'en sait-il ? Il ne montera pas la garde jour et nuit. A l'hôpital Édouard-Herriot *, les infirmières musulmanes portent le tchador et refusent de soigner les hommes. Voilà trois ans, jamais vous n'auriez vu cela.

Même sentiment de l'évolution négative de l'image de l'islam chez le capitaine Khelif, quoique dans une perspective d'action inverse :

Il y a trente ans, le projet passait comme lettre à la poste... Mais aujourd'hui...

Et de garder espoir dans la force de sa prédication :

Nous avons convaincu 80 % des Lyonnais que [notre lieu de culte] signifie havre de paix. Restent 20 %, dont une moitié de bonne foi, une autre hostile par intolérance. A nous d'expliquer sans relâche [...] [92].

Une solution alternative est finalement trouvée pour l'emplacement du terrain, aux confins des banlieues de Vénissieux et Saint-Fons entre un hôpital, une voie ferrée et une usine électrique. Bien que le projet soit aussitôt attaqué par les nouveaux riverains, le tribunal administratif rejette, en juin 1986, la demande d'annulation du permis de construire [93]. En septembre, la municipalité donne son accord pour la construction d'« une mosquée pouvant accueillir jusqu'à deux mille fidèles ainsi qu'un centre culturel islamique et un point de vente de viande *halal* [94] », et semble faire son affaire d'un « comité de défense embryonnaire, constitué par quelques-uns des trente riverains, tous des employés modestes de la SNCF [95] ».

Reste à l'ACLIF à obtenir effectivement les dizaines de millions de francs qu'elle attend des bailleurs de fonds saoudiens, dans un contexte où le prix du pétrole incite ces derniers à gérer avec parcimonie leurs subventions.

---

* Situé à quelques pâtés de maison de l'emplacement initial prévu pour la mosquée.

L'ère du soupçon

Après les incidents qui opposent à Roubaix, en mai 1980, la municipalité socialiste et l'Association culturelle islamique *, le reportage du *Nouvel Observateur* se clôt de la manière suivante :

> La foule des femmes, des jeunes Arabes du quartier, s'engouffre dans l'immeuble conquis. Les vieux n'en croient pas leurs yeux. Ils croyaient que leurs enfants ne voulaient plus de la religion. Il suffisait donc qu'on leur offre une maison. Ou qu'on leur offre un combat. « La vérité, c'est que, jusqu'à il y a deux à trois ans, on avait honte d'être musulman. Maintenant, on est fier », m'a dit Hamid, vingt ans, accent parigot [96].

Cet exemple de la réaffirmation islamique au sein des populations musulmanes en France au tournant de la décennie s'inscrit, nous l'avons vu, dans un faisceau de causes internationales comme internes, idéologiques comme infrastructurelles.

L'augmentation des prix du pétrole donne à la prédication de l'islam, à la suite de la guerre d'octobre 1973, des moyens colossaux, sans commune mesure avec la situation antérieure ; après la baisse des cours dans la première moitié des années quatre-vingt, c'est la fin de l'âge d'or des pétrodollars, mais pas, pour autant, le début de l'âge d'airain. Il demeure des flux financiers importants, mais ceux-ci sont plus centralisés que dans le passé, et seuls les pays du Golfe peuvent encore mener une politique financière active. La demande reste très abondante, et l'offre se fait plus rare, ce qui conduira probablement à un contrôle plus efficace des bailleurs de fonds sur la destination et l'emploi de leurs largesses.

Par ailleurs, la révolution iranienne a joué, sur le plan idéologique, un rôle d'accélérateur du mouvement de réaffirmation de l'identité islamique, auquel l'opulence saoudienne avait fourni un substrat matériel. Le jeune homme à l'« accent parigot » interrogé par le *Nouvel Observateur* est fier d'être musulman depuis que le triomphe de la révolution islamique a permis à un peuple désarmé d'abattre le régime despotique et pro-occidental du chah, et il va faire ses dévotions dans une maison qui devrait être acquise et

* Voir ci-dessus, p. 296.

transformée en mosquée grâce à un financement, semble-t-il, saoudien. La conjonction de ces deux éléments traduit la fierté d'être musulman en visibilité de l'islam.

Ce bouleversement du contexte international rencontre un facteur structurel d'affirmation identitaire islamique en France : le processus de sédentarisation aléatoire des populations musulmanes immigrées dans l'Hexagone à partir du milieu des années soixante-dix.

Jusqu'au début des années quatre-vingt, l'« islam de paix sociale », né avec les encouragements discrets du patronat, des sociétés de HLM et des organismes gestionnaires de foyers, est resté à peu près inconnu des Français parce qu'il leur était invisible. La visibilité a d'abord été encouragée par la Ligue islamique mondiale avec l'accès à la propriété des mosquées implantées dans l'espace citadin ; elle a ensuite changé de nature avec le moment iranien et ses suites. Si le militantisme antifrançais des groupes estudiantins khomeynistes n'a eu qu'une courte durée et une faible résonance dans la population musulmane en France, il a enclenché chez les Français un processus de défiance envers une religion désormais soupçonnée tout uniment d'être hostile.

Plus encore, les tendances très diverses et souvent opposées entre elles qui divisent la population musulmane dans l'Hexagone, loin de rendre manifestes les « pluralismes de l'islam [97] » que le regretté Henri Laoust a consacré sa vie d'orientaliste à mettre en lumière, ont aggravé le soupçon de double langage que certains adressent aux porte-parole de cette confession. Le capitaine harki qui défend le projet de mosquée à Lyon peut bien promettre que « les intégristes ne passeront pas », il n'est pas pris au sérieux, voire pas cru, par les riverains du futur lieu de culte.

Difficultés à communiquer autrement que par stéréotypes réciproques, accroissement des antagonismes latents et des contentieux : pour les autorités françaises, il était fondamental de rechercher un interlocuteur responsable qui puisse représenter la population musulmane en France. Si Hamza Boubakeur en occupait la fonction, mais sa faible représentativité lui interdisait d'en jouer le rôle. Son départ de la Grande Mosquée de Paris, en septembre 1982, allait transformer les données du problème d'une façon inédite.

CHAPITRE 7

Alger et l'islam en France

Lorsque Si Hamza Boubakeur, au terme d'un règne d'un quart de siècle sur la Grande Mosquée de Paris, se décide, en septembre 1982, à « passer la main [1] » à Alger, il organise sa succession avec l'art consommé de la procédure qu'il a déployé, dans le passé, à maintes reprises *. Il prend soin, en effet, de ne confier aux autorités algériennes que la jouissance de la Mosquée, tout en conservant à la Société des Habous, dont il reste le président, la propriété des lieux ainsi que des divers commerces qui y sont situés, comme le hammam, le restaurant, etc.

Une situation inédite voit le jour dès lors que Cheikh Abbas, fonctionnaire au ministère algérien de l'Éducation, exerce les fonctions de recteur de la Mosquée de Paris. A la différence de ses deux prédécesseurs, Si Kaddour ben Ghabrit et Si Hamza, le nouveau titulaire n'est pas simultanément président de la Société des habous, contrairement à ce que stipule l'article 6 des statuts de cette association :

> Le Président de la Société des Habous [...] est de plein droit Recteur de l'Institut musulman de la Mosquée de Paris, et, inversement, le Recteur de l'Institut musulman de la Mosquée de Paris est de plein droit président de la Société des Habous [...].

La présidence de la Société des Habous reste aux mains de Si Hamza et de ses fidèles : Mohammed ben Zouaou, d'avril 1984 jusqu'à son assassinat en septembre **, puis le docteur Dalil

---

* Voir ci-dessus, p. 94.
** Premier imam de la Mosquée de Paris, M. Ben Zouaou, entré dans cet établissement dès 1946, était un personnage apprécié dans le quartier du jardin des Plantes, où sa barbe rousse et son burnous blanc composaient une silhouette familière. Symbole, avec le grand mufti égyptien Abd al Hamid Ameur (évincé en avril 1986), de l'influence que Si Hamza conservait sur la Mosquée après septembre 1982, il est assassiné par un « déséquilibré marocain » le 2 septembre 1984. Quelques jours auparavant, il avait été photographié devant le restaurant Goldenberg, où il se recueillait en mémoire des victimes (notamment musul-

Boubakeur, fils de Si Hamza, après cette date. La propriété effective des bâtiments a été contestée à la Société des Habous, et le ministre de l'Intérieur, en réponse à la question d'un parlementaire en 1985 [3], n'a pu que faire état de sa perplexité à ce sujet. Mais cette situation doit se clarifier de façon définitive en 1988, lorsque, par le jeu de la prescription trentenaire [*], les droits de propriété dont fait état cette société sur les bâtiments et le terrain de la Mosquée deviendront inattaquables. Si Hamza est en retrait à partir de septembre 1982 et n'occupe plus la position politico-religieuse qui était la sienne auparavant, mais il garde des contacts avec son successeur [**].

Celui-ci, M. Abbas Bencheikh Lhoussine [***], couramment appelé Cheikh Abbas, est un fonctionnaire algérien, officiellement affecté à l'Amicale des Algériens en Europe, au titre d'inspecteur de l'Éducation et de la Formation. Agé de soixante-dix ans quand il prend ses fonctions à la Mosquée, il est issu d'une famille maraboutique de notables religieux du bourg de Mila, dans le Constantinois. Fait assez rare chez un dignitaire algérien de cette génération, il ne parle ni ne comprend le français – à tel point que nombre de ses interlocuteurs dans l'Hexagone prendront, à tort, cette ignorance pour une tactique. Elle est imputable, plus simplement, à son cursus éducatif, sur lequel l'intéressé nous a fourni lors d'un entretien [4] quelques informations :

> J'ai d'abord été éduqué dans la demeure familiale – une maison de science et de religion – par ma famille [****], des cheikhs qui étaient mes oncles et mes proches, ainsi que par des cheikhs venus de l'étranger [...], notre maison était ouverte, et il y venait de partout des étudiants pour mémoriser le Coran et apprendre la religion. Puis je suis allé à Tunis, et de là à la Qarawiyyine [*****], à Fès.

---

manes) de l'attentat terroriste perpétré là en 1982. Selon Si Hamza, ce meurtre est une illustration du « laxisme des lois françaises [2] ».

[*] La Société des Habous recréée par Si Hamza a déposé ses statuts en 1958. Voir ci-dessus, p. 81.

[**] Ainsi, la base juridique de la nomination du nouveau recteur de l'Institut musulman reste, à notre connaissance, très floue. On en comprend mal la conformité avec l'article 6 des statuts de la Société des Habous. Ce n'est qu'en juin 1987 que Cheikh Abbas serait devenu président de la Société des Habous.

[***] Encore orthographié Ibn al Cheikh al Hossine ou Ben Cheikh Hocine.

[****] La famille Bencheikh Lhoussine est l'une des deux familles maraboutiques qui dominent Mila ; elle possédait, à l'époque où Cheikh Abbas naquit en son sein, « la Zaouia de Sidi Khalifa à Aïn Tinn ; cette famille, très nombreuse, est groupée en une sorte de communauté riche, ne parlant pas français, mais possédant des automobiles et cultivant ses terres par des moyens mécaniques », note en 1938 un analyste colonial [5]. On remarquera que la non-francophonie avait, déjà, retenu l'attention de cet observateur.

[*****] La grande université religieuse de la métropole marocaine qui accueillait, avec

[...] C'est là que s'est déroulée la dernière étape de mon éducation, en 1938 [...]. Puis je suis revenu en Algérie, et j'ai rejoint le champ de bataille *(midan al kifah)* * : car notre pays, malheureusement, connaissait la colonisation [...] et il était sous-développé au point de vue arabe et islamique [...]. Nous avons œuvré pour la réforme religieuse, car la religion était devenue superstition, hérésie et aberration, loin de ses enseignements sublimes [...]. De même, pour l'arabe, aussi distant qu'il se peut de l'arabe convenable, de même aussi pour les us et coutumes, qui étaient celles d'un peuple sous-développé et arriéré [...]. Et nous avons combattu jusqu'à ce que nous retrouvions les caractéristiques de notre personnalité, c'est-à-dire notre arabisme, notre arabité, et notre digne islam [...].

Les premières étapes de cette biographie édifiante retracent la formation d'un fils de notable religieux, que sa famille envoie parfaire son éducation dans les centres de savoir islamique alors prépondérants en Afrique du Nord, et qui rejoint, à son retour au pays, le combat réformiste de Ben Badis **. Il ne semble pas avoir joué un rôle de premier plan au sein de l'Association des oulémas ; il franchit une étape supplémentaire de la lutte anticoloniale en s'engageant probablement, à une date et selon des modalités qu'il ne nous a pas précisées, dans le FLN. Vers 1956, il est envoyé par le Front en Arabie Saoudite pour y représenter l'Algérie, fonction qu'il occupe jusqu'en 1963-1964. A son retour à Alger, désormais capitale d'un État indépendant, il devient président, pour l'Algérie, du Bureau arabe de boycott d'Israël *(maktab muqata'at isra'il)*, un organisme dont le siège central est à Damas, et dont la branche algérienne, selon lui, « n'a pas fait grand-chose »

---

la Zeitouna à Tunis, les étudiants en sciences religieuses du Maghreb. L'Algérie n'a jamais possédé d'institution comparable.
* Il ne s'agit pas de la guerre proprement dite, mais du combat « réformiste » de l'Association des oulémas fondée par Abd al Hamid ben Badis, dans la mouvance duquel se situe Cheikh Abbas à son retour en Algérie (voir ci-dessous).
** Abd al Hamid ben Badis, qui fonde en 1931 l'Association des oulémas musulmans algériens, est jusqu'à sa mort en 1940 la figure de proue du mouvement « réformiste », dont « la grande idée », écrit Ali Merad, est de « concevoir le destin de l'Algérie comme inséparable de l'islam et de l'arabisme ». Ben Badis estimait que « le régime colonial avait arrêté le peuple musulman algérien dans son évolution culturelle, et qu'il fallait donner à ce peuple les moyens de sa renaissance intellectuelle et de son relèvement moral » [6]. L'un de ces moyens a consisté à réfuter vigoureusement le maraboutisme et une tradition intellectuelle malékite sclérosée (sur le malékisme, voir ci-dessus, p. 284). Les réformistes s'inscrivent dans la lignée du grand jurisconsulte néo-hanbalite Ibn Taïmiyya (voir ci-dessus, p. 284). En 1938, lorsque Cheikh Abbas revient de la Qarawiyyine, Mila, sa ville natale, est le lieu d'une effervescence réformiste à laquelle préside le cheikh Mubarak al Milli, installé là depuis 1933. Ce dernier, qui avait réussi à « faire d'une petite ville qui se mourait un centre d'activité intellectuelle, politique et religieuse [7] » est le penseur principal du mouvement réformiste – auteur d'une *Histoire ancienne et moderne de l'Algérie* et d'un *Traité sur l'associationnisme (chirk) et ses divers aspects* (en arabe).

(dhalika-l maktab lam yachtaghil kathiran). Le rappel de cet épisode de son passé lui fournit l'occasion de regretter la guerre entre Juifs et Arabes, qui ne profite, selon lui, qu'à l'« impérialisme américain ». Ensuite, il devient président du Conseil islamique suprême, dont il démissionne après quatre ans d'exercice. On lui propose alors le poste d'ambassadeur en Indonésie, qu'il refuse « parce que c'est trop loin », et il se retrouve finalement à la tête de la Mosquée de Paris, à soixante-dix ans.

Le récit de cette carrière, aussi sommaire et approximatif qu'il soit, laisse perplexe : on en retire le sentiment d'être en face d'un personnage ayant occupé des postes administratifs plus honorifiques que dotés d'un véritable pouvoir de décision ou d'influence. Entre 1956 et 1963, en effet, l'Arabie Saoudite n'est pas une pièce maîtresse sur l'échiquier politique arabe, affaiblie qu'elle est par son antagonisme avec l'Égypte nassérienne alors à son apogée. C'est du reste au Caire que le FLN trouve ses principaux appuis arabes. Les fonctions occupées ensuite en Algérie par le futur recteur ne témoignent pas non plus d'une carrière éblouissante. La fin de sa carrière algérienne paraît terne : une démission et le refus d'une affectation en Indonésie qui ressemble à une mesure d'éloignement. Rien ne laisse présager la nomination de Cheikh Abbas à un poste aussi important et sensible que la Mosquée de Paris en 1982.

C'est donc un personnage sans envergure politique exceptionnelle qui succède à Si Hamza Boubakeur ; un homme déjà âgé, dont la santé n'est pas très bonne, et qui n'a pas attaché son nom à quelque ouvrage d'approfondissement de la pensée islamique * qui lui donnerait intellectuellement qualité pour s'imposer par son savoir ou sa compétence. Par ailleurs, et pour autant que nous ayons pu en juger lors de la conversation en tête à tête, dans l'adresse publique à la tribune d'un rassemblement, ou dans les leçons ou sermons du vendredi radiodiffusés par Radio-Orient, Cheikh Abbas ne maîtrise pas avec une grande éloquence la rhétorique arabe littéraire à laquelle on reconnaît le prédicateur de talent. Sa diction elle-même n'est pas toujours d'une parfaite clarté. Il a pourtant dû acquérir ce niveau de langue dans une institution comme la Qarawiyyine de Fès, mais sans doute en a-t-il perdu l'usage au long d'une carrière où il a été peu amené à s'adresser à des interlocuteurs éduqués en arabe littéraire.

* Si Hamza a publié en 1972 (2ᵉ éd. 1977) une traduction française du Coran – « avec un déplorable portrait du traducteur », selon Muhammad Hamidullah [8] – et, ultérieurement, un traité de théologie islamique [9].

Enfin et surtout, le recteur de la Mosquée de Paris ne parle pas, on l'a noté, français, situation déconcertante, s'agissant d'un personnage qui se dit le représentant de la deuxième religion de France, quant à ses nécessaires rapports avec les autorités françaises – lesquelles ne sont pas, d'ordinaire, arabophones –, ainsi qu'avec beaucoup de musulmans en France – qui ne le sont pas non plus. En empêchant toute relation directe, ce handicap donne un poids considérable au traducteur qui joue un rôle effectif de truchement.

Ce recteur ne peut être autonome comme l'était devenu Si Hamza, en eût-il la volonté. Jusqu'à la fin de 1986, il est flanqué d'un vice-recteur bilingue, M. Guessoum, qu'il n'a pas choisi *. C'est ce dernier qui se charge de la politique de la Mosquée, assume les relations publiques, paraît à la télévision pour « représenter l'islam », etc. **.

On aurait tort de ne voir que les obstacles rencontrés par Cheikh Abbas dans l'exercice de sa charge. S'il ne sait pas parler français et si son arabe classique est sans panache, il manifeste en revanche des qualités humaines unanimement saluées par ceux qui l'ont approché. Sa disponibilité est très grande, et beaucoup de travailleurs immigrés musulmans dont la vie en France est ou a été difficile se reconnaissent volontiers dans cet homme aux mœurs simples qui leur semble aussi proche que paraissent distants les « officiels » des consulats ou de l'Amicale. On le sait soucieux des conditions de vie des pauvres, et, au plus froid de l'hiver, il fait ouvrir la Mosquée pour que viennent s'y réfugier les sans-abri. Les méandres mêmes de sa carrière, que rapporte le bouche-à-oreille, sont interprétés par certains comme une preuve de sa capacité à résister aux injonctions de l'autorité politique – à l'image des grands oulémas du passé qui refusaient de se faire les laquais des princes et les exégètes de leur caprice. Son grand âge devient signe de sagesse et commande le respect. Dans ce contexte, son élocution un peu fruste, loin de constituer un désavantage, est au contraire un gage de convivialité, surtout pour les vieux qui n'ont pas fréquenté l'école – notamment pour la population cible dont Alger va reconquérir le cœur grâce à Cheikh Abbas : les anciens harkis.

---

* Ce personnage est « rappelé à Alger » à cette date. Voir ci-dessous, p. 343.
** Les déclarations télévisées en arabe de Cheikh Abbas ne sont pas toujours bien reçues, en effet, par le public français. Ainsi, *le Monde* publie dans son « courrier des lecteurs » une lettre qui s'insurge contre le fait que le recteur « refuse » de parler français [10]. Mais les prestations audiovisuelles en français du vice-recteur, tant pendant le programme religieux islamique du dimanche matin que lors d'émissions consacrées à l'islam, trahissent une réelle incapacité à maîtriser le média télévisé.

La réconciliation avec les harkis

La transformation de l'attitude des autorités algériennes à l'égard des « Français-musulmans » rapatriés d'Algérie en 1962 avec l'armée française dont ils étaient les supplétifs s'inscrit dans le cadre plus général du bouleversement complet de la politique d'Alger envers ses ressortissants en France.

Les premiers signes en apparaissent au début des années quatre-vingt. Cette politique, dont le pragmatisme est en opposition avec les proclamations de l'époque de Boumediene, n'a pas été l'objet, pour cela même, d'une explicitation publique et officielle – même si, en privé, aucun responsable n'en fait mystère.

Pendant les années soixante et soixante-dix, l'émigration était considérée comme une « solution temporaire », une situation un peu honteuse mais transitoire, imposée par l'impérialisme désireux d'organiser l'« extorsion du surplus à l'échelle mondiale ». Elle devait s'achever avec la construction du socialisme et l'accès à l'indépendance économique, horizon d'un processus d'industrialisation selon le modèle soviétique. Par ailleurs, et en attendant le retour au bercail des enfants du pays, les transferts de devises qu'ils effectuaient vers la mère patrie étaient bienvenus pour aider à l'édification de la société socialiste.

Les harkis *, quant à eux, encouraient une réprobation totale et définitive : ils incarnaient la « trahison », ils avaient servi le colonialisme et « tiré sur leurs frères », et les pires difficultés étaient infligées à ceux d'entre eux qui souhaitaient retourner en Algérie ou y faire voyager leurs enfants.

La situation objective de l'émigration change avec le processus de sédentarisation aléatoire du milieu des années soixante-dix : l'installation des familles en France, la naissance et la scolarisation des enfants dans ce pays font que le volume des transferts de devises vers l'Algérie diminue. Mais la prise en compte du caractère structurel de ce mouvement n'apparaît que plusieurs années après qu'il s'est amorcé, comme il est naturel pour l'analyse d'un phénomène social de cette ampleur.

Par ailleurs, l'arrivée aux affaires de M. Chadli ben Djedid en

---

* Leur histoire est narrée ci-dessous, p. 322 *sq.*

1979 permet aux nouvelles équipes dirigeantes de porter un regard critique sur l'héritage politique et économique de l'ère Boumediene, et d'infléchir – avec prudence – quelques grandes orientations. Dans le domaine de l'émigration, cela signifie l'abandon du dogme du retour au pays de ceux qui sont partis et l'incitation à assumer la sédentarisation en France dans toutes ses conséquences, jusques et y compris par la naturalisation. Des raisons à la fois « passives » et « actives » militent en faveur de la nouvelle politique.

D'une part, l'Algérie n'a pas su – ou pas voulu – maîtriser sa croissance démographique ; comme la plupart des pays arabes, elle dispose d'une jeunesse pléthorique qui ferait sa richesse si s'offrait à elle la perspective du plein emploi. Or, la situation du marché du travail comme du logement est de plus en plus fragile au fur et à mesure que s'y présentent de nouvelles classes d'âge. La gestion de cette situation tendue pose des problèmes qui ressortissent à l'économie et au maintien de l'ordre. Le retour d'un million d'émigrés, fût-ce graduellement, serait dramatique, non seulement parce qu'il accroîtrait la demande d'emploi, mais aussi parce que la réinsertion, dans une société de pénurie, d'individus habitués aux modes de consommation d'une société d'abondance est grosse de frustrations sociales explosives. Le ratage de nombreuses expériences de retour – volontaire ou contraint – tentées par de jeunes Algériens de métropole qui disent se sentir « émigrés dans [leur] pays * » en témoigne éloquemment.

D'autre part, la présence d'une nombreuse colonie algérienne en France procure aux autorités d'Alger d'importants bénéfices induits, économiques comme politiques. Les immigrés algériens constituent en effet un gigantesque bureau de change informel, grâce auquel leurs compatriotes, qui disposent d'une allocation de devises dérisoire à la sortie du territoire algérien, peuvent acheter sur le marché français (et marseillais, notamment) tous les produits de consommation qui leur manquent, du café aux automobiles en passant par les coupons de tissu et l'électroménager. Ce circuit économico-financier (dont l'importance est inversement proportionnelle au nombre d'études qu'il a suscitées) fonctionne sur une base simple : le « touriste » algérien contacte un compatriote résidant en France auquel il présente des garanties et se fait ouvrir une ligne de crédit en francs pour faire ses achats. En contrepartie, il remboursera sa dette en dinars à un taux de marché noir qui fluctue en fonction de l'offre et de la demande. C'est par ce réseau

---

* Titre du livre de François Lefort et Monique Néry, qui recueille les récits de jeunes ayant tenté le retour et vivant cette situation comme un échec [11].

parallèle que passe l'approvisionnement de beaucoup d'Algériens d'aujourd'hui en biens de consommation *. Pour Alger, la pénurie est atténuée sans qu'il faille sacrifier les précieuses et rares devises dont l'État a besoin.

Outre l'intérêt économique ou financier que trouvent les autorités algériennes dans le maintien d'une forte émigration en France, une nouvelle dimension semble devoir se dégager au milieu des années quatre-vingt, dans le domaine proprement politique cette fois. En encourageant discrètement ses ressortissants à acquérir la nationalité française, le gouvernement d'Alger fait le pari qu'il va pouvoir disposer d'un important réseau d'influence. Mais un tel pari comporte un très important facteur de risque. D'une part, en effet, rien ne prouve que les ressortissants algériens qui suivraient ce schéma conserveraient, une fois naturalisés français, une allégeance totale ou partielle à leur pays d'origine. D'autre part, expliciter une telle politique est malaisé, et ce à deux niveaux. Envers les citoyens algériens, dont l'identité nationale a été fondée et légitimée dans la guerre contre la France, soudainement incités à acquérir la nationalité du pays que leurs pères ou eux-mêmes ont ou auraient combattu les armes à la main. Envers la classe politique française ensuite, très sensibilisée aux problèmes de l'immigration et de l'ingérence étrangère depuis que le Front national et les autres groupes d'extrême droite exploitent cette veine avec un considérable succès.

Ces raisons militent pour que l'État algérien lui-même reste en retrait. Grâce à l'équipe rassemblée autour de Cheikh Abbas à la Mosquée de Paris, c'est l'affirmation de l'identité islamique dans le cadre français qui doit permettre de rendre plus acceptable une naturalisation vécue par beaucoup, sans cela, comme un reniement, une trahison, voire une apostasie.

Le processus même de naturalisation semble appréhendé de façon fort ambiguë par beaucoup d'immigrés algériens ou musulmans. Parmi les personnes qui ont répondu à l'enquête effectuée en ramadan (mai-juin) 1985 et analysée dans le premier chapitre, plusieurs ont spontanément évoqué le cas des harkis comme exemple d'échec de la naturalisation. Il leur était demandé : « A votre avis, si on devient français, est-ce que ça change quelque chose pour un musulman ? »

---

* Les diverses mesures de restriction à la circulation des personnes entre l'Algérie et la France prises en 1986 (taxe sur les voyages du côté algérien, puis instauration du visa à la suite des attentats terroristes à Paris en septembre) ont notablement réduit ce mouvement d'approvisionnement, au grand malheur du commerce marseillais [12].

Si tu veux retourner ta veste pour un morceau de pain ? Rien ne change ! Pourquoi ça changerait ? Regarde, les gens qui sont contre leur pays, comme les harkis, ils sont plus méprisés que nous, ils sont plus méprisés que nous ! Comment voulez-vous que ça change ? Tu vends ton pays pour un morceau de pain, et tu deviens plus méprisé qu'avant (père de famille nombreuse algérien, famille au pays, 55 ans, analphabète, OS dans la métallurgie – en arabe).

Oui, beaucoup. Il n'est pas possible qu'un musulman devienne français. Les harkis, quand ils ont changé de nationalité, ne sont pas – à mon avis – restés fidèles à l'islam. Pour moi, plutôt la mort (père de famille nombreuse marocain, famille au pays, 41 ans, école coranique, manœuvre – en arabe).

Ça changera pas grand-chose parce qu'il sera toujours le même. Il peut changer de nationalité mais il ne change pas de nom, il ne change pas de tête, il ne change pas de couleur. Alors ces trois choses l'obligent à rester étranger même s'il est français. On va prendre le cas des harkis par exemple qui ont pris parti pour la France pendant la guerre d'Algérie, faut voir maintenant comment ils sont. Est-ce qu'ils vivent bien ou pas ? Alors, s'il faut par exemple gonfler le problème, il y a déjà ceux-là... Ce qu'on va faire pour nous, je pense que ça changera pas grand-chose, on restera toujours le même parce que les harkis ils resteront toujours arabes, ils sont toujours musulmans, parce qu'ils sont français et ils sont arabes, ils sont musulmans en plus, donc c'est un problème (père de famille marocain, famille au pays, 40 ans, éducation primaire, P2 dans l'aéronautique – en français).

[...] Il n'y a pas cette question de nationalité en islam : il y a : je suis musulman [...] bien que, pour plus de commodité, on a fabriqué des cartes d'identité, des passeports. Mais on peut très bien être chinois et musulman, russe et musulman, français et musulman, cela ne pose aucun problème. Peut-être ça pose des problèmes au niveau des musulmans français, au niveau des noms. Les harkis, ils exhibent une carte d'identité française et à la vue de leur tête ou de leur nom, c'est une autre personne qu'on regarde. Oui, cela pose des problèmes. Au niveau de la foi, la foi n'a pas de couleur, n'a pas de papier, elle est internationale (homme marié algérien, 28 ans, étudiant en IIIe cycle – en français).

Tels qu'ils sont décrits ici, tant par des Algériens que par des Marocains * – moins concernés –, les harkis semblent constituer le

---

* Les quatre personnes dont les réponses sont reproduites ici appartiennent à deux catégories précises : ouvriers âgés, « immigrés » traditionnels pour les trois premiers, et étudiant d'obédience islamiste pour le quatrième. On ne saurait donc les tenir pour totalement

type idéal d'une impossible naturalisation, pour des raisons qui tiendraient à la fois du racisme imputé aux Français (« ils exhibent une carte d'identité française et à la vue de leur tête [...] c'est une autre personne qu'on regarde », « ils sont plus méprisés que nous ») et d'une confuse incompatibilité entre les diverses composantes de leur identité (« ils sont français, ils sont arabes et ils sont musulmans en plus donc ça pose un problème »).

La situation vécue par les anciens harkis et leurs familles – qui forment les gros bataillons des « Français-musulmans » – a souvent été dramatique, au dire de la plupart des observateurs. Leur histoire, généralement occultée, permet de se représenter comment et pourquoi ils sont devenus, au milieu des années quatre-vingt, une population au sein de laquelle la Mosquée de Paris dirigée par Cheikh Abbas a réussi son ancrage.

En 1962-1963 *, aux 900 000 Européens qui fuient l'Algérie devenue indépendante s'ajoutent quelque 20 000 supplétifs indigènes de l'armée française accompagnés de leurs familles – soit 75 000 à 85 000 personnes **. Ruraux, analphabètes, peu ou pas francophones pour la plupart, ils vont se trouver confrontés à des difficultés considérables une fois transplantés sur le territoire métropolitain.

D'abord, et bien qu'ils aient « choisi la France », la qualité de Français ne leur est reconnue qu'après une « déclaration d'option » aux règles contraignantes :

> L'angoisse et l'affolement [...] furent extrêmes ; sans aide dans le dédale des démarches administratives, ils se heurtèrent à l'indifférence et à la mauvaise volonté générale [...]. Le mal était fait : ce choix si dramatique, cette option si décisive au lieu d'être valorisante était contestée [...]. Pour les harkis, c'était insupportable [15].

Pourtant, pendant les premières années, en dépit des rebuffades, le désir de francisation se manifeste par des signes parfois ostentatoires. André Wormser, qui présida le Comité national

représentatifs des populations musulmanes en France, et certainement pas des jeunes Maghrébins nés dans l'Hexagone.
* Les données succinctes sur l'histoire des Français-musulmans que nous proposons ici sont, pour l'essentiel, redevables aux travaux de Mme Saliha Abdellatif et de M. André Wormser [13], ainsi qu'à des conversations avec ce dernier.
** Selon S. Abdellatif, moins du dixième de l'effectif des supplétifs a été « rapatrié » en France. Par ailleurs, aux « harkis » proprement dits (« soldats supplétifs recrutés localement pour former les Harkas par les unités régulières de l'armée française, et à ce titre originaires du " bled " à 90 % »), s'ajoutent des *moghaznis* (civils), « des gardes champêtres, des employés municipaux, des élus locaux, des cadis », ainsi que d'anciens combattants de la Seconde Guerre mondiale et d'Indochine [14].

pour les musulmans français, se rappelle avoir été frappé par le fait que vin et porc figuraient de façon presque systématique au menu des repas organisés alors. Plus significatif, les enfants des harkis ont été dotés massivement, pendant les premières années, de prénoms français, et non plus musulmans *. Le salut aux couleurs, les souvenirs partagés de la vie militaire constituent une référence d'autant plus exaltée et valorisante que ceux qui essaient de s'occuper des harkis sont souvent leurs anciens officiers.

La situation d'assistés sociaux devient la règle pour cette communauté sous-qualifiée qui, aux yeux du patronat, constitue une main-d'œuvre moins souple que les immigrés célibataires, car elle est à la fois chargée de famille et de nationalité française. Longtemps, elle restera regroupée pour partie dans les camps et les hameaux de forestage, condamnée à une « inactivité endémique », une « marginalisation économique », qui rattache au « quart monde » une population âgée à 70 % de moins de 26 ans, et dont « 80 % des jeunes compris dans la classe d'âge 16-25 ans sont sans emploi tout en n'étant plus par ailleurs dans une structure de formation [17] ».

Contrairement aux travailleurs immigrés, les Français-musulmans sont citoyens français et, à ce titre, électeurs et éligibles. Il semble que très peu d'entre eux se soient portés candidats ou aient été élus **, mais aussi qu'ils forment un électorat à la fois mal motivé et aux caractéristiques particulières :

> Sous la droite [*note Saliha Abdellatif*], les voix s'achetaient avec un colis de denrées ou un secours financier prodigué en temps adéquat [19].

André Wormser considère que « ce sont les anciennes structures tribales, les notables, vieux maintenant, du temps de l'Algérie, qui peuvent donner des consignes suivies [20] ».

Électeurs potentiels qui passent peu à l'acte ou qui, lorsqu'ils le font, ne seraient pas insensibles aux consignes des hommes d'influence, acteurs économiques marginalisés, les anciens harkis for-

---

* « Une enquête en 1971 – portant sur 1 478 enfants (y compris ceux nés en Algérie) – recensait 552 prénoms français [...]. Mais ce mouvement fut de courte durée. Il culmina en 1965 et 1966 [...]. Depuis (1969-1970), le prénom traditionnel est redevenu la règle [16]. »
** Ainsi, on ne compterait « pas plus d'une dizaine d'entre eux sur des listes municipales [18] ». Notons toutefois que le seul député français-musulman, Mourad Kaouah, a été élu (au Parlement européen) sur la liste du Front national. L'extrême droite a conservé, aussi paradoxal que cela puisse sembler, une certaine emprise dans ce milieu, par le biais des officiers et sous-officiers de harkas qui se réclamaient de cette idéologie, et qui ont gardé le contact avec leurs anciens soldats.

ment une communauté fragile dans laquelle les perspectives d'ascension sociale des jeunes générations paraissent médiocres. La déception envers une France pour laquelle leurs parents ont opté mais dont ils se sentent plus exclus peut-être que les jeunes Maghrébins « immigrés » de leur âge, s'exprime par de nombreux récits de la discrimination raciale dont ils s'estiment victimes. Elle est d'autant plus douloureusement vécue que leurs pères ont versé leur sang pour la France.

> Tous les jeunes [*note André Wormser*] ont fait l'expérience du racisme banal des policiers lors de rafles ou de contrôles d'identité sur la voie publique, les transports en commun, ou dans les commissariats. La violence et la grossièreté avec lesquelles on les traite, souvent accompagnées de coups, et qui accueillent la présentation de leur carte d'identité nationale (« Qu'est-ce que tu veux que cela nous f... ? »), soulignent la dérision de leur sort, vident le choix des parents en faveur de la France de toute valeur positive, créent en eux la révolte et une extraordinaire amertume [21].

Toutefois, depuis les années soixante-dix, il semble que la résignation ait cédé la place, chez les jeunes surtout, mais également chez les moins jeunes, à une volonté de réagir et de trouver des formes nouvelles pour prendre leur destin en main. Plusieurs types d'expression sont identifiables. Les uns, relativement conventionnels, consistent à créer des associations de défense des intérêts de cette communauté. Leur implantation dépasse rarement le niveau local, et les conflits de personnes et d'intérêts entre les dirigeants ont rendu difficile la mise en place d'une instance nationale véritablement représentative. Les enjeux de pouvoir dans ce tissu associatif paraissent âpres, et concernent aussi bien l'accès à l'aide publique, facilitée d'ordinaire par l'appartenance à tel ou tel parti politique, que, depuis le tournant de la décennie, les rapports avec diverses instances islamiques internationales ou l'État algérien. Les associations les plus importantes sont notamment la Confédération des Français-musulmans rapatriés d'Algérie et leurs amis (CFMRAA), la Convention nationale des Français-musulmans (née en août 1981 à Strasbourg) et le Front national des rapatriés français de confession islamique (FNRFCI), créé en février 1973. Ce dernier, bien qu'il soit peu influent sur la jeune génération, s'est affirmé par sa bonne structuration, son importance relative (il compterait près de trois mille membres, répartis sur tout le territoire) et le dynamisme qu'il déploie pour se faire le porte-parole de diverses revendications de la communauté.

Au premier rang, vient le problème douloureux de la libre circulation entre la France et l'Algérie. En effet, les anciens harkis ou leurs descendants ont longtemps été refoulés systématiquement à la frontière algérienne lorsqu'ils s'y présentaient. Les différentes associations de Français-musulmans ont considéré que cette atteinte à leur droit de voyager faisait qu'ils n'étaient pas reconnus (par Alger) comme des « Français à part entière » et ont régulièrement exigé l'intervention du secrétariat d'État (français) aux Rapatriés auprès des autorités algériennes pour obtenir ce droit. Le 31 mars 1980, la FNRFCI a vivement réagi à des « assurances » données oralement par l'ambassadeur d'Algérie en France à une association d'ex-harkis rivale, selon lesquelles les enfants de moins de 30 ans des Français-musulmans désireux de se rendre en Algérie ne rencontreraient plus d'obstacles administratifs ; la FNRFCI avait alors dénoncé la volonté de « ségrégation » par l'âge imputée à Alger, ainsi que sa « tentative de mainmise sur la jeunesse française musulmane à des fins intéressées ». Par ailleurs, en avril 1983, le Front s'est élevé contre le manque d'informations culturelles et religieuses destinées aux Français-musulmans à la télévision, et a lancé un mouvement de refus de paiement de la redevance audio-télévisuelle à cette fin. Diverses associations de Français-musulmans se sont, depuis lors, rapprochées des autorités algériennes, par le biais de la Mosquée de Paris *.

Les autres modes d'expression s'inscrivent dans les mouvements socio-culturels de la fin de cette décennie. C'est d'abord la découverte d'une communauté d'intérêts avec les « jeunes Maghrébins », qui s'est traduite par la participation de beaucoup de fils de harkis au mouvement « beur ». L'exemple le plus célèbre en est Toumi Djaïdja, fils de harki et leader de la « marche pour l'égalité et contre le racisme » qui traverse la France de banlieue en banlieue à l'automne 1983 **. L'autre forme d'expression est le regain d'intérêt pour l'islam et la restructuration de certains secteurs de la population des Français-musulmans autour de pôles cultuels affirmés comme tels.

Ce mouvement, différent selon les générations, est repérable par quelques signes d'évolution du tissu associatif des Français-musulmans ***. Outre l'exemple lyonnais mentionné plus haut (une association dont l'objet est d'édifier un « centre culturel islamique »

* Voir ci-dessous, p. 328.
** Voir ci-dessus, introduction, p. 14.
*** A. Wormser estime qu'il existe environ deux cents associations de Français-musulmans, mais qu'elles sont généralement « peu représentatives ».

[l'ACLIF] prolonge l'action d'une union d'anciens combattants harkis dont l'objet n'était pas explicitement religieux *), on peut remarquer, dans les Alpes-Maritimes, que certaines associations « islamisent » leur intitulé. Par exemple, en mars 1976, l'« Association des Français rapatriés d'origine kabyle, arabe, et leurs amis, du canton de Cannes » devient l'« Association des rapatriés français-musulmans des Alpes-Maritimes » ; en juin 1981, dans le même département, l'« Association des fils de harkis et leurs amis » devient l'« Association des Français de confession islamique des Alpes-Maritimes ». En janvier 1982, est déclarée à la préfecture du Gard l'« Union des Français-musulmans » (UFM), dont l'objet est « l'affirmation de la spécificité islamique qui caractérise une catégorie de citoyens français, ses droits, ses devoirs, dans le cadre des institutions républicaines de la France ». En février 1983, elle change son nom, qui devient « Union musulmane du Gard » (UMG), et modifie son objet pour l'étendre à « [...] une catégorie de citoyens français et *émigrés* [...] » (le reste est inchangé).

En termes quantitatifs, la figure 2*a* ** permet de remarquer que le mouvement de création d'associations de Français-musulmans n'échappe pas au « moment d'enthousiasme » du début des années quatre-vingt ***.

Pour Saliha Abdellatif, le « retour de l'islam » observé sur le terrain chez les Français-musulmans, et dont les signes les plus visibles sont les démarches pour obtenir des locaux « pouvant tenir lieu de mosquée », sont « le fait des adultes ». Cet auteur l'inscrit au terme d'un processus d'échec manifesté d'abord par l'« abandon des novations » – comme la francisation des prénoms des enfants – puis par les faibles résultats d'un retour aux traditions familiales :

> la tradition s'avérant inefficace tant pour garder les jeunes dans la Voie désirée que [pour] protéger la famille du déséquilibre, le Français-musulman se tourne vers l'islam [22].

André Wormser note que, pour la génération née en France,

---

* Voir ci-dessus, p. 308.
** Voir ci-dessus, p. 230.
*** Les créations d'associations de Français-musulmans qui font apparaître dans leur intitulé ou leur objet les termes « musulman », « islamique », « islam », etc., étaient, d'après le *Journal officiel* : 3 en 1972 et 1973, 7 en 1974, 12 en 1975, 6 en 1976, 13 en 1977, 3 en 1978, 5 en 1979, 8 en 1980, 12 en 1981, 15 en 1982, 24 en 1983, 16 en 1984, 22 en 1985. A partir de 1978, le mouvement de création d'associations suit celui des associations islamiques en général ; l'un et l'autre culminent en 1983 (respectivement 24 et 103) pour décliner légèrement ensuite.

l'Algérie est devenue un mythe, « terre de lait et de miel » qu'ils
confondent avec l'islam tout entier [...]. Bien que, pour eux, en ce
moment [printemps 1984], la grande lumière vienne de la Perse –
c'est l'Iran de Khomeyni, et Khomeyni lui-même, qui les inspire *
– l'intégrisme musulman comme mode de comportement, style de
vie quotidienne, ne gagne que peu d'adeptes [23].

La réaffirmation islamique chez les Français-musulmans, telle
que la décrivent deux bons connaisseurs de cette communauté,
coïncide avec la fin du règne de Si Hamza Boubakeur à la Mosquée
de Paris. Le recteur dispose de relations privilégiées parmi eux, et
la plupart de ses « imams délégués » dans les départements sont
issus de leurs rangs, mais Si Hamza est en si mauvais termes avec
Alger qu'il ne peut faciliter la réconciliation ou la liberté des
voyages auxquelles aspirent parents et jeunes. Par ailleurs, les flux
financiers d'origine saoudienne destinés à édifier des lieux de culte
ne sont pas sans aider à revivifier la foi chez certains.

Cette demande d'islam intensifiée rencontre une offre d'autant
plus importante qu'une bonne implantation au sein de cette population de nationalité française peut permettre à des instances
islamiques étrangères de disposer d'utiles relais en direction des
autorités de l'Hexagone.

Le passage de la Mosquée de Paris sous obédience algérienne,
avec la prise de fonctions de Cheikh Abbas à l'automne 1982, va
permettre de réaliser l'adéquation optimale entre cette demande
et cette offre.

Trois manifestations ont scandé l'élaboration de la politique française musulmane de la Mosquée, prélude à la constitution d'une
« communauté musulmane française » placée sous le « haut patro-
nage » de Cheikh Abbas. Un premier rassemblement, tenu à Lille
le 27 avril 1985 et intitulé « Congrès islamique », n'a eu qu'un faible
écho. En revanche, le 2e rassemblement islamique de France, à Lyon,
le 14 décembre 1985, a été un succès à la mesure des moyens
considérables mis en œuvre pour sa préparation. Enfin, la conférence
de la communauté islamique organisée à Roubaix le 28 décembre
1986 a su attirer les hommes politiques locaux **.

A la fin du mois d'octobre 1985, divers journaux, dont *le Monde,*
publient un placard publicitaire intitulé « Rassemblement islamique
de France » et rédigé comme suit :

---

* Comparer, ci-dessous, p. 367 *sq.*, le phénomène de réislamisation des beurs.
** Voir ci-dessous, p. 350.

L'importance de la communauté musulmane française, estimée à près de 2,5 millions de citoyens, démontre chaque jour la nécessité absolue de tenir compte du rôle qui lui revient au sein de la nation française.

Son action à tous les niveaux, cultuel, culturel et social, n'est plus à démontrer, suite notamment au Congrès islamique qui s'est tenu à Lille le 27 avril 1985, rassemblant toute la communauté musulmane de France, toutes origines confondues.

Lors de ce rassemblement islamique, un consensus s'est dégagé autour de la Mosquée de Paris en la personne de son recteur, le cheikh Abbas Bencheikh el Hocine, pour être, pour la communauté musulmane de France, l'interlocuteur privilégié des pouvoirs publics.

A cet effet, il est investi d'une légitimité qui lui permet de poursuivre sa mission cultuelle en France [...].

Le texte se poursuit avec un appel au rassemblement islamique de Lyon le 14 décembre 1985. Il est signé par le « comité préparatoire des rassemblements islamiques » – qui regroupe huit associations de Français-musulmans désignées par leur seul sigle – et appuyé par une centaine d'« associations, personnalités et imams de mosquées * ».

Cette proclamation est la première manifestation écrite publique de l'alliance contractée entre des associations de Français-musulmans et la Mosquée de Paris après 1982. Elle a été formulée en des termes forts explicites et dans un quotidien français de grande diffusion – alors que ces opérations sont d'ordinaire plus discrètes – car se tenait au même moment, le 26 octobre 1985, un rassemblement d'associations islamiques opposées à l'hégémonie d'Alger sur l'islam en France **, et auquel *le Monde* avait consacré quelques lignes qui avaient suscité le courroux des dirigeants de la Mosquée de Paris. Telle est la cause de cette publication, qui n'est pas sans évoquer les batailles de communiqués du début de 1974 opposant l'Amicale des Algériens et Si Hamza Boubakeur ***.

Ce texte attire l'attention par plusieurs affirmations importantes. C'est la première fois, à notre connaissance, qu'est substituée à l'expression « musulmans *en* France » celle de « musulmans *de* France ». Tous les groupes islamiques que nous avons décrits prennent soin de faire figurer dans leur intitulé soit l'Hexagone

---

* Certains sont mentionnés plusieurs fois sous des qualités différentes, et leur représentativité n'apparaît pas clairement dans chaque cas.
** Voir ci-dessous, p. 362 *sq.*
*** Voir ci-dessus, p. 87 *sq.*

comme un pur lieu soit la mention de la ville ou de la région où ils sont installés. Par exemple l'Association des musulmans *de* Lorraine, l'Association cultuelle islamique *de* Lyon, etc. Dans ce dernier cas, il ne peut y avoir de confusion entre la localisation de l'association et quelque appartenance qui vienne concurrencer l'islam, comme le ferait la nationalité*. En plus des raisons idéologiques qui faisaient éviter l'expression « *de* France », la plupart des membres des associations musulmanes concernés étaient étrangers et les Français, convertis, ex-harkis ou naturalisés, n'y constituaient qu'une force d'appoint. Avec la politique française musulmane mise en œuvre par la Mosquée de Paris et l'initiative concurrente de la Fédération nationale des musulmans de France en octobre 1985**, on assiste à un déplacement des enjeux. Ce sont désormais les musulmans de nationalité française qui sont en première ligne, ex-harkis dans un cas, Français « de souche » convertis à l'islam dans l'autre.

L'examen du texte appelant au rassemblement islamique à Lyon ne manque pas de surprendre lorsqu'on lit que... « la communauté musulmane française » est « estimée à 2,5 millions de citoyens ». Ce chiffre correspond approximativement en effet au nombre de « musulmans » résidant en France, toutes nationalités confondues. En ce qui concerne les citoyens français, les anciens harkis, qui étaient à peu près 80 000 en 1963, forment vingt-cinq ans plus tard, avec leurs descendants, une population de quelque 400 000 personnes – ce qui tient compte d'un taux de natalité déjà très élevé que l'on ne peut démultiplier à l'infini. Le nombre des Français « de souche » convertis est très difficile à évaluer. Si l'hypothèse commune fait état de 30 000 à 40 000 personnes, les organismes qui s'adonnent au prosélytisme musulman*** (comme ceux qui leur prêtent en l'occurrence une oreille complaisante afin de mieux dénoncer le « péril islamique ») n'hésitent pas à décupler ces chiffres. Pour avoir fréquenté pendant quelques années le monde de l'islam en France, notre propre sentiment, qui reste à vérifier, serait d'accorder crédit à l'hypothèse basse.

A ces 500 000 musulmans français au maximum viennent s'ajouter les jeunes Algériens nés après l'indépendance de l'Algérie (1962) sur le territoire français****, dont le nombre ne saurait dépasser

---

* Néanmoins, lorsqu'un quotidien régional, au moment de l'affaire de la mosquée de Nancy (voir ci-dessus, p. 303), utilisa la locution « musulmans lorrains », une lectrice française indignée écrivit au journal pour critiquer cette alliance de mots [24].

** Voir ci-dessous, p. 362 *sq.*

*** Voir ci-dessous, p. 370n.

**** En vertu de la règle dite du « double droit du sol », ces jeunes sont de natio-

celui des classes d'âge de moins de 25 ans (soit 379 380 personnes
en 1982 *). On reste assez loin, on le voit, du chiffre avancé par
le placard publicitaire – même si on y ajoute les musulmans
étrangers naturalisés anciennement ou récemment. Enfin et surtout,
une telle définition quantitative nie toute liberté de choix à l'individu. Or, dans la France laïque, nul n'est tenu à une appartenance
confessionnelle, et rien ne contraint une personne que ses parents
ont prénommée Ahmed ou Fatima à se définir comme musulmane
ad vitam aeternam, pas plus que le baptême donné à Christian ou
Pierrette ne les empêche de devenir, s'ils le souhaitent, athées.
L'Église catholique n'a pas à les compter parmi ses ouailles ou à
parler en leur nom.

Après avoir fait état de l'existence d'une « communauté musulmane de France » aux chiffres « gonflés », les signataires du placard
publicitaire donnent au rassemblement de Lille, le 27 avril 1985,
une ampleur que ne confirment pas nos propres informations. Ils en
tirent argument pour écrire qu'un « consensus » y a désigné Cheikh
Abbas comme l'« interlocuteur privilégié des pouvoirs publics ».
Outre la dimension polémique et conjoncturelle de cette affirmation
– qui signifie qu'il ne saurait y avoir d'autre « interlocuteur privilégié », alors que se crée au même moment une « Fédération nationale des musulmans de France » qui y a vocation ** –, il est remarquable qu'un groupe de citoyens français, rassemblés sur une base
confessionnelle, désignent comme leur interlocuteur auprès des
autorités de leur pays un ressortissant étranger. La « légitimité »
ici conférée par voie de publicité à Cheikh Abbas sera très vivement

nalité française pour le droit français. En effet, ils sont nés en France de parents qui étaient
eux-mêmes nés sur le territoire français – lequel comprenait, avant 1962, les départements
d'Algérie (mais ni le Maroc, ni la Tunisie, États indépendants sous protectorat). Jusqu'à
ce que les débats de 1986 sur la réforme du Code de la nationalité fassent considérablement
évoluer les mentalités, une vive opposition à la nationalité française se manifestait souvent
chez les parents de ces jeunes, dont beaucoup considéraient qu'ils avaient précisément fait
la guerre d'Algérie pour être algériens, et pour que leurs enfants le soient. Ce problème
est rendu plus complexe encore par le fait que, si les enfants sont français de droit, les
parents, eux, ne le sont pas, à moins de demander la naturalisation et l'obtenir. Situation
paradoxale et génératrice de malaise qui veut que parents et enfants, à l'intérieur d'une
même famille, soient de nationalité différente – deux nationalités séparées par une histoire
chargée de contentieux régulièrement exhumés. Au milieu des années quatre-vingt, les
positions traditionnelles s'inversent : Alger cesse d'être hostile à la prise de nationalité
française des enfants de ses ressortissants résidant dans l'Hexagone, tandis qu'à Paris, où
l'on avait auparavant déploré la réticence des jeunes Algériens à accepter d'être français,
on s'emploie, de plusieurs côtés, à assortir l'accès à la nationalité française de diverses
conditions restrictives.
 * Chiffre obtenu par l'addition des Algériens de 0 à 14 ans et de 15 à 24 ans résidant
en France recensés par le RGP de 1982. Certains de ceux-ci sont probablement nés en
Algérie : ils ne sont donc pas français. Inversement, d'autres se sont déclarés comme
Français, et ne sont pas comptabilisés comme Algériens.
 ** Voir ci-dessous, p. 262 *sq.*

contestée par les associations musulmanes regroupées dans la Fédération, et suscitera l'hostilité discrète mais insistante de deux États qui redoutent l'hégémonie algérienne : l'Arabie Saoudite et le Maroc.

L'organisation sous ces auspices du rassemblement de Lyon, le 14 décembre 1985, a constitué le principal moment d'affirmation de la politique de la Mosquée de Paris envers l'islam en France en général et les Français-musulmans en particulier.

Les enjeux de la manifestation étaient d'importance : pour la Mosquée, il importait de relever le défi, face à la constitution de la Fédération nationale d'une part *, et face aux groupes d'intérêts saoudiens d'autre part **.

Des moyens considérables ont assuré le succès de foule du rassemblement. Imams algériens et associations d'anciens harkis ont été mobilisés et fortement incités à participer avec le plus grand nombre possible de leurs ouailles ou de leurs adhérents, gracieusement transportés de toute la France par cars spéciaux jusqu'au lieu du meeting, la grande halle du parc d'expositions lyonnais, Eurexpo-Chassieu. Canalisée par un service d'ordre important et parfaitement organisé, la foule, qui atteindra environ cinq mille personnes à son apogée, se regroupe autour de diverses banderoles qui portent des slogans comme : « Les musulmans du Nord avec le 2e rassemblement », « L'arabe est notre langue, l'islam est notre religion / l'amour et la paix nous unissent » (en arabe), ainsi que quelques noms d'associations locales – assez rares.

A l'arrivée de Cheikh Abbas, vers 10 heures du matin, chacun se lève et applaudit debout *** puis toutes les personnalités musulmanes ou philo-islamiques présentes lui donnent l'accolade, dans le crépitement des appareils photographiques : Roger-Raja' Garaudy et le père Michel Lelong **** ; M. Ibrahim Ould Ismaïl, directeur

* Voir ci-dessous, p. 262 *sq.*
** Lyon, nous l'avons noté plus haut, constituait le point d'ancrage choisi par la Ligue islamique mondiale pour y organiser diverses activités de structuration d'un réseau d'imams (concrétisé notamment par la création, le 30 mai 1985, d'un « Comité des imams en France ». Déclaré à la préfecture du Rhône, ce comité a pour objet notamment la « formation des imams, l'enseignement de l'arabe, [...] faire connaître l'islam par tous les moyens légaux »).
*** Cette pratique sera critiquée à la tribune par le traducteur de Cheikh Abbas qui expliquera que les musulmans ne doivent pas manifester leur satisfaction par des applaudissements, mais par le *takbir* – c'est-à-dire par le cri *« Allah akbar »* (« Allah est le plus grand »).
**** Le père Lelong a été le promoteur de nombreux rapprochements et colloques islamo-chrétiens, et le premier directeur du secrétariat (catholique) pour les Relations avec l'Islam (SRI), de 1975 à 1980. Très appréciées du côté musulman, ses initiatives ont été, en revanche, contestées par ceux qui estiment que son « pseudo-œcuménisme [...] escamote le caractère divin de Jésus, point de foi essentiel pour un chrétien [25] ». Il est l'auteur de

mauritanien du bureau de Paris de la Ligue islamique mondiale, qui vient de succéder à M. Kinani ; M. Moukhtar Sik, « responsable de l'information islamique au niveau de la République sénégalaise » ; M. Artikolas (?), successivement présenté comme « directeur des affaires religieuses d'une République islamique sœur, la Turquie », puis comme le « grand mufti de la république islamique de Turquie * » ; Cheikh Bassam, imam d'origine syrienne basé à Aix-en-Provence et que des différends ont opposé aux responsables algériens de la Grande Mosquée de Marseille, en 1983 ; divers imams et responsables d'associations algériens ou français-musulmans ; le « frère Ibrahim Anger, frère musulman de souche française » (très applaudi), converti et dirigeant de l'association « Bourg-la-Reine, terre d'islam » **, et d'autres personnalités de moindre importance.

Le dosage des nationalités, des États ou des associations représentés témoigne d'emblée de la réussite du rassemblement. Seul le Maroc manque véritablement à l'appel, mais divers groupes ou personnalités dont la politique islamique diverge de celle de la Mosquée ont estimé nécessaire de faire acte de présence, reconnaissant qu'ils ne pouvaient « ignorer » cette manifestation. Ainsi de la Ligue islamique mondiale, ainsi également d'imams qui font acte de présence ostensible tant à la Fédération nationale des musulmans de France que chez Cheikh Abbas : c'est le cas, par exemple, de Cheikh Bassam, présent à la tribune en djellaba d'apparat et keffieh à carreaux rouges, mais auquel la parole ne sera jamais passée, « faute de temps ».

Le discours de Cheikh Abbas, qui commence à 10 h 50, est une longue variation sur le thème du rassemblement : « Islam = paix, fraternité et tolérance » *(« al islam salama wa ukhuwa wa tassamuh »)*. Après deux minutes d'adresse formelle en arabe classique, le recteur adopte – en s'en justifiant – le dialecte algérien *** : la compréhension en est plus aisée pour les auditeurs que leurs origines rurales ont tenu à l'écart de l'alphabétisation en arabe.

Son discours s'organise en deux temps : l'affirmation de l'unité

plusieurs ouvrages, dont *J'ai rencontré l'islam*, et il a contribué au dossier controversé rassemblé par *le Nouvel Observateur* sur l'islam (voir ci-dessous, p. 338).
 * La république de Turquie est, officiellement, un État laïque, depuis sa fondation par Mustafa Kemal Atatürk, mais, dans l'enthousiasme islamique du rassemblement de Lyon, son statut a été quelque peu « modifié ».
 ** M. Anger est par ailleurs l'éditeur de la traduction française de *la Voie du musulman*, d'Abou Bakr Djaber al Djazaïri (voir ci-dessus, p. 99).
 *** En réalité, il s'exprimera en un niveau de langue dit « moyen », qui fait largement appel aux structures syntaxiques simples du dialecte, mais recourt de temps à autre à des tournures ou des expressions plus sophistiquées empruntées à la langue écrite.

de l'islam et le refus des divisions, puis un vigoureux appel aux musulmans pour qu'ils donnent une meilleure image d'eux-mêmes et se réforment moralement et religieusement.

Dans la première partie de son discours, le recteur expose une idée force : « L'important, c'est que nous rassemblions les musulmans. » La notion de communauté, de rassemblement, de *jama'at* est fondamentale en islam, note-t-il : par exemple, « Dieu nous a ordonné de prier ensemble le vendredi, de faire le pèlerinage ensemble », etc. De la même manière, ce rassemblement à Lyon « permet à ceux de Bordeaux de connaître ceux de Dunkerque », réciproquement et ainsi de suite. Or,

> c'est la connaissance mutuelle qui engendre la compréhension *(al ta'aruf yulid al tafahum)* et la coopération [...] Autant je suis faible quand je suis seul, autant je suis fort en groupe *(ana da'if bi nafsi, wa lakin ana qawwi jami'ann)* [...]. Telle est ma réponse aux journalistes qui me demandent quel est l'intérêt de cette réunion.

L'islam, c'est l'Unité, et « toutes ces factions *(tawa'if)* ce n'est pas de la religion *(din)*, ce n'est pas l'islam ».

Telle est la substance de la première partie, aussi brève (dix minutes) que conventionnelle, du discours du recteur : l'islam, c'est l'Unité, l'Unité, c'est le rassemblement organisé par la Mosquée de Paris, et ceux qui s'agitent ailleurs au nom de l'islam ne font que diviser les rangs des musulmans *.

La seconde partie, beaucoup plus longue, assez répétitive et qui semble largement improvisée s'ouvre avec cette remarque : « Nous nous sommes réunis pour parler de l'islam. » L'important, aujourd'hui, est de

> donner une bonne image de l'islam aux non-musulmans qui ont peur de l'islam [...]. La cause, c'est que nous les musulmans, par notre ignorance, nos mauvaises mœurs, nos erreurs, notre méchanceté [...] nos errances, nous donnons une mauvaise image de l'islam : Nous sommes de mauvais prédicateurs de l'islam en France.

Et d'insister :

---

* L'argument de la sédition et du factionnalisme *(fitna)* est très fréquemment utilisé par ceux qui invoquent une légitimité islamique pour accabler leurs adversaires. On peut le comparer à l'argument traditionnel du « diviseur de la classe ouvrière » invoqué par les partis communistes de filiation stalinienne pour justifier l'anéantissement des groupes rivaux se réclamant du prolétariat.

Les Français ont raison d'avoir une mauvaise image de l'islam quand ils nous voient et que nous agissons mal.

Exemples : la saleté, l'habitude de faire hurler sa radio à toute heure, etc. Tel n'est pas l'islam, selon Cheikh Abbas :

l'islam, ce n'est pas la force, la violence, la bestialité [...] mais l'islam est paix, tolérance, liberté, justice, connaissance, fraternité, etc.

Et de lancer aux Français le mot d'ordre traditionnel de tout le mouvement réformiste islamique : « Prenez l'islam dans le Coran, ne le prenez pas dans la conduite des musulmans » (nombreux *Allah akbar* dans l'assistance).

Après quoi, le recteur met l'accent sur la fraternité de tous les hommes, tous les « fils d'Adam », que prône l'islam, fraternité qui s'étend à toutes les créatures, y compris « les animaux qui appartiennent à la famille dont Dieu est le père ». Par exemple, « le vrai Croyant, lorsqu'il rencontre en plein désert un chien assoiffé, ira lui-même puiser de l'eau pour l'abreuver ». A écouter Cheikh Abbas avec attention, on ne peut que remarquer une inspiration qui s'essouffle dans des allusions incessantes aux plantes et aux animaux envers lesquels l'islam commande l'amour. Au bout de trente-cinq minutes de discours, la parole lui manque et il fond en larmes, tandis que son entourage lance des *Allah akbar* repris en chœur par la foule.

Ce second moment de son propos, qui dresse un tableau sévère de la conduite et des mœurs des musulmans en France, a été pris – à tort croyons-nous – par divers journalistes français et intellectuels algériens progressistes pour une intériorisation (honteuse) de l'image dévalorisée que les Français ont des immigrés. Il nous paraît plutôt se situer dans la lignée du courant de pensée du réformisme musulman illustré par un Ben Badis, dont Cheikh Abbas a été nourri dans sa jeunesse et auquel il est resté fidèle. Les musulmans de l'Hexagone de 1985, dont il énumère les défauts et les vices supposés, ressemblent comme des frères aux musulmans d'Algérie de 1938 – tels qu'il nous les a décrits lors de l'entretien qu'il nous a accordé * : indignes de l'islam, sous-développés, etc. Mais s'il imputait à la colonisation française de l'époque la cause du mal, il se limite à décrire les symptômes de ce qui afflige les musulmans de la France d'aujourd'hui et à insister sur la nécessité

---

* Voir ci-dessus, p. 315.

de se réformer – sans faire l'étiologie du Mal de façon explicite. Il appartiendra à son traducteur d'incriminer l'Occident comme cause de tous les maux.

Le jeu du truchement

Le problème de la traduction s'est posé de façon aiguë lors du rassemblement de Lyon, et il a illustré de manière exemplaire les distorsions que peut engendrer le passage de l'univers sémantique arabe au français et vice versa, d'autant plus lorsque le traducteur se livre à une interprétation très libre des propos originaux. Or, des deux orateurs les plus importants symboliquement, le premier, Cheikh Abbas, ne parle ni ne comprend le français, et l'autre, Roger-Raja' Garaudy, ne connaît pas l'arabe. L'interprétation du discours de Cheikh Abbas, comme de ses réponses lors de la conférence de presse, a été l'occasion d'extrapolations qui, sous prétexte de glose, ont altéré la signification des propos du recteur.

L'opération a été menée de façon si voyante que les journalistes ont dû exiger une mise au point. Bien que nombre d'éléments nous manquent pour comprendre quels conflits de pouvoir ont été à l'œuvre quand s'est substitué au traducteur « officiel » un autre truchement, la simple description des faits soulève des questions sur la manière dont diverses factions s'affrontent pour le contrôle de la Mosquée de Paris.

Un incident passé inaperçu de la foule se déroule à la tribune à 10 h 45, après que le vice-recteur, M. Guessoum, qui fait office de maître des cérémonies, a appelé les invités à prendre place. Celui-ci oublie (?) de donner la parole à Cheikh Abbas, et la passe directement au délégué sénégalais. Dans la confusion qui règne alors pendant quelques instants, M. Guessoum quitte sa chaise à la droite du recteur. Sa place est immédiatement occupée par un nouveau venu qui n'a pas été annoncé ni présenté, M. Rachid ben Aïssa. Dès qu'il s'en rend compte, le vice-recteur essaie de récupérer son siège. M. Ben Aïssa esquisse une fausse sortie. Cheikh Abbas s'écrie alors : *« Ma tab'adch, ya rachid ! »* (« Reste, Rachid ! »). M. Guessoum a perdu la partie : c'est Rachid ben Aïssa qui traduira en français le discours du recteur, contrôlera la teneur et le contenu du message transmis aux nombreux francophones présents, notamment à la presse et aux observateurs politiques français. Cette substitution eût été sans conséquence si la personnalité de M. Ben Aïssa et la conception de la traduction qu'il a illustrée ce jour-là n'avaient permis de donner au discours à tonalité réformiste et apaisante du recteur dans sa langue originelle des accents islamistes et un contenu plus polémique lors de la traduction.

Rachid ben Aïssa est l'une des personnalités les plus remarquables du courant islamiste algérien contemporain. En 1962, à l'indépendance de l'Algérie, il a vingt ans. Pour cette génération de jeunes intellectuels, le monde se pense avec les catégories du marxisme et se transforme grâce à la guérilla du Viêt-minh ou du FLN, auréolés par les succès remportés contre la domination coloniale française. En revanche, les Frères musulmans effectuent leur traversée du désert : persécutés dans l'Égypte nassérienne à son apogée, réfugiés auprès d'une monarchie saoudienne mal en point, ils sont sans grande influence sur les jeunes Algériens de l'indépendance, et ce d'autant moins que leurs écrits sont rédigés en arabe, d'accès malaisé pour des élites alors massivement francophones.

Le jeune Rachid est un francisant qui a fait de brillantes études au lycée franco-musulman de Tlemcen * ; mais il se sent, contrairement à beaucoup de ses camarades, profondément musulman et n'a aucune inclination pour le marxisme qui triomphe dans l'entourage de M. Ben Bella. Envoyé à Damas pour y faire en arabe ses études supérieures comme boursier du gouvernement algérien, il y vit la période dite de l'*infisal*, ou rupture de l'union syro-égyptienne qu'avait constituée Nasser en 1958 en créant la République arabe unie. L'échec de l'entreprise, l'acrimonie des Syriens contre l'autoritarisme nassérien font toucher du doigt au jeune boursier ce qu'il nomme l'« impasse de l'*arabité* ». Cette idéologie structurante du régime baassiste de Damas comme du régime nassérien ne semble avoir jamais exercé d'attrait sur le Kabyle qu'est Rachid ben Aïssa : c'est l'islam qui sera sa référence fondamentale. Le premier livre en arabe qu'il lit dans sa totalité est, du reste – à Damas –, l'ouvrage de Sayyid Qutb, *la Justice sociale dans l'islam (al 'adala al ijtima'iyya fi-l islam)* **. Le

---

* Ces éléments de biographie de M. Ben Aïssa nous ont été communiqués par lui-même lors d'un entretien, le 27 janvier 1986, au siège de l'Unesco – où il exerce les fonctions de traducteur.
** Cet ouvrage a été publié en 1949, avant que Qutb milite au sein des Frères musulmans. En 1963, les deux ouvrages majeurs de la fin de sa vie, qui constitueront la référence fondamentale des jeunes islamistes, n'ont pas encore été publiés : *Fi zalal al qur'an* (« Sous l'égide du Coran ») et *Ma'alim fi-l tariq* (« Signes de piste ») [26].

texte l'intéresse au niveau émotionnel et polémique, « mais ce n'est pas ce dont a besoin une conscience intellectuelle », nous dit-il. En d'autres termes, la littérature des Frères musulmans ne lui semble pas faire le poids pour lutter efficacement contre le marxisme. C'est dans la méditation des textes sociologiques et politiques français qu'il forgera les armes qu'il retourna ensuite contre l'« Occident ». Raymond Aron, Henri Lefebvre, mais aussi les textes conciliaires catholiques et des ouvrages d'auteurs juifs contemporains sont mis à contribution pour forger des catégories d'analyse du monde, de constitution d'une « modernité islamique », d'un « modèle islamique de développement ».

Sur le campus de l'université d'Alger où il est de retour après 1963, de telles idées ont vite fait de lui donner une étiquette de réactionnaire ; au cercle des étudiants, il est même rossé en public, nous dit-il, par « un trotskiste espagnol, un communiste français et un communiste algérien ». A l'époque, les étudiants qui se revendiquent comme musulmans se comptent, selon lui, sur les doigts d'une main, et ils se retrouvent en catimini pour la prière. A la fin des années soixante, leur nombre augmente, et ils tissent quelques amitiés dans certaines factions de l'appareil d'État. L'équipe de Boumediene compte en effet des appuis dans les milieux religieux avec qui elle a fait alliance contre Ben Bella. En 1969 est créée la mosquée des Étudiants, qui deviendra le bastion de résistance à l'hégémonie marxiste sur le campus *, puis le Bureau d'études sociologiques musulmanes (BESM) et enfin le « séminaire de la pensée islamique » sous la supervision du ministre des Affaires religieuses, Mouloud Naït Belkacem – au cabinet duquel Rachid ben Aïssa appartiendra un temps [27] **.

En 1972, il est envoyé à Paris pour y enseigner, détaché auprès de l'Amicale des Algériens en Europe. Il nous dit en être chassé au bout de trois mois et, pendant trois ans, il fréquentera les universités parisiennes, étudiant les sciences politiques, présentant une agrégation d'arabe à titre étranger, préparant une thèse sur « le fondamentalisme islamique et la modernité ». Il est proche de

---

* Voir ci-dessus, p. 247.
** M. Mouloud Naït Belkacem est l'un des idéologues de la politique dite de « récupération de la *langue nationale* » (l'arabe littéraire). Elle comporte deux volets complémentaires, l'arabisation et la dé-francisation. Au milieu des années quatre-vingt, un certain nombre d'étudiants, dans les universités algériennes, ne peuvent plus lire en français et éprouvent de grandes difficultés à s'exprimer dans cette langue. Si, pour ses promoteurs, l'arabisation de la jeunesse devait avoir en partie pour conséquence de couper celle-ci des sources d'information et de réflexion en langue française, vecteur principal de la critique sociale dans les années soixante et soixante-dix, elle a eu pour effet second et imprévu de rendre aisément accessible à ceux qui se voulaient la littérature islamiste du Moyen-Orient, porteuse d'une critique sociale plus radicale.

l'Association des étudiants islamiques en France (AEIF) et contribue à sa revue, *le Musulman*, à l'occasion de la mort de l'un de ses maîtres à penser, Malek Bennabi *.

Après deux années algériennes, en 1975 et 1976, qui ne se déroulent pas très bien à l'en croire, il passe le concours de traducteur de l'Unesco et s'installe à Paris, à partir de 1977, avec le statut de fonctionnaire international.

En 1979, il voit dans la révolution islamique la concrétisation de ses espoirs. Il déploie une activité de « témoin pour l'Iran », selon ses dires, militant à la fois contre les sentiments hostiles à la République islamique qui se font jour dans le monde arabe lors de la guerre Irak-Iran et contre la « caricature occidentale » du khomeynisme triomphant. Il anime de nombreuses conférences au centre islamique iranien de la rue Jean-Bart et dans les villes universitaires, se riant des prudences qu'accumulent les Frères musulmans plus traditionnels pour parler du régime de Téhéran – et qui sont parallèles aux inquiétudes croissantes qu'éprouvent leurs bailleurs de fonds saoudiens à l'encontre d'un voisin turbulent.

Cet intellectuel islamiste qui vit en France et considère que l'arabisation de l'Algérie a abouti à sa « machrékisation ** » définit son activisme comme « de la provocation contre la langue de bois ». Servi par des talents d'orateur et une belle plume, il excelle dans la polémique la plus ardente et la plus vive lors du débat contradictoire *** avec une verve qui n'est pas sans faire penser au style qu'avait mis en honneur, dans la France des années soixante, l'Internationale situationniste. Ses activités passées et présentes lui ont valu une réputation flatteuse chez les étudiants islamistes d'Algérie (où l'on s'est arraché la photocopie d'un article de lui dont nous avions lu quelques lignes, lors d'une conférence) et

---

* Voir ci-dessus, p. 248.
** De « Machrek » (« Levant » en arabe), (opposé à « Maghreb » – « couchant »). La « machrékisation » de l'Algérie signifie, en l'occurrence, l'importation d'un système éducatif, de mœurs politiques, etc., en vigueur au Moyen-Orient, et notamment en Égypte – qui a fourni à l'Algérie indépendante l'essentiel de ses professeurs d'arabe. Le terme a des connotations péjoratives synonymes de médiocrité et de sous-développement.
*** Deux exemples en ont été fournis en 1986, aux dépens de deux professeurs respectés, MM. Mohammed Arkoun et Ali Merad, invités à la Mosquée de Paris pour y donner des conférences dans le cadre d'une tentative de rapprochement de cette institution avec l'Université française. M. Arkoun s'exprimait devant une assistance houleuse, à la suite de ses déclarations – publiées dans l'hebdomadaire *le Nouvel Observateur* [28] – contre « ceux qui trahissent le Coran », et dont l'esprit a suscité l'antagonisme des militants islamistes. Dans le même hebdomadaire, le père Michel Lelong, qui avait écrit que « les mosquées et l'islam sont une chance » pour la France, fut qualifié par Rachid ben Aïssa, lors de la conférence à la Mosquée, de « meilleur musulman que M. Arkoun ». Le 18 avril 1986, ce fut au tour de M. Merad de s'entendre dire qu'il « apportait à l'Occident la caution de l'« intellectuel indigène " » – tout cela sous l'égide de Cheikh Abbas, dépassé par ces échanges en langue française. De manière générale, les orientalistes sont voués aux gémonies par M. Ben Aïssa.

l'admiration de jeunes Français convertis à l'islam et de « beurs » réislamisés qui voient en lui quelqu'un qui sait retourner contre l'« Occident » les catégories de son propre langage. Mais si adolescents et jeunes apprécient son magistère, c'est l'homme chargé d'ans qu'est Cheikh Abbas qui semble avoir pour lui la plus grande affection et la plus totale confiance. C'est le recteur qui a tranché en sa faveur à la tribune du rassemblement de Lyon, contre le vice-recteur qui lui avait fait l'affront d'oublier de lui passer la parole. A l'homme d'appareil, le vieux cheikh a préféré l'intellectuel et le militant qui lui rappelait peut-être les idéaux de sa propre jeunesse, et qui avait accompli comme lui la traversée du désert du courant islamique pendant les deux décennies socialistes que connut l'Algérie après son indépendance.

C'est ainsi que Rachid ben Aïssa en vint à exprimer en français, lors du rassemblement de Lyon, une vision de l'islam qui fut présentée comme celle de la Mosquée de Paris. Quatre minutes après avoir commencé à traduire, il se lança dans une extrapolation personnelle du discours du recteur, à propos de la dimension communautaire de l'islam :

> Ici le cheikh Abbas redit une des idées de notre frère dans l'islam, un grand penseur de France, M. Garaudy, dont tout le monde disait avant qu'il ne devienne musulman qu'il était le plus grand penseur de France. Et depuis que ce grand penseur de France et ce grand penseur du monde est devenu musulman, beaucoup de gens l'attaquent et certains essayent de le discréditer parce qu'ils ne voudraient pas que M. Garaudy vienne renforcer avec les armes de son esprit la défense intellectuelle de la communauté musulmane [...].

Avec cette première incise, le truchement infléchit le discours du recteur : l'exemple de Garaudy « attaqué » permet de brosser une image obsidionale d'islam persécuté.

Autre inflexion, dans le même sens (à côté d'extrapolations nombreuses de moindre importance), lorsque est abordée la question de l'image que les musulmans donnent de l'islam aux Français. Alors que Cheikh Abbas avait exclusivement mis en cause, dans une veine réformiste traditionnelle, le comportement des musulmans et précisé : « les Français ont raison » d'avoir une mauvaise image de l'islam au vu de ce comportement, l'interprète fait précéder le compte rendu de ce passage (fort long en arabe, fort bref en français) de ses propres conceptions en la matière :

L'image de l'islam en Occident est caricaturale, injuste, méchante. En partie, il y a de la mauvaise volonté, il y a de la malveillance chez ceux qui propagent cette image caricaturale d'un islam conquérant, d'un islam violent, et, en partie, nous sommes responsables [...] *.

Enfin, là où Cheikh Abbas lance un appel général à l'unité, son traducteur se fait le porte-parole beaucoup plus explicite de l'unicité organique du tissu associatif musulman en France :

Il faut que toute la communauté ne soit plus quatre cents ou cinq cents petites associations, mais que toutes soient les maillons d'une grande communauté dans laquelle elles se reflètent et qui les représente, qui traduit leurs aspirations et qui canalise leurs volontés.

C'est au cours de la conférence de presse qui clôt la matinée que M. Ben Aïssa jouera le plus grand rôle, mais, auparavant, les congressistes auront entendu l'intervention de R. Garaudy suivie de son interprétation en arabe.

Commençant son discours par un « *bismillah al rahman al rahim* » (« Au nom de Dieu le miséricordieux plein de miséricorde »), « le grand professeur-penseur, le philosophe Raja' Garaudy » (comme le présente le vice-recteur, réapparu à la tribune) annonce qu'il va délivrer un « message d'Unité des Religions » :

C'est un même combat pour la justice et pour la paix que mènent les chrétiens des communautés de base d'Amérique latine, les musulmans de la résistance afghane, la résistance des Palestiniens et celle des Noirs d'Afrique du Sud. Le message de l'islam est une théologie de la libération ** [...]. Répondre aux défis de notre temps, ceux de la croissance aveugle sans Dieu que veulent nous imposer les superpuissances et les multinationales, ceux de la guerre et des affrontements nationalistes, ceux du nucléaire et des échanges inégaux entre le Nord et le Sud, dictés par le Fonds monétaire international et la Banque internationale ***, posant des conditions politiques à leurs prêts, répondre à ces problèmes n'exige pas que l'on modernise l'islam, mais que l'on islamise la modernité [29]. Moder-

---

* De même, il résumera en français l'intervention du délégué sénégalais – qui portait sur le message de paix de l'islam – en quelques phrases d'une semblable orientation : « [...] Il est curieux qu'aujourd'hui on puisse associer l'islam à la violence, alors qu'il n'y a aucune autre communauté qui dise des milliards de fois par jour *" al salam aleikum "* [" paix soit sur vous "]. »

** La « théologie de la libération » – credo de communautés de base du catholicisme sud-américain – avait fait l'objet d'une vive mise en cause quelques mois auparavant par la hiérarchie pontificale.

*** Il s'agit probablement de la Banque mondiale.

niser l'islam, dans l'esprit de beaucoup de nos contemporains, signifierait que l'on abandonne les buts de l'islam pour s'aligner sur ceux d'une civilisation occidentale à la dérive [...].

Et de conclure :

Chacun de nous est personnellement responsable de l'épanouissement de cette vie pleine de sens et de ce monde plein de Dieu.

A entendre ou lire ce message du Garaudy de 1985, on mesure la continuité d'une réflexion qui s'est constituée dans le moule intellectuel du parti communiste français, dont cet orateur a longtemps été le philosophe officiel. Le passage de son discours cité ici se présente comme une coupe géologique où les couches sédimentaires superposées reproduisent les mêmes plissements du socle : la lutte des classes a été recouverte par le christianisme des communautés de base (Garaudy a été chrétien après avoir quitté le PCF et avant de se convertir à l'islam), puis par l'« islamisation de la modernité », mais les catégories du Bien et du Mal demeurent *ne varietur*. Du bon côté, les mouvements de libération (à tout le moins, certains d'entre eux) ; du mauvais côté, « les superpuissances et les multinationales », le FMI, etc.

Tout cela compose un islam à l'apparence très particulière, qui a suscité quelque incompréhension chez les participants au rassemblement de Lyon. Ce fut manifeste, d'abord, dans la traduction arabe – effectuée par le directeur de l'Association cultuelle islamique (qui gère la mosquée Stalingrad, à Paris), lequel a précisé, avec beaucoup d'honnêteté, que « traduire, c'est trahir ». Il lui a été effectivement impossible de restituer des notions comme « le message de l'islam est une théologie de la libération », auxquelles ont été substitués des citations nombreuses de hadiths, ou « dits » du Prophète. De ce qui faisait la spécificité ou l'originalité du message de R. Garaudy, il n'est quasiment rien passé en arabe. Dans cette langue, il a été arasé au niveau d'un propos piétiste fort commun *. Tout s'est produit comme si le capital symbolique de l'intellectuel converti avait une valeur infiniment plus grande que le contenu même de son discours, condamné à n'être pas compris, voire pas écouté par son auditoire. Si Raja' Garaudy est

---

* Le premier orateur de la séance de l'après-midi, l'imam de la mosquée d'Asnières (qui connaît le français), a manifesté son incompréhension des propos du philosophe, en le critiquant longuement pour avoir dit qu'il fallait moderniser l'islam. M. Garaudy avait pourtant affirmé le contraire, mais sans doute la forme et le contenu général de son allocution ont-ils induit en erreur une partie de son auditoire.

« discrédité » ou « attaqué » par l'Occident, Roger Garaudy est-il,
lui, entendu par les musulmans * ?

C'est le passage sur Garaudy figurant dans la version française
du discours de Cheikh Abbas qui a fourni aux journalistes présents
à la conférence de presse, en fin de matinée, l'occasion de s'interroger sur les rôles respectifs du recteur de la Mosquée de Paris et
de M. Ben Aïssa. Même ceux d'entre eux qui ne comprenaient pas
l'arabe ont dû se rendre à l'évidence que, lorsque Cheikh Abbas,
qui semblait épuisé, répondait par une phrase brève à la question
qui lui était posée, son interprète en faisait de longues tirades qui
trouvaient toujours l'occasion de mettre en cause l'Occident, la
désinformation systématique et l'hostilité de ses médias dès lors
qu'ils traitent des musulmans ou de l'islam, etc. Soucieux d'exactitude, le représentant de l'agence France-Presse demande :

- Vous-même, M. Ben Aïssa, quel est votre titre exact ?
- Moi, aucun. Je suis interprète. Je suis là comme interprète.

Son interlocuteur lui confie alors son étonnement qu'un simple
interprète fasse tant d'ajouts au texte qu'il est censé traduire
fidèlement d'une langue dans l'autre, et donne l'exemple du passage
consacré aux « attaques » contre R. Garaudy, qui figure dans la
version française du discours du recteur, mais pas dans l'original.
M. Ben Aïssa doit alors expliquer en arabe le problème à Cheikh
Abbas, qui n'arrive pas bien à comprendre de quoi il s'agit, puis
commence à dire qu'il lui semble normal que, quand quelqu'un
quitte sa religion... Mais l'interprète lui coupe la parole, et rétorque
en français aux journalistes : « Je me suis permis... je suis musulman, hein, vous savez, dans l'islam, on est toujours dedans [...]. »
Suit un moment de confusion pendant lequel les journalistes
demandent ce qu'ils peuvent attribuer à Cheikh Abbas ou non, etc.

Or, si quelqu'un n'était pas « dedans », c'était le vice-recteur,
M. Guessoum, absent de la salle où se déroulait la conférence de
presse.

Partageant sa table lors du repas qui suivit **, l'auteur de ces
lignes a constaté quels furent son déplaisir et son exaspération
lorsqu'il prit connaissance de l'incident survenu entre M. Ben Aïssa
et les journalistes : l'effort fourni par la Mosquée pour améliorer

---

* Voir ci-dessus, p. 110 *sq.*, la manière dont la conversion de M. Garaudy est interprétée
au terme d'un prône à la mosquée Stalingrad.
** Nous avons suivi de bout en bout le rassemblement et disposons de l'enregistrement
de toutes les interventions. Elles ont, par ailleurs, été retransmises intégralement et en
direct sur les ondes de Radio-Orient.

ses relations publiques – et dont le vice-recteur avait eu l'initiative – se trouvait entaché par un manquement à la déontologie qui nuisait à la crédibilité et à l'image des dirigeants de l'institution. Par-delà la question de savoir s'il était ou non licite de faire passer tel ou tel commentaire de l'interprète pour les propos véridiques du recteur, il s'agit de comprendre qui détient quel pouvoir, et dans quel but, à la Mosquée de Paris. En effet, si les autorités françaises n'ont pas manifesté d'opposition au passage de cette institution sous contrôle algérien en septembre 1982, on est fondé à supposer que, en retour de leur « neutralité bienveillante », elles attendaient qu'Alger exerçât un contrôle sur l'orientation religieuse de ses ressortissants en France et veillât à ce que le zèle de la foi ne portât pas trop d'entre eux vers l'activisme « intégriste » ou « khomeyniste », dont le chef du gouvernement et plusieurs ministres s'inquiètent dans la presse en janvier 1983 *.

Or, à la tête de la Mosquée, un « flottement » se manifeste publiquement lors du rassemblement de Lyon qui représente pourtant, pour Alger, une étape importante de sa politique islamique en France. Situation indécise – dont M. Guessoum ne semble pas avoir été le principal bénéficiaire, puisqu'il a été rappelé à Alger onze mois plus tard en des circonstances qui n'ont pas été élucidées. Situation difficile à analyser, mais qui présente quelques éléments de ressemblance avec celle de la Grande Mosquée de Marseille, avec laquelle on peut établir une comparaison.

La présence maghrébine dans la cité phocéenne est majoritairement algérienne **, grâce au nombre élevé de ressortissants de ce pays qui y résident, mais aussi parce que Marseille est un important « marché » d'approvisionnement des Algériens en biens de consommation ***. Les structures d'encadrement de cette population que sont les sections locales de l'Amicale et les services consulaires y sont anciennement implantées et efficaces. Dès le milieu des années soixante-dix, elles manifestent leur intérêt pour les activités islamiques : c'est des Bouches-du-Rhône que montent vers Paris la plupart des télégrammes et motions qui attaquent Si Hamza Boubakeur, en 1974, lorsque Alger déclenche – en vain – son offensive majeure contre lui.

En 1979, est ouverte dans le quartier de la porte d'Aix, à

---

* Voir ci-dessus, p. 253-254.
** Le département des Bouches-du-Rhône compte, selon le recensement de 1982, 63 900 Algériens, 11 540 Marocains, 15 640 Tunisiens et 1 360 Turcs.
*** Cette situation a été modifiée par les mesures de restriction à la circulation des personnes entre les deux pays en 1986, du côté algérien d'abord et du côté français ensuite. Voir ci-dessus, p. 320, et ci-dessous, p. 398, n. 12.

quelques pas de Belsunce où est concentré le commerce maghrébin *, la Grande Mosquée de Marseille – familièrement appelée
la « mosquée du Bon Pasteur », du nom de l'une des rues où elle
a ses entrées. Édifiée par un riche commerçant algérien qui a
ouvert à côté une librairie islamique, elle est gérée par l'association
islamique El Rahmaniyya et symbolise la « force tranquille ** »
de l'islam en France, une tranquillité sur laquelle veillent amicale
et consulat. Islam si tranquille que le prône du vendredi y semble
particulièrement insipide aux étudiants islamistes regroupés dans
diverses associations marseillaises et aixoises, qui substituent en
1983 l'un des leurs, « convaincant et très calé dans le domaine
islamique [30] », au prédicateur habituel.

Cette opération, qualifiée par le professeur Bruno Étienne de
« tentative d'OPA des islamistes sur la Grande Mosquée », a fini
par échouer après avoir duré plusieurs mois, et cela au prix de
« quelques bagarres [31] ». Si, côté islamiste, on « estime que c'est en
raison des pressions conjuguées des consulats et de la préfecture [32] »
que les orateurs de cette mouvance ont été « interdits de prêche »,
le responsable de l'association gestionnaire de la Grande Mosquée
précise, quant à lui :

> Nous avons appliqué le règlement intérieur qui exige que tout
> intervenant se fasse connaître auprès des responsables. De toute
> façon, nous avons réglé cela entre musulmans, et non à coups de
> pistolet, comme le milieu, ou devant les tribunaux [33].

Or, s'il a fallu employer la force pour contrer l'opération lancée
par les militants islamistes, c'est que ces derniers avaient obtenu
un réel succès auprès des fidèles par la qualité même de leur prône,
leur éloquence en arabe, leur capacité à traiter les problèmes des
croyants en des termes plus vivants et vigoureux que ne le faisait
le « prêchi-prêcha » de l'imam qu'ils avaient supplanté. L'un d'eux
caractérise le mode de leur prédication en des termes qui évoquent
ceux des dirigeants du GIF *** :

---

* Fréquenté surtout par les « touristes » algériens qui viennent y faire leurs emplettes,
Belsunce jouit d'une assez mauvaise réputation dans les familles algériennes qui résident
dans les grandes cités HLM des périphéries nord et ouest. Le quartier longe la Canebière,
la grande artère du Vieux Marseille, figure de la ville ; les groupes d'extrême droite, et
notamment le Front national, ont fait du slogan « rendre la Canebière aux Marseillais »
l'un des axes de la mobilisation de leur électorat.
** Cette expression (empruntée au thème de la campagne électorale de M. Mitterrand
en 1981) a été employée pour caractériser les musulmans en France par le mensuel *Sans
Frontière*, en mars 1984.
*** Voir ci-dessus, p. 266.

Les musulmans sont analphabètes, même dans le dialectal ; nous essayons de les éduquer. L'islam, ce n'est pas que des prières, ou des phrases qu'on répète comme des perroquets, c'est aussi l'éducation, la compréhension du monde – et c'est cela qu'on appelle des prêches politiques [34] !

Pour l'association gestionnaire, il n'était guère envisageable, après l'éjection de militants islamistes « incontrôlés », de revenir au *statu quo ante*. Les fidèles, ayant pris goût aux prônes du vendredi prononcés par les étudiants, l'eussent sans doute mal compris, et peut-être même auraient-ils choisi de faire leurs dévotions dans d'autres mosquées.

C'est ainsi qu'un jeune prédicateur de talent fit son apparition, en 1984, à la Grande Mosquée de Marseille. Son art de la parénèse ne devait pas être trop différent de celui des militants islamistes précédemment interdits de prêche « en raison des pressions conjuguées des consulats et de la préfecture », puisque cet imam * serait recherché en Algérie comme idéologue du Mouvement islamiste algérien dirigé par Moustapha Bouyali **.

A moins de supposer que la vigilance des « consulats » a soudainement décru – hypothèse assez improbable –, il semble qu'un phénomène comparable se soit produit lors des péripéties du rassemblement islamique de Lyon et dans le lieu très sensible qu'est la Grande Mosquée de Marseille : des intellectuels islamistes algériens parviennent à exercer, dans les mosquées de l'Hexagone où Alger est influent, leur critique sociale à l'encontre de l'« Occident », mais s'abstiennent de mettre en cause le régime d'outre-Méditerranée. Il est difficile d'interpréter avec précision cet état des choses. On remarque toutefois un certain décalage entre la

---

* Selon les procès-verbaux de la chambre d'accusation de la Cour de sûreté de l'État d'Alger, publiés en France par le mensuel d'opposition algérien *El Badil* [35].
** Moustapha Bouyali, né à Draria le 27 décembre 1940, a combattu puis milité au sein du FLN jusqu'en 1977, année où il aurait été candidat malheureux à la députation. En 1979, il commence à structurer un groupe islamiste dont les militants prêchent contre le régime dans diverses mosquées des quartiers pauvres d'Alger. Passé à la clandestinité en avril 1982, son groupe semble jouir d'un soutien populaire qui lui permettra de résister aux forces de police lancées à ses trousses. Créant en juillet 1982 le Mouvement islamiste algérien, il attaque le 26 août 1985 l'école de police de Soumaâ et s'empare d'une importante quantité d'armes. Il devient un « Robin des Bois islamique ». Le 3 janvier 1987, lors d'un accrochage avec les forces de l'ordre, il trouve la mort en compagnie de trois de ses compagnons. Il semble que ce décès et les conditions dans lesquelles il est survenu aient suscité une certaine émotion en Algérie, même s'il n'ait été évoqué le vendredi suivant dans de nombreuses mosquées du pays. Le 15 juin 1987, la Cour de sûreté de l'État commence à juger les deux cent deux inculpés membres de la « bande à Bouyali », lors du « plus grand procès – par le nombre des accusés – que l'Algérie ait jamais connu, durant l'occupation coloniale, pendant la guerre ou depuis l'indépendance [36] ».

répression très sévère dont sont l'objet dans leur pays les militants islamistes soupçonnés d'avoir milité ou sympathisé avec Moustapha Bouyali et l'aisance avec laquelle des porte-parole appartenant à la même mouvance s'expriment en France dans des instances religieuses pourtant très surveillées. Il est fort difficile aux États du monde musulman aujourd'hui, il est vrai, d'exercer un strict contrôle sur les mouvements islamistes qui les mettent en cause, et de faire le départ entre ceux des militants ou des idéologues qu'ils estiment « irrécupérables » et ceux qui peuvent « s'amender » et rallier le régime tout en gardant l'oreille de la jeunesse par des prêches dirigés contre l'Occident. Mais, à ce jeu subtil auquel s'adonnent les pouvoirs établis et les détenteurs du charisme religieux, il est fort rare que paraisse rapidement un vainqueur, et tel est parfois pris qui croyait prendre.

Une force morale

Après le succès du rassemblement islamique du 14 décembre 1985 à Lyon, la Mosquée de Paris, désormais solidement implantée dans le milieu des associations d'anciens harkis, apparaît sur de nouveaux terrains qui vont lui permettre d'améliorer son image de marque et d'étendre son influence auprès de populations ou d'institutions avec lesquelles elle n'avait jusqu'alors que peu de contacts. Trois champs d'action sont privilégiés : les enfants de couples franco-algériens retenus en Algérie, les projets de réforme de la loi relative au séjour des étrangers en France, et enfin l'établissement de relations avec des élus locaux qui commencent à prendre conscience d'un « vote musulman » ou à l'anticiper.

Le problème de la garde des enfants de couples dont la mère est française et le père algérien et qui sont divorcés ou séparés a suscité de l'émotion en France au milieu des années quatre-vingt. A travers un certain nombre de situations humaines dramatiques, un problème de compatibilité entre les lois françaises et la loi islamique est mis en exergue. En effet, tel qu'il s'inspire du Coran, de la *sunna* du Prophète et de la jurisprudence, le code de statut personnel en vigueur dans la quasi-totalité des pays musulmans aujourd'hui stipule tout d'abord que, si une femme chrétienne ou juive peut épouser un musulman sans être tenue de se convertir à l'islam *, les enfants, eux, sont obligatoirement musulmans, par le fait qu'ils appartiennent à la lignée paternelle. Ainsi, en cas de séparation d'un couple dont le mari est algérien et la femme française, les enfants sont *ipso facto* repris par la famille de leur père. En revanche, les juges français, en cas de séparation ou de divorce, confient d'ordinaire la garde des enfants à la mère, quelle que soit la nationalité des parents. Or, il est arrivé que les enfants de couples franco-algériens désunis, résidant en France, dont la garde était confiée à la mère par jugement des tribunaux français, soient emmenés définitivement par leur père en Algérie, ou ne reviennent pas à l'issue des vacances légalement passées avec lui dans ce pays. Leur mère ne parvient pas, dans ce cas, à revoir ses enfants, car le jugement français est sans aucune valeur outre-Méditerranée. Rien n'est donc opposable à la volonté du père qui interdit à ses enfants de quitter le territoire algérien **.

Les mères ainsi privées de leurs enfants se sont regroupées et ont attiré l'attention de l'opinion publique par des actions spectaculaires, dont une grève de la faim dans les locaux de l'ambassade de France à Alger. Difficilement tolérée dans un premier temps par les autorités algériennes, fort embarrassante pour les autorités françaises, cette situation dramatique a fourni à la Mosquée de Paris l'occasion d'une intervention humanitaire. Au terme d'une « négociation » entre la Mosquée et les autorités d'Alger, assortie d'une promesse française que les enfants retenus en Algérie contre le gré de leur mère seraient renvoyés dans ce pays à l'issue de quelques jours passés en France, quelques enfants sont venus passer la seule semaine de Noël 1985 dans l'Hexagone, non sans avoir auparavant été conviés, en compagnie des chaînes de télévision françaises, à un goûter à la Mosquée présidé par Cheikh Abbas et M. Guessoum. Ainsi, la Mosquée et son recteur sont apparus comme une force morale, contribuant à résoudre des problèmes humains dramatiques.

En juin 1986, une nouvelle opération à caractère humanitaire est accomplie par la Mosquée de Paris en direction de la « deuxième génération » des jeunes Algériens résidant en France, à l'occasion des projets de réforme du séjour des étrangers préparés par le

* Inversement, un non-musulman qui souhaite épouser une musulmane doit se convertir à l'islam, afin que les enfants soient musulmans. Mais, même si cette condition est accomplie, une telle situation est généralement mal vécue par la famille de l'épouse, qui considère souvent celle-ci comme perdue ou réprouvée. Ce type d'unions se produit plus aisément dans les milieux laïcisés que dans ceux où la conscience religieuse est vive.
** Les autorités de ce pays ont permis, en 1987, aux enfants retenus en Algérie de passer des vacances avec leur mère.

gouvernement issu des élections législatives du 16 mars 1986. Pour la Mosquée, il s'agit d'une entreprise inédite : se rapprocher de la jeune génération, jusqu'alors peu sensible à l'islam et à ses diverses manifestations, et prendre position dans un débat qui divise la classe politique française.

Le 11 juin 1986, le conseil des ministres adopte le projet de loi relatif aux « conditions d'entrée et de séjour en France des étrangers », préparé par le ministre de l'Intérieur, M. Pasqua. Ce projet est combattu par le parti socialiste et n'a pas la faveur du président de la République, M. Mitterrand. Il fait également l'objet de critiques très vives de la part des associations de soutien aux immigrés, des différents groupes issus de la « deuxième génération » maghrébine et de la mouvance des beurs. C'est à l'un d'eux, les Jeunes Arabes de Lyon et banlieue (JALB) *, qu'il revient de prendre l'initiative spectaculaire d'une grève de la faim contre le projet.

Les dispositions qui leur en paraissent critiquables sont les restrictions à la délivrance ou au renouvellement de la carte de résident de dix ans, ainsi que les nouvelles modalités du refus d'entrée sur le territoire, de l'expulsion et de la reconduite à la frontière. Selon le projet de loi, la carte de résident peut être refusée à l'étranger qui constitue une menace pour l'ordre public – menace définie par toute condamnation définitive pour crime ou délit à une ou des peines d'emprisonnement au moins égales à trois mois. Les opposants au projet font remarquer que la « barre » est placée particulièrement bas, et qu'un jeune Maghrébin qui a « emprunté » une Mobylette et qu'un contrôle de police a intercepté est d'ordinaire condamné par le tribunal des flagrants délits à une peine plus lourde. Est-il sensé de considérer qu'il menace l'ordre public ?

Les JALB mènent contre le projet une campagne qui sait sensibiliser l'opinion et alerter les médias : deux des leurs effectuent une « grève de la faim illimitée », et ils désignent un groupe de cinq « médiateurs » chargés de prendre contact avec le Premier ministre. Parmi ceux-ci, Mgr Decourtray, archevêque de Lyon et primat des Gaules, et Cheikh Abbas.

Pour les JALB, l'appel à Cheikh Abbas ne signifie en rien une quelconque allégeance à la Mosquée de Paris ou une velléité de réislamisation. Leur porte-parole, Fawzi, nous le dira le jour même de la conférence de presse que tiennent à Lyon les deux dignitaires

---

* Voir ci-dessus, introduction, p. 14.

religieux : « Si tu t'intéresses à l'islam, tu t'es trompé d'adresse [37] », conseillant d'aller rencontrer les « jeunes musulmans » de Givors [*]. Pour eux, l'appel à Cheikh Abbas est fait « à titre humanitaire », et parce que ce dernier représente la « deuxième religion de France », de laquelle ils sont issus, même s'ils ne s'en réclament pas.

Mais, en même temps, ces militants, dont le raisonnement politique est d'une qualité et d'un réalisme impressionnants, sont parfaitement avertis qu'en offrant à un représentant d'Alger – fût-il revêtu de l'habit religieux – l'opportunité d'intervenir dans un débat qui divise la classe politique française ils embarrassent le pouvoir et promeuvent ainsi leur cause. La Mosquée de Paris a saisi l'occasion et a fait distribuer, à l'issue de la conférence de presse du 23 juin 1986, un « message de sympathie et de solidarité » de Cheikh Abbas « aux jeunes grévistes de la faim à Lyon ». On peut y lire notamment :

> [...] Établis souvent depuis plusieurs décennies en France – devenue en quelque sorte leur patrie d'adoption – c'est avec une réelle angoisse qu'une partie des immigrés envisagent leur retour forcé et précipité dans leur pays d'origine dans lequel les conditions d'accueil et de réinsertion n'auront pas été préparées convenablement.
> Les autres immigrés appelés à rester en France sont gagnés eux aussi par l'angoisse de n'avoir plus bientôt la faculté d'exercer un des droits élémentaires reconnus à tout homme, à savoir : le droit à communiquer et à recevoir des visites de proches parents qui, dit-on, seront bientôt refoulés aux frontières [...].
> En ce qui concerne la France, son image dans le monde en prendra un grand coup.
> Terre d'hospitalité, terre des droits de l'homme, berceau de l'humanisme, héritière des idéaux de justice et de dignité, qui pourra défendre la France à l'extérieur, sans serrement du cœur, après l'adoption des dispositions, si peu françaises, et aussi xénophobes, qu'on nous promet ?
> Les intérêts économiques, politiques et culturels de la France avec le monde arabo-islamique en seront considérablement affectés. Leur coopération future sera compromise [...].

[*] Voir ci-dessous, p. 367. Les rapports conflictuels entre les JALB et les groupes islamistes locaux ont été exacerbés lors d'un meeting sur l'auto-organisation des jeunes immigrés, organisé le 26 octobre 1985 à Lyon. Ahmed Boubeker décrit à cette occasion d'une plume acérée les « enfants prodigues du Prophète : Libanais barbus en exil, combattants – sur le champ de bataille théorique – pour l'autodétermination du peuple palestinien, jeunes filles en tchador [...]. Ce sont des étudiants pour la plupart. Le plus souvent ils ont découvert leur identité arabo-musulmane dans les facultés [...] » ; selon l'auteur, les responsables des JALB leur répondent : « Stop délire ! » [38].

On notera ici une intéressante affirmation de la position d'Alger à l'égard du devenir des immigrés. Émise par un organe religieux, elle peut être exprimée avec moins de précautions qu'elle ne le serait par une institution expressément étatique. La périphrase : « Les conditions d'accueil et de réinsertion n'auront pas été préparées convenablement » est lourde de sens. Dans un contexte économico-politique où le retour des immigrés au pays est fort problématique, elle entérine leur sédentarisation en France.

Quant aux conséquences évoquées par la Mosquée si le projet de loi est adopté (ce qui a été le cas depuis lors, avec diverses modifications), leur énumération a de quoi surprendre. La France, souvent dévalorisée dans les médias d'Alger, est ici parée des plus hautes vertus : hospitalité, droits de l'homme, humanisme, etc. Mais elles ne sont convoquées que pour disparaître aussitôt : la France, juge Cheikh Abbas, prépare une loi aux dispositions « peu françaises » et « xénophobes ». Pour ces raisons, elle va subir un châtiment : « son image dans le monde en prendra un grand coup », ses intérêts seront compromis. On touche ici à l'ambiguïté fondamentale du statut de Cheikh Abbas : s'exprime-t-il en tant que représentant – contesté – de citoyens français de confession musulmane, voire des musulmans résidant en France, ou comme fonctionnaire d'un État étranger qui intervient dans un débat politique français en évoquant les mesures de rétorsion qui pourraient être prises par son État (et d'autres) si l'option qui a sa faveur n'est pas retenue ?

Rien n'a permis, en 1986, de lever cette ambiguïté. Après avoir manifesté sa sollicitude aux enfants de couples mixtes désunis et aux jeunes immigrés de la deuxième génération, le recteur de la Mosquée de Paris retrouve, le 28 décembre, le chemin des Français-musulmans en présidant à Roubaix une conférence. Rassemblant plus d'un millier de participants sur le thème « Éducation et foi dans la pensée islamique », celle-ci s'inscrit dans la continuité du rassemblement de Lyon l'année précédente, mais elle se place à un niveau local et non plus national. Plus que le propos de Cheikh Abbas, sans grande nouveauté et rendu en français par le même truchement, c'est la qualité des intervenants qui mérite l'attention.

Le premier orateur est M. Benziani – « président d'honneur de la communauté musulmane de Roubaix », note *la Voix du Nord* [39], qui « prit la parole en arabe pour dire le sens de cette réunion voulue par son association religieuse ». On mesure le succès de la politique de réconciliation avec les harkis menée par la Mosquée de Paris quand on sait que c'est cette même personne, notable français-musulman et dirigeant de l'association cultuelle locale, qui, en mai 1980, avait occupé une maison pour en faire une mosquée. La municipalité socialiste de l'époque avait exercé son droit de préemption * au détriment de l'association en question. L'affaire avait éclaté tandis qu'était inaugurée par le consul d'Algérie et un imam dépêché d'Alger, dans la ville voisine de Lille, une mosquée située dans une ancienne église donnée par l'évêché – et où les ex-harkis rassemblés autour de M. Benziani ne souhaitaient point faire leurs dévotions. En 1986, cette *fitna*, cette sédition dans les rangs des musulmans, semble bien loin, et les Français-musulmans roubaisiens se rangent sous la houlette de Cheikh Abbas.

Autre modification d'importance par rapport à la situation de 1980 : la municipalité de l'époque tenait en suspicion l'association cultuelle de M. Benziani, « conseillée » par un militant d'extrême droite, et que la rumeur municipale accusait d'être financée par l'Arabie Saoudite. En 1986, la municipalité a changé : Roubaix est en effet l'un des bastions des socialistes « tombés » à droite en 1985, et le nouveau sénateur-maire, M. André Diligent (CDS), est dans les meilleurs termes avec ces électeurs qu'un lourd contentieux séparait de ses prédécesseurs socialistes.

Et, de la sorte, le second orateur de la conférence islamique n'est autre que M. Diligent lui-même, qui se présente comme « le maire de tous les Roubaisiens sans exception », et note que « ceux qui vivent pleinement leur religion sont un facteur de paix et de plus grande fraternité dans la cité » [40]. Après que les représentants des confessions protestante, catholique et israélite locales ont formé des vœux pour que la bonne entente de tous les croyants débouche sur un message de paix et d'espoir, il revient à Cheikh Abbas d'ouvrir son allocution en saluant en M. Diligent « un homme de grande culture, mais aussi un homme de Dieu parlant de son rôle de maire en termes de sacerdoce », après l'avoir remercié « de sa visite à l'Institut musulman pour la préparation en commun de cette conférence » [41].

A notre connaissance, c'est la première fois qu'un maire obtient de la sorte l'onction du recteur de la Mosquée de Paris. On mesure la très grande distance qui sépare cette situation de celles qui ont été décrites précédemment, à Roubaix même en 1980, à Rennes, Nancy, Sevran, ou Romans. La différence fondamentale tient, selon nous, à l'organisation de ceux des musulmans qui, citoyens

---

* Voir ci-dessus, p. 118 et p. 295 *sq.*

français, ont pris conscience de leur force électorale : ils ont offert au recteur de la Mosquée l'occasion de congratuler l'élu qui, au contraire de ses adversaires politiques socialistes, a su montrer qu'il était « un homme de Dieu ».

La force morale du recteur pourrait, à terme, si elle se trouve ainsi reconnue par d'autres élus à travers la France, susciter d'importants changements dans l'attitude des conseils municipaux lorsque est projetée l'édification d'une mosquée sur le territoire communal. A l'ère du soupçon dont nous avons donné ci-dessus maints exemples, se substituerait alors le temps de la négociation.

Le rôle joué par la Grande Mosquée de Paris depuis que Cheikh Abbas en est le recteur s'est profondément modifié par rapport à l'époque de Si Hamza. Si les autorités algériennes pèsent désormais de façon prépondérante sur le devenir de cette institution, celle-ci constitue pourtant, parce qu'elle s'inscrit dans le champ religieux, une structure au sein de laquelle se combinent ou s'opposent des options que l'on ne saurait tout uniment réduire à une série·de consignes gouvernementales. Religieux et politique ne sont en effet pas strictement superposables, et l'invocation de l'au-delà, de l'univers transcendantal, ainsi que, dans le cas qui nous occupe, de catégories coraniques, permet à ceux qui savent s'y consacrer d'acquérir une certaine autonomie par rapport aux injonctions des pouvoirs établis. Tant le déroulement du rassemblement de Lyon que les événements advenus à la Mosquée de Marseille indiquent que des tensions et des rapports de force extrêmement complexes peuvent brouiller l'image parfois trop univoque que l'on se fait de la politique de la Mosquée de Paris.

Rien ne permet d'établir non plus que cette politique fait l'objet d'un consensus unanime à Alger même. L'importance prise depuis cinq ans par la Grande Mosquée relativise en effet d'autres instances comme l'Amicale des Algériens en Europe par exemple, dont les responsables s'emploient pourtant à rénover l'image en menant une action culturelle ambitieuse. Des succès ou des difficultés de Cheikh Abbas et de son équipe à exercer un leadership effectif sur une « communauté islamique de France » future, à acquérir ou non une force morale réelle dans la société française, dépendent sans doute largement les arbitrages qu'effectuera le gouvernement d'Alger entre les divers organismes et institutions qui ont la charge de la politique qu'il mène en France.

CHAPITRE 8

Vers l'islam français ?

Au milieu des années quatre-vingt, une nouvelle phase du processus d'affirmation de l'islam dans l'Hexagone voit le jour. Les musulmans de nationalité française, les « musulmans de France », apparaissent sur le devant de la scène. Cependant, ils ne constituent pas un ensemble homogène, et ne manifestent pas tous de la même manière leur appartenance à cette confession dans le cadre français.

En dehors des harkis et de leurs descendants, dont beaucoup d'associations se rangent sous la houlette de Cheikh Abbas, les musulmans français comptent deux grandes catégories de personnes. Les premiers sont les Français dits « de souche », convertis ou enfants de convertis à l'islam. Leur nombre est inconnu et oscille, selon la partialité de l'informateur, entre trente mille et trois cent mille individus. Les seconds sont les jeunes nés en France de parents algériens – et que la loi considère comme des nationaux *. Beaucoup de caractéristiques séparent ces deux groupes. Les convertis peuvent, pour la plupart, être tenus pour des musulmans pratiquants **, dans la mesure où leur « entrée en islam » repose sur une décision individuelle libre. Les jeunes, en revanche, étaient dans leur immense majorité fort éloignés de l'islam et ne se définissaient guère comme musulmans de façon spontanée, jusqu'à ce que les premiers signes d'un mouvement de réislamisation se manifestent dans les banlieues parisienne et surtout lyonnaise à partir de 1985.

Les convertis et, de façon encore restreinte, les « jeunes Maghrébins de France » qui retrouvent l'islam contribuent à transformer les manifestations sociales et politiques de cette religion, portée jusqu'alors par des étrangers résidents. Face aux harkis et à la Mosquée de Paris, un groupe de convertis jette en 1985 les bases

---

* Voir ci-dessus, p. 329-330n.
** On ne prendra pas en compte les « convertis » qui prononcent la confession de foi pour épouser une musulmane sans pour autant se considérer comme musulmans eux-mêmes.

d'un rassemblement islamique concurrent, la Fédération nationale des musulmans de France. Dans le même temps, quoique à un niveau politiquement informel, la réislamisation de certains jeunes Maghrébins, nés et éduqués dans l'Hexagone, accélère les mutations et le déclin du mouvement beur, tout en frayant la voie à des formes de religiosité en lesquelles leurs aînés ne se reconnaissent pas toujours.

Les nouveaux convertis

L'histoire des convertis français est aussi ancienne que la « fascination * » de certains Occidentaux pour l'islam. Au long du XIXᵉ et du XXᵉ siècle, les Français qui se font musulmans – si l'on excepte les « Turcs de profession ** » – semblent être principalement des intellectuels qui entrent en islam par la voie du mysticisme. Organisés en confréries d'une grande élévation spirituelle, ils sont peu nombreux et ne paraissent pas considérer que le prosélytisme soit la meilleure des contributions qu'ils puissent apporter à la communauté. Travaux d'érudition, éditions et traductions des grands textes de la mystique musulmane sont l'une des activités les plus remarquables de ces hommes de foi et de culture qui ne souhaitent pas outre mesure attirer l'attention sur eux.

La situation change après la « révolution culturelle » de mai 1968. Le « renversement de toutes les valeurs » qui affecte alors d'importantes fractions de la jeunesse ne trouve que partiellement son exutoire dans le militantisme gauchiste, en reflux dès le milieu des années soixante-dix. Toutes sortes d'idéologies spiritualistes d'origine extra-occidentale s'offrent à guérir le mal de vivre de la jeunesse des pays industrialisés, que l'échec politique des soixante-huitards détourne de l'affrontement avec un capitalisme plus résistant et inventif que ne l'avaient imaginé ses jeunes adversaires. Certains de ceux qui prennent la route des Indes s'arrêtent en chemin, en Turquie ou en Syrie, et fréquentent des cheikhs dont ils deviennent les disciples avant de revenir en France propager

---

* Selon la formule de Maxime Rodinson [1].
** Cette expression désignait les marchands français établis dans les pays musulmans et ayant embrassé l'islam pour les besoins de leur négoce.

leur nouvelle foi *. Ce néo-mysticisme islamique, qui se préoccupe autant de gnose et plus de prosélytisme que les convertis de la première génération, n'est pas, toutefois, la principale filière de conversion de jeunes Français post-soixante-huitards. En l'absence d'études exhaustives du phénomène, et autant que l'on puisse en juger par trois années de fréquentation du monde de l'islam en France, il semble que l'association Foi et Pratique et les autres groupes qui sont dans l'obédience de la *jama'at al tabligh* aient joué un rôle moteur dans ce milieu fragile, comme dans celui de la réislamisation des immigrés musulmans **.

M. Daniel-Youssof Leclercq, la trentaine, principal animateur de la Fédération nationale des musulmans de France, est venu à l'islam par le *tabligh*. Originaire d'une famille modeste de Dunkerque, il quitte tôt l'école et vit de petits boulots. Pour lui, la première période de sa vie est faite d'échecs répétés et d'instabilité ; il décide de se mettre en quête de Dieu. Son premier contact avec l'islam s'effectue par l'intermédiaire d'un ressortissant algérien qui lui enseigne les rudiments de la doctrine, lui fait mener une existence de rigueur physique et morale et le décide à se convertir. Cette première expérience restera insatisfaisante, jusqu'à ce qu'il rencontre des adeptes de la *jama'at al tabligh*. Ceux-ci traversent chaque année sa région, à l'occasion du pèlerinage effectué à pied à partir de l'Islamic College de Dewsbury ***, au Royaume-Uni, jusqu'à La Mecque. Au cours de ce gigantesque périple, les pèlerins parcourent la Belgique [2], la France et d'autres pays d'Europe occidentale, de salle de prière en mosquée : par leur courage et leur détermination, ils forcent l'admiration de musulmans de la base, qu'ils réislamisent selon les procédés que nous avons décrits précédemment ****. Abandonnant ses occupations mondaines – qui ne lui procurent pas grande satisfaction –, Daniel-Youssof Leclercq participe aux « petites sorties », puis aux « grandes sorties » du mouvement. Il y acquiert une foi extrêmement solide et une pratique rigoureuse de la prière : même lorsqu'il aura pris ses distances avec le mouvement piétiste, il accomplira les obligations cultuelles avec l'intransigeance qu'enseigne le *tabligh*.

Car celui-ci ne comble pas complètement ses espérances : il ne se satisfait pas uniquement de l'acquisition d'un strict *habitus* islamique, mais il aspire à plus de profondeur intellectuelle dans

* Les jeunes animateurs de la librairie islamique lyonnaise Alif sont un exemple de ce type d'entrée en islam.
** Voir ci-dessus, chap. 4.
*** Sur ce centre européen de la *jama'at al tabligh*, voir ci-dessus, p. 190.
**** Voir ci-dessus, chap. 4.

sa vie religieuse. La rencontre du professeur Muhammad Hamidullah, savant musulman d'origine pakistanaise *, y pourvoit : il devient le disciple de prédilection de ce maître âgé, et l'assiste dans ses travaux. Parallèlement, il décide de reprendre la scolarité qu'il avait interrompue et passe un examen pour entrer à l'Université. Autant il goûtait peu l'étude avant sa conversion, autant il s'y adonne avec succès, porté par le désir de s'accomplir au mieux de lui-même pour servir sa communauté. Il trouve un emploi dans une grande entreprise d'informatique où son esprit systématique et son sérieux lui font rapidement gravir les échelons de la hiérarchie.

Parmi les convertis, chacun s'efforce de mettre les talents et les connaissances dont il s'estime gratifié par Dieu au service de l'islam : certains ouvrent des librairies ou rédigent des *fatwa*, d'autres veulent construire en France un système bancaire islamique ** mais Daniel-Youssof Leclercq ne se sent vocation ni d'intellectuel ni de banquier. Ce sont ses dons d'organisateur, reconnus et appréciés dans son entreprise, qu'il va utiliser dans la communauté, en créant d'abord une association fédérative qui s'efforce de réglementer et moraliser le marché de la viande *halal*, puis en jetant les bases de la Fédération nationale des musulmans de France.

Viande *halal* et divisions de la communauté

Le marché de la viande *halal* en France est, de notoriété publique, dominé par des commerçants peu scrupuleux : « La prescription islamique est largement transgressée, la réglementation tout court également », note un observateur [3]. Et, en 1981, Si

---

* Voir ci-dessus, p. 96.
** En mars 1986 circule dans les milieux islamiques un « projet de création en France d'une banque islamique », signé par quatre convertis. On peut y lire : « Dès notre entrée en islam, nous avons cherché à conduire nos activités quotidiennes d'hommes d'affaires et d'entrepreneurs dans le respect des exigences de notre foi. Nous avons rapidement constaté qu'en l'absence d'institutions financières islamiques en France, la prohibition coranique de l'intérêt allait limiter l'expansion de nos affaires, sauf à nous enfermer dans des compromis inacceptables. C'est ainsi que nous avons conçu le projet de créer une banque islamique dans ce pays. »
Le projet prévoit notamment deux possibilités pour réunir le « capital de fondation [...] – le collecter auprès de puissantes communautés musulmanes étrangères désireuses de nous aider à promouvoir les valeurs islamiques », et « solliciter l'ensemble de la communauté musulmane de France ». Il examine également quels seront les « appuis politiques » nécessaires pour la « création de la future banque ».

Hamza Boubakeur, alors recteur de la Mosquée de Paris, estime que « 80 % [des bouchers " *halal* "] sont des affairistes sans foi ni loi qui ne se soucient pas de savoir si l'animal a été abattu rituellement [4] ».

La tromperie porte, d'habitude, sur les deux attributs de la « viande *halal* égorgée 1er choix » livrée à la vente. Celle-ci est souvent un produit bas de gamme peu onéreux chez le grossiste, mais vendu au prix de la viande « 1er choix » ; par ailleurs, l'abattage n'a pas été effectué rituellement. Mais il est difficile, par-delà l'honnêteté ou la malhonnêteté des détaillants, de s'accorder sur la définition précise de l'égorgement rituel. Comment concilier les prescriptions des textes sacrés avec l'automatisation des abattoirs, et qui a qualité pour apposer le tampon « *halal* » sur les carcasses ?

Coran et hadith précisent que l'animal sur qui le sacrificateur prononce une formule pieuse doit être égorgé avec un couteau et vidé de son sang : la viande pourra alors, de façon licite, être déclarée *halal**. Appliquées à la lettre, ces stipulations rendent difficile l'abattage automatique et impliquent que chaque animal de boucherie soit égorgé à la main par un sacrificateur musulman habilité. En ce qui concerne la volaille, les différences de coût seraient considérables. Diverses solutions ont été mises en œuvre, dans la tradition des *hiyal* **, par des abattoirs soucieux d'exporter des poulets congelés vers les marchés du Moyen-Orient. L'une d'elles consiste à engourdir la volaille qui est sur la chaîne d'abattage avec une légère décharge électrique, afin que sa tête tombe naturellement sur le tapis roulant où un couteau rotatif lui tranchera la gorge, pendant qu'un magnétophone diffuse la formule rituelle.

Lorsque les abattoirs concernés sont mis en cause par telle instance islamique, ils produisent le certificat d'un « savant musulman » qui a déclaré licite la viande égorgée par eux (en contrepartie d'un pourcentage sur les ventes). Mais ces certificats font l'objet de contestations.

A l'époque où il était recteur de la Mosquée de Paris, Si Hamza Boubakeur, qui tenta de réglementer ce marché, aurait été « abusé »,

---

* Le verset coranique le plus explicite en ce domaine précise : « Mangez donc de ce que Dieu vous a attribué de licite, d'excellent [...]. Rien d'autre en vérité : il vous a interdit la charogne et le sang et la chair de porc et la bête sur quoi autre que Dieu a été invoqué ; – mais quiconque est contraint, sans qu'il soit rebelle ni transgresseur, alors Dieu est pardonneur, miséricordieux vraiment [5] ! »
** Les *hiyal* – ou « ruses » – désignent les nombreuses « astuces juridiques » qui ont permis de tourner les prohibitions coraniques – en particulier celle du prêt à intérêt [6].

selon l'interprétation d'un journaliste de la revue *50 Millions de consommateurs* :

> L'an dernier [1980], il a donné sa caution à une société libanaise, qui a autorisé les Abattoirs Halal (entreprise dirigée par des... non-musulmans) à contrôler la viande « licite ». Des contrats ont été signés, le recteur Boubakeur s'engageant personnellement (par une intervention à la télévision notamment) en invitant les musulmans à acheter « halal ». Des plaques vertes ont été affichées çà et là, citant la recommandation du recteur. Mais la supercherie a vite été découverte : la société vendait le tampon à des fournisseurs de Rungis pour la somme de 4 000 F. La viande était estampillée, mais les cartes étaient truquées [7] *.

Après septembre 1982, date où Si Hamza quitte la Grande Mosquée, il y a eu deux autres tentatives pour réglementer le marché de la viande *halal*. Celle de Mohammed Belmekki, ancien sous-officier de l'armée française qui s'autoproclame président d'un « consistoire islamique de France » en avril-mai 1984 [8], ne connaît aucun succès, tant la représentativité du personnage est faible, sa qualification religieuse incertaine et son objectif réel tenu en suspicion. Celle de Daniel-Youssof Leclercq est beaucoup plus sérieuse – et les difficultés mêmes auxquelles il se heurte hâtent la transformation d'une association à visée technique – le contrôle de la viande *halal* – en une fédération qui rassemble tous les musulmans de France. Poser le problème de la viande conduit inéluctablement à répondre à la question de l'autorité en islam.

En 1983, M. Daniel-Youssof Leclercq contacte les associations musulmanes connues de lui afin de constituer une « commission de contrôle des viandes et produits *halal* », qui serait

> seule habilitée (par les pouvoirs publics français), à l'avenir, à réprimer les abus commis dans la commercialisation des viandes *halal* et à pouvoir délivrer le label « halal » aux viandes et produits qui méritent cette qualification [...]. Ladite commission sera composée de délégués d'organisations islamiques, garants du sérieux et de la fiabilité de cet organisme de contrôle **.

---

* Ultérieurement, Si Hamza a accordé sa confiance à l'Union islamique internationale. Cheikh Abbas nous a déclaré, en 1985, qu'il se refusait à accorder quelque caution que ce soit aux boucheries islamiques.
** Lettre en date du 7 novembre 1983 (aimablement communiquée par son expéditeur). Au cours d'un entretien qu'il nous a accordé le 26 septembre 1985, M. Leclercq nous a déclaré : « Ce n'est pas une priorité, mais c'est un devoir pour chaque musulman de s'alimenter *halal* [...]. En France, les animaux ne sont pas abattus rituellement, et la tolérance qui donne au musulman la possibilité de consommer les viandes des juifs et des

Une soixantaine d'associations répondent à cette invitation. Si la Mosquée de Paris n'accuse pas réception du courrier qui lui est adressé, des groupes islamistes comme le GIF, l'AMAM, l'association Tariq ben Ziyad, l'UIF ou le centre islamique iranien de la rue Jean-Bart souhaitent être partie prenante, à côté d'associations locales, d'unions d'anciens harkis (la politique algérienne de réconciliation n'a pas encore été mise en œuvre), et de l'Association cultuelle des musulmans d'Ile-de-France, maître d'œuvre de la mosquée d'Évry, dont l'action est appréciée par les autorités de Rabat. Une réunion se tient le 19 novembre 1983 dans les locaux de la Ligue islamique mondiale, et un petit groupe est mandaté pour prendre contact avec les autorités françaises. Daniel-Youssof Leclercq le préside :

> On a consulté le bureau des cultes du ministère de l'Intérieur, la direction de la qualité du ministère de l'Agriculture, la répression des fraudes au ministère de la Consommation [...], le secrétariat d'État chargé des rapatriés, le ministère des Relations extérieures, le ministère du Commerce extérieur. Tous ces ministères ont été intéressés par ma démarche [...], au niveau des organisations interprofessionnelles de la viande, c'est la même chose [...], ils voulaient assainir ce marché qui n'était pas très correct [9].

Pour avoir un statut juridique qui leur permette de traiter avec les autorités, les associations représentées à la réunion du 19 novembre se fédèrent au sein d'une nouvelle association, Tayibat (« choses excellentes * »), dont l'objet est de réguler le marché de la viande *halal*. Le 28 février 1984, Tayibat dépose au ministère de l'Intérieur une demande d'agrément en tant qu'organisme religieux chargé d'habiliter les sacrificateurs musulmans **. Le 4 février 1985, il lui est répondu que,

chrétiens ne peut être prise en compte [...], les chrétiens n'abattent ni au nom de Dieu, ni en égorgeant les animaux et sans anesthésie préalable [*selon l'avis juridique du professeur Hamidullah, cité par notre interlocuteur*]. Par contre, pour les juifs, il y a un petit problème qui n'est pas un problème dogmatique ; c'est un problème politique – il est tout à fait possible de consommer la viande des juifs et en fait on pourrait la consommer en toute sécurité [...]. Il y a la question d'Israël et beaucoup de musulmans, surtout d'origine arabe, n'aiment pas du tout en fait faire profiter les juifs de leur argent qui, comme on sait, sert à être envoyé à l'État d'Israël, puisqu'il y a une taxe complémentaire qui va en partie à l'État d'Israël. Enfin, à mon avis, on ne peut pas engager les musulmans à ne pas consommer l'alimentation des juifs rien que sur ce critère-là. »
* Dans le Coran, l'injonction de se nourrir *halal* est régulièrement complétée par l'affirmation de l'« excellence » de cette nourriture. Ainsi « Mangez donc de ce que vous a attribué Dieu de licite *(halal)*, d'excellent *(tayyib)* » (sourate « Les abeilles », XVI, 114).
** Les animaux destinés à la consommation ne peuvent être abattus, en France, que dans des abattoirs et doivent être immobilisés puis étourdis avant mise à mort. Dérogation

après enquête, la représentativité de cette association, au sein de la communauté musulmane vivant en France, n'apparaît pas actuellement suffisante pour permettre de proposer son agrément comme organisme religieux habilité pour l'abattage rituel.

La réplique de Daniel-Youssof Leclercq, président de Tayibat, s'organise à deux niveaux.

Il rédige d'abord rapports et mises au point destinés à ses interlocuteurs administratifs et professionnels, accusant la Mosquée de Paris d'avoir fait pression sur les pouvoirs publics pour refuser l'habilitation :

> Les pouvoirs publics ont toujours entretenu des rapports privilégiés avec la Mosquée de Paris. Malheureusement, ce haut lieu de l'islam en France est aujourd'hui le fief et la vitrine de l'ambassade d'Algérie en France, laquelle s'est irrégulièrement approprié l'édifice pour s'arroger la direction de la communauté à l'insu et au détriment des musulmans de France qui rejettent son autorité. Les actuels dirigeants de la Mosquée de Paris ont refusé de s'associer avec les associations musulmanes de France dans le projet Tayibat, préférant déposer discrètement une demande d'agrément concurrente et imposer ensuite leur propre conception [...]. Sous la pression de l'Algérie, les pouvoirs publics envisagent sans doute sérieusement de délivrer l'agrément en question aux actuels détenteurs de la Mosquée de Paris. Alors, toutes les associations composant Tayibat n'auront plus qu'à se mobiliser pour faire échouer toute tentative d'exploitation mercantile du marché halal [12].

« L'exploitation mercantile » visée ici est la « taxe d'abattage » qui serait perçue par les autorités religieuses et que Tayibat, pour sa part, s'interdirait d'imposer – considérant que le surcoût pour le consommateur occasionné par les salaires des sacrificateurs est suffisant *.

---

peut être accordée, notamment pour l'abattage rituel, à un organisme religieux agréé, sur proposition du ministère de l'Intérieur, par le ministère de l'Agriculture (tel est le cas pour la viande cacher). « Si aucun organisme religieux n'a été agréé, le préfet du département dans lequel est situé l'abattoir utilisé pour l'abattage rituel peut accorder des autorisations individuelles sur demande motivée des intéressés [10]. » Tel est le cas pour la viande *halal* ; aucun organisme n'a reçu d'habilitation nationale, et, en 1982, les préfets avaient accordé des autorisations dans trente-huit abattoirs. Selon M. Leclercq : « l'habilitation des sacrificateurs musulmans par les préfets s'avère contestable : un non-musulman ne saurait en aucun cas être qualifié pour estimer la capacité d'un individu à réaliser un abattage rituel islamique [11]. »

* Selon M. Leclercq : « On ne peut pas se permettre de demander encore une taxe supplémentaire pour financer je ne sais quelle cause islamique [...], j'estime qu'en achetant mon bifteck, je n'ai pas à payer un franc de plus pour financer une mosquée ! [...]. Qu'on mette un tronc si on le veut dans la boutique comme le font les juifs, mais qu'on ne fasse pas un prélèvement automatique d'un franc au kilo pour rémunérer telle ou telle cause [13] ! »

A un second niveau, Tayibat recherche et obtient l'habilitation de la Ligue islamique mondiale. Son secrétaire général, M. Abdallah Umar Nacif *, émet le 8 mai 1985 une « recommandation » qui « considère le label apposé par Tayibat sur toute alimentation et marchandise de production française la preuve certaine conforme aux normes islamiques ». A l'appui de cette recommandation, M. Nacif écrit aux ministres de l'Agriculture, de la Consommation, des Relations extérieures et de l'Intérieur :

> Eu égard aux bonnes relations qui lient la France aux pays isla-
> miques et en vue de prévenir quelconque plainte que pourraient
> formuler les pays islamiques importateurs de produits français [...]
> nous vous prions d'agréer l'association Tayibat [...]. La Ligue se
> chargera de diffuser le label « *halal* » de Tayibat « dans tous les
> pays concernés ».

En dépit de cet appui de poids, le ministère de l'Intérieur ne revient pas sur sa décision. Mais, pour Daniel-Youssof Leclercq et ceux qui ont commencé avec lui l'aventure de Tayibat, le champ d'action se déplace : l'hostilité envers l'Algérie, les encouragements saoudiens, les problèmes de représentativité à l'égard des autorités françaises rendent manifeste que le problème de la viande *halal* ne peut être réglé en France que si se constitue une instance représentative de la « communauté musulmane ». Tayibat a préparé la voie à la Fédération nationale des musulmans de France.

Comment fédérer les musulmans ?

Tayibat n'a pas réussi à être habilité par les pouvoirs publics pour organiser le marché de la viande *halal*, mais le dynamisme dont a fait preuve l'association a favorablement disposé les États qui interviennent dans le champ islamique en France et souhaitent y limiter l'hégémonie d'Alger. L'Arabie Saoudite – par l'inter-médiaire de la Ligue islamique mondiale – et les ressortissants marocains qui édifient la mosquée d'Évry vont se tenir aux côtés du petit noyau issu de Tayibat pour jeter les bases, en octobre 1985, d'une fédération qui dispute à Alger le leadership sur l'islam.

* Voir ci-dessus, p. 220.

Selon M. Leclercq, l'idée de réunir les associations musulmanes en une structure fédérative est

> une réaction qui est venue d'une décision qui allait être prise par M. Mutin * : il envisageait d'organiser la communauté musulmane, c'est-à-dire de les aider à s'organiser. En fait, en faisant appel à des gens qui ne seront peut-être pas conformes à ce que nous désirons.
> - Que voulez-vous dire par « nous » ?
> - Les musulmans – c'est-à-dire ce que les musulmans désirent. On s'est aperçu que la Mosquée de Paris avait une certaine audience, et surtout qu'elle était plutôt d'obédience politique, alors pour nous l'important c'était de pouvoir arriver à démontrer aux pouvoirs publics que la Mosquée de Paris n'est rien comparativement au mouvement populaire qui existe actuellement dans l'Islam de France [...]. On s'est rendu compte que pour Tayibat, on pouvait motiver les musulmans au niveau de la viande *halal* et que, pour les autres affaires islamiques, ça serait tout à fait possible aussi et qu'il était préférable de s'organiser plutôt qu'on vienne à nous imposer n'importe quoi [15].

Dans cette perspective, une réunion est convoquée au palais des Congrès, le 26 octobre 1985. Elle a été méticuleusement préparée : plus de deux cent cinquante associations musulmanes connues des organisateurs sont invitées par lettre recommandée [16], et frais de voyage comme de séjour sont pris en charge grâce à une subvention avancée par l'Association cultuelle des musulmans d'Ile-de-France, sur les sommes mises à sa disposition par la Ligue islamique mondiale pour édifier la mosquée d'Évry.

Cent huit associations ont envoyé des représentants à la réunion [17], rythmée par les prières canoniques et par un repas « strictement *halal* » qu'avait contrôlé M. Leclercq lui-même. Une trentaine d'orateurs se sont succédé à la tribune pour exposer leur conception de l'unité des musulmans. Cheikh Abbas ne s'était pas déplacé, mais cinq imams algériens ou responsables d'associations d'anciens harkis ont pris la parole pour récuser avec vigueur toute

---

* M. Pierre Mutin a été chargé de mission, auprès du ministre des Affaires sociales, le 6 novembre 1984, à fin d'analyse et de proposition sur la situation de l'islam et des musulmans. Dans l'esprit du ministre, c'est une meilleure connaissance de l'islam et un dialogue avec les pays du Maghreb, notamment, qui doivent améliorer l'insertion sociale des fidèles de la deuxième communauté religieuse en France. M. Mutin n'avait pas de connaissance particulière de l'islam, mais, nous a-t-il déclaré, « je suis moi-même profondément croyant [14] ». Réunissant chaque mois une demi-douzaine de personnalités musulmanes, il s'est efforcé de jeter les bases d'un « conseil représentatif des mosquées, présidé par un Français » – initiative restée sans suite. La Mosquée de Paris ne semble pas avoir manifesté un grand enthousiasme pour ce projet.

initiative qui ne se placerait pas sous sa houlette. La majorité des intervenants, en revanche, ont plaidé pour l'organisation d'une structure autonome. Le professeur Muhammad Hamidullah * n'a pas hésité à engager au service du projet son très grand prestige, et Cheikh Fayçal Maulaoui ** a prononcé un vigoureux plaidoyer (en arabe) pour que le gouvernement français « reconnaisse l'islam comme l'ont fait la Belgique, le Danemark et l'Autriche ». Déplorant que « comme musulmans, ils n'aient pas de rapports avec la société française », se désolant « d'entendre dire que des jeunes musulmans prennent le métro sans payer, car cela est contraire à la morale islamique », il fixe pour tâche à la future fédération de « changer l'image que les Français ont de l'islam et des musulmans » ***. Prêcher aux Français l'islam est une tâche d'actualité, car « les Européens vivent dans la soif de la religion de Dieu [l'islam] sans le savoir ». Et il importe de leur faire connaître, par exemple, que les prises d'otages français au Liban, « ce n'est pas l'islam qui en est responsable ». Plus même : « Il faut que nous aidions à libérer les otages ****. »

Les autres orateurs se sont tenus à des considérations plus limitées, insistant sur l'utilité d'une structure islamique reconnue par les pouvoirs publics pour faciliter l'éducation musulmane des enfants, l'abattage *halal*, la construction de mosquées, etc.

Seules les interventions favorables à Cheikh Abbas ont troublé le consensus des participants. L'imam algérien de la mosquée d'Asnières ***** a rappelé que la Mosquée de Paris est le « symbole de l'islam en France », et que, sans elle, « nous sommes un rassemblement à une seule jambe ». Mais la défense la plus éloquente de cette institution a été présentée par Mme Louisa Mammeri, présidente d'une association rouennaise d'enfants de harkis. Se présentant comme une « femme de terrain », une musulmane qui se sent « française dans ce pays où [elle] vit, dans cette patrie [qu'elle a] choisie », elle constate que la plupart des jeunes Français-musulmans sont « ignorants en islam », et accuse : « C'est votre faute. Vous nous avez délaissés, vous nous avez oubliés. »

---

* Voir ci-dessus, p. 96.
** Voir ci-dessus, p. 258 *sq.*
*** Voir ci-dessus, p. 333, l'intervention de Cheikh Abbas, recteur de la Mosquée de Paris, lors du rassemblement islamique de Lyon le 14 décembre suivant, qui présente quelques traits comparables.
**** Cette prise de position a valu au Groupement islamique en France, dont Cheikh Fayçal est le guide spirituel, des remontrances de groupes islamistes plus radicaux.
***** Voir ci-dessus, p. 341n.

> Je ne me sentais pas *propre* pour être dans le monde islamique
> [*dit-elle,* mais] Cheikh Abbas s'est intéressé à ces mal-aimés que
> nous sommes. J'ai fait venir à la mosquée de Paris des jeunes, en
> autocar : je n'ai amené que des délinquants, des filles perdues.
> Cheikh Abbas leur a parlé.

Et de vitupérer les divisions dans l'islam, pour conclure : « Les
jeunes abandonneront l'islam s'ils vous voient divisés », avant de
plaider pour que tous les musulmans en France reconnaissent
l'autorité du recteur.

Ces prises de position en faveur de Cheikh Abbas sont restées
minoritaires. Après la prière du *maghrib* (couchant), un vote à
bulletin secret, pour « accord de principe sur la création d'une
structure représentative des musulmans de France », indique que
quatre-vingt-dix associations se prononcent en sa faveur, « avec
[leur] soutien et [leur] participation », tandis que dix-huit accordent
« [leur] soutien seulement » (le bulletin de vote, préparé à l'avance,
comportait ces deux seules options) [18].

Décision est prise de se réunir le 30 novembre pour tenir une
« assemblée constitutive de la Fédération nationale des musulmans
de France », adopter les statuts et élire le conseil d'administration
et le bureau. Cent deux associations sont représentées. Bien que
M. Leclercq obtienne le plus grand nombre de voix, il ne participe
pas au bureau, dont le président est un nouveau Français « de
souche » musulman, M. Jacques-Yacoub Roty [19]. Les quatre autres
membres comprennent notamment un converti d'ancienne date,
M. Maurice-Obaïdallah Gloton (qui démissionnera trois mois plus
tard), le responsable du Groupement islamique en France et Cheikh
Bassam, d'Aix-en-Provence.

La représentation de militants islamistes dans le bureau * ainsi
que les conflits entre M. Leclercq et M. Roty amoindriront la
crédibilité de la Fédération qui, malgré des débuts prometteurs,
ne parviendra pas à supplanter la Mosquée de Paris et à « représenter et défendre les intérêts de l'islam en France » – comme le
fixent ses statuts [20].

Le premier président de la Fédération, M. Jacques-Yacoub Roty,
a fait diffuser à partir du 5 décembre 1985 un tract, tiré à dix

---

* Cheikh Abbas ne manquera pas d'en tirer argument. Dans une lettre à la conférence
épiscopale qui avait entendu, lors de sa réunion à Lourdes en octobre 1986, un rapport du
professeur Leveau sur l'islam en France, le recteur écrit : « On ne peut pas dire que la
communauté musulmane soit divisée en France. Il y a certes la " Fédération Nationale des
Musulmans de France ", mais la Mosquée de Paris sait que cette initiative a d'abord été
le fait des Marocains et on sait bien qui est derrière actuellement (tendances extrémistes
avec probablement des perspectives politiques). »

mille exemplaires, intitulé : « Les musulmans de France se fédèrent et élisent leurs représentants officiels. » Après avoir remarqué en liminaire :

> Jusqu'à présent, la Communauté musulmane de France ne comportait pas de structure à l'échelle nationale. Très cosmopolite, morcelée malgré elle et contrairement aux principes de l'islam par des influences nationalistes, elle était le muet et impuissant objet d'une sournoise lutte d'hégémonie,

l'auteur souligne le caractère français * de la Fédération :

> [Le] bureau exécutif [...] est présidé par Yacoub Roty, musulman de souche française né de parents convertis à l'islam au début du siècle. A ce sujet, il est à remarquer que parmi les candidats élus au conseil d'administration, cinq Français de souche figurent parmi les huit premiers. C'est là une donnée officielle tout à fait nouvelle. De toute évidence, la FNMF attend de ces musulmans d'origine française qu'ils constituent, en quelque sorte, le chaînon manquant entre la Communauté musulmane et la société française, en général, et les Pouvoirs Publics, en particulier.

Le cheminement de M. Roty, fort différent de celui de M. Leclercq, permet de comprendre pourquoi il a mis en avant le rôle des convertis dans la Fédération avec tant d'emphase – fournissant ainsi à ses détracteurs l'occasion de le soupçonner de chauvinisme. Né dans l'islam lui-même, au sein d'une famille très nombreuse dont tous les membres sont musulmans, il quitte en 1976 son emploi et se consacre à plein temps à la propagation de cette religion. Il est responsable du service des Conversions à la Mosquée de Paris, puis fonde, en décembre 1984, l'association Vivre l'islam en Occident **.

> Beaucoup d'Occidentaux [peut-on lire sur une plaquette qu'édite celle-ci] sont entrés en Islam. Chaque jour leur nombre augmente. Ayant cherché à préserver leur foi et à survivre à l'envahissement matérialiste, ils ont puisé là où la source spirituelle, rituelle et exemplaire, était encore providentiellement intacte et accessible.

---

* La traduction arabe du tract (imprimée au verso) ne comporte pas de mention aussi insistante de la francité de la Fédération.
** L'association déclare compter « environ quatre cents membres » en novembre 1985 [21].

M. Roty se réclame de la lignée spirituelle de René Guénon *, « qui a été, en Occident, le providentiel revivificateur de la foi et de la doctrine du *taw hid* (unicité divine) en ce siècle submergé par l'envahissement profane [22] ». Pour lui, « la civilisation occidentale profane [...] est moribonde », bien qu'elle mette en œuvre machineries et techniques pour retarder l'échéance fatale. Ainsi de « la robotique où tout est géré par des mémoires électroniques pensant et décidant à la place de l'homme. Ce qui pouvait rester d'âme dans les êtres est vendu à vil prix au *chaytan* [satan]. Et celui-ci n'a même plus besoin de cacher que c'est lui qui organise le carnage final » ; ainsi encore de « la psychanalyse et ses cauchemars immondes », du « pullulement des secrets et des paradis artificiels de la drogue ». Il y a pourtant une solution à la crise de l'Occident :

> La civilisation profane nous envahit, nous contamine : c'est vrai !
> C'est malheureusement vrai ! Et pourtant c'est l'islam auquel nous
> appartenons qui détient le remède contre ce poison : remède pour
> nous-mêmes, pour nos enfants, mais remède également pour l'Oc-
> cident qui cherche un secours à la dimension de son mal [23] !

L'action de M. Roty se situe à deux niveaux : protection des musulmans, et notamment des enfants **, et prosélytisme envers les Occidentaux malades de l'Occident. Il semble que la formulation de ce message n'ait pas exactement correspondu aux attentes d'un certain nombre d'associations membres de la Fédération : au cours de l'été 1986, M. Roty démissionne. Le 21 décembre 1986, l'assemblée générale annuelle élit un nouveau conseil d'administration, qui désigne M. Daniel-Youssof Leclercq comme président. En une année, la participation à cette instance a diminué de moitié : seules, quarante-sept associations prennent part au vote, alors qu'elles étaient quatre-vingt-quatorze le 30 novembre 1985.

> Cette première année d'activité n'est pas vraiment satisfaisante,
> avouons-le [*note le nouveau bureau*]. Si nous avons semé, le temps
> de la récolte est encore loin [...] [26].

* Mathématicien et philosophe français (1886-1951), converti à l'islam en 1912. Voir ci-dessus, p. 96.
** M. Roty est l'auteur du fascicule : *le Jeûne du Ramadan expliqué aux enfants et aux adolescents* [24], et il est fort soucieux de créer un réseau d'écoles islamiques privées, ainsi qu'une université des sciences religieuses islamiques en France. « Sur le plan de la protection des enfants contre la délinquance, la drogue, les mœurs permissives, il convient notamment de leur procurer des loisirs attractifs et sains, de les réunir au sein de colonies de vacances islamiques [...], d'éveiller, par tous moyens, [...] leur discernement et leur autodiscipline protectrice [25] », écrit-il.

Le demi-échec de la Fédération au cours de sa première année d'existence contraste avec la réussite qu'avait été sa création, et aussi avec les succès qu'enregistre la Mosquée de Paris en 1986. Les dirigeants de cette dernière multiplient les alliances et les contacts avec des partenaires français, et renforcent leur implantation dans la population musulmane française. Mais, si dans « la course à la représentativité [27] », Cheikh Abbas a une longueur d'avance, les deux entreprises disposent de moyens d'action disproportionnés. Dans un cas, c'est un État qui mène une politique et fait usage d'une institution religieuse à cette fin ; dans l'autre, ce sont des associations fédérées qui recherchent la base d'un consensus pour agir et ne peuvent obtenir d'aide et de subsides qu'après avoir fait la preuve de leur représentativité. « La FNMF n'est certes pas un organisme à la botte d'un quelconque gouvernement », note son *Bulletin d'information ;* et si de bonnes fées saoudiennes et marocaines se sont penchées sur son berceau, elles semblent attendre que la jeune fédération fasse ses preuves avant de dispenser plus avant leur *baraka* [28].

Par ailleurs, en 1986, le message du président de la Fédération reflétait peut-être trop, dans sa forme, les préoccupations propres à certains milieux de Français convertis à l'islam * pour avoir une véritable audience dans la masse de la population musulmane, surtout auprès de ceux dont va dépendre l'évolution de l'islam en France : les jeunes d'origine maghrébine nés dans l'Hexagone.

Des beurs aux jeunes musulmans

En juin 1985, le quotidien *Libération* consacre un dossier à l'islam en France, à l'occasion de débats sur l'immigration à l'Assemblée nationale. L'un des articles, titré « La résurrection religieuse des loubards beurs de Givors [30] », a attiré l'attention des observateurs. Dans cette « vieille ville ouvrière morte du silence de ses usines, la population immigrée, majoritairement maghrébine, représente quelque 20 % des habitants ». Elle est la première touchée par le chômage, et « les jeunes Arabes, désœuvrés, traînent

---

* Voir la transmission difficile du discours de R. Garaudy lors du rassemblement islamique de Lyon, le 14 décembre 1985 (ci-dessus, p. 341). Dans la même perspective, voir le type de message délivré par la Voix de l'islam, association présidée par Mme Catherine-Latifa Thorez (petite-fille du dirigeant communiste Maurice Thorez, et convertie à l'islam) [29].

sur la place, dans les quartiers ». Le décor est typique des banlieues en déclin des années quatre-vingt en France, avec l'exaspération réciproque des Français de condition modeste et des jeunes Maghrébins, la tension raciale, les « rodéos » de voitures volées, etc. Rien qui distingue Givors des Minguettes ou des ZUP sinistrées d'autres régions de France. Pourtant, l'« action collective des jeunes Maghrébins [31] » n'y a pas pris les diverses formes du mouvement beur que décrivent habituellement sociologues et journalistes, mais celle de

> l'hallucinante conversion à l'islam de cette jeunesse désœuvrée, pré- ou déjà délinquante, avec ce qui s'en est suivi : le changement de style de vie, l'abandon des bagarres, de la drogue et de l'alcool.

Selon les auteurs du reportage, le phénomène a débuté avec la réislamisation d'un jeune d'origine algérienne qui, à l'âge de 18 ans, a reçu l'« illumination alors qu'il travaillait dans une fonderie infecte ». Après avoir subi les sarcasmes et les coups de ceux qui « veulent flamber, aller en boîte, se défoncer », il trouve le chemin des cœurs. De Givors à Chasse, une cité voisine pareillement sinistrée, des jeunes découvrent la pratique de l'islam, quêtent pour bâtir une mosquée. La section locale de l'Amicale des Algériens suit l'affaire de près, les Givordins s'inquiètent de ce que des livres de la bibliothèque municipale soient brûlés « parce qu'ils n'auraient pas correspondu à la pensée d'Allah » et que les églises de la ville soient saccagées par trois fois. Si ce dernier agissement est mis sur le compte de « provocateurs », l'autodafé des livres est imputé à des jeunes « qui avaient mal assimilé le Coran ».

Les jeunes Maghrébins qui ont redécouvert l'islam, à Givors, constituent en janvier 1986 un « exemple national » – selon un hebdomadaire catholique [32]. En revanche, pour Ahmed Boubeker et Nicolas Beau, coauteurs d'une *Histoire de France des jeunes Arabes* parue à la fin de cette même année, les médias ont

> transformé un petit courant d'air en bourrasque [...]. Certes, la « confrérie * » a eu son moment de splendeur, mais de tous les jeunes qui étaient entrés en religion, il ne reste qu'une poignée de fidèles et, si l'on excepte deux ou trois alcooliques repentis, la plupart d'entre eux n'ont rien de commun avec les « loubards beurs » [...]. Les « Lascars » givordins n'ont pas supporté longtemps la

---

* Les auteurs veulent dire que les « Frères musulmans » (= la « confrérie ») sont implantés à Givors. En fait, il semble qu'il y ait ici une confusion, fréquente chez les journalistes, avec la *jama'at al tabligh* (voir page suivante).

discipline imposée par l'islam ; ils avaient adhéré par jeu, pour rigoler [33]...

Ces visions contrastées du phénomène sont dues aux difficultés des journalistes à identifier les modes d'expression de l'islam. A Givors comme ailleurs, on a confondu les « Frères musulmans » et « Foi et Pratique » – ou une autre des branches de la *jama'at al tabligh* *. Cette confusion est d'autant plus aisée que les tablighis eux-mêmes se disent volontiers « frères musulmans », mais utilisent cette expression en un sens anodin et sans référer aux groupes issus de la « confrérie » fondée par Hassan al Banna, dont les mouvements islamistes sont aujourd'hui les continuateurs.

Foi et Pratique, nous l'avons noté, est une organisation « passoire », surtout pour ceux de ses adeptes qui ont un certain niveau d'éducation et cherchent à donner un contenu plus intellectuel à leur islam que ce qui leur est inculqué au cours des petites et grandes « sorties » du mouvement. Il semble que cette prédication se soit répandue avec rapidité dans la région lyonnaise auprès de certains jeunes Maghrébins nés et éduqués en France et durement touchés par le chômage ou la déviance sociale. Mais les exigences de ceux-ci envers la société française les ont tout aussi rapidement conduits à délaisser le mouvement piétiste pour s'investir en des formes plus radicales de militantisme islamiste, qui expriment désormais en catégories coraniques le rejet de l'« Occident » – assigné comme cause à tous les maux. Et pendant que certains quittent la *jama'at al tabligh,* sa prédication se répand ailleurs, selon un mouvement de noria beaucoup plus rapide que ce n'est le cas parmi les premiers adeptes du groupe en France, les « zoufris ** » des foyers de travailleurs.

La propagation de l'islam auprès des jeunes ne semble pas avoir effectué de percée significative avant 1986. En commençant les recherches préparatoires à ce livre, en 1984 et 1985, nous apercevions très rarement des jeunes dans les mosquées (à l'exception des étudiants islamistes venus faire leurs études en France). Le mensuel *Sans Frontière* consacrait un reportage à un compagnon des « marcheurs » de l'automne 1983 qui respectait les prescriptions de l'islam et il l'intitulait significativement : « Un OVNI chez les Beurs [35]. » Trois ans après, c'est le leader de la « marche », Toumi

---

* Voir ci-dessus, chap. 4.
** « Zoufris » (d'après la prononciation de la locution « les ouvriers » par les Nord-Africains) désigne les immigrés de la première génération, peu ou pas francophones, résidents des foyers – notamment de la SONACOTRA (d'où également l'appellation « sonac », synonyme de « zoufris ») [34].

Djaïdja, qui passe son temps en dévotions dans la salle de prière du rez-de-chaussée de la tour 110, au quartier Monmousseau dans la cité HLM des Minguettes [36]. En 1984, l'imam d'un groupe islamiste nous expliquait que si ouvriers et étudiants venaient écouter ses prônes, la « deuxième génération » lui semblait perdue pour l'islam. En 1986, le père Christian Delorme, compagnon de route des Jeunes Arabes de Lyon et informé au jour le jour de l'évolution des idées et des mentalités, fait l'amical reproche à l'auteur d'une étude sur l'« action collective des jeunes Maghrébins de France » de n'avoir écrit mot de l'« adhésion à des associations cultuelles musulmanes des jeunes Maghrébins découvrant, de plus en plus nombreux, la foi de leurs pères [...] * ». Rue Jean-Pierre-Timbaud, on déplorait autrefois devant nous l'impiété des jeunes ; en 1986, on nous signale comme un miracle que, en banlieue parisienne, il y a désormais « des jeunes qui prient bien », et qui « donnent même l'exemple aux parents ». Et, à la mosquée Omar comme dans les librairies islamiques nombreuses de ce quartier, fréquentent désormais des jeunes Maghrébins qui parlent français dans le verlan de l'Ile-de-France ou avec les accents caractéristiques de la Picardie et de la Bourgogne.

Il est très difficile d'établir en 1987 si ce phénomène est un « courant d'air » intentionnellement présenté comme une « bourrasque » par les milieux prosélytes ** et ceux qui leur prêtent l'oreille pour mieux argumenter la dénonciation du « péril islamique », ou si une mutation des valeurs dans le monde des jeunes Maghrébins de France se produit après l'essoufflement du mouvement « beur ». En l'absence du « recul historique » nécessaire pour évaluer les choses quantitativement et dans la durée, on peut repérer quelques signes épars, dont l'évolution dans le temps sera riche d'enseignements.

En juin 1986, nous avons pu discuter assez longuement, dans une librairie islamique lyonnaise, avec un groupe de jeunes Arabes

---

* « [...] mouvement accompagné, en parallèle, par un abandon de toute référence à l'Islam de la part de milliers d'autres jeunes [37] », précise-t-il. Si l'on ne peut se faire crédit au père Delorme de ce double constat, il n'est pas avéré que les jeunes « retrouvent la foi de leurs pères ». Ils trouvent plutôt, nous semble-t-il, la leur (voir ci-dessous).
** La presse du Moyen-Orient se fait régulièrement l'écho de la progression de l'islam en France : « Chaque jour, 100 000 Français se convertissent à l'islam », titre par exemple le quotidien égyptien *Al Akhbar*, qui range dans ces « musulmans nouveaux » aussi bien les Français « de souche » que ceux originaires d'Afrique du Nord, « là où le colonialisme a pu couper les attaches avec la religion et la langue, et ainsi créer une nouvelle génération qui ne connaît ni la religion islamique, ni sa langue ». L'éditorialiste de *Okaz* (Arabie Saoudite) écrit que, sur les « quatre millions » de musulmans en France, deux millions seraient arabes et « deux millions français ! oui, deux millions ! Voilà qui est de bon augure pour l'avenir de l'islam en Occident » [38].

de Chasse, venus acheter tout ce qui était disponible « sur l'islam » en français. En quelques instants, ils ont acquis Coran bilingue, *Vie du Prophète* par le professeur Hamidullah, recueils de hadiths et tous les textes « de base » qu'ils voyaient sur les rayons. Peu au fait des titres et des parutions, ils ont laissé le libraire guider leur choix ; très impressionnante était la « soif d'islam » qu'ils exprimaient avec force, sans savoir au juste comment l'étancher. La somme importante qu'ils ont consacrée à ces achats provenait d'une collecte pour constituer une bibliothèque islamique, nous ont-ils dit. Dans les associations et les salles de prière visitées jusqu'alors, jamais nous n'avions vu encore de « loubards beurs » réislamisés d'une telle apparence : chaussés d'Adidas, vêtus d'un blue-jean délavé et évasé à la mode de cette année-là, d'un tee-shirt et d'un blouson, du gel dans les cheveux – mais guidés par leur jeune imam, d'aspect plus strict et la tête enturbannée. Parlant avec un très fort accent lyonnais et scandant ses propos de formules rituelles dans un arabe tout neuf *, l'un d'eux se définit comme un « rebelle contre l'Occident » et dit son intention de partir pour le *jihad* en Afghanistan **. Pour lui, la cause palestinienne ne semble pas très motivante, et il rejette « les magouilles de l'OLP ». Sa grande référence est le cheikh Kichk – « qu'on nous traduit » – *** : ce prédicateur a réponse, selon notre interlocuteur, à toutes les questions que se posent les musulmans.

En novembre 1986, nous avons assisté dans une ville ouvrière de la banlieue parisienne à une réunion publique qu'organisaient des « jeunes musulmans ». Ils y avaient appelé par des affiches apposées sur les librairies de la rue Jean-Pierre-Timbaud. Elle a lieu dans la maison de quartier d'une cité HLM dont les rues portent les noms de « Jacques-Duclos », « Maurice-Thorez » ou « Youri-Gagarine », entre un hypermarché et un foyer SONA-

---

* Outre les invocations de Dieu accolées à l'expression de toute volonté – comme *in cha' Allah* (s'il plaît à Dieu), *al hamdu lillah* (loué soit Dieu), *bi izn Illah* (avec la permission de Dieu), *ma cha' Allah* (à la volonté de Dieu), etc. –, il s'agit des eulogies qui accompagnent la mention du nom de Dieu, du Prophète et des Compagnons de celui-ci. Elles sont parfois longues et difficiles à prononcer correctement pour les nouveaux venus à la langue arabe.
** Le *jihad* contre les Soviétiques en Afghanistan est « cause islamique » par excellence. Américains et Européens convertis à l'islam sont présents en petit nombre aux côtés de la résistance afghane – qui ne les laisse pas, semble-t-il, participer aux combats contre l'armée rouge. Depuis le milieu des années quatre-vingt, quelques jeunes Maghrébins de France ont accompli ce *jihad*.
*** Sur ce prédicateur égyptien, voir ci-dessus, p. 195. Nous avions rencontré, en 1984, en Belgique, des jeunes Maghrébins exclusivement francophones qui nous avaient dit leur admiration pour le cheikh, dont ils écoutaient les sermons enregistrés sans en comprendre le sens. Là encore, on leur en traduisait les grandes orientations. La maîtrise de l'art oratoire qu'a le cheikh Kichk est, de fait, exceptionnelle, et le rythme même de son propos peut exercer une réelle fascination – jusque sur les non-arabophones, voire les non-musulmans ».

COTRA à la mosquée duquel on accomplira les prières. Pour la plupart, l'assistance est faite d'adolescents et de jeunes beurs, entre 8 et 25 ans, qui habitent les HLM de la région. S'y sont adjoints quelques convertis qui s'adonnent régulièrement au prosélytisme et une demi-douzaine d'étudiants libanais abondamment barbus et sanglés dans des imperméables mastic, dont l'apparence contraste fortement avec le « look beur » de la salle. La réunion s'ouvre sur une conférence de M. Jacques-Yacoub Roty, intitulée : « La jeunesse musulmane d'aujourd'hui et son avenir ». L'ancien président de la FNMF met en garde l'auditoire contre « le *chaytan* [satan] qui agit dès la maternelle », sous la forme des « copains » et des « copines » qui, pour la plupart, « ne sont qu'attraction vers ce qui est interdit ». Il explique comment « arriver à faire à nos enfants une terre d'islam, même en terre d'exil », en multipliant, notamment, les colonies de vacances islamiques – reprenant les thèmes qu'il a développés dans ses brochures et les bulletins de la FNMF.

Un certain nombre de questions concernent les relations entre les deux sexes. Ainsi : « Une fille musulmane veut se marier avec un Français athée. Que doivent faire les parents ? » « Lorsqu'une femme a eu des rapports sans être mariée, peut-elle être pardonnée et entrer en islam ? » « Obliger sa sœur à faire la prière, est-ce un péché ou non ? » Une autre demande l'avis de l'orateur sur « la participation des musulmans à la prière de la Toussaint avec le pape * *(rires)* ». Si l'on compare ces quelques questions à celles qui suivent le prône du vendredi formulées dans la mosquée Stalingrad **, on est frappé par la façon dont les premières « collent » à la vie quotidienne des familles immigrées des banlieues. Elles sont conceptualisées grâce à des modes de pensée acquis en France. Les fidèles de la mosquée Stalingrad, eux, appréhendent la société française à l'aide d'une grille sémantique importée d'un univers de représentations préalablement acquis. Les questions qu'ils posent à leur imam s'inscrivent dans cette perspective. En revanche, les jeunes Maghrébins qui se définissent comme « musulmans » n'ont pas d'univers de référence préalable, vécu ou appris,

---

* Le monde chrétien, expliquera M. Roty dans sa réponse, est en perte de foi, et n'a plus de repères, car tout change sans cesse dans sa doctrine. C'est pourquoi, selon lui, tant de catholiques se convertiraient à l'islam, qui a des règles intangibles, ce qui est « une chance formidable ». Si les chrétiens recherchent le dialogue avec les musulmans, c'est parce qu'ils espèrent « recharger le réservoir » de leur propre foi. Et s'ils prétendent aujourd'hui qu'il ne faut plus essayer de convertir les musulmans, c'est qu'ils ont peur, eux, de se faire convertir – alors qu'« ils ont essayé de convertir [les musulmans] pendant des siècles ».
** Voir ci-dessus, p. 112-113.

autre que la France : l'islam est, pour eux, une projection vers l'avenir, une manière d'utopie.

Dispositions d'esprit très sensibles lorsque les jeunes se retrouvent entre eux après la prière du *maghrib ;* M. Roty et le groupe des convertis sont partis et la discussion prend un tour beaucoup plus libre. L'organisateur de la réunion, un jeune beur affable qui a créé l'association islamique de la cité HLM quelques mois plus tôt, ouvre les débats : « Alors, qu'est-ce que vous pensez de cette journée ? Pour les critiques, c'est ouvert ! » Tout le monde est satisfait du thème de la rencontre. Pourtant, remarque un des participants, « il y a ici surtout des Frères qui ont déjà une expérience islamique », alors que la réunion, d'intérêt général, aurait dû attirer sans doute davantage de beurs « de base », en lesquels la lumière de la foi n'est encore que vacillante. Comment faire pour « intéresser davantage les jeunes à leur avenir et leur environnement en tant que musulmans ? ». Les grandes réunions inter-mosquées de banlieue, les « coordinations » à la mosquée Stalingrad ne sauraient remplacer les actions locales, concrètes. Plusieurs projets sont évoqués. Un camp d'été d'un mois permettrait de « proposer aux jeunes une expérience islamique, de vivre selon la *sunna* du Prophète » * : l'idée en est retenue. En revanche, un débat divise la salle sur l'opportunité d'organiser des cours d'arabe : les Frères étudiants libanais y sont d'autant plus favorables qu'ils se proposent de les assurer, mais beaucoup de jeunes remarquent que, même s'il est bon de posséder un certain bagage en arabe « pour avoir accès à la religion », ce n'est pas une obligation absolue. L'initiative qui suscite le plus grand enthousiasme est la confection d'un journal [40] « avec des articles sur l'islam », qui donne « le point de vue des musulmans sur les problèmes de ce monde », « une sorte de lettre ouverte aux jeunes musulmans » de deux ou trois pages ; les jeunes « s'y mettraient tous » pour le rédiger, le tirer et le diffuser « dans toute la région parisienne ».

Pendant que les propositions d'articles et les suggestions fusent de toute part, l'auteur de ces lignes cesse de prendre des notes et perd le fil, songeant à l'étonnante ressemblance entre la situation qu'il observe et celle qu'il vécut, une quinzaine d'années auparavant, dans la militance gauchiste. Les « frères » s'appelaient alors « camarades », et les « musulmans », « révolutionnaires ». Les « camps d'été » s'appelaient « camps d'été », et la « *sunna* du Prophète », le « militant à la trempe d'acier selon V.I. Lénine ». Le Mal se

* Sur les camps islamiques d'été, voir ci-dessus, p. 264 et 285.

nommait pareillement l'« Occident » – même si celui des « révolutionnaires » n'avait pas les mêmes frontières que celui des
« musulmans ». Quant à la confection d'un journal local d'agit-
prop ronéoté, aux débats sur les méthodes adéquates pour mobiliser
« les masses », ils lui rappelaient quelques souvenirs. Ces réminis-
cences n'auraient pas mérité une mention si ne s'était dressé alors
dans la salle un autre spectateur – « engagé » celui-là –, Hadj Z.,
un Algérien à la belle barbe blanche, éternellement vêtu d'une
gandoura et coiffé d'une calotte de même couleur, familier de
toutes les réunions touchant à l'islam de près ou de loin. D'une
voix haut perchée, il fait un sermon qui douche l'enthousiasme des
jeunes – leur reprochant de se représenter la propagation de la foi
sous l'aspect de la propagande telle qu'elle se pratique en Occident.

> Vous oubliez l'essentiel ! [*vitupère-t-il, citations du Coran en arabe
> à l'appui*]. Tâchez d'abord de vous former vous-mêmes et ensuite
> votre formation sera information, par l'exemple ! N'oubliez jamais
> la formule : *bismillah* [au nom de Dieu] ! Ne soyez pas comme
> l'Occident !

Passé un moment de surprise, le jeune responsable de l'association invitante répond que, tous les samedis soir, ses amis et lui se
retrouvent à la mosquée de la cité HLM pour lire le Coran et
prier en congrégation, mais qu'il faut aussi faire des projets « à
l'extérieur de soi, pas seulement en soi * ». Et les partisans du
journal débattent de nouveau du contenu des futurs articles, qui
devraient être destinés « aux jeunes immigrés comme [eux] ».

> Attention [*s'exclame un « Frère étudiant »*], l'Occident a donné la
> liberté d'expression au peuple pour qu'il dévoile ses idées, afin de
> mieux les combattre. Aujourd'hui, tout le monde est derrière la
> deuxième génération : les curés, les organisations antiracistes qui
> sont noyautées par la juiverie **, par les sionistes. C'est à nous
> d'agir en secret et à centrer nos projets vers la deuxième génération.

---

* Ce débat rappelle celui qui traverse l'histoire des sociétés musulmanes au sujet du
jihad – ou « combat sacré dans la voie de Dieu ». Le meilleur *jihad* est-il celui qu'on
effectue en soi-même, contre ses instincts mauvais et ses vices, pour devenir un musulman
optimal, ou se déroule-t-il sur le champ de bataille afin de propager l'islam parmi les
hommes ?
** Ce terme, fréquent dans la littérature antisémite d'avant guerre, était tombé en
désuétude après la révélation de l'holocauste. Il est aujourd'hui d'usage courant dans
certains cercles islamistes francophones [41]. Sur les relations entre « SOS Racisme » et les
groupes sionistes, voir ci-dessous.

Moins empreint de fièvre obsidionale, Hadj Z. reprend la parole pour tenter de dissuader une dernière fois ses jeunes coreligionnaires :

> Le Prophète, quel journal avait-il ? Et pourtant les musulmans de son temps se sont étendus à l'Asie, à l'Europe ! Attendez d'être plus mûrs, plus aguerris, plus adultes pour lancer un journal, pour faire des frais de papier ! Ne brûlez pas les étapes ! Noah et Platini font des cinq heures et six heures d'entraînement par jour ! Ne vous lancez pas dans des opérations spectaculaires, attention au casse-gueule, allez petit à petit !

Pendant le mois de ramadan (avril-mai) 1987, Ahmed Boubeker publie dans *Libération-Lyon* un reportage sur l'« effervescence religieuse » parmi les jeunes Arabes de la vallée du Rhône : « De Bron aux Minguettes et de Givors à Saint-Chamond, les lieux de prière qui se sont multipliés ne désemplissent pas. » Aux Minguettes, note-t-il,

> Qui a connu la capitale des beurs entre 1981 et 1983 ne reconnaît plus les lieux [...]. Au cours de cette année, six lieux de prières se sont ouverts dans la ZUP. Fréquentés avant tout par des jeunes. Au 10 de la rue Gaston-Monmousseau, à l'endroit même où se trouvait le local de l'Association « S.O.S. Avenir Minguettes » à l'origine de la première marche des Beurs, on trouve aujourd'hui une salle de culte [...] Des anciens militants du mouvement beur rêvent tout haut [...] de l'unité des jeunes immigrés dans la foi : « Le prochain chapitre de l'histoire des jeunes Arabes de France sera musulman ou ne sera pas ! Qu'on ne me parle plus des Beurs, à quoi donc a servi cette histoire, à part faire pleurer les cathos et faire vendre des badges aux *feujs* (juifs) * ? En vérité, le vrai malheur est de vivre à l'occidentale, alors que l'islam en héritage nous rend invincibles [42]. »

A travers ces quelques exemples, on peut constater que, en 1987, la prédication de l'islam a su toucher un certain nombre de jeunes Maghrébins de France, qui semblaient, au début de la décennie, « avoir une mauvaise vision de l'islam [43] » et s'être investis dans des mouvements sociaux aux thèmes mobilisateurs vierges de référence religieuse. Le phénomène est trop récent pour qu'il soit possible de faire son histoire, mesurer son ampleur, analyser ses

---

* « Feuj » signifie « juif » en verlan – comme « beur » signifie « arabe ». Le badge ici mentionné est la petite main « Touche pas à mon pote », emblème de SOS Racisme. Voir ci-dessous.

causes ou prévoir son évolution. Néanmoins, il présente certaines particularités, à côté de traits qui l'apparentent aux formes qu'a prises la réislamisation de la génération précédente. La *jama'at al tabligh* en général et Foi et Pratique en particulier paraissent avoir joué un rôle pionnier dans le processus de réaffirmation religieuse : dans le cas des « zoufris » solitaires de la SONACOTRA comme des jeunes désœuvrés des banlieues pour lesquels la vie est sans ordre ni finalité, le strict encadrement islamique de l'existence qu'offre le mouvement piétiste apporte une réponse attractive.

> Depuis ma rentrée dans la nation de l'islam [*déclare un jeune Algérien de Bron*], je ne me lève plus pour rien le matin. L'existence des serviteurs de Dieu est réglée comme une horloge [44].

Mais il est possible que l'imprégnation des jeunes par l'idéologie du *tabligh* soit moins durable que ce n'est le cas pour les ouvriers immigrés traditionnels. Les débats sur la création d'un journal de jeunes musulmans – lors de la réunion en banlieue parisienne décrite ci-dessus – témoignent que certains des jeunes qui se réislamisent transposent dans leur nouvelle socialisation des formes d'action préalablement acquises dans la tradition associative française. Les mises en garde que leur adressent le militant islamiste comme le « vieux musulman » qu'est Hadj Z. indiquent assez que l'investissement de l'islam par des jeunes nés et élevés en France risque de donner quelque souci aux groupes et aux États qui essaieront de les manipuler.

Nous ne disposons pas de données qui permettent de supposer qu'une mutation structurelle sociale ou démographique a affecté les jeunes Maghrébins de France au milieu des années quatre-vingt pour favoriser le développement soudain de l'islam chez certains d'entre eux. En revanche, la succession de deux éléments conjoncturels a accéléré ce processus : l'essoufflement du mouvement « beur » et le prosélytisme de la *jama'at al tabligh*.

L'analyse de la crise et du déclin des mouvements de « jeunes Maghrébins de France » – pour reprendre une dénomination du sociologue Adil Jazouli – n'est pas notre objet, et elle a été tentée dans plusieurs ouvrages parus en 1985 et 1986 [45]. Néanmoins, tant à Bron qu'en banlieue parisienne, la mise en cause du rôle des « curés » (ou « cathos ») et de la « juiverie », des « sionistes » ou des « feujs » dans le mouvement beur mérite d'être relevée.

Cette polémique trouve sa première illustration exemplaire lors des tensions qui opposent, en avril 1985, les responsables de SOS

Racisme et le père Christian Delorme, compagnon de route des jeunes Arabes lyonnais. Ce dernier reproche au mouvement de Harlem Désir sa position « hégémonique » qui risque d'« étouffer » le mouvement associatif maghrébin. De plus, il mentionne la grande influence qu'a acquise l'Union des étudiants juifs de France, organisation d'obédience sioniste, dans les structures dirigeantes de SOS Racisme, tandis que les jeunes d'origine arabe y sont notoirement sous-représentés. Ces griefs ont des bases réelles – même si le déclin du mouvement antiraciste dans la jeunesse n'est pas exclusivement imputable à l'éloignement croissant entre le leadership de SOS Racisme (aspiré par le show-business et la politique politicienne) et les jeunes Maghrébins (victimes par excellence du racisme, mais qui ne se sentent plus grand-chose de commun avec le télégénique Harlem Désir). Lors du reflux du mouvement, le sentiment d'avoir été manipulés, d'avoir servi de masse de manœuvre ou de tremplin pour favoriser les revendications propres de groupes d'influence comme l'Église ou la communauté juive, s'exprime avec une virulente lucidité chez beaucoup de jeunes Arabes. Cela va rendre suspect à un certain nombre d'entre eux toute forme d'alliance autre que ponctuelle avec les associations françaises *, et les pousser à compter surtout sur leurs propres forces ou à trouver d'autres réseaux de solidarité. Le mouvement des JALB ** à Lyon illustre le premier cas de figure, la « rentrée dans la nation de l'islam » des ex-beurs de Givors ou Bron, le second.

---

* La participation de très nombreux jeunes d'origine maghrébine aux manifestations lycéennes de novembre-décembre 1986 indique en revanche une grande disponibilité à la mobilisation spontanée avec des jeunes du même âge et de la même condition.
** Jeunes Arabes de Lyon et banlieue. Voir ci-dessus, p. 348.

Insertion ou intégration ?

Au moment où s'achève ce livre, la grande presse française titre sur le démantèlement d'une filière terroriste désignée comme responsable des attentats qui ont ensanglanté Paris à l'automne 1986. Sans préjuger des conclusions officielles de l'enquête de police ni des décisions de justice, les journaux permettent de se représenter avec force précisions un groupe dont les commandidaires appartiendraient à l'une des factions qui se disputent le pouvoir à Téhéran, les exécutants étant des Maghrébins ou des Libanais résidant en France. Tant les éléments qui ont « filtré » de l'enquête que l'interview, publiée dans un hebdomadaire, de la « taupe » retournée par la police française semblent mettre en évidence comment la manipulation d'un certain nombre de lieux et d'instances islamiques dans l'Hexagone a servi de filière ou de relais [1].

Ainsi, c'est en truffant de micros une « école coranique » où étaient élaborés les plans d'action pour de futurs assassinats et vagues de terreur que la DST a appris leur déclenchement imminent et a décidé d'intercepter les membres du groupe. Une association islamique a été dissoute par le Conseil des ministres, en relation avec les développements de l'enquête. Par ailleurs, c'est dans une mosquée de Paris qu'auraient été recrutés les deux membres marocains du groupe.

Ces informations de presse ne sauraient constituer des preuves, jusqu'à la conclusion du processus judiciaire. Elles fournissent pourtant des indices troublants qui permettent à *l'Express* [2] d'intituler « Services secrets contre réseaux islamiques » sa Une, placardée, sous forme d'affiche géante, sur tous les kiosques à journaux de France. Deux pistolets pointés l'un vers l'autre, un noir et un rouge, illustrent le propos.

En assignant tout uniment le qualificatif « islamique » aux réseaux terroristes incriminés, l'hebdomadaire pose, à sa façon, un grave problème qui grève d'hypothèques l'avenir de l'islam en France.

Selon toute probabilité, la plupart des fidèles de cette religion tiennent pour une aberration monstrueuse la caution que prétendent trouver dans l'islam ceux qui commettent des attentats meurtriers, prennent des otages, les soumettent à la torture et les assassinent. Et sans doute est-il préférable d'éviter telle formule hâtive qui tendrait à faire de tout « islamique » un terroriste en puissance : il serait d'une égale absurdité de suspecter en chaque catholique un Torquemada ou en chaque juif un rabbin Kahane. Plus encore, en pratiquant l'amalgame et l'insinuation, on risque fort de souder dans un réflexe hostile et solidaire les rangs des populations qui se sentent soudain l'objet d'un soupçon inique et diffus.

Pourtant, ce serait faire preuve de l'aveuglement des compagnons de route que de nier un fait : la multiplication des actes terroristes et des prises d'otages s'inscrit dans une stratégie antioccidentale efficace mise au point par certains États du Moyen-Orient, et nommée par les spécialistes le « conflit à basse intensité * ». Dans cette perspective, l'usage du vocabulaire islamique, et notamment de l'injonction du *jihad,* dans son sens le plus belliqueux de « guerre sainte contre les ennemis de Dieu », constitue un précieux auxiliaire pour recruter une mouvance de sympathisants et d'exécutants au sein d'une jeunesse sinistrée qui considère qu'elle n'a plus rien à perdre et qui voit, à tort ou à raison, dans l'« Occident » haï et opulent la cause de tous ses maux. On se fourvoierait à sous-estimer l'impact de pareils mots d'ordre. Et il ne saurait appartenir à des non-musulmans de se prononcer sur leur conformité ou non avec la lettre et l'esprit de la doctrine de l'islam : c'est aux fidèles et à ceux qui les représentent de juger et d'agir en conséquence. Faute de quoi, l'« ère du soupçon », dont nous avons décrit les effets à la suite du « moment iranien » **, ne peut guère se muer en une ère de confiance, mais risque au contraire de voir s'exacerber les tensions.

Cette hypothèque est antérieure au démantèlement des « réseaux islamiques » au printemps 1987. Elle préoccupe les responsables politiques dès les lendemains de la révolution à Téhéran, et elle trouve certains aliments entre 1982 et 1984, notamment à travers l'activisme que déploient les habitués du centre « culturel » iranien de la rue Jean-Bart, même si la conjoncture du début des années quatre-vingt se prête mal à l'extension de cette propagande en dehors des cénacles estudiantins.

---

* Cette expression désigne un ensemble d'opérations de terrorisme, de guérillas ou de guerres limitées infiniment moins coûteuses que les guerres conventionnelles et qui permettent à ceux qui les conduisent avec succès d'obtenir des atouts politiques et financiers incommensurablement supérieurs à la mise de départ [3].
** Voir ci-dessus, p. 311 *sq.*

L'inquiétude est néanmoins suffisante pour que soit favorisée la création d'une instance musulmane en France qui puisse représenter les fidèles auprès des pouvoirs publics et, complémentairement, contrôler la communauté afin d'éviter débordements et troubles. Mais les divisions très profondes qui affectent ceux qui pratiquent l'islam en France ont rendu difficile, pour l'heure, l'existence d'une telle structure. Les candidats ne manquent pas, sur le territoire national et à l'étranger : aucun ne jouit d'un consensus véritable ni d'une représentativité incontestable *.

Qu'une ou plusieurs instances occupent effectivement une fonction d'intermédiaire entre les pouvoirs publics et ceux qui pratiquent l'islam ne constitue pourtant pas l'enjeu central du devenir de cette religion au sein de la société française. La très grande plasticité qui caractérise les structures de l'autorité religieuse dans l'islam laisse penser que, quel que soit le grand imam, le consistoire islamique ou le conseil suprême des oulémas de France qui verra éventuellement le jour, cet organisme sera contesté par les mouvements islamistes qui en seront écartés et qui l'accuseront de compromissions inacceptables avec un État laïc et « impie ».

Le principal enjeu se situe ailleurs, dans la manière dont évoluera le processus déjà engagé d'intégration ou d'insertion des populations musulmanes dans la société, couplé avec l'acquisition de la nationalité française par la plupart des intéressés.

L'intégration signifie que, par le biais du mélange et du brassage qu'entraînent la fréquentation de l'école, l'accomplissement du service national, le mariage hors du milieu d'origine, l'emploi, etc., les personnes d'origine musulmane sont absorbées, individu après individu, dans la société française. Elles peuvent pratiquer leur religion dans le cadre défini par l'État laïc, l'abandonner ou en changer si elles le souhaitent. Ce processus d'intégration implique, à terme, la dissolution, le relâchement ou la relativisation des liens d'allégeance communautaire, sur lesquels prime le sentiment d'appartenance nationale. Dans cette perspective, une instance consistoriale s'occupe principalement de questions qui relèvent du culte ou du rite. Elle a une certaine capacité d'intervention auprès des pouvoirs publics, mais ne saurait influer de manière déterminante sur le comportement politique de ses ouailles, dont les choix et les

---

* Selon le ministre français de l'Intérieur, cette situation devrait rapidement évoluer vers une solution. En visite officielle en Algérie, du 6 au 8 juin 1987, « M. Charles Pasqua s'est félicité de voir enfin réglé " le problème de la Mosquée de Paris ", afin que celle-ci soit " un lieu de prière loin de toutes menées intégristes ". À ce sujet, il a ajouté que, dorénavant, les trois pays du Maghreb (Tunisie, Algérie et Maroc) auront en charge sa gestion, à laquelle seront associés les autres pays musulmans francophones [4] ».

options de citoyens et d'électeurs s'établissent selon des critères qui sont comparables à ceux des autres Français, et ne font intervenir que de façon mineure l'appartenance confessionnelle.

Le processus d'insertion, quant à lui, signifie l'implantation dans la société française d'un groupe de populations sur une base non pas individuelle, mais communautaire. Cette communauté peut être ethnique, confessionnelle ou autre. Ses dirigeants ou ses porte-parole s'assignent, autant qu'ils en sont capables, le monopole de la représentation de leurs ouailles auprès des pouvoirs publics et combattent toute tentative d'intégration individuelle qui se dispenserait de leur entremise.

Dans le passé, il ne semble pas que le processus d'insertion des immigrés dans la société française ait constitué plus qu'une étape préalable à l'intégration et au relâchement des liens communautaires. Cette intégration s'est souvent accomplie par la participation à des mouvements français contestataires de l'ordre social – notamment le parti communiste et les organisations syndicales de sa mouvance –, qui ont été, *nolens volens,* des machines à assimiler [5].

D'autres sociétés occidentales n'ont pas appréhendé de la même façon le phénomène migratoire. Les États-Unis constituent un vaste empire dans lequel cohabitent des communautés, dont certaines conservent une forte cohésion. Cela suscite d'importantes retombées sur leur comportement électoral – lorsqu'elles prennent part au vote, ce qui n'est le cas que d'une minorité de citoyens américains.

Dans un État-nation qui offre davantage d'éléments de comparaison avec la France, le Royaume-Uni, une importante vague migratoire d'origine antillaise ou asiatique est arrivée à partir des années soixante, tandis que des travailleurs immigrés nord-africains et turcs venaient en France pour les premiers et en RFA pour les seconds. A la différence de ces deux derniers pays, le Royaume-Uni avait une législation qui donnait à la plupart des immigrés, parce qu'ils étaient ressortissants du Commonwealth, la citoyenneté britannique. Une forte proportion des « Asiatiques », originaires du sous-continent indien (Inde, Pakistan, Bangladesh), sont de confession musulmane. Comme les autres immigrés du Commonwealth, ils ont joui des droits du citoyen – entre autres, le droit de vote – dès lors qu'ils résidaient en Grande-Bretagne. Ce droit de vote s'est exercé dans le cadre de l'insertion et non de l'intégration ; dans certaines grandes villes, comme Birmingham, la cohésion du vote communautaire a permis à la minorité musulmane indo-pakistanaise de se faire entendre avec vigueur comme telle, au point qu'elle détient pour une bonne part la clef de l'élection des édiles : les partis politiques la courtisent en se livrant à une surenchère islamique en matière d'édification de mosquées, d'enseignement coranique, d'alimentation *halal*, etc. [6]. Au mois de juin 1987, lors de la campagne pour les élections à la Chambre des communes qui ont vu le troisième triomphe consécutif de Mme Thatcher, un dépliant intitulé *The Muslim Vote* (« Le vote musulman ») a été très largement distribué aux électeurs de confession islamique. Rédigé en quatre langues (anglais, ourdou, gudjerati et bengali *) et signé par vingt-quatre associations islamiques dont certaines sont bien implantées, il présente une « charte des revendications musulmanes ** » afin « d'obtenir que les droits élémentaires des quelque deux millions de musulmans qui vivent au Royaume-Uni soient reconnus et mis en application par le prochain gouvernement ».

Après avoir précisé comment présenter la charte aux candidats des partis politiques et leur avoir fait cocher les points avec lesquels ils sont en accord, le texte du dépliant précise :

> Votez pour celui des candidats qui appuie le plus grand nombre de nos revendications. Mais souvenez-vous de vérifier, après les élections, si les candidats et les partis tiennent leurs promesses, et rappelez-les-leur si ce n'est pas le cas.

Ce texte ne va pas sans présenter des similitudes avec divers documents qui circulent de ce côté-ci de la Manche – et particulièrement avec la lettre envoyée par l'Union islamique en France aux directeurs d'écoles ***. Néanmoins, pareille charte n'a jamais encore été produite dans l'Hexagone à l'appui d'un « vote musulman ». Elle est l'illustration d'une mobilisation électorale typique

---

* L'ourdou est la langue de culture des Pakistanais, le gudjerati est parlé par de nombreux musulmans d'Inde et le bengali par ceux du Bangladesh. Un certain nombre de musulmans britanniques, citoyens et électeurs, originaires de ces trois pays, ne connaissent pas l'anglais.
** Cette charte comporte quatre points. Le premier (« Écoles musulmanes ») demande que soit préservé le droit des musulmans (et de toutes les dénominations) à créer des écoles privées libres ou sous contrat. Le deuxième (« Pas d'éducation sexuelle ») souhaite « sauvegarder le droit des parents musulmans à retirer leurs enfants des prétendus cours d'éducation sexuelle ». Le troisième (« Statut personnel musulman ») demande la « reconnaissance du mariage et du divorce musulmans et des règles islamiques de l'héritage ». Le quatrième (« Mesures à prendre dans les écoles publiques ») énumère neuf revendications : instruction religieuse islamique à l'école, viande et nourriture *halal*, lieux de prière, piscine et éducation physique séparées pour filles et garçons, dispense des enfants musulmans des cours de musique et de danse, information aux parents sur toute activité extra-scolaire afin qu'ils puissent empêcher leurs enfants de participer à des activités non islamiques, affectation d'enseignants et de personnel administratif musulmans dans les écoles où il y a un nombre substantiel d'élèves musulmans, exclusion de tout ouvrage ou toute référence non authentique ou offensante lorsque l'on traite de l'islam, non-mixité dans les écoles publiques.
*** Voir ci-dessus, p. 280.

d'une situation d'insertion ; chacune des revendications présentées a pour finalité de maintenir une cohésion communautaire aussi étroite que possible – dans la hantise que la fréquentation de l'école ne fasse ressembler les enfants musulmans aux autres petits Anglais et ne favorise leur intégration dans la société hors du contrôle des leaders de la communauté et des gardiens de l'orthodoxie.

La culture assimilatrice de la République française « Une et indivisible » a été dans le passé suffisamment prégnante pour éviter que ne perdurent des velléités d'insertion communautaire de populations immigrées. Il n'est pas sûr qu'il en soit désormais ainsi. Le vocable même d'« assimilation » est aujourd'hui évité avec soin dans le monde des sociologues de l'immigration et des travailleurs sociaux. A ce terme qui connote une croyance en les valeurs de la civilisation assimilatrice, certains trouvent des relents de colonialisme, de domination occidentale et de violence culturelle. C'est l'insertion, réputée non traumatisante, qui a leur faveur. Reste à déterminer si l'insertion en question est le prélude à l'intégration de demain ou si elle constitue l'une des pièces d'un puzzle communautaire à venir.

Les forces qui sont à l'œuvre dans certains secteurs des populations musulmanes et favorisent la structuration d'une communauté implantée comme telle dans la société française viennent s'inscrire à point nommé dans la crise du système jacobin centraliste et assimilateur. Simultanément, dans l'Église catholique et au sein des instances représentatives de la communauté juive, apparaissent des formes nouvelles de mobilisation d'origine confessionnelle qui visent à exercer sur les pouvoirs publics pressions et influence *.

Cette évolution est trop récente pour que l'on puisse déterminer s'il s'agit d'un mouvement de surface et de mode, ou si sont en gestation, au contraire, de profondes mutations qui obligeront à repenser l'identité française. Les progrès de l'intégration européenne en auraient rendu, en tout état de cause, la redéfinition inéluctable dans un proche avenir : mais la naissance de l'islam et son développement dans les banlieues de l'Hexagone contraignent dès maintenant la société française à repenser la définition de la nationalité et à inventer une nouvelle et dynamique affirmation d'elle-même.

---

* Voir ci-dessus, p. 51 *sq*.

Notes

Notes du chapitre 2

1. Philippe Senac, *Provence et Piraterie sarrasine*, Paris, 1982, *passim*.
2. E. Lévi-Provençal, *l'Espagne musulmane au xe siècle*, Paris, 1950, t. II, p. 158.
3. René Weiss, *Réception à l'hôtel de ville de S.M. Moulay Youssef, sultan du Maroc. Inauguration de l'Institut musulman et de la mosquée*, Paris, 1927, p. 23, n. 2.
4. *Ibid.*, p. 23-24. L'auteur de cet ouvrage est « directeur de la préfecture de la Seine, directeur du cabinet du président du conseil municipal de Paris ».
5. Sur le pèlerinage de 1916 et le rôle politique important joué par Si Kaddour ben Ghabrit en faveur de la France (notamment par son opposition aux manifestations hostiles organisées à La Mecque par le dirigeant du mouvement fondamentaliste égyptien *al manar*, Rachid Rida), voir le récit d'un témoin oculaire in Édouard Brémond, *le Hedjaz dans la guerre mondiale*, Paris, 1931, p. 35-107. En dépit de son importance, la personnalité de Si Kaddour ne retient que depuis peu, à ma connaissance, l'attention des historiens du Maghreb.
6. Gilbert Meynier, *l'Algérie révélée*, Genève, 1981, p. 540.
7. Weiss, *Réception à l'hôtel de ville...*, *op. cit.*, p. 27.
8. *Ibid.*, p. 30-31.
9. *Ibid.*, p. 33-34.
10. *Ibid.*, p. 38.
11. René Gallissot, « Aux origines de l'immigration algérienne », *in* Costa-Lascoux et Temime eds., *les Algériens en France*, Paris, 1985, p. 212 ; et Meynier, *l'Algérie révélée*, *op. cit.*, p. 539.
12. Weiss, *Réception à l'hôtel de ville...*, *op. cit.*, p. 55-56.
13. *Ibid.*, p. 1-2.
14. *Ibid.*, p. 21.
15. D.S. Woolman, *Rebels in the Rif*, Standford, 1968, p. 169.
16. Weiss, *Réception à l'hôtel de ville...*, *op. cit.*, p. 67.
17. Gallissot, « Aux origines de l'immigration algérienne », art. cité, p. 210.
18. Voir, à ce sujet, les nombreuses contributions et les sources mentionnées in Costa-Lascoux et Temime eds., *les Algériens en France*, *op. cit.*
19. Joanny Ray, *les Marocains en France*, Paris, 1938, p. 345.
20. Cité *in* Benjamin Stora, *Messali Hadj, 1898-1974*, Paris, 1982 (nouv. éd., indexée, 1986).
21. Discours de Messali, 30 septembre 1935, in *ibid.*, p. 117.
22. *Journal officiel de la République française*, 21 mai 1957.
23. *France-Pays arabes*, n° 40, janvier-février 1974, p. 25.

24. *Journal officiel*, 29 juillet 1985. Réponse à la question d'un parlementaire : « M. Pierre Bas demande à M. le Ministre de l'Intérieur et de la décentralisation à qui appartient la grande Mosquée de Paris. » Le rédacteur du bureau des Cultes de la place Beauvau ne peut que faire état de son incapacité à répondre.

25. Voir la « Notice sur l'Institut musulman et la Mosquée de Paris » (slnd ; postérieure à 1967), rédigée apparemment par Si Hamza ou ses partisans.

26. *Le Monde*, 22 octobre 1973. Article d'Henri Fesquet.

27. *Ibid.*

28. A laquelle l'intéressé répond longuement in *le Monde*, 1er juin 1972.

29. Déclarations reproduites in *le Monde*, 21 septembre 1973.

30. Voir *le Monde*, 9 janvier 1974.

31. Procès plaidé le 9 avril 1974 devant la 17e chambre correctionnelle.

32. Association Amis sans frontières, Association cultuelle musulmane de Massy-Palaiseau, Groupement de musulmans de Chevilly-Larue, les Travailleurs musulmans de l'Haÿ-les-Roses, la Délégation islamique de la Moselle, les Frères musulmans de Plaisir (*le Monde*, 9 janvier 1974).

33. *Ibid.*

34. *Le Monde*, 25 février 1974.

35. *L'Aurore*, 26 février 1974.

36. *Le Monde*, 4 février 1974.

37. *Le Monde*, 15 mars 1974.

38. *Jeune Afrique*, n° 683, 9 février 1974.

39. *Journal officiel...*, 29 juillet 1985.

40. *Le Monde*, 30 juin 1980.

41. *Le Monde*, 26 février 1980.

42. *L'Humanité*, 18 février 1981.

43. Voir *le Monde*, 29 mai 1982.

44. Voir *le Monde*, 16 octobre 1982.

45. *Le Monde*, 16 juin 1982 – qui publie sur trois colonnes une lettre où Si Hamza développe son argumentation en termes de casuistique musulmane.

46. *Le Monde*, 16 septembre 1982.

47. *La Croix*, 16 septembre 1975.

48. Voir la notice biographique in *Abou Baker Djaber Eldjazaïri, la Voie du musulman* (traduction de *Minhaj el moslim*), Aslim ed., Paris, 1986.

49. Voir à ce sujet, Gilles Kepel, *le Prophète et Pharaon*, Paris, 1984.

50. *La Croix*, 11 mai 1976.

51. Entretien, 26 novembre 1986.

52. Projet « *Masjid Ad Dawah* », slnd (Paris, 1985), p. 2.

53. *Ibid.*

54. *Bulletin municipal officiel de la Ville de Paris. Débats du Conseil de Paris*, Ve année, n° 7, 7 septembre 1985.

55. L'auteur était présent au rassemblement du 14 décembre 1985, et dispose d'un enregistrement complet des interventions (voir chap. 7, p. 331 *sq.*).

56. *Bulletin municipal officiel..., op. cit.*

57. Roger Michel, « Quelques aspects de la communauté musulmane à Marseille », in *Religion et Sociétés* (bulletin trimestriel édité par l'ORMAVIR et le CDES, Marseille), n° 25, 2e trimestre 1985, p. 5.

58. Sourate « Les prophètes », XXI, 105, 106, 107.

59. Sourate « Les croyants », XXIII (1, 5, 6) et 7. Le prédicateur n'a mentionné que ce dernier verset.

60. Abdelwahab Bouhdiba, *la Sexualité en islam*, Paris, 1975 (1re éd.), p. 24 et 29.

61. Tahar Ben Jelloun, *la Plus Haute des solitudes*, Paris, 1978.

62. Sourate « Abraham », XIV, 28-29.

63. Carmel Camilleri, « Problèmes psychologiques de l'immigré maghrébin », *les Temps modernes*, n° 452-453-454 : « L'immigration maghrébine en France,

les faits et les mythes » (p. 1877 *sq.*), ainsi que la bibliographie de cet article, notamment Abdelmalek Sayad, « Santé et équilibre social des immigrés », *Psychologie médicale*, Paris, 1981, 13/11, p. 1747 *sq.*

64. Michel Oriol, *Bilan des études sur les aspects culturels et humains des migrations internationales en Europe occidentale, 1918-1979*, Strasbourg, Fondation européenne de la science, 1981.

65. Roger Garaudy, *Appel aux vivants*, Paris, 1979. Le livre a été tiré à 300 000 exemplaires.

66. CIEMM (Centre d'information et d'études sur les migrations méditerranéennes), *l'Islam en France. Enquête sur les lieux de culte et l'enseignement de l'arabe*, Paris, 1978, dactylographié, 132 p. On se reportera aux fiches établies par département lorsqu'une localité est mentionnée dans notre texte. (Ici dépt. 69.)

67. *Ibid.*, dépts 76 et 13.

68. *Le Monde*, 30 septembre-1er octobre 1973.

69. CIEMM, *l'Islam en France*, *op. cit.*, dépt. 63.

70. *Ibid.*, dépt. 42.

71. *Ibid.*, dépts 06, 21, 33, 34, 44, 72, 74, 92.

72. *Le Monde*, 27 mai 1972. Voir également *le Monde*, 22-23 juin 1980.

73. *Documents enseignement catholique* (informations du Comité national de l'enseignement libre), n° 922, février 1983, p. 17.

74. *Libération*, 16 juillet 1980.

75. *Le Monde*, 5 novembre 1973.

76. *La Croix*, 13 décembre 1985.

77. *Le Figaro Magazine*, octobre 1985.

78. *Minute*, 31 août 1985.

79. CIEMM, *l'Islam en France*, *op. cit.*, dépt. 31.

80. *La Croix*, 13 décembre 1985.

81. *Cahiers de la Pastorale des migrants*, n° 14-15, 1983, « Chrétiens et musulmans en France, éléments d'un dialogue », p. 22-23.

Notes du chapitre 3

1. Mireille Ginesy-Galano, *les Immigrés hors de la cité. Le système d'encadrement dans les foyers (1973-1982)*, Paris, 1984, p. 164 *sq.* (sur les statuts et l'organigramme de la SONACOTRA).

2. *Ibid.*, p. 40-41, 93.

3. GISTI, *les Foyers pour travailleurs migrants*, juillet 1973 (rééd. en 1979), 33 p. ; cite in *ibid.*, p. 120.

4. Selon le titre de l'ouvrage de Marie-France Moulin, *Machines à dormir*, Paris, 1976.

5. CNRS-RNUR, *les OS dans l'industrie automobile*, rapport de fin de recherche, janvier 1986, p. 139 – et entretiens avec l'auteur.

6. Sur la *tijaniyya* en général, voir Jamil M. Abun-Nasr, *The Tijaniyya (A Sufi Order in the Muslim World)*, Oxford, 1965.

7. Jahiz, *le Livre des avares*, Paris (trad. fr. de Charles Pellat).

8. Ginesy-Galano, *les Immigrés hors de la cité*, *op. cit.*, et Jacques Barou, in *les OS dans l'industrie automobile*, *op. cit.*

9. Ginesy-Galano, *les Immigrés hors de la cité*, *op. cit.*, p. 128.

10. *Ibid.*, p. 181.

11. *Ibid.*, p. 187.

12. Secrétariat d'État aux Travailleurs immigrés, *la Nouvelle Politique de l'immigration,* Paris, 1977, p. 154.

13. Catherine Wihtol de Wenden-Didier, *les Immigrés et la Politique,* thèse de doctorat d'État en science politique, Paris, 1986, p. 409.

14. Voir également les longs articles que consacre à la grève *le Quotidien du peuple* (maoïste), notamment les 13, 16 et 18 octobre 1977, qui défendent et illustrent la ligne du Comité de coordination ; les jugements sont plus nuancés dans *Rouge* (trotskiste), qui critique, le 22 octobre 1977, le Comité « qui n'a pas cherché par tous les moyens l'unité avec les travailleurs français et leurs organisations, mais a dénoncé les " directions traîtres " de la CGT, de la CFDT et de FO ».

15. *Le Quotidien du peuple,* 12 février 1978.

16. Barou, in *les OS dans l'industrie automobile, op. cit.,* p. 139-140.

17. Voir également Ginesy-Galano, *les Immigrés hors de la cité, op. cit.,* p. 191. Par exemple au foyer d'Élancourt, dans la ville nouvelle de Saint-Quentin-en-Yvelines, en 1978. « Islamique » ou pas, il y a eu un phénomène d'autonomisation des territoires pendant la grève, éloquemment décrit par J.-L. Hurst, *Libération,* 10-12 mai 1980, sous le titre « La République des foyers ».

18. Barou, in *les OS dans l'industrie automobile, op. cit.,* et « L'islam, facteur de régulation sociale », *Esprit,* juin 1985, p. 210.

19. Source : Office national pour la promotion culturelle des immigrés, *in* CIEMM, *l'Islam en France, op. cit.,* p. 56-58.

20. Barou, « L'islam, facteur de régulation sociale », art. cité.

21. Voir Gilles Kepel, « La leçon de Cheikh Fayçal : les enjeux d'un discours islamiste dans l'immigration musulmane en France », *Esprit,* juin 1985, p. 186 *sq.*

22. Secrétariat d'État aux Travailleurs immigrés, *la Nouvelle Politique de l'immigration, op. cit.,* p. 39 *sq.*

23. *Ibid.,* p. 26.

24. *Ibid.,* p. 120.

25. *Le Monde,* 16 mars 1976.

26. Ministère du Travail, Travailleurs immigrés, Le secrétaire d'État, circulaire n° 19-76 du 29 décembre 1976.

27. Les pages consacrées ici à l'islam chez Renault sont à peu près entièrement redevables aux recherches de l'équipe de Catherine de Wenden, Jacques Barou, Mustapha Diop et Toma Subhi, publiées sous les formes suivantes :

a) CNRS-RNUR, *les OS dans l'industrie automobile. Analyse des conflits récents survenus aux usines Renault de Billancourt depuis 1981 au sein de la population immigrée,* janvier 1986, reprographié.

b) Jacques Barou in Nadia Benjelloun-Ollivier, « Les immigrés maghrébins et l'islam en France », *Hommes et Migrations,* n° 1097, 15 novembre 1986, p. 53 *sq.*

c) Jacques Barou, « L'islam en entreprise » in *Culture, Religion et Citoyenneté, La laïcité à l'épreuve de l'immigration,* Paris, 1985, reprographié, p. 81 *sq.*

d) Jacques Barou, « L'islam facteur de régulation sociale » ; Toma Subhi, « Musulmans dans l'entreprise » ; Catherine Wihtol de Wenden, « L'émergence d'une force politique », in *Islam et Entreprise, Esprit,* juin 1985, p. 207 *sq.*

e) René Mouriaux et Catherine Wihtol de Wenden, « Syndicalisme français et islam », contribution au colloque de l'AFSP, « Les musulmans dans la société française », Paris, janvier 1987.

28. Cité *in* Subhi, « Musulmans dans l'entreprise », art. cité, p. 219. L'auteur attribue aux Frères musulmans des propos tenus, en réalité, par un adepte de Foi et Pratique – confusion assez fréquente.

29. Voir l'intervention du sociologue tunisien A. Zghal, in *Esprit,* juin 1985, p. 234. « Je suis surtout frappé par la revendication de prière dans l'entreprise. Dans l'histoire du mouvement syndical au Maghreb, cette revendication n'existe pas, il y a eu des revendications de mosquées dans les universités, mais c'est encore peu fréquent dans les entreprises. »

30. CNRS-RNUR, *les OS dans l'industrie automobile, op. cit.*, p. 176.

31. Mouriaux et Wihtol de Wenden, « Syndicalisme français et islam », art. cité, p. 28.

32. CNRS-RNUR, *les OS dans l'industrie automobile, op. cit.*, p. 145.

33. Voir le chapitre rédigé par Diop, in *ibid.*, p. 150 *sq.*

34. Cité in Mouriaux et Wihtol de Wenden, « Syndicalisme français et islam », art. cité, p. 29.

35. CNRS-RNUR, *les OS dans l'industrie automobile, op. cit.*, p. 168.

36. Cité in Mouriaux et Wihtol de Wenden, « Syndicalisme français et islam », art. cité, p. 30.

37. Barou, in Benjelloun-Ollivier, « Les immigrés maghrébins et l'islam en France », art. cité, p. 55.

38. Yves Duel, « Portraits d'immigrés en grévistes de l'automobile », *Projet*, n° 3, janvier 1983, p. 77.

39. *Libération*, 3 novembre 1982. Voir également des reproductions de tracts de la CGT de Talbot allant dans le même sens in Claude Harmel, *la CGT à la conquête du pouvoir : l'exemple de Poissy*, Paris, 1983, p. 70-72.

40. Voir, dans le livre de la journaliste de *l'Humanité*, Floriane Benoît, *Citroën. Le printemps de la dignité*, Paris, 1982, le « manifeste des OS de Citroën-Aulnay », p. 148-150.

41. Voir Mouriaux et Wihtol de Wenden, « Syndicalisme français et islam », art. cité, p. 21-25.

42. Benoît, *Citroën, op. cit.*

43. *Le Monde*, 28 mai 1982.

44. Benoît, *Citroën, op. cit.*, p. 73-74.

45. *Ibid.*, p. 99-100. La citation, assez longue, a été coupée pour des raisons de place.

46. Pour une chronologie des événements d'Iran durant la révolution (avant 1985), voir Chapour Haghigat, *1979. La mémoire du siècle : Iran, la révolution islamique*, Bruxelles, 1985.

47. Louis Chevalier, *Classes laborieuses, classes dangereuses*, Paris, 1969.

48. Une chronologie des formes d'habitat social en France figure dans la publication de la Documentation française, *Regards sur l'actualité*, janvier 1984, p. 36-46.

49. Véronique de Rudder, « L'exclusion n'est pas le ghetto. Les immigrés dans les HLM », *Projet*, n° 3, janvier 1983, p. 81.

50. *Ibid.*, p. 84.

51. J.-P. Tricard, « Pauvreté et précarité », colloque « Vivre ensemble dans la cité », 20 octobre 1981, cité in De Rudder, « L'exclusion n'est pas le ghetto », art. cité, p. 83.

52. M. Pinçon, *les Immigrés et les HLM ; le rôle du secteur HLM dans le logement de la population immigrée en Ile-de-France. 1975*, Paris, 1981, p. 60.

53. De Rudder, « L'exclusion n'est pas le ghetto », art. cité, p. 84.

54. M. Pinçon, *les Immigrés et les HLM, op. cit.*, p. 120.

55. Cf. le film de Driss El Yazami et Bernard Godard, *France, terre d'islam* (Paris, 1984), où une situation de ce type est longuement décrite par un responsable d'association islamique.

56. François Lefort et Monique Néry, *Immigrés dans mon pays*, Paris, 1985.

57. *La Mosquée du « Petit Séminaire »*, documentaire vidéo de 16 mm, produit par le CERFI Sud-Est, réalisation Vidéo 13. Sur cette mosquée, voir également Anna Clerc, « Marseille : voyage en islam », *les Cahiers de l'Orient*, n° 3, 3ᵉ trimestre 1986, p. 44-45.

Notes du chapitre 4

1. Mumtaz Ahmad, « Tablighi Jamaat of the Indo-Pakistan Subcontinent : an Interpretation », Séminaire international sur « Islamic History, Art and Culture in South Asia », 26-28 mars 1986, Islamabad (Pakistan), p. 64.

2. *Ibid.*

3. Les données factuelles concernant la vie d'Ilyas et les premiers développements de son mouvement sont tirés de M. Anwarul Haq, *The Faith Movement of Mawlana Muhammad Ilyas*, Londres, 1972, sauf indication contraire. Voir aussi C. W. Troll : « Five Letters of Muhammad Ilyas », *Bulletin d'études orientales*, Damas, 1986.

La *jama'at al tabligh*, en dépit de son importance, commence seulement à susciter l'intérêt des universitaires, et l'on ne dispose guère sur ce sujet que d'une littérature de langue ourdou, de caractère essentiellement hagiographique, et qui n'est pas accessible à l'auteur de ces lignes.

4. Anwarul Haq, *The Faith Movement of M. M. Ilyas, op. cit.*, p. 79.

5. Sur Deoband, voir Barbara Metcalf : *Islamic Revival in British India : Deoband*, Princeton, 1982, *passim*.

6. Mawlana Muhammad Ilyas, *les Six Principes du tabligh*, Saint-Denis (Réunion) sd (imprimé à l'île Maurice), p. 2 (traduit par A. Saeed Ingar).

7. *Ibid.*, introduction, p. 3.

8. *Ibid.*, p. 5.

9. *Ibid.*, p. 7.

10. Muhammad Thani Hasani, *Sawanih Mawlana Muhammad Yusuf Kandhelawi* (Biographie de M. M. Yusuf Kandhelawi), p. 140, cité *in* Anwarul Haq, *The Faith Movement of M. M. Ilyas, op. cit.*, p. 108.

11. Ilyas, *les Six Principes du tabligh, op. cit.*, p. 9.

12. *Ibid.*, p. 10.

13. Entretien, 1986.

14. Ilyas, *les Six Principes du tabligh, op. cit.*, p. 10-11.

15. Coran, sourate « La famille d'Amram », 103.

16. Hadith rapporté par Abou Darda. Voir la glose qu'en fait Muhammad Zakariya in « *Fazailé salat* » (« Les vertus de la prière »), p. 80-81, in Zakariya, M., *les Enseignements de l'islam ;* trad. fr., Centre islamique de la Réunion. Voir aussi n. 20.

17. Ilyas, *les Six Principes du tabligh, op. cit*, p. 14.

18. *Ibid.*, p. 16.

19. *Ibid.*, p. 17. J'ai conservé la traduction de l'édition A. Saeed Ingar dont je dispose, avec l'intégralité de ses « maladresses ».

20. Muhammad Zakariya, *Tablighi nisab*, New Delhi, 1962 ; trad. fr. *les Enseignements de l'islam*, publié par le Centre islamique de la Réunion, et imprimé à New Delhi.

21. Ilyas, *les Six Principes du tabligh, op. cit.*, p. 14.

22. *Ibid.*, p. 19.

23. *Ibid.*, p. 23.

24. Anwarul Haq, *The Faith Movement of M. M. Ilyas, op. cit.*, p. 150.

25. Ilyas, « Appel aux musulmans », message à la All India Conference, avril 1944, p. 12 ; cité *in* Zakariya, *les Enseignements de l'islam, op. cit.*

26. Anwarul Haq, *The Faith Movement of M.M. Ilyas, op. cit.*, p. 94.

27. *Ibid.*, p. 70.

28. Je dois ces éléments d'information à Marc Gaborieau, qui a consacré son séminaire à l'École des hautes études en sciences sociales, en 1986, à l'étude de la *jama'at al tabligh*. La source utilisée ici est une historiographie du mouvement (en ourdou) : Muhammad Thani Hasani, *Sawanih-i Hazrat Mawlana Muhammad Yusuf Kandhelawi* (Bibliographie de H.M. Muhammad Yusuf K.), Lucknow, 1967, chap. 8.

Voir également Gaborieau : *What is tablighi jama'at*, communication au colloque du Social Science Research Council, Paris, décembre 1986.

29. Voir, sur la *jama'at al tabligh* au Maroc, la thèse de Mohammed Tozy, *Champ et Contre-champ politico-religieux au Maroc*, université de Provence, Aix, 1984 ; sur le *tabligh* en Belgique, voir Felice Dassetto, « L'organisation du tabligh en Belgique » *in* Gerholm et Lithman, *The New Islamic Presence in Western Europe*, Londres, 1987.

30. Dans *le Prophète et Pharaon* (*op. cit.*, chap. 6, « La prédication du cheikh Kichk »), j'ai eu l'occasion de relever la référence à la chirurgie du cerveau faite par le célèbre prédicateur égyptien.

31. Voir, à titre comparatif, in Carré et Dumont éds., *Radicalismes islamiques* (Paris, 1986, t. II), la contribution de Étienne et Tozy, qui présentent l'analyse du rythme d'une *khutba* selon le « modèle kichkiste ».

32. An Nawawi (Abu Zakariya Yahya ben Charaf), – *Ryad al salihin min kalam sayyid al mursalin*, éd. présentée et annotée par Radwan Muhammad Radwan, Beyrouth, 1985, p. 324 *sq.* (vendue 40 francs à Paris).

33. Al A'raf, 26 ; Al Nahl, 81.

34. Ahmad : « Tablighi Jamaat of the Indo-Pakistan Subcontinent », art. cité, p. 73-74.

Notes du chapitre 5

1. Cf. Malcolm Kerr, *The Arab Cold war*, rééd. 1971.

2. *Études arabes*, n° 66, 1984-1, « Les organisations islamiques internationales », p. 26.

3. *Ibid.*

4. Traduction des statuts du CMSM in *Études arabes, op. cit.*, p. 37 *sq.*, d'après le texte original publié in *Al rabita*, XIV-5 (mai 1976), p. 14-16.

5. Voir la présentation des activités du bureau de Paris dans les diverses livraisons du bulletin reprographié qu'il publie, *Rabitat al 'alam al islami*, par exemple le numéro 17, juin 1985, p. *a* à *e*.

6. CIEMM, *l'Islam en France, op. cit*, p. 50.

7. *Rabitat al 'alam al islami*, n° 17, juin 1985, p. *b*.

8. *Ibid.*, p. *e*.

9. *Ibid.*, p. *b*.

10. Entretien, 26 septembre 1985.

11. *L'Express*, « Paris : l'islam des pauvres », par E. Flandre et J.-C. Pattacini, 15-21 juillet 1983. En dépit de quelques erreurs de détail, ce document constitue la meilleure enquête journalistique sur les mosquées à Paris à cette époque.

12. *Ibid.*

13. H. Terrel, « L'islam arabe en France », *les Cahiers de l'Orient*, n° 3, 3e trimestre 1986, p. 36.

14. Omar Amiralay, *l'Ennemi intime*, produit par Pascale Breugnot, Antenne 2, 1986 (diffusé le 23 juin 1986).

15. *Le Monde*, 6 juin 1986.

16. Terrel, « L'islam arabe en France », art. cité. Voir également « Le centre islamique d'Évry : la mosquée heureuse » (*Sans Frontière*, n° 84, mars 1984), qui indique que les financements de la mosquée proviennent de dons qui font suite à la publication d'un article sur celle-ci dans un hebdomadaire arabe (62 millions de centimes), ainsi que d'une « tournée des mosquées » en Arabie Saoudite (80 millions de centimes), effectuée avec une recommandation du cheikh Abdelaziz ben Baz, mufti du royaume.

17. *Rabitat al 'alam al islami*, *op. cit.*, p. *d*.

18. Entretien précité avec M. Kinani.

Notes du chapitre 6

1. Voir R.P. Mitchell, *The Society of the Muslim Brothers*, Oxford, 1969 ; O. Carré et G. Michaud, *les Frères musulmans*, Paris, 1983 ; O. Carré, *Mystique et Politique*, Paris, 1984 ; G. Kepel, *le Prophète et Pharaon*, *op. cit.*

2. *Le Musulman*, revue trimestrielle publiée par l'AEIF, 2e année, n° 5, 2e trimestre 1973, p. 9.

3. *Ibid.*, p. 6.

4. Voir Marc Gaborieau, « Le néo-fondamentalisme au Pakistan : Maududi et la jama'at-i-islami », et Violette Graff, « La jamaat-e-islami hind », *in* Carré et Dumont eds., *Radicalismes islamiques*, *op. cit.*, t. II, p. 33-99.

5. *Le Musulman*, 3e année, n° 8, 1er trimestre 1974, p. 14.

6. *Ibid.*, p. 7.

7. *Ibid.*, 3e année, n° 9, 4e trimestre 1974, p. 12, et n° 7, p. 11.

8. La revue ne mentionne aucun nom d'auteur, mais le texte emploie l'expression : « nous, islamiques du Maroc ». Il a donc probablement été rédigé à l'origine par un groupe islamiste marocain – et directement en langue française. Il présente des analogies stylistiques avec le livre de Abd Assalam Yassine, *la Révolution à l'heure de l'islam*, Gignac-la-Nerthe, 1981.

9. Sur les autres groupes chi'ites en France, originaires de l'océan Indien ou du sous-continent et qui forment de petites communautés piétistes, voir Annie Krieger-Krinicki, *les Musulmans en France*, Paris, 1985, *passim* ; et J.-F. Legrain « Aspects de la présence musulmane en France », *Dossiers du SRI*, n° 2, septembre 1986, p. 14-15 (repris in *Esprit*, octobre 1986).

10. Sur la *do'a-yé komeyl* dans la doctrine chi'ite, cf. H. Corbin, *En islam iranien*, Paris, 1971, t. I, p. 110 *sq*.

11. Cité par *Libération*, 11 février 1983, d'après *l'Alsace* et France-Inter.

12. Nombreuses réactions citées par *Libération*, 1er février 1983.

13. *Libération* (*ibid.*), consacre un large dossier à ce problème.

14. *Libération*, 30 novembre 1983.

15. Voir *Sou'al*, n° 5, avril 1985, « L'islamisme aujourd'hui ».

16. Selon la brochure (en arabe) du GIF : *Masjid al salam, markaz al da'wa al islamiyya fi baris* (« La mosquée *al salam*, centre pour la propagation de l'islam à Paris »), slnd (Paris, 1985), p. 4. Le Groupement est déclaré à la préfecture de Valenciennes en mars 1980.

17. Pour une retranscription et une analyse plus détaillée de cet enregistrement, cf. notre « Leçon de Cheikh Fayçal. Les enjeux d'un discours islamiste dans l'immigration musulmane en France », art. cité, p. 186 *sq*. Les variations dans notre interprétation, qui n'échapperont pas à l'attention du lecteur curieux, sont dues à l'expérience apportée par les deux années de recherche sur le

terrain qui séparent la rédaction du texte sus-mentionné et celle du présent livre.

18. Cf. notre *Prophète et Pharaon, op. cit.*, p. 177.

19. Sur la réinterprétation islamiste de ce modèle d'action politique dans l'Égypte contemporaine, cf. notre *Prophète et Pharaon, op. cit.*, p. 74.

20. GIF, *Masjid al salam, op. cit.*, p. 10.

21. *Le Matin*, 23 juillet 1986.

22. GIF, *Masjid al salam, op. cit.*, p.5.

23. Cf. notre *Prophète et Pharaon, op. cit.*, p. 135 *sq.*

24. *Ibid.*, p. 6, 7, 8.

25. AFP (Riyad), 29 décembre 1986. Le texte français de la dépêche mentionne « une organisation appelée l'Union islamique ». En arabe, il s'agit du *tajammu' islami fi fransa* – c'est-à-dire du GIF.

26. Voir *Majallat al Haq* (cf. n. 28), avril 1985, p. 30-31, entretien avec le secrétaire général de l'AMAM :

> *Q :* Combien de centres comme celui-ci existe-t-il en France ?
> *R :* Je ne connais pas exactement le nombre, mais ça peut être dans l'ordre de cinq ou six.
> *Q :* Des grands comme celui-ci ?
> *R :* Aussi grand et moderne (c'est-à-dire bien équipé), je pense que c'est le seul en France [...].
> *Q :* Est-ce que ce centre connaît des difficultés financières ?
> *R :* Jusqu'à maintenant on n'a pas eu de difficultés sérieuses, au point de vue financement, vous voyez que depuis le 10 mai 1984 jusqu'à maintenant, le centre a connu pas mal de transformations.

27. Pour la traduction et l'analyse de l'un de ces sermons, voir notre *Prophète et Pharaon, op. cit.*, p. 165-182.

28. *Majallat al Haq li-l achbal* (*Al Haq* Junior), revue mensuelle des élèves de l'AMAM, n° 2, avril 1985, ronéoté, p. 31.

29. Questions dans *Al Haq..., op. cit.*, n° 2, avril 1985, p. 23. Réponse in *ibid*, n° 3, mai 1985, p. 16.

30. Sources : Calendriers pour 1986 de l'Institut musulman de la Mosquée de Paris, de l'Union des organisations islamiques en France et de la Librairie arabe islamique affiliée à l'imprimerie-librairie du Manar, *dar al tijani al muhammadi*, à Tunis.

31. Voir GIF, *Masjid al salam, op. cit.*, p. 6, et les explications détaillées du mode de calcul de l'horaire des prières qui figurent au dos de l'éphéméride de l'UOIF (en arabe).

32. Semih Vaner, « Système partisan, clivages politiques et classes sociales en Turquie (1960-1981) », in *CEMOTI* (1), n° 1-85, Paris, reprographié, p. 14, et « Partis politiques et classes sociales en Turquie, 1960-1981 », *l'Afrique et l'Asie moderne*, n° 149, été 1986, Paris, *passim*.

33. *JORF*, 8 mai 1979 et 27 novembre 1979. L'association a été déclarée dès novembre 1978, mais ne fut légalisée qu'en mai suivant.

34. Ce logographe (en arabe) figure sur l'en-tête du papier à lettres de la FAIF. Cf., par exemple, la missive de soutien à Radio-Orient envoyée le 13 août 1984 à la Haute Autorité de la communication audiovisuelle, in *Radio-Orient. Une radio aux couleurs de la France*, t. III, *Soutien 1985 : associations et diplomatie arabe*.

35. Cité par *le Monde*, 29 octobre 1981.

36. *Din Kültürü ve ahlâk bilgisi 2*, Istanbul, 1983.

37. Terrel, « L'islam arabe en France », art. cité, p. 21.

38. *Ibid.*

39. Sur ce dernier point, voir Emmanuel Sivan, *Radical Islam*, Yale, 1985, *passim*, et « Ibn Taïmiyya : Father of the Islamic Revolution », *Encounter*, mai 1983 ; ainsi que G. Kepel, « Mouvement islamiste et tradition savante »,

Notes du chapitre 6

Annales ESC, juillet-août 1984. Sur Ibn Taïmiyya, voir les travaux d'Henri Laoust, notamment : *Essai sur les doctrines sociales et politiques d'Ibn Taïmiyya*, Le Caire, 1939.

40. Terrel, « L'islam arabe en France », art. cité, p. 35.

41. Voir Mohamed Hamadi Bekouchi, *Du bled à la ZUP et/ou la couleur de l'avenir*, Paris, 1984, p. 31. Cette étude est consacrée particulièrement au Val Fourré et aux jeunes Maghrébins qui y vivent ; cf. notamment les p. 55-64, intitulées « L'affaire de la mosquée ».

42. *Le Monde*, 6 mai 1980. Voir aussi un reportage fort impressionnant, « Vacances à Mantes-la-Grisaille », *le Monde*, 30 décembre 1977.

43. Bekouchi, *Du bled à la ZUP et/ou la couleur de l'avenir*, op. cit., p. 50.

44. *Ibid.*, p. 85-86.

45. Legrain, art. cité, p. 11.

46. Bekouchi, *Du bled à la ZUP et/ou la couleur de l'avenir*, p. 55.

47. Entretien cité avec P. Picard.

48. *La Croix*, 12 décembre 1985. L'affaire a suscité de nombreux articles de presse.

49. Bekouchi, *Du bled à la ZUP et/ou la couleur de l'avenir*, op. cit., p. 60.

50. *Ibid.*

51. *La Croix*, 12 décembre 1985.

52. Entretien cité.

53. Données empruntées à Moustapha Diop, « L'école et la mosquée dans le processus d'intégration des jeunes issus de l'immigration », rapport à la réunion franco-allemande : « Les modes et les politiques d'intégration des jeunes étrangers originaires du Maghreb et de la Turquie en Allemagne et en France », Bonn, 10-12 novembre 1986. Bekouchi avance le chiffre de six cents enfants (pour 1982-1983 ?).

54. Bekouchi, *Du bled à la ZUP et/ou la couleur de l'avenir*, op. cit., p. 62-64.

55. Terrel, « L'Islam arabe en France », art. cité, p. 35.

56. Cf. Legrain, art. cité, p. 13-14.

57. Cf. « Le traité instituant l'Union arabo-africaine », *Maghreb-Machrek*, n° 106, 4/1984, p. 99-117 (texte du traité, chronologie, annexes et commentaires).

58. Terrel, art. cité.

59. *Le Monde*, 22-23 juin 1980.

60. *L'Express*, 24 mai 1980. Voir également le reportage du *Nouvel Observateur*, 26 mai 1980.

61. *L'Express*, 24 mai 1980.

62. *Ibid.*

63. Voir *Des immigrés et des villes*, CCI/Centre Georges Pompidou, Paris, 1983, p. 19-23.

64. Cité in *Des immigrés et des villes*, op. cit., p. 20.

65. *Ibid.*, p. 21.

66. *Le Monde*, 6 mai 1982.

67. *Le Monde*, 5 mai 1982.

68. Cité in *le Monde*, 6 mai 1982.

69. *Ibid.*

70. *Le Monde*, 9-10 mai 1982.

71. *La Croix*, 12 décembre 1985 ; *le Matin*, 2 juillet 1984.

72. *Le Monde*, 11 juillet 1984.

73. Voir les réactions dans *la Croix*, 12 décembre 1985, et *Lutte ouvrière*, 14 juillet 1984 (« Comme l'a dit un conseiller municipal de Sevran : " C'est toute la gauche qui baisse son froc devant les fascistes " »).

74. *La Croix*, 12 décembre 1985, art. cité.

75. *Ibid.*

76. *Ibid.*

77. *L'Est républicain,* 12 juillet 1985.
78. *Le Quotidien de Paris,* 17 septembre 1985.
79. *La Croix,* 12 décembre 1985.
80. *Libération,* 3-4 août 1985.
81. *Ibid.* et *la Croix,* 12 décembre 1985.
82. *Ibid.*
83. *Ibid.*
84. *Ibid.*
85. *Ibid.*
86. *Ibid.*
87. *Le Quotidien de Paris,* 17 septembre 1985. Voir également, dans la livraison du 18 septembre 1985, le dossier « Une mosquée dans la ville : et vous, M. le Maire, qu'auriez-vous fait ? », qui rassemble les réponses de MM. Rausch (CDS, Metz – « Pas dans le centre ville »), Klifa (PSD, Mulhouse – « La préemption n'est peut-être pas le meilleur moyen »), Stasi (CDS, Épernay – « Dans le centre ville, pourquoi pas ? »), Devedjian (RPR, Antony – « J'y réfléchirais à deux fois »), et Fontmichel (radical, Grasse – « Ne pas troubler l'ordre public »).
88. Cf. *Libération,* 6 juin 1985.
89. *Le Monde,* 30 juin 1980.
90. *La Croix,* 13 décembre 1985.
91. *Ibid.*
92. *Ibid.*
93. *Le Monde,* 17 juin 1986.
94. *Le Quotidien de Paris,* 8 septembre 1986.
95. *Libération,* 11 septembre 1986.
96. *Le Nouvel Observateur,* 26 mai 1980.
97. Henri Laoust, *Pluralisme dans l'islam,* Paris, 1983.

Notes du chapitre 7

1. *Le Monde,* 16 septembre 1982.
2. *Libération,* 20 septembre 1984.
3. Question orale de M. Pierre Bas, *JORF,* art. cité.
4. Entretien avec Cheikh Abbas, le 27 novembre 1985, à la Mosquée de Paris. L'entretien s'est entièrement déroulé en arabe, et nous a permis de passer un certain temps en tête à tête avec le recteur, sans que ses traducteurs, très occupés par la préparation du rassemblement de Lyon, le 14 décembre, viennent interférer dans la conversation.
5. M. Noël, « L'évolution religieuse à Mila (Algérie) », *Renseignements coloniaux* (supplément à *l'Afrique française*), mars 1938, p. 33.
6. Ali Merad, *le Réformisme musulman en Algérie de 1925 à 1940. Essai d'histoire religieuse et sociale,* Paris-La Haye, 1967, p. 439.
7. M. Noël, « L'évolution religieuse à Mila (Algérie) », art. cité, p. 33.
8. In *le Saint Coran,* trad. par M. Hamidullah avec la collaboration de M. Léturmy, Paris, 13ᵉ éd., p. LXIX.
9. Cheikh Si Hamza Boubakeur, *Traité moderne de théologie islamique,* Paris, 1985.
10. *Le Monde.*
11. Lefort et Néry, *Émigrés dans mon pays, op. cit.* Des jeunes, enfants de migrants, racontent leurs expériences de retour en Algérie.
12. Cf., entre autres, *la Marseillaise,* 12 septembre 1986, pour un bilan

sommaire de l'été noir du quartier Belsunce. Pour une analyse (engagée) des raisons qui ont poussé les autorités algériennes à restreindre les flux de voyageurs, voir *El Badil*, n° 30, décembre 1986, p. 28-32 : « [...] Les émigrés portugais, dont le nombre est sensiblement égal à celui des Algériens, envoient chaque année dans leurs pays 10 milliards de francs. Les Algériens, quant à eux, envoient l'équivalent de... soixante millions de centimes. Tout le reste passant par l'échange parallèle (3 à 4 pour 1), si bien que l'argent des émigrés algériens non seulement reste en France, mais il y est dépensé par les voyageurs algériens non résidents grâce précisément à cet échange parallèle. Pour compenser les pertes en devises dues à la chute du pétrole, les Algériens se sont mis à lorgner du côté des émigrés et de leurs possibilités financières [...], on a enfin pris la décision d'autoriser les résidents algériens à ouvrir dans les banques un compte-devises " quelle qu'en soit la provenance ou la destination " dit la publicité faite à ce sujet. Les émigrés peuvent donc envoyer leur argent en devises dans les banques algériennes [...] il s'agit de faire sortir l'argent des émigrés de France [...] ».

13. Saliha Abdellatif, « Les Français musulmans ou le poids de l'histoire à travers la communauté picarde » ; André Wormser, « En quête d'une patrie : les Français musulmans et leur destin », *les Temps modernes*, n° 452-453-454, mars-mai 1984, p. 1812-1857 ; « Les Français musulmans en 1984 », *le Genre humain*, 1984, p. 135-151. Voir également une analyse « à chaud » de la situation de cette communauté dans un village du Midi *in* Gabriel Martinez, *Enquête psychopathologique dans un groupe d'adolescents en milieu harki*, thèse pour le doctorat en médecine, université de Marseille, 1984.

14. Abdellatif, « Les Français musulmans ou le poids de l'histoire à travers la communauté picarde », art. cité ; Wormser, « En quête d'une patrie... », art. cité, p. 1839-1840.

15. Wormser, « Les Français musulmans en 1984 », art. cité, p. 139.

16. Wormser, « En quête d'une patrie... », art. cité, p. 1846-1847.

17. Abdellatif, « Les Français musulmans ou le poids de l'histoire à travers la communauté picarde », art. cité, p. 1824.

18. Wormser, « Les Français musulmans en 1984... », art. cité, p. 145.

19. Abdellatif, « Les Français musulmans ou le poids de l'histoire à travers la communauté picarde », art. cité, p. 1816.

20. Wormser, « Les Français musulmans en 1984 », art. cité, p. 146.

21. *Ibid.*, p. 141.

22. Abdellatif, « Les Français musulmans ou le poids de l'histoire à travers la communauté picarde », art. cité, p. 1833.

23. Wormser, « En quête d'une patrie... », art. cité, p. 1856.

24. Voir *la Croix*, 12 décembre 1985.

25. Pour une critique des initiatives du père Lelong, voir J.-P. Peroncel-Hugoz, *le Radeau de Mahomet*, Paris, 1983, p. 20 *sq.*

26. Sur Sayyid Qutb et ses deux ouvrages, voir Carré, *Mystique et Politique*, *op. cit.*, et Kepel, *le Prophète et Pharaon*, *op. cit.*

27. Selon *Sou'al*, n° 5, « L'islamisme aujourd'hui », p. 133. L'intéressé n'a pas mentionné cet épisode lors de son entretien avec nous.

28. *Le Nouvel Observateur*, 7-13 février 1986. Ce dossier sur l'islam a suscité des levées de boucliers particulièrement violentes dans le monde musulman. L'hebdomadaire du Hizbollah libanais, *Al 'Ahd*, s'en est pris au « complot juif » à l'œuvre, selon lui, dans cette opération. Voir *le Monde*, février 1986, et *le Nouvel Observateur*, février 1986.

29. Ce slogan a été popularisé par l'auteur islamiste marocain Abd Assalam Yassine dans son livre, *la Révolution à l'heure de l'islam*, *op. cit.*

30. *Sans Frontière*, mars 1984, p. 8.

31. *Ibid.*

32. *Ibid.*

33. *Ibid.*

34. *Ibid.*
35. *El Badil*, n° 25, juillet 1986. Voir également les livraisons de mai et juin 1986 de ce mensuel, consacrées à l'« affaire Bouyali ».
36. *Libération*, 24 juin 1987. Voir aussi *El Badil*, art. cité ; *l'Alternative démocratique*, n° 1, février 1987 ; *El Moudjahid*, 7 septembre 1985 ; *le Monde*, 21 décembre 1985.
37. Entretien dans le local des JALB, rue Burdeau, le 23 juin 1986.
38. Ahmed Boubeker et Nicolas Beau, *Chroniques métissées, l'histoire de France des jeunes Arabes*, Paris, 1986, p. 158.
39. *La Voix du Nord* (Roubaix), 30 décembre 1986.
40. *Ibid.*
41. *Ibid.*

Notes du chapitre 8

1. Maxime Rodinson, *la Fascination de l'islam*, Paris, 1982.
2. Cf. Dasseto, « L'organisation du *tabligh* en Belgique », art. cité.
3. Hubert Schilling, « La fausse viande musulmane », *Hommes et Migrations*, n° 1028, 13 mars 1982, p. 35. Tiré de *50 Millions de consommateurs*, reproduit par *Rencontre*, n° 61, janvier 1981.
4. *Ibid.*, p. 36.
5. Coran, sourate « Les abeilles », 114-115, trad. Hamidullah. Comparer avec la trad. Blachère : « Mangez, parmi ce qu'Allah vous a attribué, ce qui est licite et bon ! [...] Allah a seulement déclaré illicite pour vous la [chair d'une bête] morte, le sang, la chair du porc et ce qui a été consacré à un autre qu'Allah », etc.
6. Voir Maxime Rodinson, *Islam et Capitalisme*, Paris, 1972.
7. *Hommes et Migrations*, *op. cit.*, p. 36.
8. Voir *Libération*, 14 mai 1984, « La sainte colère de l'imam qui veut être imam à la place de l'imam » – entretien avec Mohammed Belmekki, qui met en cause la mainmise d'Alger sur la Mosquée de Paris.
9. Entretien avec Daniel-Youssof Leclercq.
10. Décret n° 81-606 du 18 mai 1981 (*JORF* du 20 mai) modifiant le décret n° 80-791 du 1er octobre 1980.
11. Daniel-Youssof Leclercq, *le Marché des viandes musulmanes (halal)*, rapport reprographié, sd (1985), p. 1, § 21.
12. *Ibid.*, p. 3, § 4 et 52.
13. Entretien avec M. Leclercq.
14. Entretien avec M. Pierre Mutin, le 7 octobre 1986.
15. Entretien avec M. Leclercq. Cf. également FNMF, *Bulletin d'information*, n° 5, janvier 1987, reprographié, p. 4.
16. Selon l'intervention liminaire de M. Yves-Ayyoub Lesseur, président de séance du Congrès du 26 octobre 1985 (texte distribué aux participants). Sur M. Lesseur, converti à l'islam et libraire rue Jean-Pierre-Timbaud, voir notamment Pierre Assouline, *les Nouveaux Convertis : enquête sur des chrétiens, des juifs et des musulmans pas comme les autres*, Paris, 1982, p. 201-207.
Nous avons assisté à la réunion dans sa totalité.
17. Total des bulletins de vote comptabilisés à la fin de la journée.
18. Voir *le Monde*, 29 octobre 1985, qui, dans un entrefilet intitulé : « Zizanie parmi les musulmans de France », fait la part belle au rassemblement du 26 octobre, par opposition à la moindre représentativité de la Mosquée de Paris. Cet article a suscité l'ire de Cheikh Abbas et de ses conseillers. Voir également

dans l'hebdomadaire en langue arabe paraissant à Paris, *Al Watan al Arabi*, 8 novembre 1985, p. 5-6, un article intitulé : « Vers une union des associations islamiques : qui représente les immigrés en France ? »

19. *Le Monde*, 14 décembre 1985, publie une liste des membres du bureau qui comprend M. Leclercq (contre l'avis de ce dernier). Voir également *Al Watan al Arabi*, 20 décembre 1985, p. 4-5, qui consacre de longs développements à la réunion du 30 novembre.

20. Fédération nationale des musulmans de France, *Statuts*, article 2 – Objet : « Cette Fédération a pour objet de représenter et de défendre les intérêts de l'islam en France tout en se tenant en dehors de tout parti politique. »

21. Vivre l'islam en Occident, *Bulletin d'information*, n° 1, novembre 1985, reprographié, p. 3.

22. Ya'qoub Roty, « L'orientation de l'homme : cause et facteur premier de sa réussite ou de son échec », discours prononcé au congrès de Bougie (Béjaïa, Algérie) du 8 au 15 juillet 1985, sur le thème : « L'agression culturelle et la société islamique contemporaine », p. 5. Sur l'organisation de ce congrès, « 19ᵉ séminaire de la Pensée islamique », supervisé par le ministère algérien des Affaires religieuses, cf. *El Moudjahid*, 12 mai 1985.

23. *Ibid.*, p. 8, 9, 10.

24. Ya'qoub Roty, *le Jeûne du Ramadan expliqué aux enfants et aux adolescents*, Paris, 1985.

25. FNMF, « Principaux objectifs », 2 p., reprographié, signé Yacoub Roty, 25 décembre 1985 : 1) Faciliter la vie des musulmans ; 2) Éducation et protection de la jeunesse.

26. FNMF, *Bulletin d'information*, n° 5, janvier 1987, p. 5.

27. Voir, sous ce titre, un article de *l'Actualité religieuse dans le monde*, janvier 1986, p. 10-12.

28. FNMF, *Bulletin d'information*, n° 5, p. 5, « Historique de la création de la Fédération Nationale des Musulmans de France ». Le texte précise : « [...] nous disposons d'un siège social implanté au Bureau de Paris de la Ligue Islamique Mondiale. Il nous manque néanmoins les moyens financiers et les bonnes volontés en suffisance pour pouvoir tenir les objectifs que nous nous sommes fixés à court, moyen et long terme ».

29. *La Voix de l'islam*, mensuel, n° 1, octobre 1986, et n° 2, novembre 1986. Voir notamment la « constitution » (les statuts) de cette association (*in* n° 1, p. 7 *sq.*), qui personnalise à l'extrême le rôle du fondateur de l'association, M. Farid Gabteni, dont poèmes et déclarations sont omniprésents dans les deux livraisons de ce périodique.

30. *Libération*, 6 juin 1985.

31. Selon le titre d'un ouvrage d'Adil Jazouli, *l'Action collective des jeunes Maghrébins de France*, Paris, 1986.

32. *Témoignage chrétien*, 6 janvier 1986.

33. Boubeker et Beau, *Chroniques métissées...*, *op. cit.*, p. 159-160.

34. *Ibid.*, p. 25, n. 4.

35. *Sans Frontière*, mars 1984, p. 12-13. Entretien avec « Ahmed jeune et musulman : un OVNI chez les Beurs ».

36. *Témoignage chrétien*, 6 janvier 1986.

37. In Jazouli, *l'Action collective des jeunes Maghrébins de France*, *op. cit.*, postface, p. 203.

38. *Al Akhbar*, 29 mai 1985, et *Okaz*, 19 octobre 1984. Cf. beaucoup d'autres extraits de presse arabe dans le dossier remis par Radio-Orient à la Haute Autorité de l'audiovisuel en janvier 1986, t. II : « Radio-Orient : une radio aux couleurs de la France ».

39. Sur notre propre intérêt pour ce prédicateur, voir Kepel, *le Prophète et Pharaon*, *op. cit.*, chap. 6. Cf. également J.J.G. Jansen, *The Neglected Duty*, New York, 1986, p. 91-121.

40. Une tentative de « journal-tract » avait été testée pour appeler à cette réunion sur six pages de format 21 × 29 agrafées et photocopiées. La couverture s'orne d'une représentation de la *ka'ba* (la pierre noire de la Mecque), d'une page d'éphéméride correspondant à la date (grégorienne et hégirienne) de la réunion et de renseignements sur celle-ci. Les cinq pages intérieures, intitulées : « Conseils adressés aux hommes intelligents recherchant le vrai bonheur » (chercher refuge dans la communauté, rechercher sa *baraka*, tirer bénéfice de la force de celle-ci, ne pas s'écarter du troupeau), proviennent d'une source que nous n'avons pas identifiée, mais où l'on sent l'influence de la *jama'l al tabligh*. La dernière page donne des adresses de mosquées, librairies et boucheries islamiques en France.

41. Voir également Boubeker et Beau, *Chroniques métissées..., op. cit.*, p. 158. A la fin de 1986, une réédition des *Protocoles des Sages de Sion*, due à l'Organisation pour la propagande islamique – Bureau des relations internationales – était simultanément distribuée par l'ambassade d'Iran et en vente dans une librairie islamiste parisienne, jusqu'à ce que l'affaire fasse quelque bruit. Il s'agit d'une réimpression à l'identique (augmentée de trois pages d'« actualisation ») de l'édition Bernard Grasset de 1921, avec la préface de Roger Lambelin (1857-1929), militant d'Action française et de la Ligue anti-judéo-maçonnique, auteur de plusieurs ouvrages sur le « péril juif » et qui utilise abondamment le terme « juiverie ». Cette édition était également en vente au stand de la République islamique, lors du Salon du livre de Genève (*le Monde*, 20 mai 1987). Pour une étude exhaustive – et engagée – de ce sujet, voir Bernard Lewis, *Sémites et Antisémites*, Paris, 1987.

42. *Libération-Lyon*, 6 mai 1987. M. Boubeker nous a dit, après la publication de cet article, qu'il pensait avoir sous-estimé la diffusion de l'islam chez les jeunes dans son *Chroniques métissées...* (*op. cit.*, p. 146-162), paru l'année précédente.

43. *Sans Frontière*, mars 1984, art. cité, p. 13.

44. *Libération-Lyon*, 6 mai 1987, art. cité.

45. Voir notamment, outre Jazouli, *l'Action collective des jeunes Maghrébins de France, op. cit.*, et Boubeker et Beau, *Chroniques métissées..., op. cit.*, Christian Delorme, *Par amour et par colère*, Paris, 1985 ; Harlem Désir, *Touche pas à mon pote*, Paris, 1985.

Notes de la conclusion

1. L'enquête de police est décrite dans *le Point* par J.-M. Pontaut, 15 juin 1987, p. 79 *sq.* Entretien avec Lotfi, la « taupe », dans *l'Événement du jeudi*, 11-17 juin 1987, p. 16 *sq.*

2. *L'Express*, 12-18 juin 1987.

3. Pour une note succincte sur ce thème, voir « Haute tension et basse intensité », par Xavier Raufer, in *ibid.*, p. 110.

4. *Le Monde*, 10 juin 1987.

5. Cf. Stéphane Courtois et Gilles Kepel, « Musulmans et prolétaires », *Revue française de science politique*, décembre 1987.

6. Voir Danièle Joly, « Les musulmans à Birmingham », communication au colloque de l'Association française de science politique, « Les musulmans dans la société française », 30 et 31 janvier 1987.

Annexe

Guide d'entretien

1. Présentation

Nous appartenons à un groupe de chercheurs qui étudie la population musulmane en France. Nous aimerions connaître votre expérience à l'occasion du ramadan. Vos réponses seront strictement anonymes.

2. L'islam quotidien

2.1. Vous vivez la période de ramadan en France. Est-ce que ça change quelque chose pour vous?

2.2 Comment vous considérez-vous d'abord?
 comme : . musulman
      . (nationalité)
      . (ethnie).

2.3. A) Qui fréquentez-vous en France?
B) Y a-t-il des gens que vous voudriez fréquenter plus que ceux que vous fréquentez habituellement?

2.4. Le fait d'être musulman vous aide-t-il ou non à mieux vivre, en France, dans la société et dans votre famille? (Relance éventuelle : Les enfants doivent-ils avoir une éducation musulmane?)

2.5. A votre avis, le gouvernement français respecte-t-il les musulmans? Et les Français, comment vous voient-ils?

2.6. Beaucoup de musulmans sont aujourd'hui installés en France avec leur famille.
Des mosquées et des salles de prière se construisent : qu'est-ce que vous en pensez, et, selon vous, qui devrait s'occuper de cela?

2.7. Avez-vous déjà donné de l'argent pour une mosquée, et où?

2.8. Fréquentez-vous des personnes ou des associations qui s'occupent de l'islam? Pourquoi?

2.9. Est-ce que, en France, vous suivez les prescriptions de l'islam régulièrement? Par exemple :
 a. vous faites les prières?
 b. vous mangez de la viande *halal?*
 c. vous ne buvez pas d'alcool?
 d. vous donnez de l'argent pour la *zakat* *?
 e. vous jeûnez pour le ramadan?
 f. avez-vous accompli, ou avez-vous l'intention d'accomplir, le *hajj* ou la *'umra* **, et quand?

2.10. Est-ce que, pour vous, c'est aussi important de suivre ces prescriptions en France que dans votre pays d'origine?

---

 * La *zakat* est l'« aumône légale » – qui constitue l'un des cinq piliers de l'islam (avec la confession de foi, la prière, le *hajj*, et le jeûne de ramadan).
 ** Le *hajj* est le pèlerinage à La Mecque, effectué à une date et selon un rite précis; la *'umra* est une simple visite aux Lieux saints de l'islam.

3. L'itinéraire personnel

3.1. Ça fait longtemps que vous êtes en France?
3.2. Pouvez-vous me raconter comment cela s'est passé, dans votre vie, depuis que vous êtes dans ce pays?
3.3. Et maintenant, comment voyez-vous l'avenir?

4. L'islam et le travail

4.1. Quelles conséquences cela a-t-il, à votre avis, d'être musulman dans le travail?
4.2. Quand vous travaillez, pouvez-vous respecter les obligations religieuses? Lesquelles et pourquoi?
4.3. A votre avis, quand il y a un problème, les travailleurs musulmans sont-ils tous solidaires entre eux?
4.4. Vous-même, avez-vous participé à des grèves, des manifestations, des mouvements? Lesquels et pourquoi?
4.5. Selon vous, est-ce que c'est un problème d'être musulman et d'appartenir à un syndicat français?
4.6. Qui, d'après vous, dirige les grèves des immigrés? (Relance éventuelle : On a dit que les grèves des immigrés étaient dirigées par des militants musulmans intégristes. Qu'en pensez-vous?)
4.7. Faut-il installer des salles de prière sur les lieux de travail?

5. Les musulmans dans la société française

5.1.1. Qui sont vos voisins, là où vous habitez?
5.1.2. Qui préféreriez-vous avoir pour voisins, là où vous habitez?
5.2.1. Pendant le ramadan, comment ça se passe avec vos voisins?
5.2.2. Accepteriez-vous que vous ou vos enfants soyez invités à manger chez un non-musulman?
5.3. Vous participez à ce qui se passe dans votre quartier ou dans votre ville? De quelle manière?
5.4.1. Est-ce que vous souhaiteriez voter dans la ville française où vous habitez?
5.4.2. Qu'est-ce que ça changerait pour vous?
5.4.3. Et pour les musulmans en général?
5.5. A votre avis, si on devient français, est-ce que ça change quelque chose pour un musulman?
5.6. Selon vous, est-ce qu'il y a des cas où il se pose des problèmes pour respecter à la fois la *chari'a* * et la loi française?
5.7. Pour vous, qu'est-ce que ça représente, le pays d'origine?
Et la France?

---

* La *chari'a* est la « loi islamique » – ensemble de dispositions légales inspirées par les Livres sacrés de l'islam et par la jurisprudence codifiée par les jurisconsultes musulmans médiévaux.

Groupe A

âge, sexe, nationalité, situation familiale	durée du séjour en France	langue(s) connue(s)*; niveau d'instruction	catégorie socio-professionnelle; type d'emploi	type de logement	autre
jeune fille turque, 17 ans, célibataire	dix ans	turc et *français* : BEPC et CAP de couture	chômeuse	HLM de bonne qualité, à population mixte	origine urbaine
femme mariée turque, 37 ans	cinq ans	*turc* : pas d'instruction	femme au foyer	HLM de mauvaise qualité	origine rurale
père de famille sénégalais, 54 ans, polygame, famille au pays	seize ans	*soninké*, manding, arabe coranique, français rudimentaire	employé municipal (chauffagiste)	foyer de travailleurs	origine rurale ; enseignait à l'école coranique, au pays membre de la confrérie tidjane
père de famille sénégalais, 45 ans, monogame, famille au pays	vingt ans	*soninké*, arabe coranique, français rudimentaire; école coranique	employé municipal (éboueur)	foyer de travailleurs	origine rurale ; en contact avec la *jama'at al tabligh*
père de famille malien, 35 ans, famille au pays	douze ans	bambara, *soninké*, français rudimentaire; école coranique	manutentionnaire – au chômage depuis deux ans	foyer de travailleurs	membre de la confrérie tidjane
homme célibataire malien, 23 ans	trois ans	français, bambara, *soninké*; études primaires et coraniques au pays	coursier	foyer de travailleurs	membre de la confrérie tidjane
jeune fille algérienne, 16 ans, célibataire	née en France	*français*, kabyle ; échec scolaire au CES		HLM à population mixte	prend des cours d'arabe au centre social de la cité HLM
père de famille algérien, 55 ans, famille au pays, six enfants	trente-deux ans	*arabe dialectal*, kabyle ; illettré	OS (métallurgie)	hôtel meublé	a tenté une réinsertion en Algérie pendant sept ans
père de famille marocain, 41 ans, famille au pays, huit enfants	seize ans	*arabe dialectal* : école coranique	manoeuvre (industrie automobile)	foyer/hôtel	récemment licencié
père de famille algérien, 36 ans, famille au pays, deux enfants	dix ans	*arabe*, français ; études secondaires en Algérie	brancardier à l'Assistance publique	foyer/hôtel	

* La langue utilisée pour l'entretien est en *italique*.

Groupe B

âge, sexe, nationalité, situation familiale	durée du séjour en France	langue(s) connue(s); niveau d'instruction	catégorie socio-professionnelle; type d'emploi	type de logement	autre
père de famille turc, 30 ans	quatorze ans	turc, français; école primaire en Turquie	maçon, employé dans le bâtiment	HLM	fréquente une association islamiste
homme marié turc, 35 ans, femme au pays	six mois	turc, arabe coranique; institut islamique en Turquie	imam (hodja), envoyé en France par l'État turc	foyer de travailleurs	s'exprime en tant que « fonctionnaire » de son État
jeune homme turc, 22 ans	quatre ans	turc, arabe coranique, français parlé; école coranique et collège d'État en Turquie	ouvrier du bâtiment	foyer de jeunes travailleurs	
mère de famille turque, 37 ans	dix ans	turc; instruite par son père (imam)	femme au foyer	HLM	
père de famille turc, 36 ans, cinq enfants	douze ans	turc, français parlé; école coranique	OS (industrie du pneumatique)	HLM	en instance de retour définitif en Turquie
père de famille turc, 52 ans, six enfants	dix-neuf ans	turc, français parlé; école primaire en Turquie	maçon	HLM	enfants adultes exerçant une activité en France
veuve marocaine, 50 ans, un enfant adulte en France	cinq ans	arabe	sans emploi	HLM	suit des cours d'alphabétisation; ancienne militante de l'Istiqlal; active dans le milieu associatif musulman féminin en France
jeune homme algérien	né en France	français, arabe; bachelier en France	pas encore de travail	studio personnel	a effectué le service militaire en Algérie; fréquente régulièrement les mosquées
mère de famille marocaine, 29 ans, trois enfants	dix ans	arabe, français; école coranique, baccalauréat marocain	assistante sociale enseignante d'arabe	HLM	active dans le mouvement associatif marocain en France
père de famille tunisien, 37 ans, famille au pays	quatorze ans	arabe, français rudimentaire; sans instruction	plongeur, restauration	hôtel meublé	
père de famille marocain, 33 ans	dix ans	arabe, français; baccalauréat marocain	libraire	HLM	tient une librairie islamique

Groupe C

âge, sexe, nationalité, situation familiale	durée du séjour en France	langue(s) connue(s) ; niveau d'instruction	catégorie socio-professionnelle ; type d'emploi	type de logement	autre
père de famille turc, 31 ans	sept ans	*turc, français*	tailleur, patron d'un atelier de confection	appartement en location	
jeune homme turc, 19 ans	quatorze ans	turc, *français* : lycée en Turquie, LEP en France		HLM	
père de famille malien, 55 ans, sept enfants	vingt-deux ans	*pular,* bambara, wolof, arabe coranique, français ; école coranique	OS	HLM	pratique le maraboutage et compte des Français dans sa clientèle
mère de famille sénégalaise, 24 ans, deux enfants	trois ans	*pular,* wolof ; sans instruction	femme au foyer	HLM	
père de famille mauritanien, 37 ans, trois enfants	dix-sept ans	pular, *français* : CAP mécanique	ouvrier qualifié dans l'industrie automobile	HLM	
jeune homme sénégalais, 25 ans, célibataire	six ans	*pular,* wolof, français, arabe : certificat d'études primaires en France, école coranique	manutentionnaire dans l'industrie alimentaire	chambre individuelle	militant CGT et délégué syndical
père de famille algérien, 49 ans	trente ans	*arabe dialectal,* français ; illettré	artisan coiffeur	HLM	a tenté une réinsertion pendant quatre ans en Algérie
père de famille algérien, 49 ans, sept enfants	trente ans	*arabe dialectal,* français ; illettré	maçon-ouvrier du bâtiment	HLM	emprisonné pour appartenance au FLN pendant la guerre d'Algérie ; syndiqué à la CGT
jeune fille algérienne, 29 ans, célibataire	sept ans	arabe, *français* ; étudiante en IIIe cycle		foyer de jeunes	origine algéroise et arabophone
jeune fille marocaine, 25 ans, célibataire	vingt ans	arabe dialectal, *français* ; BEPC	garde d'enfants et petits boulots	HLM avec sa famille	aînée d'une famille de huit enfants
père de famille tunisien, 29 ans, deux enfants	cinq ans	*arabe,* français ; maîtrise de *chari'a* au pays, étudiant en IIIe cycle		appartement en location	responsable d'une association islamiste ; prononce le sermon le vendredi
veuve tunisienne, 40 ans, fils unique en France	quatorze ans	*arabe dialectal* ; illettrée	femme de ménage	HLM	

Groupe D

âge, sexe, nationalité, situation familiale	durée du séjour en France	langue(s) connue(s); niveau d'instruction	catégorie socio-professionnelle; type d'emploi	type de logement	autre
père de famille sénégalais, 34 ans, deux enfants	onze ans	pular, wolof, français; école coranique, licence de géographie en France	emplois non qualifiés, au chômage	HLM vétuste	
père de famille algérien, 57 ans, famille au pays, cinq enfants	vingt-trois ans	arabe dialectal, kabyle, français; sans instruction	maçon employé dans le bâtiment	HLM	a milité au FLN pendant la guerre d'Algérie
jeune fille algérienne et française, 20 ans	née en France	français: lycéenne en classe terminale		pavillonnaire, avec la famille	a participé aux manifestations lycéennes contre le racisme
jeune fille algérienne et française, 22 ans, célibataire	née en France	français: baccalauréat	animatrice socioculturelle	pavillonnaire, avec la famille	a trouvé les questions posées « orientées et étroites »
père de famille algérien, 43 ans, quatre enfants	vingt-deux ans	français, arabe; baccalauréat et diplôme d'infirmier	infirmier dans un hôpital	HLM	
femme algérienne, 38 ans, célibataire	quinze ans	français, arabe; baccalauréat et études de documentaliste	documentaliste	HLM	origine algéroise; a milité aux jeunesses du FLN en Algérie et participé à « Convergence 84 » et au MRAP en France
jeune homme algérien et français, 30 ans, célibataire	né en France	français, anglais; institut universitaire de technologie	contractuel de l'Éducation nationale; a repris des études	appartement en location	aîné d'une famille de huit enfants dont il est l'exemple le plus intégré
jeune homme, algérien et français, 30 ans, marié	né en France	français, arabe et kabyle compris; études d'architecture	architecte	villa	
jeune homme tunisien, 27 ans, célibataire	dix ans	arabe, français; première partie du baccalauréat	veilleur de nuit		militant de l'Union des travailleurs immigrés tunisiens

Glossaire
des termes arabes

Ahl al beit : La famille du Prophète (que les chi'ites révèrent particulièrement).

Ahl al kitab : « Les gens du Livre » ; monothéistes qui croient en un livre révélé (Bible, Évangiles). Contrairement aux païens, ils peuvent conserver leur religion lorsqu'ils passent sous l'autorité musulmane (voir *Dhimma*).

Aïd al kabir : « Grande fête », « grand baïram », « fête du sacrifice » ou « fête du mouton », qui commémore le sacrifice d'Abraham, et pendant laquelle tout chef de famille doit sacrifier un mouton. A lieu à la fin du mois hégirien du pèlerinage à La Mecque, *dhou al hijja*.

Aïd al saghir : « Petite fête », « petit baïram », ou « fête de rupture du jeûne ».
A lieu le jour qui suit la fin du mois de ramadan.
Ces deux fêtes sont l'occasion de grandes prières en congrégation.

Amir : Chef, commandeur (d'un groupe islamique, d'une *jama'at*, des croyants).

Baïram : Voir *Aïd al kabir, Aïd al saghir.*

Bayan : « Déclaration » ; adresse exhortative faite aux croyants.

Bid'a : « Innovation blâmable » ; interprétation ou mise en application contestable de la doctrine de l'islam (cf. hérésie).

Cadi : « Juge » qui fonde son jugement sur la *chari'a*.

Chaféite (ou « *chafi'ite* ») : L'une des écoles de jurisprudence de l'islam sunnite (voir p. 284 n.).

Chahwat : Envie, désir.

Chaoual : (ou « *chawal* ») : Mois hégirien qui suit le ramadan et commence par l'*Aïd al saghir*.

Chari'a : Droit inspiré par les textes sacrés de l'islam (Coran, *hadith*) et l'élaboration qu'en ont faite les *oulémas*.

Chaytan : Diable.

Chirk : Association à Dieu d'autres divinités.

Chura : Consultation des docteurs de la Loi.

Chu'ubiyya : Antagonisme culturel entre Arabes et Persans.

Glossaire des termes arabes

Dalil : « Guide ».

Da'wa : Appel à l'islam ; nom générique de toutes les activités qui s'y rattachent (prédication, tournées, etc.).

Dhikr : Invocation répétitive du nom de Dieu (Allah) ; souvent l'occasion de transes mystiques.

Dhimma : Statut discriminant des « gens du Livre » sous autorité islamique, qui bénéficient de la « protection » de celle-ci et peuvent conserver leur religion, mais doivent s'abstenir de tout prosélytisme.

Dhou al hijja : Mois hégirien pendant lequel s'effectue le pèlerinage à La Mecque. Se clôt avec l'*Aïd al kabir*.

Din : Religion.

Do'a-yé-komeyl (persan) : Prière propre au chi'isme, qui a lieu le jeudi soir.

Du'f : « Faiblesse » (des musulmans). Période pendant laquelle le *jihad* ne doit pas s'exercer par la force, mais par l'exhortation.

Fath : « Ouverture » de nouveaux territoires à l'islam ; conquête.

Fatwa : Avis juridique autorisé, prononcé par un *mufti*, et fondé sur la *chari'a*.

Fiqh : « Jurisprudence islamique » ; ensemble des règles de conduite des musulmans, dont le corpus a été élaboré par des *oulémas* spécialisés, les *faqih* (pl. : *fuqaha*).

Fitna : Sédition dans les rangs des musulmans, qui porte atteinte à l'unité de la communauté.

Gavur (turc) : Voir *Kafir*.

Ghallata : Fauter.

Ghazu (cf. *razzia*) : Guerre de dévastation, *Ghazu fikri* : guerre intellectuelle à laquelle se livrerait l'Occident contre le patrimoine culturel islamique.

Habous : Bien de mainmorte donné « à Dieu » par un dévolutaire et dont le revenu est affecté, sous la supervision d'un *ouléma*, à une fondation pieuse.

Hadith : Dits du Prophète et récits concernant son existence, qui constituent l'exemple de la perfection à laquelle doit s'efforcer d'atteindre le pieux croyant.

Hajj (ou « hadj ») : Pèlerinage rituel à La Mecque ; pèlerin.

Halal : « Licite » ; notamment, viande *halal* : viande dont la consommation est licite parce qu'elle a été abattue rituellement.

Hanafite : L'une des écoles de jurisprudence de l'islam sunnite (voir p. 284 n.).

Hanbalite : L'une des écoles de jurisprudence de l'islam sunnite (voir p. 284 n.).

Hijra : « Hégire » ; fuite du Prophète de La Mecque à Médine, lorsqu'il était en situation de faiblesse, ou *du'f* ; « émigration ».

Hiyal : « Ruses » qui permettent de tourner les interdits islamiques.

Hodja (turc) : Imam.

Hukm : « Pouvoir » ou « jugement ».

'ibadat : Codification des rapports de l'homme à Dieu, rite, culte (ant. : *mu'amalat*).

Ijma' : Consensus des docteurs de la Loi.

'ilm : Science des textes sacrés, qu'ont les *oulémas*; communément « savoir », « science ».

Imam : Conducteur de la prière communautaire; dirigeant de la communauté.

Iman : Foi.

Istighfar : Formule demandant le pardon à Dieu.

Istihsan : Appréciation personnelle d'une situation par le *cadi*.

Jahiliyya : Période d'« ignorance » antérieure à la révélation de l'islam en Arabie ; symbole du Mal sur la terre, par opposition à l'islam.

Jama'at : Association, communauté de fidèles.

Jawla : Tournée. Terme technique des « sorties » du *tabligh*.

Jihad : « Combat sacré dans la voie de Dieu » pour promouvoir l'islam. Peut être « interne » (ex. : lutte contre les mauvais penchants) ou « externe » (ex. : guerre sainte contre les ennemis de l'Islam).

Kafir : « Impie »; dans son acception polémique large, tout non-musulman ou « mauvais musulman ».

Kalima tayyiba : Profession de foi.

Khasir : « Égaré »; musulman qui n'applique pas strictement les préceptes de l'islam, ne suit pas sa Voie droite.

Khasirun : « Égarés ».

Khidma : Service (social, caritatif, pieux). « Travail » en dialecte tunisien.

Khuruj : « Sortie »; notamment, tournée de prédication effectuée par les *tablighi*.

Khutba : Sermon de l'imam, lors de la prière en congrégation du vendredi.

Madhhab : École d'interprétation du Coran.

Maghrib : Maghreb (couchant).

Malékite (ou *malikite*)*:* L'une des écoles de jurisprudence de l'islam sunnite (voir p. 284 n.).

Marabout : « A carte de visite » : guérisseur qui fait un usage magique de textes sacrés de l'Islam; grand marabout : guide d'une confrérie musulmane.

Maslaha : Considération d'opportunité qui relativise l'application stricte de telle ou telle injonction dogmatique.

Massajid (sing. : *masjid*)*:* Mosquées.

Medresa : École religieuse.

Milkiyya : Propriété.

Milli görüş (turc)*:* « Vision (tendance) nationale » ; idéologie des partisans de M. Erbakan.

Moharram : Mois du calendrier hégirien.

Mouloud : Anniversaire de la naissance du Prophète.

Moussalliyat : Salles de prières (pluriel).

Mu'amalat : Relations sociales codifiées par la doctrine islamique (ant. :*'ibadat*).

Munafiq : «Hypocrite» ; désignation polémique des personnes accusées de n'être que superficiellement musulmanes.
Mufti : Voir *Fatwa*.
Murchid : Guide spirituel d'un groupe islamique.

Nikah : Copulation licite.
Nunchakus : Fléau de bois japonais utilisé comme arme contondante.
Nusra : Accueil favorable que firent les habitants de Médine au Prophète.

Ouléma (pluriel de l'arabe *'alim*) : Personne versée dans le *'ilm* (science des textes sacrés) et habilitée à commenter ceux-ci.

Qiyas : Raisonnement analogique des docteurs de la Loi à partir du texte coranique, quand se pose un problème que ce texte n'envisage pas explicitement.

Raha : Répit.
Ra'id : Guide.
Ramadan : Mois hégirien pendant lequel se déroule le jeûne diurne, et qui est une période d'affirmation de la foi.
Riba' : «Usure» ; désignation commune de l'intérêt bancaire, illicite au regard de la doctrine (voir *Hiyal*).

Sahaba : Compagnons du Prophète.
Salat : «Prière» ; l'un des « cinq piliers de l'islam » (confession de foi, prière, jeûne de ramadan, pèlerinage à La Mecque, aumône légale) ; a lieu cinq fois par jour (aube, midi, après-midi, couchant, soir) à heure déterminée ; *Salat al jum'a* : prière en congrégation du vendredi, suivie par le sermon de l'imam.
Sunna : « Imitation du Prophète » ; nom de l'acception « orthodoxe » de l'islam (sunnisme) dont se réclame la majorité des croyants.

Tabligh : « Proclamation » de l'islam ; missionnariat islamique auquel se livrent les adeptes de la *jama'at al tabligh*.
Takbir : Invocation « Allah Akbar » (Dieu est le plus grand).
Ta'lim : Apprentissage.
Tasbih : Formule laudative de Dieu.
Tawa'if : Factions à l'intérieur de la communauté des croyants.
Taw hid : Unicité de Dieu.
Tijaniyya : Association mystique d'origine nord-africaine.

Umma : Communauté des croyants.

Vaaz (turc) : Propos du prédicateur.

Waqf : Habous (en Orient)
Wazir : Ministre.

Zakat : Aumône légale.
Zina : Fornication non licite, opposée à *nikah*.

Index

Index

Table

CHAPITRE 1
LA CITADELLE INTÉRIEURE

CHAPITRE 2
UNE ET MILLE MOSQUÉES

CHAPITRE 7
ALGER ET L'ISLAM EN FRANCE

CHAPITRE 8
VERS L'ISLAM FRANÇAIS ?

CONCLUSION
INSERTION OU INTÉGRATION ?

IMPRIMERIE BRODARD ET TAUPIN À LA FLÈCHE (3-91)
DÉPÔT LÉGAL JANVIER 1991. Nº 9804-2 (6762D-5)

Collection Points

SÉRIE ACTUELS

Collection Points

SÉRIE HISTOIRE

Collection Points

SÉRIE SAGESSES

dirigée par Jean-Louis Schlegel